Secretos de los Grandes
MAESTROS DE LA GUITARRA

Secretos de los Grandes
MAESTROS DE LA GUITARRA

Don Menn

Traducción: Juan Manuel Ibeas

CELESTE / RAICES

Título original: *Secrets from the Masters*
© 1992, Miller Freeman

© 1998, De esta edición
CELESTE EDICIONES & EDITORIAL RAÍCES
Fernando VI, 8, 1.° 28004 Madrid
Tel.: 91 310 05 99. Fax: 91 310 04 59
Tel.: 902 118 298
Traducción: Juan Manuel Ibeas
Diseño: Celeste

ISBN: 84-8211-162-0
Depósito legal: M-38.470-1998

Impreso en España - Printed in Spain

ÍNDICE

Prólogo 7

ALLAN HOLDSWORTH 9

ANDRÉS SEGOVIA 19

CARLOS SANTANA 29

CHUCK BERRY 41

DUANE ALLMAN 51

ERIC CLAPTON 59

FRANK ZAPPA 71

GEORGE HARRISON 79

JEFF BECK 89

JERRY GARCÍA 101

JIM HALL 117

JIMI HENDRIX 125

JIMI PAGE 133

JOHN MCLAUGHLIN 143

KEITH RICHARDS 159

LES PAUL 169

MARK KNOPFLER 181

MICHAEL HEDGES 189

PETE TOWNSHEND 193

Ry Coodeer.. 207

Steve Morse.. 211

Stevie Ray Vaughan.. 225

Vernon Reid 231

Wes Montgomery.. 241

En 1967, en los días románticos de la guitarra de *rock*, cuando la tercera cuerda venía todavía entorchada, tres individuos (un vendedor de instrumentos musicales, un intérprete de *pedal-steel guitar,* y un publicista en ciernes, llamado Bud Eastman) publicaban en Estados Unidos el primer ejemplar de *Guitar Player,* una revista dedicada exclusivamente a recabar y comunicar información para guitarristas.

Lo que en aquel momento pudo parecer una extravagancia poco rentable no tardaría en convertirse en un exitoso negocio editorial, basando su enorme prestigio en excelentes reportajes y entrevistas, en las que los grandes maestros de las 6 cuerdas revelaban uno a uno todos sus secretos.

Las más interesantes de los últimos 31años están recopiladas en este libro articulado por Don Menn junto a Jas Obrecht y otros colaboradores de *Guitar player.*

Ellos han sabido reflejar las diferentes panorámicas estilísticas del instrumento, desde el *jazz* de Wes Montgomery, Jim Hall, John McLaughlin y Pat Metheny, hasta el crudo y directo *rock 'n' roll* de Chuck Berry y Keith Richards, pasando por la guitarra clásica de Andrés Segovia, la vanguardia electro-acústica de Michael Hedges, y los cálidos fraseos del blues blanco manufacturado en Texas por Stevie Ray Vaughan.

El síndrome del guitar-héroe es analizado por sus primeros protagonistas: Eric Clapton, Jeff Beck, Jimmy Page y Jimi Hendrix. Vernon Reid hace lo propio con la fusión entre el *funk* , el *jazz,* y el *rock,* mientras Frank Zappa y Allan Holdsworth intentan explicarnos cómo sobrevivir en la jungla armonizada y no ser devorados por las fieras.

Para que no queden cabos sueltos, Duane Allman y Ry Cooder citan las claves del arte del *bottle neck,* y el gran Les Paul viaja a través del túnel del tiempo rememorando el período paleolítico de la guitarra eléctrica y los estudios de grabación, allá por los años 40, cuando los discos se registraban en una matriz de cera.

No faltan anécdotas y curiosidades, como una histórica rueda de prensa ofrecida por Jimi Hendrix en Nueva York en febrero de 1970, las confesiones de John McLaughlin sobre su llegada a América en 1969 para tocar junto a Miles Davis, artífice y alma mater del *jazz* moderno, o las experiencias y sensanciones vividas por George Harrison cuando los Beatles estaban sentados en la cima del mundo.

Si está interesado en conocer a fondo las interioridades del universo de la guitarra, estoy seguro que este libro colmará con creces tus instintos y motivaciones.

Salvador Domínguez
1998

Por Tom Mulhern - Diciembre de 1980 y 1982, y
Matt Resnikoff - Marzo de 1990

También su fama era bastante limitada. Con la excepción de Ponty y de U.K., pocas de las amalgamas musicales en las que participó recibieron mucha atención en los Estados Unidos. Pero a pesar de su práctica invisibilidad en el mundo de la música pop en general, su sonido único y su actitud independiente se convirtieron en piedra de toque para muchos guitarristas. Entre los solistas, las palabras "Allan Holdsworth" corrían de boca en boca. Si querías animarte los oídos, era el tío al que había que escuchar.

Teniendo en cuenta su marcada individualidad, se podría clasificar a Allan Holdsworth junto a personajes como Chuck Berry, Eric Clapton, Jimi Hendrix o John McLaughlin. Aunque ningún artista está completamente libre de influencias, estos guitarristas infundieron tanta originalidad a su obra que crearon estilos totalmente nuevos. Y aunque hay que reconocer que Holdsworth no ha alcanzado todavía el éxito comercial mundial del que gozan los otros, su voz musical es tan única que su mejor referencia es él mismo: no contento con ser un artista dotado, popular entre sus compañeros de profesión, ha dado origen a la que bien puede llamarse "escuela Allan Holdsworth".

Holdsworth no es ni un rockero salvaje ni un exhibicionista que busca los focos, sino más bien un absoluto devoto de la guitarra. Su estilo como solista llama inmediatamente la atención por lo rápido, fluido, vibrante y absolutamente preciso. Si se escucha con más atención, se perciben enigmáticas melodías con largos saltos de intervalos, síncopas rítmicas y gran ambigüedad. El trémolo forma parte importante de su estilo, dando brillo a ciertos pasajes y añadiendo profundidad e inmediatez incluso a frases de paso, aparentemente intrascendentes, pero nunca lo usa como truco para hacer forzamientos de media octava y provocar acoples ensordecedores.

Como solista, este guitarrista inglés, nacido el 6 de agosto de 1948, es verdaderamente único. Sin embargo, a medida que sus habilidades para tocar solos iban siendo

H ubo un tiempo en el que saltar de una banda a otra, álbum tras álbum, era la norma y no la excepción para Allan Holdsworth. En su estela dejó momentos brillantes en elepés de bandas de *jazz* y *rock* progresivo como Tony Williams Lifetime, Gong, U.K., Jean-Luc Ponty, Soft Machine y Bruford, que le valieron una reputación casi exclusivamente de solista. En algunas de las grabaciones, su presencia era en muchos aspectos similar a la de un saxofonista: se sentaba a esperar hasta que llegaba el momento de llenar un cierto número de compases con un chorro de creatividad. Rara vez se le permitía lucir su habilidad para tocar acordes y, en vista de que su participación solía estar sometida a límites estrictos, Holdsworth acabó aburriéndose de su papel de solista mercenario.

más conocidas y explotadas, Allan se vio atrapado en una vía unidimensional: su talento para los acordes y las melodías estaba quedando desaprovechado. Este músico, que ha recibido elogios de Eddie Van Halen, Steve Morse y otras muchas figuras de la guitarra eléctrica, sentía que tenía algo más que ofrecer, aparte de vistosos adornos para las canciones de otros. Y para sacar a la luz sus ideas, decidió formar su propia banda.

En 1980, Allan unió fuerzas con el bajista Paul Carmichael y el batería/pianista Gary Husband, para formar en Londres un trío que se llamó False Alarm. La formación se amplió poco después para incluir al vocalista Paul Williams (que había cantado con Juicy Lucy y Tempest, banda en la que coincidió con Holdsworth en 1973), y cambió su nombre por el de IOU. A lo largo de la pasada década, otros varios músicos de gran valía han prestado servicio en las filas de IOU En un principio, Holdsworth describió la música del grupo diciendo que tenía "algunos elementos del *jazz* y del *rock*, pero procurando no abusar de los trucos".

Con esta nueva banda, que le permitía dar salida a sus habilidades rítmicas, melódicas y de solista, empezó a desarrollar material que había ido componiendo durante los años anteriores. Los IOU comenzaron a actuar en Inglaterra; pero, según Allan, el clima no era el más adecuado para el tipo de música que hacía la banda. Lo que se llevaba era el *punk* y la nueva ola, y la música de IOU resultaba poco apetecible para el público en general. Holdsworth y compañía grabaron a principios de 1981, y se encontraron con una respuesta muy poco entusiasta por parte de las compañías discográficas.

En 1982, la banda decidió probar suerte en los Estados Unidos, y publicó por su cuenta su álbum IOU. Por primera vez, se podía oír una faceta de Allan Holdsworth que en las obras anteriores apenas se había insinuado: melodías complejas, con densas armonías de acordes e insólitos arreglos armónicos que sonaban como si no los hiciera ni una guitarra ni un teclado. En lugar de un crudo rasgueo rítmico, las canciones se guiaban por el ambiente, las modulaciones y alguna que otra marea de acordes de sonido fantasmal.

Tan modesto como poco convencional, Allan Holdsworth no cree haber desarrollado todo su potencial como guitarrista, y piensa que no lo logrará nunca. Está constantemente cambiando y poniendo al día su equipo, y en los últimos años ha destacado por su virtuosismo con la SynthAxe. Pero, toque el instrumento que toque, es un perfeccionista al que le encanta experimentar, y considera que la música es la empresa más gratificante que se pueda imaginar.

[Diciembre de 1980]
— *¿Qué te indujo a tocar la guitarra?*

Cuando tenía 16 años, mi padre le compró una acústica a un tío mío que tocaba por los clubes. Pagó unos diez chelines por ella. Como la guitarra siempre estaba por ahí, empecé a tontear con ella y poco a poco fui progresando, aunque aún no me lo tomaba muy en serio. Como soy muy testarudo, nunca quise que me dieran clases. Eso de no pedir información forma parte de mi carácter... aunque me muera por averiguar algo. Me gusta descubrir las cosas. Y aunque esté reventando de ganas de preguntar, no soy capaz de hacerlo. Mi padre intentó ayudarme, pero yo me negué. Fue una estupidez por mi parte, porque podría haberme enseñado muchas cosas. Ya sabes, podría haber aprendido tres o cuatro veces más rápido que por mi propia cuenta.
— *¿Cómo te diste cuenta de que querías dedicarte en serio a la guitarra?*

Bueno, solía salir con mi cuñado y me colaba en un pub que había a unas millas de mi casa. Aún no tenía edad legal para beber. Veíamos a las bandas de la zona. Muchos de los guitarristas me gustaron, y me fui interesando cada vez más. Me metí en algunas bandas que hacían versiones de éxitos pop calcadas nota a nota. En cada canción había dos solos de guitarra. Uno tenía que ser una copia del que sonaba en el disco, y en el otro podía hacer lo que quisiera. ¡Y mis solos eran siempre tan asquerosos!

— *¿Por qué no dejaste de hacer eso?*

Lo dejé. Me di cuenta de que, en lugar de aprender, estaba simplemente calculando: copiando una cosa sin tener ni idea de lo que pasaba por la cabeza del tío que tocó esa cosa por primera vez. Así que decidí que no me apetecía hacer aquello. Dejé de copiar, y durante mucho tiempo fui incapaz de tocar solos que me parecieran tan buenos como los que oía, ni de lejos. Intentaba conseguir algo que fuera bueno en esencia... que tuviera el mismo valor musical, pero que no fuera lo mismo.

— *¿Prefieres tocar los solos directamente, con las bases, o sueles sobregrabarlos?*

Nunca había sobregrabado todo un solo hasta que grabé con Bill Bruford [batería] hace unos años. Es una cosa muy rara, muy estéril. Te sientes como si estuvieras fuera. Pero cuando haces solos en directo, hay un espíritu que es muy difícil de conseguir en sobregrabaciones. Cuando una banda toca, todo interactúa. Y para mí, la sensación es mucho mejor. Si cometes un error, no se ponen tan chinches como cuando estás sobregrabando y te equivocas. A mí me gusta escuchar a todos y apoyarme en toda la banda.

— *¿Se escribieron para ti algunas de aquellas partes?*

Si las hubieran escrito, no habría podido leerlas. No sé leer música. Yo me limitaba a escuchar lo que querían, y lo tocaba. A veces es difícil, porque te puede dar un bloqueo mental. Sería una gran ventaja saber leer, porque cuando tienes que acordarte de algo difícil, aunque sólo sean dos o tres compases, puedes mirar la partitura y refrescarte la memoria. A veces estoy tan obsesionado con acordarme de algo que me es imposible recordarlo. Pero el mayor problema es que no puedo poner nada por escrito cuando compongo un tema.

— *¿Utilizas símbolos para los acordes, o alguna otra notación?*

Puedo escribir acordes de manera que yo lo entienda, pero nadie más lo entiende. Por eso tardo bastante en enseñarle a otro un tema. Todos tienen que tener mucha paciencia conmigo. Es terrible, la verdad... no tengo excusa.

— *Háblanos de tu álbum en solitario, Velvet Darkness.*

Aquél fue el mayor error de mi vida. Por lo que a mí respecta, fue un timo total. No nos dieron oportunidad de ensayar como es debido la música, y sólo nos dejaron nueve horas de estudio. Todo eran prisas. Estábamos ensayando una canción, y venía el productor gritando: "¡Venga, la siguiente!". Lo que grabaron fueron unas pruebas, no las canciones bien terminadas. Ni siquiera nos dejaron rectificar las partes malas. Si yo hubiera tenido más poder, probablemente habría guardado la guitarra y me habría largado en aquel mismo instante. Y había más cosas que estaban mal. Por ejemplo, muchas de las canciones no tenían final... todavía no habíamos llegado hasta ahí. Así que en el disco, se van como desvaneciendo.

— *¿Y qué hiciste ante tales problemas?*

No podía hacer nada. Me volví a Inglaterra y no quise llevarme ni una casete con los temas. Al cabo de un año, recibí el álbum en mi casa. Era espantoso. Y ahora sufro cada vez que alguien menciona aquel álbum. ¡Me siento morir! Es tan malo... De hecho, después de aquello se me quitaron las ganas de seguir tocando... quería dejarlo.

— *¿Mejoraron las cosas con U.K.?*

No mucho. Los ensayos no tenían casi nada que ver con lo que luego salía en los discos. Tocábamos como cachos de canciones, y luego ellos los combinaban y los grababan. y después teníamos que intentar reproducir en directo aquellas partes. Yo no me sentía nada cómodo haciendo aquello. Prefiero tocar algo primero, y luego grabarlo. No es que esté en contra de sobregrabar; está muy bien embellecer las cosas, pero creo que las cosas importantes deberían grabarse con las bases, y así, cuando las tocas en directo, nueve veces de cada diez suenan mejor. Con U.K., sobre todo, sobregrabábamos millones de veces, y luego había que decidir quién podía tocar qué partes en directo, porque uno no tiene cuatro manos, y todo eso. Volvemos al tema de la cualidad mágica de la interacción entre los miembros de una banda.

— *¿Cómo se formó U.K.?*

Bill dijo que tenía una idea para trabajar con Eddie Jobson [teclista] y John Walton [bajista]. Me preguntó si quería ir a un ensayo y tocar. Dije que sí, porque me parecía prometedor. Pero cuanto más se acercaba el momento de grabar, más estéril sonaba la música. Justo antes de dejar la banda, se me iba mucho la cabeza mientras tocaba en directo; me ponía a pensar en una buena pinta de cerveza y cosas así. Me distraía con mucha facilidad. Y como era incapaz de relacionar todos aquellos fragmentos —porque no formaban ninguna clase de imagen coherente en mi cabeza—, no sabía si íbamos por el tema tres o por el tema seis.

— *¿Sentías que tu pérdida de interés podía perjudicar al grupo?*

Bueno, a algunos músicos se les da muy bien eso de aguantar lo que les echen y no mosquearse. Por desgracia, yo soy incapaz de eso. En cuanto una cosa así empieza a afectarme, pierdo todo el interés. Y cuando pierdo el interés, dejo de esforzarme. Eso es malo, está muy mal, pero como no podía evitarlo, me marché. Empecé a quejarme mucho y, como consecuencia, en *One of a Kind Billy* me dejó tocar unos cuantos solos directamente. Me gustó mucho el solo del final de *In Five G*.

— *¿Intentabas repetir en escena los solos de los álbumes?*

No. Siempre procuro ser espontáneo. Mira, ésa era una de las tonterías que los U.K. querían que hiciera: querían que tocara siempre los mismos solos. Yo decía: "Lo siento, de eso nada". Una vez que has hecho un solo, hay que intentar otra cosa distinta. La verdad es que me parecería muy preocupante que mis solos en vivo sonaran como los solos de los discos.

— *¿Sigues teniendo agarrada la palanca de vibrato de tu Stratocaster cuando no la utilizas?*

No. La dejo colgando y la agarro cuando la necesito. Además, tiendo a apoyar la mano en el puente, pero eso es más fácil hacerlo con la SG.

— *Una parte importante de tu estilo se basa en el empleo del vibrato.*

Sí, pero te sorprenderías. Evidentemente, en "In the Dead of the Night" utilizo el vibrato mecánico, pero en otras muchas canciones lo hago con los dedos. El efecto que más me gusta hacer con vibrato es un ligado entre notas, como el de una pedal steel. Es que me encanta el sonido de la pedal steel. Los ligados de ese tipo pueden dar al instrumento un sonido muy vocal. Pero siempre tengo muchísimo miedo de desafinar la guitarra. Por suerte, he llegado a un nivel en el que me doy cuenta de cuándo estoy a punto de fastidiar la afinación, y procuro no forzarla demasiado.

— *¿Prefieres que tus guitarras tengan las cuerdas a poca altura?*

En la Fender no. He comprobado que con la Gibson puedo poner las cuerdas muy bajas, pero si las pongo muy bajas en la Strato, cerdea un montón. Puede que se deba a cómo está montado el puente, o al sonido fresco y limpio que es inherente en la Fender. En general, prefiero los diapasones de ébano, porque contribuyen a que la sensación general de la guitarra sea mucho mejor.

— *¿Tocas alguna vez con afinaciones no habituales?*

Muy pocas veces. Sólo he experimentado esas cosas con la acústica, porque me parecen más bien una curiosidad. Utilicé una afinación rara —pero hace tanto tiempo que no me acuerdo de cómo era— en "Gone Sailing" [del álbum de Soft Machine Bundles].

— *¿Tocas con los dedos?*

En casi todos mis solos toco con púa, pero en los acordes utilizo una técnica de mano abierta que consiste en tocar todas las cuerdas a la vez. No puedo hacer malabares con la mano derecha, como la mayoría de los que tocan a mano abierta. Así que pulso todas las cuerdas a la vez, como hace un pianista cuando toca un acorde. Utilizo siempre la yema de los dedos, nunca las uñas, porque eso me resulta muy incómodo.

— *¿Utilizas acoples (feedback) al tocar?*

No en el sentido de plantarme delante del amplificador. Siempre procuro estar apartado del ampli. Sólo me gusta que la guitarra tenga mucho sostenimiento natural. Cuando haces un solo, ¿organizas las frases en términos de escalas, o de acordes, o de la posición en el trastero?

Procuro tocar con naturalidad. No analizo lo que estoy tocando. Me dejo llevar por mis instintos. Supongo que hay gente muy consciente de lo que hace: "¡Oh, no! He tocado una nota alta; ahora tengo que tocar una nota baja". Yo procuro oír algo que tenga sentido, algo que suene razonable... y lo toco.

— *Después de los muchos altibajos que ha tenido tu carrera, ¿hay algún consejo que puedas darles a los aspirantes a guitarristas para facilitarles las cosas?*

Creo que no, porque la verdad es que no sé si existe una manera fácil. A mí me parece que es más importante aprender algo por tu propia cuenta. La lección es mucho más valiosa, porque en lugar de seguir el camino de otro sin entender gran cosa, así entiendes cómo has hecho las cosas. Hay que volcarse en aprender. Buscar la esencia de las cosas y no preocuparte de lo que hagan los demás. Hay que intentar adoptar una postura de "si éste ha hecho esto, yo tengo que intentar hacer más", pero sin seguir el mismo camino. Puedes llegar a un punto en el que quieras tirar por muchos caminos diferentes. Ya sé que suena ambiguo, pero me pasa como a casi todo el mundo, que no siempre me resulta fácil explicar exactamente lo que pienso. Me gustaría hacer un montón de cosas, y apenas estoy empezando.

[Diciembre de 1982]

— *¿Crees que estás progresando constantemente en tu manera de tocar?*

Espero que sí. Bueno, creo que sí, porque me parece que he aprendido un montón en los dos o tres últimos años. Por el momento, parece que voy hacia arriba. Pero no sé, a lo mejor estoy completamente equivocado y en realidad lo que toco ahora es una porquería. Pero me esfuerzo.

— *¿Escuchas tus grabaciones antiguas para medir tu progreso?*

¡Huy, no! Por eso estoy bastante convencido de que he progresado, porque cuando escucho mis cosas antiguas me quiero morir. Es que no puedo creérmelo. Sueno como un cavernícola o como un niño pequeño... es tan primitivo y de hace tanto tiempo y tan insoportable...

— *Parece una buena señal.*

Supongo que sí. Lo que pasa es que ahora sé mucho más sobre mí mismo. Detesto escuchar esas cosas porque me dan escalofríos. No puedo escuchar, tengo que marcharme.

— *¿A veces pasas por períodos bajos y pierdes el interés?*

Tengo períodos depresivos, y estoy seguro de que todo el mundo se deprime cuando parece que la creatividad no se pone en marcha y, por mucho que te esfuerces, te salen mal cosas que ya sabías... que no es lo mismo que intentar improvisar o algo así. Hay que seguir. Tienes que insistir, y la misma frustración de lo que has hecho o dejado de hacer te ayuda a llegar al otro lado. Naturalmente, cuando llegas al otro lado, descubres que detrás hay una montaña aún más alta que la anterior, y que tienes que escalarla. Ésa es siempre la manera. Pero ahora estoy contento.

— *¿Alguna vez grabas tus ensayos para tener una referencia de lo que haces bien o mal?*

Sí, sí, y los escucho mucho. Es muy útil, pero casi siempre me deprime... pero sólo al oírme yo. Oír a estos otros tíos no deprime a nadie. O sea, que me deprimo un poco, y eso está bien, porque te hace decir: "Dios mío, tengo que hacer algo al respecto". Y lo intentas otra vez.

— *¿No crees que a lo mejor eres demasiado autocrítico?*

No creo. A lo mejor lo soy, podría ser, pero yo creo que no. Pero yo soy así, y no hay nada que hacer.

— *¿Cómo haces los trémolos?*

A veces con los dedos y otras veces con la palma de la mano. Utilizo sobre todo el dedo meñique.

— *¿Haces* vibratos *y forzamientos con la mano izquierda?*

Creo que ya no fuerzo notas. Antes lo hacía, pero me parece que ya no lo hago. Si quiero un *vibrato*, utilizo una técnica clásica, a lo largo de la cuerda, como en un violín. En las dos primeras cuerdas y en los últimos trastes cambio a un *vibrato* clásico; en los trastes anteriores voy más de lado a lado, tirando físicamente de la cuerda. En los últimos trastes aplico más tensión, como estrujando la cuerda.

— *¿Cómo aprendiste a estirar tanto la mano?*

Básicamente, si sabes que quieres tocar sobre cierto acorde o cierta escala, lo que hacen casi siempre los guitarristas es tocar las notas de la escala consecutivamente. Yo quería evitar eso, tocando intervalos más separados. Son las mismas escalas y los mismos acordes, pero quería jugar con ellos un poco más. Son sólo juegos de manos, la verdad.

— *¿Alguna vez te ha ocurrido que no puedes estirar tanto las manos?*

Por lo general se estiran bien. Puede que ya no se estiren tanto porque me hecho más viejo. Guardo anotaciones de cosas que tocaba antes y a veces me cuesta tocarlas.

— *¿Sueles coger, por ejemplo, un acorde de Fa sostenido y experimentar con varias maneras de desarrollarlo?*

Sí, experimento con diferentes armonizaciones. Por lo general, lo que hago es buscar armonizaciones para acordes concretos que me gustan. Darles unas cuantas vueltas. No me gusta el sonido de las armonizaciones convencionales de guitarra. Me gusta escuchar guitarras de *jazz*; las escuchaba mucho cuando era más joven, porque mi padre me metió en ello. Pero me cansé muy pronto del sonido de las armonizaciones de acordes. Los pianistas tienen mucha más inventiva armónica, no en el sentido de jugar con los acordes, sino con las armonizaciones. Yo decidí que si iba a tocar acordes, bien podía tocar otras armonizaciones, y no sólo las que vienen en el Manual de *Jazz* Volumen Uno, o en el Volumen Dos, o en el Volumen Diez. Y me puse a buscar armonizaciones diferentes.

— *¿Crees que las diferentes armonizaciones evocan ciertos estados de ánimo?*

Sí. A veces se puede usar un acorde sencillo y sacarle una armonización bonita. Todo es importante, porque es música.

— *¿Trasteas a menudo con las dos manos?* En "Shallow Seas", por ejemplo, usas un dedo de la mano derecha para pisar una nota baja.

Lo hago muy pocas veces, casi siempre para acordes. Lo podría hacer más, pero no me gusta hacerlo, porque se ha convertido casi en una moda. Y todavía hay un montón de cosas que no sé hacer con lo que ahora tengo. Aún tengo que trabajar mucho antes de decidir que ya he terminado con la mano izquierda.

— *¿Sueles elegir acordes localizados en determinados grupos de cuerdas para cambiar su sonoridad o su impacto?*

No tengo preferencias por una posición u otra, a menos que sea necesario para un tema determinado. Entonces sí. Simplemente, procuro buscar formas interesantes de tocar cosas sencillitas y hacer que suenen como si no fueran tan simples. O al revés. Hacer que algo simple parezca mucho más elaborado.

— *¿Utilizas la palanca de vibrato de diferentes maneras para tocar solos y para tocar acordes?*

Supongo que sí. Evidentemente, cuando toco acordes procuro sacar ese sonido de *steel guitar*. Suena como si se flotara de un acorde a otro.

— *Cuando fuerzas acordes, ¿debes tener cuidado para no interferir con el bajo?*

No, nunca fuerzo tanto los acordes. Sólo lo uso para darle un sonido turbio, pero que no moleste a los oídos.

— *¿Cómo relacionas tus solos con las progresiones de acordes? ¿Procuras conscientemente cubrir esos acordes?*

Sí. Descompongo la estructura de acordes para ver cómo es, qué escalas puedo usar, si puedo superponer cosas como una triada encima de otra... Por lo general, experimento con ello. No tengo un método fijo. No me pongo a pensar "en este tema, tengo que hacer esto". Para poderlo tocar, tengo que verlo con los ojos de la mente. No soy capaz de escribirlo en un papel. Si hago eso, se acabó.

— *¿Has probado alguna vez a grabar una parte rítmica en una casete y construir un solo sobre eso?*

Lo he hecho a veces, pero no suelo hacerlo. Por lo general, me limito a estudiar los acordes y tomar unas pocas notas para mi uso particular.

— *¿Crees que el registro en que se toca un solo es importante?*

No. Lo que es importante es el solo mismo. No me digo: "este solo tiene que ser lento y bajo". No creo que sea mejor si lo haces de una manera que si lo haces de otra. No tengo reglas sobre eso. Si es un solo que empieza bajo, ya pensaré en las notas de esa zona, pero no me pongo a dividir el trastero. Es una unidad.

— *¿Utilizas ligados o procuras pulsar todas las notas?*

Utilizo una mezcla, con muchos ligados ascendentes. Pero no hago ligados descendentes convencionales. Nunca levanto los dedos de lado, porque cuando los separas de la cuerda la desvías hacia un lado y te sale una especie de maullido. Y es un sonido que detesto. He practicado mucho para no tocar así. Yo creo que ya no levanto nunca los dedos de lado. Suben y bajan verticalmente, como si estuviera golpeando las cuerdas.

— *¿Eres menos consciente de tu técnica cuando tocas rápido?*

No hago una transición consciente entre tocar lento y tocar rápido. Hombre, claro, puede que cometas más errores cuando empiezas a lanzarte, pero procuras que no ocurra. Porque si te pasa eso constantemente, es evidente que no puedes tocar así. Cada cosa tiene sus problemas.

— *¿Resulta incómodo usar un pedal de volumen para realzar cada acorde de una serie?*

No mucho. Un pedal de volumen con eco no es el mejor sistema para conseguir ese efecto, pero, por el momento, así es como lo hago.

— *Algunos guitarristas rodean el botón de volumen con el meñique de la mano derecha, para dar más volumen a ciertas notas y acordes.*

A mí eso no me saldría bien, por la clase de acordes que suelo tocar. Se formaría mucho barullo. Y no me gusta que el botón de volumen quede muy cerca de mi dedo meñique. En todas mis guitarras he desplazado el control de volumen más al sur de lo que suele estar en una Strato normal. En una Strato normal, puedes girar el control de volumen con el meñique, pero me rozaba con la muñeca, así que lo corrí. Me resulta más fácil hacer eso y controlar el volumen con el pedal que hacerlo con las manos. Así puedo concentrarme más en tocar.

— *¿Apagas las cuerdas con la mano derecha?*

No, no me gusta ese sonido. Al Di Meola lo ha hecho hasta aburrir. No es una cosa que me alegre los oídos, ni ninguna otra parte, aunque es bastante fácil de hacer. El sonido no me parece atractivo.

— *Cuando tocas con los dedos, ¿qué haces con la púa?*

La sujeto con el dedo índice y toco con el pulgar y los otros tres dedos. Así toco casi todos los acordes. Suelo tocar todas las notas al mismo tiempo, porque no me gusta ese "droing", el sonido que se hace al arañar las cuerdas.

— *En algunas de tus canciones —sobre todo en "Out from Under"— tocas la melodía mientras mantienes pisadas las posturas de los acordes. ¿Lo haces por razones de organización o para conseguir algún efecto audible?*

Depende de si quiero que suene como un acorde o no. Por lo general, cuando hago eso, quiero que las notas resuenen unas en otras... toco más de una nota a la vez.

— *¿Cómo ejecutas los armónicos artificiales?*

Sujeto la púa y toco ligeramente la cuerda con el dedo medio [de la mano derecha], pero no lo hago muy a menudo.

— *¿Te parece una técnica incómoda?*

No es incómoda, pero he oído a gente que lo hace tan bien que casi no vale la pena que yo lo haga. Hay gente que lo hace increíblemente bien. Para tocarlo tan bien como ellos tendría que dedicarle todo lo que me queda de vida.

— *¿Qué te parece que hay de bueno o de malo en la situación actual de la guitarra?*

No creo que tenga nada de malo.

— *¿Crees que la guitarra ocupa un lugar secundario respecto a la voz?*

Oh, no. Todo el mundo toca la guitarra en todas partes. Por eso hay tantos guitarristas buenos. Vayas donde vayas, hay alguien que toca la guitarra.

— *¿Evitas deliberadamente tocar frases comunes de* rock *o de* blues?

En una palabra: sí. A veces los uso si me siento particularmente jovial. A veces me pillan tocándolos por pura diversión. Pero por lo general, procuro evitarlos. Procuro evitarlo todo. Básicamente, aún sigo investigando.

— *Cuando te pones a tocar en casa, ¿tocas cosas de ésas para pasar el rato?*

No, sigo buscando cosas diferentes.

— *¿Consideras que, en gran medida, tocar la guitarra debería ser más una ciencia que un desahogo emocional?*

¡Oh, no! Tiene que ser emocional. Es la única razón por la que soy músico: porque me gusta la música. Si me hubiera interesado la ciencia, habría estudiado matemáticas. Tiene que hacerte reír o llorar, o las dos cosas. Si no me emocionara, me habría pasado los cuatro últimos años haciendo otras cosas, en lugar de esto.

CITAS DE INTERÉS
Por Matt Resnicoff - Marzo de 1990

Otra clase de pasión: Cuando llega al barrio un chico nuevo que toca más notas, todo el mundo dice: "Bah, esto no vale nada". Pero después, cinco años más tarde, cuando se dan cuenta de que el tío no toca tantas notas porque hay un tipo nuevo que toca el doble de notas, aceptan al anterior y del nuevo dicen: "Bah, pero toca sin ningún sentimiento". Yo no presto ninguna atención a esas cosas. No creo que la música tenga nada que ver con la cantidad de notas que uno toca. En el pasado he intentado transmitir pasión con menos notas... pero a veces me gusta fogoso, que es otra manera de ser apasionado. Pero sí que creo que hay tíos que tocan sin ningún sentimiento. Otra cosa graciosa de algunos de esos monstruos peludos del *heavy metal* es que parece que han usado un aparato de distorsión y lo han pasado por la consola, pero como tocan tantas notas no te das cuenta del sonido. Y en cuanto se detienen unos segundos en una nota, exclamas: "¡Puag!". Es espantoso. Es la cosa más asquerosa que he oído.

Joyas del pasado: A medida que pasa el tiempo, las cosas avanzan en alguna dirección, pero retroceden en otras. Es como la calidad de los automóviles: ahora los coches son más rápidos, pero ya no los hacen como antes. Lo dice la gente constantemente. Del pasado se pueden sacar cosas verdaderamente profundas, de una calidad increíblemente alta. Por ejemplo, un saxofonista que empiece ahora puede que no haya oído nada más antiguo que Michael Brecker, que es absolutamente increíble. Pero si te remontas más atrás y oyes a algunos de los tíos más antiguos, entonces te das cuenta —a mí, por lo menos, me pasó— de que todos esos tíos que llegaron después intentando sonar como ellos jamás llegaron a sonar de verdad como ellos. Les faltaba algo. Cuando vuelvo atrás y escucho un disco de Charlie Parker, es que es increíble; qué frescura tiene. Hay que bregar con la mala calidad de las grabaciones, pero, chico, ¡cómo tocaba! Y Cannonball Adderley y Coltrane... esos tíos eran increíbles. Hay algunos discos de Miles Davis en los que tocan los dos... tío, qué pasada. En algunas cosas se avanza, pero en otras se retrocede. Es inevitable, porque así son las cosas. Es estupendo echar una mirada hacia atrás, porque si no lo haces te pierdes algo. Y se están perdiendo cosas que jamás deberían haberse perdido.

Aires de cambio: Veo que la gente —y sobre todo, los guitarristas— tiende a crear barreras. Es como las historias que cuentan sobre Adolphe Sax [que inventó el saxofón en 1864]. Tío, casi me echo a llorar cuando leí la historia de aquel hombre: o sea, el tío inventa un instrumento musical y le castigan por ello. Él y su familia lo pasaron fatal, y todo por culpa del invento. Durante mucho tiempo, el saxofón, como la guitarra eléctrica, ni siquiera estaba considerado un instrumento musical por la gente de la música clásica y por las personas de mente cerrada, que no estaban dispuestas a aceptar que pueda aparecer algo nuevo, que haga cosas diferentes. Y ahí lo tienes, un tío perseguido por haber inventado un instrumento que es fantástico; no hay nada que suene como un saxofón... nada. Eso te da idea de lo que cuesta que la gente acepte algo.

Sobre el dolor... : Sé lo que pretendo hacer, lo que he hecho, lo que no he hecho y lo que no soy capaz de hacer. Sería petulante pensar que todo ha valido la pena. Puedo apañarme, y limitarme a esperar que algún día sea capaz de ascender a un nivel en el que, al oírme tocar, resulte innegable que algo está ocurriendo, aunque al mismo tiempo nadie sepa qué. Supongo que eso sería el cielo o el infierno. Nunca ocurrirá, pero sigues acariciando el sueño. La verdad, es lo único que puedes hacer. Se va haciendo más difícil a medida que te haces viejo, porque al cabo de algún tiempo te das cuenta de que todas las cosas tienen su fin, y que en las épocas venideras la gente va a oír cosas completamente diferentes. No tengo muchas esperanzas de que ocurra algo verdaderamente importante.

En la última gira tocamos un par de noches en Londres, y me pareció que estaba tocando tan mal que no me lo creía. Es posible que tuviera alterado el coco y me sintiera deprimido, porque el estar de vuelta en Inglaterra me recordaba todos aquellos años que me pasé luchando allí, ese síndrome de "sigue sin pasar nada". Pero hubo una noche en Manchester en la que me gustó tan poco lo que toqué que me marché nada más terminar de actuar. No me sentía capaz de hablar con nadie. Ahora estoy mejor. He procurado disimularlo. En otros tiempos, salía del escenario y decía: "Ha sido horrible, he tocado fatal". Más adelante pensé que a lo mejor aquella gente estaba intentando decirme que les había gustado, y el que yo les dijera que había sido horrible era como burlarme de ellos, y yo no quería eso, así que me callaba la boca, aunque fuera eso lo que sentía. Pero este concierto que te digo fue tan malo que me largué. No podía quedarme, tío. Me habría sido imposible hablar con nadie. Y recibí una carta de un tío que me decía que

le había sentado fatal que me largara sin hablar con él, y que por qué no era amable como los demás tíos de la banda. Decía que entendía mis sentimientos, pero eso es imposible, porque si los hubiera entendido se habría largado él también. Fue la vez que peor lo he pasado en años. Pero la verdad es que hace bastante tiempo que no me siento tan mal, y si aquel tío lee esto, le pido perdón. Así son las cosas, y si volviera a ocurrir, volvería a hacer lo mismo.

...y sobre el placer: Lo bueno de la música es la música. Obtengo un gran placer de ella, y me produce un gran placer tocarla. Amo la música con una pasión que lo supera todo. No puedo decir lo grande que es, porque es inmensa. Me encanta intentar tocar, me encanta aprender cosas de música, y siempre me ha parecido que cada año aprendo más en ese año que en los veinte anteriores, de manera que en ese aspecto estoy contento. A veces toco algo en el garaje o para mí mismo, y me siento estupendamente. A todos les pasa, y luego cuando salen a escena todo se viene abajo. Pero yo me lo paso bien antes de salir a escena. Estoy ansioso por salir. Quiero salir y hacerlo bien, pero siempre me sale mal. Como aquella noche en Manchester... aquella noche salí huyendo, pero al día siguiente ya estaba pensando: "Quiero hacerlo mejor, precisamente por esto"; como eso ha salido tan mal, tengo que luchar conmigo mismo y volver a salir. No puedo dejar que ese sentimiento me domine. Tengo que superarlo. Tengo que averiguar por qué me pasan estas cosas y seguir esforzándome.

"Tío, eres el mejor": Es bochornoso. ¿Qué puedes contestar a eso? Yo sólo intento hacer bien lo que hago, y es maravilloso que a otros les guste. Es muy halagador, de verdad, pero me dan ganas de echar a correr. Me deja encogido. No sé qué hacer, aparte de quedarme ahí parado y decir: "Muchas gracias". Pero al mismo tiempo que digo: "Muchas gracias", casi puedo oírme decir que estoy de acuerdo, y eso lo odio. No quiero estar de acuerdo con ellos. En cierto modo, es estupendo, porque a alguien le ha gustado lo que haces y eso es verdaderamente maravilloso, eso de que la música conmueva a la gente... para eso está la música. A mí me conmueve, y es lo mejor que hay, pero me sigue dando vergüenza que la gente me diga cosas como ésa.

¿Sucede muy a menudo?
[Pausa] A veces.

Lo que hay: Me parece bien que haya muchos guitarristas entre mi público. Supongo que si yo tocara el bajo iría a ver a Jimmy, y si tocara la batería iría a ver a Gary. Eso es sano. Pero también me gustaría que a nuestros conciertos fuera más gente que no estuviera metida en la música. Por desgracia, eso no va a suceder, porque la música no les llega. Sólo se entera la gente que ya está metida en ello, porque se mueven en un círculo diferente. Y ésa es una de las cosas que más me decepcionan, sobre todo ahora que me hago mayor, porque ahora me doy cuenta de que nunca voy a llegarle a nadie. Nunca des-cubriremos a quién le habría gustado y a quién no, porque jamás van a oírlo y no podrán saberlo. Pero ¿qué le vas a hacer? Vivimos en una época que es así, y no me ocurre sólo a mí: les ocurre a millones de músicos que están luchando. Cada vez nos metemos más en esta especie de monopolio: tal compañía de discos compra tal otra compañía, y entonces te das cuenta de que si Sony hubiera comprado CBS antes, por ejemplo, habrían acabado con el vinilo inmediatamente, porque poseían toda la tecnología para la grabación digital, y habrían lanzado antes los lectores digitales y el CD. Es todo cuestión de dinero. Así de claro. Y es lo mismo en todas partes: los modestos tienen que luchar para apañarse sin la pasta gansa y conseguir que la gente se entere de que ahí hay algo que tal vez pudiera interesarles. Por desgracia, el negocio de la música está antes que la música. Es el mundo al revés. Pero no importa. Los modestos tenemos que luchar, y eso es lo que hacemos. Tenemos que seguir adelante.

Por Larry Snitzler - Octubre-diciembre de 1983

Andrés Segovia es la guitarra clásica. Desde principios de siglo, su influencia ha afectado a todas las facetas del instrumento y su música. Más que ningún otro individuo, fue el responsable de que la guitarra saliera de los garitos de Europa para entrar en las salas de conciertos de todo el mundo. Sólo con eso ya logró más de lo que casi cualquier músico aspira a lograr en toda su vida, pero, además, sus otras aportaciones convirtieron a Segovia en una auténtica leyenda en vida. Es significativo que, hasta su muerte, con más de 90 años, siguió actuando con regularidad y haciendo gala de su inconfundible riqueza de sonido y su profundidad como intérprete.

Segovia reinó como patriarca de la guitarra clásica, pero para ascender hasta dicha posición tuvo que luchar mucho. Sorprendentemente, al principio de su carrera fue acogido con menosprecio por muchos asistentes a sus conciertos y aficionados a la guitarra. Pero sus críticas pronto fueron acalladas por los que sabían apreciar su virtuosismo y musicalidad. También fueron criticadas en ocasiones sus interpretaciones románticas de ciertas obras (en especial, obras barrocas). Pero aunque pueda haber quien considere que su utilización de accesorios expresivos como el portamento (una *slide* con calidades vocales) resulta inadecuada para cierta clase de música, Segovia siempre los ha utilizado con gusto artístico.

Una de las más importantes aportaciones de Andrés Segovia a la música consistió en hacer aumentar la cantidad de música escrita para guitarra clásica. Sus transcripciones y revisiones de arreglos ya existentes de obras de Bach, Weiss, Haendel, Tárrega y otros muchos, se han convertido en la base fundamental del repertorio. Y aunque sólo produjo unas cuantas y breves composiciones originales, realizó una tarea más importante, al encargar material a varios de los mejores compositores del siglo XX, como Heitor Villa-Lobos, Manuel Ponce, Federico Moreno Torroba, Mario Castelnuovo-Tedesco y Alexander Tansman.

Además, Segovia ha ejercido un importante efecto en la pedagogía de la guitarra clásica. Sus "Ejercicios diarios", sus "Escalas diatónicas mayores y menores" y sus "Estudios para guitarra de Fernado Sor" son ya textos obligatorios para desarrollar la técnica. Y el máximo honor al que podía aspirar un estudiante de guitarra clásica era ser admitido como discípulo del Maestro. Muchos de los mejores guitarristas del mundo se beneficiaron de las enseñanzas de Segovia, entre ellos Julian Bream, John Williams, George Sakellariou, Alexandre Lagoya y Christopher Parkening.

Aunque Segovia actuó sin cesar durante muchísimos años, muchos guitarristas trabaron conocimiento con su música a través de un legado de medio siglo de grabaciones que constituyen un monumento a su consumado sentido artístico (el Maestro empezó a grabar discos de 78 rpm en 1927, y su último LP se grabó en 1977). Una de las más apasionantes audiciones recientes a la discografía de Segovia es «The EMI» «Recordings 1927-39», que incluye piezas de Tárrega, Sor, Bach y Torroba. Esta colección contiene las muestras más antiguas del arte del Maestro y constituye un documento musical de sus habilidades técnicas e interpretativas que no tiene precio. *The Genius of Andrés Segovia/A Bach Recital* incluye expresivas versiones de clásicos como *Gavotte I y II, Preludio en Re menor* y la *Chaconne. An Evening with Andrés Segovia* es un magnífico ejemplo de un típico concierto de Segovia; y *My Favourite Spanish Encores* incluye la *Sonatina de Torroba* y *Sevilla* de Albéniz.

A partir de abril de 1983, National Public Radio emitió una ambiciosa serie de trece programas titulada *Segovia!*, producida por el guitarrista clásico Larry Snitzler y presentada por el guitarrista folk y musicólogo Oscar Brand. Aquella extraordinaria retrospectiva de la vida y la música de uno de los más grandes músicos del siglo XX incluía una larga entrevista en profundidad con el maestro, en la que se intercalaban homenajes de luminarias de la guitarra como José Tomás, Juan Martín, Alexandre Lagoya, Manuel Cano y Oscar Ghiglia.

El artículo que sigue es una versión resumida de la entrevista de Segovia!, editada en exclusiva para Guitar Player.

—Jim Ferguson

—¿Todavía se siente andaluz, maestro?

Pues claro. Llevo a Andalucía dentro de mí en muchos aspectos. Nací allí. Allí tengo mis amigos de la infancia... puede que dos o tres, los demás ya han fallecido. Y allí fue donde empecé a tocar e inicié mi carrera, el comienzo de mis ilusiones, de mis sueños musicales, y de todo. Y además, es tan bonita. De Linares hay muy poco que decir, porque no es un lugar monumental, no hay panoramas espléndidos y hermosísimos. Lo único que puedo decir de Linares es que nací allí. Desde el punto de vista artístico, Linares no es muy interesante. Lo que mejor recuerdo es el día tan triste en que mi madre me dejó en casa de mis tíos Eduardo

y María, que no tenían hijos. Cuando me separaron de la cuna viviente que eran los brazos de mi madre, lloré con una pena inmensa. Mi tío, que estaba completamente calvo, no tenía dientes y era muy gordo, pero que siempre tenía en el rostro una expresión de generosidad, se sentó delante de mí, haciendo como que rasgueaba una guitarra imaginaria, y me cantó esta tonada popular [canta]:

El tocar la guitarra
¡jum!
no tiene ciencia
¡jum!
Sólo fuerza en el brazo
¡jum!
y permanecencia
¡jum!

Que significa que para tocar la guitarra no se necesita ninguna ciencia, sino sólo fuerza en los brazos y perseverancia. Mi tío me repitió la tonada una y otra vez, hasta que me calmé y sonreí. Después, cogiendo mi bracito derecho, se puso a marcar con él el ¡jum! Sentí un placer tan intenso y misterioso que todavía lo recuerdo. Fue la primera semilla que cayó en la tierra musical de mi alma, y que más tarde se convertiría en el árbol más perdurable de mi vida. Yo creo que el don para la música, o para otras cosas, viene de muy atrás. Es la semilla que se transmite de generación en generación a un individuo.

Cuando yo tenía seis años, oí a la banda del pueblo en el que vivía, Villacarrillo. Iban tocando mientras desfilaban [tararea una marcha]. Recuerdo aquella vez. Pero por debajo de esta melodía había otra [canta otra melodía]... oía esta melodía debajo de la otra y me sentía feliz. Y allí estaba mi tío, que se dio cuenta de mi vocación para la música.

—Emplea a menudo la palabra "vocación". ¿Qué significa para usted?

La vocación es eso que las personas muy religiosas llaman una inspiración del cielo. Es lo mismo. La música me llamaba. Eso es la vocación. Mi tío me puso entre los dedos de hierro de un violinista, que me pellizcaba cada vez que cometía un error de entonación o de medida. Y estuve a punto de odiar la música, porque le odiaba a él y lo que me enseñaba. Mi tío, con muy buen sentido, me sacó de allí. Y ya no hice nada más en el plano musical hasta que llegué a Granada. Mi tío, con el que yo me criaba, se mudó a Granada para poder darme una educación normal y decente. Pero yo no me fiaba y elegí otra carrera: la música, siguiendo y obedeciendo mi vocación.

—*¿Recuerda la primera impresión que le hizo Granada cuando llegó allá?*

Bueno, cuando llegué era muy pequeño, demasiado joven para tener ideas. Pero más adelante se me abrieron los ojos a la belleza de Granada y al arte. Uno de los mejores compositores de zarzuelas de la época era Tomás Bretón, el autor de La verbena de la Paloma, que es una obra magnífica de veras. Bretón llegó con su orquesta para dar un concierto en el Palacio de Carlos V de La Alhambra, cerca del Palacio Árabe. Yo no tenía dinero, pero como el palacio no tiene tejado, la música salía volando y hasta mí llegaban aquellas maravillosas armonías y los diferentes timbres de los instrumentos de la orquesta. Aquel día descubrí la emoción musical.

—*Cuando empezó a tocar, las únicas guitarras que había visto eran guitarras de flamenco.*

Sí. Flamenco en el pueblecito. A mí no me gustaba el flamenco. Mis amigos empezaron a buscar en casas particulares y en tiendas de música cosas escritas para guitarra. Y encontraron algunas cosas de Sor, de Giuliani, de Aguado, y alguna cosilla publicada por Tárrega. Como yo tenía ciertos conocimientos de solfeo —el Do, Re, Mi—, no me resultaba difícil leerlas, descifrar la música. Así inauguré mi doble función de profesor y alumno en un mismo cuerpo.

—*¿Tuvo que cambiar de manera de tocar?*

Aquello fue absolutamente el resultado de la vocación. No sé si ha visto usted la digitación de la escala diatónica. Vi a un amigo tocar escalas al piano y, simplemente, diseñé la digitación del mismo modo. No la cambié. Les pedí a mis amigos que me trajeran un método de violín. Y cuando me lo trajeron vi las diferentes posturas. El otro

sistema no era correcto porque no era perpendicular, el dedo no era perpendicular a las cuerdas. De este modo era mucho mejor, porque toda la yema del dedo tocaba la cuerda.

—*O sea, que con el sistema antiguo se tocaba con el dedo de lado, y usted comprendió que eso no estaba bien.*

Sí. Y los demás empezaron a tocar a mi manera y decían: "Así es mucho mejor".

—*¿Qué edad tenía cuanto tomó estas decisiones?*

Unos doce años. Cuando tienes una vocación fuerte, todo resulta fácil. Aunque sea dificilísimo de aprender, es fácil porque tienes paciencia.

—*"Paciencia" es una palabra que le he oído utilizar a menudo. ¿Le parece que es la cualidad más importante?*

¿Puedo citar una frase de Nietzsche [filósofo alemán]? "La paciencia es amarga, pero sus productos son dulces." Un hombre sin paciencia es como una lámpara sin aceite.

—*El Capricho árabe es una obra musical preciosa. ¿Se la tocaba por entonces a las señoritas?*

Oh, sí. Y siempre, cuando terminaba el fragmento, la señorita suspiraba: "Aaah". De verdad [risas]. Yo siempre esperaba ese momento.

—*¿No llegó a conocer a Tárrega?*

¿Tárrega?. No, no, no. Murió en 1908. Había un caballero en Granada que se llamaba Carmen, que invitó a Tárrega a ir allí para que me enseñara... para que yo me pasara un mes o así en su casa. Y Tárrega aceptó. Pero entonces se murió. No pude conocerlo.

—*Eso debió entristecerle mucho.*

Pues sí, porque ya conocía algunos pequeños preludios compuestos por él. Para mí, Tárrega era como un dios.

—*Estoy pensando en usted cuando tenía doce años. Ya poseía los fundamentos de su técnica, pero no tenía repertorio.*

Sí, ésa era la pena. Unos tres o cuatro años después, estudié y desarrollé mi técnica, pero entonces me encontré con que no tenía repertorio. Unas pocas obras de Sor:

un estudio en Si bemol, otro estudio en Si mayor y un minueto. Entonces se me ocurrió pedirle a un compositor que compusiera para guitarra. Aunque él no conociera la técnica, yo podía hacer las transcripciones de las obras a la guitarra.

—*La idea se le ocurrió siendo muy joven.*

Sí, sí que lo era. El primer concierto que di fue en Granada. Luego tuve que repetirlo en Sevilla unos dos meses después. Di unos 40 conciertos, todos con el mismo programa [risas]. Era imposible renovarlo.

—*¿De qué constaba aquel programa?*

Había una transcripción muy bonita que hizo Tárrega del *Aursoir* de Schumann... muy buena, buenísima. Después tocaba mi transcripción del Segundo Arabesco de Debussy.

—*¿Hizo usted aquella transcripción cuando tenía 15 o 16 años?*

Quince años. Y tocaba la transcripción en todas partes, porque ya era muy buena, ¿sabe? Al día siguiente [del primer concierto] leí una crítica muy amable y educada en el periódico más importante de Granada. Me creí que iba a ser famoso en el mundo entero [risas]. Luego me di cuenta de que el público que había ido a escucharme era un público de amigos, o de amigos de mis amigos. No quedé satisfecho. Me fui a Córdoba, y de Córdoba a Sevilla, y entonces comenzó mi auténtica vida de concertista. Di unos trece o catorce conciertos, siempre repitiendo mi repertorio. Un año después, cometí un error. El artista, cuando tiene un gran éxito, debe marcharse inmediatamente. Pero los bellos ojos de una muchacha me retuvieron allí un año.

—*¿Cuáles eran sus sentimientos hacia Francisco Tárrega?*

Entregó su alma a la guitarra. Con eso quiero decir que le dedicó toda su vida, todos sus pensamientos, todo su temperamento poético como músico. Pero le faltaba la fuerza necesaria para tocar delante de un gran público, y en lugares grandes, en grandes salas de conciertos.

—*Una de las razones, al menos, podría ser que no tocaba con las uñas.*

Desde luego, tocaba muy bajito. Y eso privaba a la guitarra de su riqueza y su mérito polifónico. Y también de las diferencias de color en la voz de la guitarra.

—*O sea, que para usted, lo de usar las uñas no es sólo cuestión de volumen.*

No, no, no, no. El volumen es necesario, pero lo más importante era darle a la guitarra diferentes colores en sus voces. Y ésa es la razón de que yo diga que la guitarra es una pequeña orquesta. Tárrega privó a la guitarra de uno de sus grandes méritos: la ilusión de diferentes instrumentos.

—*Y sin embargo, éste fue un importante tema de discusión durante el siglo XIX, ¿no? Hubo muchos debates entre guitarristas sobre esta cuestión.*

Hubo una auténtica batalla. Hay incluso un dibujo de una terrible batalla, entre gente con guitarras que se rompen las guitarras en la cabeza.

La calidad de las uñas. Yo tengo uñas fuertes, pero al mismo tiempo son blandas. Mire todo lo que tengo para las uñas.

—*¿Cómo surgió su actuación de gala en Barcelona, en una gran sala de conciertos?*

Yo ya llevaba dados unos trece conciertos en Barcelona y alrededores. Pero quería dar un concierto en el Palau de Musica de Cataluña. Todos los discípulos de Tárrega pensaron que estaba loco, porque creían que la guitarra no se iba a oír allí. Le pedí al gerente del Palau de Musica que se recorriera toda la sala, parándose en cada rincón y en cada punto, y me dijera si se oía esto [chasquea los dedos]. En todos los sitios me decía: "Sí, lo oigo, pero ¿estás seguro de que quieres hacer esto? Una vez le propuse a Llobet dar un concierto aquí en el Palau y se negó, porque creía que la guitarra no se oiría". Le dije que eso era lo que pensaban todos los tarreguistas, pero que yo iba a dar el concierto. Lo único que tuve que pedirle al gerente fue que encargara a la policía que impidiera a los automovilistas tocar el claxon y a los chicos vocear los periódicos que vendían. A partir de entonces, siempre solicitaron la intervención de la policía.

—*¿Cómo era de grande el Palau de Musica?*

No me acuerdo, pero creo que debía de tener unas 2.000 localidades.

—*A la gente, aquello debió parecerle un milagro.*

Pues sí, porque los amigos de Tárrega y de Llobet pensaban que sería un fracaso.

—*¿Cuál fue la primera composición de Federico Torroba para usted?*

Lo primero que me hizo Torroba fue una especie de serenata, pero era imposible de tocar. Luego escribió las últimas piezas de la *Suite Castellana.* Y después compuso la *Arada* y el *Fandanguillo.* Recuerdo que cuando tocaba el Fandanguillo en casa, cuando estaba adaptándolo y aprendiéndomelo, mi hijo, que ahora tiene 58 años pero entonces sólo tenía tres o cuatro meses, se reía siempre que llegaba a cierta parte. Lo mejor que me hizo fue la *Sonatina,* que es una de las mejores obras que jamás se han escrito para guitarra. Cuando toqué la *Sonatina* en París, en casa del director de la *Revue Musical,* Ravel me dijo que la Sonatina era exactamente como *El barbero de Sevilla* [famosa ópera de Rossini] y que para componer una cosa así no bastaba con tener talento: además, había que ser joven. Había seleccionado piezas [de otros autores] que no tenían un sonido demasiado delicado. *Las variaciones de Sor* y cosas así. Toqué por primera vez el *Homenaje a Debussy* de Manuel de Falla y *Segovia* de Ravel. Por desgracia, el público me hizo repetir el Homenaje, pero no Segovia.

—*¿Y qué me dice de Manuel Ponce?*

Ponce era extraordinariamente sensible y puro. Todo lo que compuso es magnífico: en las armonías y en las líneas de las voces. Tenía un profundo conocimiento del contrapunto, de la fuga y de la armonía. No ha habido otro español con semejante dominio de la forma de la guitarra. *Las variaciones sobre Folies D'Espagne* son a la guitarra casi lo que la *Chaconne* de Bach es al violín. Estaba tan lleno de música. Cuando su mujer le preguntó por qué no componía cosas más comerciales, como la popular "Estrellita", él respondió: "No puedo perder el tiempo ganando dinero".

—*Usted vivió muchos años fuera de España, antes de regresar.*

Pues sí. Estuve fuera de España 16 años, viviendo primero en la ciudad de Montevideo (Uruguay), y después en Nueva York.

—*¿Por qué estuvo tanto tiempo lejos de España?*

Pues verá, había guerra en todo el mundo. Era muy peligroso coger un barco y volver a Europa. No podía tocar en Europa porque todo estaba en llamas. La vida en Barcelona en aquella época era muy, muy difícil, porque estaba tomada por los comunistas y los anarquistas. Andaban de aquí para allá matando gente. Había chicos de 13 o 14 años con ametralladoras, que se divertían matando a la gente que pasaba. Salí de España en 1936, el 28 de julio. El 18 de julio empezó la revolución. Había mucha gente mala... no por sus sentimientos o ideas políticas, sino porque eran bandidos, eran ladrones. y se apoderaron de mi casa. Y quemaron libros de arte magníficos que yo tenía, para encender fuego en la casa, porque tenían frío. Según los vecinos, vendieron libros magníficos por dos o tres pesetas. Materialmente, desapareció; conservo mi casa en la memoria.

—*¿Por qué fue primero a Montevideo, y no a los Estados Unidos?*

Porque Uruguay era un país más homogéneo. No había tantas razas diferentes como en Argentina. Y además, es un país muy tranquilo, muy bonito, muy pequeño; se estaba muy bien allí. Nos pasamos allí seis años.

—*Pero en aquella época era muy difícil mantener una carrera en América del Sur.*

Bueno, sí pero no. Yo ya era muy conocido en Europa, e incluso en Hispanoamérica.

—*¿Deberían los jóvenes guitarristas seguir su ejemplo y no estudiar con otros guitarristas?*

A veces escucho a uno de mis discípulos, incluso de los que tienen buena técnica, y noto que me está imitando a través de mis discos. Pero su estilo siempre es muy frío. Es imposible imitar. Si haces un poco retardando, otro poco acelerando, un poco *forte, piano, pianissimo,* todos esos modos de expresión musical, ésa es tu personalidad. A John Williams, a Ghiglia y a otros no les dije nunca que lo hicieran exactamente como yo, porque eso es una estupidez.

Desarrollo su interés por la música y su temperamento, pero no la imitación.

—*Para usted, una obra musical tiene muchas interpretaciones posibles.*

Por supuesto, pero siempre respetando al autor y la música.

—*O sea, que según usted, la musicalidad no se puede enseñar.*

No, en absoluto. El arte es imposible de enseñar. Se enseña la manera de hacer las cosas, pero lo otro no. Si fuera posible enseñarlo, imagínese: todo el mundo sería artista, como se hacen ingenieros, doctores, etc. Es imposible enseñar o transmitir el sentimiento artístico. Imposible.

—*¿Qué le gustaría que aprendieran los jóvenes de su ejemplo?*

El principal consejo que les doy a mis alumnos es que estudien música como es debido, de principio a fin. Como la carrera de un sargento o de un médico, es lo mismo. Es una vergüenza que la mayoría de los guitarristas carezca de este conocimiento. Mi consejo es que estudien música como es debido y que no omitan ningún conocimiento musical, y que no estén demasiado impacientes por dar conciertos. Casi siempre, el impaciente es el último en alcanzar sus objetivos. Paso a paso, es la única manera.

—*¿Ha conseguido todo lo que se propuso cuando era joven?*

Creo que sí. Creo haber cumplido tres de mis cuatro objetivos, y estoy ahora contemplando el cuarto. El primero era redimir la guitarra de las juergas flamencas. El segundo, crear un auténtico repertorio musical para la guitarra. El tercero, tocar en todos los lugares del mundo, para demostrar la belleza del instrumento. Y ahora estoy intentando influir a todas las autoridades de los conservatorios y academias de música, para que la guitarra se enseñe al mismo nivel de dignidad que el piano, el violín, el cello y lo demás. Y también lo estoy consiguiendo.

—*Usted ha tocado música de Bach durante muchísimos años. A partir de su música, ¿tiene alguna idea de cómo pudo ser Bach?*

Bueno, cualquiera que lea la vida de Bach saca la impresión de que era un buen hombre, dedicado por completo a su arte y a su familia. Bach me parece el Himalaya de la música. Eso no significa que no existan otras cumbres. Mozart, Haydn, Beethoven, Schumann, Brahms, son también cumbres, pero no el Himalaya. En cierta ocasión, Enesco le dijo a un discípulo: "Querido, practica la Chaconne de Bach todos los días que puedas, durante toda tu vida. Pero no toques la Chaconne en público hasta que tengas 50 años, porque es demasiado profunda". No es porque yo sea guitarrista, pero la *Chaconne* ha encontrado en la guitarra el instrumento perfecto. Hay otra razón: el hecho de estar escrita en Re menor, el tono central de la guitarra. ¡Está en el tono central de la guitarra!

—*¿Cuál fue la reacción del público, de los violinistas, de los críticos, al oírle tocar esa obra?*

Los violinistas fueron los únicos músicos a los que no gustó la *Chaconne* a la guitarra, pero no por razones artísticas [risas]. A los compositores, a los directores, a los instrumentistas... a todos les gustó mucho la *Chaconne*. Figúrese: la polifonía segura, los diferentes tipos de colores en las cuerdas, en las notas y en las frases. Todo eso enriqueció muchísimo la *Chaconne*. En la guitarra tiene como una pequeña orquestación.

—*Ha dicho a menudo que la guitarra es como una mujer.*

Tiene líneas femeninas, ¿no? El espíritu de la guitarra crea las líneas. Todos los sonidos de la guitarra son femeninos, porque es suave y muy, muy delicada. Llegan con tal sutileza que casi ni se oyen. Es como si imaginaras el sonido, en lugar de oírlo.

—*¿Cómo conoció a Hauser, el constructor de guitarras alemán?*

Estaba dando conciertos en Munich con mi Ramírez y le dije: "Venga mañana, examine atentamente mi instrumento y construya una guitarra para mí". Me preguntó si la iba a utilizar, y le dije que la usaría si era buena. Un año después, me envió una guitarra que era exactamente como la mía, pero sin alma. El sonido no era el mismo. Al cabo de algún tiempo, se la devolví y le pedí que siguiera trabajando. Cada año, durante doce años, me enviaba una guitarra que era mejor que la anterior. El duodécimo año, me envió una guitarra magnífica. Y cuando fui a Berlín quise tocar la *Chaconne* de Bach con esa guitarra, que tenía un trastero muy diferente del de la mía. Estuve practicando la *Chaconne* todo el día y la toqué con aquella guitarra. Desde entonces, toqué siempre con ella, pero desarrolló una especie de enfermedad en la primera cuerda y no sonaba bien en los registros más altos. Todos los instrumentos de cuerda —el violín, el cello, la guitarra— tienen siempre una nota que no suena como las demás. A esa nota se le llama "el lobo". Y esta guitarra tenía muchos lobos. Como Hauser ya había fallecido, se la envié a su hijo para ver si encontraba un remedio. Imposible. Se la envié al mejor *luthier* de Europa. Y nada. Tuve que prescindir de ella.

—*Debió de ser una tragedia para usted.*

Sí, desde luego. Aún no la he sustituido.

—*Cuando empezó a pensar en tocar la guitarra con una orquesta, ¿temía que no se le oyera? ¿Cómo se le ocurrió la idea de que se podía tocar la guitarra con orquesta?*

Con un instrumento pequeño —la pequeña orquesta—, tuve esa idea para elevar el prestigio de la guitarra al nivel definitivo. Pero en cuanto conseguí elevar el prestigio de la guitarra, ya no volví a tocar con orquesta. Por supuesto, tienes que entender que la guitarra, como yo siempre digo, es una pequeña orquesta. Esto significa que la guitarra tiene muchos colores diferentes. Tiene alusiones al oboe, a la flauta, al cello y a los metales. Cuando pones la guitarra junto a una orquesta, la alusión no es necesaria porque el instrumento ya está ahí. La alusión se convierte en algo insignificante. Tengo que forzar la sonoridad de la guitarra para que la orquesta no me tape. Siempre le digo al director antes de empezar: "Más *piano*. Haga el *pianissimo* como si saliera de debajo del nivel del mar, y vaya progresando hasta el *forte* como si fuera *fortissimo*. De este modo, no sacrificamos la voluntad del autor, y la orquesta no tapa la guitarra. Es preciso reducir el volumen de la orquesta. Las grabaciones son lo único que sobrevive de un artista, pero las grabaciones de guitarra no son buenas. Ahora hemos suprimido todas esas cosillas que hacían las

agujas [imita el ruido superficial de un disco de 78 rpm]. Eso acompañaba a la música. En las primeras grabaciones era terrible. Ahora se ha suprimido.

—*¿Ha acabado por sentirse más a gusto en las grabaciones?*

Oh, sí, absolutamente. Recuerdo que cuando grabé mi primer disco para La Voz de Su Amo, se grababa en cera. Si cometías un error, había que empezar otra vez desde el principio. Sólo rozar la guitarra ya era terrible, por la tensión con la que tenía que tocar para no tener que empezar de nuevo. Odio los micrófonos.

—*Ahora toca de un modo diferente. Los ritardandos son distintos.*

Es natural, ¿no? No hay necesidad de convencer al público ni a los críticos. Eso hace que el artista toque con más tranquilidad, con más seriedad y más respeto a la obra que interpretan.

—*En los comienzos, sus interpretaciones eran...*

Muy vehementes. Intentaba convencer a la gente desde la primera nota. Y aquello era imposible. Intentaba arrancarle a la guitarra su poesía y su expresión. Ni más ni menos. Cuando ya eres maduro, utilizas primero la espuela y luego el freno.

—*¿Siguen sin satisfacerle los discos, a pesar de todos los progresos tecnológicos?*

Siguen. Se ha suprimido la aguja que hacía ruido en el disco, pero la electricidad sigue falseando la auténtica pureza del sonido. Y la guitarra es un instrumento de matices. No de fuerza, no de poder, sino de matices. Es el que peor se graba. Nunca oigo mis grabaciones, nunca. O casi nunca. Abajo tengo todos los discos que he grabado. Jamás pongo un disco mío, porque no me gusta oír el sonido. Es muy diferente del auténtico sonido de la guitarra. Por la misma razón no permito micrófonos en mis conciertos. Muchos otros los usan. Bream, por ejemplo, toca con micrófono. Es muy bueno. Toca muy bien. Pero yo no puedo. Se pierde toda la poesía del sonido.

—*¿Toca las piezas en concierto muchas veces antes de grabarlas, o las graba primero?*

Sólo grabo cuando ya he tocado la pieza muchas veces. Porque cuando estoy grabando, parece que estoy impedido. Para evitar las pifias en las cuerdas [imita el chirrido de una cuerda entorchada]. Es terrible. Si Dios me perdona todos mis pecados, será por la tortura que he sufrido grabando los discos [risas].

—*De no haber sido músico, ¿qué profesión habría preferido?*

En primer lugar, pintor. En segundo, hombre de letras. Dos alternativas [risita].

—*¿Diría que ama su profesión tanto como la vida?*

Lo primero de todo es mi arte, y al mismo nivel, mi familia. Eso es todo. Conozco a toda la aristocracia de España y a gran parte de la de Francia e Italia. A mi estudio viene mucha gente, muchos amigos: escritores, pintores, de todo. Eso es lo más importante para mí: mi familia y mi arte. Una vez, mi familia me obligó a ir a una clarividente. Yo nunca he creído en esas cosas, pero para darles gusto, fui. Llamé a la puerta y oí a la clarividente preguntar: "¿Quién es?". Y al oír eso me marché [risas].

—*¿Se considera un virtuoso?*

Creo que no lo soy, en ninguno de los sentidos de la palabra. Conozco a un músico que es esclavo de su instrumento: Jascha Heifetz [violinista], ése sí que es un virtuoso. Pero Isaac Stern [violinista] no llegaba a ser virtuoso, porque además era una persona con la que se podía hablar. Para su época no era nada virtuoso, porque amaba la vida más que a su instrumento. No más que a la música, pero sí más que a su instrumento.

—*Usted nunca tuvo miedo al público. Siente simpatía por él.*

Pero tengo miedo escénico como cualquier otro artista. Y por muchas razones. No sólo por la inseguridad que siempre tenemos, de si vamos a tocar bien o no, sino a causa del instrumento. La guitarra tiene cuerdas muy largas, y las cuerdas pueden influir para bien o para mal. Si el local está muy caliente o muy frío, muy húmedo o muy ruidoso, es imposible predecir cómo va a portarse la guitarra cuando empecemos. Cuando voy a dar un concierto, siempre tengo ganas de cancelarlo. Y cuando he terminado el concierto, querría empezarlo de nuevo. Porque para entonces, el instrumento y yo estamos ya adaptados al local.

—*¿Le parece que la guitarra es ahora un instrumento internacional?*

Por completo. Absolutamente. La mayoría de mis alumnos avanzados no son españoles. Y las personas que componen para guitarra —Tansman, Castelnuovo-Tedesco, etc.— tampoco son españolas.

—*¿El piano no le complace tanto como instrumento?*

Yo defino el piano con una broma: es un monstruo que grita cuando le tocas las teclas.

—*Pero observo que tiene un piano en su estudio.*

Sí, para sujetar las fotos [risas].

—*¿Y qué me dice del violín? ¿Le gusta el violín?*

El violín es el rey de los instrumentos de cuerda, porque tiene un sonido poderoso. Canta, es melódico. Y luego está la prolongación del sonido. Pero carece de la belleza de la guitarra, a causa de la poesía de este instrumento. Y se puede tocar *pianissimo*... tan etéreo que es como soñar la música.

—*Usted es mucho más que un guitarrista.*

Porque soy un hombre. Por encima de todo, me siento un hombre. Y probablemente, un buen hombre. Después, correspondiendo a toda la atención que he recibido, y aparte de eso, soy un artista. Siempre digo que mi vida ha sido una línea sin interrupción, siempre hacia arriba. He dedicado mi vida a la guitarra.

MIS CUATRO OBJETIVOS
Por Andrés Segovia

Existe una leyenda sobre el origen de la guitarra, que es más hermosa y sugerente que los datos históricos: Apolo estaba persiguiendo a una hermosa ninfa, y todo el tiempo le repetía galantemente: "No te canses, no te canses. Te prometo que no te haré el amor". Cuando por fin consiguió tomarla entre sus brazos, la ninfa invocó a su semidivino padre, que al instante la transformó en un árbol de laurel. Con la madera de este árbol, Apolo construyó la primera guitarra, y le dio una forma con contornos curvos y elegantes, que revelan para siempre su origen femenino. Por eso, la guitarra tiene un carácter reservado y voluble, incluso histérico en ocasiones. Pero también por eso, es dulce y suave, armoniosa y delicada. Cuando se toca con amor y habilidad, sus melancólicos sonidos provocan un éxtasis que nos mantiene atados a ella para siempre.

Desde mis años juveniles, soñé con elevar a la guitarra del lamentable nivel artístico en el que estaba sumida. Al principio, mis ideas eran vagas e imprecisas, pero al crecer en edad y hacerse más intenso y vehemente mi amor por ella, mis deseos se hicieron más firmes y mis intenciones más claras.

Desde entonces, he dedicado mi vida a cuatro tareas esenciales. La primera: separar la guitarra de las estúpidas juergas folclóricas. Nació para algo más y para algo mejor. ¿Se imaginan a Pegaso tirando de un carro de hortalizas?

Mi segunda tarea: dotar a la guitarra de un repertorio de alta calidad, formado por obras que posean valor musical intrínseco, escritas por compositores acostumbrados a componer para orquesta, piano, violín, etc. Los maestros, influidos por el uso que se le daba a la guitarra, habían escrito para ella con pasión, pero con incompetencia, dejándola hundirse aun más abajo que cuando la rasgueaban los tocaores de flamenco, algunos de los cuales eran maravillosos en su campo. Tres nombres destacan en la historia moderna de la guitarra: Sor, Giuliani y Tárrega, aunque las obritas de este último no tienen una importancia trascendental. El primer compositor sinfónico que atendió mis peticiones, ofreciéndose a colaborar conmigo, fue Federico Moreno Torroba; después, Falla y Turina; más adelante, Manuel Ponce, Villa-Lobos, Castelnuovo-Tedesco, Tansman, Roussel, Cyril Scott, Rodrigo, Jolivet, Duarte y otros. Ayudado por musicólogos profesionales, me he dedicado también a recuperar obras deliciosas, escritas para vihuela y laúd, y entre estas últimas hay una magnífica colección compuesta por Johann Sebastian Bach. En la actualidad hay más de 300 obras nuevas para guitarra.

Mi tercer objetivo: dar a conocer la belleza de la guitarra al público filarmónico del mundo entero. Empecé dando conciertos en España, desmintiendo el dicho que afirma que "nadie es profeta en su tierra". Los teatros y las salas de conciertos se llenaban, y el interés y el respeto del público por la guitarra "clásica" fueron en aumento. En 1919 hice mi primera gira por América Latina; y cinco años más tarde se me abrieron las puertas de la sala del Conservatorio de París. Los críticos franceses alabaron la guitarra, como un medio expresivo para la música seria, y mencionaron las obras de Bach con palabras de elogio. Empezaron a llamarme asociaciones de conciertos y empresarios de Londres, Berlín, Viena, Zurich, Amsterdam, Roma, Estocolmo, etc. Mi primera actuación en Estados Unidos tuvo lugar en 1928, y durante el verano y principios del otoño de aquel mismo año emprendí mi primera gira por el Extremo Oriente. Ahora, a los 77 años, continúo con mis actividades artísticas por todo el mundo civilizado. Como el poeta, puedo decir que "he sentido bajo mis pies la redondez del planeta".

Sigo trabajando en mi cuarta y, tal vez, última tarea: la de influir en las autoridades de los conservatorios, academias y universidades para que incluyan la guitarra en sus programas docentes, al mismo nivel que el violín, el cello, el piano, etc. He colocado a discípulos míos como profesores en cuatro conservatorios de Suiza, cinco de Italia, dos de España, uno de Inglaterra, dos de Australia, dos de Argentina, tres de los Estados Unidos, y a otros en Alemania, Holanda, Francia y los países escandinavos.

Así pues, el futuro de la guitarra está asegurado. He roto el círculo vicioso en el que un destino adverso la había mantenido encerrada. No aparecían guitarristas de valía porque los grandes compositores no escribían música para guitarra, y estos últimos no componían para la guitarra porque no existían virtuosos con talento. Mis discípulos —muchos de los cuales son ya famosos profesores y artistas— continuarán mi trabajo, añadiendo fervientemente sus propias contribuciones artísticas a la historia de este instrumento, el más bello de todos.

Este artículo se escribió en 1970, y está tomado de la carpeta del LP de Segovia *La guitarra y yo*, con autorización de MCA.

CÓMO CONOCÍ A MANUEL RAMÍREZ
Por Andrés Segovia

No estaba satisfecho con mi guitarra, la fabricada en Granada. Quería alquilar una guitarra, como los pianistas alquilan un piano para tocar. A Ramírez nunca le habían hecho una propuesta semejante. Y me enseñó una guitarra que tenía: era magnífica. Toqué todo lo que me había aprendido hasta entonces, y después le pregunté a Ramírez: "Señor Ramírez, ¿me alquilaría la guitarra?" Y él respondió: "La guitarra es tuya, hijo. Págame sin dinero". Me levanté y me sentí feliz. Le abracé con lágrimas en los ojos y le dije: "Ésta es una cosa que tiene valor, pero no precio".

Ah, Madrid era como un pueblecito. Dos o tres automóviles por la calle, yendo de acá para allá, y muchos fiacres —coches de caballos—; y era muy bonito. Madrid, en aquella época, era muy atractivo. Ahora está imposible. Con los millones de automóviles que circulan, está imposible. Ha desaparecido la costumbre de pasear por Madrid.

El primer concierto que di con la guitarra fue en el Ateneo. Estaba muy contento con la guitarra Ramírez y toqué, según me pareció, bastante bien. Pero después —al día siguiente— no vi en el periódico ninguna mención de mi recital. Ni tampoco al otro día. Y cuando estaba absolutamente deprimido —todos mis ánimos se habían venido abajo y no sabía qué hacer, porque había puesto muchas esperanzas en aquel concierto—, entonces recibí una llamada de Ramírez, diciéndome que fuera a verlo. Y yo supuse que, puesto que ningún periódico mencionaba el éxito que había tenido dos días antes en el Ateneo, a lo mejor Ramírez quería recu-

perar su guitarra. Y acudí inmediatamente, dispuesto a devolverle la guitarra. Pero él me preguntó por qué no había ido a verlo después del concierto. Y yo dije: "¿Es que no ha visto que mi concierto fue un fracaso? ¿Oyó usted su guitarra?". Y él dijo: "Oí mi guitarra y estoy muy contento. Fue todo un éxito; no te importen las críticas; no hay críticos de música en Madrid. ¿Sabes por qué te he llamado? Porque hay un banquero que te ha oído. Le gusta mucho la música y le gustaría oírte en su casa". Así que fui a tocar y me dieron 200 pesetas, que entonces eran un montón de dinero.

Creo que a todos los artistas les pasa lo mismo. Al principio, quieren exhibir su talento para convencer al público y a los grandes músicos. En mi caso, tuve que luchar por dos cosas: no sólo por mí como artista, sino también por la guitarra como instrumento musical. La guitarra no tenía reputación como instrumento musical. Tuve que luchar para convencer a la gente de que la guitarra era un instrumento magnífico, debido a su capacidad filarmónica. Mi miedo escénico era menor que mi deseo de hacerlo bien.

Tengo que decir una cosa: antes de cumplir los 45 años, no me gustaban ni los niños prodigio ni los viejos prodigio. Ya no puedo seguir diciendo lo mismo [risas]. Pero de verdad, antes de que el público se retire de mí, me voy a retirar yo de él.

Cuando me preguntan: "¿Cuánto tiempo lleva tocando la guitarra?", suelo responder: "Desde antes de nacer". Y cuando me preguntan: "¿Quién le enseñó?", suelo responder: "He sido mi propio maestro y mi propio alumno". Y después de tantos años de relación, ambos han acabado sintiéndose satisfechos.

Una vez, en Buenos Aires, vino a verme un grupo de hombres que estaban interesados en la guitarra. Y uno de ellos me preguntó por qué tocaba tan rápida la segunda parte de la *Canzonetta*. Y yo pensé: "¿Para qué darle una razón estética?", así que le dije: "Porque puedo". Dieron media vuelta y se marcharon [risas].

El saxofonista tenor John Coltrane, uno de los auténticos innovadores del jazz moderno, dijo en una ocasión: "Estamos siempre buscando, y creo que ahora estamos a punto de encontrar algo". Carlos Santana, como Coltrane, es un buscador o, como él dice, un explorador. Las similitudes entre los dos artistas no acaban ahí. Como la de Coltrane, la música de Santana ha reflejado el modo de vida espiritual que él ha elegido. Como Coltrane, es un innovador y, por encima de todo, una voz individual con su instrumento, en este caso la guitarra.

John Coltrane fue una importante inspiración para Carlos, de modo que los paralelismos no pueden ser mera coincidencia. El tema que daba título al séptimo álbum de la banda de Santana, "Welcome", era una composición de Coltrane. El guitarrista colaboró con la viuda del saxofonista, la pianista/arpista Turiya Alice Coltrane, en el álbum *Illuminations.* En cierta época, Devadip incluso dormía con una cinta de Coltrane sonando toda la noche.

Pero Santana era lo suficientemente inteligente para saber que sólo podía existir un John Coltrane, y escuchaba su música a modo de inspiración, y no para copiar líneas ni, tan siquiera, modos estilísticos. Carlos Santana es tan personal que, salvo en raras ocasiones, resulta difícil descubrir en su música huellas directas de los músicos que dice que le han influido. Puede pasarse horas hablando de su intenso amor a los blues, y citar una interminable lista de sus músicos favoritos del género; pero en todos sus álbumes con la banda de Santana y en sus diversos trabajos en solitario, no ha grabado jamás un *blues,* por lo menos con la forma tradicional del *blues.* Los *blues,* como los demás factores que componen el sonido Santana, se reflejan como sentimiento, no como notas o ritmos.

Hasta la fecha, el nombre Santana trae a la mente la imagen de un batallón de percusionistas latinos respaldando a un líder que se inclina hacia atrás, con los ojos cerrados con fuerza en intensa concentración, y exprime las notas de su guitarra. La banda de Santana fue el primer grupo que combinó con éxito el *rock* y los ritmos latinos y africanos. El grupo —que en un principio se llamaba Santana Blues Band y luego acortó su nombre, dejándolo en el apellido de su líder— reunió una buena cantidad de seguidores en el Fillmore Auditorium de San Francisco, propiedad de Bill Graham, y llegó a ser cabeza de cartel con teloneros como Taj Mahal, The Youngbloods y Melanie, antes de grabar su primer disco. La joven banda adquirió fama nacional gracias al festival de Woodstock de 1969, el mismo año en que apareció su primer álbum, *Santana.* Del LP se sacaron dos singles de éxito, "Jingo" y "Evil Ways", y en menos de un año alcanzó categoría de platino, hazaña de la que muy pocos grupos de la época pueden presumir.

Los éxitos se siguieron sucediendo, tanto en forma de álbumes como de singles —"Oye como va", "Black Magic Woman/Gipsy Queen", "No One to Depend On"—, a pesar de los numerosos cambios de personal en la banda. Entonces, la banda de Santana cambió de dirección, siguiendo los ideales de su guitarrista y líder. Artistas como John Coltrane, Charles Lloyd, McCoy Tyner, Thelonius Monk, Miles Davis (a quien Santana llama "el Muhammad Ali de la música"), Weather Report y John McLaughlin aportaron la inspiración que hasta entonces había corrido a cargo de B.B. King, Jimmy Reed y otros. La reputación de la banda se ha mantenido constante, y decir que Carlos Santana tiene asegurado un puesto en la elite de los guitarristas de *rock* es decir bien poco.

[Junio de 1978]
—*¿La penetración de influencias latinas en la banda de Santana se debió a las cosas que habías oído de niño, o fue un músico de fuera el que introdujo ese elemento en la banda?*

Al principio éramos exclusivamente una banda de *blues*. Yo creo que la razón del cambio fue que andábamos mucho por la "colina *hippie*" y el Parque Acuático [de San Francisco], y allí tenían congas y vino —probablemente siguen teniendo—, y por eso metimos congas en la banda. Y después oí a Gabor Szabo en su álbum *Spellbinder*, que tenía congas. Alguien trajo a un tocador de congas a tocar en una *jam* con nosotros, y nos metió en una onda completamente diferente. En realidad, nunca hemos tocado "música latina", ¿sabes?. Es un cruce. Yo toco cualquier cosa que oiga.
—*¿Pensaste en un principio añadir un tocador de congas, pero seguir tocando blues?*

Sí. Incluso después de meter las congas, seguíamos llamándonos Santana Blues Band. En realidad, debió ser Harvey Mandel el primero que metió congas en un álbum de *rock'n'roll* [Cristo Redentor]. Los vi una vez a él y a Charlie Musselwhite, y me quedé estupefacto. Aprendí un montón de ellos. Admiro muchísimo a los tíos como

Harvey Mandel, que tienen un sonido identificable, porque eso cuesta mucho trabajo. Nadie puede decir que has nacido con ello; tienes que esforzarte y labrar tu propia individualidad. De hecho, si quieres aprender a desarrollar eso, un buen sistema es conseguirte una grabadora, apagar las luces de tu casa durante media hora, y meterte en un cuarto que esté oscuro, donde no vayan a interrumpirte. Entonces te pones a tocar con una caja de ritmos. Al cabo de un rato, es como si se hubieran repartido cartas en la mesa, y puedes empezar a distinguir los *riffs* que son de Fulano, los que son de Mengano, y los dos o tres *riffs* que son tuyos. Entonces empiezas a concentrarte en los tuyos y, para mí, ésa es la manera de desarrollar un sonido propio. Tocas un par de notas y dices: "Ahí va, esto suena a Eric Clapton", o "Esto suena a George Benson". Pero luego tocas dos o tres notas más y dices: "Eh, eso es mío". No empecé a hacer esto conscientemente hasta hace un par de años. Me sentaba, apagaba todo, ponía en marcha la caja de ritmos y me ponía a tocar y a tocar.
—*¿Dispones actualmente de mucho tiempo para practicar?*

Sí, todavía practico mucho. Todo lo que puedo. Principalmente, con la caja de ritmos. Practico hasta que los dedos respondan a lo que siento. A veces me entran unas ganas increíbles de buscarme un profesor de música que me enseñe acordes y escalas curiosas, de las que se encuentran en el Thesaurus of Scales and Melodic Patterns. De vez en cuando cojo ese libro y toco dos o tres líneas. A veces me asusta, porque empiezo a tocar algo verdaderamente importante. Otras veces empiezo a sonar como todo el mundo, y yo no quiero sonar así. Prefiero la sencillez. Es como comer: si no discriminas lo que comes, te pones enfermo, ya sabes, indigestión. Es lo mismo: tienes que saber lo que te conviene. Al aprenderlo es como si lo digirieras. Queda almacenado en las células de tu memoria. Otro sistema que uso para practicar consiste en poner un disco cuando no hay nadie en casa, y si me emociona se me altera la cara y me pongo a llorar. Considero que si no soy capaz de llorar al oír algo emocionante, no podré llorar en el escenario. Creo que muchos músicos se vuelven muy insensibles, y al cabo de algún tiempo ya no son capaces de sentir dolor. Y la música no es eso.

—*¿Prefieres hacer álbumes-concepto y no simples recopilaciones de canciones?*

Sí, ésa es la única manera que tengo de hacerlo. En general, es como una visión. Cada canción es una visión, más que una idea musical. Es como pintar: no me pongo a pensar qué clase de trazos voy a aplicar; me limito a ir pintando, y sé al instante qué instrumento y qué color emplear. Así me resulta más fácil, porque yo no sé solfeo. No sé nada de música. Debería estudiar música y probablemente me ponga este año: acordes y armonía. Así me resultaría más fácil. Antes pensaba que me estorbaría, porque he conocido músicos que son tan técnicos con la música que siempre quedan atrapados en una técnica y abordan una canción siempre de la misma manera. Quedan atados a una técnica, mientras que un niño que nunca ha practicado música puede tocar la canción de muchas maneras diferentes, porque no está atado a una cierta forma de abordar la música. Naturalmente, he oído los pros y los contras de estudiar música. Siempre me han fastidiado esos músicos *snobs* que presumen de saber solfeo, pero, afortunadamente, he conocido muchos buenos músicos que tenían una actitud abierta al respecto. Una vez oí a uno que se estaba metiendo con otro porque no sabía solfeo, y era casi como en la película *Nunca en domingo,* cuando el tocador de mandolina está hecho polvo y le dicen que no es músico porque no sabe solfeo. Entonces alguien le dice: "Los pájaros no saben solfeo". En cierto modo, esto es una excusa, y ya sé que debería aprender y hacer un esfuerzo por saber más de música, para no avanzar tan a trompicones. Pero siempre me ha parecido que tengo suficiente espontaneidad y suficiente visión para no caer en la trampa de "es que tengo que empezar por Do sostenido".

—*¿Te has sentido impedido por tu falta de formación académica al tocar con gente como Stanley Clarke o Chick Corea?*

Podemos tocar juntos sin problemas. En cuanto cierro los ojos, es como estar sentado ahí: sabes perfectamente dónde estás sentado. Pero cuando cierras los ojos y sientes la silla y empiezas a sentir el entorno, entonces te resulta más fácil, porque quitas de enmedio la mente. Para mí, el corazón siempre está afinado con el tiempo y la melodía. Pero si empiezas a pensar cosas como: "Me pregunto en qué tono estará tocando este tío", entonces no puedes ni afinar la guitarra, porque pierdes tanto tiempo calculando y fabricando y criticando, que cuando por fin llegas a la canción, los demás ya han terminado. Pero si te limitas a sentir, es la cosa más natural... si sólo sientes, puedes crear. Yo creo que la formación musical me ayudaría a componer mis canciones un poco más deprisa. A veces tardo mucho, porque lo que oigo tengo que buscarlo en diferentes posturas hasta que lo encuentro, en lugar de decir: "Creo que lo que oigo es un Re con tal y cual".

—*Cuando oyes en tu cabeza una idea para una canción, ¿suele ser una melodía, o una serie de cambios, o un motivo rítmico, o qué?*

Es un llanto. Es una melodía llorosa. Eso es lo que más oigo, y luego tengo que encontrar los acordes. A veces es al revés, y un acorde vale casi por tres melodías. Pero a veces la melodía es tan clara que quieres encontrar una progresión de tres acordes para tocarla.

—*Tus solos de guitarra parecen seguir muy de cerca la melodía de la canción. ¿Piensas en el tema básico de la canción durante tu solo?*

Sí. Para mí, el corazón de la canción es la melodía. Y abordo la melodía desde el punto de vista de un cantante, un cantante simple, no de los que hacen mucho *scat,* como George Benson. Si te fijas, muchos guitarristas tocan *riffs* como si tocaran vientos, y a mí no me gustan los guitarristas así. No es que me disgusten con pasión, pero no me atraen; me parecen aburridos. Yo pienso más como el profano que se pone a cantar [canta] "Lovely Rita meter maid...". No te importa qué acordes haya por debajo, lo que te atrapa inmediatamente es el sentimiento básico de la canción. Escucho mucho la radio y creo que no me gusta eso del *diddle-do-dah* y cosas así. Y me digo ¿por qué hacer eso, cuando hay miles de tíos que lo hacen un millón de veces mejor? Ellos son así, y yo hago lo mío. Es como tu firma. Para mí, éste es un punto de vista muy válido. Habrá quien diga que es negativo, pero yo creo que es positivo, porque soy consciente de que, entre miles y miles de guitarristas, sólo hay, digamos, treinta que, en cuanto los oyes, sabes quiénes son. Todos los demás suenan igual... al menos, a mí me lo parece. Y tardé mucho tiempo en darme cuenta de que es un don muy hermoso, ése de tu propia individualidad... aunque sólo te sepas tres notas, tío, si eres capaz de tocarlas bien y sabes quién eres. Yo creo que no fui consciente de mi sonido hasta hace tres o cuatro años. Incluso cuando hice aquel álbum con Mahavishnu [*Love Devotion Surrender*], al cabo de algún tiempo pensaba: "Joder, ¿quién toca cada cosa?". Incluso a mí me costó bastante distinguir quién hacía cada cosa, porque tocábamos tantísimas notas que al cabo de un rato el sonido era todo igual. Luego empecé a distinguir una cierta cantidad de sonidos y dije: "Ése es Mahavishnu", y después oía tres notas y decía: "Bueno, ése soy yo". Creo que eso se remonta a cuando escuchaba a Johnny Mathis y Dionne Warwick y tocaba detrás de la melodía, en lugar de tocar lo que tocaban los saxos y las trompetas y todos los demás. La verdad es que no escuché mucho *be-bop;* esa época me la perdí. Estaba enganchado con todos aquellos músicos de *blues,* gente como Jimmy Reed, que sólo tocan tres notas pero te enganchan. Por lo que a mí respecta, el objetivo de la música es contar historias con una melodía. Para mí, todo ese rollo de tocar muchas notas es como mirar a un tío levantando pesos. Al cabo de un rato, ¿a quién le interesa ver a un tío flexionando los músculos?

—*Tu manera de tocar la guitarra es sumamente vocal en sonido y fraseos, y sin embargo nunca has sido el cantante principal de la banda de Santana. ¿Intentas compensarlo con la guitarra?*

Eso es. Creo que es exactamente eso. Canto por medio de la guitarra. El tema principal es siempre una melodía hechizante.

—*El repertorio que tocas en los conciertos es casi como un álbum-concepto: hay muy pocas pausas entre canciones, y las transiciones de un estado de ánimo a otro son muy sutiles.*

Sí, es el estado de ánimo. Eso lo aprendí de Miles: hay que ordenarlo todo de manera que constantemente estés trascendiendo de ti mismo. Procuras llegar a un punto culminante y resolverlo. A veces nos da la sensación de que deberíamos hacer una pausa y dejar tiempo para que la gente lo deglutiera y digiriera. Pero a mí me gusta pasar de una canción a otra, y a otra. Es más divertido.

—*¿Has visto o participado en alguna "batalla de guitarras" en un escenario?*

No me gusta esa clase de presión. Solía pasarme mucho por el Fillmore y veía a un montón de guitarristas que se acercaban a B.B. King como si fueran pistoleros: se les notaba en los ojos que querían fulminarlo. Y B.B. se arrancaba con algunas frases de Django Reinhardt o de Charlie Christian, y después tocaba un poco de B.B. King. Es que daba risa ver la cara de aquellos otros tíos. Cuando fui de gira con Mahavishnu, dimos juntos unos doce conciertos, y en los seis primeros creo que estaba verdaderamente intimidado por él. Después empecé a ver que la gente me esperaba a mí, como si ya estuvieran hartos de él, y me dije: "Bueno, a lo mejor estoy en condiciones de decir algo y que me escuchen". Estuve intimidado hasta que vi gente emocionada por lo que yo tocaba. Tiempo después, dimos unos cuantos conciertos juntos con guitarras acústicas, y era como siempre: si suprimes la mente, puedes darle a la gente algo bueno a cambio de su dinero, e incluso puedes llegar a asustarte a ti mismo. Tienes que buscar dentro de ti; si te pasas todo el tiempo pensando en lo que vas a decir, no hay nada que hacer.

—¿La colaboración con John McLaughlin tuvo lugar porque los dos érais seguidores de Sri Chinmoy?

Yo era un buscador, y lo sigo siendo. Incluso la música es algo secundario para mí, con todo lo que la amo. Mahavishnu me llamó y me dijo que querían saber si podíamos hacer aquel álbum juntos, y también quería saber si yo estaba interesado en ir a ver a Sri Chinmoy. Le parecía que yo andaba buscando o aspiraba a otro tipo de conciencia... porque en aquella época yo ya me había comprometido a dar carpetazo a las drogas, el alcohol y todas esas cosas. Entonces empecé a leer libros sobre la India y sobre los maestros espirituales, y eso me inspiró para trabajar más. Hay quien lo llama ambición, pero yo lo llamo inspiración. Cuando tienes eso, es como tener una clase diferente de energía, pura energía, un combustible diferente. A veces, está todo en este centro de creatividad y, simplemente, fluye a través de ti, y de pronto ya no tienes que preocuparte de si va a gustar o no. Cuando terminas, te sientes como una abeja: no sabes por qué lo hiciste, pero has acumulado toda esa miel. Eso fue lo que nos unió. Los dos sentíamos el mismo anhelo por el mismo objetivo. Pero aprendí muchísimo de él. Es un músico increíble. Por supuesto, siempre puedes descubrir un guitarrista que sea el mejor del mundo y del que nunca habías oído hablar —a lo mejor, alguien que no ha grabado nunca—, pero como aún no le conozco, Mahavishnu, George Benson y Pat Martino son, probablemente, mis guitarristas favoritos.

La gente a la que me siento más próximo... a ésos ni siquiera los considero guitarristas; los considero más bien pintores. A mí, B.B. [King] no me parece un guitarrista; lo que parece es que llora y toca *blues,* y ese tipo de cosas. Y cuando le oigo tocar, ni siquiera oigo una guitarra; sólo oigo su llanto. Si tuviera que hablar de auténticos guitarristas, diría que Django Reinhardt era "un guitarrista de verdad". Tenía las dos cosas: podía llorar con la melodía y a continuación matarte de miedo con un par de frases. Lo tenía todo. Podía tocar frases como un saxofonista, como un pianista o como un guitarrista, y encima tocar melodías bien bonitas. Y cuando me contaron que sólo tenía dos dedos hábiles, me quedé flipado.

Todavía estoy luchando por encontrar mi propio sonido y mi propia individualidad, la que Dios me dio. Toques lo que toques, siempre trasciendes de ti mismo. Pero en aquella época me estaba esforzando un poco más, y me llevaba horas y horas. Incluso dormía con un magnetofón en marcha. Me compré un casete que podía tocar las dos caras seguidas, y escuchaba a John Coltrane sin parar... porque no era capaz de entender los últimos álbumes. Eran tan turbulentos. Y de pronto, dejaron de ser turbulentos y se convirtieron en dulces. Pasa con todo: tienes que condicionar tu mente para ver que en las notas hay niños que lloran, el amor y la compasión de una madre... Lo más importante que he aprendido en mi vida acerca de la música es su efecto en la conciencia. Es como si vas a un bar donde toca Elvin Bishop: hay una cierta conciencia que el tío impone. Es casi como estar en un granero, con gallinas y cerdos, y es una atmósfera muy bonita y feliz... muy realista. Mientras que si vas a una iglesia o, por ejemplo, a la India... cada música tiene su propia conciencia. La música es como un vaso vacío, y lo que eches en él es la conciencia. Tanto si tocas *country & western* como si tocas samba brasileña o lo que sea, eso es sólo el envoltorio. Lo que de verdad importa es lo que sientes, lo que tú pones dentro.

—Consideremos una canción como "Europa", que es muy emotiva. ¿Resulta difícil tocarla noche tras noche y seguir sintiéndola tan profundamente como cuando la compusiste?

No es tan difícil como era antes, porque he aprendido un truco para eso, una manera de condicionar la mente. Antes escuchaba a B.B. King y decía: "Joder, he tardado media vida en aprender ese *riff,* y aún no me sale como a B.B.". Después, cuando le vi tocar, me di cuenta de que, antes de tocar la nota, ponía cierta cara. Cada vez que ponía aquella cara, tocaba la nota. Y me figuré que el tío retrocedía en el tiempo, a un cierto lugar, o a alguna parte de su propio interior, y entonces tocaba la nota. Y eso es lo que hago yo ahora. Me olvido de que soy una figura relativamente importante en el mundo de la música, y me convierto en un niño que no sabe nada, excepto que está hambriento de valores espirituales. No tengo que montarme ningún rollo grandioso ni nada; es cuestión de ser muy natural.

—*Has mencionado a varios artistas que cruzan fronteras, lo cual se presta a controversias: seguro que a algunos puristas del* jazz *les molesta que un rockero como Jeff Beck haya ganado la encuesta del* Playboy *de este año como Mejor Guitarrista de* Jazz. *Y hay quien ha utilizado la palabra "jazz" para describir lo que tú tocas.*

Y no lo es, claro. No sé por qué clasifican a ciertos artistas de esa manera, pero a mí me da lo mismo, porque, por encima de todo, yo mismo soy un instrumento que intenta tocar algo para ti. No me considero un guitarrista, sino más bien un explorador que quiere manifestar su visión por medio de ese instrumento concreto. Para mí, un guitarrista es alguien que suena como un guitarrista. En estos tiempos, es difícil encontrar a alguien que no haya cruzado fronteras. No me parece que lo del "cruce" sea negativo. Algunos músicos lo han utilizado simplemente para ganar más dinero, sin sentirlo en el corazón, y eso es prostitución. Pero si uno se esfuerza honradamente por dominar otro tipo de música y hacerlo a su manera, el cruce es positivo. Yo creo que el único que ni de día ni de noche me suena a cruce es Keith Jarrett. Pero a mí me excita aprender de todo. En otro tiempo sentía que mi deber era ser un pionero, pero ahora esas cosas se las dejo a otros. No me interesa ser pionero, excepto en mi propio corazón. Pero ya no me sometería conscientemente a ese tipo de presión. Toco lo que me resulta agradable, sin ofender y sin deshonrar mi instrumento ni mi propia integridad.

[Enero de 1988]
—*Eres uno de los pocos guitarristas reconocibles al instante. ¿A qué se debe?*

Hombre, es una acumulación de muchas cosas. Mi afición a John Coltrane [saxofonista] y su sonido. Mi afición a B.B. King y su sonido. Y a Aretha Franklin. Todas las cosas que mi padre me transmitió. Mi padre es músico: me enseñó todo lo que sé de guitarra, en cuestión de acordes técnicos y cosas así. Y también mi abuelo era músico, y mi bisabuelo. Lo principal es el llanto. No se trata de gimotear. Ya sabes, a veces vas a un funeral, y a lo mejor el muerto no era buena persona, pero aun así la gente quiere decir algo agradable de él. Bueno, pues el sonido de la música que intento hacer ahora es para que la gente aprenda a llorar tranquila y apaciblemente. Trata de insistir en la belleza que tenía, por ejemplo, Jaco Pastorius. Borré inmediatamente de mi cabeza todo lo que salió en el National Enquirer, y lo único que recuerdo es lo bien que me lo pasaba con Jaco Pastorius cuando nos juntábamos para tocar y para pasar el rato. Eso es lo que intento hacer con el sonido. Es un llanto para "exaltar la elegancia de la humanidad".

—*A lo mejor, a eso se refería Jimi Hendrix cuando tituló un álbum* The Cry of Love.

Sí. A veces te ríes tanto que acabas llorando. A veces lloras tanto que acabas echándote a reír. Eso es pura emoción. Ésa es la base de mi música, lo primero de todo. Hay gente que se lo aprende todo acerca de los grandes compositores, y basa su obra en eso, y me parece bien. Mientras nos lleven a todos al mar para bañarnos juntos, todo va bien. El modo de enfocarlo no es tan importante como llegar a esos lugares donde van, por ejemplo, Aretha o Labelle cuando cantan cierta nota y hacen girar los ojos hasta las orejas, y te llevan con ellas a donde ellas van. Ése es el objetivo que tengo ahora al componer canciones. Ya sean rápidas o lentas, *reggae,* africanas o lo que sean, ¿qué puedo hacer para que el oyente se quede intoxicado con ellas?

—*¿Qué consejo les darías a los jóvenes virtuosos obsesionados por la técnica, para que pusieran más emoción en lo que tocan?*

El único consejo que puedo dar es que todas esas cosas que hacen son bagatelas. No hay nada que llegue tan deprisa al corazón del oyente como la sinceridad. Prefiero siempre la sinceridad a la emotividad. Ya toques rápido o lento, si eres sincero, la gente lo notará. Si te limitas a seguir las progresiones, las escalas y todo eso, eres como Sugar Ray [Leonard, campeón de boxeo]. Sugar Ray puede pegarte cincuenta golpes en nada de tiempo, pero con una sola vez que te dé Marvin Gaye [cantante], te vas al suelo. Es lo mismo que pasa cuando algunos músicos muy rápidos tocan en una *jam* con Otis Rush, pongamos por ejemplo. Esos tíos se recorren la guitarra a lo largo y a lo ancho, tocando todas las notas a velocidad de vértigo. Pero si Otis Rush pone un dedo en su guitarra y te golpea con una sola nota que ordeña la vaca hasta dejarla seca, están todos perdidos. Le he visto destrozar a prácticamente todo el mundo en un club de Chicago, sólo con el sonido. Para mí, el sonido es más importante que cualquier otra cosa, porque desarma al oyente, que se desembaraza de todo lo que tiene en la mente y conecta con lo que está sucediendo. Tu alma se identifica con ello, y puedes echarte a reír o a llorar. Es lo que abre los oídos de la gente a las emociones más puras. Eso es lo que busca la gente cuando va a la iglesia.

—*¿Qué porcentaje de tu sonido depende de tus manos?*

Yo diría que aproximadamente el 25 por 100. El 75 por 100 restante sale de las piernas, de las entrañas. Después de tocar un solo, me duelen la garganta y las pantorrillas. Eso es proyectar; no es cuestión de volumen. Hay gente que no distingue la diferencia entre tocar fuerte y aprender a proyectar. Muchos músicos tocan de los dedos hacia fuera, y así no pueden llegar a ti. Pero cuando una persona toca desde las pantorrillas —fíjate en lo que hacía Jimi algunas veces—, y desde aquí [se palmea los muslos, la entrepierna y el estómago], y lo pone todo en esa nota... tío, se te ponen los pelos de punta, te corre un escalofrío por la columna. Esto no es una fantasía: es la verdad. Si pones todo tu ser en una nota —tus órganos vitales, tu cuerpo, tu mente, tu corazón y tu alma—, la gente tiene que reaccionar.

—*¿Cuál es el principal impedimento para la conexión total?*

Tu mente. Las dudas, la inseguridad, el autoengaño, el ego. Ésas son las cosas que bloquean la creatividad pura. Para mí, el ego es como un perro o un caballo. Tienes que hacer que trabaje para ti, no trabajar tú para él.

—*¿Está tu espíritu más presente en tu música en ciertos momentos que en otros?*

Sí. Hay veces en que me siento como si me hubiera dado una ducha por dentro. Te voy a poner un ejemplo: cuando volví de esta última gira, me enteré de lo de Jaco. Me fui al océano Pacífico, cerca de Bolinas [norte de California], y me metí en el agua. Estaba muy fría. Y entonces, como se suele decir, eché todas mis penas al mar. La meditación te ayuda a liberarte de todo: de la exaltación y de cuando alguien te ha hecho una faena. Es como vaciarte los bolsillos. Cuando te sientes perdonado por lo que has hecho en el nivel de mono, regresa la imaginación. Einstein decía que la imaginación es infinitamente más importante que los conocimientos. Cuando estás limpio, dejas de bloquear el flujo de creatividad y espíritu. A los dos o tres días de seguir ese ritmo, tocas como si fueras un teléfono. Te limitas a conducir lo que sale a través de ti. Te conviertes en un puro canal. La música más bella trasciende con mucho a los músicos que la tocaron. Hay personas, como Jimi Hendrix o John Coltrane, que no tocan sólo para sí mismas y sus familiares más próximos. Tocan para toda una generación. Eso significa que esas personas dedicaron muchísimo tiempo a convertirse en un recipiente más limpio.

—*¿Crees haber conseguido eso en alguna ocasión?*

A veces lo rozas. Es una lucha cotidiana. Es como ponerle riendas a la mente y a todas las cosas que ella engendra, y hacer que trabajen para ti. A veces nos olvidamos de que todo está regido por la Gracia: el puente colgante de Golden Gate, el vuelo de los aviones, la nota sostenida. Mira, cuando un tío sostiene la nota con pedales, no está utilizando la gracia divina, está utilizando una industria electrónica. Eso tiene sus aspectos buenos, pero la parte mala es que así vas a sonar como cualquier otro. El sonido, por encima de todo, es tu rostro. ¿Para qué ibas a querer tener la misma cara que todos los demás? La gente te conoce por tu sonido; tocas una nota y ya sabe quién eres. Lo más importante, que muchas veces cuesta mucho trabajo, es encontrar tu sonido propio e individual. Yo antes me tenía que esforzar mucho; ahora, no tanto, porque Jim Gaines [ingeniero de sonido] sabe cómo captar mi sonido.

—*¿Cómo haces para sostener una nota?*

Lo primero de todo es buscar un punto entre tú y el amplificador, donde los dos sintáis ese cordón umbilical. Cuando tocas la nota, sientes inmediatamente un láser entre tú y los altavoces. Lo oyes conectar como cuando se enganchan dos vagones de tren. Es como conducir un coche de alta competición. Si no sabes lo que haces, te sales de la carretera [risas]. Así que tienes que estar preparado. Tienes que practicar lo de tocar con esa intensidad. Como decía Jimi Hendrix antes de dejarnos: tocaba muy fuerte, pero su sonido nunca era chillón. Ahora hay gente que, a pesar de todo lo que sabe, suena chillona, y eso bloquea gran parte de lo bueno que haces. Pero si quitas agudos y metes más bajos, aún puedes seguir sosteniendo, y sin ese sonido penetrante que mata a los perros.

—*¿Empleas alguna técnica especial para grabar guitarra?*

Por alguna razón, siempre te quitan el sonido natural de la guitarra. Es difícil que alguien suene tal como lo oímos. Por eso no han inventado un micrófono capaz de captar el sonido de Tony Williams [batería], ni mi sonido, ni el sonido de T-Bone Walker. No utilizo pilas en mis guitarras. Hay gente que usa preamplificadores y un montón de pedales para sostener y otras cosas, pero eso es como tener un coche automático. A mí me gusta cambiar de marchas. El automatismo te permite sacar todos esos sonidos fantásticos, pero al instante suenas como cualquier otro. La única manera de saber quién toca es por su técnica; por su sonido ya no se puede. Las personas con el sonido que

más me gusta siguen siendo B.B. King y Otis Rush, porque siguen tocando con *Twin Reverbs* de Fender y nada más. La emoción, y no los cachivaches, es la que crea todas las cosas que se supone que tú creas. Los cachivaches suenan demasiado genéricos.

—*¿Cuál es el elemento más importante que hay que captar al grabar?*

Para mí, los sonidos fantasmas. Te voy a poner un ejemplo: si soplas un globo tres veces, a la tercera vez estalla. Y cuando estalla, oyes sobretonos fantasmas. Eso es lo que nos estimula a crear. A menos que tengas un buen ingeniero de sonido, lo primero que te quitan cuando te graban es el sonido fantasma, el sonido espiritual... y te dejan completamente seco. La manera de recuperarlo es meter cosas para obtener ese sonido ambiental. Nosotros a veces lo hacemos con un Lexicon 224X [*reverb* digital], y otras veces con un micrófono extra, alejado del amplificador. Sin los sonidos fantasmas, lo mismo podría dedicarme a la jardinería o a cualquier otra cosa.

—*¿O sea, que los sonidos fantasmas son los armónicos, y ayudan a crear el sostenimiento?*

Sí. El oído capta muchas cosas. Para mí, cuando el sonido es bueno, todo es un placer de vivir. Ya sea *blues,* temas rápidos, música brasileña, *shuffle,* lo que sea... cuando hay buen rollo y el sonido es perfecto, todo encaja.

—*¿Puedes sacar tu sonido de cualquier guitarra?*

Puedo sacarlo de casi cualquier guitarra. Pero la verdad es que salgo a tocar en *jams* con mucha gente, y muchas veces, en cuanto pongo un dedo en una guitarra, la guitarra me dice: "¿Quién eres tú, y por qué me tocas así?" [risas]. Y entonces tienes que abordarla de un modo diferente. Con mi guitarra es simplemente: "¿Adónde quieres ir?". Los amplificadores no me sirven, a menos que sean viejos Twins o Marshalls normales o viejos Boogies. Todos los nuevos me suenan como si tuviera los oídos envueltos en Saran Wrap. Suenan muy chillones. Incluso los amplificadores más nuevos que fabrican ahora muchas casas suenan chirriantes, como transistores, como si te rechinaran los dientes. Es curioso. Con cualquier chisme viejo de tubos tienes siempre un sonido elegante desde el principio. Esto se aplica a todo lo fabricado antes del 75; en el 75 empezaron a volverse raros. Los amplificadores viejos te dejan oír la canción entera.

—¿*Cuántos dedos de la mano izquierda utilizas para añadir trémolo mientras sostienes una nota?*

A veces, los tres primeros dedos. Generalmente, el índice y el anular. Son los que yo llamo "dedos de expresión emocional". Con el índice puedes hacer cosquillas [hace una demostración de un trino], y con el anular puedes lograr una emoción total. El dedo medio es para ayudar en los toques de estilo saxo o de estilo piano.

—*La púa grande y triangular que utilizas no es habitual en los músicos lineales.*

Me acostumbré a tocar con púas grandes cuando estaba en Tijuana. Puedo girarlas en cualquier dirección que quiera y, aunque cometa un error, la púa sigue girando. Con las pequeñas, sólo puedes pulsar las cuerdas de una manera; eso te limita. Con éstas, si se rompe una punta, aún me quedan otras dos. De vez en cuando toco sin púa, pero si quiero tocar rápido tengo que usar la púa. No soy como Jeff Beck, que es rapidísimo sin púa ni nada.

—¿*Qué les pides a las pastillas?*

He tenido ya un montón de ellas. Hay algunas con las que me casé, y sigo casado con ellas, porque, sea cual sea el clima y las condiciones, en cualquier local o cualquier bar, esas cabronas van a sostener el sonido y cantar la canción. Las pastillas que mejor me funcionan son las *humbuckers* antiguas —como las Gibson Patent Applied Fors—, sobre todo si están cubiertas de cera. Y ya empiezan a ser difíciles de encontrar. Las pastillas son tu voz. Una mala combinación de pastillas te da ese sonido desfasado... a menos que sea una Stratocaster. Me gustan las Stratocasters en la segunda o la cuarta posición; sus pastillas de bobina única suenan bien. Pero no puedo usar una pastilla

de doble bobina que esté desfasada. Es como tocar con medio cuerpo, con medio sonido. Para poder sostener, necesito el sonido entero en los graves y en los bajos. El desfase significa perder la mitad, y con la mitad no me vale. Necesito tenerlo todo.

—¿*Fuerzas mucho las cuerdas?*

Sí, pero ya no rompo tantas como antes. A veces, me tiro un mes o dos sin romper ninguna cuerda. Las cambio cada dos semanas. En casa, para practicar, utilizo cuerdas de calibre grueso; en concierto suelo utilizar a partir del .008 en la Strato y del .009 en las otras. O sea, .009, .011, .014, .024, .036 y .042.

—¿*Haces algo en especial para que la guitarra se mantenga afinada?*

Sí. Cuando cambio las cuerdas, estiro todas las cuerdas cuatro o cinco veces —las estiro hasta que están casi a punto de romperse—, cuento hasta siete, y luego las aflojo. A la tercera vez, se queda afinada. Y se portan bien. Te responden aunque las trates a palos. Por supuesto, también ayuda poner mina de lápiz en las ranuras de la cejuela. Pero si no tienes tiempo, estira las cuerdas todo lo que puedas. A la tercera vez, ya saben quién es el que manda [risas].

—¿*Cuál es tu combinación favorita de guitarra y amplificador?*

Si lo único que quiero es tocar en casa y sacar el sonido más bonito y más dulce, sigo usando las viejas Stratos o Les Pauls, pasadas por cualquier amplificador Fender antiguo. Aquellos amplis que hacían con los *reverbs* separados... aquellos chismes eran los mejores. La verdad es que el mejor sonido que he oído últimamente a un guitarrista es el de Eric Johnson.

—¿*Qué es lo que te gusta del sonido de Eric?*

Tenía el sonido más bonito que se puede hacer, en todo momento. Era muy masculino, compacto, cálido y oscuro. Y cómo toca de bien. Me gustaría grabar con él algún día, porque es tan puro... En los ojos de la gente se nota lo que llevan dentro: malicia, ambición, la belleza de las cosas, esto o lo otro. En los de Eric se lee: "Vale, yo tengo mi sonido y mi visión, y con

eso basta. El Señor proveerá lo demás".
Tiene un alma hermosa. A pesar de ser de
Texas, no tiene esa mentalidad de pistolero:
"Te voy a coser el culo a tiros". Cuando
tocamos juntos, nos complementamos el
uno al otro, que es lo que se supone que
deberían hacer los músicos. Eric es un tío
que debería estar tocando con Joe Zawinul
[teclista], Miles Davis y gente así, y también
con músicos como Bill Connors. A la gente
como él deberían darle alguna vez la oportunidad de tocar con los grandes músicos,
porque dominan muchas técnicas diferentes. Eric conoce un montón de expresiones
musicales; sabe mucho de este idioma.

—*Tú has tocado con todo el Quién es Quién
del* rock, *el* jazz *y los* blues *de después de los
años cincuenta. ¿Hay algunos músicos con
los que te habría gustado tocar?*

Lo que más lamentaré hasta el día que me
muera es no haber tocado con Bola Sete.
Hasta hace relativamente poco no me enteré
de que a él le gustaba mi música y quería tocar
conmigo. Y yo, como un idiota, nunca le di
ocasión. Cuando yo era niño, su música y la de
Joe Pass me sonaban demasiado restringidas.
Eran las cosas que tocaría mi padre, no lo que
yo quería tocar. Yo quería tocar cosas más cru-
das. Ahora esa música ya no me parece tan
mansa. Cuando ves a Joe Pass hacer lo que
hace, es tan potente como Van Halen. El disco
de Bola *Live at Monterey* es absolutamente brillante, tío. Podía tocar con la guitarra a la
espalda o entre las piernas, como T-Bone Walker, y al mismo tiempo hacer cosas de Segovia.
En Bola veo la misma elegancia que en Duke
Ellington, y el fuego de Jimi Hendrix, pero
sostiene sus armónicos en una guitarra acústica
sin amplificar. Y, por encima de todo, como
John Coltrane, tenía ese sonido y esa manera
de combinar notas que hacían que su música
no fuera mortal. La música mortal habla de
que mi chica me dejó, no puedo pagar el alquiler, y cosas así. La música de Bola te dice que
dentro de nosotros hay leones cósmicos
rugiendo, y que somos elegantes y bellos. Su
música realza el lado hermoso de la humanidad hasta un nivel supremo.

Yo busco sinceridad. Ya he pasado por lo
de seguir el juego a un montón de productores
y compañías discográficas, y por fin todos
hemos llegado a un acuerdo: a partir de ahora,
a lo único que tenemos que amoldarnos es al
momento, a la sinceridad de la canción. Tengo
ya suficiente experiencia como para no amol-
darme a productores de plástico con portafo-
lios de plástico e ideas de plástico, y así me
resulta fácil concentrarme. Si yo fuera a un
concierto de Santana, ¿qué querría que me
dieran? Querría alegría y mucha vitalidad.
Querría ese espíritu de cuando un pastor te
dice en la iglesia algo verdaderamente precioso, que se aplica a tu vida, algo que no sea con-
denatorio ni te haga sentir como si tuvieras
que pedir perdón por ser un ser humano. Ya
sea en forma de llanto o en una atmósfera de
fiesta, la música debería exaltar la humanidad
y el espíritu de la humanidad, que es el Señor.
Con eso basta, porque todo lo demás es pura
corteza. Esto es la auténtica agua pura.

—*¿Has notado algún desarrollo en tu estilo?*

Sí. Se nota que estuve tocando con John
McLaughlin durante casi tres años; tiendes
a sonar así. No es que quieras, pero todos
somos productos de nuestro entorno. Es lo
que dice Jeff Beck: muchas veces no soporto cómo toco. Necesito tomarme un descanso de mi sonido y todo eso. Otras veces, no
puedo creer lo que está saliendo de mis
dedos. Hasta hoy, sigo cogiendo la guitarra
todas las noches a altas horas, y me sigo sintiendo como si fuera la primera vez que
pongo los dedos en los trastes. He leído una
entrevista con Keith Jarrett [pianista], en la
que dice que estuvo un tiempo aprendiendo
a tocar la trompeta, y durante una o dos
semanas sonaba como Miles; después empezó a sonar mucho más limpio, y le dejó de
gustar. En otras palabras, hay una cierta
belleza en tocar como Miles Davis o John
McLaughlin, en tocar como si no supieras
tocar. Arriésgate y comete nuevos errores.
Intenta cosas que no sabes hacer y procura
ser brutalmente honesto. Eso me atrae
mucho, porque luego, cuando te sale bien,
es una gozada. Si te sale bien enseguida, es
que estás tocando algo que ya tenías conce-
bido. El descubrimiento es alegría.

—*¿Qué camino le recomendarías a un niño
que quisiera tocar la guitarra?*

Mi hijo tiene cuatro años y medio, y ya me pregunta: "¿Es Jimi Hendrix más malo que Michael Jackson?". En primer lugar, le sometería a fuertes dosis de John Lee Hooker, Muddy Waters, Jimmy Reed y Lightnin' Hopkins, durante dos o tres años. Cuando considerara que ya ha asimilado esa combinación, le diría que Muddy Waters es el Miles Davis de Chicago, y que Little Walter es el John Coltrane. Para cuando mi hijo escuche cosas como "A Love Supreme" de John Coltrane, habrá entendido el orden que va de Django Reinhardt a Charlie Christian, y de Christian a Wes Montgomery. Quiero que entienda ese orden, porque no quiero que mi hijo se deje engañar por baratijas. Y es que hay por ahí mucha morralla para niños, mucho relumbrón y muchos tíos que ponen poses interesantes para tocar la guitarra, pero eso no tiene nada que ver con saber tocar y con meter la nota donde tiene que ir. Quiero enseñar a mi hijo a no falsificar nada, a ganarse las cosas.

—*¿Es importante que aprenda teoría musical?*

Sí. Pienso asegurarme de que aprenda música al viejo estilo, con el piano: Do, Re, Mi, Fa, Sol, La, Si, Do. Va a ser difícil, porque ya no quedan muchos profesores que enseñen eso. Ahora te enseñan, C, F, G y todo eso, pero yo sigo pensando en Do, Re, Mi. Todavía pienso en español. Cuando grabo, por ejemplo, con Herbie Hancock o McCoy Tyner [pianistas] tengo que escribir así la melodía para las progresiones de acordes que me dan: en plan Do, Re, La, Sol, Mi. Así me aprendo mis partes, ya sean de *blues* o de cualquier otra cosa. Te da un punto de referencia para saber por dónde va la melodía. Mira, si le enseñas a tu hijo el vocabulario adecuado, algún día llegará a hablar el idioma universal, no sólo música de vaqueros o algún otro tipo de música. El idioma universal es más profundo que la superficie. De este modo, cuando toques música vaquera, hasta los japoneses se pondrán a bailar *hillbilly*.

—*¿Sabes siempre en qué tono estás o sobre qué acordes estás tocando?*

No. Muchas veces, me obligo a seguir mi instinto, en lugar de aferrarme a la nota tónica. Si abordas cualquier cosa desde la nota tónica, no hay ningún misterio en lo que vas a tocar, porque intuitivamente vas a hacer siempre lo mismo. Incluso cuando toco "Black Magic Woman", me obligo a sentir como si no supiera tocar.

—*¿Quieres decir que empiezas el solo desde una parte diferente del trastero?*

A veces. Casi siempre es cuestión de la parte del cuerpo de donde te salga la nota: el estómago, el corazón, las piernas. ¿Qué se te va a contraer? ¿Qué músculos vas a emplear? Lo más importante es abordar las cosas de maneras nuevas. Si tienes una piscina, no te tires siempre de la misma manera. Sorpréndete a ti mismo.

—*Antes has dicho que veías algo en los ojos de Eric Johnson. ¿Alguna vez notaste algo en los ojos de Jimi Hendrix?*

Vi a Jimi Hendrix en persona dos o tres veces. La primera vez que estuve con él fue en un estudio. Él estaba sobregrabando "Room Full of Mirrors" [de *Rainbow Bridge, Reprise MS 2040*], y fue una escena que me dejó impresionado. Dijo: "Venga, ponedlo", y empezó a grabar, y era increíble. Pero a los 15 o 20 segundos de canción, se le fue la cabeza. De pronto, la música que salía por los altavoces no tenía nada que ver con la canción, como si el tío tuviera un mal viaje o estuviera librando una batalla titánica en el cielo contra alguien. No tenía ya nada que ver con la canción, así que los técnicos se miraron unos a otros, el productor miró a Jimi, y dijeron: "Vamos a por él". No me lo estoy inventando. Tuvieron que separarlo del amplificador y de la guitarra, y era como si tuviera un ataque epiléptico. Y yo me dije: "¿Tengo que sufrir todos estos cambios sólo para tocar la guitarra?. Si soy sólo un crío". Cuando se lo llevaron, tenía los ojos rojos y casi echaba espuma por la boca. Estaba ido.

—*¿A qué crees que se debió?*

Yo creo que al conjunto de su modo de vida: andar por ahí toda la noche, las chicas, demasiadas drogas, toda clase de cosas. Era una combinación de todas las intensidades que sentía, complicada por la falta de disciplina. En la vida rockera de aquella época no había disciplina. Lo querías todo al mismo tiempo. Una cosa es segura, tío: a mí me consumió. Hasta que me di cuenta de que necesitaba aprender disciplina, como John McLaughlin. Ahora sé que la disciplina te proporciona libertad. Cuando tienes la disciplina asimilada, tienes puntualidad, regularidad, meditación. Cuando las cosas se complican con un disco, con las compañías o con el mundo en general, puedes apretar un interruptor y entrar en tu propio santuario, y tocar música que tiene más fuerza que las noticias del exterior.

—*¿Puedes dar algún consejo a los guitarristas que empiezan?*

Tanto si tocas en un bar, en la iglesia, en un puticlub o en el Himalaya, la primera obligación de la música es complementar y embellecer la vida. Y mientras lo enfoques así, todo va bien. Necesitarás gente que se ocupe de tus negocios, así que tendrás que desarrollar esa confianza. Pero no tienes que ser ingenuo. Tienes que ser consciente de que hay por ahí un montón de gente que son como sanguijuelas. Viven de los músicos. Te convencen de que firmes un contrato, y a los diez años te das cuenta de que te han robado a mansalva. Tienes que saber cuándo puedes confiar y cuándo hay que decir: "Mira, tío, no puedo trabajar contigo, porque no me fío de ti. No eres honrado". Todo eso forma parte de la música, porque todo lo que sucede en las 23 horas que pasas fuera del escenario va a afectarte cuando subas al escenario. Así que todo eso es importante.

—*¿Cuál es la mayor recompensa que ofrece tu trabajo?*

Es como en aquella película, *Round Midnight.* Hay una escena en la que un tío le dice a Dexter Gordon [saxofonista]: "Cuando yo estaba en el ejército, tu manera de tocar estas tres notas cambió mi vida". A mí me viene gente a decirme lo mismo. Una vez me dijeron: "Tío, estaba a punto de suicidarme, tenía la pistola en la cabeza, y entonces oí esta canción. Me hizo llorar y me animó a intentarlo de nuevo. Ahora me siento mejor". Pero eso no lo hago yo: lo hace un espíritu que se manifiesta a través de mí y que dice: "No hagas eso. No cultives la frustración. No cultives la depresión. Éste es un impostor, no te hagas amigo suyo. Tú vales más. No te concentres en las cosas negativas de la vida. Acentúa lo positivo; de lo contrario, quedarás en tinieblas. Enciende una vela".

Ése es el sonido, ésa es la historia que quiero contar con mi música, en la medida de lo posible. Ésa es la mejor recompensa, porque los discos de platino y las cosas por el estilo van acumulando polvo, y al cabo de algún tiempo ya no sabes ni dónde las guardaste. Cuando tienes hijos, todas esas cosas dejan de tener importancia. Lo que importa es ser capaz de contar una historia y poner alas en los corazones de la gente.

Chuck Berry llegó atronando montaña abajo en el verano del 55, con su Gibson ES-350T echando llamas y zumbando como el bólido Coupé de Ville de Maybellene. Fue una de las imágenes más impactantes y persistentes de la cultura pop: el chuleta de las articulaciones flojas que andaba como un pato, con la guitarra colgada muy baja, el traje de fiesta y el brillo malévolo en los ojos.

Para explorar su técnica de guitarra es preciso hacer un repaso de su extensa actividad artística, ya que en ambas existe una mezcla de estilos musicales. Chuck Berry estaba allí cuando todo ocurrió; o, más bien, fue uno de los que hicieron que ocurriera. En las discusiones sobre el nacimiento del *rock* surgen siempre expresiones como "amalgama" e "híbrido". Invariablemente —y con todo derecho— se cita a Elvis Presley como el hombre blanco que rompió los moldes, el paleto montañés que había mamado gospel y country pero que era también un entusiasta de la música negra, sonaba como un negro y cantaba blues... o, por lo menos, un nuevo tipo de *blues.*

Chuck Berry fue la otra cara de la moneda de Elvis: el negro que rompió los moldes, que había mamado blues y swing pero le gustaba la música *country & western,* que interpretaba habitualmente "Jambalaya" antes de hacerse famoso, y les sonaba como un blanco a muchos de los que oían por primera vez sus discos. De hecho, el comentario al dorso de su primer álbum definía su estilo como "rockabilly", un término que se aplicaba casi exclusivamente a Buddy Holly, Carl Perkins y otros músicos blancos.

Presley y Berry: dos gigantes, uno blanco y otro negro, irguiéndose hombro con hombro, ambos con raíces en sus respectivas tradiciones, pero con un pie firmemente plantado en el territorio del otro. Aunque esta bonita analogía es demasiado simplista para explicar las profundas y enmarañadas raíces del *rock,* sirve para explicar el profundo impacto de Berry como cruzador de fronteras y destructor de barreras. Aun así, la analogía es incompleta; lo importante no es que Elvis, Chuck y otros tocaran música "blanca" o "negra", sino que juntos forjaron un nuevo sonido que contribuyó a borrar para siempre esas distinciones. El *disc jockey* Alan Freed lo llamó *rock'n'roll* y así se acabó llamando.

Aun suponiendo que ni sus canciones ni su manera de cantar ni su alquimia estilística le hubieran garantizado un puesto en el monte Rushmore del *rock,* a Chuck Berry se le seguiría ensalzando en nuestros días sólo por su manera de tocar la guitarra. Su estilo fue innovador en sonido y técnica; y su tono de campana, sus síncopas saltarinas, sus forzamientos arrastrados y todo su nuevo vocabulario de trasteo cambiaron sin lugar a dudas la manera de tocar el instrumento. Descargaba sus introducciones y sus solos con la misma chulería con que cruzaba el escenario andando como un pato y voceaba sus chispeantes sagas adolescentes. La imagen, la palabrería ingeniosa, la Gibson colgada a la altura de la cadera... todo ello se integró en una especie de personaje trascendental, el Guaperas de Ojos Castaños, como si una frase de guitarra pudiera llevar bigote fino, como si un solo pudiera menear las caderas. Jamás un estilo de guitarra tuvo tanta personalidad.

Y los comentarios sobre esta personalidad instrumental se pierden en superlativos: ¿Es el estilo que más influencia ha ejercido en la historia de la guitarra eléctrica, o "simplemente" uno de los que más? Casi con seguridad, es el más instantáneamente reconocible (por lo general, suele bastar con tres segundos de un tema de Berry) y también el más copiado. Por cada vez que una banda de bar interpreta "Walk -Don't Run", "Purple Haze" o "Eruption", seguro que se tocan diez, veinte o cincuenta versiones de "Johnny B. Goode", la eterna celebración guitarrera del *rock* (existen más de cien versiones grabadas en disco).

Su estilo de guitarra, venerado en todo el mundo, ha impregnado toda la música *rock*, de manera especialmente aparente en los primeros discos de los Beatles y los Rolling Stones y en la obra de los más de 500 artistas que han grabado temas suyos, pero también en las grabaciones de otros innumerables artistas que han incorporado en diversos grados elementos suyos. No tiene nada de extraño que John Lennon dijera: "Si tuvieras que ponerle otro nombre al *rock'n'roll*, bien podrías llamarlo Chuck Berry".

Charles Edward Anderson Berry nació el 18 de octubre de 1926 en una casa rústica situada en el 2520 de la Avenida Goode, en San Luis (Missouri). En su cuarto de estar ensayaba el coro de la iglesia bautista, y los recuerdos más antiguos de Chuck son musicales. Desde chico quedó absorbido por los ritmos y melodías del *boogie-woogie,* los *blues* y el *swing,* y no tardó en encontrar numerosos favoritos entre los artistas que sonaban por la emisora de música negra de San Luis: Tampa Red, Lonnie Johnson, Muddy Waters y, más adelante, T-Bone Walker, Louis Jordan y otros.

En un concierto organizado por la promoción de 1941 del Instituto Sumner —la clase de festejo que suele ofrecer actuaciones modositas y soporíferas—, Chuck se destapó con el "Confessin' the Blues" de Jay McShann. "En cuanto empecé a soltar las frases de amor, el público estudiantil estalló en aplausos", recuerda Chuck en su autobiografía (*Chuck Berry: The Autobiography*). "Mientras actuaba me di cuenta de que el público responde si le das lo que quiere..."

Trabajó de carpintero, estudió cosmética e hizo pinitos con la fotografía. Tras haber robado un coche con unos amiguetes, Chuck pasó tres años en un reformatorio, donde participó en campeonatos de boxeo.

En el verano del 51, Chuck ya había tocado un poco la guitarra en algunas fiestas. Por aquella época se compró un magnetofón de segunda mano y empezó a grabarse mientras tocaba y cantaba. Año y medio después, actuó con un trío en el Cosmopolitan Club, del distrito Este de San Luis. En 1955 se trasladó al norte, a Chicago, y allí, en el Palladium Club de la avenida Wabash, conoció al hombre al que considera su "padrino". Muddy Waters le aconsejó: "Ve a ver a Leonard Chess. Sí, en Chess Records, en la esquina de la 47 con Cottage".

El señor Chess le preguntó a Berry si tenía alguna grabación, y Chuck respondió que le llevaría algunas en su próxima visita. Técnicamente, dijo la verdad, a pesar de que no tenía ningún tema grabado.

Setenta y siete días después, "Maybellene" irrumpía en las listas de éxitos, patinando y salpicando de grava a las canciones de las McGuire Sisters, los Nutmegs y Frank Sinatra. A mediados de septiembre, era ya número 1 en la lista de *rhythm* & *blues,* destronando al poderoso "Rock Around the Clock" de Bill Haley. Para cuando empezó a descender, "Thirty Days" estaba ya entre los diez primeros de la lista de *rhythm* & *blues.* Había llegado Chuck Berry.

Después de sufrir numerosas decepciones y fraudes, Chuck estudió gestión de empresas, derecho comercial, contabilidad y mecanografía, convirtiéndose en un hombre de negocios astuto y desconfiado. A partir de entonces, Chuck Berry dirigió sus asuntos financieros.

En años recientes ha recibido un premio Grammy por la obra de toda una vida, entró a formar parte del Salón de la Fama del *Rock'n'Roll,* se le dedicó por fin una estrella en el Paseo de la Fama de Hollywood, y la revista *Guitar Player* le ha concedido el premio a la labor de toda una vida, incluyéndolo en su Galería de los Grandes.

Su autobiografía, bien acogida por seguidores y críticos, narra su vida y su carrera, describiendo la vida itinerante durante el doloroso parto del *rock.* Es la apasionante historia de un hombre que, no hace mucho, celebraba un triunfal y emocionante concierto en el mismo teatro de San Luis en el que, décadas antes, se le había impedido la entrada por el color de su piel.

Aquel concierto, un homenaje por su sexagésimo cumpleaños, constituye el núcleo de la película *Hail! Hail! Rock'n'Roll,* un documental de visión obligada que incluye entrevistas con Bo Diddley, Bruce Springsteen, Little Richard, Jerry Lee Lewis y otros artistas, además del trepidante concierto de Berry y su banda, formada por músicos como Keith Richards (que reconoce sin reparos que debe su carrera a Chuck Berry), Eric Clapton, Robert Cray, Linda Ronstadt, Julian Lennon y Johnnie Johnson, el pianista de los primeros tiempos de Chuck.

Y sin embargo, a pesar del libro, el documental y muchas otras cosas, Chuck Berry sigue siendo un personaje misterioso. Como decía Keith Richards en la película: "cuantas más cosas descubres de él, menos sabes de él".

Hace algunos años se lanzó al espacio exterior la sonda espacial norteamericana Voyager I, que ya dejó atrás Júpiter y Saturno, y sigue avanzando rumbo a Neptuno. A bordo de la nave, a siete mil millones de kilómetros de San Luis, Missouri, viajan saludos grabados para cualquier ser que pueda encontrarlos. Entre los mensajes que representan al planeta Tierra hay una grabación de "Johnny B. Goode", que da nuevo significado al lema "Larga vida al *rock'n'roll*". Tal vez algún día, dentro de incontables milenios, algún extraterrestre de aspecto inimaginable chasquee sus dedos (o lo que tenga), mientras baila al ritmo de la historia del chico de campo que podía tocar la guitarra como quien toca una campana.

—*Las raíces de su estilo están rodeadas de misterio. Cuando lo estaba desarrollando, ¿oía primero una melodía y después la localizaba en los trastes, o pensaba visualmente, pasando de una postura a otra?*

Cuando estaba empezando no sabía nada de estilo. Es decir, sabía lo que era un estilo, pero no era consciente de tener uno propio. Esa manera de pensar era demasiado técnica para mí en aquellos tiempos. Pero componer una canción... eso podía salir a partir de una melodía que oía dentro de mi cabeza, o podía ocurrírseme mientras tocaba con alguien, o al oír algo que tocaba otro y pensar: "eso podría gustarme si fuera un poco diferente". Pero tú estás hablando de mi estilo... mira, todavía soy incapaz de reconocer un estilo mío propio.

—*En la película* Hail! Hail! Rock'n'Roll *aplica la frase: "No hay nada nuevo bajo el sol" a su manera de tocar.*

Es verdad. Lo que yo hago no es más que un refrito de todo lo que he oído hacer antes: Carl Hogan con Louis Jordan y sus Tympany Five [en los años cuarenta y cincuenta], músicos de *blues* como T-Bone Walker, y también Illinois Jacquet... ése me influyó mucho.

—*¿Se refiere a su guitarrista?*

¡No, al propio Illinois! Tocaba el saxo tenor. Su elección de notas, sus melodías, todo eso se oye en mi música si sabes escuchar. Y también Charlie Christian. "Solo Flight" es la leche, tío... ¡Qué hijo de puta! Tardé 30 años en aprenderme los 16 primeros compases (risas).

—*¿Pero es que no reconoce el estilo Chuck Berry cuando se lo oye a otro?*

Ya sé por dónde vas, pero si alguien puede tocar todo lo que yo toco, y ésa es su manera de tocar, a lo mejor es que ya es su estilo. Yo lo veo así.

—*¿Pero acaso no se oye más de Chuck Berry en Keith Rochards que de Carl Hogan en Chuck Berry? Se está usted quitando méritos, pero si le retiráramos sus influencias, todavía quedaría un montón de Chuck Berry puro y concentrado.*

Es un buen modo de considerarlo. Cuando tocaba cosas de Muddy Waters y de Illinois Jacquet y Carl Hogan, metía alguna cosita mía entre medias, pequeños detallitos, y tal vez en eso consista mi creación [acerca las puntas de dos dedos para indicar una cosa muy pequeña], en mis intentos de conectar una cosa con otra. Pero sigue siendo una parte de todo lo que aprendí. Nadie puede reproducir exactamente las ideas de otra persona, y esa diferencia es lo que es nuevo, lo que se podría llamar mi estilo. Es todo lo que puedo decir.

—*¿Qué es lo que le atraía del estilo de Carl Hogan?*

Su sencillez. Se atenía al esquema I-IV-V, tocaba principalmente cuartas y octavas, y tocaba directamente sobre el ritmo.

—*¿Es cierto, como ha dado a entender alguna vez, que la introducción de "Johnny B. Goode" la tomó de él?*

No puedo decirlo con exactitud, pero él hacía algo que influyó en la manera en que yo hago "Johnny", era algo muy similar. Puede que a sus fans les sorprenda enterarse de que lo que más deseaba al principio era tocar en una *big band,* apoyado por una sección de vientos.

Pues eso era lo que quería, de verdad que sí. Quería rasguear acordes detrás de una *big band* y tocar música *swing.*

—*Si lo que le gustaban eran las big bands, ¿por qué tocar* rock'n'roll*?*

En aquella época yo necesitaba una casa, y una esposa, y estaba pensando en formar una familia, y ni siquiera mi amigo Ira Harris, que tocaba bien de verdad, podía encontrar trabajo tocando *jazz,* no sé si me entiendes.

—*Si hubiera habido el mismo dinero y las mismas oportunidades para el* blues *o las big*

bands*, ¿habría tocado una música diferente todos estos años?*

Venga, hombre, no me hagas responder a eso [risas]. Si se hubiera podido ganar mucho dinero, es posible incluso que hubiera tenido varios salones de peluquería, toda una cadena.

—*¿Qué aprendió de su amigo Ira Harris?*

A él le gustaba el *jazz,* y había que ver cómo podía manipular el sonido [tararea un *riff* de *jazz* en tono mayor]. Me propuse aprender a hacer aquello. Tocaba un poco como Christian, y muchas de las cosas que me enseñó las sigo haciendo.

—*¿Estudió el Manual de Acordes de Guitarra de Nick Manoloff?*

Sí, aquel libro lo explicaba todo muy claro. Al principio, muchas de las posturas no me salían, porque no era capaz de pisar bien aquellos acordes de seis cuerdas. Pero me esforcé, y luego me metí en la Escuela de Música Ludwig, en San Luis, a estudiar teoría y armonía.

—*En muchas de sus canciones se repiten los mismos compases, progresiones o tonos. ¿Cómo consigue diferenciarlas, darles diferentes personalidades?*

Lo que hago no tiene ninguna importancia desde el punto de vista de la teoría musical. Procuro acordarme de lo que hice en el disco, pero no siempre sale así, a menos que se trate de una cosa claramente distinta, como "Brown-Eyed Handsome Man". Y hablando de tonos, ¿te fijaste en lo que decía Keith [en la película] sobre tonos de piano y cosas así? Comentaba que varias de sus canciones clásicas están en Mi bemol, Si bemol y otros tonos "poco corrientes" para guitarra.

Me pregunto si sabe de lo que está hablando. ¡Joder, tío, las sinfonías están en Si bemol o Mi bemol! Son tonos que llevan ahí mucho tiempo. Y el tío me viene con que los guitarristas de *rock* tocan en La. ¡Venga ya, chaval! Se nota que Keith es un rockero moderno [risas].

—*¿De verdad que no utiliza un enfoque diferente para canciones con estructuras similares?*

La verdad es que no. A veces tengo que pararme y consultar el disco para comprobar alguna cosa. A lo mejor hay que reclamar porque alguien ha tocado en la tele una cosa de guitarra mía. Me llama mi abogado y pregunta: "¿Eso es 'Roll Over' o 'Johnny'?". Y yo tengo que poner el disco y escucharlo para saberlo [risas].

—*¿Visualiza las posturas cuando toca en directo, o mira el trastero mientras toca?*

Debo decir que no. Miro las caras de la gente, que me parecen muy curiosas. Bueno, claro, de vez en cuando miro para asegurarme de que no me voy muy para arriba ni muy para abajo, pero si estoy rondando el mismo traste, entonces no. Tengo un ojo muy rápido y ahora lo hago todo al tacto.

—*¿Se ha fijado en que mucha gente que imita su estilo suele tocar una versión aguada, más pentatónica o más tirando a* blues, *pero con menos recorridos por el trastero, con menos escalas mayores?*

Pónme un ejemplo.

—*En la introducción de "Johnny B. Goode", que tiene cuatro compases, el último compás es:*

[Golpea la mesa y se ríe] ¡Carl Hogan! ¡Es exacto, esa misma figura! Y eso [tararea el principio de "Solo Flight"]. ¡Eso es, tío! Tienes razón, hay que haber rodado un poco para tocar eso, y también las cosas de Illinois Jacquet.

—*Muddy Waters fue la principal inspiración de su carrera. ¿Ejerció también una influencia concreta con la guitarra?*

Sí, toda esa inspiración no habría podido recibirla si no me hubiera puesto a tocar algunas de sus cosas, y todavía sigo haciéndolo, o intentándolo, en mis *blues.* Sí, señor, Muddy. ¡Qué sonido! Eso era lo que yo tocaba antes de "Maybellene". Antes de hacerme profesional, como tú dirías.

—*¿Hubo otros músicos de* blues *que influyeran en su estilo de guitarra?*

Oh, sí, Elmore James, T-Bone Walker... sobre todo esos dos.

—*¿Distingue usted dos facetas distintas de su música, el* rock *y los* blues?

Bueno, cosas como "Johnny B. Goode" y "Carol" las hice para el mercado de masas. Pero "Wee Wee Hours"... ésa la hice para los vecinos. Pero no se trata de un asunto de blancos y negros. Eso me revienta. En la música no hay ni blancos ni negros.

—*Roy Orbison decía de usted que parecía un cantante de* country *negro. ¿Le influyó la música* country?

Oh, sí. Allá en San Luis, antes de grabar, la tocaba todas las noches. Se llamaba *country,* o *hillbilly,* o *honky-tonk.* Tocábamos "Mountain Dew", "Jambalaya"...

—*¿Ésta era su primera banda, con Johnnie Johnson al piano?*

Sí. Me propuso entrar en su grupito (el Sir John's Trio) para una actuación el 31 de diciembre de 1952. El batería era Ebby Hardy.

—*¿Quiénes eran sus rivales en aquella época en la zona de San Luis?*

Ike Turner, que tocaba en el Manhattan Club. Lo habría ido a ver más a menudo, pero siempre trabajábamos a las mismas horas. Johnnie y yo estábamos en el Cosmopolitan Club, que era un mercado transformado, y nos hicimos bastante populares, tocando sobre todo cosas de Nat King Cole y Muddy Waters.

—*¿Cómo encajaba aquí la música* hillbilly?

Es una buena pregunta, y la respuesta es muy importante. La música es una cosa muy amplia, y a mí lo que me encanta es la variedad. Cuando vas a oir *jazz,* por lo general eso es lo único que oyes. Y lo mismo pasa con otros tipos de música. Pero si te gusta toda la música, la variedad añade interés a tu actuación. Tocábamos "Day-O" ["Banana Boat"] de Harry Belafonte, y "Jamaica Farewell", y luego nos volvíamos a meter con cosas de Muddy o algo dulce de Nat. Nada de espirituales, eso no. Yo siempre digo que si vas a pecar, pues anda y peca. Lo de pedir perdón [risas]... ya se sabe... tiene que ir aparte.

—*Después de oír "Maybellene", Leonard Chess se mostró sorprendido de que un negro pudiera componer y cantar música* country. *¿A usted le parecía una canción* country?

Desde luego. Cuando yo era chaval, la gente del campo tocaba violines y todo eso, pero luego llegaron los pianos y los saxofones, y a mí me gustaba... me gustaba mucho.

—*¿Se puede trazar una línea divisoria entre el* country *de los cincuenta y el primer* rock'n'roll, *o entre el boogie de los cincuenta y el primer* rock'n'roll?

No, no se pueden trazar líneas de ésas. Tampoco se puede trazar una línea entre la ciencia y la religión. Incluso el filo de una cuchilla de afeitar resulta que es redondo si lo miras lo suficientemente cerca. Es como una sombra en la pared, que no tiene bordes definidos. Hay gente como Linda Ronstadt, que sale del *rock'n'roll* y se pone a hacer *country*. ¿Entiendes lo que digo? Nada de líneas divisorias.

—*Al final de "Hai! Hail!" toca usted algo con una pedal* steel. *¿Es "Blues for Hawaians" o "Deep Feeling"?*

Sólo estaba improvisando.

—*Suena como el mismo instrumento que utilizó en aquellas dos grabaciones de los años cincuenta.*

No, lo alquilamos para la película. En los discos utilicé una Gibson Electraharp. ¿Que si era cara? ¡Me costó quinientos pavos de aquella época! Una vez vi a un tío tocando *blues* con una *steel guitar*... ¡me dejó apabullado! Y Elmore también... cómo me ponía con aquel sonido que sacaba. Y Muddy, con aquella *slide* ... [hace como que toca un *blues* lento y arrastrado, y canta]: "Compasión, nena, compasión"... ¡Eso son *blues*! ¿Y sabes una cosa? Ojalá fuera posible hacer llegar los *blues* de Muddy al público blanco. Joder, si ni siquiera lo conocen todos los negros. Ya te dije que no es una cuestión de blancos y negros. He visto a algunos hermanos blancos... "¡Sí, señor! ¡Esta noche vamos a tocar por Muddy!". Y tie-

nen corazón, están muy cercanos a él, siguen sus pasos. Y miro hacia arriba, y sé que Muddy mira hacia abajo y eso le encanta.

—*¿Estaba Leonard Chess buscando algo en particular? ¿Le guió de algún modo?*

Sólo quería captar el sonido de la cinta que yo había grabado en casa con mi magnetofoncito de 79 dólares y un cuarto de pulgada. Le parecía muy gracioso, por alguna razón, y sabía cómo comercializar el producto.

—*Se grabaron 36 tomas de "Maybellene". ¿Era lo normal en aquellas sesiones?*

No, en la siguiente sólo necesitamos seis tomas. Mira, se suponía que las sesiones duraban seis horas, y si te pasabas tenías que pagar una tarifa más alta, así que te tenían controlado. Pero estábamos encantados de estar allí. También grabamos "Thirty Days", "Wee Wee Hours" y "You Can't Catch Me". Éramos un trío: Johnnie al piano y Ebby Hardy a la batería. [*Nota del editor:* Otras fuentes mencionan a Jasper Thomas como batería en "Maybellene" y "Thirty Days", y a Otis Spann como pianista en "You Can't Catch Me"; según Chuck Berry, Johnson y Hardy tocaron en todos estos temas.]

—*¿De quién fue la idea de añadir a Willie Dixon tocando el contrabajo en estas primeras sesiones?*

De Leonard Chess.

—*¿Qué le pareció el sonido añadido del bajo?*

Bueno, en primer lugar, yo no era quién para decir nada. Pero me alegré de que lo metieran. Era un sonido profesional, más completo.

—*Pero en las giras no llevaba bajista.*

No. Johnnie y yo éramos muy compatibles. Y yo tengo una manera de tocar que cuando me meto en la zona baja de la guitarra quiero que retumbe de veras. Me gustaba el bajo, y habríamos sonado mejor con él, pero habría significado pagar un billete de avión más. A mí me gustaban los solos que hacía el pianista, y hasta los del batería, pero cuando le dejas un solo a un contrabajista, se piensa que tiene que hacer algo en plan *jazz,* ya sabes, y la verdad es que el bajo no tiene un sonido muy atractivo para hacer virguerías. Es un instrumento de base.

—*¿Qué le pareció el bajo eléctrico cuando apareció?*

En general, estoy a favor de la tecnología. El bajo eléctrico me pareció bien. Sonaba bien, y aunque no sonara tan bien como un contrabajo acústico, era más fácil de transportar y más práctico.

Muchos de sus primeros discos tienen mucho *reverb*, como por ejemplo el solo de "Sweet Little Rock and Roller".

En los primeros, como "Maybellene", no metimos *reverb*, pero más adelante, cuando empecé a usar amplificadores Fender, metía *reverb* directamente en el ampli.

—*¿Tenía algún control sobre la producción y mezcla de las grabaciones?*

Ni el más mínimo. Podían montarlas como les diera la gana. Y no siempre lo hacían bien. A veces fastidiaban un final por no fundir como es debido.

Algunos de aquellos primeros éxitos —"Reelin' and Rockin'" y "Sweet Little Rock and Roller", por ejemplo— tienen un ritmo poco corriente bajo la superficie, que no es exactamente el *rock* de siempre en 4/4. Hay un bajo persistente, en lugar de tocar octavas, y la batería se decanta a veces hacia el *swing* o el *shuffle*. Es una especie de híbrido, con acentos en las partes 2 y 4.

—*¿Era algo consciente, o fue más bien accidental?*

Las dos cosas. Verás, Johnnie y yo nos compenetrábamos tanto que no teníamos que decirnos nada, íbamos y lo hacíamos. Pero ahora, con estas bandas de quita y pon... la última noche tuve que acercarme al bajista en mitad de la actuación y gritarle a unos centímetros de la cara para que tocara lo que yo quería. Y en otro momento, en la misma actuación, tuve que ir a hablar con el batería. La síncopa es una parte muy importante de lo que yo hago, pero no puedes dejar que todo el mundo se ponga a sincopar. Alguien tiene que estar poniendo el ritmo para que tengas algo sobre lo que sincopar. Algo así [marca con la mano un

ritmo normal en 4/4 y tararea la conocida frase de notas arrastradas que forma los compases 5 a 8 de la introdución de "Johnny B. Goode"]:

—*Hay un acento rítmico característico que usted hace con acordes parciales en staccato:*

[Se levanta y se echa a reír] ¡Harry James! ¡"One O'Clock Jump", tío! ¡Escucha las trompetas! Yo no hago más que decir que es *big band*, pero se empeñan en llamarlo *rock'n'roll*.

En la película, cuando Keith Richards comenta que algunas de sus canciones están "en tonos de piano", parece que alude a la influencia de Johnnie. ¿Alguna vez adaptó a la guitarra su estilo de piano?

No, no sé a qué se refería. En primer lugar, Johnnie no tiene estilo; tiene la habilidad de poder seguir una progresión, sabe tocar un solo. Él y yo descubrimos que existía una armonía entre nosotros, que yo podía estar tocando y parar dos compases, y él entraba y llenaba el hueco. Me bastaba con mirarlo, y teníamos una compenetración tan completa que no necesitábamos más comunicación.

—*Pero ¿qué influencia tuvo Johnnie en su estilo? ¿Tocaría usted de diferente manera si se hubiera asociado con otro pianista?*

No, sólo que habría tenido que tocar más, eso es todo.

—*Sus primeros discos tienen una atmósfera general única. ¿Tenía en la cabeza un sonido concreto y fue experimentando hasta que lo consiguió, o fue algo impredecible?*

A veces era intencionado. Por ejemplo, cuando grabamos "Wee Wee Hours" [1955], que estaba inspirado en Big Joe Turner. Luego vino "Wee Hour Blues" (1965), que estaba inspirado en una canción concreta de Big Joe Turner: "Wee Baby Blues", y al grabarlo procuré recrear la atmósfera de aquella canción.

—*En mayo de 1955, usted hacía algún trabajo de carpintería y estudiaba cosmética; tres meses más tarde, su primer disco estaba en el número 5 de los* Hot 100 *y en el número 1 de la lista de R&B. ¿Cómo alteró su vida aquel éxito que llegó prácticamente de la noche a la mañana?*

Lo único que cambió fue que decidí seguir en esto todo el tiempo que pudiera. Mi estilo de vida no cambió lo más mínimo. Había estado ahorrando el 80 % de lo que ganaba como carpintero, y seguí ahorrando el 80 % de lo que ganaba como músico.

—*¿La fama resultó ser como había esperado?*

No, porque no la esperé nunca. En el Cosmo ganaba 21 dólares a la semana, y después de "Maybellene" pasé a ganar 800 por semana. La fama me importaba un pito, y esto puedes publicarlo. Y sigue sin importarme. Lo único que me importaba era que ya podía entrar en un restaurante y que me sirvieran, y eso era algo a lo que tendría que haber tenido derecho de todas maneras, sin fama ni nada. Date cuenta de que estábamos en 1955, y todavía no habían empezado todas aquellas marchas [por los derechos civiles]. Me gustaba la idea de que ya podía comprar algo a crédito, con el vendedor sabiendo que podía pagarlo. Podía llamar a un hotel y no me ofrecían automáticamente las habitaciones económicas nada más oír el sonido de mi voz. Eso era lo que me importaba.

—*A finales de los cincuenta participó en varios paquetes que iban de gira. ¿Viajaban juntos todas las estrellas y los músicos?*

Sí, en un par de autobuses o un par de aviones. Hicimos el Teatro Apollo en Harlem, el Howard en Washington D.C., el Regal en Chicago, y también fuimos a Baltimore, pasamos a Canadá, y recorrimos todo el Sur. Y Texas. Íbamos con LaVern Baker, los Platters, los Spaniels, los Orioles, los Cleftones...

—*¿Se acuerda de su primer público predominantemente blanco?*

En el Paramount de Brooklyn, poco después de "Maybellene", en el 55. Casi todos eran blancos. Tony Bennet era cabeza de cartel.

—*¿Qué sintió entonces al salir al escenario?*

Que aquello no volvería a ocurrir. Era sólo nuestra quinta actuación, y estábamos convencidos de que aquello sólo duraría unos cuantos meses.

—*¿Qué pensó cuando su música empezó a ser versioneada a gran escala por los Beatles, los Stones y otros? ¿Le gustaron las nuevas versiones?*

¿Que si me gustaron? A mí no me toca opinar sobre eso. Lo que me sorprendió fue que mi obra se estuviera convirtiendo en algo comercializable, en un producto reconocible, y si aquellos tíos eran tan buenos que podían sacar de ello un éxito, pues fantástico. Qué bien que la canción fuera mía.

—*Desde que dejó Chess en 1967 para fichar por Mercury, sus discos tienen un sonido diferente.*

Sí, por primera vez no tenía un A&R [encargado de artistas y repertorio] diciéndome cómo tocar para determinado mercado, y además ahora tenía una banda completa. Contraté a la banda de Billy Peek para que me acompañara. En Mercury sólo querían que regrabara mis éxitos, para tener matrices propias de unas 18 canciones.

—*¿Son tan buenas como las versiones originales de Chess?*

No tan buenas, porque no pude conseguir que tocaran como Johnnie.

—*¿Se acuerda de su primera guitarra?*

Me acuerdo de la primera eléctrica. Se la compré a Joe Sherman, que tocaba en El Club del Sagrado Corazón, un programa religioso de la WEW de San Luis. Él se había comprado una nueva, y me vendió la vieja por 30 dólares. Yo ganaba 10 dólares a la semana, y me la pasó después de pagarle un anticipo de 10 dólares. A partir de entonces fue cuando empecé de verdad a tocar mucho. Era tan bonita... y mucho más fácil de tocar que las otras que había tenido.

—*En algunas de las primeras fotos se le ve con una Epiphone eléctrica de tapa arqueada, sin recortes.*

Con aquélla no grabé nada. Aquellas fotos se tomaron antes de "Maybellene". Tenía también un pequeño amplificador Epiphone a juego. Era más bonito, de madera de arce... todo de madera, precioso... y por delante tenía grabada una E... ¿o era una clave de Sol?

—*¿Grabó alguna vez con aquel ampli?*

No. Cuando nos mudamos a Chicago me hice con uno de aquellos Fender pequeños, con el panel de controles plano, montado al dorso, y todo él forrado con un material como de hule imitando cuero, muy vacilón [risas].

—*En aquellas primeras sesiones en Chess, ¿utilizó la Gibson ES-350T "rubia", de tapa arqueada y caja hueca, con la que aparece en tantas fotografías?*

Sí. Creo que aquella guitarra la compré en la tienda de música de Ludwig, en San Luis. Ahora la tengo en casa.

—*En la película de Alan Freed* Rock, Rock, Rock, *usted interpretaba "You Can't Catch Me" con una pequeña Gretsch Chet Atkins de cuerpo macizo. ¿Grabó alguna vez con ella, o era sólo para figurar?*

No grabé nada con ella; seguramente me la dejaron sólo para filmar. Durante algún tiempo tuve una Gretsch, pero era grande, de caja hueca. Es la única que he comprado. Y en el Cosmopolitan Club estuve una temporada tocando una Les Paul negra [una Custom, con pastillas de bobina única]. Las Gibson ES-355 de media caja que viene usando desde hace muchos años tienen pastillas *humbucker,* mientras que su primera 350 las tenía de bobina única.

Para mí, la verdad, son prácticamente iguales. Una tiene la caja un poco menos profunda, la más moderna. La verdad es que no he prestado mucha atención al sonido. A mí lo que me gustaba de las Les Paul era lo a gusto que estabas con ellas. Tenían los trastes planos, eran más cómodas, parecía que no se gastaban nunca y no se desafinaban. La Gretsch grande que yo tenía pesaba mucho, por eso prefiero las Gibson

de caja hueca. Cuanto menos pese, mejor. Lo demás me tiene sin cuidado. No noto la diferencia, a menos que sea una de esas Fender con trastes de más. El registro es importante, cuando llegas al extremo del mástil. Siempre me han gustado las Fender, pero nunca me he comprado una porque no hacen casi nada con caja hueca.

—*En la actualidad, su sonido es muy diferente del de los primeros discos. ¿Alguna vez le entran ganas de coger una guitarra antigua de las grandes, con caja hueca y pastillas de bobina única, y meterle caña?*

Ya te digo que no noto la diferencia. Todo se hacía en la mesa de mezclas, según los botones que usaran. Podían hacer que sonara de diferentes maneras. Yo creo que en los primeros discos de Ches llegaron incluso a acelerar mi voz [canta, subiendo de tono], para que sonara más aguda y pareciera más un adolescente. Yo tenía ya 29 años y dos hijos.

—*En la portada de la autobiografía, se le ve con una Gibson Lucille, sin agujeros en f. ¿Se la dejaron sólo para la fotografía?*

No, ésa es mía, y la uso.

—*¿Modifica sus guitarra?*

No.

—*¿Usa efectos?*

Una vez probé un *wah-wah.* Se me enganchó el pie en él [risas]. Mejor olvidarlo.

—*Usted ha compuesto canciones de* rock'n'roll *acerca de coches y adolescentes, y también ha compuesto* blues. *¿Qué canciones significan más para usted, cuál de los dos estilos?*

¿Cómo puedes querer a uno de tus hijos más que a otro? Yo amo a todos mis hijos, pero por otra parte no amo a ninguno. Lo que quiero decir es que no se trata de esta canción o la otra. Para mí, la historia de "Johnny B. Goode" no es más interesante que la de "Our Little Rendezvous", que es muy bonita, pero no más bonita que "Sweet Little Sixteen". Lo que cuenta es la reacción del público a una canción, y eso puede producirse en una canción o en otra.

—*¿Toca la guitarra cuando está solo o con amigos?*

No mucho. Tengo que ocuparme de mi parque, Berry Park. Ahí hemos organizado bailes, y hemos estado de reformas, y tengo que cuidar de algunas propiedades y encargarme de las giras. Hay demasiadas cosas que atender.

—*Cuando va de gira, ¿exige a los organizadores que le proporcionen un equipo determinado, cierto tipo de músicos acompañantes, y cosas así?*

Sí, sí, esas cosas son importantes. Ya te enviaré unas cláusulas. [*Nota del editor:* Las cláusulas de un contrato de Berry especifican que el promotor debe proporcionar "tres (3) músicos profesionales, competentes y familiarizados con el repertorio de Chuck Berry, para actuar como banda acompañante, que debe constar únicamente de un batería con equipo, un pianista con un piano de cola, un bajista eléctrico con bajo..." y también "dos (2) amplificadores Fender Dual Showman Reverb sin modificar."]

—*¿Qué queda por hacer? ¿Cuáles son sus proyectos musicales para el futuro?*

Coger algunas de las cosas que me has estado preguntando y grabarlas en vídeo, para que los jóvenes y los aspirantes a músicos puedan ver, si es que quieren, lecciones organizadas sobre algunas de esas preguntas y respuestas, y ver cómo se ejecuta mi música, con mis improvisaciones e innovaciones, si es que puedo usar esa palabra... Más o menos, lo que hizo Jane Fonda con su baile.

—*¿Qué le parece que "Johnny B. Goode" haya sido enviada al espacio, a bordo del Voyager?*

Hay muchos, muchísimos discos que a mí me parece que se lo merecían igual, pero no pongo objeciones a que lo eligieran. Por lo demás, pienso que he tenido suerte. Sus fans jamás se cansan de oír esa canción.

—*¿Se cansa usted alguna vez de tocarla?*

No. Debido a lo primero, a que ellos nunca se cansan de oírla.

—*Cuando por fin se decidió a escribir su autobiografía, no utilizó ningún "negro".*

Desde luego que no. Para empezar, no estaba dispuesto a pagarle a nadie por algo que a lo mejor se quedaba en nada. Podría haberse quedado en la familia, sin llegar a publicarse. Pero si llego a imaginarme que el libro iba a tener tan buena acogida como

ha tenido hasta ahora, le habría dedicado un año más.

—*Por lo general, no concede entrevistas a la prensa.*

En los últimos años he concedido algunas, pero la razón de que antes no lo hiciera era que comprobé que si no le dabas una entrevista a alguien, ese alguien iba a entrevistar a otra gente que hablara de ti, y como tú no habías querido hablar con él, solía ponerte a parir. Incluso si hablabas con ellos, todo lo tergiversaban y lo sacaban de contexto. Joder, hace años [una revista] me sacó diciendo "lawdy" [hace una mueca]. Yo no digo "lawdy".

—*En la película* Hail! Hail!, *¿se ve un retrato razonablemente fiel del auténtico Chuck Berry?*

Mira, yo lo veo así: ¿Qué importancia tiene lo que piensen de mí como persona? Yo ya tengo una cierta idea de lo que piensan de mí como producto, como inspiración musical, y lo que piensen de mí como persona no tiene nada que ver con mi música. Si hay alguien a quien no le gusto por mi personalidad, y extiende ese disgusto a mi música... bueno, la verdad es que no tiene importancia.

—*¿Se lo pasó bien rodando la película?*

Me gustaron los resultados. El rodaje fue cansado, pero hubo algunas cosas nuevas que me inspiraron, y el personaje que yo interpretaba era yo, así que esa parte fue fácil. El proceso sacó a relucir algunas partes de mí que no tenían que haber salido en la película, pero ahora me alegro de que hayan salido, porque muestran más de mí. Mira, para mí es muy importante que lo que se ve son hechos auténticos. El valor real, científico, es la realidad de una cosa. Todo lo que se ve en ese escenario es real. Lo único que cambiaría son los momentos en que aparezco cansado, o irritado; eso no lo sacaría, porque en este negocio la gente espera que la diviertan. Si estoy fastidiado, procuro disimularlo... el espectáculo debe continuar, y todo eso. Puedo fingir para que no se note que estoy mal, pero lo que no puedo fingir es una categoría que no tengo, por decirlo así. No creo que me esté pasando de modesto, pero nunca seré más grande que como yo me presento.

Durante una carrera de cinco años asombrosamente fértiles, Duane Allman experimentó una metamorfosis, pasando de ser un adolescente que se esforzaba por sacar sonidos psicodélicos a convertirse en el más eminente guitarrista *slide* de su época. Veinte años después, la importancia de sus grandes obras —los clásicos de la Allman Brothers Band *At Fillmore East* y *Eat a Peach,* el "Layla" de Derek & The Dominos, y un puñado de grabaciones de *rock* y *rhythm & blues*— no ha disminuido lo más mínimo. Duane dominó la guitarra *bottleneck* como nadie lo había hecho antes, aplicándola a los *blues* y presentándola en un contexto muy melódico y de forma muy libre. Aportó al estilo una libertad y una elegancia nuevas, y para muchos aún sigue siendo el rey de la *slide* en el *blues/rock.*

Como fundador y padre espiritual de la Allman Brothers Band —sin duda, una de las mejores bandas de *rock* de su tiempo—, Duane se convirtió en el máximo exponente de un estilo musical conocido como "el sonido del Sur". Con los Allman Brothers, llevó al público de *rock* su profundo amor por la música de su tierra —en especial, la de los *bluesmen* negros—, tal como habían hecho los guitarristas británicos unos años antes. Pero como había aprendido a tocar *blues* de primera mano en el Sur, tenía un sentimiento más auténtico que el de muchos contemporáneos que lo habían aprendido oyendo discos. Con su compañero Dickey Betts, Allman contribuyó también a popularizar el empleo de armonías melódicas y contrapuntos con dos guitarras.

Por suerte, su forma de tocar ha quedado plasmada en casi 40 álbumes, muchos de los cuales son grabaciones de estudio realizadas como primer guitarra de la sección rítmica de Muscle Shoals. Como acompañante, Allman aportó a todas sus contribuciones una impresionante naturalidad y un toque muy personal. (Capricorn ha publicado una buena muestra de sus trabajos en estudio bajo los títulos *Duane Allman: An Anthology* y *An Anthology, Vol. II.*) Según Jerry Wexler, que como productor de Atlantic Records utilizó a Duane en numerosas sesiones: "Era un guitarrista completo. Podía tocar cualquier cosa que le pidieras. Podía hacer de todo: ritmos, solos, *blues, slide, bossanova* con aire de *jazz,* bellísimos pasajes acústicos... y con el *slide* tenía el toque. Muchos guitarristas de *slide* suenan sucios. Para conseguir una entonación clara, con los armónicos adecuados, hace falta genio. Duane es uno de los mejores guitarristas que he conocido en mi vida. Era uno de los poquísimos que estaba a la altura de los mejores guitarristas negros de *blues,* y de ésos hay muy pocos: se pueden contar con los dedos de una mano a la que le falten tres dedos."

Sus amigos describen a Duane como una inspiración, un hombre orgulloso y simpático cuya presencia llamaba la atención al instante y cuyo talento artístico ejerció una profunda influencia en los que trabajaron con él. Era una personalidad original, y no le daba miedo correr riesgos ni en escena ni en otros aspectos de su vida. Por encima de todo, vivía para la música y por el placer que su manera de tocar provocaba a la gente.

Howard Duane Allman nació en Nashville, Tennessee, el 20 de noviembre de 1946. Su único hermano, Gregg, nació un año después. Su padre murió cuando eran pequeños, y los chicos se criaron con su madre, Geraldine. Asistieron al colegio militar de Castle Heights en Lebanon, Tennessee, donde aprendieron a tocar la trompeta. En 1957, su madre trasladó a la familia a Daytona Beach, Florida. Los dos hermanos se interesaron por la guitarra y, con el tiempo, Duane dejó el instituto para quedarse en casa a practicar con su nueva Gibson Les Paul Junior, convencido ya de que tocar iba a ser su modo de vida.

Durante el día, escuchaba discos de Robert Johnson, Kenny Burrell y Chuck Berry, y por la noche sintonizaba las emisoras de *rhythm* & *blues* en busca de más inspiración. Le influyó la guitarra de Jeff Beck con los Yardbirds, y siempre sintió una especial afinidad por B.B. King, Eric Clapton, Miles Davis y John Coltrane.

Las primeras actuaciones de los hermanos Allman tuvieron lugar en el local de la YMCA, tocando canciones de Chuck Berry y de Hank Ballard & The Midnighters. A pesar de que en aquella época no era corriente en Florida que los músicos blancos se juntaran con los negros, Duane y Gregg entraron a formar parte de los House Rockers, la sección rítmica de un grupo negro llamado The Untils. Duane recuerda: "Éramos una banda incendiaria. Tío, te aseguro que podíamos prender fuego a un local en un segundo. Subíamos al escenario y metíamos toda la caña que queríamos. Teníamos 16 años y ganábamos 41 dólares a la semana. Una fortuna. Y lo único que queríamos era oír aquella maldita música a toda pastilla. Eso es lo que me gusta, tío, oír el ritmo estallando, el maldito bajo machacando, es la hostia, tío".

En 1965, los hermanos formaron una banda llamada The Allman Joys. Se hicieron con una furgoneta y empezaron a recorrer el circuito de bares y hoteles de carretera del sur. Al principio, las relaciones eran tormentosas, por decirlo de un modo suave, y la banda estuvo a punto de disolverse varias veces. Luego los Joys empezaron a conseguir trabajo hasta no dar abasto —seis pases por noche, siete días a la semana— y descubrieron que les encantaba la energía que da el escenario.

En 1966, tras una actuación en el Briar Patch Club de Nashville, los Allman Joys grabaron bajo la dirección de Buddy Killen y el autor John Loudermilk. De esta sesión salió una vibrante versión de "Spoonful", con órgano y guitarras psicodélicas llenas de efectos, que se editó como *single* y se vendió bien en la región. En 1973, Dial Records publicó otros temas de la sesión de Nashville, bajo el título de *Early Allman*. Pero el grupo aún carecía de sonido propio, y nada hacía sospechar la presencia de una futura estrella de la guitarra entre sus filas. Duane iba a progresar muchísimo en los cinco años siguientes.

Los Allman Joys originales se separaron en San Luis en 1967, y Duane y Gregg formaron un grupo con el batería Johnny Sandlin y el teclista Paul Hornsby. Al principio siguieron usando el nombre de Allman Joys, y luego lo cambiaron por Almanac. En 1968, la banda se trasladó a Los Ángeles y firmó contrato con Liberty Records, que la rebautizó como Hour Glass. Según Gregg, éste fue uno de los peores períodos de la carrera de los dos hermanos. En la ciudad había montones de locales y un ambiente rockero en plena ebullición, pero la casa discográfica casi nunca les permitía tocar en público. Los músicos ganaban muy poco. Para colmo, Hour Glass tuvo que pechar con una imagen y un material que no les iban nada. La mayor parte de su álbum de presentación, blando y superficial, consistía en melodías *pop* sobreproducidas, con vientos por todas partes y acompañamiento de coros. "Una maldita pandilla de desaprovechados, eso es lo que éramos", le contó Duane a Tony Glover. "Nos enviaban una caja de maquetas y nos decían 'Bueno, escoged vuestro próximo LP'. Intentábamos decirles que aquello no nos iba, pero ellos se ponían bordes: 'Mirad, tíos, tenéis que hacer un álbum. No discutáis el sistema y limitaos a elegir'. Así que decidimos ser buenos y lo intentamos, pensando que tal vez pudiéramos sacar una o dos cosas buenas exprimiendo aquella mierda. Exprimimos y exprimimos, pero era como exprimir una piedra. Me deprime muchísimo escuchar aquellos álbumes: son unos tíos intentando enrollarse con cosas que no tenían ningún rollo."

En el segundo LP de la banda, *Power of Love,* los vientos habían tenido la consideración de desaparecer, y Pete Carr había sustituido al bajista original. Por primera vez, Duane empezaba a destacar con sus ritmos vacilones y varios solos interesantes, llenos de distorsión. En abril del 68, Hour Glass acudió a los estudios de grabación Fame en Muscle Shoals, Alabama, donde, sin interferencias de los estirados productores de Los Ángeles, pudo grabar unos cuantos blues. Con Jimmy Johnson en los controles, Duane se destapó como nunca lo había hecho antes: fluido, crudo y emotivo. Por fin se había captado en cinta el inconfundible toque Allman. La banda llevó las maquetas a su *manager* de la Costa Oeste, que dijo que eran "horribles e inutilizables".

Hour Glass regresó al Sur y se disolvió después de unas pocas actuaciones. Duane y Gregg tocaron con varias bandas y trabajaron como músicos a sueldo en un álbum que estaba grabando un amigo suyo, el batería Butch Trucks, con su banda 31 de Febrero.

Gregg regresó a Los Ángeles en 1968 para cumplir algunos compromisos de su contrato con Liberty, y Duane empezó a tocar en *jams* en Jacksonville con el bajista Berry Oakley, que estaba en una banda llamada The Second Coming con Dickey Betts. Compartió vivienda con Oakley hasta que el propietario de Fame, Rick Hall, que se acordaba de las sesiones de Hour Glass,

le envió un telegrama invitándole a participar en un álbum de Wilson Pickett, que se grabaría en noviembre del 68. Allman se presentó y sugirió que Pickett cantara "Hey Jude", que acabó dando nombre al LP y vendiendo un millón de copias. Según Wexler, la contribución de Duane a la canción se alejaba de manera deslumbrante de los sonidos habituales del *rhythm & blues.*

A los músicos de la sección rítmica de Muscle Shoals les gustó el modo tan auténtico con que Allman tocaba *country, funk* y *blues,* y le propusieron ser su guitarrista fijo. Duane firmó un contrato con Hall y se trasladó a Muscle Shoals, que por entonces era un pueblo muy conservador de 4.000 habitantes, donde ni siquiera se podía comprar cerveza. El nuevo músico llamaba la atención en el pueblo, con su melena pelirroja, sus camisas de fantasía, sus vaqueros y sus zapatillas deportivas rojas, blancas y azules. Los primeros meses en Muscle Shoals le proporcionaron a Duane una tranquilidad que ya iba necesitando. "Alquilé una cabaña y vivía solo a orillas del lago. Tenía unos ventanales enormes que daban al agua. Allí me sentaba a tocar solo, y así me fui quitando de la cabeza toda aquella mierda pastelera de Hollywood. Fue como volver a bajar a la tierra y volver a la vida, gracias a eso y a las sesiones con buenos músicos de *R&B*".

En enero del 69, Duane acudió a Nueva York para acompañar a la cantante Aretha Franklin en la grabación de *This Girl's in Love with You.* También intervino en el álbum *Soul '69* de la misma artista y añadió un tema a *Spirit in the Dark.* Un mes después, acompañó a su amigo el saxofonista King Curtis en su álbum *Instant Groove,* tocando la guitarra eléctrica en los temas "The Weight" y "Games People Play", que ganó un Grammy aquel año, como mejor instrumental de *R&B*. Ambos temas están incluidos en las antologías de Capricorn.

A los pocos meses de llegar a Muscle Shoals, Hall le preguntó a Allman si le interesaba grabar un disco propio. Duane grabó varios temas en febrero, pero no se llegó a completar un álbum. Hall vendió su contrato a Jerry Wexler, vicepresidente de Atlantic, que se lo revendió al *manager* de Otis Redding, Phil Walden, que estaba reuniendo plantilla para un nuevo sello subsidiario de Atlantic, llamado Capricorn.

Mientras tanto, Duane se iba hastiando cada vez más de la vida en el estudio. Durante una de sus ocasionales visitas a Jacksonville, participó en una *jam* con Betts, Oakley, Butch Trucks y Jai Johanny Johanson, un batería que había conocido en Fame. Faltaba Gregg, pero allí estaban todos los demás futuros miembros de la Allman Brothers Band. "Montamos el equipo y nos pusimos a improvisar un poquito", recuerda Duane. "Nos tiramos dos horas y media. Cuando por fin paramos, nadie dijo una palabra. Todos nos habíamos quedado mudos. Ninguno de nosotros había hecho nunca nada parecido... estábamos verdaderamente acojonados. Y en aquel mismo instante, lo supe. Y dije '¡Tíos, esto es!'. Le dije a Rick que ya no quería hacer sesiones a tiempo completo. Había descubierto lo que de verdad quería hacer."

El 26 de marzo de 1969, Duane llamó a Gregg para que volviera de California. Tras años de decepciones, contratos de una noche y trabajo en estudios, había nacido la Allman Brothers Band. A pesar de la reputación que ya tenía, Duane insistió en que todos tenían que ser iguales. Juntaron su dinero, se mudaron a vivir juntos, empezaron a tocar, y de vez en cuando se acercaban al cementerio de Rose Hill a tocar la guitarra acústica y componer canciones.

Duane todavía hizo unas cuantas sesiones en Muscle Shoals, participando en los álbumes *Boz Scaggs, The Dynamic Clarence Carter* y en el *More Sweet Soul* de Arthur Conley. Pero en septiembre del 69, la banda fue a Nueva York y grabó *The Allman Brothers Band* en dos semanas. El álbum abrió nuevos caminos en el *rock* americano, con sus abundantes floreos de guitarras —con los dos guitarristas tocando al contrapunto o al unísono— y su montón de *slide* y de *blues* innovadores. Se vendió sólo moderadamente bien, pero la banda siguió adelante y en los dos años siguientes tocó más de 500 conciertos. Johnny Sandlin recuerda que "Duane era muy

conocido en todo el Sur, donde se le consideraba el guitarrista por excelencia. Influyó en un montón de gente, que gracias a él se puso a tocar cosas propias en lugar de hacer *R&B* de imitación. Si conocía a algún guitarrista que le pareciera prometedor, le prestaba o le regalaba una guitarra, hacía todo lo posible por ayudarle".

Después de esto vinieron algunas colaboraciones más, y también el segundo LP de la Allman Brothers Band, *Idlewild South.* La energía que desplegaban en sus actuaciones empezó a atraer cada vez más público, a lo que también contribuyeron sus conciertos gratuitos en días libres. En julio de 1970, Duane inició su colaboración con Delaney y Bonnie Bramlett, que dio como resultado tres álbumes: *To Bonnie from Delaney, Motel Shot* y *D & B Together.*

Durante los últimos trece meses de su vida, Duane grabó sus obras más importantes, incluyendo el "Layla" de Derek & The Dominos, los discos de la Allman Brothers Band *At Fillmore East* y *Eat a Peach,* y otros trabajos de estudio. "Layla" fue el fruto del encuentro entre dos mentes hermanas y veinte dedos prodigiosos. Duane y Eric se impulsaron uno a otro a nuevos niveles, culminando con la sinfonía de *bottleneck* de Duane, en la que imita cantos de pájaros.

Con *At Fillmore East* escalando rápidamente las listas y dos años de giras a sus espaldas, la Allman Brothers Band decidió a finales de octubre tomarse unas semanas de vacaciones. Duane viajó a Nueva York para visitar a su amigo John Hammond, y después regresó a Macon, donde, el 29 de octubre de 1971, acudió a casa del bajista Berry Oakley para felicitar a la mujer de éste por su cumpleaños. Salió de la casa hacia las seis menos cuarto, y en el camino de vuelta dio un bandazo brusco con la motocicleta para no chocar con un camión que se le había puesto delante. La moto patinó y volcó, pillándolo debajo. Falleció en el Centro Médico de Macon, tras una operación de emergencia de tres horas. Tenía 24 años. Está enterrado en el cementerio de Rose Hill, donde tantas veces había acudido a meditar y a tocar la guitarra acústica en los primeros tiempos de la banda.

Esta entrevista está montada a partir de un folleto promocional de Capricorn de principios de los setenta, titulado *Diálogos con Duane Allman*. Comienza con una conversación entre Duane y el presentador Ed Shane en 1969, después de publicarse *The Allman Brothers Band*. La segunda parte corresponde a una entrevista radiofónica en la WPLO-FM a principios de 1971, después de haber grabado Layla con Derek & The Dominos.

—Soy Ed Shane y estoy con Duane Allman, de los Allman Brothers. Muy bueno el nuevo álbum.

Gracias. Hemos trabajado mucho en él y estamos muy orgullosos. A nosotros también nos parece bastante bueno.

—¿Qué pretendíais conseguir con este álbum?

Sonido vivo, como sonamos cuando tocamos en directo.

—¿Puedes describir algo de él? Hay partes que suenan como blues británicos, y otras más en el estilo de Johnny Winter.

Bueno, todo influye. A lo largo de la vida, vas asimilando cosas. No se puede evitar. Es como cuando aprendes a hablar. Oyes hablar a tus padres y, según lo que oigas, así hablas tú. La gente es así. Todos nosotros estamos metidos en la música desde que éramos adolescentes, creo, y las cosas se te van impregnando. Desde luego, el estilo británico de tocar *blues* era mucho más fresco que cualquier cosa de las que oíamos cuando yo era joven y andábamos tocando canciones de los Beatles y cosas así, y ya empezábamos a aburrirnos. Había toda aquella otra morralla, como los Searchers, ¿te acuerdas de eso? Total, que nos hartamos de ir de un lado para otro tocando aquello en bares durante tanto tiempo, y al final dijimos: "Vale, esto ha sido muy divertido, pero ya nos aburre", y dejamos nuestros respectivos grupos. Berry estaba con los Romans, y Gregg y yo con los Allman Joys.

—¿Dónde actuábais?

Por todas partes, tío. En el Sur existe un circuito-basura que, si te lo trabajas, te sacas unos 150 dólares por semana y no paras de tomar pastillas y beber. Es un mal rollo. Nos

estaba matando, así que todos lo dejamos más o menos al mismo tiempo. Berry estaba viviendo en Jacksonville, y nos reuníamos con frecuencia para tocar en plan *jam*. Por entonces, ninguno de nosotros estaba actuando. Era como si necesitáramos un descanso temporal de todo aquel rollo. Yo hacía algunas sesiones en Muscle Shoals... bueno, antes de eso estuve en California, pero de eso más vale no hablar. Básicamente era lo mismo. Y yo estaba harto, porque la verdad es que se vuelve rancio. Así que nos juntábamos para tocar y decíamos: "Bueno, tíos: antes de empezar algo, mandemos al cuerno todo aquello. No empecemos otra vez con la misma mierda". Cuanto más tocábamos, mejor me iba sintiendo. Conocía a una gente en Atlantic Records, y hablé con ellos de que quería intentar hacer algo auténtico, algo que sonara a nosotros, en lugar de hacer simplemente algo que ellos pudieran intentar vender. Nos sentimos orgullosos de esto. Probablemente, es lo mejor que nos ha pasado a todos nosotros.

—Compáralo con trabajar en un estudio.

Ay, tío. Los estudios son un espanto. Te limitas a estar por ahí y cobrar tu dinero. Todos los músicos de estudio que conozco son... ¿cómo te lo diría? Uno de ellos se compra una tele en color, y al día siguiente, no falla, todos están en Sears o donde sea, diciendo: "Oiga, querría ver televisores en color". Conozco un sitio, tío, donde todos ellos, cinco tíos a la vez, tenían Oldsmobiles 442. Pues fíjate: uno de ellos lo cambió por un Toronado, y todos los demás cambiaron los suyos por Toronados. Ahora uno de ellos tiene un Corvette además del Toronado, y los demás ya andan mirando Corvettes. Da asco. Lo único que hacen es imitar lo que hace el vecino, y no tocan música propia. Lo que tocan suena a mierda. Estuve como medio año trabajando con ellos y me harté, tío. Ahora, cuando hago sesiones, voy, toco y me largo.

—¿Te sientes limitado tocando en una sala de baile, en comparación, por ejemplo, con los conciertos gratuitos en un parque?

Bueno, siempre que te pagan por algo, te sientes obligado a cumplir. Por eso mola tanto tocar en un parque, porque la gente ni siquiera se espera que salgas tú. Y si sales a tocar, les parece estupendo, y por eso es tan agradable tocar en parques. Casi te diría que cuando mejor te sientes tocando es cuando tocas por nada. Y en realidad, no es que toques por nada: tocas para tu satisfacción personal y la de otros, y no por un rollo económico. Eso tiene colgada a mucha gente: te dan un montón de pasta y entonces te esfuerzas mucho. Pero o sabes hacer algo o simplemente puedes intentar hacer algo. Y cuando intentas hacer algo, no te sale nada.

—*La pasta también te puede estancar. Sigues haciendo lo mismo para ganar más.*

Ya lo creo, sí. Por eso dejé de hacer sesiones. Estaba empezando a gustarme demasiado.

—*¿Hacia dónde crees que van los Allman Brothers y la música en general? ¿Hay un retorno a las raíces?*

Bueno, en muchos aspectos, sí que lo hay. Ahora hay muchos grupos que lo que hacen es derrochar la energía de todos, de todas las maneras posibles, para sacar el mismo viejo *feeling* que Little Richard consigue en cinco minutos. Y por fin la gente empieza a darse cuenta de que se puede gastar la misma energía y obtener la misma satisfacción con una cosa sencilla que con una complicadísima. Hay un montón de gente que te intenta convencer de que son músicos inteligentes, y lo que tocan es una gilipollez. La música se ha intelectualizado, y todo eso.

¡Joder, tío, la música es diversión! No tiene por qué ser algo pesado, profundo e intenso, sobre todo si es música *rock.* Tiene que ser algo liberador. Eso lo sabe cualquiera que haya escuchado a Chuck Berry o a cualquier otro por el estilo. Es increíble lo pomposa que se ha vuelto la música *rock,* y la cantidad de dinero que está ganando gente que, en realidad, es una plasta. Y eso ha jorobado a un montón de gente que era buena de verdad, y les ha impedido ganar dinero. ¡Es patético! Es lamentable. Joder, ahora sale más o menos un disco bueno y diez que son verdaderas mierdas, y todos suben juntos en las listas. Es absurdo. Hay gente que no sabe de dónde viene el

rock'n'roll y que se conforma con mucho menos. Se conforman con imitaciones baratas y chapuceras de cosas que eran verdaderamente intensas hace como diez o quince años, como las cosas que hacía Bo Diddley.

—*¿Te gusta la idea de que el* rock *hable a veces de temas de actualidad?*

Pues claro que sí, tío. Es como un periódico para gente que no sabe leer. El *rock'n'roll* te dice de qué van las cosas. Está hecho para que muevas los pies, para tocarte el corazón y para que te sientas bien por dentro, para que te olvides durante un rato de toda la mierda que hay por ahí y llenes un poco los momentos muertos.

—*¿Cuál es tu tema favorito, el que más te satisface, del nuevo álbum?*

Me gusta entero, tío. Me parece que hemos hecho un buen trabajo. Me gusta todo. No tengo favoritas concretas. Hay partes que son más antiguas, lo que hicimos nada más juntarnos. Luego, con el tiempo, nos fuimos haciendo un poco más competentes. Eso se nota al escuchar el disco: el material antiguo no es tan complejo como el más reciente. Cuando empezamos teníamos un batería, dos guitarras y un bajo. Luego llegó Gregg de California y ya tuvimos órgano, y después se nos unió Butch Trucks, y ya eran dos baterías. Lo primero que montamos fue la canción de Muddy Waters ("Trouble No More"), que no es particularmente impresionante. Es sólo un tema bonito, duro y *funky.* Después, sobre la marcha, Butch entró en el grupo, y a Butch le gusta jugar con los tiempos, y de ahí salieron esas cosas en once por cuatro y en siete por cuatro. Eso fue saliendo así, pero ahora tendemos más a usar tiempos más normales. Las dos cosas que hemos hecho después de terminar el álbum tienen un tiempo normal, de cuatro por cuatro, y son *rock'n'roll* típico. Es más divertido de tocar y exige menos esfuerzo, y además es bonito.

[Aquí comienza la entrevista de 1971 para la WPLO-FM]

—*Por muy buenos que sean los discos, los Allman Brothers parecen mejores en directo.*

Sí, tío, es que ése es en realidad nuestro elemento natural. Cuando una banda empieza a tocar, toca en directo. No tenemos mucha experiencia haciendo discos. Yo sí, un poquito, por las sesiones que he hecho y cosas así, pero no como un músico de estudio avezado, ni mucho menos. La verdad es que nos resulta un poco frustrante hacer discos, y creo que por eso la mayor parte de nuestro próximo álbum la grabaremos en directo, para que se note un poco ese fuego natural. [*Nota del Editor:* cumpliendo la palabra de Duane, el siguiente álbum de la Allman Brothers Band, publicado en 1971, fue su obra maestra en directo At Fillmore East.]

—¿Tiene eso algo que ver con la interacción natural con el público?

Sí, mucho. Y también, por supuesto, con la espontaneidad de la música. Hay arreglos básicos, estructuras básicas de las canciones, pero luego los solos quedan completamente a discreción de cada miembro de la banda. Algunas noches salen buenísimos y otras noches no tan calientes. Pero a mí me parece que la principal virtud de nuestra banda es la naturalidad, el dejarse llevar por el momento. Tocamos en directo, y al hacer discos no puedes repetir lo mismo una y otra vez cuando alguien se equivoca. Además, la presión de las máquinas y todo el rollo del estudio te pone algo nervioso.

—¿Qué se siente cuando, como en el caso de "Dreams", algún otro toca tu música?

Es muy halagador, tío. Está muy bien que a alguien le guste tanto una cosa que has hecho tú, hasta el punto de grabarla y hacerla otra vez.

—Naturalmente, estamos hablando de la versión de Buddy Miles. Me sorprende que gente como Johnny Taylor no haya hecho su versión de "Please Call Home" (de Idlewild South).

Yo quería que esa canción la cantara Clarence Carter, pero creo que nunca lo hará. Desde luego, me gustaría oírsela.

—¿Quién más podría hacer una buena versión? B.B. King podría.

Jo, él haría un trabajo excepcional. ¡Ese es capaz de todo! Es capaz de cantar "Cumpleaños feliz" y hacerte saltar las lágrimas,

tío. Me gustaría oír a Joe Cocker o a Elton John cantando una de mis canciones. Los dos tienen voces muy potentes, los dos son muy buenos. Y ya que estamos en eso (risas)... Eric Clapton, tío. Vamos a hablar de él. Es la leche. Es un tío estupendo y considero un privilegio y un honor tocar en su álbum de Derek and The Dominos. Es un auténtico profesional en su campo.

—Él ha hablado muy bien de ti en Rolling Stone.

Ay, sí, tío. Me muero de gusto cuando le oigo decir cosas de mí. Él ha escrito la biblia, tío: Guitarra de *blues* blanca contemporánea, Volumen 1. Pero lo verdaderamente asombroso es su estilo y su técnica. También tiene mucho que decir, pero lo que me tira de espaldas es el modo en que lo dice. ¡Qué bien lo hace!. "Layla", la canción que da título a ese álbum... estoy verdaderamente orgulloso de ella, ya lo creo que sí.

Me pasé por allí para oírles grabar, y Eric había oído lo que yo tocaba, alguna cosa, y me recibió como si fuéramos colegas de toda la vida. Me dice: "Venga, tío, saca tu guitarra, tenemos que tocar". Y bueno, yo iba a tocar sólo en una o dos, pero cuanto más seguíamos, más nos íbamos enrollando. Por cierto, que las caras 1, 2, 3 y 4... todas las canciones están en el orden exacto en que las grabamos, desde el primer día, pasando por "Layla", hasta "Thorn Tree", que es la última canción del álbum. Me siento tan orgulloso de ése como de cualquiera de los álbumes en que he tocado. Estoy satisfechísimo del trabajo que hice. Me alegró tener la oportunidad de trabajar con gente de ese calibre, tan brillante, con tanto talento. Eric es un tío estupendo, un fulano simpatiquísimo. Se me hace difícil hablar de él, ¿sabes?, porque le admiro muchísimo. Me cuesta situarlo en un contexto callejero, pero sin duda es un hombre de la calle, un gitano... como todo el mundo en estos tiempos.

—Dijiste una vez que para ti el blues *y el* jazz *son una misma cosa.*

Sí, la verdad es que lo son, tío. Sólo que, así como los sentimientos humanos se van haciendo más complejos, así como el mundo se va volviendo un poco más dividido e inteligente, la complejidad es la única diferencia entre el *blues* y el *jazz*. Es todo cuestión de expresar los sentimientos y el alma en un medio distinto de las palabras. Puedes quejarte y decir: "Joder, qué mal me siento", o puedes expresar tu tristeza en un contexto musical y hacerla deseable. A nadie le gusta que le cuentes que te duele la barriga, pero todo el mundo está dispuesto a oírte tocar *blues*. Puedes decir las mismas cosas, pero haciéndolas un poco menos ofensivas para tu prójimo al tocarlas con música.

Desarrolla tu talento y deja algo al mundo. Los discos son auténticos regalos de algunas personas. Es muy hermoso pensar que un artista te ama hasta el punto de compartir su música contigo. Eso me ha fascinado desde que me estrellé con la moto. Para mí, Miles Davis es el mejor a la hora de expresar los sentimientos más íntimos, más sutiles, más tiernos, del alma humana. Lo hace de maravilla. Tiene un talento fascinante, tío. Es un hombre maravilloso, maravilloso, y da un gran espectáculo. Y John Coltrane, probablemente uno de los mejo-

res y más elegantes saxos tenores, llevó su música mucho más allá que nadie que yo haya oído.

—*Has usado la palabra espectáculo. ¿Es todo cuestión de comunicación, o se trata de subirse al escenario para hacer que los demás sientan algo diferente?*

Es algo así como un medio de comunicación diferente. A veces te pasa que tienes cosas que decir, pero no encuentras palabras para decirlas. Estoy seguro de que eso le ocurre a todo el mundo. O tienes un sentimiento en tu interior que no se puede explicar con palabras. Puedes decir "angustia" o "alegría", pero también lo puedes expresar con música, para lograr que la gente lo sienta, sin decir ni una palabra. Eso es lo glorioso de la música. Verás, hay un montón de formas diferentes de comunicación, pero ésta es una de las más absolutamente puras. La música no puede hacerle daño a nadie. A lo mejor puedes ofender a alguien con las letras de las canciones, pero con la música no puedes ofender a nadie, es siempre buena. La música, tocar música, no puede tener nunca nada de malo. Es una cosa maravillosa, tío. Es gloriosa.

Por Dan Forte - Febrero de 1985

La leyenda y el misterio han rodeado siempre a Eric Clapton. Como Robert Johnson, forma parte del puñado de virtuosos de la guitarra a los que no se les discute el calificativo de genio. Pero en sus años de formación, a principios de los sesenta, cuando tocaba en Inglaterra con los Yardbirds, Eric "Manolenta" Clapton era impresionante y deslumbrante, pero aún tenía que esforzarse: primero, para sacar adelante la versión rockera y acelerada de los *blues* que constituía la especialidad de los Yardbirds; y segundo, para sondear su propia alma. Cuenta la leyenda que cuando Clapton dejó a los Yardbirds en 1965, se encerró en una habitación solo con su guitarra. Puede que ésta sea una versión romántica de lo sucedido, pero es cierto que se retiró a la casa de campo de un amigo, con la inten-

ción de aclararse la mente y concentrarse en los *blues*. Un mes después, entró a formar parte de los Bluesbreakers de John Mayall. Tocando *blues* con el enfoque purista de Mayall, Clapton no tardó en destacar sobre sus contemporáneos británicos del circuito de *R&B*, y también sobre la mayor parte de sus equivalentes norteamericanos. Se mantuvo fiel a las normas básicas y al espíritu del género, pero forzó la forma hasta sus últimos límites, y a veces más allá. Pero lo más importante era que podía expresar toda la gama de sus emociones con la guitarra, como pocos pocos músicos han podido.

Si aquello hubiera ocurrido en 1935, y no en 1965, seguro que algunos habrían sospechado que también Clapton había vendido su alma al diablo. Ocurriendo cuando ocurrió, sus adoradores le proclamaron dios.

A lo largo de 25 años —resumidos en un estuche de seis LPs titulada, muy apropiadamente, *Crossroads 1*—, Eric Clapton ha sufrido numerosos bandazos y cambios bruscos de dirección, tanto musicales como personales, acompañados muchas veces por radicales cambios de imagen. Gran parte de su carrera —con los Yardbirds, Mayall, Cream, Blind Faith, Derek & The Dominos y como solista— ha estado marcada por crisis personales, incluyendo dependencias de la heroína y el alcohol, un renacimiento espiritual y una vida privada frecuentemente angustiosa, sacudida recientemente por la muerte de su amigo Stevie Ray Vaughan y varios miembros de su equipo en un accidente de helicóptero y, sobre todo, por la muerte de su hijo de cuatro años, que se cayó accidentalmente por una ventana.

Y durante todo este tiempo, el carácter reservado de Clapton reforzaba su mística. Pero a finales de los ochenta, Clapton se volvió algo más visible y extrovertido. Su interpretación del clásico "Layla" fue uno de los momentos más fuertes del concierto *Live Aid*. Prestó su nombre a un nuevo modelo de Fender Stratocaster; apareció en revistas y televisión anunciando guitarras acústicas Guild y cerveza Michelob; grabó vídeos ("After MIdnight", "Forever Man" y "It's in the Way that You Use It", de la película *El color del dine-*

ro); actuó como guitarrista fijo en la banda de estrellas de los conciertos del *Prince's Trust*; improvisó en escena con Buddy Guy, Robert Cray, Roomful of Blues y otros; invitó a Mark Knopfler, de los Dire Straits, y al cantante/batería Phil Collins a actuar en sus propias giras; y se dedicó a componer bandas sonoras, empezando por su galardonada banda para la serie de televisión británica *Edge of Darkness* (1985) y continuando con películas como *Arma letal* y *Rush*.

Pero el cambio de actitud más evidente se ha notado en su comportamiento en escena. Aunque los conciertos de Clapton siempre han carecido casi por completo de aspectos teatrales, sus espectáculos de 1987 tenían muy poco que ver con el estoico y estático Eric de otros tiempos. Ahora se movía por el escenario con la ayuda de un transmisor inalámbrico, y montaba numeritos con el bajista Nathan East y el teclista Greg Phillinganes, llegando a veces a subirse a la plataforma de la batería y a echar carreras por el escenario. El guitarrista que siempre parecía ajeno a todo lo que no fueran las frases que salían de su aplificador ahora tocaba para el público, y se notaba que disfrutaba con ello.

Clapton atribuye su nueva imagen positiva al hecho de haber cumplido 40 años en 1985. A partir de entonces, los demonios o cargas que le habían atormentado se hicieron más livianos o desaparecieron. Y aunque los críticos han intentado repetidamente convencernos de que tanto él como el mismo concepto de los héroes de la guitarra están acabados, ahora convoca, probablemente, públicos más numerosos que nunca. Su álbum de 1986, *August*, fue uno de los más vendidos de sus trece elepés como solista; y *Crossroads* llegó al número 1 de la lista de compactos del *Billboard* en sólo dos semanas, una proeza sin precedentes para una colección retrospectiva de cuatro compactos. (Mientras tanto, la versión en vinilo de *Crossroads* entraba en los *Hot 100* del *Billboard* en el puesto 80, y a la siguiente semana ascendía 44 puestos, hasta el 36.) En 1987, Eric Clapton recibió el premio BBI a la obra de toda una vida (el equivalente inglés del Grammy norteamericano). Más recientemente, su álbum *Unplugged* demostraba una vez más su afinidad por la simple pero potente relación de un único músico con una guitarra acústica. En 1992, remató casi dos años de continuas giras con una aparición en el homenaje de la CBS a Bob Dylan por su 25º aniversario.

[Agosto de 1976]

—*¿Todavía sigues tocando escalas para practicar?*

Nunca lo he hecho, pero sí que toco bastante yo solo. Lo que pasa es que no puedo tocar sobre el silencio; para ponerme tengo que escuchar algo, u oír algo por la radio.

—*¿Te parece que aún sigues mejorando?*

Creo que mejoro constantemente, a mi manera particular. Lo más probable es que me esté quedando anticuado en gustos u orientación, pero en lo referente a mi manera personal de tocar la guitarra, sigo esforzándome y creo que progreso, estoy convencido de ello. Siempre sabes cuándo te has metido en un callejón sin salida; entonces no te queda más remedio que decidir lo que vas a hacer. Pero no me ha ocurrido demasiadas veces.

—*Cuando te metes en un nuevo estilo, como el reggae, ¿tienes que alterar mucho tu técnica?*

Para tocar una cosa así no hace falta adaptarse mucho. No es difícil de tocar. Lo que siempre me ha parecido dificilísimo es tener que ser el solista en todas las situaciones. Y lo más difícil de todo, para mí, sería intervenir en una composición de *jazz*, de ésas raras, y tener que tocar un solo sobre acordes extraños. Pero cosas como el *reggae* y las canciones populares, del tipo que sean, son siempre muy sencillas.

—*¿Alguna vez te ha interesado el* jazz?

Bueno, la única cosa que me llama la atención es esa técnica que tienen de la doble pulsación, hacia arriba y hacia abajo. Yo pulso en las dos direcciones, hacia arriba y hacia abajo, pero jamás he sido capaz de hacerlo tan rápido como esos tíos, y parece que cualquiera de ellos sabe hacerlo.

—*¿Y qué me dices de los acordes de* jazz?

Ésa es otra. Fíjate en cualquiera de esos tíos, George Benson o cualquiera de ellos.

La cantidad de posturas que pueden sacar de tres o cuatro acordes... vamos, yo de eso no sé nada [risas].

—*Siendo autodidacta, ¿cómo te aprendiste los acordes?*

Simplemente, escuchaba discos y trataba de imaginar qué cuerdas estaban tocando al mismo tiempo.

—*En lugar de usar acordes con cejilla, parece que subes mucho a los últimos trastes.*

Son los acordes que aprendí. Además, me parece que si usas cuerdas finas tiendes a sentirte un poco inseguro cuando subes mucho hacia el puente con acordes grandes y completos. Porque, con cuerdas finas, lo que suena bien en los primeros trastes puede haberse desafinado cuando avanzas doce trastes.

—*¿Cuándo empezaste a tocar con* slide?

Con guitarra acústica, he usado *slide* desde siempre, pero nunca lo utilicé en escena y por eso tampoco ha salido nunca en disco. Creo que lo que me hizo interesarme en usar *slide* con guitarra eléctrica fue ver a Duane [Allman], que lo llevó por nuevos caminos. Había muy poca gente que tocara *slide* con guitarra eléctrica e hiciera algo nuevo: eran siempre los *riffs* de Elmore James, que se los sabe todo el mundo. Nadie hacía ningún avance hasta que apareció Duane tocándolo de un modo completamente diferente. Aquello me hizo pensar en tocarlo yo.

—*¿Existe alguna similitud entre tu técnica de* slide *con eléctrica y la de Duane?*

No, no mucha, porque yo lo toco más a la manera de George Harrison. Duane tocaba estrictamente frases de *blues*; eran siempre innovadoras, pero siempre en la vena de *blues*. Yo estoy a mitad de camino entre él y George, que inventa líneas melódicas, generalmente sobre las escalas.

—*¿Qué tipo de* slide *utilizas?*

Un tubo de cristal, aproximadamente igual de ancho que el mástil de la guitarra, para que abarque todas las cuerdas. Es así de grueso [un *Isis medium*].

—*¿Usas alguna guitarra especial para tocar con* slide?

Sí, una Gibson ES-335. Pero sin la cejuela de arriba; sólo tiene cejuela en el puente. No toco mucho en los primeros trastes; suelo mantenerme en los altos. Utilizo las mismas cuerdas que en las otras guitarras: Ernie Ball Super Slinky, .009. .011, .016, .024, .032 y .042.

[*Nota del Editor:* Willy Spears, que en aquella época era *road manager* de Eric, dice que la última vez que se le cambiaron las cuerdas a esta guitarra fue a mediados de 1974. Normalmente, las cuerdas de Clapton sólo se cambian cuando se rompen, exceptuando las tres primeras, que Spears cambiaba algunas veces, cuando le parecía que estaban pasadas. Según Willy, Clapton no le dejaba "ni quitarles el polvo".]

—*¿Tocas* slide *con afinación normal o afinado en acordes?*

Casi siempre suelo afinar en Sol (Re, Sol, Re, Sol, Si, Re), tanto con acústica como con eléctrica. Prefiero el Sol porque te sale un sonido más tirando a *country*, más melódico.

—*¿Utilizas afinaciones abiertas cuando no tocas con* slide?

Sí, en "Tell the Truth"; ahí la guitarra está afinada en Mi (Mi, Si, Mi, Sol#, Si, Mi) y ahí no tocaba *slide*, sólo tocaba acordes con una afinación abierta; si intentaras transponer eso a una guitarra con afinación normal, te resultaría muy difícil. Es como un La con cejilla en el quinto traste. Piso la quinta y la tercera cuerdas... una postura parecida a la de Mi 7ª... pisando y levantando. Eso lo aprendí directamente de Keith Richards. Algunas cosas de los Stones, como "Street Fighting Man" [de *Beggars Banquet*], que tienen un sonido de guitarra tan grandioso, las hace afinando la guitarra en un acorde e inventándose posturas.

—*¿Resultaba aburrido tocar en bandas como Cream, donde tenías que tocar solos constantemente?*

Aburridísimo, de verdad. A veces te encontrabas con que antes de terminar el concierto ya habías tocado todo lo que te sabías, y entonces la habías jodido, porque empezabas a repetirte una y otra vez. A mí me interesa más dedicarme a la canción misma y a la presentación de la música. Creo que improvisar, a menos que tenga un objetivo al final, es una pérdida de tiempo. Es como hacer ejercicio o algo así. Hay veces que improvisas y te sale algo, haces algo que puedes soportar oír otra vez, que tiene forma y enrolla a la gente... entonces, pues muy bien. Yo creo que los músicos, al hacerse mayores, suelen interesarse en hacer algo más duradero. Lo de ir por ahí haciendo *jams* con todo el mundo que conoces es cosa de jóvenes... es como sembrar avena silvestre. Tienes que sentar la cabeza y hacer que todo encaje, y asegurarte de que vale la pena volver a oírlo, que no es algo de usar y tirar.

—*¿Qué te ha hecho cambiar de guitarra a lo largo de los años?*

Es cuestión de modas, creo. Por ejemplo, en el concierto por Bangla Desh, toqué una Gibson Byrdland. Si te acuerdas, Chuck Berry se hizo un montón de fotos publicitarias con una Byrdland, y parecía una guitarra de lo más maravillosa. No pude conseguir una antigua con pastillas negras, así que me tuve que conformar con una que tenía *humbuckers*.

—*¿Qué más guitarras tienes?*

Digamos que tengo una selección de Gibsons y Fenders, y unas cuantas Martins. La Stratocaster es mi guitarra básica de actuación. También tengo una Switchmaster, de las que usaba Carl Perkins, y un montón de acústicas antiguas muy buenas con agujeros en f y tapa plana, y una vieja guitarra-mandolina. Tengo una Dobro con cuerpo de madera y mástil de tipo Martin. También tengo una de doce cuerdas hecha en Inglaterra por un guitarrero llamado Zemaitis. Por lo visto, es la guitarra de doce cuerdas más grande del mundo. Es más o menos como un guitarrón de mariachi. El tío hizo un buen trabajo.

—*¿Tienes pensado presentar a más viejos* bluesmen, *como en los discos que hiciste con* Howlin' Wolf *[The London Howlin' Wolf Sessions]?*

Ese tipo de cosas se suele hacer de golpe y porrazo, en el plazo de una semana. Ahora mismo, no se me ocurre nadie por el que me fuera a tomar la molestia. Con Wolf, cuando hicimos "Red Rooster", insistió muchísimo en que había que hacerlo

bien. Porque nos consideraba ingleses y extranjeros y, por lo tanto, suponía que no habíamos oído la canción. ¿Qué te parece? Va el tío, saca su guitarra y dice: "Esto es así". Por desgracia, no salió en el disco, pero la tocó toda él solo, con nosotros escuchando sentados. Tocaba una Dobro con *slide* y era simplemente asombroso. Entonces nos dijo: "Muy bien, intentadlo vosotros". Y nosotros intentamos tocar como él, pero no sonaba bien, y entonces yo le dije: "Bueno, ¿por qué no la tocas tú con nosotros?". Y eso fue lo que salió en el disco.

—*¿Te parece que estas sesiones, en las que un veterano del* blues *se junta con varios grandes del* rock, *dan buenos resultados?*

Aquélla salió bien. Pero la verdad es que tengo un prejuicio contra estas cosas. Mi ego me dijo que escuchara lo que había hecho con Howlin' Wolf, y me gustó... pero es porque el Wolf me gusta de todas maneras, haga lo que haga. Es incapaz de equivocarse, puedes ponerlo con... no sé, con Buddy Rich o con quien sea, y siempre va a dominar el espectáculo. La otra razón por la que hice aquella sesión fue porque llevaba mucho tiempo queriendo conocer a su guitarrista, Hubert Sumlin, porque hacía algunas cosas que me volaron el coco cuando yo empezaba con la guitarra. Aquello que hacía en "Goin' Down Slow", era raro a más no poder. El tío es asombroso.

[Julio de 1985]

—*En el estudio, cuando grabas tres tomas de un mismo solo, ¿son muy similares entre sí?*

Lo normal es que sean idénticas en todos los aspectos, excepto en que los puntos fuertes están en diferentes lugares. Si voy a pasarme un día en el estudio grabando el mismo solo para la misma canción, cada toma debe de tener sus puntos fuertes. Luego depende de mí o del productor decir: "Podemos montar un solo con todos los puntos fuertes, o dejar uno tal como está", según lo que prefieras. Entiéndeme, yo preferiría llegar, tocar el solo y dejarlo tal cual, pero en el estudio nunca se hace eso. Por un lado, todo el mundo quiere dejarlo como está, pero por otro todos quieren meterle mano. "Está muy bien, pero ¿no quedaría mucho mejor así?" Y tienen razón... desde el punto de vista del producto terminado. Eso no se puede hacer en directo, pero ¿por qué no vas a hacerlo en el estudio? Sólo se trata de llevar la creatividad un paso más allá.

—*Antes de grabar un solo, ¿planeas alguna vez por adelantado lo que vas a tocar?*

Sí, y nunca falla: sale una porquería. Si me pongo a ello, compongo todo el solo, y acaba convirtiéndose en una sinfonía. Es el rollo ése de Leonard Bernstein: si empezamos con un pequeño motivo y lo repetimos tres veces, y la tercera vez introducimos una coda, y luego convertimos la coda... Cuando te quieres dar cuenta, tienes en las manos una sinfonía, y estás aburriendo a todo el mundo. Y no es por eso por lo que se me aprecia; a la gente no le gusta que haga eso.

—*La versión de "Crossroads" en directo [en el* Wheels of Fire *de Cream] está considerada por muchos como una de las mejores grabaciones en directo de la historia —y uno de los mejores solos de guitarra en directo—. ¿Está editada a partir de una improvisación más larga?*

No me acuerdo. Hace muchísimo que no la oigo, y la verdad es que no me gusta. Me parece que algo le falla. No tendría nada de extraño que nos hubiéramos perdido a mitad de la canción, porque nos ocurría mucho. Yo me olvidaba de por dónde iba, y tocaba la parte 1 en la 4, o la 1 en la 2. Eso nos pasaba mucho. Por una cosa o por otra, nos salió ese híbrido raro, que a mí nunca me gustó, porque no es lo que tendría que haber sido. Lo que digo es que si oigo el solo y pienso: "Anda, Dios, estoy en el 2 y tendría que estar en el 1", es imposible que me guste. Y yo creo que eso es lo que pasó con "Crossroads". Lo interesante, y en ese aspecto nos podemos dar todos palmaditas en la espalda, es que todos nos las arregláramos para salir al mismo tiempo. Pero me fastidia un poco.

—*¿Te parece que tu manera de tocar la guitarra es característicamente británica?*

En absoluto. Creo que todos los miembros de mi banda, incluyéndome a mí, somos americanos en el sentido musical. En cierto modo, yo lo puedo ver mucho mejor que los americanos, porque estoy aquí, en Inglaterra, y lo veo desde cierta distancia. Hay mucha música que yo he mamado, que oía de pequeño y que no habría oído en los Estados Unidos. Tengo mucha música popular inglesa en el fondo de la cabeza, en el subconsciente, y supongo que de vez en cuando me sale, en términos de métrica y longitud.

—*Evidentemente, lo que tocabas al principio se caracterizaba en gran medida por su fuerza y agresividad. Pero ¿tenías también el instinto asesino?*

Totalmente. Y todavía lo tengo. En estos tiempos ya no me meto mucho en *jams*, pero si me meto, tengo que usarlo. ¿Qué otra cosa vas a hacer? No puedes salirte de puntillas. Pero existe una forma de enfocarlo. En estas situaciones siempre hay un bocazas... Es como en las películas de samurais. Si has visto *Los siete samurais*, el mejor espadachín de todos se mete en una situación en la que no quiere pelear, pero tiene enfrente a un auténtico tarugo que insiste en que él es el mejor. Por fin, el samurai dice: "No, he ganado yo, pero si insistes puedes decir que has ganado tú". Eso es lo que yo hago: dejo que el bocazas —el villano— se luzca todo lo que quiera, y entonces entro yo muy discretamente, como B.B., me gusta pensar. Sólo una nota o algo que haga que todos se queden callados... si es que la encuentras [risas]. No siempre sale bien.

—*En la película* Moscow on the Hudson, *Robin Williams hace el papel de un saxofonista ruso que es barrido del escenario por su ídolo del saxo. ¿Te ha ocurrido alguna vez una cosa semejante?*

Creo que me ha pasado varias veces, y todas las veces ha sido muy saludable, aunque me haya dejado destrozado. Cuando te lo hace alguien a quien idolatras de verdad, lo primero que sientes es que te han traicionado. La base de todas estas relaciones debería ser una sensación de camaradería, y si te quitan eso te sientes como si tu propio padre te hubiera pateado o insultado. Es muy doloroso. Pero al mismo tiempo, te enseña a madurar más deprisa y a confiar en ti mismo.

—*También debe resultar raro tocar con tus ídolos y barrerlos tú.*

Oh, sí, eso también es posible. Ha habido veces en que he tocado, por ejemplo, con B.B. o con Freddie [King, en ambos casos]... Freddie y yo hemos hecho muchas giras juntos... y la mayor parte del público estaba formada por seguidores míos que nunca habían oído hablar de Freddie King. En una situación así, era posible que yo saliera ganador, sólo por ser yo, aunque no tocara mejor que el otro. Eso tienes que tenerlo en cuenta y no dejar que suceda.

—*¿En alguno de los conciertos ARMS ha habido "duelos" entre tú, Jeff Beck y Jimmy Page?*

Alguno que otro hubo entre Jeff y yo, y creo que también hubo algo entre Jeff y Jimmy. Pero como yo no estoy familiarizado con la manera de tocar de Jimmy —nunca he trabajado con él—, no tuvimos tiempo para preparar nada. Así que no pudimos hacer nada los tres juntos. Además, creo que Jimmy ya estaba bastante agobiado, y no habría estado bien forzarle más. Estaba muy nervioso antes de salir. Necesitaba que le animaran, y no que le atacaran por todos los flancos. Estaba muy débil.

—*Parece que Beck fue el más exuberante.*

Es que yo creo que lo es. Y en aquella época, y durante muchos meses después, estuve pensando que Jeff era probablemente el mejor guitarrista que había visto en mi vida. Y conste que he visto muchos. Y si me pongo de verdad a meditarlo, sigo opinando lo mismo. Carlos Santana, por supuesto, está muy arriba en mi lista; en cuestión de pura espiritualidad y emoción, ese tío es el número uno. Pero Becky tiene una especie de chulería y de mala intención que no se puede superar. Eso hay que reconocérselo.

—*Te has convertido en un modelo para toda una generación de guitarristas de* blues *y de* rock. *Seguro que reconoces partes de tu estilo en la obra de otros muchos guitarristas.*

Pues sí, y lo gracioso es que las partes que reconozco como tomadas directamente de mi manera de tocar son las partes de mi manera de tocar que no me gustan. Y más gracioso todavía: lo que más me gusta de mi manera de tocar siguen siendo las partes que he copiado. Por ejemplo, si estoy elaboran-do un solo, empiezo con una frase que sé perfectamente que es de Freddie King, y luego... no digo que lo haga a propósito [risas]... me paso a una frase de B.B. King. Tengo que hacer algo para conectarlas, y ése soy yo, esa parte. Y ésas son las partes que reconozco cuando oigo algo en la radio: "Anda, eso suena como yo". Y claro, no es mi parte favorita. Mis partes favoritas siguen siendo las frases de B.B. o de Freddie.

—*Dices que copias a muchos músicos de* blues, *pero aun así añades algo tuyo. Por ejemplo, tu versión de "Hideaway" [con los Bluesbreakers] es bastante diferente del original de Freddie King.*

Exacto. Lo que copiaba en aquella época, creo yo, era el sentimiento, o la atmósfera.

—*Es un concepto difícil de captar para muchos músicos.*

Yo empezaba imaginándome cómo viviría el tío. Qué clase de coche tendría, cómo olería el interior... Jeff [Beck] y yo soñábamos con tener algún día un Cadillac negro o un Stingray negro, que por dentro oliera a sexo y tuviera las ventanillas opacas y un equipazo de música. Así era como yo me imaginaba que vivían aquellos músicos. Así entendía yo el sentimiento. Si quería emular a alguien, procuraba imaginarme cómo vivía, y trataba de vivir de la misma manera. Así vas elaborando una especie de imagen.

—*Y aunque la imagen no sea del todo exacta...*

Te ayuda a llegar a alguna parte... pero eso no tiene nada que ver.

—*¿Recurres continuamente a las mismas fuentes cuando necesitas inspiración? ¿Consigues siempre inspirarte oyendo a Freddie King o a Robert Johnson?*

Y a Otis Rush, Buddy Guy... Sí, y lo que escucho no es precisamente la técnica, sino el contenido, el sentimiento y el sonido.

—*¿Es eso lo que sitúa a Robert Johnson por encima de los demás bluesmen del Delta?*

Sí, absolutamente. Qué intenso era. Cuando oí por primera vez el álbum [*King of the Delta Blues Singers*], me resultó difícil asimilarlo. Tenía un amigo que era también un fanático de los *blues*, y que siempre iba un poco por delante de mí en cuestión de descubrir cosas. Fuimos pasando por Blind Blake y Blind Willie Johnson —avanzando hacia atrás, hacia las raíces— y por fin un día se presentó con Robert Johnson. Me puse el disco y yo fui incapaz de asimilarlo. Me pareció muy crudo, poco musical. Algún tiempo después volví a escucharlo, y esta vez me enganchó. Pero en la primera audición tenía demasiada angustia para aceptarlo.

—*¿Opinas que los guitarristas jóvenes que se apuntan a la moda de "cuanto más rápido, mejor" no han entendido para qué sirve un solo de guitarra?*

Bueno, no es así como yo lo haría, pero no se puede juzgar sin saber lo que va a salir al final. Puede que estén desarrollando todo un nuevo marco de referencias. Y de ahí puede salir una especie de rebelión, que en cinco o diez años vuelva a llevar el asunto a un punto que nosotros podamos reconocer. Pero también puede salir algo totalmente nuevo. No me parece bien decir que ninguno de ellos se está enterando.

—*¿Alguna vez has puesto discos a menos velocidad para aprenderte los solos?*

No. Bueno, al principio lo hacía con discos de Duane Eddy, como "Cannonball".

—*Los guitarristas que han tocado en tu banda son todos muy diferentes. ¿Hay algún prerrequisito común que busques en ellos?*

Como siempre, lo más importante en los músicos no es la técnica, sino la personalidad y el sentimiento. Yo me pongo a tocar con otro guitarrista, y en muy poco tiempo noto una sensación por estar con él o no la noto. Puedo sentir algo por estar con ese músico, y aun así no querer seguir con él. Puede que sea dinamita... muy agresivo y echao palante, hasta el punto de hacerme pensar: "Yo no puedo aguantar esto más de dos veces a la semana". Aguantarlo todas las noches sería demasiado, resultaría agotador. No es nada relajante tener que estar demostrando constantemente lo que vales. Siempre acabo metiendo en la banda gente con la que me llevo bien como personas, y que además se note en su manera de tocar.

—*Tocar con una persona tan extrovertida como Jack Bruce debía ser un desafío cada noche.*

Noche tras noche, hasta llegar a convertirse en una batalla, en una guerra. No creo que lo hiciera deliberadamente; es que él es así, como músico y como persona. Verás, tiene que despejar un espacio a su alrededor, y tú no puedes acercarte mucho durante la mayor parte del tiempo.

—*En el vídeo del concierto ARMS en Londres, utilizas una Explorer para tocar el* blues *lento. ¿Sigues pensando que la Gibson es tu guitarra para tocar* blues*?*

En algunos aspectos sí. Muchas veces, cuando salgo al escenario, me siento muy indeciso, incluso mientras estoy tocando. Si tengo la Stratocaster negra y estoy a la mitad de un *blues*, me pongo a pensar: "Ay, demonios, ojalá tuviera la Les Paul". Pero si resulta que estoy tocando la Les Paul, el sonido es estupendo, pero yo empiezo: "Joder, ojalá tuviera el mástil de la Stratocaster". Siempre estoy pillado en medio de esas dos guitarras. Siempre me ha gustado el sonido pastoso de Freddie King y B.B. King; pero también me gusta el sonido maníaco de las Stratos de Buddy Guy y Otis Rush. Lo ideal es un término medio, y por lo general eso es lo que acabo haciendo, encontrar un buen término medio. Pero es la leche de angustioso.

—*¿Procuras que todas tus guitarras se ajusten a algún criterio fijo?*

Sí, todas ellas tienen que tener las cuerdas a unos 3 mm de altura, y me gusta que la altura sea constante en toda la longitud. No soporto que la cejuela esté baja y las cuerdas vayan estando más altas a medida que te acercas al puente.

Siempre la desmonto, pongo cinco muelles y lo vuelvo a encajar todo. Me gusta que los trastes sean algo intermedio entre los de una Strato y los de una Les Paul. Los de las Les Paul suelen ser demasiado gruesos, y los de las Fender demasiado finos. La Fender Elite está muy bien porque es una mezcla. El mástil de Blackie, la Strato que toco siempre, tiene seguramente mi forma favorita. Es casi triangular por detrás, en forma de V, con el trastero ligeramente curvo, no plano. Para mí, eso es lo mejor.

—*Se cuenta que después de dejar los Yardbirds y antes de unirte a John Mayall, te fuis-*

*te al campo y te encerraste en una habita-
ción, solo con tu guitarra. ¿Es verdad?*

Mmm... Sí, es verdad, pero falta parte de
la historia. En realidad me fui a casa de un
amigo cuyas ideas siempre me habían interesado: Ben Palmer. Tenía una actitud y
una filosofía de la música —y de la vida—
que hacían que yo le considerara como una
especie de gurú. Con los Yardbirds había
empezado a sentirme perdido y solo. Se me
obligaba a comportarme como un bicho
raro y empezaba a preguntarme si, efectivamente, era un bicho raro. Todos estaban
pendientes de esas simplezas del éxito y las
listas. "¿Y qué tiene de malo? ¿A ti qué te
pasa? ¿Por qué no quieres esto?" Hasta que
empecé a pensar que estaba loco. Por eso
me fui a ver a Ben Palmer, que me dijo:
"Pues claro. Has hecho lo que tenías que
hacer". Y al instante me hizo sentir humano
de nuevo.

*—Así pues, la mejora en tu manera de tocar
fue más cuestión de aclararte las ideas que de
matarte a practicar.*

De aclararme las ideas y también de tocar
la guitarra. Ben me hizo sentir normal otra
vez, y yo quería que formáramos una banda
juntos, pero él se había salido del mundillo
musical. [*Nota del Editor:* Tiempo después,
Ben Palmer tocó el piano en las sesiones de
Eric Clapton & The Powerhouse, y trabajó
como *roadie* de Cream]. No quería volverse
a meter. Así que me quedé con él tres o cuatro semanas, estuvimos tocando juntos y
recuperé las fuerzas, de verdad. Fuerza en las
ideas, en los sentimientos y en la confianza
en lo que estaba haciendo.

*—Después de haber tenido un éxito tan enor-
me, con todos los problemas que ello acarrea,
¿sentiste añoranza de cuando eras un simple
músico acompañante?*

Sí. Aún no lo tengo del todo claro, pero
me da la impresión de que sólo puedes
hacer exactamente lo que quieres cuando
no te están presionando para que hagas
aquello por lo que te hiciste famoso. Cuando das un concierto, se te presiona para que
hagas cosas viejas, cosas nuevas, lo que el
público quiera; y cuando te has hecho
famoso, tienes que acceder a ello hasta cier-

to punto. Eso te quita un montón de energía creativa; es muy limitante.

—Cuando empezaron a interesarte los blues,
¿qué ambiente había en Londres?

Alexis Korner y Cyril Davis ya andaban
por ahí antes de que yo empezara a tocar la
guitarra... o por lo menos, cuando estaba
aprendiendo. Iba a verlos. Y los Stones se
estaban formando. Era muy estimulante.
Aquello de oír a una banda tocar en directo
cosas que sólo habías oído en discos... era
fantástico. El primer guitarrista al que vi
forzar notas en Inglaterra se llamaba Bernie
Watson, y tocaba en la primera banda de
Cyril Davies. Su gran éxito era "Country
Line Special". Se contaba que Bernie Watson era un guitarrista clásico que hacía
aquello para divertirse. Fue el primero que
se sentó dando la espalda al público. Nadie
se levantó. Y fue el primero al que vi tocar
una Gibson semiacústica con dos orejas.
Era una especie de héroe popular. Y un tío
muy misterioso. Yo nunca hablé con él.

*—¿Alguno de los discos que oíste en tus años
de formación te inspiró de manera especial?*

La verdad es que los dos álbumes de
Robert Johnson [*King of the Delta Blues
Singers*, volúmenes 1 y 2] satisfacen todos
mis deseos musicales. En esos dos álbumes
se manifiestan todas las emociones y todos
los modos de expresión. Luego están *Ray
Charles Live at Newport* [reeditado en *Ray
Charles - Live*], el *Live at the Regal* de B.B.
King, *Lo mejor de Muddy Waters*, aquel
álbum de Howlin' Wolf que tenía una
mecedora en la portada... no tenía título
[*Howlin' Wolf*], *Rockin' with Reed* de
Jimmy Reed, *One Dozen Berries* de Chuck
Berry, el álbum de *Freddie King* que traía
"I Love the Woman", *Freddie King Sings*...
aquellos fueron los discos con los que me
formé.

*—Cuando necesitas inspirarte, ¿sigues recu-
rriendo a discos antiguos?*

También pueden estimularme cosas
nuevas, pero para volver a captar la raíz de
lo que hago, para saber por qué lo hago y
qué me impulsó a hacerlo, tengo que volver
a los discos antiguos. Lo primero que se me
ocurre en estos casos es oír algo como ese

disco de Blind Willie Johnson que tiene una entrevista por una cara y luego canta "Nobody's Fault But Mine" [*Blind Willie Johnson - His Story*]. Es, probablemente, la mejor guitarra *slide* que puedes oír en tu vida. Y pensar que lo hizo con una navaja de bolsillo [suspiro].

Por supuesto, si busco cosas actuales, Stevie Wonder o Carlos [Santana] son siempre estupendos. Tuvimos una confrontación muy graciosa. Cuando Carlos se hacía llamar Devadip y yo bebía como un cosaco, nos encontramos en Chicago y me dijo que le gustaría que yo me interesara por su gurú [Sri Chinmoy]. Me llevó a su habitación y tenía todo un tinglado para las oraciones... un altarcito, velas e incienso. Y yo le dije: "Vale, yo te sigo el rollo si tú me sigues el mío, que es bebernos una botella de tequila juntos". Dijo que sí y yo accedí a meditar con él, y me vino fenomenal, porque Carlos lo presentaba como una cosa auténticamente espiritual, no como una pose o como un numerito. Me sentó de maravilla, y casi me daba corte obligarle a cumplir su parte, pero él cumplió. Nos sentamos a escuchar a Little Walter y toda una pila de discos de *blues*, y nos pasamos la noche bebiendo tequila. Nos emborrachamos y dijimos un montón de tonterías. Y hasta ahora me han seguido llegando informes de que él se lo pasó mucho mejor con esa parte que con la meditación [risas]. El rollo espiritual nunca llegó a anularlo ni a convertirle en una persona distinta de lo que ya era: un tío absolutamente encantador.

—*En el primer álbum de los Yardbirds que se publicó en Estados Unidos,* For Your Love, *¿qué temas tocabas tú y en cuáles tocaba Jeff Beck?*

Tengo que pensarlo. Yo tocaba en "Sweet Music", que produjo Manfred Mann, en "Got to Hurry", "I Ain't Got You", la parte central de "For Your Love", "I Wish You Would", "A Certain Girl" y "Good Morning Little Schoolgirl". No estoy seguro de quién tocaba en "I'm Not Talking" y "My Girl Sloopy". Jeff tocaba en "Putty" y también la *slide* de "I Ain't Done Wrong".

—*En "I Feel Free" [de* Fresh Cream*], ¿tocas en el mismo tono que el resto de la banda? No pretendo criticar...*

[Risas] No, ya sé lo que dices. Creo que me dejé inspirar por la manera de pensar de Jack, tan dadaísta. Era una canción muy rara. Jack quería que tuviera dos niveles: quería que la banda sonara normal, pero con algún toque raro. Vamos, que quería hacer un *single pop* que no fuera lo que parecía. Cuando llegó el momento de hacer mi solo, pensé: "Bueno, voy a tocar un solo que suene también un poco marciano", y elegí frases que formaban una especie de tercera voz.

—*Tu imagen actual es bastante relajada. Pero la mera existencia de Cream da a entender que tienes una faceta mucho más arrogante.*

Sigo teniendo un lado arrogante, siempre lo he tenido, pero disimulado. Es que si andas metiéndote en líos todo el tiempo, ya sabes cómo vas a acabar. Si tienes un enemigo en potencia, acabará sacudiéndote. Mi truco ha consistido en ser agresivo con la guitarra, manteniendo el disfraz de tranquilo. Así, cuando llega, no se lo esperan.

—*¿Cómo surgió la coda lenta con que termina "Layla" [Layla and Other Assorted Love Songs]?*

La compuso Jim Gordon, que había estado yendo en secreto al estudio para grabar su propio álbum, sin que ninguno de nosotros lo supiera. Eran todas canciones de amor compuestas al piano. Un día le pillamos tocando ésta y dijimos: "Venga, tío, ¿nos das eso?", y nos cedió esa parte encantado. Y nosotros juntamos las dos piezas en una sola canción. La *slide* del final la toca Duane [Allman].

—*¿La melodía alta la toca Duane pisando trastes o con* slide?

De las dos maneras. Estaba tocando con afinación normal, así que podía hacer cualquiera de las dos cosas, según le pareciera. Podía empezar una frase pisando con los dedos y terminarla con *slide*. Yo soy incapaz de tocar *slide* con afinación normal, y mira que me gustaría. Toco afinado en La. Es como en Sol, pero un paso más arriba [Mi, La, Mi, La, Do#, Mi].

—*Cuando tocas "Layla" en concierto, unas veces tocas la parte alta y otras la parte baja. ¿Quién hizo cada cosa en el disco?*

Bueno, Duane y yo lo tocamos todo juntos. Resultaba que cada vez que teníamos que sobregrabar una guitarra, ninguno de los dos quería hacerlo solo. Y podíamos tocar al unísono o en armonía. Lo hicimos todo juntos.

—*Todos los artistas aspiran a dejar un legado, una obra maestra. Habiéndolo conseguido con "Layla", ¿qué clase de presión crea eso?*

Por dentro, mucha. Pero casi toda la presión la provocan los fans, los *managers* y los productores de discos. Es siempre tan sutil que empiezas a preguntarte si no serás tú el que crea la situación. Las mejores cosas que haces las haces siempre por casualidad, accidentalmente. Yo no tenía ni idea de lo que iba a salir de "Layla". Era sólo una cancioncilla. Cuando estás casi al final es cuando empieza a crecer tu entusiasmo y te das cuenta de que tienes algo verdaderamente fuerte. Cuando empecé con esa canción, no me parecía nada especial. Si intentas componer algo que tenga ya todo eso, es imposible. Tienes que procurar simplemente hacer algo que sea agradable, y luego intentar llegar a lo otro.

—*La imagen que tienen de ti tus fans, la del héroe de la guitarra, les ha impedido a menudo apreciar lo que te convirtió en un héroe de la guitarra: tu talento. ¿Te ha provocado eso alguna crisis de identidad?*

Sí, muchas. Y me sigue ocurriendo. Ellos ven una especie de imagen de pistolero del salvaje Oeste. Y a mí también me gusta eso. La crisis llega cuando descubres que no eres el más rápido... o que eso no es lo que importa, en realidad. Cuando llega la crisis, tienes que sentarte a pensar muy seriamente si tu música está saliendo perjudicada por la fuerza de tu imagen.

—*¿Cómo consigues centrarte en la esencia?*

Tienes que pararte, la verdad. Es como cuando haces la misma cosa una y otra vez. Acaba por dejar de tener sentido, es sólo repetición... hasta que dejas de hacerlo deliberadamente, porque estás harto y te está deprimiendo. Lo dejas algún tiempo, te tomas un respiro y vuelves a ello. He descubierto que si me prohíbo tocar la guitarra durante una semana —eso es lo máximo que creo poder aguantar—, cuando la vuelvo a coger tengo una idea. Coges la guitarra porque tienes una idea —una frase o un *riff*—, pero no haces eso: haces algo completamente diferente, que no tenías ni idea de que ibas a hacer. Dentro de ti hay algo incontrolado que desea expresarse, y por ahí empiezas, mirando eso. Luego, por supuesto, en cuanto empiezas a pulirlo y arreglarlo y lo miras demasiado, desaparece. Tengo que pararme y dejar que eso se exprese solo, sin controlarlo. Si no, toda la influencia exterior y la actitud cohibida al tocar acaban por destruirlo.

—*¿Te ocurre a menudo que te sorprende algo que hayas tocado?*

Sí. Suele ocurrir cuando cometes un error o no estás concentrado, o simplemente cuando te estás divirtiendo demasiado. Intentas algo, o te equivocas de traste, y de pronto te encuentras haciendo algo que no querías hacer, pero que te gusta. Entonces tratas de repetirlo y vuelves a caer en el síndrome de pulir las cosas hasta que se vuelven aburridas. Cuando cometes errores, muchas veces descubres que se puede ir a otros sitios que no tenías pensados.

—*Muchos guitarristas hablan de esa especie de estado que se alcanza las mejores noches, cuando casi parece que la guitarra toca sola. ¿Cuándo ocurre eso?*

Para mí, influye tanto lo de fuera como lo de dentro. Me influye mucho, mucho, la banda. Si todo el mundo está tocando muy bien, no puedes evitar que eso te inspire, y te va impulsando más y más, hasta que de pronto llegas a un punto en el que sabes que todos, incluyéndote a ti, se lo están pasando en grande. Y tú estás ahí delante, pasándotelo mejor que nadie. Llegas a una especie de cumbre. Pero de pronto te pones a pensar en lo bien que te lo estás pasando, y todo se acaba. Yo lo que hago siempre, es que no falla, es dar una nota falsa. Estoy ahí volando, pensando: "¡Dios, estoy volando!", y de pronto... [hace un sonido raro] ¡se acabó! [risas]. Y toda la banda dice: "¡Joder, tío!". Miras a tu alrededor y todo el mundo está sonriendo. Pero si has podido llegar ahí, puedes volver a llegar a los pocos minutos.

—*¿Te ocurrían estas cosas con más frecuencia cuando tenías cierta edad o estabas con una banda concreta?*

Creo que con la banda de Mayall era siempre muy fácil. Con todas las bandas con las que he tocado ha habido algún momento y algún lugar en los que te echabas a volar. Blind Faith duró tan poco que no llegamos a enrollarnos de verdad. Hicimos muchas cosas muy buenas cuando estábamos ensayando y preparándonos para ir de gira.

—*¿Cuál es tu objetivo al tocar un solo?*

También eso es casi de samurai, por el control del movimiento. Yo lo que quiero es llegar a todo el mundo, pero hace falta medir muy bien el tiempo y el espacio. El verdadero objetivo es conseguir que todos se sientan como si les hubiera caído encima un rayo. Y eso es muy difícil de hacer [risas], no se consigue todas las veces. Es todo cuestión de construcción, de control, y a veces hay que hacerles esperar... que es algo que yo no hago tanto como debería. Me gustaría perfeccionar eso. Hacerles esperar la primera nota del solo y entonces tocar exactamente la nota adecuada para que todos queden satisfechos. Eso sólo te sale de vez en cuando... por lo menos a mí. He visto guitarristas que parecen saber exactamente lo que hacen, y lo construyen todo a la perfección. Por mi parte, una noche a la semana puede salirme todo así de bien, y las demás noches a lo mejor sólo hago un solo como es debido. Todo depende de cómo empieces el solo. Si lo empiezas mal, ya no tienes nada que hacer.

—*¿Hay cosas, físicas o técnicas, que podías hacer, por ejemplo, a los 22 años y que ahora te resultan más difíciles?*

No, porque yo nunca he hecho pirotecnias ni acrobacias. En ese aspecto, he tenido suerte. Nunca me he propuesto un objetivo demasiado alto. Para mí, lo importante ha sido siempre el sonido y el sentimiento. Bueno, a veces me resulta difícil conseguir eso, porque al hacerte mayor te cansas con

más facilidad. Gran parte del fuego se ha perdido, y tienes que pararte a tomar un respiro... eso lo puedes hacer hasta cuando estás actuando.

—*¿Qué te gustaría que aprendieran de ti los guitarristas, si es que hay algo?*

Pues exactamente eso: la economía. Hay una cierta manera de construir que se basa en que el sentimiento controla la técnica. Yo creo que tiene que ser así, y no al revés. Si quieres hacer algún truco, pues hazlo una vez, pero no sigas repitiéndolo. Todo tiene que ser una expresión de un sentimiento.

—*¿En qué momento sentiste que te habías graduado, que ya no eras un discípulo de los grandes* bluesmen *estadounidenses, sino que te habías convertido en uno de ellos?*

La verdad es que nunca me he sentido así. Hay una especie de brecha generacional. Esos tíos son mis ídolos, y nunca dejarán de serlo. Siempre estarán por delante de mí, porque lo estaban desde un principio y eso no se puede cambiar. Jamás llegaré a superarlos.

—*Tus conciertos han estado siempre completamente desprovistos de aspectos teatrales, y sin embargo te has declarado admirador de gente como Jimi Hendrix y Pete Townsend, que hacen justo lo contrario.*

Pienso que ha sido muy astuto por mi parte elegir un papel que pueda seguir desempeñando a los 60 años [risas]. El otro día leí que Sting había dicho que se metía a hacer películas porque no quería ser como Mick Jagger, dando cabriolas por el escenario a los 40. Bueno, pues yo nunca he hecho eso, así que no tengo que preocuparme. Puedo seguir haciendo lo que he hecho toda mi vida.

(N. del T.) "Brown-Eyed Handsome Man", título de una de las canciones emblemáticas de Chuck Berry.

(N. del T.) Crossroads ("Cruce de caminos") además de ser el título de una canción de Robert Johnson que Eric Clapton grabó con los Cream, alude a la leyenda según la cual Robert Johnson había vendido su alma al diablo en un cruce de caminos, a cambio de dominar absolutamente el arte de tocar *blues*.

Dónde estaría la música popular de no haber sido por Frank Zappa? Lo más probable es que estuviera exactamente donde está, o muy cerca. Es decir, su manera de enfocar la música —compleja, impredecible y a menudo cínica— no encaja en la corriente principal, preprogramada, de la música *pop*. En la obra de Zappa se combinan elementos de muchas clases de música, incluyendo clásica, *jazz,* disco, *heavy metal* y prácticamente cualquier otra forma reconocible, a todos los cuales se les concede la misma importancia.

En los últimos 26 años, este guitarrista/ compositor/productor de 51 años ha completado cinco docenas de LPs, entre ellos varios álbumes dobles, y todavía tiene una enorme cantidad de material esperando ser mezclado y editado. Ha hecho disfrutar a

millones de personas y ha llegado a ser legendario por el afilado (algunos dirían que ofensivo) sentido del humor de sus canciones. Sus fans son devotos, aunque hay muchas personas a las que, simplemente, no les gusta Zappa; en muchos casos, sus opiniones se basan únicamente en lo que han oído decir de él, y no en la reacción a su música. (En una entrevista concedida en 1979 a la revista *Record Review,* Zappa decía: "La mayor parte de esa gente no sabe lo que hago, pero conoce mi nombre".) En una ocasión, las críticas fueron más allá de los comentarios de disgusto: en 1971, mientras actuaba en Londres, un enfurecido espectador le empujó y le hizo caer del escenario, provocándole una grave fractura de pierna y numerosas magulladuras.

Aunque su fama tiene alcance mundial (principalmente, como resultado de sus iniciales extravagancias escénicas, sus mordaces comentarios sociales y sus sátiras sobre la música, los músicos y los consumidores de música), su obra apenas ha dejado marca en los dominios del *rock,* lo cual a Frank le parece muy bien. De hecho, al funcionar al margen de las limitaciones, las argucias y las modas de la música *pop* —y en especial, de la radio de onda media— ha gozado de libertad para componer e interpretar exactamente lo que le diera la gana, sin tener que cambiar drásticamente de dirección cada vez que variaban los caprichos del público. Es cierto que ha tenido unos pocos éxitos: "Don't Eat the Yellow Snow" [*Apostrophe*], "Dancin' Fool" [*Sheik Yerbouti*], "I Don't Wanna Be Drafted" [*You Are What You Is*] y, por supuesto, "Valley Girl" [*Ship Arriving Too Late to Save a Drowning Witch*]. Pero la mayoría de sus cientos de canciones apenas se ha oído en la radio.

Como consecuencia de esta escasa presencia en la corriente principal del *pop,* la de las listas de éxitos, uno podría tender a pensar que Zappa no ha llegado a ninguna parte y que no ha ejercido ningún impacto sustancial en la música. Y se equivocaría en ambas suposiciones. Zappa ha seguido publicando discos durante más tiempo que nadie (exceptuando a unos pocos grupos), y sin duda ha sido más prolífico que la mayoría de sus contemporáneos. Unos cuantos de sus LPs han obtenido el certificado de "disco de oro". Alguien está comprando su música. Además, ha sido el responsable de algunas innovaciones poco pregonadas: en 1966 introdujo simultáneamente el "álbumconcepto" y el álbum doble con el LP de presentación de sus *Mothers of Invention, Freak Out.* En 1968, se atrevió a parodiar a los poderosos Beatles y su *Sgt. Pepper's Lonely Hearts Club Band* con su *We're Only in It for the Money.*

En los comienzos de su carrera musical, Frank desarrolló un ávido interés por los compositores Edgard Varese, Igor Stravinsky y Anton Webern, cuyos heterodoxos conceptos de la armonía y la orquestación rítmica ejercieron una gran influencia en su manera de componer. En 1968, su integración de diversos idiomas se materializó en su LP *Lumpy Gravy*, en el que participaban cincuenta músicos (entre ellos, Tommy Tedesco, Al Viola, Tony Rizzi y Dennis Budimir), además de una sección de cuerda de 16 miembros. En años recientes, sus proyectos musicales "serios" han dominado su producción de CDs y sus actuaciones en directo, con orquestas como la London Symphony, el Pierre Boulez' Ensemble Intercontemporian, el Frankfurt's Ensemble Modern y la Filarmónica de Los Ángeles, entre otras. En septiembre de 1992, obtuvo uno de los máximos honores a los que puede aspirar un compositor, al dedicársele toda una "semana Zappa" para interpretar sus obras en el prestigioso Festival de Francfurt.

Frank introdujo también elementos de *jazz* en el *rock* mucho antes de que eso se pusiera de moda, con su LP de 1968 *Hot Rats*, y durante toda su carrera ha reunido a numerosos músicos de primera calidad, unos con fama y otros que pronto se harían famosos, como Adrian Belew, el bajista Jack Bruce, el teclista George Duke, el batería Aynsley Dunbar y el violinista Jean-Luc Ponty. Ha intervenido, además, en varias películas, como *200 Motels* y *Baby Snakes* (la banda sonora de esta última se publicará

este año), y en la actualidad está montando kilómetros de cinta de vídeo para su futura presentación.

¿Y qué pude decirse de Zappa como guitarrista? Ha hecho mucho, y tocó la mayoría de los solos de guitarra de la banda hasta que dejó de hacer giras para dedicar su vida a componer. Aunque ha tendido a menudo a minimizar su talento como guitarrista, casi todos los que han trabajado con él le tienen en la máxima estima como instrumentista original e innovador. Siempre ha sido muy puntilloso en lo referente al sonido, y le gusta jugar con el *feedback*, sobre todo cuando tiene en las manos una guitarra eléctrica. Sin embargo, no se considera en modo alguno un héroe de la guitarra, y el concepto mismo le parece casi ridículo. Paradójicamente, ha producido una serie de álbumes instrumentales titulada *Shut Up 'N Play Yer Guitar* (Cállate y toca la guitarra), en las que exhibe sus recorridos por el trastero, y pronto se publicarán las transcripciones de muchos de sus solos, bajo el título de *The Frank Zappa Guitar Book.* De este modo, Zappa ha respondido a las peticiones de miles de guitarristas que solicitaban grandes dosis de su música, grabada y en forma escrita.

—*¿Cómo puedes ser un compositor tan prolífico?*

Soy diferente.

—*¿Sientes algún deseo irresistible de publicar muchísimos discos?*

Bueno, el objetivo final que busco no es la publicación del material. Vamos, que en realidad no me importa si se publica o no. Lo que me gusta es oírlo. Compongo porque me divierte personalmente lo que hago, y si también divierte a otra gente, pues muy bien. Y si no les divierte, pues muy bien también. Pero yo lo hago por mi propio placer. El hecho de que se publique es algo que tiene que ver con el mundo de los negocios, y no con el mundo artístico. Aunque no publicara discos, seguiría haciendo lo mismo.

—*¿Cómo distribuyes tu tiempo entre la grabación de audios y vídeos y la composición?*

En realidad, la composición me ocupa un tiempo mínimo. Ojalá pudiera dedicarle más tiempo, pero cada cosa que compones engendra otros veinte procedimientos mecánicos que tienes que seguir para poder oír lo que has compuesto. Así que he limitado bastante la cantidad de tiempo dedicada a componer. Ya tengo tanto compuesto, que aún no ha pasado por todos esos pasos intermedios antes de convertirse en música en cinta o música en las ondas, o lo que sea, que podría parar durante cinco años y aun así seguir publicando toneladas de material.

—*Entonces, ¿dedicas mucho tiempo a trabajar con la guitarra?*

Casi nunca la toco. Las únicas veces que toco la guitarra son cuando sé que voy a ir de gira. Antes de empezar los ensayos, practico un poco para que vuelvan a salirme los callos. Luego toco durante los ensayos, y cuando salimos de gira suelo practicar una hora al día, antes de cada concierto. En cuanto termina la gira, dejo de tocarla. Llevo unos seis meses sin tocar la guitarra.

—*¿Y lo echas de menos?*

En cierto modo, sí; en cierto modo, no. La verdad es que me gusta el instrumento y me gusta tocar, pero cuando sobre mis hombros pesa toda la responsabilidad de llevar el negocio, no queda tiempo para practicar. No queda tiempo para disfrutar tocando la guitarra del modo que los lectores de tu revista imaginan que hacen los guitarristas. Si de verdad te gusta la guitarra, te pasas todas las horas de vigilia rascando el instrumento y ejecutando curiosos rituales.

—*¿El tener que dedicar más energías a otros proyectos, distintos de tocar la guitarra, es la razón de que tengas otros guitarristas en tu banda?*

No. Lo que suele suceder es esto: cuando meto otro guitarrista en mi álbum, es que he contratado a esa persona porque toca cosas que yo no puedo tocar. Y si la música exige un cierto tipo de ejecución, y la composición es el verdadero meollo del asunto, no quieres traicionar la composición tocándola tú mismo cuando sabes que la vas a tocar mal. Así que busco gente que pueda hacerlo bien. No es cuestión de pereza: si en una canción hay algo que yo crea que entra dentro de mi jurisdicción, entonces lo toco yo. Pero si es

algo que me va a resultar difícil o imposible, es mejor buscar a alguien que se sienta cómodo con ese estilo, y dejar que lo haga él.

—*A veces, en concierto, dejas la guitarra por completo.*

Pues sí, y por una buena razón: no soy muy buen cantante y no controlo muy bien el aire. Y el peso de la guitarra sobre los hombros te aplasta los pulmones. Me resulta más fácil cantar afinado con el resto de la banda si no tengo ese peso encima. Es mejor quitárselo; y además, así puedo dársela a un *roadie* para que me la afine, en lugar de dejármela puesta como los que tienen el síndrome de Bruce Springsteen: eso de echarte la guitarra a la espalda para quedar guapísimo con una guitarra colgada. ¿Por qué ensuciar el arreglo, que está pensado para ser conciso y exacto, aporreando un par de acordes al azar o un par de notas superchillonas, sólo porque eso es lo que hace todo el mundo? La música no está pensada de esa manera. No es ésa la razón por la que saco el instrumento; es un aparato para hacer música. Y te aseguro que no me importa la imagen que doy en el escenario, con tal de hacer lo que tengo que hacer.

—*Cuando compones tus temas, ¿por dónde empiezas?*

Cada canción es diferente. Puedo empezar por sólo dos o tres palabras. En las canciones predominantemente vocales, suelo empezar por una idea para una historia, o por una frase. "Nena, quítate los dientes": sólo de esas palabras salió una canción. Otras maneras: puedes partir de algo que salió en una prueba de sonido, en la que tocaste unos cuantos acordes a modo de calentamiento. Te dices: "estos acordes suenan bien", y el siguiente paso es decidir qué vas a hacer con ello. Esto se aplica al material del tipo más básico: los temas fáciles, que puedes tarareárselos a la banda y decir: "Muy bien, yo hago esto, tú haces esto otro, tú metes este ritmo y tú entras aquí". Ésa es la manera fácil de componer *rock'n'roll.* Las composiciones en papel se hacen de un modo completamente diferente.

—*Cuando compones canciones de esa clase, en las que basta con cantar la letra, ¿haces los arreglos al piano?*

Casi nunca toco un piano, a menos que esté componiendo cosas para orquesta. Son las únicas ocasiones en que lo necesito. También puedo sentarme en un aeropuerto y escribir el arreglo en un papel. Algunos de los temas interpretados por la London Symphony los escribí en aeropuertos o en habitaciones de hotel, sin ningún tipo de aparato.

—*Cuando ya tienes el tema compuesto —en especial, si se trata de algo a gran escala, como una obra orquestal—, ¿grabas una maqueta para oírla tú y comprobar si te gusta la composición final?*

No. Lo que suelo hacer es volver de una gira con un maletín lleno de esbozos, y voy probando las partes de la armonía y las líneas melódicas en el piano, las refino y escribo una partitura, a mano y bastante guarra, que le paso al copista que tengo en nómina. Él la pasa a limpio y copia las partes, y ya está. Por lo general, las cosas más complicadas no avanzan muy deprisa, como ocurre con este material orquestal que llevo ya cinco años intentando que se toque.

—*¿Quién corre con los gastos?*

Bueno, todo el rollo orquestal lo pago yo. He recibido peticiones de orquestas de todo el mundo, que quieren tocar mi música, pero a la postre todo se reduce a esto: quieren que yo pague por ello. Porque cuando se graba, todos quieren su parte de los derechos de grabación... y son 110 personas. Estamos hablando básicamente de varias sesiones de grabación para 110 personas. Si quieres hacer eso en Hollywood y dices: "Vale, voy a hacer cinco o seis sesiones con 110 tíos", y les haces venir y tocar leyendo la partitura, no creo que saques una buena interpretación.

—*¿Cómo decides qué parte toca cada guitarrista de tu banda? ¿Grabas varios solos para cada canción y luego los editas?*

Depende de si se trata de una canción en estudio o en directo.

—*Algunos de tus temas son mezclas de grabaciones en estudio y en directo.*

Vale, entonces hay una tercera categoría. Pero ahora hablamos de los solos. En el caso de una grabación en vivo, encuentro un solo que me guste de algún concierto y lo edito. Nunca meto nada adicional; sólo lo acorto para que encaje en el tiempo en el que se supone que tiene que funcionar. Y respecto a los solos de estudio, casi nunca toco solos de guitarra en el estudio. En el álbum *Drowning Witch,* el solo de "I Come from Nowhere" era un solo de estudio, y necesité dos horas de trabajo para obtener un sonido que me pareció adecuado, y luego unos 20 minutos tocando: probando, y grabando tomas que no me gustaban, y borrándolo todo o guardando parte, o enlazando partes.

—*¿Sueles esperar a tener ya montada una parte, antes de añadir los efectos?*

No necesariamente. A veces grabo con los efectos, y otras veces los añado después. Eso depende.

—*Steve Vai ha dicho que esa guitarra a lo "Peter Gunn" que él toca en "Teenage Prostitute" [Drowning Witch] sonaba muy diferente después de mezclada, distinta de cómo la grabó.*

Podemos cambiar el sonido prácticamente de todo, porque tenemos en el estudio un montón de aparatos para modificar el sonido. Cuando arreglas algo, el arreglo siempre queda modificado por lo que viene antes o después en el disco. Si quieres que toda la cara de un disco suene consistente, puedes ecualizar todas las distintas partes de un tema para que suenen de cierta manera, pero cuando empiezas a mezclar toda una cara, lo que hacemos es esto: empezamos por la primera canción y seguimos hasta el final, para crear una continuidad en la calidad tonal de toda la cara, y a veces tenemos que cambiar drásticamente algunas cosas.

—*O sea, que no pones una canción de sonido chillón y a continuación una solemne.*

Eso es. Hay que recorrer con suavidad todo el espectro, de manera que cuando una persona pone la aguja al principio del disco, sienta que existe una continuidad a lo largo de toda la cara. Así resulta más fácil escuchar.

—*¿Qué te decidió a publicar el libro de las transcripciones de solos?*

Me lo habían pedido montones de veces. Recibí más de mil postales de personas interesadas en ese tipo de música. Es un libro muy gordo: parece una guía telefónica. Y ni siquiera incluye todo el material de los álbumes de guitarra.

—*Tu música incluye textos satíricos y conceptos rítmicos y armónicos muy complicados. ¿De dónde sacas las ideas? ¿Ves mucha televisión o rondas por ambientes raros?*

No rondo por ningún sitio más que por mi casa, y por lo general sólo puedo ver la tele a altas horas de la noche. Me gusta ver los noticiarios.

—*¿Tienes algún favorito entre los músicos contemporáneos?*

No.

—*¿Hay alguno que te disguste de manera especial?*

No. Creo que si una persona se dedica a hacer música —aunque sea la mierda más hortera y comercial—, esa persona está haciendo lo que debe, porque hay gente que quiere consumir mierda hortera y comercial. Y esos músicos están cumpliendo una función necesaria para el público que necesita que lo entretengan. El que yo no consuma esos productos no es razón para que emprenda una campaña en su contra. No me parece particularmente estético, pero repito que si hace disfrutar a alguien, por mí está bien.

—*O sea, que te resulta más fácil ignorarlo.*

Bueno, no soy consumidor de música pop. No escucho la radio. No voy a ver grupos. No compro álbumes. Tengo muchas otras cosas que hacer; ese mundo no es para mí. No me interesa.

—*¿Qué importancia crees que tiene para la música un medio como el vídeo?*

Está adquiriendo mucha importancia para los propietarios de las compañías de cable, porque están robando a los artistas que hacen los vídeos. Así es como se comete el robo: si tú tienes una banda y haces un vídeo, lo haces porque crees que si tu vídeo sale en la tele, todo el mundo irá a comprar tu álbum y pensará que eres fantástico. Y las compañías de cable que emiten los vídeos perpetúan este mito, pero no te pagan. Y hacer esos vídeos cuesta un montón de dinero.

—*¿No tienen que pagar a la ASCAP o a la BMI por derechos de interpretación?*

Es que si comparas lo que cuesta hacer un vídeo con lo que ellos tienen que pagar a cualquier sociedad de derechos de autor, verás que ni siquiera se aproxima. Mira, un vídeo decente te puede costar 40.000 o 50.000 dólares; hay grupos que han gastado 150.000 dólares por sólo unos minutos de vídeo. Por lo general, algunas compañías discográficas adelantan el dinero para hacer el vídeo. Pero eso es como ir al banco a solicitar un crédito, porque en realidad, el dinero para pagar el vídeo sale del bolsillo del artista. La compañía discográfica deduce todo eso de los *royalties* del artista, si es que los hay. Antes de que el artista vea un céntimo por su trabajo, la compañía discográfica se asegura de recuperar la inversión que hizo en el vídeo. En último término, el artista es el que paga en realidad por esa publicidad. Y en la mayoría de los contratos discográficos, todo lo que se gasta en promocionar el producto sale del bolsillo del artista... por lo general, gracias a algún tortuoso método de contabilidad. Ellos adelantan el dinero, pero pagas tú. Ninguna compañía discográfica te hace favores. Además, para añadir el insulto a la injuria, las compañías de cable que emiten esas cosas nunca pagan nada por ese material. Y gracias a ese material pueden llenar su tiempo de emisión con vídeos bonitos y vender espacio para publicidad. Obtienen ingresos de los anunciantes que quieren ver sus anuncios insertados en medio de todos esos vistosos vídeos musicales, y la compañía de cable se pone las botas.

—*Y sus gastos de producción son nulos.*

Exacto. Lo único que hacen es sentarse a esperar que les vayan llegando las cintas, porque todos los grupos quieren sacar su vídeo en la tele. Piensan: "Ya verás, ahora sí que nos vamos a hacer famosos". Y los están timando.

—*O sea, que el único que sale beneficiado es el tío que ve la tele en su casa.*

Bueno, no, porque ése no gana nada de dinero. La que verdaderamente se beneficia es la compañía de cable que vende espacios publicitarios, y el tío que ve la tele en su casa puede no sacar ningún beneficio, porque la compañía de cable sólo va a emitir los vídeos que sean presentables, que encajen dentro de unos límites. Las cosas más raras no se ponen nunca. Es el mismo control que tienen en la radio de onda media. Todo está formateado para ceñirse a ciertas normas.

—*¿Cómo crees que afectará el vídeo a los guitarristas en general?*

Si tienes que funcionar en un medio visual, vas a tener que hacer cosas que se vean bonitas, en lugar de sonar bien. O sea, que ya puedes tocar la música más bella del mundo, que si lo haces sentado como un tarugo no vas a impresionar al espectador del vídeo, ni tampoco al tío que programa los vídeos. Y lo más probable es que ni lo emitan.

—*Vamos, que hay que dar volteretas.*

Eso es. Hacer muecas, saltar arriba y abajo…

—*¿Qué opinas de esos guitarristas jóvenes tan explosivos que tocan al estilo de Randy Rhoads?*

Randy Rhoads era el guitarrista favorito de mi hijo Dweezil. Le encantaba Randy. Hay gente a la que le gusta ese tipo de música, y tiene que haber guitarristas de ese tipo, que hagan esa clase de cosas para entretenerlos.

—*¿Crees que los guitarristas jóvenes que empiezan aprendiéndose todas esas técnicas deslumbrantes se están perdiendo algo por no aprender cosas básicas, como los* blues *al estilo de Elmore James?*

Bueno, Elmore James es un gusto adquirido, y da la casualidad de que a mí me gusta mucho Elmore James, y me gustan todos los guitarristas de *blues,* y todas esas cosas. Lo que pasa es que pienso que lo que ellos tocan significa algo, a diferencia de lo que ocurre en la mayoría de los discos de *rock'n'roll,* que están llenos de efectos de sonido muy calculados para adornar la canción. Pero decir que uno tiene que empezar por Elmore James antes de progresar hasta la categoría de guitarrista explosivo es una tontería, porque en realidad no hace ninguna falta. Si no sientes nada por ese tipo de música, ¿para qué complicarte la vida con ella? Prefiero ver a un guitarrista que descarte por completo ese género, de una manera honesta, diciendo: "Éste no es mi rollo", antes que verlo dándole un repaso apresurado y diciendo: "Ahora ya lo entiendo", porque lo único que va a hacer es una parodia. Tienes que amar de verdad esa música. Confío en que cualquier día de éstos vuelva esa clase de *blues.* Todo lo demás está volviendo. Y esa clase de música me parece extraordinaria.

—*Pero las grabaciones de la gran mayoría de los viejos* blues *originales no son tan extraordinarias.*

Bueno, es que no estoy hablando de reeditar todos aquellos discos antiguos. Hablo del concepto de que una persona pueda plantarse en un escenario con una guitarra y tocar simplemente *blues.* Sin tener que echar rayos y mierdas, sólo tocar los puñeteros *blues,* que da gusto escucharlos.

—*¿Qué combinación de guitarra y amplificador te parece más adecuada para un guitarrista principiante?*

Depende de la clase de música que quiera tocar. Si quiere ser un guitarrista explosivo, puede pillarse un Marshall de 100 watios y ponerlo a todo volumen. Y una Stratocaster… también a toda pastilla. ¿Para qué necesitan más? Pero tocar música es otra cosa. Si lo único que quieres es entrar en ese mundo del *rock'n'roll,* ésa es la manera.

—*¿Qué clase de horario sueles llevar?*

Trabajo hasta que no me tengo en pie, y entonces me voy a la cama. Varía de un día a otro. Hace poco he hecho varias jornadas de 20 horas, pero estos últimos días lo he reducido a 12 horas, que es más llevadero.

—*¿Se te ocurre algún sistema para que los músicos puedan evitar que las compañías discográficas los timen?*

No, a menos que el músico sea también un astuto abogado y, a poder ser, billonario. Porque para enfrentarte a una compañía discográfica tienes que ser capaz de sostener la batalla legal en la que te van a meter. Una compañía tan grande como Warner Bros. tiene abogados desde aquí a Pekín. Y lo que hacen es ahogarte en papeleo, y después tienes que esperar cinco años antes de ir a los tribunales.

—*De los varios guitarristas que has contratado en los últimos años —Adrian Belew,*

Warren Cuccurullo y Ray White—, ¿qué es lo que te gustaba de cada uno y te hizo desear tenerlo en tu banda?

Me pareció que Adrian Belew tenía posibilidades de añadir algo a la banda, tal como estaba constituida en aquella época [1977], que era una banda bastante graciosa. Parimos un montón de material cómico, como "Punky's Whips". Aquella fue la banda que generó "Broken Hearts Are for Assholes" [*Sheik Yerbouti*] y cosas de ese tipo. Y Adrian encajaba bien en aquello, y por eso consiguió el puesto. Y Warren Cuccurullo era y sigue siendo un guitarrista de talento que tenía ganas de tocar repertorio estándar, canciones que ya se sabía de todos los otros álbumes. Y se sabía un montón de canciones; probablemente, tantas como algunos de los otros tíos que estaban en la banda, si no más. Y en la gira que hizo con nosotros, tocábamos muchas de las canciones complicadas de los discos, que la gente pensaba que nunca iba a oír en directo. Tocábamos "Brown Shoes Don't Make It" [*Tinsel Town Rebellion*], "Inca Roads" y "Andy" [las dos últimas, de *One Size Fits All*]. Tocábamos un montón de repertorio difícil. Y a él eso se le daba bien. Ray ha estado en la banda dos veces. La primera vez se sentía un poco desplazado porque es una persona extremadamente religiosa, y nuestra banda no lo es. Y creo que hubo algún conflicto religioso/emocional esa primera vez que estuvo en la banda. Él siempre lo hizo muy bien: estaba muy dispuesto a trabajar e hizo un buen trabajo; pero yo notaba que le resultaba algo incómodo estar allí, con la clase de cosas que nosotros tocábamos. Así que le dejé marchar. Y más adelante me dije: "Bueno, ¿por qué no probarle de nuevo?". Porque entonces tenía una banda en la que pensaba que su personalidad podría encajar. Así que le llamé, él vino a probar, y todo salió bien desde el principio.

—Tiene un estilo de blues *verdaderamente bueno.*

Es maravilloso; le encanta ese tipo de música.

—¿Qué te atrajo de Steve Vai?

Steve Vai consiguió el puesto porque envió una casete y una transcripción de "The Black Page" [*Zappa in New York*], y nada más oír aquello me di cuenta de que poseía una inteligencia musical superior y era muy hábil con la guitarra. Aquello me demostró que se podían componer cosas para el instrumento más difíciles aun de lo que habíamos hecho hasta entonces en la banda. Por eso consiguió el empleo.

—¿Qué es lo que buscas en una guitarra?

Si coges una guitarra y ella te dice: "Tómame, soy tuya", esa guitarra te va bien. Nadie entra en una tienda de guitarras y dice: "Mira, qué bien pintada está ésta". Hay que cogerla en las manos, porque una auténtica guitarra es algo con lo que vas a hacer música, no una pieza de maquinaria para lucirla en el escenario. Debe tener alguna relación con tus manos y tu cuerpo. Eso se nota al cogerla. Así me sentí cuando compré mi primera guitarra SG. Me sentí bien con ella en las manos, así que la compré. Lo mismo te digo de la Gibson Les Paul.

—¿No te importan cosas como que las pastillas no sean buenas?

Bueno, siempre puedes cambiar las pastillas.

—¿Coleccionas guitarras?

No salgo a comprar guitarras por todas partes. No soy de esa clase de tíos. Tengo un montón de guitarras, pero no sé cómo las he ido acumulando. Tengo unas 25 guitarras. Se van amontonando solas.

—¿Tienes alguna favorita?

La Les Paul que uso. Era nueva cuando la compré. No es un modelo antiguo. Es una Gibson Les Paul de serie, pero de una serie muy bien hecha.

—¿No fuiste a la fábrica Gibson y les pediste que te hicieran una a medida, siguiendo tus indicaciones?

Mira, con todo el tiempo que llevo tocando guitarras Gibson, todavía no he hablado con nadie de la empresa ni ellos se han dirigido a mí. No tengo ninguna relación con la fábrica Gibson. También tengo una Stratocaster con un sistema de vibrato Floyd Rose. Ésa fue la guitarra que más utilicé en la última gira por Europa. Y la Strato de Hendrix [una Stratocaster tostada que antes perteneció a Jimi Hendrix], que tiene un mástil especial, del tamaño de un mástil de SG. Sirve para hacer algunas cosas que no salen con otras guitarras. La anchura y el grosor del mástil son diferentes de los de la Strato, y puedes hacer toda clase de cosas que no saldrían bien con otra guitarra.

—*¿Qué distingue un instrumento de otro?*

Cada guitarra tiene su propia personalidad y le gusta hacer sus propios sonidos, que salen de manera natural en ese instrumento. Por eso procuro elegir un instrumento acorde con el carácter de la canción. También tengo una Telecaster, una de las copias de las originales que Fender sacó hace cosa de un año. Es una guitarra muy buena para tocar *blues*. La quinta guitarra sería la imitación de SG que le compré a un tío en Phoenix (Arizona). Lleva la marca "Gibson", pero está hecha a mano y tiene un diapasón de ébano con 23 trastes, un traste más que la SG normal. La toco mucho.

—*¿Utilizas con frecuencia el vigésimotercer traste?*

Como esa guitarra tiene unos recortes tan profundos, es muy fácil llegar a los últimos trastes. Por eso toco más agudos con esa guitarra que con las otras que tengo.

—*¿Cómo sincronizas las partes de diferentes actuaciones para mezclarlas en una única canción?*

Lo primero es tener una banda muy ensayada, que mantenga su *tempo*. Se aprenden el tema con un cierto *tempo*, y lo tocan igual noche tras noche. ¿Sabes cuántas partes mezclé en "Drowning Witch"? ¡Quince! Esa canción tiene fragmentos grabados en quince ciudades diferentes. Y algunos de los fragmentos sólo duran dos compases. Y hay partes que van escritas, todas las partes rápidas. Era muy difícil que todos la tocaran del todo bien. De vez en cuando, alguien daba en el clavo, pero es una canción muy difícil de tocar, así que no había ninguna interpretación perfecta en ninguna ciudad. Lo que hice fue grabar toda una gira, escuchar todas las versiones de la canción y seleccionar todos los trozos que fueran razonablemente correctos, montar con ellos el tema básico, y luego añadir el resto de la orquestación en el estudio.

—*Además de sincronizar el ritmo, ¿cómo te las apañaste con las variaciones de tono?*

¿Oyes alguna?. No hay ninguna variación en el VSO [oscilador de velocidad variable, que controla la velocidad de la grabadora], porque cuando salimos de gira lo afinamos todo cada día con un afinador. Tenemos un sistema: todos afinan con el vibráfono, porque la afinación de éste no cambia. Con él ajustamos todos nuestros afinadores Peterson Strobe. Eso te da consistencia.

—*El año pasado tocaste mucho "Whipping Post" de los Allman Brothers* [At Fillmore East]. *¿Por qué?*

Eso empezó hace diez o doce años, cuando nos la pidió un tío del público en un concierto en Helsinki.

—*¿En inglés?*

Sí. Gritó "*¡Whipping Post!*" en mal inglés. Lo tengo grabado. Y yo dije: "¿Cómo dices?". Apenas se le entendía. No nos la sabíamos, y me sentó muy mal no poderla tocar y dejar al tío alucinado. Así que cuando Bobby Martin [pianista/ vocalista/ saxofonista] entró en la banda y descubrí que sabía cantar esa canción, dije: "Vamos a estar preparados para la próxima vez que alguien nos pida "Whipping Post". De hecho, vamos a tocarla incluso antes de que nos la pidan". Debo tener grabadas unas 30 versiones diferentes, tocadas en conciertos en todo el mundo, y una de ellas va a ser el "Whipping Post", el "Whipping Post" definitivo del siglo.

—*A lo mejor es que te confundieron con Duane Allman.*

Pues claro. Me pasa constantemente.

(y destilando) la tradición de sus ídolos *rockabilly* —Carl Perkins, Scotty Moore y James Burton—, el más joven de los Beatles empezaba a desarrollar su propio estilo cuando Clapton y Beck iniciaron la era del Héroe de la Guitarra. Las largas improvisaciones no eran el fuerte de George; sin embargo, era (y sigue siendo) un melodista supremo, un baladista sensible, un rítmico poderoso, un gran guitarrista acústico y uno de los más distintivos estilistas del *slide* con guitarra eléctrica. Y hasta la fecha, nadie ha sido capaz de igualar su gama de sonidos y texturas cristalinas.

La música de los Beatles no se prestaba a alardes guitarreros, y viceversa. Harrison era la antítesis del guitarrista-pistolero: un tocador de partes y un camaleón. Desde el principio mismo, su función y su sonido fueron cambiando para adaptarse a lo que la canción necesitaba. Coged una guitarra de 12 cuerdas e intentad tocar "A Hard Day's Night" con un solo distinto, y comprobaréis que los compactos y trabajados solos de Harrison eran tan esenciales para el sonido y el éxito del grupo como la personalísima batería de Ringo o sus armonías de varias voces.

Y si la canción exigía un solo country a lo Chet Atkins ("I'm a Loser"), o una línea grave con sonido *twang* a lo Duane Eddy ("It Won't Be Long"), o incluso una *seudobossanova* con cuerdas de tripa ("Till There Was You"), el grupo no buscaba en otra parte: se limitaba a pedírselo a su guitarrista y George jamás les falló. George habla con modestia de sus habilidades, comentando que no es el tipo de guitarrista "que puede presentarse en cualquier sesión y hacer siempre algo bueno", pero eso es exactamente lo que hizo durante su década con los Beatles. Tenía todo lo que se le puede pedir a un guitarrista de estudio, y todavía mucho más.

George Harrison nació el 25 de febrero de 1943 en Liverpool (Inglaterra), el puerto base de su padre, que era marino mercante. A los 13 años se compró su primera guitarra acústica. Odiaba el colegio, pero allí le ocurrió al menos una cosa importante: conoció a Paul McCartney. La posterior historia de los Bea-

A pesar de todo lo que se ha escrito acerca de los Beatles y de la huella indeleble que dejaron en la música, la moda y la cultura *pop*, a sus componentes todavía se les sigue subestimando como músicos de una manera criminal. No sólo inspiraron a una generación para que enchufaran las guitarras y cantaran a varias voces, sino que también influyeron en el modo de tocar de los guitarristas, los bajistas y los baterías, y en el modo de cantar de los cantantes. Y aunque después, uno tras otro, se turnaron para demostrar lo que era evidente —que cuando tocaban como una banda ocurría algo mágico y mayor que la suma de sus partes—, no se puede negar la importancia de las contribuciones instrumentales de cada uno.

Casi con seguridad, el más menospreciado ha sido George Harrison. Continuando

tles se ha contado innumerables veces. Hé aquí una versión abreviada:

Con el batería Pete Best y el bajista Stu Sutcliffe (por entonces, Paul tocaba la guitarra), el grupo empezó a tocar en el Cavern Club de Liverpool en 1960, el mismo año en el que hicieron su primer viaje a Hamburgo (Alemania), donde tocaban ocho o más horas cada noche. Seis meses después, grabaron su primer disco, acompañando al cantante Tony Sheridan. Durante el año siguiente, al morir Stu, Paul cambió definitivamente la guitarra por el bajo, Brian Epstein se convirtió en *manager* del grupo, y los Beatles hicieron una audición para Decca Records, que los rechazó (en favor de Brian Poole & The Tremeloes). Después de pasar unos cuantos meses más en Hamburgo, el cuarteto hizo una audición para el productor George Martin, que insistió en que Best fuera sustituido por Ringo Starr.

Su primer single, "Love Me Do"/"P.S. I Love You", se grabó en septiembre de 1962. Pocos meses después, se publicaba "Please Please Me". A finales de 1963, los Beatles habían publicado ya dos álbumes, habían actuado en la Royal Command Performance, y su reputación comenzaba a extenderse por los Estados Unidos. A finales de marzo de 1964, ocupaban al mismo tiempo los cinco primeros puestos de la lista de singles del *Billboard* con "Can't Buy Me Love", "Twist & Shout", "She Loves You", "I Want to Hold Your Hand" y "Please Please Me", y tenían otros siete títulos más en los *Hot 100*. A finales de 1966, los Beatles habían publicado siete álbumes en Inglaterra, protagonizado las películas *A Hard Day's Night* y *Help!* y tocado en directo por última vez (en el Candlestick Park de San Francisco, el 29 de agosto de 1966). Además, George había empezado a estudiar con el maestro del sitar Ravi Shankar, en la India.

En 1967, el magistral álbum-concepto *Sgt. Pepper's Lonely Hearts Club Band* y la película para la televisión británica *Magical Mistery* Tour llevaron mucho más allá la línea experimental del LP *Revolver*. El año siguiente se formó la Apple Corps y se publicó el primer proyecto en solitario de

Harrison, la banda sonora de la película *Wonderwall*, que produjo en Bombay con un equipo de músicos indios (él tocaba la guitarra bajo el seudónimo de "Eddie Clayton"). Para el LP doble *The Beatles* (conocido como "El Álbum Blanco"), publicado en noviembre de 1968, George solicitó la ayuda de Eric Clapton para tocar el solo en su composición "While My Guitar Gently Weeps". En enero del año siguiente, los Beatles empezaron a trabajar en la filmación y grabación de *Let It Be*, aunque no se publicaría hasta mayo de 1970. Mientras tanto, George publicó sus experimentos con el músico electrónico Bernie Krause (*Electronic Sound*) y la banda grabó *Abbey Road*. Además, George participó como guitarrista —junto a Eric Clapton— en la gira inglesa de Delaney & Bonnie. A finales de 1970, los Beatles ya sólo aparecían juntos en los tribunales; su relación musical y profesional había terminado.

Durante su carrera como Beatle, George había permanecido casi siempre a la sombra de Lennon y McCartney, pero pronto disipó toda sospecha de dependencia de ellos con su *All Things Must Pass* (1970), un triunfal álbum triple, presentado en un estuche y coproducido por Phil Spector. En 1971, Harrison logró reunir a Bob Dylan, Leon Russell, Eric Clapton, Ringo Starr, Billy Preston, Ravi Shankar y otros artistas para el Concierto por Bangla Desh en el Madison Square Garden de Nueva York, que fue el primer gran concierto de *rock* con fines benéficos.

Living in the Material World, su álbum de 1973, contenía el éxito "Give Me Love". En el otoño de 1974, Harrison formó una banda que incluía al grupo L.A. Express (del saxofonista de fusión Tom Scott) y a Billy Preston, Ravi Shankar y una orquesta de músicos indios, con la que realizó una gira por los Estados Unidos. Entre esta fecha y su aparición dos noches seguidas en el concierto *Prince's Trust* (Londres, 1987), su única actuación oficial tuvo lugar en 1977, cuando actuó junto a Paul Simon en el *Saturday Night Live*, tocando versiones acústicas de canciones de los Beatles y de Simon

& Garfunkel. El programa obtuvo los mayores índices de audiencia de su historia.

Aunque ha publicado varios discos más en solitario, sus energías se han concentrado más en la producción cinematográfica (ha producido, entre otras, las películas *La vida de Brian,* de Monty Python, y *Los héroes del tiempo,* de Terry Gillian). Sus actuaciones más recientes las hizo con los travelling Wilburys.

—*¿Todavía practicas con el sitar?*

Pues sí. Tengo un sitar muy bonito en el cuarto de las guitarras y lo cojo de vez en cuando. Me sigue fascinando... qué sonido tiene ese instrumento. Entiéndeme, no soy un experto ni mucho menos. Pasa lo mismo que con la guitarra. Si quieres ser bueno, tienes que tocar mucho y practicar mucho, y yo no lo hago. Estuve años sin tocar el sitar, pero en estos dos últimos años lo saco un poco y lo tengo afinado. Me gusta mucho.

—*¿Tocaste mucho la guitarra durante los cinco años transcurridos entre* Gone Troppo *y* Cloud Nine*?*

Tiendo a usar la guitarra sólo para componer canciones. Y también, como tengo un estudio en mi casa, para grabar maquetas. Y en esos cinco años prácticamente no paré de componer.

—*Clapton te menciona como una de sus influencias y hubo un período en el que los dos sonabais muy similares. "Something"* [Abbey Road]*, por ejemplo, no suena muy diferente de "Wonderful Tonight"* [Slowhand]*.*

Sí, me encanta Eric. Me encanta el toque que tiene con la guitarra. Cuando viene a tocar en mis canciones, no se trae ni guitarra ni ampli; dice: "Pero si tú tienes una Strato muy buena". Sabe que la tengo porque me la regaló él [risas]. La enchufa y oyes su vibrato y todo... hace que esa guitarra suene a Eric Clapton. Eso es lo bonito de que haya tantos músicos diferentes. Algunos son mejores que otros, o no tan buenos, pero todos tienen algo propio. Es como un *blues* de doce compases, que dicen que no se puede tocar dos veces de la misma manera. Hay cosas de las que hace Eric que a mí me costaría toda una noche sacarlas, y él las hace a la primera. Eso es

porque no para de tocar. Pero por otra parte, cuando escuchamos una cosa mía con *slide,* me mira y sé que le gusta. Y para mí, si Eric me levanta el pulgar en un solo de *slide,* eso significa más que lo que diga media población mundial.

—*Parece raro que el único vehículo para un solo de guitarra que hiciste con los Beatles, "While My Guitar Gently Weeps", es la única canción de los Beatles en la que llamaste a Eric Clapton para tocar el solo. Desde el punto de vista de un productor, es una maniobra perfecta, pero como artista con un ego, ¿no querías dejar tu sello en aquel solo?*

No, mi ego prefería que lo tocara Eric. Te lo voy a contar: estuve un día trabajando en esa canción con John, Paul y Ringo, y no les interesaba ni lo más mínimo. Y yo, en mi interior, estaba convencido de que era una buena canción. Al día siguiente, estaba con Eric, y tenía que ir a la sesión, y le dije: "Vamos a grabar esta canción. Ven a tocar en ella". Y él dijo: "Oh, no, no puedo hacer eso. Nadie toca nunca en los discos de los Beatles". Yo dije: "Mira, la canción es mía, y yo quiero que toques en ella". Total, que Eric se vino, y los otros se portaron como angelitos... porqué él estaba allí. Además, me dejó libre para tocar la rítmica y poner la voz. Así que Eric tocó aquello y a mí me pareció muy bueno. Después lo escuchamos, y Eric dijo: "Hay un problema, no suena suficientemente a Beatles", de manera que lo pasamos por el ADT (duplicador automático) para hacerlo un poco más vacilón.

—*¿Se grababan directamente muchos de los solos de guitarra?*

Sí. En aquellos tiempos sólo teníamos un cuatro pistas. En el *Álbum Blanco* creo que ya teníamos un ocho pistas, así que algunas cosas estaban sobregrabadas, o al menos cada uno tenía su propia pista. Creo que la batería iba toda por una pista, el bajo en otra, la acústica en otra, el piano en otra, Eric en otra, y la voz en otra, y el resto donde se pudiera. Pero para grabar aquel tema, yo cantaba con la guitarra acústica, con Paul al piano, más Eric y Ringo... así fue como la grabamos. Más adelante, Paul sobregrabó el bajo.

—*Aquél fue el álbum que todos mencionan siempre como la primera señal de la desintegración de los Beatles, porque las diferentes canciones reflejaban más el estilo individual de cada autor que el de la banda. Pero todavía tiene un sentido orgánico, de banda, con varios miembros cambiándose los instrumentos.*

Sí, sí. Todavía nos ayudábamos unos a otros todo lo que podíamos.

—*Hablando de colaboraciones, en "Badge", de los Cream [Goodbye], ¿escribiste tú la letra y Clapton la música? ¿Quién tocaba la guitarra con un Leslie en el puente de la canción?*

Ahí es donde entra Eric. En el disco, Eric no toca la guitarra hasta llegar a ese puente. Estaba allí sentado, con su guitarra en el Leslie [altavoz giratorio], y creo que Felix Nosequé [Pappalardi] tocaba el piano. O sea, que estábamos Felix, Jack Bruce, Ginger Baker y yo. Yo tocaba la guitarra rítmica. Y tocamos la canción hasta el puente, y ahí entró Eric con el Leslie. Más adelante, sobregrabó el solo. Vamos a ver... yo escribí casi toda la letra. Eric tenía el puente, eso seguro, y tenía el primer par de cambios de acordes. Me llamó y me dijo: "Mira, vamos a hacer un último álbum, y cada uno tiene que tener su canción preparada para el lunes". Terminé la letra y él ya tenía la parte de enmedio. Yo creo que escribí casi toda la letra, aunque él estaba allí y nos intercambiábamos ideas. La anécdota está ya un poco rancia, pero lo que pasó fue que yo estaba escribiendo los versos y al llegar a la parte central escribí "Bridge" [puente]. Y él, que estaba sentado enfrente de mí, miró el papel y dijo: "¿Qué dice ahí? ¿Badge [insignia]?". Y la tituló "Badge" porque le hizo gracia.

—*Suena tanto a canción de los Beatles como a tema de Cream.*

Sí, bueno, eso es porque la hizo conmigo y no con Jack. Ya te he dicho que yo quise que Eric tocara en "While My Guitar Gently Weeps" para que me diera un poco de apoyo moral y para hacer que los otros se comportaran, y creo que por esa misma razón me pidió él que tocara con ellos en aquella sesión.

—*En los Beatles siempre tocabas solos que parecían mini-composiciones, y utilizabas diferentes sonidos y técnicas, según lo que exigiera la canción. Esa actitud tiende a pasarse por alto, mientras que se concede mucha importancia a la pirotecnia.*

Sí, solos trabajados. Creo que eso se debía en gran parte a que en los primeros tiempos grabábamos directamente en mono o estéreo. Luego conseguimos un cuatro pistas. Pero en muchas de aquellas tomas teníamos que hacerlo todo al mismo tiempo, o meter lo más posible. Así que decíamos: "Estas guitarras entran en la segunda estrofa, tocando estas partes, y aquí entra el piano, por encima". Y teníamos que trabajar el sonido individual de cada instrumento y luego equilibrar unos instrumentos con otros, porque todos iban a ir juntos en la misma pista. Y después había que tocar la canción, y todos teníamos que hacer nuestra parte bien. Creo que tal vez se debiera a eso, a que teníamos que llevar las partes preparadas. Escuchando los CDs, se oyen cosas verdaderamente buenas, como "And Your Bird Can Sing", donde creo que estamos Paul y yo tocando en armonía una línea bastante complicada, que recorre toda la octava media. Esas cosas teníamos que prepararlas, ¿sabes?. En los primeros tiempos, los solos se hacían en el momento, o bien llevábamos mucho tiempo tocándolos en directo.

—*¿Qué te parecen los Beatles en disco compacto?*

No me gusta demasiado el sonido de los CDs. Creo que prefiero las viejas mezclas, las viejas versiones. Los CDs me parecen bien para todo este material nuevo, pero no me convencen mucho para el material antiguo.

Ahora bien, aquellos sonidos antiguos... yo los odiaba. Recuerdo que a mediados de los sesenta nos encontrábamos con todos aquellos grupos americanos que nos decían: "Oye, tío, ¿cómo conseguís ese sonido?". Y en algún momento me di cuenta de que estaba tocando las guitarras Gretsch con aquellos amplificadores Vox, que, si lo piensas ahora, sonaban tan canijos. Fue antes de que tuviéramos la tercera cuerda sin entorchar, aquel síndrome, y como todo se hacía deprisa y no había ocasión de hacer una segunda toma, no habíamos desarrollado el sonido en nuestro lado del mar. Yo escuchaba a James Burton, que tocaba aquellos solos en los discos de Ricky Nelson, y luego salíamos nosotros con aquello... era una birria. Aquello acabó hartándome, y fue por entonces cuando Eric me regaló una Les Paul. Y eso nos vuelve a llevar a la historia de "While My Guitar Gently Weeps": era mi guitarra la que lloraba en voz baja... sólo que la tocaba él.

—*El Álbum Blanco fue una clara ruptura en lo referente a sonidos de guitarra, con más volumen y distorsión. ¿Fue un producto de la época o de los temas de aquellas canciones?*

En parte fue eso, y la clase de bandas que había por entonces. Empezamos siendo un grupito que grababa en mono. Grabábamos un par de tomas y eso era todo. Y los ingenieros que trabajaban en Abbey Road habían estado grabando discos de Peter Sellers o de *skiffle*. Nadie tenía una experiencia como la que tenían en América. Los americanos siempre iban por delante, y nosotros siempre teníamos la vista puesta en América, en busca de sonidos y de músicos interesantes. Nos sentíamos como un grupillo con suerte: sabíamos que teníamos algo bueno que ofrecer, pero éramos bastante modestos. En la situación en que estábamos, sólo teníamos equipo antiguo, pero en aquellos tiempos nos dábamos por satisfechos; nos dábamos por satisfechos sólo con estar en un estudio. Y a medida que avanzaban las cosas, supongo que conseguimos un cuatro pistas cuando en América ya todos tenían sus ocho pistas, y algunos dieciséis. Cuando nosotros conseguimos un ocho pistas, ellos iban ya por 24. Siempre íbamos así de retrasados, pero esto es lo que me fastidia de mucha de la música actual. Todo el mundo tiene 48 canales, y MIDI, y MAXI, y 89.000 pedales en la guitarra, y qué se yo... y aun así, no hacen nada tan bueno como "That's All Right, Mama" de Elvis Presley, o "Blue Suede Shoes" de Carl Perkins, o las cosas de Chuck Berry, Little Richard, Buddy Holly, Eddie Cochran, los viejos Everlys... Te escuchas todo aquello y el sonido era mejor. Por eso, cuando llegó el síndrome del pedal, yo ni

me alteré. Me dio por pensar: "Mira, me conformo con que la guitarra esté afinada y en condiciones para hacer *chun-chunda-chun* y unos pocos fraseos, y que suene bien". Yo no me dedico a hacer acrobacias con todos esos chismes.

Además, es que hacíamos cosas como lo que contaba Carl Perkins en aquel programa: que escuchaba discos de Les Paul e intentaba aprender a tocar igual [sin saber que Les Paul utilizaba ecos y sobregrabaciones]. Pues nosotros hacíamos lo mismo, en cierto sentido. ¿Sabes el eco que tienen los viejos discos de la casa Sun, los de Carl y Elvis? Pues nosotros cantábamos así, cantábamos el eco o intentábamos tocarlo. Pensábamos: "Eso debe ser el batería, golpeando con las baquetas las cuerdas del bajo" [imita una línea de bajo palmeado]. Éramos unos ingenuos, y nadie nos explicaba nada. Incluso en Abbey Road teníamos que inventar maneras de darle interés a la cosa o crear nuevos sonidos. Decíamos: "Hoy vamos a ser Fleetwood Mac", y poníamos un montón de *reverb* y jugábamos a ser Fleetwood Mac.

En canciones como "Yes It Is", "Wait" y "I Need You" hay un efecto de pedal de volumen.

—*¿Tenías ya entonces un pedal de volumen?*

Creo que probé uno. Había un tío de Liverpool que había ido al colegio con Paul y conmigo, y que estaba en una banda que se llamaba The Remo Four y había tocado con Billy J. Kramer. Y tenía un montón de aparatos y podía tocar todas esas cosas de Chet Atkins en las que tocas dos melodías al mismo tiempo, como "Colonel Bogey". También tenía un pedal de volumen y creo que lo probamos, pero yo era incapaz de coordinarlo. Así que en algunas de esas canciones lo que hacíamos era que mientras yo tocaba, John se arrodillaba delante de mí y manejaba el control de volumen de mi guitarra.

—*Eso era lo que hacía Buddy Holly en "Peggy Sue". Tenía un tío de rodillas que conectaba la otra pastilla de su Strato al llegar el solo de guitarra.*

Sí, y vaya solo, ¿eh? Sigue siendo uno de los mejores solos de guitarra de todos los tiempos.

—*En algún momento, después de los Beatles, empezaste a tocar casi exclusivamente solos con* slide.

Sí. En los sesenta, no recuerdo exactamente en qué años, hubo un período en el que me enrollé muchísimo con la música india. Empecé a tocar el sitar y a juntarme con Ravi Shankar, y recibí clases durante un par de años. Y después de aquel período, pensé: "Mira, la verdad es que yo soy una persona *pop*, y estoy descuidando la guitarra y lo que se supone que debo hacer". Yo sabía que nunca llegaría a ser un gran tocador de sitar, porque ya había conocido a mil en la India, y Ravi decía que sólo uno de ellos llegaría a ser un sitarista de primera clase. Todavía toco el sitar para entretenerme, y me lo paso muy bien con él, pero me pareció que tenía que volver a la guitarra. Para entonces, ya había un montón de chavales como de diez años que tocaban fenomenal, y pensé: "Dios mío, estoy fuera de onda. No sé ni cómo sacar un sonido medio decente". Total, que me dije: "Vamos a ver qué pasa con este *slide*", y me pareció que sonaba más vacilón que lo que me salía con los dedos por aquella época. A partir de ahí fui progresando sin darme cuenta. De pronto empezó a venir gente que me decía: "¿Quieres tocar *slide* en mi disco?". Y yo pensaba "¿De verdad? ¿Estás seguro?". Y luego, no sé cómo, empecé a oír a gente que me imitaba tocando *slide*... lo cual es muy halagador. Pero bueno, es como lo que te decía antes del sonido: "¿Cómo sacáis ese sonido?". A mí no me parecía que fuera tan bueno.

—*¿Crees que la música india y el sitar influyeron en tu estilo de* slide?

Desde luego.

—*Porque puedes conseguir todos esos cuartos de tono.*

Sí. Verás, yo nunca aprendí nada de música hasta que estudié sitar con Ravi Shankar. Me preguntó: "¿Sabes leer música?". Y yo pensé: "Oh, no, ya estamos otra vez con eso". Porque me parecía que había músicos mucho mejores, que se merecían más estar con aquel tío, que era un maestro del instrumento. Me empezó a entrar el pánico y dije: "No, no sé leer música". Y él dijo: "Mejor, porque eso te iba a estorbar".

Entonces aprendí a escribir en lo que llaman el sistema *sofa*, que es una notación parecida a la indostana clásica. Fue la primera vez que tuve algo de disciplina, haciendo todos aquellos ejercicios. Ahí sí que aprendes a forzar cuerdas. Hablo un poco de ello en "I Me Mine". Hay ejercicios para lo que en la guitarra se llaman ligados ascendentes, y para forzar cuerdas. Porque en el sitar, desde la primera cuerda, tienes cinco centímetros de traste y hay que tirar para abajo. Es como cuando toca Albert King, que es zurdo y es capaz de tirar de la cuerda de Mi desde el otro lado del mástil.

Es asombroso lo distinto que suena de cuando un guitarrista diestro empuja la cuerda desde el lado contrario.

Yo creo que es porque tienes más fuerza en la mano al tirar así que al empujar. Pues bien, ésa fue la primera vez que aprendí a tener un poco de disciplina. Hacer todas esas cositas, en conjunción con lo que haces con la mano derecha, la pulsación. Si atacas desde arriba, se llama *da*, y si atacas por abajo, *ra*. Yo intentaba practicar uno de aquellos ejercicios tan complicados, creyendo que me estaba saliendo, y Ravi me decía: "no, no. Ra, ra". Atacaba por el lado que no era, ¿sabes?. Y yo pensaba: "¿Es que eso importa en esta fase?". Con la guitarra no tienes ese tipo de marco de referencia.

Después, con el *slide*, podía pulsar la cuerda y [tararea una escala]... hacer un poco de vibrato. Y gracias al rollo indio, me puse a pensar un poco más en lo de pulsar por un lado o por otro, y me di cuenta de que existen muchas maneras de tocar, por ejemplo, un pasaje de tres notas. Se puede pulsar y ligar la nota, se pueden pulsar todas las notas... hay un millón de permutaciones. La música india me dio también un mayor sentido del ritmo y de la síncopa. Fíjate que después de eso compuse todas aquellas canciones tan raras con ritmos extraños, en tres por cuatro y cinco por cuatro. No es que fueran comerciales, pero tenía aquello metido hasta un punto que por algún lado tenía que salir.

Cuando hice aquella gira en el 74 con todos los músicos indios, me llevé a Robben

Ford de guitarrista. Me parece buenísimo, no sólo porque toca muy bien *blues* y *rock*, sino porque además se enrolló de verdad tocando todas aquellas cosas indias.

—*En el sonido de los Beatles influyeron mucho los cambios de instrumentos... muchos de los cuales se debieron simplemente a que alguna compañía os regalaba guitarras nuevas. ¿Te regaló Rickenbacker una de doce cuerdas?*

Sí, me tocó la número dos. Tengo un amigo en Inglaterra que trabaja con guitarras, Alan Rogan, y descubrió que mi Rickenbacker de doce cuerdas es la segunda que fabricaron. La primera se la dieron a no sé qué tía, y la segunda es la que tengo yo. Tengo otra, con los recortes redondeados, pero me alegra decir que la que perdí -he perdido y me han robado muchas cosas- no fue aquélla original. Es una guitarra buena de verdad. Me encanta el sonido que tiene, y la manera tan ingeniosa en que están montadas las clavijas, que por muy borracho que estés siempre sabes qué cuerda estás afinando.

—*¿En "If I Needed Someone" tocas la Rickenbacker de doce cuerdas con cejilla?*

Si no está en Re, debe ser ésa. Está compuesta en Re con cejilla en el quinto traste. También en la introducción de "A Hard Day's Night" toco la Rickenbacker de doce cuerdas. Y de hecho, también en el nuevo álbum, "Fish on the Sand", suena la Ricky de doce cuerdas.

—*¿Qué guitarra usas para* slide?

Es que soy tan torpe, de verdad... Tardo años en enterarme de las cosas. Pero gracias a Ry [Cooder] —cómo me gusta su *slide*— me di cuenta de que si subes un poquito el puente y pones cuerdas más gruesas, no hace ruidos. Y ahora tengo mi Strato psicodélica preparada de ese modo.

—*¿Cuál era la política de la banda en caso de que algún otro Beatle quisiera tocar la guitarra solista? ¿Tocó Paul el solo de "Taxman", por ejemplo?*

Bueno, en cosas como ésa, en aquellos tiempos, que me dejaran meter una canción mía en el álbum era... para decir "Genial, no me importa quién toque qué. Es mi gran oportunidad." Y aquélla era la manera de

Paul de decir "Te voy a ayudar; voy a tocar esta parte". ¿Para qué le iba a poner ningún pero? Hay muchas canciones en las que el solo lo toca Paul, o John, pero como yo figuraba como "guitarra solista", la gente creía que era yo. En "Drive My Car", es Paul el que toca *slide*, no soy yo. Pero, por otra parte, en algunas canciones yo tocaba el bajo, y todos hacíamos varias cosas. No vamos a mirar tema a tema, como creo que hizo John una vez, diciendo "Esto lo hice yo, y esto también...". Todos aportamos mucho, y a mí no me preocupa. Como te decía antes, si hay una cosa que Eric puede hacer, y con eso mi canción va a sonar mejor, mi ego de guitarrista se queda tan tranquilo. Y con Paul, lo mismo. Con mucho gusto le dejé tocar aquella parte en "Taxman". Si te fijas, le dio un toquecillo indio en mi honor. Y John tocó un solo magnífico en "Honey Pie", del *Álbum Blanco*; sonaba a Django Reinhardt, o algo así. Es una de esas ocasiones en las que cierras los ojos y aciertas con todas las notas... sonaba como un pequeño solo de jazz.

—*En la mayoría de los artículos y entrevistas sobre los Beatles se insiste mucho en la Beatlemanía y apenas se habla de vosotros cuatro como músicos. Por ejemplo: ¿Qué fue lo que te indujo a tocar la guitarra?*

Exacto, tienes razón. Lo más antiguo que recuerdo es que mi padre se iba a la mar en un barco mercante, y una vez, cuando yo era pequeño, trajo un gramófono de manivela que había comprado en Nueva York, y un montón de discos. Aquellos antiguos de 78 revoluciones, con agujas grandísimas. Y había discos de Jimmie Rodgers. No el que canta "Honeycomb", sino el primer Jimmie Rodgers. Me encantaban... cómo sonaban aquellas guitarras acústicas, con aquellas grabaciones tan rudimentarias. No sé, tenían algo que me atraía. Y además había un tío que era famosísimo en Inglaterra: un tío de Jacksonville (Florida)... Slim Whitman. Cantaba todas aquellas canciones tipo "Rose Marie" y salía mucho por la radio y tenía muchísimo éxito en Inglaterra.

A los doce o trece años, me enteré de que había un chico que iba al mismo colegio que yo, que quería vender su guitarra. Fui y se la compré. Me costó tres libras y diez chelines. Entonces la libra estaba a 2,50 dólares, así que venían a ser unos diez dólares. Era una guitarrita acústica barata, pero la verdad es que yo no sabía qué hacer con ella. Me fijé en que en la unión del mástil con la caja había un tornillo muy gordo, y pensé: "Anda, qué interesante". Lo desatornillé y el mástil se cayó [risas]. Qué vergüenza... no fui capaz de volverlo a montar y la escondí en el armario durante algún tiempo. Por fin, mi hermano me la arregló.

Luego vino aquella moda del *skiffle*, que hizo furor en Inglaterra durante algún tiempo... todo gracias a Lonnie Donegan. Lonnie hizo que un montón de chavales se pusieran a tocar. Todo el mundo estaba en un grupo de *skiffle*. Algunos lo acabaron dejando, pero los que no lo dejaron formaron después todas aquellas bandas de los primeros sesenta. Lonnie tocaba cosas de Lonnie Johnson y de Leadbelly, canciones de ese tipo. Pero lo hacía de una manera que era muy accesible para los chavales. Porque lo único que necesitabas era una guitarra acústica, una tabla de lavar y dedales para la percusión, y una caja de té... ya sabes, una de esas cajas en las que traían el té de la India... le ponías encima un palo de escoba con una cuerda, y ya tenías contrabajo. Todos empezamos por ahí. No necesitabas más que dos acordes: *chun-chunda-chun, chun-chunda-chun* [tararea en tono más bajo]... *chun-chunda-chun, chun-chunda-chun...* [risas]. Y yo creo que, básicamente, no me he movido de ahí. Soy un vulgar *skiffler*, ya ves. Sólo que ahora hago "*skiffle* fino", ésa es la única diferencia. Por eso siempre me ha dado vergüenza salir en la revista *Guitar Player*. No hago más que *skiffle* fino.

—*Después de electrificarte, ¿cuáles fueron tus principales influencias?*

Ya puestos en marcha, cosas como "Heartbreak Hotel", aquellas primeras canciones de Elvis, Carl Perkins... no recuerdo en qué orden iban viniendo... los Everlys, Eddie Cochran... ¿Sabes? Siempre quise tener una de aquellas Gretsch de color naranja con una "G" grande estampada.

Por fin conseguí una: mi mujer me compró la que utilicé en el programa de Carl Perkins, en las Navidades de hace un par de años. Sólo que no tenía la "G". Bueno, me encantaba aquella música. Y la primera vez que vi una foto de Buddy Holly con la Strato... seguro que a millones de chavales les pasó lo mismo... Es que, de verdad, te cagas por los pantalones abajo mirando eso. ¡Joder! Cuando estaba en el colegio... el colegio se me daba siempre muy mal, no me gustaba y siempre me sentaba atrás. Pero aún guardo algunos de mis libros, de cuando tenía unos 13 años, y están llenos de dibujos de guitarras, con diferentes modelos de golpeadores. Me pasaba el día intentando dibujar Fender Stratocasters.

—*Aquel instrumental que compusiste con John, "Cry for a Shadow", ¿era una alusión a los Shadows?*

Siempre hacíamos bromas a costa de los Shadows. Porque en Inglaterra, Cliff Richard y los Shadows eran lo más grande; eran como la versión inglesa de los Ventures. Y hubo una época en que —nosotros tuvimos la suerte de no caer en eso— todo el mundo llevaba corbatas a juego, y pañuelos y trajes, y todos los guitarristas solistas llevaban gafas para parecerse a Buddy Holly, y todos daban aquellos pasitos ridículos al tocar. Nosotros nos fuimos a Hamburgo y nos metimos de lleno en el rollo del cuero. Y no tocábamos más que cosas de Chuck Berry y Little Richard, y cosas parecidas... y echábamos espuma por la boca, porque nos llenaban de anfetas para que siguiéramos funcionando, porque nos hacían trabajar ocho o diez horas cada noche. Y siempre estábamos haciendo bromas sobre los Shadows, pero como en Hamburgo teníamos que tocar tanto rato, también tocábamos "Apache", o el hit que tuvieran en aquel momento. Pero un día, John y yo nos pusimos a tontear, y él tenía una Rickenbacker nueva con una palanca de vibrato muy curiosa. Se puso a tocar, yo le seguí, y nos salió de un tirón. Luego la tocamos un par de noches y, no sé cómo, acabó saliendo en un disco [*The Beatles Featuring Tony Sheridad - In the Beginning* (aprox. 1960)].

Pero como en realidad era una broma, lo titulamos "Cry for a Shadow".

—¿Es que no te consideras influido por Hank Marvin, de los Shadows, como les ocurrió a casi todos los guitarristas ingleses de esa época?

No, qué va. Aunque Hank es un buen guitarrista... desde luego, no seré yo quien se meta con él... y me gustaban aquellos ecos que hacían y el sonido de las Fenders, que ellos pusieron de moda. Pero a mí que dieran el "Walk, Don't Run" de los Ventures. Siempre preferí lo americano a lo inglés. Así que no me influyó nada. Me influyó mucho más Buddy Holly. Vamos, todavía soy capaz de tocarte el solo de "Peggy Sue" cuando tú quieras, o "Think It Over", o "It's So Easy". Me sé todas esas canciones, y las de Eddie Cochran. Justo antes de que Eddie Cochran se matara, tuve la suerte de verlo cuando vino a tocar al Liverpool Empire, y era de fuerte que no veas. Tenía la tercera cuerda sin entorchar y tocaba una Bigsby... era total.

—¿Y cómo es que acabaste con una Gretsch, en lugar de con una Strato, teniendo en cuenta la influencia de Buddy Holly?

Lo que pasó fue... mi primera guitarra fue aquella acústica barata que te decía antes, y luego me conseguí una Hofner de las que llamaban de "estilo cello", con agujeros en f y un solo recorte, que era como la versión alemana de una Gibson. Después me compré una pastilla y se la instalé, y más adelante la cambié por una guitarra que se llamaba Club 40, que era una Hofner pequeña que parecía de cuerpo macizo, aunque en realidad estaba hueca pero no tenía agujeros. Luego tuve una guitarra que se llamaba Futurama, que era un coñazo tocarla porque era durísima. Habían intentado copiar una Fender Strato. Sin embargo, sonaba muy bien, y tenía tres pastillas independientes, con todas las combinaciones. Pero cuando llegamos a Hamburgo, vi aquella Fender Strato, que era la primera Strato de verdad que yo veía en persona y no en una foto. Iba a comprármela al día siguiente, pero había allí otra banda que se llamaba Rory Storm & The Hurricanes, donde tocaba Ringo, y el guitarrista se me adelantó, puso el dinero y se la llevó. Al día siguiente, cuando yo llegué, la guitarra ya no estaba, y el tío ya estaba tocando con ella [sonríe y hace ademán de rasguear una guitarra]. Me sentó fatal.

Entonces empezamos a ganar algo de dinero y yo ahorré 75 libras, y en Liverpool vi un anuncio en el periódico; un tío vendía su guitarra y yo se la compré. Era una Gretsch Duo Jet, la que sale en la portada de mi último álbum. Un marinero la había comprado en Estados Unidos y se la había traido. Era mi primera guitarra americana de verdad, y aunque era de segunda mano te aseguro que la cuidé. Qué orgulloso estaba de tenerla. Por esa razón, cuando fuimos a los Estados Unidos para actuar en el Show de Ed Sullivan, la casa Gretsch me regaló una guitarra y yo la usé en el programa. Entonces no me di cuenta —porque si llego a saberlo, ahora tendría veinte guitarras Gretsch: cuadradas, redondas, de piel, como Bo Diddley—, pero después leí en alguna parte que después de que los Beatles salieran en el programa de Ed Sullivan, Gretsch vendió 20.000 guitarras en una semana, o algo por el estilo. Joder, podríamos haber sacado tajada de Fender, Vox, Gretsch y muchos más, pero no sabíamos nada... éramos idiotas.

No obstante, Gretsch me regaló un par de guitarras, lo cual fue muy amable por su parte, y ojalá siguieran funcionando —me refiero a la empresa original—, porque tengo algunas ideas muy buenas para que hicieran cosas. El caso es que todas esas empresas... supongo que pasa lo mismo que con los automóviles... se empeñan en hacer pequeños turbos compactos, pero ¿qué fue de aquellos coches con los grandes alerones? Podrán seguir poniendo todos esos controles y pastillas de alta tecnología, pero no se pueden superar aquellas Stratos y las viejas pastillas que llevaban, no me importa lo que digan. Y lo mismo digo de algunos de los diseños de aquellas guitarras antiguas. Ese libro, *American Guitars*, es fantástico. Es que lo miro y hay algunas, como esa D'Angelico con el golpeador *art-deco*... Cuando se trata de guitarras, sigo siendo un crío. En fin, Gretsch me regaló aquellas dos guitarras y me quedé encantado con ellas, pero nunca llegué a conseguir la que deseaba de veras, que era la naranja... en realidad, el modelo se llama Chet Atkins, pero para mí es la "Eddie Cochran".

—*Durante los últimos años, en los que te has concentrado más en la producción de películas, ¿te seguías considerando básicamente un guitarrista, un autor de canciones, un cineasta, o qué?*

La verdad es que no me veo ni como autor de canciones, ni como guitarrista, cantante, letrista, o productor de cine. Soy todas esas cosas, en cierto modo... pero también me gusta la jardinería, hacer agujeros y plantar árboles en ellos, y sin embargo, no soy un jardinero de verdad. Tampoco soy un guitarrista de verdad... aunque lo sea. Si planto quinientos cocoteros, se puede decir que en cierto modo soy jardinero, ¿no? Y si toco en discos y cosas así, entonces es que soy guitarrista. Pero no en el sentido en que lo son, por ejemplo, B.B. King o Eric Clapton, que tocan constantemente y no pierden la forma y son perfectamente fluidos. Para seguir siendo bueno hay que tocar sin parar, y en ese aspecto... bueno, tampoco quiero quitarme méritos, la verdad es que no estoy mal. O sea, he estado con gente que está aprendiendo a tocar la guitarra y les he enseñado un par de acordes y unas cuantas cosas... y me he dado cuenta de que sé mucho de guitarra. He absorbido un montonazo a lo largo de los años. Pero nunca me he sentido un auténtico guitarrista. Ves a todos esos tíos tan seguros, con esquemas que indican cómo lo hacen todo... Si nos referimos a un guitarrista que trabaja y toca, y que puede presentarse en cualquier sesión y hacer siempre algo bueno, yo no soy de ésos. No soy más que un músico de feria, la verdad.

J eff Beck es uno de los mejores guitarristas que ha dado el *rock'n'roll*. Jimmy Page, de Led Zeppelin, ha dicho de él en *Guitar Player:* "Cuando está en vena, es probablemente el mejor que hay". Desde su primera grabación importante —el inolvidable guitarreo con sabor a sitar que impulsó al "Heart Full of Soul" de los Yardbirds a lo alto de las listas en 1965—, Beck se ha mantenido fiel a su declarado objetivo de expandir las fronteras de la guitarra eléctrica. A lo largo de los años ha dirigido bandas de *rock* con base de *blues* (y durante el proceso ha presentado al mundo al cantante Rod Stewart y al actual Rolling Stone Ron Wood), ha capitaneado un trío duro y ha realizado varias de las primeras incursiones en lo que ahora se conoce como "jazz-rock fusion". Jamás ha hecho

concesiones ni se ha vendido, fiel a sus propias reglas. Y aunque ha grabado varios álbumes que ahora se consideran clásicos —*Truth, Beck-Ola, Blow by Blow* y *Wired*, por citar algunos—, sorprende la poca similitud que existe entre ellos. No sólo ha cambiado de estilo sin problemas, sino que —y esto sí que es extraordinario— se ha convertido en un guitarrista arquetípico en casi todos los estilos que ha practicado.

Gracias a sus innovaciones de sonido y a su habilidad para crear arreglos que le permitan lucir al máximo su talento, Beck ha recibido muy pocas críticas del tipo "ya no toca como antes", que tanto han hecho sufrir a otros guitarristas de los sesenta. Su estilo combina toques del primer Les Paul, los mejores elementos de la guitarra de *rock* y de *blues, slide,* sutiles influencias orientales, frases de piano y fragmentos de todo lo que ha oído en su vida. Y todo ello tocado con una elasticidad, una locura y un brillo que sólo él posee. Jeff es un auténtico espectáculo, capaz de meter una distorsión que te rompe los oídos, seguida por pasajes de sorprendente sutileza, desmadres teatrales y solos que comienzan aparentemente desequilibrados y desentonados para luego entretejerse en intrincados crescendos de bellísima construcción. Aunque sus estilos hayan evolucionado, el fuego y el ingenio inconfundibles de Beck se mantienen constantes.

Jeff Beck nació en Surrey, Inglaterra, el 24 de junio de 1944. Estudió en colegios privados hasta los once años, y después se matriculó en la Escuela de Arte de Wimbledon. De niño practicaba el piano con su madre durante un par de horas al día. "El resto de mi formación musical", añade, "consistió en tensar tiras de goma sobre latas de tabaco y hacer ruidos espantosos". Los primeros discos de Les Paul y los programas de radio que escuchaba en casa hicieron nacer en él el deseo de hacerse músico. Como el presupuesto familiar no daba para adquirir una guitarra eléctrica, se la construyó él mismo con piezas de madera, trastes de fabricación casera y una pastilla robada en una tienda de música cercana. Según contaba en una entrevista publicada en *Guitar Pla-*

yer en diciembre de 1973: "Llevaba siempre la guitarra sin funda a propósito, para que todos vieran cómo era. Me la colgaba a la espalda y andaba por ahí en bicicleta. Y se notaba que no era ninguna porquería, porque había que ver la cara que ponía la gente al ver aquella guitarra tan rara. Era amarilla brillante, con cables y botones por todas partes. La gente flipaba. Mi primera actuación fue en una feria, no sé dónde, y metí un montón de caña tocando cosas de Eddie Cochran, pero a nadie le gustó".

A los 18 años, Jeff dejó los estudios y empezó a ganar nueve dólares por noche como guitarrista. En 1964 tocaba en una banda llamada The Tridents, que actuaba con bastante frecuencia. En diciembre, Eric Clapton dejó los Yardbirds —una banda londinense que fue pionera del *heavy metal* con su traducción al *rock* duro de los *blues* de alta energía—, durante la grabación de su single "For Your Love". Keith Relf, cantante del grupo, le ofreció el puesto de guitarrista a Jimmy Page, que por entonces era un músico de estudio muy solicitado. Page rechazó la oferta y recomendó a Beck para el puesto.

Aunque su manera de tocar estaba muy influida por los *blues* cuando entró en los Yardbirds, Jeff empezó a cambiar cuando hicieron su primera gira por Estados Unidos y vio que B.B. King y otros músicos de *blues* comenzaban a actuar en los Fillmores y otros locales de *rock*. Habiendo cumplido su tarea de dar a conocer al público blanco la guitarra de *blues*, se sumergió en el *rock*, con el propósito de "expandirlo, experimentar con él, hacer cosas nuevas con él". Adquirió una personalidad propia como guitarrista, y para cuando terminó su estancia de veinte meses en la banda, ya se había convertido en el prototipo de la nueva y pujante estirpe de los guitarristas psicodélicos: un *dandy* con camisas de chorreras y joyas, que sacaba ampollas con su volumen altísimo y su estilo progresivo, que incluía acoples, distorsión, bonitos efectos de *fuzz,* acordes brutales, motivos orientales, pasajes con *slide* y trucos teatrales como tocar solos con la guitarra en la cabeza o a la espalda.

A finales de 1965, Beck había aparecido en dos álbumes publicados en Estados Unidos: *For Your Love* y *Having a Rave Up*. En mayo de 1966 se publicó en Inglaterra *The Yardbirds*, mientras en Estados Unidos se distribuía una versión modificada, con el título de *Over Under Sideways Down*. A mediados de 1966, para aliviar las tensiones que se habían ido acumulando en la banda, Jimmy Page entró como bajista, pero enseguida se pasó a la guitarra, para que él y Beck pudieran tocar a dúo. Aquel otoño, los Yardbirds fueron de gira con los Rolling Stones. Beck sufrió una crisis nerviosa y, después de romper en escena su guitarra favorita, volvió a casa para iniciar su carrera de solista. Por desgracia, de la colaboración de Page y Beck en los Yardbirds sólo se conservan tres temas: "Happening Ten Years Time Ago", "Psycho Daisies" y "Stroll On". Los dos guitarristas también aparecieron juntos en la película *Blow Up*, tocando "Stroll On".

En el verano de 1967, Beck se había convertido en una de las primeras superestrellas británicas que debían su celebridad a su destreza instrumental. Inició una breve carrera en solitario y sacó varios *singles* antes de organizar el primer Jeff Beck Group, con Rod Stewart y Ronnie Wood. Los tres permanecieron juntos durante más de dos años, mientras iban y venían varios baterías, entre los que hay que destacar a Aynsley Dunbar y Micky Waller. Su primer álbum, *Truth*, sigue siendo una de las obras de Beck más aclamadas por la crítica. A esta formación le siguieron otras, todas muy elogiadas por la prensa a causa de su energía y su dominio del blues, hasta que Jeff se fracturó el cráneo en un accidente de automóvil, frustrando su proyecto de banda con el bajista Tim Bogert y el batería Carmine Appice.

En abril de 1971, Beck volvió a aparecer en público, con nuevas formaciones, actuaciones en solitario y algunas colaboraciones en grabaciones ajenas. Describió su nueva orientación musical como "cruzar la brecha que separa el *rock* blanco y la Mahavishnu o el *jazz-rock*. Es cubrir un montón de huecos. Es más digerible, los ritmos son más fáciles de entender que los de la Mahavishnu. Está más en la frontera". Tanto *Blow by Blow* como *Wired* fueron votados Mejor Álbum de Guitarra del año por los lectores de *Guitar Player*.

Aunque su pasatiempo favorito es la mecánica del automóvil, todavía sigue actuando en ocasiones especiales, como solista o como acompañante. La siguiente entrevista se llevó a cabo cuando se encontraba en San José, California, para asistir a una carrera de bólidos.

—Con lo variado que era el entorno musical en el que te criaste, ¿qué fue lo que te hizo decidirte por la guitarra?

Recuerdo que estuve tonteando con un violín pero no quería utilizar el arco. No me hacía a la idea de rascar con el arco, sin tocar las cuerdas. Era frustrante, porque el arco me estorbaba. Y supongo que cuando eres pequeño lo que quieres es tocar las cuerdas y tirar de ellas. Era más divertido, y se me daba mejor pulsar las cuerdas que tocar con arco. Pero al mismo tiempo, a pesar de lo que he dicho, el sonido del arco era mejor que el ruido que haces con los dedos.

—¿Consideras que la guitarra es un instrumento ilimitado?

A mí me parece muy limitado. También parece ser muy limitado para un montón de otros músicos, a juzgar por lo que oigo en los programas de *rock* de la radio. Todos suenan como si ya hubieran llegado al final del camino. Hablando en general, parece que no se hace nada de experimentación. Evidentemente, habrá chicos tocando en sus cuartos, pero eso no sale en disco, ¿a que no? Se siguen oyendo los mismos sonidos de siempre: la Gibson Les Paul con vibrato y la Fender Strato a toda pastilla. Se oyen algunos efectos de pedal bonitos, pero la verdad es que no es como para quedarse sentado y decir: "¡Ahí va! ¿Qué es eso?". Y si te quedas, nueve veces de cada diez es un sintetizador, y no una guitarra, el que hace el ruido.

—¿Cómo ha cambiado tu relación con la guitarra en los dos últimos años?

Bueno, la verdad es que no tengo ni idea de lo que ocurre por ahí. Eso me pasa porque, viviendo donde vivo, no tengo una línea directa para que me expliquen lo que está pasando. Pero sigo pensando que, en el aspecto poético, la guitarra es tan limitada como tú quieras que sea. En el aspecto tonal es limitada. Si tienes buen oído, sabes qué es lo que están haciendo con la guitarra, qué circuitos están usando. Con sólo escuchar un disco, notas hasta qué punto están forzando la nota pura.

—¿Has aprendido mucho desde Blow by Blow*?*

He aprendido algunas cosas y no he aprendido otras. He aprendido que la gente está preparada para cualquier cosa. Pero también he aprendido lo difícil que es continuar después de haber atraído la atención de alguien. La verdad es que aquel álbum, *Blow by Blow*, representó un gran cambio en mi vida; pero aquello fue un accidente. El álbum fue saliendo de manera natural. No se puede sacar otro álbum como ése a la fuerza, y por eso es difícil hacer algo a continuación, simplemente porque uno tiende a pensar: "Bueno, si les gustó aquello, les gustará esto. Tal vez debería hacer otro parecido", y cosas así. La tendencia natural sería coger el tema más popular y desarrollarlo más, pero yo no trabajo así. Eso era lo que hacían en la Motown: si una estrella tenía un número uno, seguro que la misma estrella sacaba tres discos seguidos muy similares. Jugaban sobre seguro y mantenían una identidad, pero eso precisamente es lo que a mí no me gusta.

—Cuando grabaste Blow by Blow*, ¿te parecía que el* rock *se había vuelto demasiado rancio?*

Creo que sí. Probablemente, eso era lo que pensaba, Y todavía sigue estando bastante rancio. A ver: ¿no te harta todo ese *heavy metal* de sonido grandioso y lleno de ruidos? Es tan vulgar...

—¿Escuchas otros tipos de música?

Sólo escucho lo que me llama la atención, y no sucede muy a menudo. Me gusta aprovechar las influencias, pero no dejarme enterrar por ellas. Es demasiado fácil dejar que otro te diga por dónde ir; te dejas arrastrar por otros y, antes de que te des cuenta, ya estás copiándolos. Mi manera de trabajar no es muy productiva —desde luego, no saco los álbumes por docenas, ni mucho menos—, pero cuando hago uno, por lo menos parece que tira más en mi dirección, hacia donde yo quiero ir, hacia donde tengo que ir, en lugar de portarme como una inversión valiosa, todo el tiempo de gira y sacando discos sin parar. Yo creo que así es mejor, porque a nadie le gusta estar oyendo el mismo nombre todo el tiempo: Beck, Beck, Beck, o quienquiera que sea. En cuanto empiezas a sacar un montón de discos cojonudos, estás liquidado, porque estás a punto de llegar a la cumbre de tu carrera, y a partir de ahí sólo puedes ir hacia abajo. No importa lo grande que seas: una vez que llegas a ese punto, sólo puedes ir hacia abajo. Y ese aspecto del asunto no me gusta. Me gusta sacar un álbum cuando creo que tengo suficiente material decente. Y si hay alguien que lo compre, con eso me conformo.

—*¿Necesitas un cierto estado de conciencia para tocar al máximo nivel?*

Sí, de eso no cabe duda.

—*¿Sabes qué estado es ése?*

No, no lo sé (risas). Incluso cuando has tocado una cosa y a todo el mundo le ha gustado, y luego la vuelves a tocar y todo el estudio se vuelve majara, sigues sin saber qué es lo que te hizo tocar así. Te limitas a disfrutar de lo que sucede en ese momento concreto, cuando la gente te está escuchando.

—*¿Influyen tus emociones en tu manera de tocar?*

Mi manera de tocar es puramente emocional. Puedo poner el piloto automático y tocar, pero suena espantoso. Tengo que estar metido en ello, con el estado de ánimo adecuado.

—*¿Alguna vez, estando solo en una habitación, has tocado mejor que como tocas en los discos?*

Sí. Puedo tocar increíblemente bien estando solo en una habitación. Pero tengo que estar seguro de que la puerta está cerrada y de que no hay nadie escuchando.

—*¿Por qué?*

Porque siempre habrá errores, e incluso pifias horrorosas, pero es muy divertido. Eso de encerrarse es una terapia estupenda,

¿sabes? No tienes que tocar a un volumen ensordecedor, sino sólo lo bastante fuerte para sentir el espíritu del escenario y dejarte llevar. Entonces empiezas a descubrir cosas bonitas e interesantes.

—*¿Utilizas mucho la guitarra para cambiar de estado de ánimo?*

Sí, pero si estás muy deprimido, deprimido de verdad, coger la guitarra no te sirve de mucho, porque como toques una frase que no te guste, te pones peor.

—*¿Eres muy crítico contigo mismo?*

Eso dicen. Y debe ser verdad, porque tardo mucho tiempo en hacer las cosas. Se debe a que creo que es malo pasarse en cualquier cosa, ya se trate de practicar cincuenta horas al día o de comer demasiado. Yo busco un equilibrio, y debería haberlo en todo y en todos. He procurado mantenerlo para no perder la técnica, y así soy capaz de ejecutar las ideas que se me ocurren.

—*¿Cómo lo consigues? ¿Practicando mucho?*

No. No me gusta practicar demasiado, porque me deprime. Cojo buena velocidad, pero luego empiezo a tocar tonterías porque no pienso. Una buena temporada en paro me hace pensar mucho. Me ayuda a combinar las dos cosas: creatividad y velocidad.

—*¿Te vienen frases a la cabeza cuando no tienes una guitarra en las manos?*

Sí.

—*¿Y cómo las recuerdas?*

La verdad es que no las recuerdo. Pero algo se te queda en el fondo de la mente, y tienes que confiar en que alguna vez salga, aunque sea con una forma diferente.

—*¿Han cambiado con los años tus opiniones sobre los solos?*

Tocar con Jan Hammer prácticamente me quitó las ganas de tocar solos. Es que una gira de tres semanas intercambiando solos con una persona como Jan puede llevarte al límite, y no estoy especialmente interesado en tocar solos de diez minutos. Para mí, nunca fueron válidos. Jamás. Es sólo una manera facilona de hacer subir la tensión en el público. Recuerdo que en los tiempos de Ten Years After y otros grupos parecidos, la gente aplaudía al final de los solos, pero era más bien para aliviar la tensión, no porque les hubiera impresionado ni nada de eso. Eso me parecía a mí. Puede que algunas noches se tocara un solo largo que valiera algo. Pero en cuanto lo hizo un grupo, salieron montones de grupos que empezaron a tocar solos de diez minutos que eran una mierda, y empezaron a hacer que la gente aplaudiera, pero eso está mal, porque es engañar al público, que no sabe lo que pasa y sólo puede oír lo que hay.

—*En el contexto de tu música, ¿cómo crees que debería ser un solo?*

Debería servir para algo, no estar ahí como un cosmético. Tiene que tener una finalidad, llevar la melodía a alguna parte. No digo que a mí me salga siempre, pero yo intento llevar la melodía a alguna parte. Ya no se oye a la gente decir: "Escucha este solo de guitarra. Verás cuando llegue esta parte". Ahora hablan durante el solo. En cuanto salen por los altavoces los primeros compases, dicen: "Ah, sí, qué bien", y se ponen a hablar y armar jaleo. En los viejos tiempos, allá por el 68, la gente escuchaba. Por ejemplo, en los discos de Sly Stone había un ruido o un solo cortito, e incluso una simple triada o un toque de piano, y la gente decía: "¡Ahí va! ¡Escucha esta parte!". Se llevaba toda la canción a alguna otra parte. Un álbum era una composición musical continua. No te quedabas perdido por el camino.

—*Durante la mayor parte de tu carrera has utilizado la guitarra para dialogar, incluso en el primer Jeff Beck Group, donde alternabas solos con la voz de Rod Stewart. ¿Intentabas así escapar de la rutina de tener que tocar solos largos?*

No, es algo que me sale de manera natural. Parecerá una horterada, pero es como ponerle la crema a un pastel o mantener una conversación con alguien. Es así de sencillo. Se trata de decir algo con la guitarra o con el instrumento que toques. Yo procuro decirlo lo más claro posible, porque no dan ningún premio por hablar arameo. Nadie te va a entender. No hay cosa peor que un sermón aburrido que ya te sabes, o que no te sabes pero no te interesa nada. Es así de sencillo, de verdad.

—*¿Qué influencia ha tenido Jan Hammer en tu manera de tocar?*

Es un maestro de la melodía. Sus acordes son suyos. Si algún otro toca esos acordes, vas y dices: "¡Anda, esos acordes son de Jan Hammer!". Bueno, evidentemente no son suyos; nadie puede decir que ha inventado un acorde, porque ya estaban todos ahí. Lo que haces es ir descubriéndolos. Pero él los toca de una manera que es inconfundiblemente suya. Tal como yo lo oigo —no espero que todo el mundo sintonice tan fácilmente con él—, sus solos son pintorescos pero sólo hasta cierto punto. No es nada exhibicionista; exuberante, puede que sí, pero exhibicionista jamás. Incluso en los solos más desmadrados, sigue siendo creativo. Siempre termina bien todas las frases, y jamás comete un error, a menos que se trate de cosas como contar los compases cuando viene un cambio; eso se le puede pasar. Pero cuando se sabe el tema, ¡cuidado con él! Cuando íbamos de gira, tocamos "Freeway Jam" unas cincuenta veces —tengo un montón de cintas grabadas— y ni una sola vez tocó el mismo solo, ni siquiera parecido.

—*¿Y ahora tú tocas igual?*

No. A mí lo que me divierte es escuchar esas cintas y oír cómo iba cambiando yo a medida que cambiaba él, sin que ninguno de los dos copiara al otro. Si él soltaba una ráfaga de frases, yo me apuntaba. Y si era yo el que soltaba ráfagas, se apuntaba él y los dos nos fundíamos en uno. Para mí, eso es la música.

—*¿Ha habido otra gente con la que hayas tenido una relación musical de este tipo?*

La verdad es que no. En un nivel tan eléctrico, no. Rod y yo nos animábamos bastante el uno al otro, pero era porque se trataba de una simple banda de *rock* con base de *blues*. Me pasó un poco con Max Middleton, pero a un nivel mucho más bajo. Lo bueno de Jan es que, aunque lo que toque tenga algún fallo, siempre tiene energía y vida. Y aquello era sólo la primera etapa de algo que podría haber sido muy bueno, pero era redundante desde el principio, porque él tenía su banda y quería convertirse en una estrella con aquella banda, sin que yo estuviera en ella. Aun así, él me ayudó a que me volviera a interesar la música *rock*, y yo le ayudé a llegar donde quería llegar. Por lo menos, conmigo pudo tocar en grandes estadios, cosa que no habría podido hacer por sí solo. Así que aporté mi granito de arena.

—*La música que tocas por placer, ¿es la misma que luego grabas?*

No. ¿A que tiene gracia? La verdad es que me gustaría hacer eso, pero parece que nunca funciona de esa manera. Cuando toco para mí mismo hay una sensación de libertad. Evidentemente, hay notas fallidas y cosas así, pero en los discos debería notarse la misma libertad que en el material no grabado. Pero no es más que desenfreno, un exceso de desenfreno.

—*¿Te resulta más fácil trabajar en el contexto de un grupo donde todos sus miembros contribuyen?*

Suele funcionar mejor de ese modo. Pero, al mismo tiempo, cuando tocas en directo en un local pequeño, sientes todas las frecuencias del directo, y eso a veces te bloquea la mente y pierdes la esencia del tema. No lo notas hasta que te vas a casa y escuchas el tema a volumen bajo en un magnetofón pequeño. Entonces es cuando oyes su esencia y captas su fuerza o su debilidad. Puede haber partes muy bien tocadas, y sonar todo muy compacto, pero a lo mejor no salen a relucir las tripas del asunto. Es asombroso, cuando lo pones bajito, en un altavoz pequeño, y descubres qué poca cosa es. Y sin embargo, cuando lo tocabas en directo sonaba de miedo, porque el sonido tapaba los defectos.

—*¿Qué importancia le das al equipo?*

La verdad es que me preocupa poco. Es curioso... aún sigo usando básicamente la misma cabeza de amplificador Marshall que usaba con Rod Stewart. El mismo chasis, las mismas válvulas. Se habrán fundido una o dos cosas, pero básicamente es la misma. De hecho, algunas de las válvulas, los tubos, se han oxidado en sus casquillos y no se pueden sacar.

—*¿Hay guitarras que te hayan durado muchos años?*

Sí, las que no me han robado. Siempre me he aferrado a todas mis guitarras. Nunca he vendido una guitarra, de verdad. Recuerdo que una vez Max Middleton me dijo: "Sólo tenías una guitarra y la has perdido". Tenía sólo una Strato porque todas las demás me las habían robado. En otras épocas he tenido otras guitarras, pero todas me las robaban y me quedé con una sola. Y ésa la perdí en alguna parte y entonces pensé: "Joder, se supone que soy guitarrista y no tengo instrumento". Esto ocurrió allá por el 72 o 73. Y de pronto, el otro día, me pongo a mirar por mi habitación y tenía unas setenta guitarras.

—*¿Prefieres las Fender antiguas, anteriores al período CBS?*

Desde luego, son las que hay que preferir. Pero me vale cualquier guitarra con la que me sienta a gusto y suene bien.

—*¿Las buscas en las tiendas?*

Nunca. Me gustan las guitarras, pero es curioso: nunca me tomo la molestia de salir a buscar una. Aunque supiera que hay una en esta misma calle, no iría a por ella, a menos que el concierto fuera a salir mal por no tener yo una guitarra. Entonces iría a mirar. Pero no soy un coleccionista fanático.

—*¿Qué buscas en una guitarra?*

Ya tengo mi guitarra. Es una Strato de los años cincuenta. Está hecha polvo, pero me mira y me desafía cada día, y yo acepto su desafío. Tiene vibrato, y es difícil de tocar. Se desafina y todo eso, pero cuando la usas como es debido, te canta.

—*¿Haces modificar tus Stratos?*

No, pero les hago pequeños apaños. En otro tiempo, todas las noches se me rompían la primera y la segunda cuerdas, porque rozaban con la base del *vibrato*, por donde sale del cuerpo. Así que pelé un cable, cogí el tubito de plástico, y lo pasé por la cuerda, colocándolo detrás del puente, de manera que la cuerda quedara apoyada en plástico. Desde entonces no he vuelto a romper cuerdas, a menos que me pase mucho, pero mucho.

—*¿Cómo regulas la altura o separación entre las cuerdas y los trastes?*

Las tengo bastante altas. Tengo que tenerlas así, porque si las dejas bajas en una Strato, suena seca, como un banjo.

—*¿Sigues usando Gibson Les Paul?*

La verdad es que no. Acabas sonando como todos los que tocan una Les Paul. Creo que sueno más personal con la Strato.

—*¿Utilizas preferentemente alguna marca concreta de cuerdas?*

No. Tengo un montón de cuerdas, unas trescientas, y voy cogiendo. Pero no soy nada caprichoso con eso de las cuerdas. Si llevo bastante tiempo sin tocar, empiezo con calibres finos, los más finos. Pero a los pocos días, en cuando las yemas de los dedos están en condiciones, vuelvo a las cuerdas gruesas.

—*¿Utilizas algún efecto?*

Tengo un *booster,* una cajita amarilla modificada, fabricada por Ibanez. Le saca a la guitarra el mismo sonido, pero más fuerte. No me gusta alterar mucho el sonido, porque, qué demonios, la guitarra limpia suena de maravilla. Lo único que quiero es más sostenimiento y sonar igual pero con un poco más de volumen. Y tengo un Paraflanger Tychobrahe. Sólo fabricaron unos pocos y yo tengo dos de los únicos que quedan. Son asombrosos.

—*¿Qué importancia le concedes al equipo, en términos musicales?*

La verdad es que no tiene importancia. A veces coges la guitarra de otro y tocas mucho más inspirado, porque estás a gusto. Sin embargo, habiendo dicho esto, si tocas esa guitarra mucho tiempo y luego vuelves a coger la tuya, puedes sentirte inspirado. Es el cambio, la variedad, lo que evita que la cosa se fastidie.

—*¿Tocas mucho la guitarra acústica?*

No. Son un coñazo. Acabas sonando como un cantante *folk.* Mira, John McLaughlin la toca mejor que nadie que yo haya oído, así que se la dejo a él. Yo nunca seré así, de modo que prefiero sentarme y disfrutar con lo que él hace.

—*¿Experimentas mucho con sintetizadores de guitarra?*

No. Tengo uno y puedo hacerlo sonar como si llegara el fin del mundo, pero son muy poco de fiar. Cuando estuvimos en España utilicé éste que tengo, un Roland GS/GR 500. El concierto era en una plaza de toros, y a la hora de comer la temperatura era de 43 °C. Después de montar el equipo, nadie se molestó en tapar el sintetizador, y el sol daba de lleno en el panel de control. Y te aseguro que aquella noche, cuando se enfrió, hizo toda clase de cosas raras.

—*¿Crees que los sintetizadores de guitarra tienen mucho futuro?*

Sólo si se conserva la técnica de tocar como con una guitarra. Pero si tienes que alterar algo, habrá un montón de tíos que necesitarán mucho tiempo para readaptarse. Admiro lo que han hecho hasta ahora, es increíble, pero si algo interfiere con tu fluidez al tocar, lo vas a pasar mal. Y si algo funciona mal en directo, que suele suceder, más vale prescindir de ello.

—*¿Te mantienes al día de los últimos adelantos en equipos para guitarras?*

Pues no, la verdad. Ya sabes cómo es esto. Puede que pienses: "Genial, soy el primero que usa esto". Pero tarde o temprano vas a descubrir que alguien lo tenía antes que tú. Hace poco pillé un *stick* Chapman, pero no es que lo fuera buscando. Lo que pasó fue que vi a un tío tocando con él en un club, y creí que lo había inventado él. No tenía especial interés en conseguir uno, pero ocurrió que se lo comenté a mi *manager.* "Hay un tío que toca con este chisme raro y le sale la mar de bien. Vamos a verlo." Algo le empezó a hacer *tic-tac* en la cabeza y fue y me compró uno. Fue muy amable por su parte. Tengo que ponerme a jugar con él y ver si puedo sacarle algo de música.

—*¿Hacia dónde crees que va la evolución de la guitarra?*

Anda un poco desesperada. En Los Ángeles me dio un mal rollo. Estuve allí dos días, y cada vez que llegaba al hotel, ponía las emisoras de FM, y en todas parecía que estaban poniendo el mismo álbum del mismo tío. La cosa llegó al extremo de preferir que pusieran un buen tema de música disco; te sentías mejor, porque había más energía y menos depresión.

—*¿Hay algún guitarrista que a ti te parezca que está diciendo algo interesante?*

Bueno, de verdad que me gustaría responder a eso, pero no me muevo lo suficiente para estar enterado. He oído a Steve Morse y me impresionó mucho.

—*¿Sigues escuchando a John McLaughlin?*

Sí, pero me doy cuenta de que sigo volviendo a los viejos discos de la Mahavishnu Orchestra: *The Inner Mountain Flame* y *Birds of Fire*. Es algo que suele ocurrir: cuando mejor toca la gente es cuando hay una fusión de talentos por primera vez y se nota toda la frescura.

—*¿En qué piensas cuando estás tocando en directo?*

En acabar (risas), y en acordarme de las cosas.

—*¿Procuras evitar tocar dos veces igual la misma cosa?*

Bueno, sucede de todos modos. Si no te sientes muy bien o estás enfermo, o algo así, puedes recaer en los viejos hábitos, pero, joder, somos humanos. Nunca he analizado mi manera de tocar, porque no me gusta grabar cosas que no son reales. Cuando tocamos en directo, me gusta saber si están grabando. No obstante, habiendo dicho esto, prefiero oírme en una grabación en directo que no supiera que estaban grabando. Todavía me pongo un poco nervioso cuando sé que me están grabando.

—*¿Alguna vez has vuelto a escuchar una grabación tuya y has descubierto que hacías cosas que no sabías que eras capaz de hacer?*

Huy, sí. Y es estupendo. Es una de las mejores cosas que tiene este negocio. Pero te lo tienes que guardar para ti solo. No puedes ir diciendo: "Eh, escuchad esto". Pero sí, yo puedo tocar un solo en un disco y después no ser capaz de volverlo a tocar. No es algo que ocurra siempre, pero hay algunos solos que ya no me salen. Si me pusiera a ello unas horas, seguramente me los aprendería como un loro, pero eso es precisamente lo que no me gusta hacer. Hay que dejarlo como está y hacer alguna otra cosa, aunque podría ser divertido ponerme una noche a determinar exactamente qué es lo que sé hacer.

—*Hablemos de algunas de tus técnicas. Cuando fuerzas una cuerda, ¿cuántos dedos utilizas?*

Y yo qué sé. Depende de lo cansado que esté. Podría bastar con uno, pero también puedo usar dos, según el contexto del forzamiento. Puede tratarse de un *blues* lento, y en ese caso metes todo el puño en el mástil.

O puede ser algo muy rápido, y entonces basta con un dedo.

—*¿Qué clase de* slide *utilizas?*

Un simple trozo de tubo de acero niquelado, y me lo pongo en el dedo medio.

—*¿Tienes alguna guitarra especialmente preparada para* slide*?*

No. Me gusta usar la misma guitarra, y como llevo las cuerdas bastante altas, me suele servir igual de bien para las partes de *slide*. No me gusta nada cambiar de guitarra; es una lata estar desenchufando y enchufando. Y siempre están desafinadas, por muy bien que las hayas afinado. Además, toda mi vida he tocado con la afinación normal, porque sería desastroso empezar a enredar con las clavijas para afinar para *slide* una Fender con palanca de vibrato.

—*¿Qué clase de púas sueles usar?*

Tengo unas que son una verdadera mierda. Son espantosas. Se me ha olvidado cómo se llaman; son unas grises, horribles, con los bordes todos gastados. Pero no importa, porque ya no uso púa, a menos que me duelan los dedos o me haya roto una uña. Suelo tocar con los dedos, con todos los dedos que puedo. A veces uso los cinco. Pero si hay que tocar un ritmo, utilizo una púa para rasguear los acordes.

—*¿Sigues alguna fórmula de digitación?*

No, mis dedos se mueven a su aire, y yo los voy siguiendo como puedo. Me estás haciendo preguntas que debería saber responder, pero no sé. Gran parte del tiempo, no me doy cuenta de lo que estoy haciendo.

—*Cuando intentas aprender una cosa, ¿sigues el principio de que hay que ir despacio para ganar tiempo? En otras palabras, ¿te aprendes todas las notas de un fragmento antes de coger velocidad?*

Sí, es una buena regla básica.

—*¿Crees que ciertos acordes o tonos se corresponden inherentemente con ciertos estados de ánimo?*

Huy, sí. Cambiando una sola nota de un acorde puedes cambiar todo el sentido de un tema musical.

—*¿Cuánto sabes del aspecto técnico de la música?*

Nada.

—*¿No sabes leer música?*

Sé lo suficiente para hacerme entender cuando no me gusta una cosa. No sé solfeo.

—*¿Utilizas ejercicios sistemáticos o sigues algún método para practicar?*

No. Me limito a coger la guitarra, y si a los diez minutos me aburro, la dejo. Si no me aburro, sigo tocando. En invierno me paso el día entero tocando, porque, por lo general, la puerta de la calle está congelada y no puedo salir. Vivo en una casa de campo grande. Soy incapaz de tocar si hay alguien más en la habitación. Me siento incómodo.

—*¿Alguna vez grabas estas sesiones de práctica, para sacar ideas para canciones?*

Los japoneses me regalaron una grabadora pequeñita, y la utilicé para grabar todas las frases que se me ocurrían. No me sirvió de nada. No hacía más que grabar y jamás lo volvía a escuchar.

—*¿Cuál es la pieza más difícil de tu repertorio?*

Hay un tema titulado "Space Boogie" [en *There and Back*] que es bastante difícil. Tienes que escuchar y contar los compases. Cuando lo haya tocado en directo unas cuantas noches, me saldrá de manera natural. Así podré darle exposición pública y entenderé mejor sus posibilidades. Pero va a arrasar... ese tema es una bomba.

—*A lo largo de los años, se te ha señalado como pionero de muchos aspectos del arte de la guitarra de* rock, *como el empleo de acoples y distorsión. También se dijo que fuiste el primero en situar al acompañante en primer término. Hay quien ha llegado a decir que fuiste el primer héroe de la guitarra de* rock. *¿Cuánto crees que es verdad de todo esto y cómo ves tu contribución?*

No sé (larga pausa). Es difícil responder a eso. Lo único que sé es que cuando los Yardbirds vinimos por primera vez a América, lo único que vi fueron tíos con chaquetas y corbatas tocando el mismo repertorio con Fender Jazzmasters (risas). Supongo que aporté libertad a la guitarra eléctrica, pero eso es generalizar. El que yo fuera un lunático enloquecido hizo que la gente pensara: "¡Anda! Puede que no les guste la música, pero aquí tengo mi oportunidad. Ya no me da vergüenza salir a tocar". Y si he conseguido eso, en eso ha consistido mi contribución. Ya está.

—*¿Escuchas alguna vez cosas de los Yardbirds?*

No. Me parece que es una cosa demasiado del pasado. Podría molestarme o sentarme bien, dependiendo de qué tema se trate y de quién esté conmigo cuando lo ponga.

—*¿Cuáles son tus temas favoritos de aquella época?*

Me gustaban algunas de las cosas que hicimos con Sam Phillips, el primer productor de Elvis Presley. "I'm a Man" [en *The Yardbirds' Great Hits*] sonaba muy bien. Tiene emoción. Todavía sigue siendo un tema muy caliente, aunque lo pongas ahora.

—*Muchos grupos de la Nueva Ola parecen tener influencias de los Yardbirds.*

Sí. Suenan como los Yardbirds, pero sin ninguna profundidad. Es posible que los Yardbirds carecieran de la técnica y las filigranas que se pueden conseguir ahora en disco, pero tenían cierta magia, cierta profundidad.

—*Es asombroso que los tres guitarristas de la banda —Eric Clapton, Jimmy Page y tú— hayan tenido un impacto tan duradero.*

Bueno, no sé si es mi caso. Te diré una cosa: la cuestión fundamental es: "¿Me cambiaría por cualquier otro?". Y la respuesta es: "No". O sea, en un cierto momento puedes pensar: "Joder, cómo me gustaría ser Pete Townsend. Cómo me gustaría ser Fulanito. ¿Tienen un trabajo mejor que el mío?". Pues no, no me cambiaría por nadie, por lo menos en los seis últimos años.

—*Has trabajado mucho para extender los límites de tu instrumento.*

Ése es mi trabajo. Eso es lo que intento hacer. Bueno, no lo intento: es lo que hago.

—*¿Ves alguna vez a Clapton?*

Lo vi hace poco, y la verdad es que ahora tengo una opinión completamente diferente de él, porque he conseguido llegar a una situación en la que puedo disfrutar con lo que toca. Ya no tiene nada que ver con mi estilo. Porque hubo un tiempo en el que los dos tocábamos *blues*, y él era mejor.

Yo creo que toca los *blues* mejor que yo porque él estudia y es leal a esa música. Yo no soy leal; procuro acelerarla y modificarla un poco. Pero el otro día, cuando le oí tocar en un local cerca de su casa, me quedé turulato. Estaba jugando con una *slide* y sonaba tremendo. Era impresionante ver cómo les volaba el coco a chavales que jamás le habían oído tocar con los Yardbirds ni con John Mayall. Fue la leche.

—*¿Sabes algo de Page?*

No. Yo no le llamo y él no me llama a mí.

—*¿Cuál fue el origen del "Beck's Bolero"?*

¡Ay, Dios, ese tema! Verás, Jimmy Page y yo organizamos una sesión secreta con Keith Moon [batería de los Who], sólo para ver qué pasaba. Pero teníamos que tener algo preparado para tocar en el estudio, porque Keith sólo disponía de un tiempo limitado... sólo podía dedicarnos unas tres horas sin que empezaran a buscarle. Así que unos días antes de la sesión me pasé por la casa de Jim, y lo encontré rasgueando una Fender eléctrica de doce cuerdas que tenía un auténtico sonidazo. Fue el sonido de aquella Fender de doce cuerdas lo que inspiró la melodía. Y diga lo que diga Jim, esa melodía la inventé yo, tal como es. Ya sé que se me van a echar encima, porque él ha dicho en algunas entrevistas que la inventó él, que la compuso él. Pues yo digo que la inventé yo. Y ocurrió así: él metió esos acordes de La mayor séptima y Mi menor séptima, y yo empecé a tocar encima. Decidimos usar eso y pedirle a Moonie que metiera un ritmo de bolero. De ahí salió el tema, y en tres o cuatro tomas estuvo terminado. John Paul Jones tocó el bajo. De hecho, aquel grupo podría haber sido un nuevo Led Zeppelin.

—*Al escuchar algunos temas de los Yardbirds se nota que inspiraste algunas cosas a Led Zeppelin.*

Pues sí, no cabe duda. Ten presente una cosa: cuando alguien te copia deliberada o directamente, te lo puedes tomar como un elogio o te puede dar una taquicardia y empezar a pensar cómo vas a matar al tío: con unas tijeras, con una pistola, o cómo.

—*¿Qué piensas cuando oyes a gente que te copia?*

Depende de si hacen un ruido espantoso o no. Si alguien dice: "Mira, eso suena como tú" y es un ruido espantoso, prefiero no oírlo. Pero mientras no afecte a las ventas de mis discos ni me hagan desviarme de mi camino, lo tomo como un elogio.

—*¿El tema "Blues Deluxe", del álbum* Truth*, está grabado en directo?*

No. Se grabó "en directo" en el estudio, pero era una buena muestra de lo que tocábamos en aquella época. Por eso decidimos hacer que sonara como en directo. Sólo necesitabamos un poco de ambiente, y pensamos "ya que vamos a hacer eso, también podemos meter gente". Las películas de Hollywood han engañado al público desde siempre; no creo que sea pecado hacerlo en un tema de un álbum.

—*¿Cómo era tu relación con Jimi Hendrix?*

Un poco difícil. Nunca llegamos a tener verdadera amistad, debido a lo que hacíamos. Los dos buscábamos el sonido de guitarra más salvaje. Cuando mejor me llevaba con Jimi era cuando no hablábamos de guitarras. De vez en cuando salíamos juntos, o me lo encontraba en el Scene Club de Nueva York y estaba muy aburrido y me decía: "Anda, vámonos". Y nos íbamos al Brass Rail, y en cuanto entrábamos en el restaurante todo el mundo nos acosaba. Bueno, sobre todo a Jimi. Decían: "Eh, Jimi, ¿qué tal, tío?". Y yo me quedaba sentado, escuchando. Todavía me entristece que ya no esté aquí, porque necesito que haya alguien en quien yo pueda creer. Ahora no creo en nadie.

—*¿El accidente de automóvil afectó a tu capacidad para tocar?*

He tenido dos accidentes. Y supongo que sí que me afectaron. Imagino que me volvería más lento... es algo que te ocurre cuando te golpeas la cabeza contra un bloque de hormigón. Cuando te despiertas, te alegras de estar vivo y ves las cosas un poco diferentes. Sinceramente, no puedo decir hasta qué punto afectó a mi manera de tocar. Tampoco puedo decir si he cambiado de manera natural o me hicieron cambiar los accidentes.

—*Los sonidos de claxon de Live, ¿los hiciste con la Strato?*

Sí. Son cuartas y quintas ligeramente discordantes. Se usan dos uñas de la mano derecha, y en cuanto has pulsado junto al puente sujetas las cuerdas con la mano izquierda, para que el sonido no se apague poco a poco. Lo dejas que dure un poco y entonces lo fuerzas, para que suene como el efecto Doppler, que es lo que se percibe, por ejemplo, cuando viene un coche de bomberos y oyes la sirena en una cierta frecuencia. Después, cuando pasa de largo, si tú sigues en el mismo sitio, el sonido se va apagando. Es una ilusión auditiva. Tiene gracia, porque el tema se llamaba "Freeway Jam" [Imita a un pregonero de feria]: "¡Pasen y vean, el tío que hace sonar la guitarra como un coche!".

—Hacia el final de Live*, metes una frase de "Train Kept a-Rollin'". ¿Sueles tocar eso en escena?*

No, es que estábamos mosqueados con Aerosmith. Joder, todo el mundo sabe que yo tocaba "Train Kept a-Rollin'" con los Yardbirds, y me vienen unos tíos —y no eran críos— diciéndome: "Oye, nos gusta como tocas esa canción de Aerosmith". La versión de los cincuenta, por el Rock'n'Roll Trio [de Johnny Burnette], con Paul Burlison a la guitarra, es una burrada. ¡Qué canción más fuerte!

—Si repasas toda tu carrera, ¿cuáles son tus temas favoritos?

Me gusta el "Bolero".

—¿Crees haber alcanzado tu cumbre?

No, creo que no he llegado a mi cumbre porque ha sido todo muy espasmódico. Me resulta difícil pensar en cumbres tratándose de períodos tan cortos. Si hubiera estado tocando sin parar, podría decir: "Junio del 77 fue sensacional, aunque julio no estuvo tan bien". Pero la verdad es que no puedo responder eso. La verdad es que esta clase de preguntas me hacen pensar en mi carrera.

Por Jon Sievert · Octubre de 1978 y julio de 1988

Cuando Jerry García se hundió en un coma diabético en 1986, los fans de Grateful Dead —también conocidos como Deadheads— contuvieron en todo el mundo su respiración colectiva. No sólo les preocupaba el bienestar de su amado ídolo, sino que temían que se perdiera todo un modo de vida. Durante más de 25 años, las elegantes improvisaciones modales de García y su voz fina y temblorosa han sido la voz de los Grateful Dead; de existir un miembro concreto cuya pérdida significara sin remedio el final de esta institución norteamericana única en su género, sin duda sería él.

Pero García y los Dead no sólo sobrevivieron, sino que prosperaron. En año y medio, tras la recuperación de García, los Dead produjeron el primero de sus *singles*

que llegó a los diez primeros puestos de las listas ("Touch of Grey"), un LP que alcanzó la categoría de platino (*In the Dark*) y un vídeo musical de una hora de duración (*So Far*). Aparte de su trabajo con los Dead, Jerry presentó en Broadway su propia banda eléctrica y una nueva banda acústica, agotando las entradas durante 17 noches y estableciendo un nuevo récord en el teatro Lunt-Fontanne de Nueva York.

Todo esto ha proporcionado a la banda una especie de, digamos, respetabilidad entre los medios oficiales. Han aparecido reportajes en *USA Today* y en *Rolling Stone* (que prácticamente había ignorado —por no decir despreciado— a la banda durante más de diez años), Forbes examinó su insólita trayectoria hacia el éxito, y *People* seleccionó a García entre los personajes más interesantes de 1987. Incluso se ven vídeos de los Grateful Dead en la *MTV*.

Sin embargo, toda esta atención ha tenido muy poco efecto en la manera en que la banda viene manejando sus asuntos desde siempre. Hace mucho tiempo que los Grateful Dead crearon su propio universo, que, como dice García, tiene sus propios parámetros e ideales. A pesar de que la lógica del negocio musical sostiene que las giras son una actividad en la que se pierde dinero y que sólo se emprende para fomentar la venta de discos, los Dead han vivido casi exclusivamente de la venta de entradas para sus conciertos. Hasta "Touch of Grey", la banda nunca se había acercado con un *single* a los 40 primeros puestos de las listas, aunque dos álbumes producidos en 1970 —*Workingman's Dead* y *American Beauty*— han vendido a lo largo de los años suficientes copias para obtener el certificado de platino (un millón de ejemplares vendidos). No obstante, la banda ha estado tocando 100 conciertos anuales durante muchos años, agotando las localidades en coliseos y estadios, y eso prácticamente sin publicidad fuera de la *Grateful Dead Hotline*, un sistema de contestadores telefónicos que proporciona información y entradas 24 horas al día. Y mientras casi todas las demás bandas prohíben e impiden activamente la grabación de sus conciertos por los fans, los Dead reservan una sección especial para grabadores en todas sus actuaciones, que suelen durar unas tres horas.

Jerry García y los Grateful Dead se han convertido en instituciones culturales, a pesar de que eso nunca entró en sus planes. Hay otras bandas que han alcanzado un estatus semejante, pero por diferentes razones. A diferencia de la mayoría de los ídolos del *rock*, que son admirados desde lejos, a los Dead se los ve de cerca, se los disfruta y se los respeta. Fueron patriarcas de la colonia psicodélica de San Francisco en los años sesenta, las fuerzas vivas de una comunidad de chiflados. A los ojos de la prensa oficial, García y compañía eran la banda *hippie* por excelencia, que tocaba música para colocarse, ver a Dios, bailar, cantar a coro, hacer burbujas de jabón, ponerse tierno, o lo que uno quisiera... música para pasarlo bien, sin las pretensiones de las estrellas del *rock*. Pero los Grateful Dead eran más que eso, y han producido una considerable obra musical que trasciende las experiencias del San Francisco de finales de los sesenta.

Hace casi tres décadas, en lugar de buscar el aislamiento de la celebridad y la pasta gansa del *show business,* los Dead daban conciertos gratis. Dada su actitud de "dejarse llevar por la onda", sus actuaciones en directo incluían media hora para afinar, largas paradas entre canción y canción, conciertos maratónicos y, con el tiempo, 23 toneladas de equipo propio y una cantidad algo menor de drogas. Estos eventos, a veces improvisados, se promocionaban de boca en boca, o por medio de *flower children* vestidos de colorines y con los ojos haciendo chiribitas, que pasaban octavillas, algún que otro globo, y a veces LSD, que fue legal hasta agosto de 1966. Los carteles de los conciertos, de diseño caleidoscópico y muy estilizado, se fijaban en las tiendas *hippies* y en los postes del teléfono. En numerosas ocasiones, los Dead actuaron como banda fija en las extravagancias multimedia y multidroga organizadas por el novelista Ken Kesey y sus amigos, los Merry Pranksters, que quedaron plasmadas en el libro de Tom Wolfe *The Electric Kool-Aid Acid Test.*

Aunque la música de la banda era prácticamente la banda sonora de la experiencia psicodélica de *Haight-Ashbury*, no era esto lo que acabó conociéndose como *acid-rock.* Tal como decía García, la música misma era siempre más importante que las opiniones (o prejuicios) del público en general acerca de la contracultura. Como sus diversas bandas, Jerry García —tanto si toca solo, con los Dead, con otra de sus bandas o en una sesión de estudio— demuestra haber asimilado una extraordinaria gama de influencias. Además, se ha ganado a pulso una reputación de "yonqui de la guitarra", apareciendo en los bares guitarra en mano después de los conciertos de los Dead, que podían durar cinco o seis horas. Desde que empezó a tocar la pedal *steel*, ha mantenido una actividad casi constante de actuaciones y grabaciones fuera de los Grateful Dead. Primero vino el *country-rock* de los New Riders of the Purple Sage, y después su colaboración con el guitarrista de *jazz* Howard Wales, una fructífera relación con el teclista de *jazz* Merl Saunders, un retorno a las raíces con el banjo de cinco cuerdas y la colaboración de algunos de los mejores músicos de *bluegrass* —en *Old and In the Way*— y por último su cuarteto, la Jerry García Band.

García nació en San Francisco, el 1 de agosto de 1942. Su padre, un emigrante español, era músico de jazz y tocaba el clarinete y el saxofón. Su madre era enfermera. Jerry se introdujo en la música a edad muy temprana. Había instrumentos por toda la casa, y la familia cantaba a menudo. El padre murió joven, y la madre se volvió a casar y se mudó a la zona de Palo Alto, al sur de San Francisco. Como en la casa había un piano, Jerry tomó unas cuantas clases "abortadas". Al cumplir quince años, su madre le regaló un acordeón, que él no tardó en llevar a una tienda de empeños, para cambiarlo por su primera guitarra eléctrica, una Danelectro.

Como no conocía a nadie que le pudiera enseñar a tocar la guitarra, ni siquiera a afinarla, Jerry la afinó a su manera, en un acorde abierto que "me sonaba más o menos bien". Al poco tiempo, ya estaba imitando los fraseos de su primer ídolo, Chuck Berry. A los 17 años, después de otro traslado y un cambio de instituto, García dejó los estudios e ingresó en el ejército.

Su estancia en el ejército duró unos nueve meses, hasta que tanto Jerry como el ejército mismo se convencieron de que la vida militar no era para él. La experiencia no resultó completamente estéril, porque durante este período Jerry se interesó por la guitarra acústica y comenzó a trabajar con melodías de orientación rockera. Al salir del ejército regresó a Palo Alto y no tardó en entablar amistad con otro soldado recién licenciado, Robert Hunter, que más tarde sería letrista de los Dead. También Hunter tocaba un poco la guitarra, de modo que él y García formaron equipo para sus primeras actuaciones profesionales. Poco tiempo después, Jerry se obsesionó con el banjo de cinco cuerdas, y durante tres años abandonó casi por completo la guitarra, en favor de su primo de caja redonda. Durante esta época formó parte de una serie de bandas acústicas, como los Hart Valley Drifters, un grupo de *bluegrass* que contaba también con Hunter al bajo, David Nelson (que después formaría parte de los New Riders) a la guitarra, y Ken Frankel a la mandolina. Esta banda ganó el Campeonato de Bluegrass para aficionados en el Festival Folk de Monterrey de 1963.

Mientras tanto, varios elementos musicales empezaban a encontrar su sitio en la zona de Palo Alto. Uno de ellos fue la fundación de los Mother McCree's Uptown Jug Champions, formados por García (a la guitarra acústica y banjo), Bob Weir, Bob Matthews (un ingeniero que más adelante participó en la fundación de la compañía Alembic y aún sigue formando parte de la familia Dead), el difunto Ron McKernan (también conocido como "Pigpen") y John Dawson (otro futuro miembro de los New Riders). A finales de 1964, esta *jug band* se hizo eléctrica por instigación de Pigpen, y la suerte quedó echada cuando la banda cambió su nombre por The Warlocks. Bill Kreutzmann entró como batería y Phil Lesh

se hizo cargo del bajo poco después. No había transcurrido mucho tiempo cuando decidieron que necesitaban un nuevo nombre, y eligieron el de Grateful Dead abriendo al azar un diccionario.

Según García, Grateful Dead siempre ha considerado que su público forma parte integrante de la banda, y ninguna de las dos partes podría existir sin la otra. Este tipo de lealtad e identificación ha generado una subespecie de Deadheads que sigue a la banda por todo el país y asiste a todos sus conciertos. Otras manifestaciones de esta lealtad son una revista de bastante calidad, *The Golden Road*, y una base de datos que se actualiza periódicamente, llamada *Dead Base*, que incluye una historia completa de sus actividades desde 1965. Además, David Gans, autor de un excelente "retrato oral y visual" de los Dead, *Playing in the Band*, presenta un programa de radio de alcance nacional titulado *Deadhead Hour*. Incluso se ha publicado un libro acerca de los Deadheads: *Grateful Dead: The Official Book of the Dead Heads*.

Por dentro, algunas cosas han cambiado poco y otras mucho con el paso de los años. Aparte de la incorporación del teclista Brent Mydland en 1979, la formación de la banda se ha mantenido intacta: García, el guitarrista rítmico Bob Weir, el bajista Phil Lesh y los percusionistas Mickey Hart y Bill Kreutzmann. La banda nunca fue muy prolífica en lo referente a discos, y sólo produjo un LP de estudio (el decepcionante *Go to Heaven*, de 1980) entre 1979 y su *In the Dark* de 1987, aunque hubo varios proyectos abortados. La red de información de los Deadheads atribuyó esta situación a los problemas personales de varios miembros de la banda, incluyendo la adicción a las drogas. A finales de 1984, los miembros de la banda y la familia Dead estaban tan preocupados por el empeoramiento de la salud de Jerry que le propusieron seriamente someterse a tratamiento. En enero de 1985, García fue detenido por posesión de drogas en el Golden Gate Park de San Francisco. Consiguió salir airoso y, en casi todos los aspectos, las cosas siguieron igual.

El 10 de julio de 1986, el cuerpo de Jerry tomó la decisión por él. Dos días después de acabar una corta gira en la que los Dead compartieron cartel con Bob Dylan, García cayó en un coma diabético. "Tenía todos los síntomas", declaró, "pero no los reconocí. Tenía sed constantemente, lo que quiere decir que estaba deshidratado. Cuando los médicos me sacaron una muestra de sangre en el hospital, estaba espesa como el barro."

Al salir del coma, inició un prolongado período de rehabilitación, y tuvo que aprender de nuevo a andar, a hablar y a tocar la guitarra. "Las rutas nerviosas seguían ahí, pero tuve que aprender a reconectarlo todo", dijo. Poco a poco, las cosas se fueron arreglando, aunque la recuperación no fue completa. Daba escalofríos ver a este hombre, tan culto y tan locuaz, que ahora a veces no encontraba palabras para expresarse. "Es una de las consecuencias. Ahora tengo que buscar las palabras, cuando antes tenía acceso instantáneo."

Tres meses después de su colapso, García se consideró en condiciones de dar su primeros y tentativos pasos de regreso al escenario, reapareciendo en Halloween como artista invitado de la banda de Weir, Bobby and the Midnites. El 15 de diciembre de 1986, los Dead volvieron a tocar juntos, iniciando su concierto con "Touch of Grey" y consiguiendo que el público coreara emocionado su profético estribillo: "Saldré de ésta. Sobreviviré". A pesar de su historial de drogas duras y mala salud, el retorno de García revitalizó a los Grateful Dead.

En enero de 1987, la banda alquiló el Auditorio de Veteranos de Marin, en San Rafael (California), y en dos semanas dejó listas las bases de *In the Dark*. Jerry García volvió a ser un hombre muy atareado. Además del agitado programa de actuaciones de Grateful Dead, que incluía una gira por estadios en el verano de 1987 como teloneros de Bob Dylan, su propia banda eléctrica se mantenía activa y, por si fuera poco, formó un nuevo conjunto acústico. Su actitud en escena cambió espectacularmente, de melancólica y reservada a alegre y activa, y esto se reflejó en su manera de tocar la guitarra. Verdaderamente parecía haber

encontrado nueva vida con los Dead. Ornette Coleman, la leyenda del saxo alto, le invitó a colaborar en la grabación de su álbum *Virgin Beauty*. Durante este tiempo, se empezaron a publicar en CD muchos de sus trabajos descatalogados, como solista y con otras agrupaciones distintas de los Grateful Dead. En el verano de 1992, García volvió a caer enfermo, esta vez con un fallo de salud más general, aunque no tan alarmante como su colapso de seis años atrás. Se retiró de la vista del público para convalecer y prepararse para otra resurrección de lo que Jerry llama "el experimento de mayor duración de la historia del *rock'n'roll*", que, efectivamente, se produjo a tiempo para una actuación en Halloween.

[*N. del Ed.:* Jerry García falleció el 9 de agosto de 1995.]

(Octubre de 1978)

—*En alguna ocasión has dicho que te parece que vas pasando por fases cíclicas de aprendizaje. ¿A qué se debe eso?*

Yo creo que es una cosa que les pasa a todos los guitarristas que llevan muchos años tocando. Te esfuerzas por aprender todo un cuerpo de música, y cuando por fin te lo aprendes y eres capaz de tocarlo como Dios manda, te aburres. Llegas a una situación de las de: ¿Y ahora, qué? Te esfuerzas por ganar terreno hasta que llegas a una meseta, y entonces el aburrimiento te empuja a progresar hacia nuevos niveles. A mí me parece algo sano y normal. Yo paso por eso cada año y medio o dos años. Parece que es así como funciona mi metabolismo. En realidad, me considero un estudiante de guitarra, aunque también sea un intérprete, porque es tanto lo que se está haciendo y lo que se ha hecho que nunca llegaré a aprenderlo todo.

—*¿Qué es lo que haces durante esas fases?*

Lo primero que hago es comprarme todos los métodos de guitarra que han salido desde la última vez y leérmelos de cabo a rabo, probando ideas y ejercicios. Me resulta muy útil ver lo que hacen otros, porque es posible que puedan enseñarme nuevas maneras de abordar el instrumento o la música que a mí no se me habían ocurrido. El nivel actual de instrucción de guitarra es increíble, comparado con lo que había hace sólo quince años. Se puede aprender una barbaridad con sólo leer los libros que hay publicados. Ahora estoy trabajando mucho. Me estoy esforzando mucho en cosas en las que antes no me esforzaba. Hago algunos ejercicios, pero sobre todo se trata de elaborar cosillas, de resolver ideas inacabadas. Toco mucho en plan libre, explorando lugares donde, de pronto, todo es confuso o extraño... como encontrarte de repente en una postura que no es normal en el tono en el que estás tocando. O, por ejemplo, cuando bajas por una escala, digamos que en la primera cuerda (Mi), y terminas una parte del pasaje pisando con el dedo índice, y entonces pasas a otra postura y empiezas la siguiente parte con el meñique, para seguir bajando. Eso es bastante difícil de hacer con la guitarra.

—*¿Cómo aprendes a dominar ese tipo de pasajes?*

Es sólo cuestión de repetirlo hasta que te sale solo, y entonces empieza a aparecer en otros lugares. Todo progreso técnico tiene siempre recompensas inesperadas. Más adelante te das cuenta de que no sólo te sirve para tocar un pasaje muy largo y denso, sino que también resulta muy útil para pasar de la postura A a la B, y de la B a la C. Empiezas a encontrar interconexiones.

—*¿Cómo ha evolucionado tu visión del diapasón de la guitarra?*

Todas las pautas del trastero se van haciendo más aparentes. Estoy procurando integrarlo en mi psique, en mi manera de ver y sentir. Le dedico a eso siete u ocho horas al día. Estoy tratando de reconstruirme. Me parece que ya va siendo hora de que reorganice mi manera de tocar. No sé si saldrá algo de esto, pero lo sabré en seis meses. Ahora estoy metido en una especie de plan de dos años: la primera fase del siguiente nivel.

—*Cuando no estás pasando uno de estos intensos períodos de aprendizaje, ¿cuánto tiempo sueles dedicar a la guitarra?*

Depende de la situación. Si estamos de gira, toco mucho más; pero si estoy en casa, yo diría que un mínimo de dos horas al día, en el peor de los casos. Es como una manía. Yo creo que lo más normal son cuatro horas. En las giras se convierten en seis, incluyendo la actuación. Si no estoy dándole constantemente, pierdo el tranquillo en un día. Dos días sin tocar, y es como si me quedara inválido. Y cuanto más tocas, más lo notas si dejas de tocar un día. Aunque, por otra parte, si dejas la guitarra dos o tres días, a veces se te ocurre algo nuevo cuando la vuelves a coger. No es que sea una cosa segura, pero a veces ocurre de manera natural. Vuelves a tocar y tienes algo más, no sé qué... confianza, nuevas ideas o algo.

—*¿Cuál te parece que es tu principal limitación?*

El no haber tenido formación musical de pequeño. He logrado compensarlo en parte, pero aprender pronto significa que un montón de cosas te salen por reflejo, de modo automático. A veces eso hace que se perpetúen malos hábitos a nivel técnico, pero en lo referente a leer música y cosas así me gustaría haber empezado antes. No estoy descontento de mis progresos, pero me faltó eso. Tal como fueron las cosas, me alegro de haber sido capaz de desarrollar un enfoque intuitivo de la música, y me doy cuenta de que un enfoque completamente académico podría tener inconvenientes: a veces, eso te bloquea la intuición; hay gente con una técnica perfecta que no tiene nada que decir.

—*¿Cómo fue tu proceso inicial de formación musical?*

Lo primero que hice fue aprender de oído. Aprendía sobre todo oyendo discos: mucho Freddie King, mucho B.B. King... y bueno, mucha más gente. Así empezó mi aprendizaje, sobre todo porque en la zona de la Bahía [de San Francisco] no había muchos guitarristas cuando yo empezaba a tocar, y la verdad es que no había mucha información, o por lo menos yo fui incapaz de encontrarla. La verdad es que, tal como yo lo veo, mi proceso de aprendizaje consistió en perder un montón de tiempo. Lo hice de la manera más difícil posible, o eso me parece ahora. Tuve que pasarme muchísimo tiempo desaprendiendo cosas... vicios técnicos y cosas así. Creo que pasé por un montón de estos ciclos de desaprendizaje. Debió de ser en 1972 o 73 cuando por fin desaprendí todas las cosas que me habían tenido atascado hasta entonces.

—¿Como qué, concretamente?

Bueno, como utilizar ciertas posturas por preferencia. Como tender a pensar siempre en ciertas posturas porque eran más cómodas para mi mano, y no por razones musicales. Tuve muchos problemas para corregir esto en escena. Creo que es una trampa en la que es fácil caer con la emoción de tocar en directo, eso de hacer cosas sólo porque te resultan fáciles y están a tu alcance inmediato. Y otras cosas que yo describiría como hábitos rítmicos y de ideas, que son distintos de los hábitos técnicos: tener un vocabulario más o menos limitado y tender a depender de tu habilidad para explotarlo, en lugar de desarrollar un vocabulario más amplio.

He hecho muchas cosas del tipo de, por ejemplo, decidir que durante un año no iba a tocar en los solos nada que durara menos de una blanca, para no embarullar. Me fastidian los barullos, y decidí que quería explotar las posibilidades de las notas concretas y del sonido de la guitarra, así que durante una época tocaba solos muy lentos, independientemente del ritmo básico. Al cabo de algún tiempo, me aburría de hacer eso y me ponía a practicar para desarrollar velocidad.

—¿Cómo vas siguiendo tus cambios de estilo?

Para mí, lo más útil es grabar los conciertos. Hay muchos músicos que lo hacen. Se llevan una de esas casetes pequeñas y la colocan delante de su altavoz o monitor. Enseguida te percatas de que no haces más que tocar frases de ocho notas, por ejemplo. Con eso y un poco de ayuda ajena se pueden superar los ciclos de aburrimiento y entusiasmo.

—¿Utilizas todos los controles de la guitarra?

Sí, todo lo que tenga. Si tuviera cinco cosas más, también las usaría, porque para mí la guitarra no es tan importante como la música. Me encanta la guitarra, y estoy intentando hacerme guitarrista, pero lo que importa es la música, y cuanta más variedad pueda conseguir, mejor me parece. Hay veces en que me gustaría ser una mezcla de trompa y oboe. Me vuelvo loco por cualquier cosa que me dé más posibilidades. Pero por otra parte, no tiene que haber líos; la guitarra tiene que ser predecible y repetible. Normalmente, cada tema concreto tiene una categoría general de sonido que es sobre la que trabajo. Creo que casi todos los cambios que hago en cuestiones de dinámica y sonido son consecuencia del instinto, y no de jugar con los botones, aunque también juego con los botones.

—¿Podrías hablar de tu técnica de digitación?

Creo que tiene algo que ver con la época que pasé tocando el banjo de cinco cuerdas. Me he fijado en que la mayoría de los guitarristas parece pisar como de lado. Yo me he acostumbrado de algún modo a pisar las cuerdas perpendicularmente. Toco principalmente con las puntas de los dedos, así que la altura de las cuerdas no me estorba en absoluto, porque no arrastro otras cuerdas ni nada de eso.

—¿Utilizas mucho el meñique de la mano izquierda?

Sí, desde un principio tuve la suerte de que alguien me explicara la utilidad de este dedo. Y como consecuencia, es uno de mis dedos más fuertes, e incluso prefiero usarlo antes que el anular. En eso siempre me he diferenciado de la mayoría de los guitarristas de *rock* que conozco, incluso de los verdaderamente buenos. Me da la impresión de que muchísimos guitarristas de *rock'n'roll* prefieren tocar algo que les permita usar el dedo anular, para articular mejor y hacer efectos de *vibrato*. Yo me propuse ser capaz de hacerlo con cualquier dedo. Me parece ridículo tener que centrar todas mis ideas en el dedo anular para poder hacer un *vibrato*. Eso elimina automáticamente un montón de posibilidades.

—¿Cómo consigues tú el *vibrato*?

Bueno, domino cuatro o cinco familias diferentes de *vibratos*. Algunos se hacen sin ninguna ayuda; es decir, sin hacerle nada a la guitarra aparte de tocar la cuerda con el dedo.

Otros métodos necesitan ayuda, y yo me limito a mover el dedo para producir el sonido. A veces utilizo también el movimiento de la muñeca, y otras veces muevo todo el brazo. También empleo movimientos horizontales y laterales, para variar el sonido y la velocidad. Cada método produce un sonido diferente, y todo depende de lo que quiera obtener y de con qué dedo esté tocando más. Por ejemplo, para tocar *blues* suele ir mejor un *vibrato* lento. En general, tiendo a darle bastante importancia al estilo, quiero que una canción suene como el mundo del que procede.

—*¿Tocas muchas notas con ligados ascendentes y descendentes?*

Por lo general, me gusta pulsar cada nota, pero tiendo a hacer ligados descendentes, por ejemplo, para tocar un tresillo muy rápido en cosas que hay que cerrar, intervalos que van subiendo por la escala... Lo hago casi sin pensar. Casi nunca ligo una sola nota. Y casi nunca hago ligados ascendentes porque me parece que son un poco inexactos. Creo que tomé esa decisión cuando tocaba el banjo. Yo prefiero los sonidos bien articulados, y creo que se consiguen tocando directamente las cuerdas. Por eso, mis grupitos de ligados descendentes están, en realidad, muy bien articulados. Es una cosa en la que he trabajado mucho.

—*¿Puedes explicar tu técnica de mano derecha?*

Por lo general, utilizo una púa Fender extra gruesa, que a veces me guardo en la palma de la mano para tocar con los dedos. Creo que mi manera de sujetar la púa es un poco rara. No la cojo como todo el mundo, sino más bien como se coge un lápiz. Creo que Howard Roberts llama a eso la técnica del bisturí. El movimiento lo generan básicamente el pulgar y el índice, y no, por ejemplo, la muñeca o el codo. Pero yo utilizo toda clase de movimientos, según que esté tocando cuerdas aisladas o acordes.

—*¿Te causa algún problema la pérdida de tu dedo medio?*

Ninguno en absoluto. Mi hermano me lo cortó con un hacha cuando yo tenía cuatro años, así que llevo mucho tiempo sin él. En realidad, incluso es posible que me haya ayudado, por la independencia que he desarrollado. Normalmente, los dos primeros dedos y los dos últimos tienden a funcionar como unidades. Yo utilicé el índice y el anular para desarrollar mi estilo de banjo con tres dedos, así que tengo independencia completa en los dedos. También puedo encajar la púa entre el índice y el muñón para tocar con los dedos.

—*¿Puedes decir algo sobre tu característico estilo de acentuación?*

También aquí hay mucho que viene de cuando tocaba el banjo y tenía que estar constantemente resolviendo problemas. Hay tres dedos que se mueven más o menos sin parar, y tienes que cambiar el peso melódico de un dedo a otro. En realidad, se trata de cambios rítmicos. Y a mí siempre me ha parecido interesante meter pequeñas sorpresas, como, por ejemplo, acentuar todas las partes débiles de un compás. Por otra parte, con los Grateful Dead toco mucho en tiempos extraños, y eso ayuda. Por ejemplo, si la banda está tocando en 7/4, yo puedo tocar en 4/4. Cuando haces este tipo de cosas, empiezas a encontrar maneras de que los dos ritmos se sincronicen durante un buen rato. Cuando piensas en estos períodos largos, empiezas automáticamente a desarrollar ideas rítmicas que tienen una cierta interconexión. Si estás en el contexto rítmico adecuado, puedes ser capaz de reevaluar constantemente tu posición en el tiempo. Para mí se convierte en una cuestión de síncopas basadas en otras síncopas. Por ejemplo, me gusta iniciar una idea cuando la música está sonando en tresillos de semicorcheas en 4/4. Eso ya está muy sincopado, de manera que si yo empiezo ahí mi frase, es como construir una oración a partir de otra antes de que la primera termine. Esta especie de analogía lingüística es algo que me atrae mucho.

—*Volviendo a los viejos tiempos, ¿por qué te pasaste de la eléctrica a la acústica?*

Bueno, fue por razones económicas: podía conseguir trabajo como guitarrista acústico. Por otra parte, si hablamos de calidad, yo no era muy bueno cuando dejé de tocar la eléctrica. No empecé a desarrollar un verdadero conocimiento —que es más que el simple sentido musical— hasta que me hice acústico. Aquello me dio más oportunidades de reflexionar.

—*¿Fue muy importante el cambio a la guitarra eléctrica?*

Para mí fue como encontrar mi identidad musical. Se puede reducir a eso, porque todo lo que yo estaba buscando conducía a la guitarra eléctrica. Había algo en la calidad rítmica de los punteos de banjo que yo quería desarrollar más, pero la rigidez del banjo me lo impedía. Al pasarme a la eléctrica pude por fin satisfacer esa complejidad rítmica, y de ahí vino el deseo de cantar, de ser espontáneo y de no dejarme encerrar en una única forma de música. Cuando teníamos la *jug band* —Weir, Pigpen y yo—, nuestro repertorio incluía canciones de Jimmy Reed y de Muddy Waters que pedían a gritos un tratamiento eléctrico. Cuando llegó el momento, la transición fue muy fácil.

—*¿Qué provecho sacaste tocando con gente como Merl Saunders?*

Cuando estuve tocando con Merl hicimos un montón de cosas instrumentales: canciones populares y temas de *jazz* y cosas así. Eso me obligó a aprender mucho y muy deprisa, y Merl fue el responsable. Me ayudó mucho a mejorar en cuestiones de comprensión armónica. Para tocar con él hace falta un estilo muy distinto del *rock'n'roll* de tres acordes, e incluso del *rock'n'roll* de diez acordes: eran cosas completamente diferentes. Lo que yo pude aportar a esa situación fue mi habilidad para usar fraseos de duración anormal en formatos convencionales. Sabía aprovechar ideas que tenían un ritmo irregular porque con los Dead tocábamos mucho en tiempos raros. Como Merl no utilizaba tiempos raros, mi relación con sus ritmos me permitía crear ideas que duraban, por ejemplo, siete compases, sobre un ritmo que era básicamente 4/4.

—*¿Y qué dices de tu colaboración con Howard Wales?*

Con Howard nunca tocamos melodías. Lo único que toca Howard son cambios de acordes enormemente ampliados. Eso me desarrolló el oído hasta un grado asombroso, porque no tenía nada en que apoyarme; ni siquiera sabía en qué tono estábamos tocando. Iban saliendo acordes ampliados y yo tenía que ser capaz de encontrar una correspondencia en alguna parte. Merl me ayudó a desarrollar mi capacidad analítica y a entender mejor cómo funcionan los acordes sustitutivos en las formas musicales convencionales. En este aspecto, Howard llenó un gran hueco, porque su manera de tocar era completamente insólita e impredecible. Además, tocar con Merl te daba una auténtica sensación de frescura que me vino muy bien en trabajos posteriores con los Dead. O sea, que para mí es muy sano tocar con otra gente. Me gusta hacer sesiones cuando puedo, pero la verdad es que prefiero lo que hago con mi propia banda y con los Dead. Ésas son para mí las dos experiencias más completas.

—*¿Cómo surgió Old and In The Way?*

Esa banda fue como rascarme un picor que me venía fastidiando desde hacía mucho. En otros tiempos había tocado mucho el banjo de cinco cuerdas, pero hasta entonces me sentía frustrado porque nunca había tocado con una banda verdaderamente buena. El *bluegrass* es música de conjunto, y siempre me ha gustado ese aspecto. En realidad, es lo que más me gusta: las bandas, y no los solistas. Tocar con *Old and In The Way* fue como tocar en la banda de *bluegrass* que siempre quise tener. Era una banda buenísima y para mí era un honor estar en semejante compañía. Lo único que lamentaba era que mis partes de banjo no eran tan buenas como cuando lo tocaba continuamente, aunque hacia el final me salían mejor.

—*¿Cuál es tu relación actual con la pedal steel?*

Hace bastante tiempo que apenas la toco, aunque la estuve tocando mucho durante unos cuatro años. Me gustaba mucho, pero acabó siendo cuestión de elegir entre una cosa y la otra: me resultaba muy difícil tocar media noche con una pedal steel y un tubo en la mano izquierda, y luego cambiar a la guitarra normal. Había demasiada diferencia entre una configuración estática y tener que mover el brazo, la muñeca y los dedos. Me dolían los músculos. Era incapaz de tocar muy bien ninguna de las dos cosas, y me di cuenta de que no podía seguir así. No me considero bueno con la pedal *steel* y siempre me da vergüenza ver que salgo en las encuestas de *Guitar Player.*

—*¿Qué puedes decirnos de tu proceso de composición?*

Normalmente, compongo en el piano; la melodía suele ser lo primero, y después el acompañamiento. Por lo general, lo grabo en una casete, aunque hay ciertas cosas que me parece que tengo que escribirlas, porque si no, se pierden. Puedo tocar cosas al piano y no tener ni idea de lo que realmente son hasta que las analizo. No soy muy bueno con el piano, pero a veces meto un acorde de seis notas que me llama la atención cuando lo oigo grabado. Por eso, a veces me resulta útil seguir la pista de cómo llegué a una idea, aunque si la idea tiene bastante fuerza se me queda pegada y la vuelvo a redescubrir más adelante. Soy un compositor muy perezoso, nada diligente.

—*¿Cómo colaboráis en las canciones Robert Hunter y tú?*

De todas las maneras posibles. A veces yo tengo una melodía que necesita cierto tipo de frases, y para él es una cuestión de disciplina. Le explico en términos muy concretos qué cualidades musicales debe tener un texto: aquí quiero una vocal, aquí un sonido percusivo... Otras veces, él me pasa un montón de letras y yo las leo para ver cuáles me gustan y me pongo a trabajar sobre ellas. Hay ocasiones en las que estamos trabajando juntos para pulir cosas, y entonces surge una idea completamente nueva y la metemos. Confiamos el uno en el otro. Él confía en mi habilidad como editor, y yo edito mucho —a veces, hasta volverle loco—, pero trabajamos muy bien juntos. Llevamos ya mucho tiempo colaborando.

—*Cuando ya tienes una canción preparada, ¿cómo te comunicas con los demás miembros de la banda para el proceso de grabación?*

Bueno, yo grabo una maqueta con la parte vocal y los cambios, y todas la ideas para arreglos que me parecen esenciales en la construcción de la canción. Luego, los Grateful Dead se reúnen y cada uno ofrece su interpretación; a veces sale mejor que lo que yo tenía, y otras veces no es lo que yo quería. Así que nos ponemos a hablar, para encontrar algún modo de que funcione musicalmente. Una cosa que he aprendido es que las contribuciones de los Dead a mis composiciones son importantísimas. Lo mismo ocurre con lo que hago con mi banda. Las contribuciones de John Kahn son importantísimas y necesarias. Yo soy un músico de conjunto, por elección propia.

—*¿Tienes en cuenta factores musicales como el contrapunto y la armonía entre tu guitarra y tu voz?*

En cierto modo. Más en la ejecución que en conceptos. Puedo estar tocando una canción y de repente caigo en la cuenta: "Huy, aquí hay un hueco". Mi guitarra y mi voz son casi intercambiables. Cuando mejor me siento es cuando me sé la canción y puedo cantarla bien, y me sé perfectamente los acordes, y en todo momento sé por dónde voy con la guitarra. Es una sensación de continuidad entre la persona que toca la guitarra y la persona que canta. Es una sensación muy agradable, casi mágica.

—*¿Qué proceso sigues para construir solos?*

Empiezo por aprenderme la melodía del tema, si es que hay una. Y luego construyo solos como si la melodía estuviera sonando y yo tocara siguiéndola, o contra ella. Bueno, evidentemente, ésta no es una descripción muy exacta, porque intervienen otros muchos factores. Más adelante empiezo a ver otros tipos de conexiones, pero una de las primeras cosas que hago es aprenderme la melodía al pie de la letra, en cualquier posición. Me atrae mucho la melodía. Una canción con una melodía bonita puede volarme el coco; en cambio, las mejores progresiones del mundo no me dicen nada si no tienen una buena melodía que las conecte en algún sentido.

—*Parece que disfrutas tocando ritmos en tu banda, que no tiene más guitarrista que tú.*

Ya lo creo, y lo haría más con los Dead si no fuera porque Weir es un guitarrista rítmico excelente. A todos nos parece el mejor guitarrista rítmico que existe ahora mismo. Weir es como mi mano izquierda. Mantenemos una larga y muy seria conversación musical, y todo el asunto es de tipo complementario. Nos divertimos, y hemos diseñado nuestra manera de tocar para funcionar con el otro o contra el otro. En cierto modo, lo que él toca sitúa lo que yo toco en el único contexto en el que tiene significado. Es una idea difícil de explicar, pero si analizas a fondo la música de los Dead, te das cuenta de que las cosas están organizadas del modo más adecuado. Hay ciertos pasajes, cierto tipo de ideas, con los que yo no podría, si tuviera que crear un puente armónico entre todos los elementos rítmicos de las dos baterías y el bajo tan innovador de Phil. Weir tiene una habilidad extraordinaria para resolver este tipo de problemas. Además, tiene muy buen gusto para alterar acordes y añadir color. En el plano armónico, muchas partes de mis solos se apoyan en Bob. Tiene unas manos muy grandes y puede pisar acordes que son imposibles para la mayoría, y los mete sin ningún problema, según va tocando. Ahora le ha dado por tocar mucho con solos de *slide*, y también me viene muy bien, porque me proporciona otro contexto sobre el cual tocar.

—*¿Has observado alguna lógica particular en la evolución de los Dead a lo largo de los años?*

No, y ésa es una de las cosas que siempre me han parecido interesantes de la banda. Cada uno evoluciona de diferente manera y con un sentido diferente de su propia evolución. De repente, viene uno con un montón de ideas que a ti no se te habían ocurrido ni se te ocurrirían jamás. Eso es lo divertido de tocar con otra gente y dejarte influir por diferentes músicos. Descubres muchas maneras distintas de progresar. Los Grateful Dead nunca han evolucionado como grupo. Es decir, hemos evolucionado como grupo en un sentido muy amplio, pero la evolución personal de cada uno ha sido siempre sorprendente, interesante y divertida. Ésa es una de las cosas que hacen que siga siendo interesante estar en los Dead.

—*¿Podrías decir unas palabras acerca de las ventajas o desventajas de tocar colocado?*

Está muy bien tocar colocado sin que nadie te exija que toques competentemente. Si tienes un hueco en tu vida para tocar colocado sin meterte en una situación comprometida, puedes aprender muchas cosas interesantes sobre ti mismo y sobre tu relación con el instrumento y con la música. Nosotros tuvimos la suerte de encontrarnos en una situación nada comprometida; vamos, que no se trataba de una prueba para ver hasta dónde podías ponerte y aún seguir siendo competente. Nos importaba un pepino ser competentes o no. Lo que más nos importaba por entonces era estar colocados. El principal problema, desde el punto de vista práctico, es que, evidentemente, tu percepción del tiempo se vuelve un poco rara. Ahora bien, incluso eso puede ser interesante, pero desde el punto de vista práctico procuro evitar los extremos del tipo que sean, porque tienes el problema fundamental de tocar afinado y tocar con todos los demás. La gente paga una pasta por vernos tocar, y es cuestión de profesionalidad. No les vas a soltar una porquería sólo porque estás demasiado ciego. Yo, por lo menos, no lo hago.

—*¿Sigues algún plan de ensayos?*

Hay una media docena de cosas que hago con regularidad. Casi todas tienen que ver con intervalos de escala en diferentes posturas. Hago muchos arpegios de dos octavas y algunas otras cosas, pero todas están diseñadas fundamentalmente para desarrollar la habilidad de cambiar de una postura a cualquier otra, de pasar de una nota a cualquier otra nota de la guitarra. Insisto mucho en las pulsaciones alternantes. Un buen sistema consiste en coger una escala o un ejercicio de cualquier manual competente de guitarra, o del *Guitar Player*, o cualquier cosa que ya te sepas, y tocarlo entero, empezando por pulsar desde arriba y alternando en toda la pieza. Luego la repites, pero empiezas pulsando desde abajo, para captar perfectamente los acentos rítmicos. Esta clase de ejercicio te ayuda a tocar de manera fluida y consistente, hagas lo que hagas. Lo que saques de ahí depende de ti.

—*¿Practicas variaciones dinámicas?*

Sí, pongo el amplificador a todo volumen y me pongo a hacer arpegios, tocando muy suave al principio y luego cada vez más fuerte, pero sólo a base de toque. Así desarrollas una gama fluida de volumen, de lo más fuerte a lo más suave, manteniendo la misma postura. Muchos guitarristas cambian la postura de las manos al cambiar de dinámica. El resultado es que acaban sabiendo hacer un grupo de fraseos de mínimo contacto —cosas rapidísimas—, pero no pueden desarrollar nada de potencia. Para mí, lo mejor es practicar continuamente con estas conversiones, de delante a atrás, de suave a fuerte. Es una cosa que me tuvo muy enganchado durante bastante tiempo. La dinámica de un solo es una cosa en la que pienso mucho.

—*¿Algún consejo para desarrollar el oído?*

Escuchar mucha música. Yo me lo paso muy bien intentando descifrar los intervalos cuando escucho algo. Soy consciente de que yo he pasado por toda clase de procesos para aprender a hacer eso, y que no tiene que ser necesariamente igual para alguien que aún está aprendiendo; parece ser algo acumulativo. Un ejercicio muy importante consiste en familiarizarte con el sonido de los diferentes tipos de acordes. Escucha y responde: ¿Es mayor o menor? ¿Es el acorde I o el II? ¿Forma parte de la cadena dominante? ¿Tiene una quinta aumentada o disminuida? ¿O una novena aumentada? Cada persona tiene un oído diferente, y cada uno sigue un método distinto. Yo tiendo a escuchar la lógica de la melodía. Otros tienen mejor oído para oír las progresiones.

—*¿Alguna vez has dado clases a alguien?*

Sí, estuve dando clases durante algún tiempo, cuando aún no sabía tocar bien. En Palo Alto. Aprendí un montón haciendo eso, y todavía me encuentro de vez en cuando con mis antiguos alumnos. Algunos de ellos acabaron siendo muy buenos. Enseñar te da un montón de oportunidades para observar cómo aprende la gente, y eso te viene muy bien. Tienes que volverte más analítico para poder transmitírselo a otros.

—*¿Qué sistema de enseñanza utilizabas?*

Les insistía mucho a mis alumnos en que escucharan discos y aprendieran cosas de ellos, porque era el sistema que yo conocía mejor. Recuerdo que en uno de aquellos manuales de guitarra —no me acuerdo de quién era el autor— se decía que la gente aprende básicamente por uno de estos tres sistemas, o por una mezcla de ellos: hay quien aprende mejor cuando se les explica una cosa conceptualmente; otros aprenden mejor viendo tocar a alguien, viendo dedos moverse por el trastero; y otros aprenden mejor oyendo. Conozco tíos que son incapaces de aprender nada si intentas explicárselo, pero que lo oyen y se quedan con ello. Viene muy bien saber qué clase de aprendiz eres; una vez que has empezado a aprender de una fuente —ya sean libros, discos o un profesor—, puedes probar los otros métodos de aprendizaje. Por ejemplo, si tienes un profesor y no hace gran cosa por desarrollarte el oído, puede venirte muy bien aprender eso por otra parte. Si escuchas mucha música, a lo mejor te conviene leer algún libro. A mí todo me parece interesante. Ahora puedes encontrar prácticamente todo acerca de la guitarra. También he tenido mucha suerte con libros de clarinete y de piano.

—*Si tuvieras que enseñar a alguien a tocar la guitarra, ¿qué sistema emplearías?*

Tendría que empezar por lo que a ellos les gusta. Eso era lo que hacía cuando daba clases. Primero había que saber qué clase de música querían tocar. Eso tiene que existir desde el principio. Si no quieren tocar nada en particular, no sé para qué quieren aprender a tocar la guitarra. Así de simple. Me esforzaría al máximo por acercarme lo más posible y cuanto antes a lo que ellos quieren, para calmar ese picor, porque lo que quieres es tocar algo. Si sólo quieres aprender guitarra, la cosa no tiene ningún sentido. Pero si consigues eso de: "Antes oía esto en mi cabeza y ahora puedo hacerlo con las manos", has dado un gran salto, ya tienes fe en que es posible tocar la guitarra. A partir de ese momento, ya puedes aprender.

—*¿Sabes solfeo?*

Más o menos. Como ya te dije antes, leo muy mal. Me cuesta un poco. Leo lo suficiente para descifrar una línea melódica o una tabla de acordes si me los ponen delante. Aprendí más o menos por mi cuenta y sobre la marcha, porque me parece necesario. Leer música, más que nada, te permite acceder a cosas. ¿De qué te sirve un libro de solos de Django Reinhardt si no los sabes leer? Si sabes leer tienes mucho más material a tu disposición. No es una cosa que tenga que hacer a menudo, pero de vez en cuando tengo necesidad de explicarle una idea sobre el papel a un músico con estudios... un violinista o algo así.

—*¿Qué clase de música escuchas?*

Prácticamente de todo. Compro muchísimos discos e intercambio cintas. Además, tengo un montón de amigos que me hacen oír cosas, de modo que estoy continuamente expuesto a nuevas músicas. Y no sólo música moderna norteamericana o música de guitarra; también escucho a muchos teclistas. De vez en cuando me entran manías, como la vez que me entusiasmé con la orquestación y me puse a oír todo lo que podía encontrar de Duke Ellington. También pasé por una época —la verdad es que aún me dura— en la que oía todo lo que podía encontrar de Art Tatum [legendario teclista de *jazz*]. Se ha hecho tanta música maravillosa que cuesta una barbaridad ponerse al día. Y constantemente está saliendo una cantidad impresionante de cosas nuevas.

—*¿Qué te gusta de lo nuevo?*

Es bastante difícil trazar una línea y decir "aquí empieza lo nuevo". Me gustan mucho Al Di Meola, George Benson y Pat Martino. Pat es uno de mis favoritos; en el aspecto rítmico es buenísimo. Hay un guitarrista joven de flamenco, que se llama Paco de Lucía, que me deja turulato. Su música tiene una fluidez preciosa, que es muy rara en los guitarristas. Y de vez en cuando oigo algo en la radio que me parece increíble, y no tengo ni idea de a quién estoy oyendo.

—*¿Qué opinas del estado de la música de guitarra en general?*

Ahora mismo hay más guitarristas buenos que los que ha habido en toda la historia. Y lo celebro. Ha costado mucho llegar hasta aquí, a la legitimación de la guitarra eléctrica. Todo el mundo tiene algo que decir. Estoy convencido de que si sigues tocando es inevitable que acabes encontrando tu voz. Tienes la voz, te des cuenta o no. Recuerdo haber leído una entrevista con Oscar Peterson en la revista *Keyboard*, en la que decía que había ido a ver tocar a Art Tatum, y Tatum le dijo que conocía a un tío en Nueva Orleans que sólo sabía tocar una estrofa de *blues* en Do, y que él daría cualquier cosa por poder tocar esa estrofa como la tocaba aquel otro tío.

—*¿Consideras que el guitarrista tiene alguna desventaja en el aspecto musical?*

Para mí, el único peligro está en enamorarte demasiado de la guitarra. Lo más importante es la música, y la guitarra es sólo el instrumento. Todo músico puede ganar algo analizando su función en el contexto de la música que esté tocando. Un guitarrista capaz de acompañar con gusto, capaz de encontrar algo interesante que decir detrás de una voz, y que sepa de qué va la música, está haciendo un trabajo completo. Yo veo la guitarra como una de las principales voces en la evolución de la música de conjunto. Para mí, tocar en mi banda —que es, básicamente, un cuarteto— es como tocar en un cuarteto de cuerda moderno. Es la nueva música conversativa, en la que los instrumentos hablan unos con otros y se consigue esa especie de sensación compacta y dinámica... lo que hacen los cuartetos de cuerda.

[Julio de 1988]

—*¿En qué te apoyas armónicamente cuando tocas en modos cromáticos con alguien como Ornette Coleman, o durante el segmento "espacial" de los Dead?*

Depende de lo que oiga. Si alguien está tocando algo en lo que me pueda apoyar, que tenga fundamentalmente, por ejemplo, una tonalidad de Re menor séptima, entonces puedo ir a montones de sitios diferentes. Si tengo un tío yendo y viniendo entre dos acordes como Re menor séptima y Mi menor séptima, haciendo todo el recorrido adelante y atrás, entonces yo puedo tocar en

Do mayor o en Mi bemol mayor, o en Mi mayor séptima. Toco a partir de lo que oigo, y luego está la cuestión de si resulta adecuado. Siempre estoy en el límite de: "¿Funcionará esto?". Si no funciona, lo cambio. Me guío en parte por mi propio gusto. Me gusta el sonido de algunas cosas que son disonantes y extrañas, y no me gusta el de otras. La verdad es que no sé por qué, pero a medida que las desarrollo, me van sirviendo como aparejos para decir: "Vale, ya sé que puedo tocar esta escala mixta en la que la primera parte es un modo lidio ascendente y la segunda parte una escala con dobles disminuidos que continúa subiendo un semitono más arriba". Son cosas que funcionan más o menos mecánicamente y que suenan bien hasta cierto punto. Pero en algún momento tienes que cambiarlas porque, si no, ya no suenan bien, porque los dobles disminuidos no son puros. Por ejemplo, cuando llegas a cierto punto tienes tres intervalos de semitono seguidos. Son cosas así. Si tuviera tiempo para ponerme a analizarlo, probablemente podría explicarte qué es lo que me hace pensar que lo estoy haciendo bien. Pero la verdad es que estoy todo el tiempo preguntándome: "¿Sonará bien esto?".

—*¿Qué importancia tiene en este contexto el dominio del trastero?*

Es muy importante. Tienes que conocer el trastero lo suficiente para no quedarte colgado preguntándote dónde estás. Eso de: "¿En qué tono estoy?", "¿por qué intervalo de la escala voy?". Tienes que ser capaz de superar eso. A mí lo que me interesa es conseguir un buen sonido, independientemente de las matemáticas estructurales. Gran parte de la guitarra son patrones. Pero si te fijas bien, los patrones empiezan a fundirse unos con otros. Al poco tiempo puedes tocar cualquier cosa en cualquier sitio. También tiene mucho que ver la conciencia que pongas en la nota. Puedes tocar cualquier nota en cualquier contexto, y si la tocas con ganas, la jodida tiene que sonar bien... casi siempre. También influye mucho la nota que viene detrás, y cuándo llega, y con qué fluidez la tocas, y con cuánta expresión... la individualidad que le das a la nota... Puedes tocarla con un vibrato muy

denso o con un ataque fuerte y seco. O con un inicio lento y manteniéndola mucho tiempo. La personalidad de la nota influye tanto como el contexto. De eso estoy cada vez más convencido. Si estás dos octavas por encima del instrumento que está tocando los acordes, puedes tocar casi cualquier nota y funcionará como una ampliación del acorde. Si estás en la misma octava, puede oscurecer o iluminar el acorde... como una voz interior. Es como tocar con las dos manos en la misma octava del piano: es un follón. Si separas las manos, suena mejor, aunque a veces el follón puede ser interesante. La parte final de la ecuación es el ritmo. La manera en que vas soltando las notas, su duración y los huecos que dejas influyen mucho en la fuerza o el poder de lo que tocas. Cuando la banda va a toda marcha, tocando corcheas, y cualquier nota te puede servir de pie, me gusta hacer cosas como tocar una figura que dure, por ejemplo, siete partes, empezando al final de la parte cuarta. Así se crea una tensión increíble, y lo siguiente que tocas, o bien aumenta la tensión o te encuentras de nuevo al comienzo. Es como un hipotético rompecabezas que tuviera todas las piezas blancas e iguales.

—*¿Te parece que el segmento espacial ha ido gustando más con el paso de los años?*

Bueno, últimamente se ha quedado un poco comprimido, pero yo creo que muy pronto se va a ampliar de nuevo. Durante el último año, los baterías se han estado adaptando a un contexto básicamente electrónico, porque han ido cambiando mucho de su material por equipo electrónico y ya se van acostumbrando a ello. Bob y yo hemos estado trabajando juntos. Bob toca una base y yo toco por encima de ella. Más o menos, así es como lo hacemos. Pero creo que vamos a empezar a cambiar nuestro segmento espacial, porque ahora podemos hacer mucho más. Y cuanto más nos metemos en el mundo del MIDI, yo creo que lo más probable es que se vaya volviendo cada vez más raro... más orquestal.

—*¿Has pasado por períodos en los que corríais peligro de caer en una estructura?*

La estructura no es un problema en el segmento espacial. No tiene estructura ni por aproximación. Pero sí que existe una forma. Es decir, somos Bob y yo con Phil. Pero si te refieres a caer en algo que podamos repetir, ni aunque quisiéramos hacerlo nos acercaríamos a eso.

—*A medida que dominas más la técnica, ¿cómo evitas el peligro de que la técnica domine sobre el sentimiento? ¿Puede convertirse eso en un problema?*

Pues sí. Pero a la larga deja de ser un problema. Lo que hay que hacer es seguir buscando. A mí lo típico que me pasa es que me dan prontos en los que me digo: "Jo, la de cosas que tengo que aprender", y me pongo a machacar la técnica. Al poco tiempo, estoy dominado por la técnica, que es otra manera de decir: "Ahora lo toco todo por hábito". Hago estas cosas porque las he ensayado muchísimo. Mis dedos las hacen sin que yo ni me entere. Al final, me aburre mi manera de tocar y de algún modo me obligo a cambiar. Pero aquí hay un conflicto, porque mi yo musical está encantado de poder ejecutar esas cosas tan difíciles. Esa parte es muy satisfactoria. Es como la música clásica. Te sientes satisfecho de ser capaz de copiar ese *scherzo* [risas]. Quieres ser capaz de hacerlo, pero también quieres poder absorber la técnica y dejar que aflore la musicalidad. Para mí, la única forma de hacerlo es amplificarlo al máximo a todos los niveles. Me tiro contra ese muro técnico, lo amplifico al máximo y reboto. A veces me toma seis meses; otras veces más, y otras menos. Y entonces me aburro y digo: "Ahora tengo que hacer algo verdaderamente raro". Y empiezo a comerme el coco. Decido que no voy a tocar ninguna figura que tenga más de tres notas que estén cerca unas de otras. Empiezo a crear pequeños problemas. Y salen cosas raras porque estás evitando hacer ciertas cosas. Todo esto es un poco artificial en cierto sentido, pero poco a poco se va normalizando. Por eso me gusta seguir tocando. Me he metido en esta serie de problemas sucesivos que hay que resolver y todavía no he llegado al punto en el que toco como quiero tocar. Tengo que seguir tocando para llegar allí. Es un problema dinámico.

—*¿Cuáles son los elementos más importantes para conseguir un buen sonido?*

Depende de cuál sea tu concepto de "buen sonido". En primer lugar, es importante tener un concepto de buen sonido... sea el que sea. Y luego, el resto es cuestión de encontrarlo. Mi concepto de buen sonido es un sonido claro, inequívoco, en cada nota. Para mí, eso significa trastes relativamente altos, cuerdas relativamente gruesas y una púa dura, para que tu toque salga de la mano y no de la púa. Eso es lo más básico. El resto es cuestión de pastillas y amplificadores. Me gusta que las cuerdas estén más bien altas, porque me gusta que las notas suenen claras. Pero si las cuerdas están demasiado altas, se desafinan. La entonación es muy importante para mí en estos tiempos, más de lo que era antes. Ahora soy mucho más consciente de cuándo fuerzo una cuerda.

—*Tú tocas con una gama muy amplia de sonidos y colores. ¿Tienes alguna manera de organizarlos?*

Básicamente, tengo el sonido limpio y el sonido distorsionado. Ésos son mis dos colores básicos. El resto es cuestión de botones y efectos. Los circuitos de agudos de mi guitarra no son normales. Tienen condensadores que mantienen el mismo sonido aunque cambie el volumen. También uso un amplificador especial, por la misma razón: para poder variar el volumen sin que cambie el sonido. Los condensadores sirven también para ganar resonancia, de modo que cuando giro el botón al máximo, me sale un sonido hueco, como de cuerno, y me queda cantidad de sitio para tocar un solo. No filtra el sonido como lo hace un pedal de *wah-wah*; no es tan preciso. Lo que hace es más bien aumentar la resonancia. Quita un poco de agudos, pero hace este otro efecto en la gama media. Así pues, elijo la combinación de amplis y condensadores que produce este tipo de efecto, de todo o nada, en cada pastilla, y así obtengo seis voces o sonidos básicos. Luego, los hago pasar por el distorsionador y sale otra cosa, por la manera en que el *fuzz* capta las resonancias graves y medias. Ya no tienes ese punto brillante y chillón del que se pueden sacar armónicos, aunque el *fuzz* añade un punto que saca fuera toda la plenitud del sonido interior. A veces, cuando toco una estrofa de *blues* o alguna otra cosa con sonido distorsionado, cambio el sonido poniendo al mínimo el botón de tono. La mayor parte de las veces, el botón de tono no sirve para nada, pero en estos casos sí que cambia el sonido. También tengo un selector de pastilla Stratocaster de cinco posiciones, de manera que puedo usar las posiciones intermedias, en fase y desfasadas, con *humbucker* o con bobina única en cada pastilla. En total, tenemos 12 voces posibles, completamente diferentes. Y con la guitarra y todos los efectos, la diferencia se nota. Eso me da un vocabulario de sonidos básicamente diferentes. Y todo eso es electrónica. Luego viene el toque. Yo trabajo sobre todo con la pastilla central en bobina única, y de ahí puedo sacar prácticamente cualquier sonido que desee. Y el toque es una cosa muy individual. Es algo que cada guitarrista tiene que encontrar por sí mismo.

—*¿Cambias con frecuencia tu equipo de efectos?*

No con mucha frecuencia, pero cada dos años o así Steve Parish y yo nos recorremos las tiendas de música para ver qué hay de nuevo en el mundo de la guitarra. Nunca hay nada. Todo son modificaciones de lo mismo. Todavía estoy esperando que venga alguien con un sistema MIDI para guitarra que me guste, aunque puede ocurrir cualquier año de éstos. Es una de esas cosas que pruebo de vez en cuando y siempre digo: "Vaya, todavía no". Hay algunas cosas que las tengo desde hace mucho tiempo, pero sigo probando cosas nuevas, y si hay algo que me parece remotamente interesante lo compro y lo incluyo en mi batería de efectos, a ver qué pasa.

—*¿Les concedes mucha importancia a los altavoces?*

Son como las cuerdas. Hay que cambiarlos con cierta frecuencia, y si no, suenan a "mojado". Son la mar de sensibles al clima. Si tocas en un clima húmedo, todo ese cartón se convierte de golpe en *papier-maché*, y te sale un sonido auténticamente mojado.

Los altavoces notan todos esos cambios de presión que se deben a la altitud y a variaciones de humedad. Son la mar de sensibles. Y en definitiva, de ahí sale el sonido que oye todo el mundo cuando tocas una guitarra eléctrica. Así que son como las cuerdas: hay que tener mucho cuidado con ellos. Hay que escucharlos con atención para ver si se te están muriendo. Y yo puedo freír un altavoz en nada de tiempo. Puedo matarlo. Utilizo un montón de altavoces en escena, y procuro no ponerlos demasiado altos para no reventarlos.

—*¿Tocas acústica y eléctrica en tu casa?*

Sí. Para mí son dos instrumentos diferentes. Hay un cierto terreno intermedio, porque cuando toco la acústica no utilizo cejilla, por ejemplo. Y toco en cualquier tono, a lo que salga. No me importa cómo lo hago. Si me sale y suena bien, pues ya está. Si le dedico mucho tiempo a la guitarra acústica, acabo cogiendo el tranquillo suficiente para hacer cosas raras, a ver cómo suenan. Eso del sonido con la acústica es algo bastante reciente. No es el mismo instrumento que la eléctrica, y si reconoces eso te ahorras un montón de disgustos.

—*Debe ser estupendo que te siga gustando lo que haces después de casi 25 años.*

No existe nada igual. Hemos tenido una suerte increíble, porque nos llevamos bien personal y profesionalmente. Pero sobre todo, porque aún somos capaces de sorprendernos mutuamente, que yo creo que es la clave. No sé dónde iba a poder encontrar otra gente como ésta. Es una cosa muy rara.

Por Jim Fergusoon y Arnie Berle - Mayo de 1993

Mientras otros muchos guitarristas de *jazz* han seguido la influencia del *be-bop* y, por lo tanto, son bastante similares estilísticamente, Jim Hall ha conseguido desarrollar un estilo que compite en individualidad con los de Django Reinhardt, Charlie Christian y Wes Montgomery. Inspirado por los saxos tenores Lester Young, Coleman Hawkins y Ben Webster, los solos de Hall parecen solos de saxo y pueden ser apasionadamente líricos o abstractos y angulares, pero jamás predecibles. Sin embargo, es igualmente famoso por las notas que no toca: su obra es insólitamente sobria. Y su manera de tocar siempre ha dado muestras de reflexión y progreso a lo largo de más de 100 elepés como figura principal o como acompañante.

Gran parte del repertorio de Hall consiste en standards de jazz como "Angel Eyes", "I Can't Get Started" y "I Hear a Rhapsody", pero también toca composiciones propias, que incluyen baladas, valses en versión *jazz* y calipsos. Toque lo que toque, lo hace con un estilo mucho más moderno que el de la mayoría de sus contemporáneos, cuyo sonido sigue anclado en los años cuarenta y cincuenta. De hecho, su carácter progresivo lo convierte en el representante de mayor edad de un grupo de jóvenes guitarristas directamente influidos por él: John McLaughlin, Larry Coryell, John Scofield y Pat Metheny.

Con frecuencia se ha dicho que los solos de sus baladas suenan a composiciones en las que cada nota tiene su significado. Deja las frases abiertas, utilizando los sostenimientos y los silencios para crear efectos, y a menudo añade rápidos estallidos de notas, a modo de decoración melódica. En las piezas más movidas, Hall puede ser enormemente excitante, y en sus fraseos suele utilizar intervalos muy amplios. De vez en cuando se aventura fuera de la progresión normal de un tema, y siempre resuelve las frases con gusto.

La iniciación de Jim Hall en el mundo del *jazz* tuvo lugar a la edad de 13 años (nació el 4 de diciembre de 1930), cuando empezó a tocar en los bares de su barrio de Cleveland (Ohio). Tras haber decidido que la música sería su modo de vida, estudió en el Instituto de Música de Cleveland, hasta graduarse en el primer ciclo. En 1955, a mitad del primer semestre del título superior, Jim dejó el instituto y se trasladó a Los Ángeles, decidido a establecerse como guitarrista. Una vez allí, Hall estudió con el gran guitarrista clásico Vicente Gómez, mientras entablaba contactos con músicos de *jazz.* Su gran oportunidad llegó cuando sustituyó a Howard Roberts en el quinteto del batería Chico Hamilton, que tipificaba el sonido relajado del *jazz* de la Costa Oeste de mediados de los cincuenta. Tras una gira por Sudamérica con la vocalista Ella Fitzgerald, Hall volvió a tocar durante un breve período con Giuffre y en 1959 entró a formar parte de un pequeño conjunto dirigido por el legendario saxo tenor Ben Webster. Durante esta misma época, Hall entabló su primer contacto musical con el pianista Bill Evans y grabó el entrañable *Undercover.*

En 1960, tras haberse mudado a Nueva York, Hall trabajó primero en un dúo con el saxo alto Lee Konitz y después en un grupo fundado por Sonny Rollins. En una entrevista concedida en 1975 al New Yorker, Hall hacía este comentario acerca de sus solos: "Me gusta que tengan esa cualidad que tiene Sonny Rollins... darle vueltas y más vueltas a una melodía hasta que acabas por mostrar todas sus posibles facetas". Después de pasar un año y medio con Rollins, Hall entró en una banda de mucho éxito dirigida por Art Farmer. Sin embargo, su vida privada no iba tan bien como su música hacía pensar. Sus problemas con la bebida eran cada vez mayores, y en 1965 tuvo que retirarse temporalmente, buscó ayuda en Alcohólicos Anónimos y se casó.

Evitando prudentemente la atmósfera alcohólica de los clubes, Hall encontró trabajo en la banda del *Show de Merv Griffin;* después volvió a tocar con Evans.

En los años setenta, Jim Hall participó en muy diversos proyectos: colaboró con el saxofonista de *free-jazz* Ornette Coleman; tocó en dúos con el bajista Red Mitchell y con Ron Carter; e intervino en el "álbum-concepto" *Concierto,* junto a Carter, Desmond, el trompetista Chet Baker y el pianista Roland Hanna.

En 1975, junto con la sección rítmica de Toronto formada por el bajista y pianista Don Thompson y el batería Terry Clarke, Hall grabó el clásico *Jim Hall Live.* En 1976, después de grabar *Commitment* con Art Farmer, Hall volvió a formar equipo con Clarke y Thompson para grabar el excelente *Jazz Impressions of Japan,* tocando exclusivamente temas originales.

En 1981, además de intervenir como acompañante en dos álbumes de orientación "jazzística" de Itzhak Perlman, virtuoso del violín clásico, Hall firmó con Concord Jazz Records y produjo el excepcional *Circle,* con Thompson y Clarke, y *First Edition,* con el pianista George Shearing. Las incesantes aventuras musicales de Hall son una fuente segura de placer para sus oyentes. Y sus profundas reflexiones sobre la mutabilidad de la música, los peligros del *be-bop* y sus técnicas especiales tienden a desmentir lo que declaró en cierta ocasión: "No tengo ninguna respuesta, sólo preguntas".

—¿Por qué utiliza principalmente standards como base para la improvisación?

Yo creo que es porque crecí escuchándolos, y porque están bien construidos. Un tema como "Body and Soul" —que todavía sigo intentando aprender a mi manera— tiene una forma clara con la que puedes trabajar y a la que puedes aplicar diferentes ideas armónicas y melódicas. Si eliminas de la música todos los factores limitantes, es como jugar al tenis sin red, ni pista, ni pelota: sólo dos tíos con raquetas en medio de un campo. Por eso es bueno saberse los *standards,* aunque luego vayas más allá. Mucha de la música actual suena amorfa, le falta forma. Odio decir este tipo de cosas, porque te hacen parecer un vejestorio.

—¿Cree que es posible ignorar la melodía mientras se improvisa sobre un tema?

Sí, pero me aburren los músicos que hacen eso. Hay muchos tíos cuyos solos suenan siempre igual. Tocan sobre los cambios de acordes, en lugar de improvisar sobre la melodía misma. A mí me parece más divertido improvisar sobre la canción entera: la melodía te da muchísimo pie para tocar. Además, intento tocar la melodía con la mayor exactitud posible. Muchas veces, la melodía no se toca como es. Hace poco, George Shearing y yo grabamos "Street of Dreams" en nuestro LP *First Edition,* y tuve que llamar a mi amigo Bill Finegan [pianista y arreglista] para que me dijera cómo era exactamente la melodía. Incluso la letra puede servir como fuente de ideas para improvisar.

—¿Cómo ha cambiado su manera de tocar a lo largo de los años?

He estado escuchando un viejo álbum de temas de Gershwin que grabé con Ruby Braff [trompetista], que se titula *Girl Crazy*. Mi manera de tocar parecía muy emotiva, pero la verdad es que no me metía en los temas. Era como si construyera el armazón de una casa y ahí lo dejara. Ahora tengo más facilidad para los cambios de acordes y las conexiones melódicas. Además, creo que mi sentido armónico ha evolucionado, al menos en lo referente a la guitarra, y me siento más aventurero.

—*¿Se esfuerza mucho por ser original en sus solos?*

Con el tiempo, acabas llegando a una situación en la que automáticamente tocas algo que ya te sabes o que has oído a otro. Y a veces es divertido hacer eso —tocar un cliché—, y hasta se puede sacar algo de ahí, pero yo procuro que el solo suene como si lo acabara de inventar. Cuando ensayo, procuro encontrar diferentes maneras de terminar las frases. Los músicos deben obligarse a oír algo y luego tocarlo, en lugar de dejar que los dedos actúen solos.

—*¿De dónde sacó ese sentido de la interacción?*

Lo aprendí de Jimmy Giuffre, que enfoca el *jazz* como un compositor y dice que hay que utilizar a toda la banda, y no ser sólo, pongamos por caso, un saxo acompañado por una sección rítmica. Lo ideal es que la banda esté en un estado de evolución y movilidad, en el que cada músico actúa y reacciona mientras la música va cobrando forma.

—*¿Qué proporción de sus improvisaciones de* jazz *es auténticamente espontánea?*

Procuro que lo que toco sea lo más fresco posible y no me atengo a patrones fijos. Cuando practico, suelo sujetar algunas cuerdas con tiras de goma para obligarme a mirar el diapasón de un modo diferente. Por ejemplo, puedo practicar sólo con las cuerdas de Sol y Re, o sólo con las de Sol y La. Aun así, es inevitable tocar algunos patrones familiares.

—*¿Qué es la improvisación?*

Bueno, no creo que exista una única respuesta, aunque me gusta pensar que es una composición instantánea. Es la parte divertida de tocar, una manera de reflejar la melodía de un tema y compartirla con todo el mundo. Estoy convencido de que la mayoría de los grandes compositores clásicos eran buenos improvisadores. Pero creo que a mucha gente la música clásica le parece más segura que el *jazz,* porque está controlada, ya sabes qué esperar. Yo creo que aquellos compositores eran mucho más atrevidos e improvisadores que lo que da a entender su música. Es muy probable que la gente que va a los conciertos clásicos saliera corriendo de la sala si estuvieran tocando los compositores.

—*¿Qué influencias clásicas ha tenido?*

Al terminar la enseñanza media, ingresé en el Instituto de Música de Cleveland (Ohio). Escribí unas piezas para piano y compuse un cuarteto de cuerda. Escucho toda clase de música, desde canto gregoriano a Witold Lutoslawski. Uno de mis mejores amigos es Don Erb, el compositor de vanguardia. Compuso un trío para guitarra, violín y cello, y yo lo grabé. Me encanta escuchar cualquier cosa de Bach. También estudié guitarra clásica con Vicente Gómez, pero ya no la toco porque se me rompen constantemente las uñas.

—*¿Utiliza ideas clásicas para tocar* jazz?

Vamos a ver: no tomo frases melódicas clásicas y las meto en un tema de *jazz,* pero sí que uso técnicas de composición para desarrollar melodías. Puede que algunas de mis armonías de acordes estén sacadas de Igor Stravinsky.

—*¿Le resultó muy provechoso estudiar con Gómez?*

Desde luego. Ten en cuenta que estábamos en 1955 y sólo había unos pocos tíos que tocaran guitarra clásica. Se le daba muy bien enseñar, y me hizo escuchar a fondo lo que yo mismo hacía. También me ayudó con los fraseos y me enseñó a realizar diferentes partes. Con el tiempo, Gómez me propuso que diera clases en su academia —tenía un pequeño estudio con varios profesores—, y aquél fue un gran día porque por fin supe que podía ganarme la vida como músico. Poco después, me fui de gira con Chico Hamilton.

—*En cierta ocasión utilizó el término "forma libre" para describir algunas de las grabaciones que hizo con Jimmy Giuffre. ¿Qué quiere decir eso?*

Alguien toca un motivo, y el resto de la banda procura reaccionar como si fueran compositores. Por ejemplo, Bob Brookmeyer tocaba una imitación de lo que tocaba Jimmy —no tenía que estar en ningún tono concreto— y yo intentaba complementarlo con una pequeña frase o grupo de notas. Era libre en el sentido de que iba cobrando forma a medida que tocábamos.

—*Ha tocado con Ornette Coleman. ¿Qué opina de su estilo* free-jazz?

Casi todo lo que le he oído ha sido con Don Cherry [trompeta], Charlie Hayden [bajo] y Eddie Blackwell [batería]. Aquel grupo era sensacional. Lo que hace Ornette tiene todos los buenos elementos de la música: ritmo, humor, emoción y un montón de técnica. Era muy impredecible. Hay quien dice que se dedicó al *free-jazz* porque era incapaz de tocar en una estructura de 32 compases, pero eso no es verdad. Me da lo mismo que no sepa tocar "Dios bendiga a los Estados Unidos". Aun así me gusta su música.

—*¿Por qué se le considera un músico introspectivo e intelectual?*

Bueno, yo creo que sueno más reflexivo porque procuro desarrollar los solos como si fueran composiciones. Además, no toco muy deprisa. La velocidad nunca se me ha dado bien. Es gracioso: este año gané un premio de la crítica de *jazz* y Emily Remler dijo que seguramente me habían dado el premio por ser el que menos notas tocaba. Pero bueno, en serio, creo que encontrar cien maneras de tocar "I Got Rhythm" rápido es más intelectual que lo que yo hago.

—*¿Qué guitarristas jóvenes le gustan?*

Emily es fantástica. Suena como si le interesara más tocar música que tocar la guitarra. Y hay un tío que se llama Ralph Piltch, un canadiense, que tiene una mano... Me gustan algunas cosas de Pat Metheny y me impresionó mucho un disco de Michael Hedges [*Breakfast in the Field*].

—*A pesar de que ha tenido las mismas influencias que Tal Farlow, Joe Pass y Herb Ellis, su estilo es muy diferente del de ellos. ¿Cómo explica eso?*

Poco a poco, he ido depurando mi manera de tocar para ajustarla a mi personalidad. Tal, sobre todo, tiene una técnica fantástica y un sentido armónico... hemos tocado mucho juntos, y a fuerza de tocar y tocar acabé dándome cuenta de que nunca sería capaz de hacer lo que él hace. Por supuesto, gran parte de mi estilo es consecuencia de las cosas que he escuchado. Aparte de la música clásica, me han influido mucho los saxofonistas y pianistas de jazz. Bill Evans, Art Farmer y Sonny Rollins me influyeron mucho. Los guitarristas no me parecen tan interesantes. Es una combinación de influencias y formación personal, aparte de la manera física de abordar la guitarra.

—*¿Alguna vez copia solos?*

Recuerdo haber copiado un par de solos de Charlie Christian y de Charlie Parker. Más que nada, intentaba captar el sentimiento de un músico. Por ejemplo, procuro tocar "Body and Soul" como me imagino que la tocaría Coleman Hawkins, porque le asocio mucho con esa canción.

—*¿Le ha interesado alguna vez el* be-bop?

Sí, cuando era chaval me interesó algo. Era difícil librarse de Charlie Parker. Lo vi una vez con Miles Davis [trompeta], Max Roach [batería], Duke Jordan [piano] y Tommy Potter [bajo]. Pero también oía a Lester Young y Coleman Hawkins, de manera que no sucumbí por completo a la influencia del *be-bop*. Me sabía muchos de los temas y de los fraseos fuertes, y desde entonces he procurado eliminarlos de lo que toco. Estaban bien para su época, pero yo me aburro con facilidad y me gusta buscar cosas diferentes. No pretendo cargarme el *be-bop,* pero tocar sólo cambios de acordes de determinada manera puede ser una trampa. La imitación puede llegar demasiado lejos. Por eso oyes tantos saxofonistas que suenan como John Coltrane. Seguro que no es eso lo que él pretendía.

—*¿En qué otras trampas puede caer un músico?*

Muchos tíos, incluyendo artistas muy famosos, tocan solos demasiado largos. Podrían decirlo todo en 32 compases, o en 64. Algunos de los músicos de *jazz* más grandes basaron su reputación en solos de ocho compases.

—*Lester Young era un músico muy sucinto. ¿Qué era lo que le gustaba de su música?*

Recuerdo que le oí tocar "After You've Gone" en un antiguo álbum de Jazz at the Philarmonic [*Bird and Pres: The '46 Concert*] y era maravilloso. La música de Lester me suena mejor ahora que cuando la oí por primera vez. Cuando era chaval no le hacía mucho caso. No puedes esperar que un chico de 21 años se interese por la música de los mayores. Lester tocaba con tanta elegancia y delicadeza... pero también tenía su faceta marchosa. Y siempre conseguía que todo sonara tan fácil...

—*¿Quiénes son los mejores bajistas con los que ha trabajado?*

Es difícil decirlo, porque he tocado con tantos buenos... Nunca he oído a nadie que toque como Red Mitchell. Sus solos son como lo que podría hacer Bill Harris con el trombón. Y Harvie Swartz, que toca con [la cantante] Sheila Jordan, es estupendo. Aún no ha hecho nada que le haga destacar, pero es un solista maravilloso. Ron Carter es fantástico escuchando; cada nota que toca tiene un significado especial. Y claro, Don Thompson es un músico increíble en todos los sentidos de la palabra, tanto tocando ritmos como tocando solos. Con Ray Brown he trabajado muy poco, pero es el no va más de los bajistas marchosos. Una vez tuve el honor de tocar un tema con Oscar Pettiford. Otros grandes bajistas con los que he trabajado son Carson Smith, Ralph Peña, Percy Heath, Bob Cranshaw, Milt Hinton, George Duvivier, Jay Leonhart, Michael Moore, Jack Six, Art Davis, Brooks Caperton, Mark Johnson, Eddie Gómez y Steve Swallow.

—*¿Tuvo algún reparo en tocar con Itzhak Perlman?*

Aunque fue muy divertido, casi no hago el primer disco porque me parecía una especie de montaje. Tuve reservas similares con mi álbum *Concierto*. Perlman sonaba espontá-neo, a pesar de que estaba leyendo casi todo el tiempo. Hicimos una especie de tema griego de Shelley Manne [batería] que sonaba como a Bartók, y en ése Itzhak improvisaba, pero por alguna razón no se incluyó en el álbum.

—*En uno de los grupos de Sonny Rollins, usted era el único músico blanco. ¿Hubo algún problema por eso?*

He sido muchas veces el único músico blanco de la banda, pero generalmente lo consideraba un privilegio. A veces surgía algún efecto colateral de tipo social, que era de esperar. Por ejemplo, al llegar a los hoteles, me tomaban por el manager de Sonny.

—*¿Cómo fue la colaboración con George Shearing en el álbum* First Edition*?*

Estupenda. Tiene un oído increíble. Y el sonido que le saca al piano es único y bellísimo, sobre todo en las baladas. Su manera de tocar me recuerda la música clásica.

—*Cuando acompaña a un solista, ¿prefiere llevarlo o seguirlo?*

Depende de con quién toque. A Art Farmer le gustaba oír primero un acorde. Así que yo tocaba un acorde y Art me seguía. En cambio, Sonny Rollins se cabreaba si intentabas guiarle. Con el tiempo te vas dando cuenta de lo que quiere cada uno.

—*¿Cuánta libertad suele tener cuando toca como acompañante?*

A veces puedo hacer lo que me dé la gana, y otras veces tengo que tocar relativamente sobre seguro. Zoot Sims [saxofonista] es muy aventurero. Muchas veces empieza un tema sin avisar del tono ni del tiempo. Tiene un oído muy rápido, y enseguida pilla lo que yo hago. Cuando tocaba con Paul Desmond, Ron Carter y yo nos íbamos por donde queríamos. A Paul no le gustaba mucho eso; quería que los acordes fueran un poco más predecibles. He oído decir que Dizzy Gillespie [trompetista] sólo quiere oír el acorde básico. Cuando toco con Bob Brookmeyer ni siquiera hablamos de las progresiones. Le gusta que me arriesgue. Es una cosa que varía de un músico a otro.

—*¿Alguien le ha pedido que toque una serie concreta de cambios en un tema?*

Hombre, claro. Hay temas que tienen partes problemáticas, y cada músico prefiere unos cambios diferentes. "Round Midnight" es uno de esos temas; yo creo que aún no lo tengo bien pillado. Hay que mantenerse flexible.

—*¿Ha influido mucho en su vida personal el ser músico de* jazz?

Sí. A veces se te hace difícil. Lo de viajar es duro. Y yo creía que la bebida tenía algo que ver con ser músico, pero cuando decidí dejarla y empecé a ir a reuniones de Alcohólicos Anónimos, descubrí que allí todos habían pensado lo mismo de su trabajo. La tensión puede ser muy fuerte. Por ejemplo, hace poco hice una serie de galas. El contrato decía que me pagarían antes de empezar, pero eso no siempre sucedía. A veces tenía que sentarme a esperar a que contaran el dinero después de haber tocado. Eso te puede fastidiar mucho, sobre todo si tienes que coger un avión a las ocho de la mañana siguiente.

—*¿Es usted muy autocrítico?*

Sí que lo soy, pero me siento bien tocando. El instrumento me hace ser humilde. A veces lo cojo y parece que me dice: "No, hoy no puedes tocar". Pero aun así, insisto.

—*Tradicionalmente, el* jazz *se toca en clubes. ¿Tiene algunos favoritos?*

Me gusta el Village Vanguard de Nueva York. Es un garito pequeño, pero en él se ha tocado un montón de buena música. Durante los intermedios no hay ningún sitio donde meterte, así que todo el mundo —incluyendo el dueño, Max Gordon— se reúne en la cocina. También está muy bien el Blues Alley de Washington D.C., tiene un sistema de sonido muy bueno. Y el McCabe's Guitar Shop de Santa Nónica (California), y el Great American Music Hall de San Francisco. Muchos clubes no son tan buenos, ni mucho menos. He visto a amigos míos tocando en sitios tan ruidosos que me ponían de mala leche. Los propietarios parecen más interesados en vender copas que en presentar bien la música.

—*¿Por qué no usa más la guitarra acústica?*

Bueno, es difícil usar la acústica en conciertos, por el lío que supone transportarla. Además, hay problemas de amplificación. Pero me gusta tocar la acústica.

—*Hay un viejo disco de Chico Hamilton en el que se le ve con una Les Paul.*

¿Sabes de dónde la saqué? Estábamos tocando en un club que tenía una barra semicircular delante del escenario para que los clientes dejaran allí sus copas, y eso hacía que mi Gibson L-5 sonara sucia. Como no tenía suficiente experiencia, no me daba cuenta de que la culpa era de la acústica del local, y me conseguí la Les Paul. Pero me parecía muy fría, así que a los seis meses la cambié por la ES-175.

—*¿Cómo aprendió a leer música?*

Pues de manera natural. Empecé a leer a los diez años, y luego fui a la escuela de música y tenía que hacer gran parte de los deberes con la guitarra, porque no tenía piano. Cuando hice el *Show de Merv Griffin* me vino muy bien saber leer. Pero no lo trabajo mucho, y no leo tan bien como un buen clarinetista de estudio. Es importante poder sacar música de un papel, porque así es como se comunica la información musical, pero eso no lo es todo. Una vez Merv se puso muy pesado con lo de que Errol Garner no sabía leer música, como si fuera un *idiot savant* o algo parecido, y a mí aquello me sentaba fatal, porque Garner estudiaba cada vez que se sentaba al piano.

—*¿Qué hace para calentarse antes de actuar?*

A veces, viajar me cansa tanto que me siento enloquecer. Practicar despacio ayuda mucho, si tengo tiempo de quedarme a solas con la guitarra. Si tengo que salir a tocar sin más, me suele venir muy bien escuchar con mucha atención a los demás músicos.

—*¿De dónde sacó la idea para hacer esa parte que parece una raga en "Bermuda Bye Bye", del álbum* Commitment?

Iba a terminar ahí el tema, pero me parecía que le faltaba algo y empecé a hacer eso. Un alumno mío, al que le gusta jugar con diferentes afinaciones, me enseñó a tocar esa clase de acordes. El pedal de bajos les da un sonido modal:

[*N. del Ed.:* Los números indican la digitación de la mano izquierda.]

—*¿Cómo compuso "Careful"?*

Me fascinaba la escala disminuida, y en 1958, cuando estaba con Giuffre, escribí en ella un blues de 16 compases. George Shearing se empeñó en incluirlo en *First Edition,* porque lo había oído en alguna parte. También lo grabé con Gary Burton [vibrafonista]. Probablemente, me influyó Thelonius Monk.

—*¿Está practicando actualmente con alguna técnica?*

Sí, con muchas. He estado procurando ampliar mi técnica de pulsar, porque por fin me he dado cuenta de que los violinistas y los violoncelistas tienen más de una manera de usar el arco. Quiero seguir con mi manera de tocar ligados con la mano izquierda, tanto ascendentes como descendentes, pero ahora intento usar pulsaciones alternantes y mover la muñeca como Larry Coryell y John McLaughlin. Ya sé que parece un poco tarde para empezar con eso. A veces trabajo en armonías de acordes, escuchando a Bill Evans y procurando captar su sentimiento. También estoy practicando lo de tocar solo. Sería un reto grabar un álbum así algún día. Y he estado experimentando con tocar con los dedos de la mano derecha y una púa.

—*¿Puede poner un ejemplo de su técnica de ligados con la mano izquierda?*

Aquí tienes un ejemplo en Si bemol. Las notas van del Fa al Si bemol, y se toca todo en la cuerda de Re.

[*Nota del Ed.:* El número rodeado por un círculo indica la cuerda en que se toca.]

Este tipo de fraseo es consecuencia de que Jimmy Giuffre quería que mi sonido

fuera más continuo, para que no interrumpiera el flujo de las líneas que él componía.

—*¿Alguna vez piensa en escalas mientras toca?*

A veces. Si me quedo atascado, puedo recorrerme una escala para ver si encuentro algo que funcione. En general, procuro hacerme el ignorante y guiarme sólo por el sonido y el sentimiento. Cuando las cosas van bien, te sientes como si la música saliera sola porque tú por fin te has quitado de enmedio.

—*A menudo utiliza arpegios rápidos a modo de decoración. ¿Podría indicarnos la digitación de alguno de los más típicos?*

Éste lo utilizo mucho. Es un Sol menor séptima con una novena añadida:

A veces toco a la vez el Re y el Fa, y hago un ligado ascendente con el dedo meñique hasta el Fa y el La. Creo que eso se me ocurrió escuchando a Bill Evans... suena un poco como un piano.

—*¿Tiene algún método para encontrar nuevas armonías de acordes?*

A veces hago dos voces a lo largo de toda una melodía, como "Body and Soul" o las toco contra una nota sostenida, como un La al aire, por ejemplo. Se pueden conseguir cosas interesantes haciendo que las notas vayan en diferentes direcciones. En *First Edition,* George Shearing tocaba una introducción preciosa a "Emily", que armonizaba la escala cromática en la voz alta:

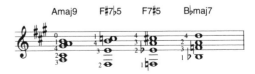

—*¿Hay algún libro del que haya sacado especial provecho?*

Trabajé bastante con el *Método de Guitarra* de George Van Eps, el que explica la triada armónica. Todavía sigo usando armonías que descubrí en algunos de los ejercicios de ese libro:

—*¿Qué consejo les daría a los estudiantes de guitarra de* jazz?

No escuchéis sólo a guitarristas. Pero si tenéis que escuchar a alguno, estudiad la manera en que Freddie Green tocaba la guitarra rítmica con la banda de Count Basie. Si podáramos el árbol del *jazz,* Freddie Green sería el único que quedaría. A la larga, me parece más importante mirar cuadros que escuchar cómo tocan los guitarristas de *be-bop.*

S us manos eran lo que le hacía parecer tan alto. Podrían haber estado acopladas a alguien treinta centímetros más alto. Pero James Marshall Hendrix, que sólo medía un metro ochenta, le sacó buen partido a lo que tenía y a lo que oía.

Lo que oyó en un principio fueron los sonidos de los años cuarenta y cincuenta, atronando por las radios, gramófonos y televisores de su ciudad natal, Seattle, en el estado de Washington. También se familiarizó con los sonidos de otras épocas, conservados en la amplia colección de discos de su padre, que contenía principalmente artistas de blues y de *rhythm & blues.* También se le debieron quedar en los oídos los sonidos que hacían sus allegados: su padre haciendo ritmos con cucharas que golpeaba contra los muslos y las palmas de las manos,

su tía tocando el piano con autoridad en la iglesia bautista de Dunlap (donde tuvo lugar el funeral de Jimi).

El padre de Jimi, James Allen Hendrix, jardinero paisajista, cambió su saxo por una guitarra acústica para sustituir la escoba en la que rasgueaba su hijo de 12 años, y Jimi empezó a aprender por su cuenta. Observaba a otros guitarristas, e intentaba tocar lo que les veía tocar a ellos, por lo general cambiando de manos, pero a veces como si fuera diestro. Aunque nunca aprendió a leer música, no paraba de tocar, y adquirió mucha práctica actuando con media docena de grupos de *rock* de Seattle. Tocaban en los clubes de la zona o viajaban 200 kilómetros hasta Vancouver, para actuar en bailes por 50 centavos la hora más todas las cocacolas y hamburguesas que pudieran consumir. El señor Hendrix todavía conserva la imagen mental de su hijo mayor (el hermano de Jimi, Leon, tenía cinco años menos) tirado en el sofá y enredando con los discos, la radio y la televisión. Allí debió aprenderse el tema de Peter Gunn que toca en el álbum *War Heroes.*

Los padres de Jimi procedían de Vancouver, y en esta ciudad pasó mucho tiempo, en la escuela elemental y visitando a su abuela cuando actuaba en la Columbia Británica, después de haber estudiado en el instituto Garfield de Seattle. Pero a pesar de la reputación que adquirió más adelante, en Seattle casi nadie consideraba que Jimi fuera un guitarrista fuera de lo corriente. Al menos, en aquella época.

En 1959, con 17 años, Jimi convenció a su padre de que firmara la autorización para alistarse en el ejército (aún no tenía 18 años y necesitaba permiso de los padres), e ingresó en la 101ª División Aerotransportada. Esta incursión de 26 meses en el paracaidismo militar concluyó en su vigésimosexto salto, en el que se rompió la espalda y un pie, ganándose una licencia anticipada. Pero no le apartó de la música. Al poco tiempo de llegar al campamento de instrucción, había escrito a su padre para pedirle que le enviara una guitarra, porque creía que se iba a volver loco. Ya con su instrumento, tocó con todo el que encontró, incluyendo a Billy Cox, que años después tocaría el bajo con él en la Band of Gypsys.

Entre 1963 y 1964, Jimi estuvo actuando por el Sur (el llamado "circuito chitlin") con una amplia variedad de grupos. En 1964 llegó a Nueva York. Su reputación como acompañante fue creciendo, y en 1965, cuando entró en la banda de King Curtis, ya había tocado con Ike & Tina Turner, Little Richard, Joey Dee, Jackie Wilson, James Brown, Wilson Pickett, B.B. King, los Isley Brothers, y Curtis Knight & the Squires.

Chuck Rainey, que tocaba el bajo en la banda de King Curtis mientras Jimi y Cornell Dupree compartían la función de guitarristas, recuerda que Jimi era un músico excepcional que se contentaba con ser aceptado: "Si le contrataban como tercer guitarrista, se daba por satisfecho; jamás tenía una queja de nada". También recuerda que Jimi tenía un oído perfecto, era ambidextro y tocaba los temas de *jazz* con tal elegancia que Rainey llegó a la conclusión de que Jimi tenía que conocer las obras de Billy Butcher y Charlie Christian. Por si alguien lo dudaba, Jimi sabía tocar —y tocaba— solos de *jazz,* que no son lo mismo que los de *rock* y *rhythm & blues.*

En 1965, Jimi formó su propia banda en Nueva York. La llamó The Blue Flames, y él adoptó el nombre de Jimmy James. A mediados de 1966 estaban tocando en el patio trasero de la música pop: Greenwich Village. Después de aceptar el puesto de guitarrista solista de John Hammond Jr, el tal Jimmy James empezó a hacerse un nombre entre un público cada vez más selecto, que incluía a Bob Dylan, los Beatles y los Animals.

Y así tuvo lugar la trascendental visita de Bryan "Chas" Chandler, ex-bajista de los Animals, que decidió unir su futuro al de aquel guitarrista salvaje. Tras arreglar la cuestión de los pasaportes, Chas le ofreció a Jimmy James un billete de avión, algo de dinero y la promesa de conocer a Eric Clapton, que empezaba a dar mucho que hablar y había despertado el interés del joven guitarrista. Nada más llegar a Inglaterra,

Hendrix llamó a su padre para decirle que le iban a convertir en una estrella. Había recuperado su apellido original, pero alteró la ortografía de su nombre de pila: ahora se llamaba Jimi Hendrix.

En Londres, Chas reclutó al batería Mitch Mitchell y a Noel Redding (un guitarrista al que obligó a empuñar un bajo), y nació la Jimi Hendrix Experience. El grupo tuvo un éxito inmediato en Europa, primero en clubes pequeños y después en locales más grandes, y no tardó en firmar contrato con Track Records, que publicó "Hey Joe" y "Purple Haze", dos éxitos instantáneos. Para entonces, la Experience estaba considerada como la banda más caliente de Europa, pero en el lado del océano del que procedía Jimi sólo era un rumor en el *underground.*

No obstante, la banda no permaneció mucho tiempo en la sombra en Estados Unidos. Por recomendación de Paul McCartney, los organizadores del Festival Pop de Monterrey (16-18 de junio de 1967) contrataron a la Experience. El último día del festival, que caía en domingo, Jimi Hendrix dejó estupefactos a los espectadores, y América tuvo el primer atisbo de lo que era capaz de hacer con una guitarra eléctrica y un bote de combustible para encendedores. Pero a los guitarristas, estos excesos teatrales no les impresionaron tanto como el insólito enfoque de la música de Jimi y su perfecto control de la distorsión, que hasta entonces era un efecto casual y un factor que había que eliminar (no añadir) del sistema de sonido.

El segundo vistazo que dio América lo dio con el ojo equivocado. A finales de 1967, alguien tuvo la brillante idea de mandar a la Experience de gira con los Monkees, y el intento fracasó. Los jóvenes fans de los Monkees no estaban preparados para la salvaje sensualidad y la música rugiente de Jimi. Cuando no llevaban ni media docena de actuaciones, la organización inventó una historia, según la cual las Hijas de la Revolución Americana habían conseguido que se prohibiera actuar a la Experience, y la banda tuvo que abandonar la gira.

Hendrix regresó a Inglaterra, donde su popularidad seguía siendo alta; mientras, en América, la respuesta positiva a sus discos y las noticias de sus actuaciones en Europa contribuyeron a borrar el recuerdo del tropezón de los Monkees. En 1968 y 1969, Jimi recorrió los Estados Unidos actuando en locales abarrotados.

Hendrix se había convertido en el guitarrista favorito de los guitarristas, y tocaba incesantemente con los mejores músicos de *rock,* en famosas sesiones de madrugada en las que participaban luminarias como Johnny Winter, John McLaughlin, Stephen Stills y artistas de otros campos, como el virtuoso de los vientos Roland Kirk. A finales de 1968, los miembros de la Experience empezaban a distanciarse. Jimi daba señales de querer trabajar con otros músicos, y así surgió la Band of Gypsys, con Buddy Miles a la batería y Billy Cox al bajo. Se grabó su actuación en el Fillmore East de Nueva York, y algunas partes se remezclaron para su único álbum, pero no hicieron ninguna gira juntos.

Los planes para reunir de nuevo a la Experience y hacer una gira en la primavera de 1970 se quedaron en nada. Al parecer, Jimi atravesaba un período de intenso replanteamiento de su música y sus objetivos artísticos. En primavera y verano salió de gira con Mitch Mitchell y Billy Cox, y en agosto de 1970 actuó en el festival de la isla de Wight (Inglaterra), después de haberse pasado la noche anterior en vela con Eric Barrett, inaugurando su propio estudio de grabación (Electric Ladyland Studios) en Nueva York. Hizo una mala actuación, que muchos atribuyeron a una depresión o a un declive general de sus habilidades, descartando el previsible aturdimiento provocado por la falta de sueño, el desfase horario y el tener que actuar a las dos de la madrugada.

El 18 de septiembre de 1970, James Marshall Hendrix ingresaba cadáver en el hospital de St. Mary Abbots, en Kensington (Inglaterra). El patólogo Donald Teare explicó que la causa de la muerte había sido la "ingestión de vómito, provocada por intoxicación con barbitúricos". Aunque en el organismo de Jimi no se encontraron drogas en cantidad suficiente para causar la muerte, circularon rumores sobre un posible suicidio, que fueron desmentidos por casi todos los que conocían a Jimi, muchos de los cuales recuerdan que, por el contrario, disfrutaba de la vida y planeaba iniciar una nueva y creativa fase de su carrera. Hay que mencionar que los somníferos que tomó no eran los que tomaba habitualmente, sino de una marca alemana, de la que sólo se suele ingerir un cuarto de pastilla. Es muy probable que Jimi no tuviera ni idea de la dosis que estaba tomando para poder dormir un poco a aquellas horas de la madrugada. Según todos los indicios, su muerte fue un trágico accidente que se pudo haber evitado.

Gerry Stickells, su *road manager,* envió el cadáver a Seattle. Al funeral asistieron figuras como Johnny Winter y Miles Davis, así como muchos de los músicos con los que había tocado. Recibió sepultura el 1 de octubre de 1970, en el cementerio de Greenwood (Seattle).

¿Qué habría hecho Jimi Hendrix de seguir vivo? Es pura especulación, pero comunicó muchos de sus sueños a las personas que le rodeaban. Puede que algunos de ellos fueran fantasías, y que otros no se hubieran podido hacer realidad. Eric Barrett afirma que "sentía que estaba en camino algo completamente nuevo". Jimi solía llamarle y se pasaban toda la noche discutiendo ideas. Hendrix quería comprar una carpa de circo, contratar personal de seguridad propio y organizar conciertos de tres o cuatro días en las afueras de las ciudades; el personal de seguridad sólo se encargaría de mantener el orden y procurar que todo marchara bien, sin convertir los conciertos en redadas antidrogas. Jimi murió una semana antes de concluir sus encuentros preliminares con el magistral arreglista de *jazz* Gil Evans, con el que tenía pensado grabar (el disco *The Gil Evans Orchestra Plays the Music of Jimi Hendrix* contiene selecciones que Evans presentó en su concierto dedicado a Hendrix en el Carnegie Hall, formando parte del programa de 1974 de la New York Jazz Repertory Company).

El propio Jimi hablaba de tomarse un año sabático para estudiar música más sistemáticamente y aprender solfeo. En una entrevista expresó su interés por actividades multimedia, como explorar las propiedades curativas del sonido en combinación con el color. En dicha entrevista, publicada el día antes de su muerte, le decía a Roy Hollingworth que "en las antiguas civilizaciones no tenían enfermedades como las que tenemos ahora. Sería increíble poder producir una música tan perfecta que se filtrara a través de ti como si fueran rayos y acabara por curarte". En cuanto a sus horizontes musicales, le dijo al mismo entrevistador: "Me gustan Strauss y Wagner. Aquellos tíos eran buenos, y creo que van a formar el telón de fondo de mi música. Por encima de todo, serán *blues* —todavía me quedan muchos *blues*— y también habrá música celestial y dulce música opiácea, todo combinado en una sola cosa". Además, Jimi quería completar la obra que había iniciado con el álbum Cry of Love, y reunir una *big band* con sección de vientos y músicos competentes, para dirigirla y componer.

Alan Douglas menciona innumerables planes de Jimi, que incluían películas y libros. Incluso da a entender que Jimi estaba pensando componer la biografía imaginaria de "Black Gold" (un personaje basado en el propio Jimi), en forma de diez canciones conectadas para contar una historia, a la manera de "Tommy", la ópera-*rock* de los Who. Douglas y Hendrix pensaban desarrollar este tema en una película de animación (posiblemente, a esto se refiere cuando habla de "dibujos" en la entrevista que aquí publicamos), en un disco y en un libro ilustrado. Por desgracia, la casete en la que Jimi había esbozado el proyecto fue uno de los artículos robados en su apartamento inmediatamente después de su muerte.

Independientemente de la multitud de ideas que parece que revoloteaban en su fértil mente, y a pesar de su prematuro silencio, Jimi Hendrix dejó un legado de creatividad musical altamente satisfactorio en todos los aspectos. Su muerte fue una tragedia, pero su vida no.

El 4 de febrero de 1970, un día tan frío y con tanta nieve que todos los taxis de Nueva York estaban ocupados, John Burks (entonces redactor jefe de *Rolling Stone*), llegó tiritando con su ropa californiana, caminando a trompicones y resbalando en la nieve helada, a un elegante apartamento del centro de la ciudad, para realizar la que resultó ser una de las últimas entrevistas importantes con Jimi Hendrix. Estaban presentes Jimi, Noel Redding, Mitch Mitchell, varios *managers* y Baron Wolman, conocido fotógrafo y reportero que colaboraba en *Rolling Stone, Rags* y otras revistas. La reunión había sido convocada por los *managers* de Hendrix, con el principal objetivo de dar bombo a la reunificación de la Jimi Hendrix Experience original, aunque luego no pasó de ser una reagrupación fugaz, que tuvo que coexistir con la Band of Gypsys.

Burks y Wolman recuerdan haber captado una cierta ansiedad por parte de los entrevistados. "Aunque aquello estaba montado como si fuera para una revista de fans", recuerda John, "ellos sabían que no podían manipular la entrevista para sus propósitos publicitarios, porque estaban tratando con el *Rolling Stone.* Además, en aquel momento concreto todavía estaba vivo el recuerdo de un concierto preocupantemente aburrido, que había tenido lugar en enero en un acto por la paz celebrado en el Madison Square Garden, y donde un Jimi Hendrix falto de inspiración había dejado de tocar sin más. No obstante, tampoco se puede asegurar que Hendrix estuviera deprimido, porque si lo del Madison Square había sido un petardo, también estaba reciente el recuerdo de un concierto con la Band of Gypsys que el promotor Bill Graham había descrito como el mejor que había oído en el Fillmore East. Fuera cual fuera su estado de ánimo inicial, con un poco de coñac, un buen fuego en la chimenea y un ritmo relajado en las preguntas, los ánimos se serenaron".

Evidentemente, John [Burks] no tenía ni la menor idea de que algunas partes de aquella entrevista con la Experience se fueran a utilizar 22 años después en este libro. De hecho, la grabación misma —un siseante amasijo de voces que se interrumpen unas a otras, captado por una grabadora de mala muerte— tenía una calidad tan deficiente que Burks entresacó las frases que pudo para un artículo rápido y la guardó en una caja, donde permaneció sin transcribir y sin publicar, pero, afortunadamente, también sin borrarse. Cuando tuvo noticias del primer "especial Jimi Hendrix" de la revista *Guitar Player* (septiembre de 1975), John desenterró la cinta, y lo que aquí presentamos son las partes descifrables. Esta entrevista ofrece una última e interesante visión de un genio de la guitarra.

—¿Sigues viviendo en una casa llena de músicos?

No, estoy intentando tener más tiempo de intimidad, para poder componer algunas cosas. Quiero componer más.

—¿Qué clase de composiciones?

No lo sé. Sobre todo, cosas para dibujos. Un personaje muy gracioso, que se mete en situaciones raras. Aún no puedo hablar de eso. Supongo que se le puede poner música. Lo mismo que a la música se le pueden poner *blues*.

—¿Estás hablando de piezas largas, o de simples canciones?

Bueno, quiero meterme en eso que tú seguramente llamarías "piezas". Sí, piezas, una detrás de otra formando movimientos, o como se llame. He estado componiendo cosas de ésas. Pero lo que más he hecho es escribir películas de dibujos.

—Si ves el dibujo en tu mente, ¿oyes también la música?

Sí, eso es, en la mente. Lo escuchas y te vienen *flashbacks* muy curiosos, La música va siguiendo la historia, como en "Foxy Lady". Es algo así. La música y las palabras van juntas.

—Cuando compones una canción, ¿es algo que te sale solo, o es un proceso de tenerse que poner a la guitarra o al piano desde las 10 de la mañana?

La música que oigo por dentro no puedo tocarla con la guitarra. Es cuestión de quedarse tirado, soñando despierto o algo así. Oyes toda esa música y eres inca-paz de sacarla con la guitarra. De hecho, como cojas la guitarra e intentes tocar, lo fastidias todo. No toco tan bien la guitarra como para plasmar toda esa música, así que me quedo tirado. Ojalá hubiera aprendido a escribir para varios instrumentos. Creo que es lo próximo que voy a hacer.

—Así pues, en un tema como "Foxy Lady", primero oyes la música y después pones la letra a la canción.

Eso depende. En "Foxy Lady", simplemente, nos pusimos a tocar e instalamos un micrófono, y las palabras me fueron saliendo [risas]. Con "Voodoo Chile (Slight Return)", alguien estaba filmando cuando empezamos a hacer eso. Lo hicimos unas tres veces, porque querían filmarnos en el estudio, para que... [imita una voz pomposa] "para que parezca que estáis grabando, chicos". Una de esas escenas, ya sabes. Así que dijimos: "Vale, tíos, vamos a tocar en Mi: uno, dos, tres...", y nos pusimos a tocar "Voodoo Chile". Cuando oyes a Mitch machacando, a t1 volando literalmente por encima, y al bajo salirse por libre, todo el asunto suena casi a jazz de vanguardia.

Bueno, eso es porque todo sale del mismo sitio: de los tambores.

—¿Te gusta algún músico de vanguardia?

Sí, cuando estuvimos en Suecia, oímos a algunos tíos hacer cosas que no habíamos oído nunca. Eran tíos que actuaban en pequeños clubes de pueblo, y en cuevas, y hacían unos sonidos que ni te los imaginas. Eran gente de Suecia, Copenhague, Amsterdam o Estocolmo. Cada dos por tres, hacían como una ola. Cada dos por tres, chocaban unos con otros, sus personalidades se mezclaban, y la fiesta de anoche, y la resaca [risas], y el mal que empieza a tirar de ellos hasta llevárselos. Podías oír cómo se iban. Y luego empezaban a venir de nuevo. Como una ola, yendo y viniendo.

—Para pasártelo tú bien con la música, ¿cuál es el mejor sitio para tocar?

Me gustan las jams de madrugada en sitios pequeños, como un club. Tienes otra sensación. Te da una subida distinta, con toda esa gente ahí. Es otra sensación, y la mezclas con todo lo demás. No son las luces, es la gente.

—*¿En qué se diferencian las dos sensaciones, esa cosa que te da el público?*

Se nota una cosa más onírica en el público, es algo en lo que te vas metiendo. Te pones a un nivel que, a veces, te sales. No es que te olvides del público, pero sí que te olvidas de toda la paranoia, de ese rollo de decir: "Dios mío, estoy en escena. Y ahora, ¿qué hago?". Te metes en otra onda y en ciertos aspectos es casi como un juego. Ya no pateas tantos amplificadores ni prendes fuego a las guitarras.

A lo mejor es que estoy prestando atención a la guitarra para variar. A lo mejor.

—*¿Fue una decisión consciente?*

Huy, no lo sé. Es como el final de un principio. Supongo que eso del Madison Square Garden fue como el final de un largo cuento de hadas, lo cual está muy bien. Es lo mejor que podría haber ocurrido. La banda estuvo fantástica, al menos en mi opinión.

—*Pero ¿qué te ocurrió?*

Fue como si me cambiara la cabeza, como si empezaran a ocurrir cambios. No podría explicarlo, de verdad. Estaba muy cansado. ¿Sabes?, a veces hay un montón de cosas que se te van acumulando en la cabeza: esto y lo otro y lo de más allá. Y se te vienen encima en un momento concreto, que resultó ser aquel acto por la paz, y allí me tenías, combatiendo en la mayor guerra que he librado nunca... por dentro, ¿sabes? Y en fin, no era el lugar más indicado para eso, así que me dejé de disimulos.

—*¿En qué medida intervienes en la producción de tus álbumes? Por ejemplo, ¿produjiste el primero* [Are You Experienced]*?*

No, fueron Chas Chandler y Eddie Kramer los que hicieron casi todo el trabajo. Eddie era el ingeniero, y Chas, como productor, se ocupaba principalmente de que las cosas funcionaran.

—*En el último disco* [Electric Ladyland] *apareces como productor. ¿Lo hiciste tú todo?*

No, bueno, lo hicimos Eddie Kramer y yo. Yo lo único que hice fue estar allí y asegurar-me de que estaban las canciones adecuadas y de que había sonido. Queríamos un sonido particular. Se perdió en el montaje, porque nos fuimos de gira antes de terminarlo. Lo he oído y creo que el sonido es muy turbio.

—*En este último disco tocas "All Along the Watchtower". ¿Hay alguna otra cosa de Dylan que te gustaría grabar?*

Oh, sí. Me gusta ésa que dice "Por favor, ayúdame en mis momentos débiles" ["Drifter's Escape"]. Me gustaría hacer ésa. Me gustan sus álbumes *Blonde on Blonde y Highway 61 Revisited*. Sus temas country tampoco están mal, en ciertos momentos. Son más tranquilos, ya sabes.

—*Tu versión de "Watchtower" me gustó muchísimo, y la de Dylan no me gustaba.*

Bueno, son reflejos, como en un espejo [risas]. ¿Te acuerdas de aquella "habitación llena de espejos"? Es una canción que estamos intentando grabar, pero no creo que la terminemos nunca. Espero que no. Habla de intentar salir de ese cuarto lleno de espejos.

—*¿Por qué no podéis terminarla?*

[Imita una voz remilgada] Bueno, verás, tengo un problema de salud. Estoy tomando mucho germen de trigo, pero ya sabes cómo es esto [risas] No sé por qué [coge un lápiz y escribe algo].

—*Tú no eres lo que se dice un guitarrista* country.

Gracias.

—*¿Lo consideras un cumplido?*

Lo sería si yo fuera un guitarrista *country*. Ése sería otro paso.

—*¿Escuchas a alguna de las bandas que hacen* country, *como los Flying Burrito Brothers?*

¿Quién es el guitarrista de los Burrito Brothers? Ese tío sabe tocar. Me gusta. Hace maravillas con la guitarra. Eso es lo que me hace escuchar esas cosas, la música.

Es dulce, y tiene algo.

[Cantando con voz grave] "Hola, paredes". [Risas]. ¿Has oído ésa de "Hola, paredes"? "El cielo hillbilly".

—*¿Te acuerdas de Bob Wills y los Texas Playboys?*

[Risas] Me gustan. Solíamos oír el *Grand Ole Opry*, y yo los escuchaba. Tenían gente muy buena, muy buenos guitarristas.

—*¿Qué músicos hacen que te tomes la molestia de ir a escucharlos?*

Nina Simone y Mountain. Me gustan.

—*¿Qué me dices de grupos como los McCoys?*

[Canta la introducción de "Hang On Sloopy", imitando la guitarra de Rick Derringer] Sí, ese guitarrista es estupendo.

—*¿Te gustan las parodias como los Masked Marauders o el programa de la radio inglesa* The Goon Show?

No los he oído nunca [a los Masked Marauders]. He oído hablar de ellos. Los Fugs sí que son buenos. Creo que no lo ponen aquí [el *Goon Show*]. Son obras maestras, clásicos, lo más gracioso que he oído, aparte de Pinky Lee. ¿Te acuerdas de Pinky Lee? Pues son como un montón de Pinky Lees juntos y luego vueltos del revés.

—*¿Eres fan de Pinky Lee?*

Lo era. Llevaba calcetines blancos.

—*¿Es verdad que con la Band of Gypsys ensayabas de 12 a 18 horas diarias?*

Sí, en realidad lo que hacíamos era tocar el plan *jam.* Lo llamábamos "ensayo" para que sonara... cómo te diría... oficial. Estábamos cogiendo el rollo, eso es todo. Tampoco llegaban a 18 horas... digamos que doce, o tal vez catorce. [Risas]. La vez que más tiempo seguido hemos tocado [la Experience] fue en un concierto. Estuvimos tocando más de dos horas y media, casi tres horas de un tirón. Hacíamos ruidos. La gente hace ruido al dar palmas, y nosotros respondíamos con más ruidos. Me gustan los sonidos eléctricos, los acoples, la estática y todo eso.

—*¿Vais a sacar un* single, *además de un LP?*

Puede que saquemos dentro de poco un *single* del otro asunto. Pero la Experience, no sé. Todas las compañías de discos quieren *singles.* Pero no te vas a poner a decir: "Oye, vamos a hacer una canción para un *single*" o algo así. No vamos a hacer eso. Nosotros no hacemos eso.

—*Creedence Clearwater Revival hacen eso hasta que tienen bastante material para un álbum, como en los viejos tiempos.*

Bueno, eso era en los viejos tiempos. Yo considero que nosotros somos músicos. Con más mentalidad de músicos, ¿sabes?

—*Pero con los* singles *se gana dinero, ¿no?*

Claro, por eso los hacen. Pero los eligen después. Tú planeas todo un LP, y de pronto ellos cogen, por ejemplo, "Crosstown Traffic", y lo sacan en *single,* fuera de contexto, separado de todo el conjunto. Pues mira, ese LP se había pensado de cierta manera; los temas se tocaban en determinado orden por ciertas razones. Y es casi un pecado sacar algo de la parte de enmedio y hacer un *single* con ello, y hacer que eso nos represente en ese momento dado, porque creen que así pueden ganar más dinero. Siempre eligen mal.

—*¿Cómo pensáis espaciar los próximos conciertos de la Experience para no sentiros agobiados?*

Tendremos que ponernos de acuerdo los tres. A mí me gustaría que esto fuera permanente.

—*¿Has pensado en la posibilidad de ir de gira con la Experience como unidad básica, pero añadiendo otra gente? ¿O eso sería demasiado lioso?*

No, no tiene por qué serlo. A lo mejor me estoy pasando [risas], pero no hay ninguna razón para que sea lioso. Eso sí, quiero que el nombre sea siempre Experience, aunque sea un batiburrillo como Madame Flip-flop y sus Asistentas Sociales Polifónicas.

Bonito nombre.

Y bonito juego. Pero no, eso de meter otros grupos en la gira, en plan amigos... ahora mismo no sé. En esta etapa no, porque estamos en el proceso de montar nuestro propio rollo como trío. Pero con el tiempo, tendremos ocasión de tocar con amigos. Seguramente, yo seguiré tocando con Buddy [Miles] y Billy [Cox]. Incluso puede que grabe cosas al margen, y ellos harán lo mismo.

—*¿Se te ha ocurrido alguna vez salir a tocar con doce personas?*

Me gusta Stevie Wonder. Él es una de esas doce personas. Pero las cosas no tienen que ser siempre oficiales. No hay necesidad de ser formal para hacer *jams* y cosas así. Pero no he tenido la oportunidad de ponerme en contacto con él.

—*¿Has pensado en meter otros guitarristas?*

Huy, sí. He oído que Duane Eddy acaba de llegar esta mañana. [Risas]. Era muy majo.

—*¿Has tocado con Larry Coryell, Sonny Sharrock y gente así?*

Larry y yo hicimos un par de *jams* rápidas en el Scene. De vez en cuando, teníamos ocasión de juntarnos. Pero, tocar, lo que se dice tocar, no he tocado con él... por lo menos, desde hace mucho. Y se echa de menos.

—*¿Y los escuchas?*

Sí, me gusta Larry Coryell.

—*¿Más que otros?*

No, más no. ¿Quién es el otro tío? Creo que he oído algo suyo.

—*Se pasa con la guitarra. A veces suena un poco desordenado.*

Como que nosotros conocemos, ¿eh? [risas].

—*¿Has tocado con gente como Roland Kirk?*

Sí, estuve en una *jam* con él en el Ronnie Scott's de Londres, y fue la leche. Fue estupendo, estupendo de verdad. ¡Qué miedo tenía! Tiene gracia. Joder con Roland [risas]. El tío hace todos los sonidos del mundo. Iba yo, metía una sola nota y a lo mejor estorbaba. Pero nos enrollamos bien, creo yo. Me dijo que tenía que haber metido más volumen, o algo así.

—*Parece un tío con el que tú podrías grabar especialmente bien. He oído bandas que meten muchos vientos, como Blood Sweet & Tears y CTA [Chicago Transit Authority, que más adelante redujeron su nombre a Chicago], aunque no las he oído en directo.*

Ah, sí, CTA. Pues oye, hay que oírlos en directo. Es la única manera. Acaban de empezar a grabar, pero óyelos en directo. A la primera ocasión que tengas, ve a verlos.

—*¿Escuchas a The Band?*

Están ahí. Tienen su propio rollo y te llevan a un cierto sitio. Te llevan donde ellos quieren ir [risas]. Donde ellos quieren. Tocan sus temas en directo exactamente como los tocan en disco.

—*¿Han intentado tentarte para que hagas cine, diciéndote que quedarías fenomenal como pistolero o como astronauta?*

¡Astronauta! [Risas] ¡Volar por el espacio! Tenemos una que se llama "Capitán Cocotero". No, mira... la verdad, estoy intentando centrarme en la guitarra, ¿sabes?

—*¿Te parece que el público norteamericano es más violento que el de otros países?*

En Nueva York hay un clima algo más violento. Bueno, muy violento. Ellos ni se dan cuenta. Pero Texas es muy agradable. No sé por qué, será el clima y el ambiente. Me suele gustar más tocar en el Sur que en el Norte. Donde más presión hay es en sitios del Medio Oeste, como Cleveland o Chicago. Es como estar en una olla a presión esperando a que salte la tapa. La gente de allí es maja, pero es la atmósfera o algo así, ¿sabes? En cambio, el Sur está muy bien. Nueva Orleans está muy bien. Arizona está muy bien. Arizona es fantástica. Y Utah...

—*¿Cómo te trataron en Utah?*

[Risas] Bueno, en cuanto te bajas del escenario estás en otro mundo, pero la gente es genial. Cuando tocábamos en los conciertos, escuchaban de verdad; estaban auténticamente sintonizados, de un modo u otro. Yo creo que era el aire.

—*Tus gustos parecen más amplios que los del típico aficionado al* rock'n'roll.

Toco todo lo que sé tocar. Me gustaría hacer algo serio, como eso de Haendel, Bach, Muddy Waters, cosas de tipo flamenco... [risas]. Si pudiera sacar ese sonido... Si pudiera sacar ese sonido, sería feliz.

Durante toda la existencia de la banda, sus discos —respaldados por varias giras por Europa y América, bien organizadas y muy promocionadas— han ejercido una profunda y perfectamente reconocible influencia en los grupos de *rock* y en los guitarristas de ambas orillas del Atlántico. El frenesí guitarrero de Page, cuidadosamente calculado y manipulado con ayuda de la distorsión, rodea las expresivas partes vocales de Plant, creando una tensión y una emoción que muy rara vez logran igualar los numerosos emuladores de los Zeppelin.

Pero las prodigiosas contribuciones de James Patrick Page, nacido en 1945 en Middlesex (Inglaterra), comenzaron mucho antes de la formación de su actual banda. Como guitarrista de estudio, su currículum es tan largo (algunas fuentes citan a Jimmy como participante en el 50-90 por 100 de los discos publicados en Inglaterra durante el período de 1963-65) que ni él mismo puede decir con seguridad todas las canciones en las que tocó. Y aunque nadie sepa el número exacto de sus colaboraciones en vinilo, la gama de sus intervenciones como músico y a veces como productor de importantes grupos y solistas de *rock* duro y blando es tan impresionante como variada: los Who, Them, varios miembros de los Rolling Stones, Donovan y Jackie DeShannon, por citar sólo unos pocos. A mediados de los sesenta, Page entró a formar parte de una de las bandas británicas de *rock* más famosas, los Yardbirds, iniciando una legendaria colaboración con el guitarrista de *jazz/rock* Jeff Beck. Cuando los Yardbirds se separaron en 1968, Page estaba ya preparado para formar su propio grupo. Según explica él mismo, en la primera reunión de Led Zeppelin ya se oyó el sonido del éxito zumbando a través de los amplificadores; y tras un período introductorio de cuatro semanas, los músicos recién reunidos tenían ya listo el álbum *Led Zeppelin,* el primero de sus numerosos discos de oro.

H acerle una entrevista a Jimmy Page, guitarrista, productor y arreglista de la célebre banda británica de rock duro Led Zeppelin, equivale prácticamente a elaborar una mini-historia del *rock'n'roll* británico. Posiblemente, una de las características más sobresalientes de Led Zeppelin ha sido el que se mantuviera intacta (sin cambios de personal desde su formación) durante una década notablemente tumultuosa, no sólo en el campo del *rock,* sino en la música popular en general. Desde 1969, los cuatro miembros del grupo —Page, el bajista John Paul Jones, el vocalista Robert Plant y el batería John Bonham— han producido ocho álbumes (dos de ellos, dobles) con composiciones originales y a veces revolucionarias, y un sonido *heavy-metal.*

—*Vamos a intentar comenzar por el principio. ¿Qué música se llevaba cuando empezaste a tocar?*

Lo que me estimuló de verdad fue oír el *rock'n'roll* de la primera época; saber que estaba pasando algo que los medios se empeñaban en ocultar, que es lo que ocurría en aquella época. Tenías que pegarte a la radio y oír emisoras de ultramar para oír buenos discos de *rock:* Little Richard y cosas así. La canción que me hizo desear tocar la guitarra fue "Baby, Let's Play House", por Elvis Presley. Me bastó con oír dos guitarras y un bajo, para pensar: "Sí, yo quiero participar en esto". Aquello tenía tanta vitalidad y tanta energía...

—*¿Cuándo adquiriste tu primera guitarra?*

Aproximadamente a los 14 años. Tenías que aprender como podías. Apenas había libros con métodos de guitarra, como no fueran de *jazz,* que en aquella época no te servían de nada para el *rock'n'roll.* Aquella primera guitarra era una Grazzioso, que era como una copia de la Stratocaster. Más adelante conseguí una auténtica Stratocaster, y después una de esas Gibson "Belleza Negra", que me duró mucho tiempo, hasta que una urraca ladrona se la llevó a su nido. Con aquella guitarra hice todas las sesiones de los años sesenta.

—*¿Eran tus padres aficionados a la música?*

No, nada en absoluto. Pero no les importó que yo me metiera en ello; creo que para ellos fue un alivio ver que hacía algo distinto de dibujar, que para ellos era una pérdida de tiempo.

—*¿Qué música tocabas cuando empezaste?*

La verdad es que tocar, tocar, no tocaba nada. Me sabía cachitos de solos y poco más. Me iba comprando discos y con ellos aprendía. Al principio, mis influencias fueron las obvias: Scotty Moore, James Burton, Cliff Gallup —el guitarrista de Gene Vincent—, más adelante Johnny Weeks... y ésas creo que fueron las influencias más permanentes, hasta que empecé a oír a los guitarristas de blues: Elmore James, B.B. King y gente así. Básicamente, aquél fue el comienzo: una mezcla de *rock* y *blues.* Luego amplié

mucho más mi territorio y empecé a trabajar como músico de estudio. Tuve que diversificarme, y lo hice. A veces, hacía tres sesiones en un día: una banda sonora de película por la mañana, después un grupo de *rock,* y a lo mejor otro de *folk* por la tarde. Yo nunca sabía lo que me esperaba. Pero me vino muy bien la disciplina del trabajo en estudio. Y además, me dio la oportunidad de desarrollarme en todos aquellos estilos diferentes.

—*¿Te acuerdas de cuál fue la primera banda de la que formaste parte?*

Con amigos y amiguetes. Toqué en muchos grupillos distintos, pero de ninguno de ellos vas a encontrar discos.

—*¿Qué clase de música tocabas con Neil Christian and the Crusaders [una de las primeras bandas inglesas de* rock]?

Aquello fue antes de que aparecieran los Stones, de manera que tocábamos principalmente cosas de Chuck Berry, Gene Vincent y Bo Diddley. En aquel tiempo, los gustos del público estaban más orientados hacia las listas pop, así que había que peleárselo. Pero siempre había una pequeña parte del público a la que le gustaba lo que hacíamos.

—*¿Hubo en este punto una interrupción en tu carrera musical?*

Sí. Dejé de tocar y estuve en la escuela de arte unos dos años, mientras me concentraba en tocar *blues* para mí solo. Y de la escuela de arte me iba al Marquee Club de Londres [la Meca del *rock* británico clásico]. Iba allí los jueves por la noche y me ponía a improvisar con la banda que tocaba en los intermedios. Una noche se me acercó un tío y me dijo: "¿Te gustaría tocar en un disco?", y le respondí: "Sí, ¿por qué no?". Me salió bastante bien, y desde entonces me dediqué a eso. Ya no me acuerdo del título del disco. A partir de entonces empezaron a salirme montones de trabajos de estudio. Llegué a una encrucijada: ¿Seguía la carrera de arte o me dedicaba a la música? En definitiva, tuve que dejar de ir a la escuela de arte porque ya estaba muy metido en la música. Big Jim Sullivan —que era buenísimo— y yo éramos los únicos guitarristas que tocábamos en aquellas sesiones. Después llegó un momento en el que la influencia de Stax Records [sello de Memphis especializado en *rhythm* & *blues*] hizo que se usaran más vientos y cosas orquestales. La guitarra empezó a perder terreno, quedando reducida a algún *riff* de vez en cuando. No me di cuenta de cómo me estaba oxidando hasta que me salió una sesión de *rock'n'roll* con unos franceses y apenas fui capaz de tocar. Decidí que había llegado el momento de dejarlo, y lo dejé.

—*¿Dejaste de tocar?*

Durante algún tiempo, trabajé solo en cosas propias, pero un día fui a un concierto de los Yardbirds en Oxford, y todo el mundo estaba vestido de pingüino. Keith Relf [el cantante] estaba borracho perdido y no paraba de gritar: "¡Que os follen!" por el micro, y de caerse sobre la batería. Me pareció un acto anarquista precioso, y me fui al camerino a decirles: "¡Qué concierto más estupendo!". Me los encontré en medio de una tremenda discusión. Paul Samwell-Smith [el bajista] estaba diciendo: "Yo me voy del grupo, y yo que tú, Keith, haría lo mismo". Total, que Paul se marchó, y Keith no. Pero se quedaron colgados, porque tenían actuaciones comprometidas, así que les dije: "Si queréis, yo toco el bajo". Después, en cuanto Chris Dreja [hasta entonces, guitarra rítmica] se familiarizó con el bajo, pudimos hacer aquel rollo de las dos guitarras solistas, que salió bien, pero no duró mucho. Porque aquí entra la cuestión de la disciplina. Si vas a hacer dúos de guitarras solistas, con *riffs* y fraseos, los dos tienen que tocar las mismas cosas. Jeff Beck era disciplinado de vez en cuando, pero era inconsistente. Cuando está en vena, es probablemente el mejor que hay, pero en aquella época, y durante algún tiempo después, no tenía el menor respeto por el público.

—*Durante tu época de estudio, ¿tocabas la guitarra acústica?*

Sí, tenía que hacerlo para trabajar en el estudio. Pero te haces a ello muy deprisa, muy deprisa, porque es lo que se espera de ti. En los viejos tiempos había un montón de músicos callejeros, pero, como te digo, tuve que hacerme a ello, y fue un buen aprendizaje.

—*¿Utilizabas la Les Paul en aquellas sesiones?*

La Gibson "Black Beauty" Les Paul Custom. Fui uno de los primeros que tuvieron una de ésas en Inglaterra, pero entonces no lo sabía. La vi colgada en una pared, la probé, me pareció bien, y la cambié por una Gretsch Chet Atkins que tenía.

—*¿Qué clase de amplificadores utilizabas para las sesiones de estudio?*

Un Supro pequeño, que seguí usando hasta que alguien, no sé quién, me lo hizo pedazos. Voy a intentar conseguir otro. Es como un Harmony, creo, y todo nuestro primer álbum [*Led Zeppelin*] lo hicimos con uno de ésos.

—*¿Qué es lo que más recuerdas de tus primeros tiempos con los Yardbirds?*

Para empezar, las grabaciones eran un caos. Hacíamos un tema y no teníamos ni idea de lo que era. Teníamos a Ian Stewart, de los Stones, al piano, y en cuanto acabamos la toma, sin ni siquiera oírla, el productor Mickie Most va y dice: "La siguiente". Yo le digo: "Nunca en mi vida he trabajado así", y él me responde: "Tú tranquilo". Todo lo hacíamos muy deprisa, como saliera. Cosas como ésa fueron las que acabaron provocando el estado mental general y la depresión de Relf y Jim McCarthy [batería], que condujeron a la disolución del grupo. Yo intenté mantenerlo unido, pero no había manera. No me hacían ni caso. De hecho, Relf decía que la banda había perdido su magia al marcharse Clapton [Eric Clapton, guitarrista inglés de *rock/blues*, tocó en los Yardbirds antes de llegar Beck]. Yo, en cambio, estaba dispuesto a hacer cualquier cosa, probablemente por haber hecho antes todo aquel trabajo de estudio tan variado. Así que no me importaba lo que quisieran hacer. Eran gente de mucho talento, sin lugar a dudas, pero en aquella época los árboles no les dejaban ver el bosque.

—*¿Tú opinabas que la mejor época de los Yardbirds fue cuando estaba Beck?*

Sí que lo creía. Giorgio Gomelsky [*manager* y productor de los Yardbirds] sabía tratarlo, y le hizo pensar e intentar cosas nuevas. Fue entonces cuando empezaron a hacer toda clase de innovaciones. Dicen que Simon Napier-Bell [coproductor] le cantó a Jeff el *riff* de guitarra de "Over Under Sideways Down" [del LP del mismo título] para explicarle lo que quería, pero no sé si eso es cierto o no. Nunca hablé con él sobre el tema. Sé que la idea básica del disco era imitar más o menos el sonido de los viejos discos, del tipo "Rock Around the Clock"; el bajo y el ritmo sincopado. Pero la verdad es que no se nota nada. Cada dos por tres decía: "Vamos a hacer un disco así y asá", y al final nadie sabía qué había sido del ejemplo.

—*¿Puedes describir algunas de tus interacciones musicales con Beck durante el período de los Yardbirds?*

A veces salía muy bien, y a veces no. Hay muchas armonías que no creo que nadie más haya hecho como las hicimos nosotros. Los Stones eran los únicos que utilizaban dos guitarras al mismo tiempo, porque lo habían sacado de los viejos discos de Muddy Waters. Pero nosotros tocábamos sobre todo solos, más que cosas rítmicas. Lo que pasa es que para eso debes tener las partes preparadas, y resultaba que yo hacía lo que tenía que hacer, mientras que Jeff hacía una cosa completamente diferente. Eso estaba muy bien para las partes de improvisación, pero había otras partes en las que, sencillamente, no funcionaba. Hay que tener en cuenta que Beck y yo teníamos prácticamente las mismas raíces. Cuando te gustan ciertas cosas, quieres tocarlas... hasta el punto horroroso de que cuando grabamos nuestro primer LP [*Led Zeppelin*], incluimos "You Shook Me", y luego me enteré de que Beck acababa de grabar "You Shook Me" [en *Truth*]. Me quedé aterrado, porque pensé

que iban a ser iguales. Pero yo no sabía que él la había grabado, y él no sabía que la habíamos grabado nosotros.

—*¿Tocó Beck el bajo en "Over Under Sideways Down"?*

No. En realidad, en aquel LP sólo le dejaron grabar los solos, porque tenían un montón de problemas con él. Cuando yo entré en la banda, se suponía que él ya no se marcharía. Pues bien, lo hizo un par de veces. Es extraño: si tenía un mal día, lo pagaba con el público. No sé si ahora sigue actuando igual; en los discos, su manera de tocar suena mucho más consistente. Mira, en aquello del "Beck Bolero" [*Truth*], yo estaba trabajando con la grabación que él había hecho, cuando el productor desapareció por las buenas. No lo volvimos a ver; sencillamente, no volvió. Napier-Bell nos dejó colgados a Jeff y a mí. Jeff estaba tocando y yo estaba en la cabina de grabación. Y por mucho que él diga que lo compuso él, lo compuse yo. Yo toco la eléctrica de doce cuerdas, Beck hace las partes de *slide,* y yo básicamente toco alrededor de los acordes. La idea se construyó a partir del "Bolero" de Maurice Ravel [compositor clásico]. Tiene mucho dramatismo; salió a la primera. Y la formación era muy buena, con Keith Moon [batería de los Who] y todo.

—*¿Era aquella banda un proyecto de Led Zeppelin?*

Pues sí. No Led Zeppelin como nombre, el nombre vino después. Pero más tarde se dijo que podríamos habernos llamado así. Porque Moonie quería marcharse de los Who, lo mismo que John Entwistle [el bajista de los Who], pero cuando nos pusimos a buscar un cantante, tenía que ser o Stevie Winwood [guitarrista/organista/cantante del grupo inglés Traffic] o Steve Marriott [guitarrista/cantante de los Small Faces]. Por fin nos decidimos por Marriott. Nos pusimos en contacto con él y su contestación nos llegó por medio de la oficina de su *manager*: "¿No podéis formar un grupo sin robar, tíos?", o algo parecido. Así que lo del grupo no prosperó, debido al compromiso de Marriott con los Small Faces. Pero creo que podía haber sido la primera de todas aquellas bandas del tipo Cream. En cambio, se quedó en nada... aparte del "Bolero". Eso fue lo más que hicimos. Estaban también John Paul [Jones] y Nicky Hopkins [pianista de estudio que colaboró con numerosos grupos británicos].

—¿Sólo grabaste con Beck unas pocas canciones en disco?

Sí. "Happenings Ten Years time Ago" [The Yardbirds' Greatest Hits], "Stroll On" [Blow Up], "The Train Kept a-Rollin'" [Having a Rave Up with the Yardbirds], "Psycho Daisies" [publicada sólo como cara B del single inglés de "Happenings Ten Years Time Ago" y en un disco pirata poco conocido, titulado More Golden Eggs], "Bolero" y unas pocas cosas más, pero no con los Yardbirds, sino cosas que hicimos antes en estudio, canciones no publicadas, como "Louie Louie" y cosas así. Pero eran cosas muy buenas, buenísimas de verdad.

—¿Utilizabas algún efecto con los Yardbirds para sacar todos aquellos sonidos?

Fuzztone, al que me aficioné oyendo "2000 Pound Bee" de los Ventures. Los Ventures tenían un Fuzztone, pero no se podía comparar con el que me hizo Roger Mayer, que trabajaba para el Almirantazgo [la Armada Británica] en la sección de electrónica. Más adelante, hizo todos los pedales de fuzz para Jimi Hendrix; todos aquellos dobladores de octavas y demás chismes. Éste lo hizo para mí, pero fue durante mi período de músico de estudio. Creo que también Jeff tenía uno, pero fui yo el que metió el efecto. A eso se debe gran parte del brillo y potencia de la música.

—También utilizabas mucho el feedback (acople).

¿Te acuerdas de "I Need You" de los Kinks [Kinkdom]? Creo que era yo el que tocaba aquel trozo del principio. No sé quién fue el primero en usar feedback. No creo que yo se lo copiara a nadie conscientemente; fue una cosa que salió. Pero evidentemente, fue Pete Townsend [guitarrista de los Who] el que, por medio de la música de su grupo,

convirtió el feedback en una parte importante de su estilo, y por eso se relaciona siempre con él. En cambio, los demás guitarristas, como Jeff y yo, tocábamos más notas solas que acordes.

—¿Usabas una Danelectro con los Yardbirds?

Sí, pero no con Beck. La utilicé más adelante. En directo la usaba para "White Summer" [Little Games]. Tenía una afinación especial: la cuerda más baja en Si, y luego La, Re, Sol, La y Re. Es como una afinación modal; una afinación de sitar, en realidad.

—¿Fue "Black Mountain Side" [en Led Zeppelin] una continuación de aquello?

Aquello no fue muy original por mi parte. Se había hecho mucho en los clubes de folk. Annie Briggs fue la primera a la que oí tocar ese riff. Yo también lo tocaba, y además estaba la versión de Bert Jansch [guitarrista folk inglés]. En mi opinión, Bert era el no va más con la guitarra acústica; sus primeros álbumes eran absolutamente espléndidos. Y la afinación en "Black Mountain Side" es la misma que en "White Summer". Me temo que esa guitarra Danelectro se ha llevado un buen machaque.

—¿Suenan bien ahora esas canciones con la Danelectro?

Entonces las toqué con esa guitarra, conque supongo que lo volvería a hacer. Pero es muy posible que sonaran bastante diferentes, porque todo mi equipo de amplificadores es muy distinto del de entonces; los de ahora son Marshall, y los de entonces eran cabezas Vox con diferentes bafles. Una especie de batiburrillo, pero funcionaba.

—¿Utilizaste con los Yardbirds una Vox de doce cuerdas?

Pues sí. Ahora no me acuerdo de en qué canciones; en las que hicimos con Mickie Most, en algunas de las caras B. Recuerdo que había una con un solo de eléctrica de doce cuerdas al final, que estaba muy bien. No tengo los discos y no sé cómo se titulaban. Tengo Little Games, pero nada más.

—*¿Utilizabas amplificadores Vox con los Yardbirds?*

AC 30. Han aguantado muy bien. Incluso los nuevos son bastante buenos. Probé unos cuantos; me hice con cuatro, los probé y eran razonablemente buenos. Pensaba montar una gran columna con cuatro de ellos, pero el equipo de Bonzo suena tan fuerte que no se oían bien por encima de él.

—*¿Modificaste de algún modo los AC 30 que usabas con los Yardbirds?*

Los adaptó la casa Vox. Se podían pedir con elevadores de agudos especiales en la parte trasera, y ésos eran los que tenía yo. Y no, no les hice apenas arreglos, aparte de reforzarlos, soldar los contactos y asegurarme de que todo fuera bien sólido. Las Telecaster cambiaron muy deprisa; se notaba en que antes podías separar las pastillas y sacar ese sonido típico de las pastillas separadas, y también se podía obtener un sonido desfasado, y de pronto ya no se podía hacer. Era evidente que habían cambiado la electrónica. Y parecía que no había manera de que volvieran a sonar igual. Yo probé a enredar con el cableado, pero no conseguí nada, así que volví a tocar la vieja.

—*¿Qué clase de guitarra usaste en el primer álbum de Led Zeppelin?*

Una Telecaster. La Les Paul la usé con los Yardbirds en un par de temas, y en los demás toqué una Fender. Verás, es que la Les Paul Custom tenía una pastilla central con una especie de sonido desfasado que Jeff no podía sacar con su Les Paul, así que usé la mía para eso.

—*¿La Telecaster era la que te regaló Beck?*

Sí. La retoqué un poco después. La pinté (en aquellos tiempos, todo el mundo pintaba sus guitarras) y le puse láminas de plástico reflectante debajo del golpeador, que brillaban con los colores del arco iris. Suena exactamente igual que una Les Paul.

Sí, bueno, es por el ampli y todo lo demás. Mira, yo puedo sacarle a la guitarra un montón de sonidos que normalmente no se pueden sacar. Esta confusión se viene dando desde las primeras sesiones, que las hice con la Les Paul. Puede que no suene como una Les Paul, pero eso es lo que tocaba. Lo que pasa es que uso diferentes amplificadores, coloco los micros de diferente manera, y todo es diferente. Además, si le metes distorsión para sostener las notas, tiende a sonar como una Les Paul. En el primer álbum usé el amplificador Supro, y aún lo sigo usando. Para hacer el solo de "Stairway to Heaven" [del cuarto álbum, sin título], cogí la Telecaster, que no usaba desde hacía tiempo, la enchufé al Supro y me lancé. El sonido es completamente diferente de los del resto del álbum. Era un equipo muy versátil. En el solo de "Good Times, Bad Times" [cuarto LP] usé un Leslie, que entonces estaba adaptado a un órgano.

—*¿Qué clase de guitarra acústica usaste en "Black Mountain Side" y "Babe I'm Gonna Leave You" [del primer álbum,* Led Zeppelin]*?*

Una Gibson J-200 que no era mía; me la prestaron. Era una guitarra muy bonita, y buenísima, de verdad. Nunca he vuelto a encontrar una guitarra de esa calidad. Era tan fácil tocarla y sacar un sonido verdaderamente denso... Tenía cuerdas de calibre grueso, pero no se notaba al tocar.

—*Cuando tocas la acústica, ¿usas sólo los dedos?*

Sí. Una vez usé púas de dedo, pero me parecían demasiado puntiagudas y afiladas. No se puede obtener el sonido o la respuesta que obtienen, por ejemplo, los guitarristas clásicos con sus instrumentos de cuerda de tripa. Tal como ellos pulsan, la respuesta tonal de la cuerda lo es todo. Me parece importante.

—*¿Puedes describir tu estilo de pulsar?*

No sé, la verdad. Es una mezcla de tocar con los dedos y con púa. Hay un tío en Inglaterra que se llama Davey Graham, que nunca ha usado púas de dedos ni nada de eso. De vez en cuando utiliza una púa de pulgar, pero yo prefiero una púa normal y los dedos, porque es más fácil cambiar de una guitarra a otra. Al menos, para mí. Pero, al parecer, él no sólo tiene callos en la mano izquierda: también los tiene en toda la derecha, y por eso puede atacar de esa manera las cuerdas, y es verdaderamente bueno.

—*La guitarra de "Communication Breakdown" [en* Led Zeppelin] *suena como si saliera de una caja de zapatos.*

Sí. La metí en un cuartito pequeño, como una cabina de cantante, y puse los micros a cierta distancia. Verás, hay una vieja máxima de las grabaciones que dice: "La distancia da profundidad". La he aplicado montones de veces para grabar con la banda en general, no sólo para grabarme a mí. La gente está acostumbrada a poner los micros pegados a los amplis, y por la parte de delante, pero yo pongo también un micro en la parte de atrás, y luego equilibro los dos, y así me libro de todos los problemas de fase, porque la verdad es que si los instrumentos suenan bien, no hay por qué usar un ecualizador. Es mejor hacerlo todo con los micrófonos. Pero todo el mundo está tan chalado con los ecualizadores que se ha olvidado de toda la ciencia de la colocación de micrófonos. No hay muchos que sepan de eso. Seguro que Les Paul sabe un montón; evidentemente, tuvo que estudiarlo a fondo, muy a fondo, lo mismo que los que produjeron los primeros discos de *rock'n'roll,* que se hacían con sólo uno o dos micrófonos en el estudio.

—*El solo de "I Can't Quit you Baby" [Led Zeppelin] es interesante por la cantidad de ligados descendentes y el estilo, que es como desmañado pero asombrosamente inventivo.*

Hay errores en él, pero no tienen importancia. Yo siempre dejo los errores tal cual, no puedo evitarlo. Los compases de las partes en La y Si bemol están bien, aunque puedan sonar mal. Es simplemente que suenan desacompasados. Pero hay algunas notas equivocadas. En estas cosas hay que ser razonablemente honestos. Es como la banda sonora de la película *[The Song Remains the Same],* que no tiene ningún arreglo posterior. No fue el mejor de nuestros conciertos, en el sentido de tocar bien, pero era el único que teníamos filmado, así que nos quedamos con él. No estuvo mal; fue una de esas actuaciones normalitas. No fue una de esas noches auténticamente mágicas, pero

tampoco fue un concierto horrible. Total, que con errores y todo, es una banda sonora muy honesta. En lugar de ir toda la gira con un estudio móvil en un camión, en espera de la noche mágica, optamos por "Ahí lo tenéis; lo tomáis o lo dejáis". Tengo muchísimo material grabado en directo, desde el año 69.

—*Pasando al segundo álbum [Led Zeppelin II], el* riff *central de "Whole Lotta Love" es una frase muy compuesta y estructurada.*

Lo tenía ya preparado antes de entrar en el estudio. Lo llevaba ensayado. Y luego, todas las demás cosas, la onda sónica y demás, las hice en el estudio, y metí efectos y otras cosas... tratamientos.

—*¿Cómo se hace ese riff descendente?*
Con un *slide* metálico y un eco al revés. Creo que fui el primero al que se le ocurrió eso. Ya sé que ahora se usa mucho, pero entonces no se hacía. Se me ocurrió trabajando con Mickie Most. La verdad es que algunas de las cosas que suenan un poco raras tienen también un eco invertido.

—*¿Qué clase de efecto usas al principio de "Ramble On" [Led Zeppelin II]?*

Si no recuerdo mal, es como una armonía de acoples, y luego cambia. Para ser más concreto, casi todos los temas empiezan teniendo sólo bajo, batería y guitarra, y luego vas metiendo todo lo demás. Es como un punto de partida, y por ahí empiezas a elaborar poco a poco.

—*¿Está el resto de la banda en el estudio mientras grabas los solos?*

No, nunca. No me gusta que haya nadie en el estudio cuando estoy metiendo las partes de guitarra. Por lo general, me ejercito un rato y luego suelo grabar tres solos y quedarme con el mejor de los tres.

—*¿Hay una guitarra eléctrica de doce cuerdas en "Thank You" [Led Zeppelin]?*

Sí. Creo que es una Fender o una Rickenbacker.

—*¿Cuál es el efecto que hay en "Out on the Tiles" [Led Zeppelin III]?*

Es exactamente lo que te decía antes sobre el micro pegado y el micro a distancia. Es sonido ambiental. Captar la diferencia de tiempo de un extremo a otro del cuarto y meter eso también. Tal como yo concibo la grabación, se trata de intentar captar en directo el sonido del local y la emoción del momento, y procurar transmitirlo. Ésa es la esencia del asunto. Por consiguiente, tienes que captar lo más posible el sonido del local.

—*En "Tangerine"* [Led Zeppelin III] *parece que estuvieras tocando una* pedal steel.

Y la estoy tocando. Y también en el primer LP *[Led Zeppelin]* hay una *pedal steel.* Nunca la había tocado antes, pero me dio por ahí. Hago muchas cosas que no había hecho nunca. De hecho, no toqué una *pedal steel* entre el primer álbum y el tercero. La verdad es que lo copié de algunas cosas que hacía Chuck Berry, pero queda bien. Utilicé una pedal steel en "Your Time Is Gonna Come" *[Led Zeppelin].* Suena más como una *slide* o algo parecido. En el primer álbum suena más desafinada porque no tenía el instrumental necesario.

—*¿Has tocado algún otro instrumento de cuerda en los discos?*

En "Gallows Pole" *[Led Zeppelin III]* usé por primera vez un banjo, y en "The Battle of Evermore" [cuarto álbum] hay una mandolina. No era mía, era de Jonesy, pero la cogí, saqué los acordes y empezó a salirme. Lo hice más o menos a la primera. Pero ten en cuenta que todo es cuestión de dedos, y eso nos hace volver a los tiempos de las sesiones, cuando desarrollé una cierta cantidad de técnica. Al menos, la suficiente para adaptarme y cumplir. Mi técnica de dedos es una especie de cruce entre Pete Seeger, Earl Scruggs y la incompetencia total.

—*¿En el cuarto álbum usaste por primera vez una guitarra de dos mástiles?*

En el álbum no usé una guitarra de dos mástiles, pero luego tuve que conseguirme una para tocar "Stairway to Heaven". Metí tantas guitarras ahí... las fui amontonando. Así fue como empecé a construir armonías de guitarra como es debido. "Ten Years Gone" *[Physical Graffiti]* fue una continuación de eso, y "Achilles' Last Stand" *[Presence]* es como el flujo esencial del asunto, porque no había tiempo para

pensar las cosas. Más o menos, grababa una guitarra en la primera pista y metía las armonías en la segunda. En *Presence* trabajamos con muchas prisas. Y yo hice todas las sobregrabaciones de guitarra del LP en una sola noche. En sólo dos tiradas. Creo que el resto de la banda —no me refiero a Robert, sino a los otros— no se enteraba de nada. No sabían qué demonios iba a hacer yo. Pero yo quería darle a cada sección una identidad propia, y creo que salió verdaderamente bien. No creía que iba a ser capaz de hacerlo en una noche; pensaba que iba a necesitar tres noches distintas para hacer todas las secciones. Pero estaba tan metido en ello que mi mente, para variar, funcionó como es debido. Todo iba saliendo como cristalizado. Me sentí muy satisfecho con las guitarras de ese álbum, porque me pareció que mi manera de tocar había madurado.

—*Cuando empezaste a tocar la guitarra de dos mástiles, ¿tuviste que aprender una nueva técnica?*

Sí. Lo principal es el efecto que puedes conseguir cuando dejas al aire el mástil de doce cuerdas y tocas en el de seis, haciendo que las cuerdas del de doce vibren por simpatía. Es como un sitar indio, y eso lo tengo bastante trabajado. Lo utilizo en "Stairway"; no en el álbum, pero sí en la banda sonora de la película. Es sorprendente: no vibra tanto como un sitar, pero aun así mejora la calidad general del sonido.

—*¿Crees que donde mejor has tocado es en el cuarto LP?*

Sin duda alguna. En cuestión de consistencia y de calidad interpretativa en el conjunto de un álbum, yo diría que sí. Pero no sé cuál es el mejor solo que he tocado... no tengo ni idea. En realidad, mi vocación tiende más a la composición que a otra cosa. A construir armonías. Usar la guitarra, orquestar la guitarra como un ejército... un ejército de guitarras. Ahí está el punto para mí. Estoy hablando de auténtica orquestación, lo mismo que si orquestaras una pieza de música clásica. En lugar de utilizar vientos y violines, tratas las guitarras con sintetizadores y otros aparatos, les das diferentes tratamientos, para que tengan una gama de frecuencias suficientemente amplia, y todo lo necesario para mantener al oyente tan absolutamente comprometido como el propio músico. Es un proyecto difícil, pero es lo que me propongo hacer.

—¿*Has hecho ya algo en este sentido?*

Sólo en estos tres temas: "Stairway to Heaven", "Ten Years Gone" y "Achilles' Last Stand", que tienen esas guitarras tan elaboradas. Hay algún que otro mojón por el camino, como "Four Sticks" [cuarto LP], en la sección central. El sonido de esas guitarras: ahí es donde quiero llegar. Tengo compuestos temas largos; hay uno verdaderamente largo que es dificilísimo de tocar. Es como clásico, pero luego va cambiando a *rock* muy relajado, y después a una cosa de lo más intensa. Metiéndole unas cuantas notas de láser podría quedar muy bien.

—¿*Cuándo utilizaste por primera vez un arco de violín?*

La primera vez que grabé con él fue con los Yardbirds. Pero la idea me la dio un violinista clásico cuando estaba haciendo sesiones de estudio. Uno de nosotros intentó tocar la guitarra con arco, luego probamos los dos a la vez, y funcionó. Al principio, lo único que hacía era tocar con arco, pero luego fui añadiendo efectos, que, evidentemente, eran míos, como el *wah-wah* y el eco. Hay que darle resina al arco, para que se pegue a la cuerda y la haga vibrar.

—¿*Utilizas alguna afinación especial para la guitarra eléctrica?*

Constantemente. Me las invento yo y, la verdad, prefiero guardar el secreto. Pero nunca utilizo afinaciones en acordes; las he utilizado, pero en casi ninguna de las cosas que he compuesto hay afinaciones en acordes; de ese modo se pueden sacar más acordes.

—¿*Has llegado a conocer a alguno de los guitarristas* folk *que tanto admiras: Bert Jansch, John Renbourn o alguno de ésos?*

No, y lo más terrible de todo ocurrió hace unos pocos meses. Parecía que Jansch ya no tocaba como antes, y resulta que tiene artritis. Estoy convencido de que es uno de los mejores. Fue él, sin duda alguna, el que cristalizó tantísimas cosas... Ha hecho tanto con la guitarra acústica como Hendrix con la eléctrica. Estaba muy, muy por delante de su época. Y que le suceda una cosa así es una verdadera tragedia, con una mente tan brillante como la suya. Pues ya ves. Otro guitarrista que no se dejó vencer por un impedimento físico fue Django Reinhardt. Ya estaba retirado cuando le sacaron del retiro para hacer su último LP: está en Barclay Records, un sello francés. Llevaba años retirado, y es fantástico. Ya habrás oído la historia sobre la caravana y cómo perdió los dedos. Pues el disco es simplemente fantástico. Debía pasarse todo el tiempo tocando para tocar así de bien... Es espantosamente bueno. Espantosamente. Siempre está bien oír a músicos eternos como él, como Les Paul y gente así.

—¿*Escuchas a Les Paul?*

Sí, claro. ¿Y a que se nota que Jeff (Beck) también lo escuchaba? ¿Has oído "It's Been a Long, Long Time" [*single* del Les Paul Trio con Bing Crosby, publicado a mediados de los cuarenta]? Tienes que oírlo. El tío lo hace todo, todo de una vez. Y no hay más que una guitarra; básicamente es una sola guitarra, aunque han metido ritmos y cosas así. Pero, Dios mío, los acordes de introducción y todo lo demás son fantásticos. Él crea todo el sonido, y encima hace un solo que es fantástico. Ahí fue donde oí usar *feedback* por primera vez, a Les Paul. Y también vibratos y otras cosas. Incluso antes que B.B. King, fíjate. Les he seguido la pista a un montón de cosas del *rock'n'roll,* pequeños *riffs* y cosas así, y todo se remonta a Les Paul, Chuck Berry, Cliff Gallup y esa gente: todo está ahí. Pero, a su vez, Les Paul estaba influido por Reinhardt, ¿a que sí? Y mucho. Nunca he podido hacerme con los discos de la época del Les Paul Trio, pero tengo todos los LPs de Capitol y otras cosas. Te aseguro que es el padre de todo: la grabación en multipistas y todo lo demás. Si no hubiera sido por él, no habría nada de nada.

—*Una vez dijiste que Eric Clapton fue la persona que sintetizó el sonido de Les Paul.*

Sí, sin duda alguna. Cuando estaba con los Bluesbreakers [banda británica de *blues,* dirigida por John Mayall], era una combinación mágica. Se consiguió uno de aquellos amplificadores Marshall y hala, se lanzó. Y cómo le salía. A mí entonces me parecía que tocaba de maravilla, de verdadera maravilla. Era un material muy excitante.

—*¿Te consideras responsable de algún sonido concreto de guitarra?*

Las partes de guitarra de "Trampled Under Foot" [*Physical Graffiti*]... Aquel tío, Nick Kent [periodista británico de *rock*] salió con la idea de que aquél le parecía un sonido revolucionario. A mí no se me había ocurrido que alguien pudiera pensar tal cosa, pero puedo explicar exactamente cómo lo hacía. También es cuestión de eco invertido y *wah-wah.* No sé si habré sido responsable de algún nuevo sonido, porque por aquel entonces, más o menos cuando salió el primer álbum de los Zeppelin, había muchas cosas buenísimas, como Hendrix y Clapton.

—*En el primer LP de Led Zeppelin, ¿tenías pensado algo en concreto, en cuestión de sonidos de guitarra?*

El problema está en mantener una separación entre los sonidos, para no oír el mismo efecto de guitarra todo el tiempo. Y aquí es donde entra el tema de la orquestación. Es tan fácil, lo tengo ya planificado, está todo aquí. Todo el trabajo de base está ya hecho. Y el sueño se ha hecho realidad con la mesa de mezclas informatizada. Se acabó aquella especie de lucha para conseguir tantas cosas. Como te digo, tengo dos cosas compuestas, pero pienso trabajar en más. Puedes oír lo que te quiero decir en *Lucifer Rising* [banda sonora de una película no estrenada de Kenneth Anger]. Mira, ahí no toco ninguna guitarra, excepto en un momento. Son todo sintetizadores. Todos los instrumentos están procesados, de manera que no suenan como son: voces, gaitas, mantras y hasta tablas indias. Cuando haces un *collage* de, por ejemplo, cuatro de estos sonidos, la gente se queda turulata porque jamás han oído un sonido semejante. Básicamente, en eso estoy ahora: *collages* y tejidos de sonido, con intensidad emocional y melodía y todo eso. Tú ya sabes que hay por ahí mucha gente buenísima, como John McLaughlin y gente así. Pero lo que yo estoy haciendo es una cosa completamente diferente.

—*¿Crees que McLaughlin posee una calidad perdurable como guitarrista?*

Siempre tuvo esa técnica, desde la primera vez que supe de él, cuando estaba trabajando en una tienda de guitarras. Yo diría que ya entonces era el mejor guitarrista de *jazz* de Inglaterra, en el estilo tradicional de Johnny Smith y Tal Farlow; sonaba exactamente como una combinación de esos dos. Era, casi con seguridad, el mejor guitarrista de Inglaterra, y estaba trabajando en una tienda de guitarras. Y eso es lo que te digo: oyes a tanta gente buena que está en esas condiciones... Te voy a decir una cosa: no conozco a ningún músico de los que eran buenos en los viejos tiempos y se mantuvieron en sus trece, que no haya conseguido al final que todo el mundo le reconozca.

Por Don Menn y Chip Stern - Agosto de 1978, y
Por Jim Ferguson - Septiembre de 1985

Innovador, técnico por excelencia, eterno buscador... todos estos términos se aplican al extraordinario John McLaughlin, uno de los pioneros del *jazz-rock* en los primeros setenta. Pero lo que mejor describe a este inglés cincuentón es una etiqueta menos romántica: músico. Mientras muchos guitarristas parecen atrapados en una prisión pentatónica carente de armonías, la profundidad de McLaughlin le permite explorar libremente el paisaje musical, visitando lugares que varían desde la Mahavishnu Orchestra a la música india de Shakti, pasando por la fusión acústica con Paco de Lucía y Al Di Meola. Pocos músicos pueden presentar un resumen tan rico en triunfos artísticos.

John nació en una familia de músicos de Yorkshire (Inglaterra) el 4 de enero de 1942, y de niño escuchaba música clásica, estudió piano y violín (su madre era violinista), descubrió la música de los *bluesmen* americanos como Big Bill Broonzy y Leadbelly, y a los 11 años aprendió unos cuantos acordes de guitarra de uno de sus tres hermanos. A los 13 se interesó por el flamenco y la música clásica española, y al año siguiente oyó por primera vez a Django Reinhardt y Stephane Grappelli (y empezó a tocar con púa, en un intento de sonar como Reinhardt).

A los 16 años, McLaughlin había empezado a tocar con varias bandas de *jazz* y seguía buscando nuevas inspiraciones musicales. Charlie Parker y Tal Farlow se convirtieron en sus ídolos, lo mismo que Charles Mingus y Art Blakey. Un hito importante fue su temprano descubrimiento del *hard bop* y las vertiginosas improvisaciones modales de Miles Davis. A los veintipocos años, John captó "por fin" la complejidad de John Coltrane.

En 1963, McLaughlin entró a formar parte de la Graham Bond Organization, donde también figuraban el bajista Jack Bruce y el batería Ginger Baker, futuros miembros de Cream. También trabajó con el quinteto de Brian Auger. Después de que Bond le introdujera al ocultismo, McLaughlin buscó sostén espiritual e ingresó en la Sociedad Teosófica de Londres, donde conoció los escritos de varios maestros filosóficos orientales. Practicó yoga, descubrió a Ravi Shankar, y comenzó a investigar las nebulosas complejidades de la música india. Sus continuos sondeos le llevaron a descubrir la vina, un instrumento indio de cuerda con trastes móviles y una calabaza en cada extremo, a modo de cajas de resonancia. John acabó dándose cuenta de que con la guitarra convencional de seis cuerdas seguramente no conseguiría nunca la fluidez del saxo de Coltrane o la trompeta de Davis; años después, como Mahavishnu, diseñaría su propio instrumento, una guitarra acústica con el diapasón festoneado y más cuerdas.

Un descubrimiento trascendental para John fue *Miles Davis at Carnegie Hall*, un LP interpretado por una banda de estrellas de la vanguardia; el batería Tony Williams ejerció un impacto especialmente demoledor sobre McLauhglin. A finales de los sesenta, McLaughlin compartía un piso en Londres con Dave Holland, un bajista de *jazz*, y en una ocasión los dos tocaron en una jam con el batería Jack DeJohnette. Más adelante, Holland fue a tocar con Miles Davis en Nueva York, y le habló a Tony Williams de su amigo, aquel asombroso guitarrista que había dejado en Londres. DeJohnette, que había grabado la *jam session* con McLaughlin, regresó a los Estados Unidos y le puso a Williams la cinta. En noviembre de 1968, Tony llamó a John y le propuso formar parte de su nueva banda. McLaughlin viajó a América a principios de 1969, y menos de 48 horas después de llegar ya estaba grabando con Miles Davis, que le había sido presentado por Williams. (Poco después, tocaba en *jams* con Jimi Hendrix.)

Williams y McLaughlin formaron Lifetime con el difunto Larry Young, el organista favorito de McLaughlin. El trío era tan importante para John que rechazó una invitación para entrar en la banda de Miles Davis. Después de tocar como trío durante más o menos un año, Lifetime amplió su formación con Jack Bruce al bajo. Aproximadamente por esta época —mediados de 1970—, John se hizo seguidor del gurú Sri Chinmoy y adoptó el nombre de Mahavishnu, basado en los dioses indios Maha el Creador y Visnú el Conservador. Tras meses de tocar en locales pequeños y poco conocidos, abandonó Lifetime por varios desacuerdos comerciales.

McLaughlin grabó *Devotion*, publicado en el verano de 1970, y después *My Goal's Beyond*, publicado en 1971. Durante las sesiones de este último disco, grabó con el batería Billy Cobham y el violinista Jerry Goodman. En 1972, los tres se juntaron con el teclista Jan Hammer y el bajista Rick Laird. Adoptaron el nombre de Mahavishnu Orchestra, y con él tocaron durante una larga temporada en el Gaslight Club de Nueva York. Poco después se publicaba su primer LP, *The Inner Mountain Flame*, en el sello Columbia. Los guitarristas y otros aficionados respondieron con gran entusiasmo a aquel *jazz* místico de alta energía, y los críticos tuvieron que bucear en sus diccionarios en busca de nuevos términos descriptivos. Le siguieron otros álbumes, entre los que destacan *Birds of Fire* y *Between Nothingness and Eternity*, grabado en directo. En 1973, McLaughlin y su condiscípulo de Chimnoy, Devadip Carlos Santana, colaboraron en Love Devotion Surrender.

Las tensiones del éxito y diversos conflictos por cuestiones artísticas y personales provocaron amargos resentimientos y, por último, la ruptura de la Mahavishnu Orchestra, que volvió a formarse con el violinista Jean-Luc Ponty y otros músicos. La nueva formación publicó *Apocalypse* en 1974 (con el productor de los Beatles, George Martin, el director Michael Tilson Thomas y la London Symphony), y *Visions of the Emerald Beyond*. Por otra parte, John grabó varios álbumes con uno de sus ídolos, Miles Davis, entre ellos los históricos *In a Silent Way* y *Bitches Brew*.

McLaughlin llevaba algún tiempo estudiando música india cuando, en 1973, conoció al violinista L. Shankar. Los dos entablaron amistad de inmediato y cada uno desarrolló un fuerte interés por las experiencias musicales del otro. Junto con otro amigo, el tocador de tabla Zakir Hussain, formaron un grupo acústico. El tío de Shankar, R. Raghavan, tocaba el *mridangam* (un tambor indio), y T.H. Vinayakram tocaba varios instrumentos indios. El grupo dio varios conciertos en salas pequeñas y grabó algo de material, pero McLaughlin aún estaba obligado a dedicar la mayor parte de sus energías al último LP de la Mahavishnu Orchestra, *Inner Worlds*. Poco después de terminar este disco, McLaughlin pudo dedicarse por completo al grupo de músicos indios. Adoptaron el nombre de Shakti y grabaron tres álbumes entre 1975 y 1977. En 1983, volvió a formar la Mahavishnu Orchestra, incorporando el sintetizador de guitarra Synclavier. Tras grabar Mahavishnu y realizar extensas giras, dedicó su atención a la música de orientación clásica de su Concerto for Guitar and Orchestra, una colaboración con el compositor/orquestador Michael Gibbs.

Como muchos artistas auténticos, McLaughlin no ha sido apreciado como merecía. "En cuestión de éxito comercial", ha explicado, "todos los artistas sufren. Si no eres una estrella del *pop* o del *rock*, tu música no se difunde, pero eso no significa que no me ilusione el futuro." Los guitarristas, en particular, suelen fijarse exclusivamente en la avanzadísima técnica de McLaughlin y en su vasto vocabulario musical, perdiendo de vista la inteligencia, pasión e ingenio de su obra. Aunque fue la implacable intensidad de sus primeros tiempos lo que le dio fama, su obra posterior es más madura, con una sutileza sin precedentes.

McLaughlin es imposible de clasificar. Aunque sus raíces están en el *jazz*, también le fascinaban los compositores clásicos, de Beethoven a Bartók, así como las filosofías orientales, la teoría rítmica y la técnica instrumental. Estos factores, combinados con elementos de *rock* y *blues*, contribuyeron a dar forma a su estilo de improvisación y composición, llevándole a grabar con músicos tan distintos como Jimi Hendrix, Miles Davis, el bajista Jack Bruce, el violinista indio L. Shankar y los guitarristas Al Di Meola y Paco de Lucía.

Con frecuencia, John ha necesitado instrumentos especiales, construidos expresamente, para hacer realidad sus conceptos musicales. A lo largo de los años, ha tocado una Rex Bogue Double Rainbow de dos mástiles y una serie de instrumentos con varios bordones y diapasones festoneados para facilitar los forzamientos microtonales, construidos por Abe Wechter en una filial de Gibson. Aunque experimentó con sintetizadores de guitarra, los abandonó al poco tiempo, porque la tecnología le resultaba demasiado incómoda y lenta. Una década después, adoptó el avanzado sistema Synclavier fabricado por New England Digital (la empresa se declaró en bancarrota en 1992), empleando como controlador una guitarra Roland G-303, que fue la que utilizó en Mahavishnu a principios del 84.

Durante los años setenta, se solía decir que la música progresiva de McLaughlin se había adelantado a su tiempo. En los ochenta y noventa, sus infinitas experimentaciones y su personalísimo estilo —ajeno a las modas populares— sugerían más bien que vive en un tiempo completamente diferente y todavía sigue buscando sin cesar nuevas rutas de expresión.

[Agosto de 1978]
—*¿Por qué te consideras un guitarrista, y no un pianista o compositor?*

Huy, no sé. Vamos a ver: ¿Por qué me gusta la guitarra? ¿Por qué me gusta la música de *jazz*? ¿Por qué soy músico? ¿Por qué yo? No lo sé. ¿Por qué a unos les atrae el budismo? ¿Por qué otros hacen películas pornográficas? No conozco las respuestas. Yo creo que es algo que viene de nuestras vidas anteriores. Lo único que sé es que me apasiona... eso es evidente. La primera vez que toqué la guitarra me enamoré de ella. Me encantó el sonido. Me encantó el sentimiento.
—*¿Consideras que la guitarra es un instrumento ilimitado?*

¡Ilimitado! ¡Desde luego! ¿Estás de broma? No conozco ningún instrumento que sea limitado. La música es ilimitada, y la imaginación y el espíritu humanos son ilimitados. Yo estoy siempre dominado por mandatos musicales que vienen de dentro, y ésa es la razón de que haya sufrido tantos cambios. Tengo que obedecerlos, y toda mi vida está dedicada a cumplir del modo más perfecto posible mis ideales musicales y mi función en la música y en este mundo. Y mis ideales musicales corresponden al nivel más alto que puedo concebir artística y musicalmente.
—*¿Crees que el equipo o ciertas guitarras concretas tienen mucha importancia para la música?*

Bueno, tu instrumento es importante. Cada persona tiene un sonido interior diferente... en su mente, en su corazón... y yo no soy una excepción. Y la misma guitarra puede sonar muy distinta en manos de dos personas diferentes.
—*Una guitarra eléctrica con un amplificador genera toda clase de sonidos raros, armónicos chirriantes, acoples, etc. ¿Trabajas con esa clase de técnicas?*

Sí, claro. Forman parte de mi repertorio desde hace muchos años. Empecé a utilizar los acoples en 1962, antes de que hubiera amplificadores grandes. Cuando tocaba en la Graham Bond Organization, con Ginger Baker y Jack Bruce, hice que un tío me construyera un amplificador grande y descubrí que los acoples están muy bien.

—*¿Alguna vez consigues efectos armónicos tocando la cuerda con la yema del pulgar después de pulsarla?*

Sí, claro, y se pueden sacar acordes de octava muy bonitos con el canto de la mano. Y en cuanto a la técnica de mano izquierda... yo creo que tener las manos grandes y los dedos largos ayuda bastante. Yo tengo las manos bastante grandes y puedo hacer algunos acordes difíciles, en parte porque para algunos utilizo el pulgar. En "My Foolish Heart" [*Johnny McLaughlin, Electric Guitarist*] tengo que estirarme muchísimo. En realidad, eso me lo inspiró Tal Farlow. Trabajé mucho con acordes propios, que sólo se pueden hacer usando el pulgar. Si tocas un acorde que tenga cuerdas al aire, no puedes hacer cejilla, y yo utilizo cuerdas al aire porque tienen una resonancia muy bonita.

—*¿Pulsas tan fuerte como para romper cuerdas?*

No. Yo creo que si rompo cuerdas es por forzarlas mucho con la mano izquierda.

—*¿Cómo sujetas la púa?*

Torciendo el dedo índice de la mano derecha. La púa encaja perfectamente entre el pulgar y los demás dedos. Utilizo púas muy pequeñas. Me las hago yo mismo, a partir de cajas de plástico para pasteles, que recorto con un cortaalambres. ¿Sabes esas cajitas que se usan para guardar un trozo de pastel de manzana en el refrigerador? ¿Esas cajas de plástico con forma de pastel? Tienen el tamaño y el material perfectos para mí y perfectos para el pastel. Con ellas hago púas muy rígidas, nada flexibles, que me duran unas tres semanas. Cuando toco la guitarra acústica, además de la púa normal utilizo una púa de dedo en el meñique de la mano derecha, para poder acompañarme con facilidad en las otras siete cuerdas.

—*Cuando tocas con púa, ¿pulsas con la parte delantera, con la trasera o con el canto? ¿O simplemente de plano?*

Simplemente de plano. Arriba y abajo.

—*¿Has oído hablar de la "pulsación circular"? Mucha gente insiste en que así es como consigues tu velocidad.*

He oído hablar de eso, pero no sé lo que es. Yo sujeto la púa plana y dejo que la mano flote... no toca la tapa de la guitarra.

—*¿Y no intentas conscientemente seguir alguna fórmula preconcebida para pulsar?*

Procuro tocar frases tal como las oigo. Hasta cierto punto, uno adapta las ideas a su propia técnica, pero también hay que adaptar la técnica a la idea. Ésta es una cuestión absolutamente fundamental: la técnica tiene que estar en estado de evolución dinámica. Si intentas constantemente tocar por encima de tus posibilidades, alcanzas un estado dinámico de evolución técnica. Pero yo creo que con suficiente perseverancia, con suficiente devoción, se puede llegar a tocar cualquier cosa. Probablemente, la gran clave para el desarrollo técnico es la digitación; es fundamental. Por ejemplo, algunas de las cosas que hacía con Shakti eran melodías muy largas y complejas, y algunas eran muy difíciles. A veces me pasaba no horas, sino días y semanas, ensayando diferentes digitaciones hasta encontrar la adecuada, porque yo creo que existe una digitación adecuada para cada cosa, pero hay que tomarse el tiempo necesario para encontrarla. No puedo limitarme a usar las posturas habituales, porque no toco escalas diatónicas. Por ejemplo, si te metes en alguno de los modos sintéticos, tienes que inventar reglas y principios de digitación por tu propia cuenta. Tengo un tema en el que la escala primero sube, luego baja, y después vuelve a subir... y hay que tocarlo así [tararea]:

Esto exige una técnica diferente y una percepción diferente de la técnica misma. No es imprescindible saberse los nombres de los diversos modos y escalas que tocas, pero lo que sí es importante es conocer su relación con los acordes. En realidad, después de estudiar música india cambiaron todos mis conceptos sobre los acordes. Ahora veo los acordes como notas de la escala que se tocan a la vez. De hecho, toda mi visión de la música es mucho más lineal ahora. Por muy compleja que sea la progresión armónica, hay un movimiento lineal que la recorre, y que puede sugerir todas las posibilidades armónicas.

—*¿Qué consejo les darías a los guitarristas que quieren tocar modalmente, para que no suenen como si estuvieran simplemente recorriendo escalas en tonos diferentes del tono en el que dicen que están tocando?*

En toda escala y en todo modo hay nota rey, nota reina y nota príncipe... son las notas con más fuerza y color. Aplicando esto con discreción y buen gusto, las posibilidades y permutaciones son infinitas. Lo más importante es pensar melódicamente. De hecho, en realidad no existe nada más que la melodía, y si tocas en Do o en Re dórico, lo importante es descubrir la relación de cada nota con el acorde fundamental, y ése es el color de dicho acorde.

—*¿Crees que existe un estado de ánimo inherente a cada modo o acorde?*

Por supuesto. Cada escala tiene un estado de ánimo. Son dos cosas muy relacionadas. Todas tienen un contenido emocional concreto. Éste es otro descubrimiento que hice gracias a la música india. Cada *raga* tiene una cualidad específica, y esas cualidades específicas pueden variar desde lo trágico a lo erótico, pasando por lo profundo en sentido religioso. Hay estados valerosos, hay estados apasionados... y así toda la gama de las emociones humanas idealizadas. Todo el secreto de la *raga* está en desarrollar, amplificar y articular —con la mayor profundidad posible— las diversas cualidades del corazón, la mente y el ser humano. Pero, para mí, esto se aplica a la música de cualquier parte. En Occidente

tenemos que descubrirlo por cuenta propia, porque es un sistema que no se enseña. Aquí sólo se enseña armonía, pero, eso sí, la hemos estudiado a fondo, como en ninguna otra parte. En definitiva, los músicos tienen un vocabulario de modos, escalas, *ragas* o lo que sea, y tienen que aprender el color de cada una en relación con sus propios corazones, con su propio ser. Por supuesto, el modo en que lo utilices indicará tu grado de desarrollo artístico y estético.

—*¿Crees que las cualidades y estados de ánimo que percibes en ciertos intervalos son universales, o que simplemente se van haciendo históricamente aceptables con el tiempo, los cambios y la aceptación de nuevos sonidos?*

¿Estás hablando del público o de los artistas? Los públicos están condicionados, y han estado condicionados desde que el mundo es mundo. Sólo el auténtico artista y el oyente educado no están condicionados, aunque reconozco que hay cambios y tampoco me gustaría subestimar la capacidad del público para apreciar algo nuevo. En los diez últimos años, sobre todo, el público se ha vuelto mucho más educado y más abierto, menos condicionado; pero es difícil que unos y otros coincidan. Por ejemplo, para mí Anton Webern es un músico celestial; en 1902 y 1903 compuso cosas que se adelantaron muchísimo a su tiempo, e incluso al nuestro, pero que son absolutamente disonantes. La misma palabra "disonante" me parece una calificación condicionada, y es una calificación que se emite desde un punto de vista inferior. ¿Cómo puedes decir "Todo eso es disonante"? Es como mirar un Rembrandt y decir: "Es muy chillón, ¿no?". Es una tontería. Eso indica que tienes un punto de vista que no es válido, que está completamente condicionado. Para el artista no tiene ningún sentido penerse a pensar en esos términos. Es robarle algo a la música, porque ni siquiera le das la oportunidad de ser escuchada tal como es, de que la escuchen por ser como es.

—*¿Cuánta variedad se ofrece realmente a los oyentes?*

El arte y la comercialidad son diametralmente opuestos, y es una pena, porque, en términos culturales, yo creo que la radio en América —y todos los medios de comunicación en América— están necesitando desesperadamente algún tipo de impulso cultural innovador, con fuerza suficiente para desviarlos de sus tendencias mercenarias. Sólo con que la radio empezara a aceptar de verdad la cultura del jazz, el auténtico arte americano —cosa que aún no ha hecho—, el público recibiría una educación mucho mejor. El público debería oír más música: cuernos tibetanos, música rusa, china, australiana, de todas partes. Porque la música es un idioma fabuloso, maravilloso, unificador, que todos pueden entender. Probablemente se escucharía de manera distinta, el mismo mundo sería distinto, si los medios consideraran que la programación es un proceso educativo para el público oyente. Ése sería el primer paso importante para descondicionar a las masas. Pero los medios de comunicación norteamericanos son muy represivos culturalmente. Es un asco, y ojalá cambie, porque creo en el maravilloso poder espiritual y unificador de la música. Es una cosa tan misteriosa y maravillosa, que gusta a la gente en todas partes... ¿Por qué no la utilizamos para que haya más entendimiento entre la gente de este planeta?

—*¿Cuánto practicas en casa actualmente?*

Lo ideal son unas siete u ocho horas diarias; es una bonita cifra. Practico muchas cosas diferentes. Por ejemplo, tocar con forzamientos, que es más bien una técnica india, empezando por una nota con la cuerda ya forzada. También toco dentro de los forzamientos, lo cual, desde luego, es difícil. Y luego puedo trabajar en una secuencia de acordes complicada. Escribo una que no sea capaz de hacer, y trabajo hasta que lo consigo. Y después, sólo para complicar las cosas, toco en un compás compuesto. Todo consiste en la sucesiva imposición de más y más disciplina, porque es la única manera de progresar: el esfuerzo constante por dominar nuestras propias incapacidades.

—*¿Sigues la regla de "despacio, que tengo prisa", o sea, practicar una cosa despacio para ir desarrollando velocidad?*

Sí, claro, no te vas a meter de cabeza.

Sobre todo, si se trata de una secuencia complicada.

—*¿Trabajas con un magnetofón?*

A veces. También utilizo un metrónomo especial que me construyó un amigo que se llama Leo Hoarty. Tiene unas posibilidades fabulosas para marcar compases compuestos sincrónicos. Da hasta cuatro golpes a la vez. Tengo el tiempo básico: ya sabes, un cierto número de partes por minuto. Luego puedo meter un derivado múltiple, y después un segundo derivado múltiple, sincronizado pero completamente independiente. Si quieres, puedes poner 31 sobre 30, o 99 sobre 98. Además, tengo la posibilidad de extraer cualquier pulsación en cualquier número de partes, de 1 a 99, y de cualquiera de los múltiples A o B. Todo eso es consecuencia de la frustración que me provocaban mis otros instrumentos. Ya conoces el viejo dicho: "La necesidad es la madre de la inventiva". Antes utilizaba un "trínomo", pero se lo regalé a un amigo, me compré otro nuevo y lo rompí el mismo día. Seguí comprándolos y acabé rompiendo cinco. Y entonces, completamente frustrado, llamé a Leo, que me construyó el metrónomo que tengo ahora. Es el único que existe, y es un instrumento fabuloso. Leo y yo estamos trabajando además en otro proyecto, que es una grabadora de casetes de cuatro pistas autosincronizable.

—*¿Escribes tu música en partituras y se las das a tus acompañantes?*

Pues sí, a veces es necesario estar estructurados. Otras veces es más fácil tocarle al otro la música: así captan la idea mucho más deprisa. Cuando se trata de cosas como un motivo pequeño, escribir puede ser innecesario.

—*¿Utilizas algunas progresiones de acordes más que otras?*

No, no creo. Más o menos, voy a mi aire. Detrás de cualquier acorde puede venir cualquier otro.

—*Cuando haces una sección melódica con acordes, ¿procuras mantener una armonía fluida de cuatro partes?*

No tengo reglas fijas. Depende de la situación y del contexto. Con tres notas —

la 7ª bemol, la 13ª y la 3ª—, se puede decir todo sobre un acorde de 13ª. Lo mismo te digo de las modulaciones: no hay reglas fijas, prefiero encontrar maneras nuevas de avanzar. Hay infinitas maneras de ir de Do a La menor. La composición hace las demandas y la improvisación hace la estructura, pero no me gustan las maneras normales.

—*¿Participas en la mezcla final?*

Sí, siempre lo hago.

—*¿Utilizas sobregrabaciones?*

Sí. En ciertas situaciones no puedes tocar un solo. En Natural Elements, por ejemplo, tanto Shankar como yo trabajamos mucho en las composiciones, y no teníamos tiempo ni de pensar en los solos. Y para construir un solo tienes que trabajar, y pensar, y explorar en tu interior lo que eso significa para ti, las posibilidades y cómo vas a articularlas.

—*O sea, que a ti no te va lo de meterse en un estudio, tocar 15 solos y recortar las partes mejores?*

No. Pero, por supuesto, siempre estás rezando para que te venga la inspiración, esa cosa mágica que te da una cierta sensación de inmortalidad.

—*¿Por qué te atrajo el flamenco?*

Por su pasión. Yo creo que fue eso lo que me arrebató. Y técnicamente, es una música virtuosa y devastadora. Cuando oyes a un gran tocador de flamenco, es que te puedes caer de espaldas. Eso era también lo que me gustaba de los *blues*: el impacto emocional que tienen.

—*¿Qué era para ti lo más destacado de la manera de tocar de Miles Davis?*

Miles era pura alma. Su estilo... bueno, no se puede usar esa palabra porque Miles creó su propio estilo. Normalmente, uno piensa en el estilo como algo que se elige y se utiliza, pero el fue el inventor de ese estilo. Como decía William Blake: "Debo crear mi propio sistema o vivir esclavo del de otro". A mí lo que me gustaba de Miles era lo simple que era, lo directo que era, la autoridad que tenía su música desde los puntos de vista rítmico, armónico y melódico. En mi opinión, sus conceptualizaciones eran revolucionarias. Todo lo que veía en él

me emocionaba. Era un tipo atractivo, y vestía bien, ¿sabes? Para mí era el colmo de la elegancia en todos los aspectos. Su música es verdaderamente elegante, y también elocuente. Miles tiene la capacidad y la habilidad de extraer de la gente cosas que sorprenden incluso a los propios músicos.

—*O sea, que es una especie de inspiración musical.*

Pues sí. Ha sido una especie de gurú para mucha gente. Para mí, desde luego, fue un mentor musical. Es irónico. Durante años soñé con tocar con Miles. Me parecía que tocar con él sería el triunfo definitivo. Pero vine a América para tocar con Tony Williams. Y que Miles me llamara al día siguiente de llegar fue como un premio extra, algo increíble. Tony todavía no había dejado a Miles, así que fuimos al estudio e hicimos *In a Silent Way*. Mientras tanto, Lifetime había estado ensayando y nuestra primera actuación fue en el Club Baron, en Harlem, lo cual fue otra enorme emoción para mí. Para un europeo, llegar a Nueva York y tocar en Harlem es el no va más. Pero yo era muy ingenuo cuando llegué, y me decía: "bueno, me figuro que en Harlem todos serán muy modernos y estarán al día de lo que pasa". Pues llegamos a la puerta del club y nos encontramos un cartel que decía, más o menos: "Actuación de hoy: The Tommy Willis Lifestory". Bueno, a mí me dejó estupefacto que el propietario de un club ni siquiera supiera cómo se llamaba Tony Williams, y aun así lo contratara, lo cual, para mí, demostraba una ignorancia musical absoluta. El caso es que Miles volvió a llamar mientras estábamos en este club, y me pidió que fuera con él al estudio para grabar *Bitches Brew*.

—*¿Tocaste con él en algún concierto?*

La verdad es que sí, porque en aquel entonces Lifetime no tenía mucho trabajo. Aquella banda la formaban Wayne Shorter, Chick Corea, Dave Holland, Jack DeJohnette y Miles. Tiempo después, toqué también en algunos conciertos con la banda que tenía a Keith Jarrett, Gary Bartz, Michael Henderson, Airto y Jack DeJohnette. Y por supuesto, en el estudio había muchos músicos más. Así fue como conocí a Billy Cobham, en una sesión con Miles. Tuve mucha suerte. Cuando llegué a América tuve ocasión de tocar con todos mis músicos favoritos. Grabé con Wayne Shorter, Larry Coryell y Miroslav Vitous. Aquélla fue una sesión maravillosa [*Mountain in the Clouds*; también intervinieron Joe Henderson al saxo tenor y Herbie Hancock al piano eléctrico].

—*¿Qué estabas haciendo en la época en que Miles te propuso entrar en su banda?*

Estaba muy comprometido con Lifetime. Estaba componiendo muchas cosas para el grupo, de manera que el grupo era casi tan mío como de Tony. Participaba mucho más en la tarea de componer que lo que habría participado en la banda de Miles. Así que, después de años de idolatrar a Miles, tuve que decirle que no porque estaba muy comprometido en mi propia dirección musical. Está claro que con Miles habría ganado mucho más dinero, pero en el sentido musical Lifetime era algo extraordinario, sobre todo después de que se nos uniera Jack Bruce, y a mí me daba ocasión de componer y, naturalmente, Miles lo entendió. Jack y yo nos conocemos desde hace muchísimo tiempo, y hemos tocado juntos toda clase de música. En aquellos tiempos, en Londres sólo había un club para tocar, así que todos hemos tocado con todos.

—*¿Qué club era ése?*

El Flamingo All-Nighter [risas]. Allí tocaba todo el mundo: Alexis Korner, los Rolling Stones, John Mayall, Eric Clapton... Yo entonces estaba con Georgie Fame y los Blue Flames. Había tan pocas oportunidades de trabajo que todos nos escontrábamos constantemente. El ambiente de Londres era muy turbulento y ecléctico para casi todos.

—*¿Por qué dejaste Lifetime?*

Acabé por dejarlo porque aquello era una locura. Los *managers* no sabían cómo llevarnos; no sabían lo que tenían entre manos. Estaban llevando a gente como Flip Wilson. Podrían habernos conseguido buenos trabajos, y en cambio acabábamos

tocando en el gimnasio de un instituto de Henry County, Illinois... en sitios perdidos. En Nueva York tocamos mucho en el Slugs, un club que había en el Lower East Side. Aquello estuvo bien. Allí fue donde conocí a Duane Allman. Iba todas las noches... y también Janis Joplin. Pero nos manejaban fatal. Jack se gastó un montón de dinero propio en el grupo, pero yo apenas tenía para vivir, así que tuve que dejarlo. Me fui a Boston, a tocar una noche con Miles, y me dijo: "John, tú tienes que formar tu propia banda, y lo sabes". Poco después, Sri Chimnoy me dijo lo mismo, y aquello acabó de decidirme. Grabé un álbum acústico, *My Goal's Beyond*, pero ya tenía la idea de la Mahavishnu Orchestra. Aquel álbum me dio la oportunidad de juntarme con Jerry Goodman y Billy Cobham y tocar con ellos. Les conté mis ideas y nos pusimos de acuerdo. Así que me puse a buscar bajista, y hablé con un montón de gente. Se lo propuse a Tony Levin, pero estaba tocando con Gary Burton. Entonces me acordé de Rick Laird, al que conocía desde que tenía 20 años.

—*¿Existe alguna grabación de Rick y tú con Brian Auger?*

No. Ya ves, aquello fue antes de que existieran las casetes, y un magnetofón era una inversión muy fuerte... demasiado fuerte para mí. Rick y yo nos conocíamos desde que teníamos un trío con un saxo barítono, Glenn Hughes, que en paz descanse. Glenn y yo teníamos 18 años. Guitarra, barítono y bajo. Teníamos una relación de amistad increíble, y como músicos nos entendíamos de maravilla. Tocábamos cosas de Jimmy Giuffre y Jim Hall, y de Chico Hamilton, de Miles y de Sonny Rollins. Sonny Rollins ha ejercido una influencia importante en mi vida, como músico y como persona. Glenn y yo formamos un trío con Rick Laird al contrabajo, pero no hay nada grabado, aquello se perdió para siempre. Por entonces hice también otra cosa sin batería con Danny Thompson, que estaba en Pentangle. Era un bajista fantástico. En aquel grupo estaba también Tony Roberts, un clarinetista que iba muy por delante de su época. ¿A que nunca has oído hablar de él? Vive en Canterbury, Inglaterra. Tengo una grabación de aquel trío que se hizo en la BBC, pero no grabamos ningún disco. Pero volviendo a la Mahavishnu: Rick estaba en Inglaterra y acababa de terminar una gira con Buddy Rich. Le llamé y le pedí que se viniera. Durante el proceso de reunir personal, recibí una llamada de Miroslav, que me propuso ingresar en Weather Report. Le dije que no, que estaba formando mi propia banda, y entonces Miroslav me dijo que si buscaba teclista haría bien en llamar a Jan Hammer, que por entonces estaba con Sarah Vaughan. Creo que conseguí los mejores músicos disponibles en aquel momento. Para mí era importante que los músicos tuvieran sus raíces en el *jazz,* aunque las raíces de Jerry son la música clásica y el *rock.* Billy Cobham tiene fama como batería de *rock,* pero sus raíces son de *jazz.* Su mayor impacto lo consiguió tocando con gente como Billy Taylor y Horace Silver. En fin, nos juntamos, ensayamos dos semanas y tocamos en un club; al cabo de un mes estábamos en el estudio grabando The Inner Mountain Flame. Y el resto ya lo sabes.

—*¿Qué impacto crees que tuvo la Mahavishnu Orchestra original?*

Para responder a esa pregunta tendría que objetivizar una experiencia subjetiva, y eso es difícil. Hombre, fue una gran banda mientras duró, pero no encarnó lo que debería haber encarnado.

—*¿Qué debería haber encarnado?*

Pues más amor fraternal, diría yo.

—*¿Crees que había demasiada competitividad?*

No, competitividad no. En cierto sentido, la competición es una buena cosa, porque te obliga a trabajar. Es como en el deporte. A mí me gusta jugar al ping pong, y juego duro. Y lo que más me gusta es tener enfrente a un buen jugador, porque eso me hace trascender mis limitaciones, y lo mismo pasa con la música. Yo siempre quiero trascender mis propias limitaciones. Así que no fue cuestión de competición. Fue la falta de conciencia espiritual mutua. Es la única manera en que puedo explicarlo. A lo mejor suena muy

pomposo, o algo así, pero es que por entonces yo era discípulo de Sri Chinmoy. A mí no me importa qué camino siga cada uno, pero me parece que la música necesita una conciencia con una actitud ascendente. Esto también es muy difícil de expresar con palabras, porque en cuanto lo digo deja de ser eso. No es lo que acabo de decir, porque lo que acabo de decir implica que tienes que ser religioso, y eso no es verdad. Estoy hablando de conciencia y de reconocimiento mutuo de Dios, creador nuestro y creador de la música, que es el que nos da la capacidad de hacer realidad sus dones en el sentido físico. Lo que ocurrió con la Mahavishnu Orchestra fue un malentendido. En un grupo, la tensión puede ser positiva a veces en el sentido musical, pero no como base constante. Por desgracia, aquello acabó convirtiéndose en una tensión continua, y esto llega a un punto en el que se manifiesta en el plano físico. Es una pena, pero no es tan grave. Forma parte del plan divino, del que todos formamos parte, y yo estoy preparado para cualquier cosa que tenga dispuesta para mí. Me fastidia sonar a santurrón, porque las sentencias religiosas son pura tontería, pero veo las causas que hay detrás de los efectos, unos efectos consistentes en la disolución de un grupo, para disgusto de un montón de gente. Las causas se remontan a un nivel muy fundamental, en el sentido humano, que es la incapacidad para reconocer mutuamente que existe un orden superior.

—*¿Cómo organizaba Miles los ensayos?*

Era asombroso trabajar con él, porque nunca decía: "Eso no es lo que quiero". Sólo decía: "Toca una cosa larga" o "Toca una cosa corta". Una vez me dijo: "Toca como si no supieras tocar la guitarra". Así era Miles, y había que seguirle la corriente.

—*Cuando por fin comprendiste las frases de Coltrane, ¿tuviste que escribirlas o simplemente las asimilaste con el corazón?*

Lo que yo no entendía era el nivel en el que el tío actuaba, el nivel en el que vivía. De hecho, A Love Supreme fue el primer disco que me superó. No pude asimilarlo hasta dos años después de oírlo por primera vez. Era simplemente pasmoso.

—¿En el sentido espiritual, y no sólo en el musical?

Sí, pero los niveles espiritual y artístico son lo mismo... no existe diferencia.

—¿Cómo se pueden crear frases largas como las de Coltrane, que sean originales, no repetitivas, y que aun así sigan avanzando?

Huy, no lo sé. La música es mi voz dirigida a Dios. O sea, yo rezo y Dios me escucha, y yo procuro escuchar a Dios. La música es mi voz más potente; o más bien, es mi voz pública. Y soy muy consciente de que necesito el amor de Dios y Su gracia. Mi necesidad de Dios, mi absoluto anhelo de Su presencia, es la parte de mi propio ser que me impulsa hacia delante. Para eso tengo que darlo todo. Lo que hago es, básicamente, una especie de oración musical. Y por eso no pienso en ello en términos de "Estoy haciendo tal o cual frase". Claro que eso ocurre, pero, básicamente, lo que me hace vivir es esta presencia de Dios. Cuando salgo a escena, quiero que la inspiración saque todo lo que tengo, todo lo que soy. Quiero estar a Su completa disposición. Porque entonces, si no estorbo, si consigo ser lo bastante puro, si consigo ser lo bastante desprendido y generoso, si siento el suficiente amor y bondad para abandonar lo que tengo y abandonar mis propias ideas tontas y preconcebidas acerca de lo que soy... entonces me convierto en lo que verdaderamente soy, uno más de los hijos de Dios, y entonces la música puede utilizarme de verdad. Y ésa es mi auténtica plenitud. Entonces es cuando empieza a surgir la música. Y eso forma parte del proceso de mi vida espiritual: tengo que pensar menos en mí, porque es egoísta tratar de imponerme sobre la música. Eso lo aprendí de Coltrane; también lo noto en otros músicos... esa entrega, ¿sabes?

—Pero para poder alcanzar ese tipo de conciencia, ¿no necesitas antes una técnica que sea prácticamente autónoma?

No pretendo decir que las consideraciones puramente técnicas sean irrelevantes. Tengo que practicar; tengo que esforzarme al máximo. Si no lo hiciera, ¿cómo iba a conseguirlo? No tiene ningún sentido enga-

ñarse uno mismo. Tengo que trabajar, y en eso consiste mi vida. Estaré trabajando hasta que muera, porque todos los días se me concede fuerza y poder para trabajar y para estar en armonía con la evolución que está teniendo lugar en mi interior. Pero al mismo tiempo, todo lo que tengo está a disposición de la gracia divina, que se manifiesta interiormente en forma de auténtica inspiración, que ofrece la posibilidad de una completa liberación artística y espiritual, en forma de música. Y ése es en realidad mi único objetivo. Si en el escenario soy capaz de manifestar o experimentar esa liberación artística y espiritual, la música estará llena de ella, y creo que todo aquél que pueda identificarse con la música gozará de la misma experiencia.

—¿Alguna vez recaes en viejos hábitos o tocas una frase o dos compases similares a los que usaste otra noche?

Eso hay que mirarlo en perspectiva. Tienes que hacer uso de lo que tienes, pero constantemente buscas inspiración. A veces tengo que actuar y me siento inspirado justo antes de salir al escenario. Noto una presencia de amor dentro de mí, y siento la maravilla y el portento de la vida. Toco una composición, pero lo verdaderamente importante soy yo, es la espontaneidad en escena, porque como me siento ahora no me he sentido nunca antes y no me volveré a sentir jamás.

—Has dicho que la música es amor, y que hay que tener humor para todo, incluso para la música. ¿Qué métodos utilizas para inyectar humor a tu música?

Eso sólo puede ocurrir de manera espontánea; de lo contrario, es algo forzado. No se puede planificar perfectamente lo que vas a tocar. Depende por completo del músico individual y de que se rinda a la inspiración con toda su experiencia, conocimientos y técnica, porque cada día va a ser diferente. Una noche puedes salir al escenario y no sentir nada más que tragedia. Como la otra noche: sentía de verdad todas las penas de la vida, y salí a escena sintiendo eso y, claro, la música trataba de eso. Pero la noche anterior pudo pasar todo lo contrario. Es como si de pronto sientes un cierto estado de ánimo y le das salida. No conozco ninguna técnica que sirva para inyectar cualidades humanas, porque, para mí, sólo son válidas en el momento en que surgen.

—*¿El sentido trágico de la vida te hace actuar de un modo menos inspirado?*

No. La tragedia forma parte de la vida de todos. En cierto sentido, el simple hecho de vivir una existencia separada ya conduce a la tragedia y el dolor. Pero puede ser más o menos inspirador, porque es una parte natural de la vida. Yo creo que si le quitas el dolor a la vida, le estás quitando casi todo.

—*¿Cuál consideras que es tu legado?*

Otra vez me pides que objetivice algo que es completamente subjetivo, así que no sabría decirte. Francamente, creo haber hecho muy poco en esta vida. Todavía tengo que hacer mucho más. He procurado contribuir de algún modo a la paz mundial, por minúscula que haya sido mi contribución. Este mundo es un verdadero paraíso, pero lo hemos olvidado, eso es todo. Así pues, si la música puede recordarle a la gente cuál es su verdadero lugar en la conciencia del amor y la bondad —que en realidad es la conciencia de Dios—, eso podrá ser una contribución pequeña, pero al menos es positiva. Evidentemente, el mundo no puede cambiar: es la gente la que tiene que cambiar. Hay tanta desdicha y tanta locura en el mundo... fíjate, todavía hay guerras. La gente aún no ha aceptado que hay una llama divina en el hombre, que los seres humanos son inviolables. Si puedo aportar algo de consuelo a la vida de alguien, no habré vivido en vano. Lo único que podemos hacer es ayudarnos unos a otros, recordarnos que en medio de toda esta angustia hay un santuario, que todo es como debe ser. La música puede lograr eso. Es una fuerza curativa en el mundo.

[Septiembre de 1985]

—*¿Conservan el* pop *y el* jazz *contemporáneos el grado de creatividad que tuvieron en el pasado?*

En general, no. Parece que hay una especie de hiato. En la actualidad, el *rock* y el *jazz* son inferiores —rítmica, armónica y experimentalmente— a lo que se hacía incluso en los sesenta. Pero esa especie de contragolpe contra la intelectualidad de cualquier clase es más un problema sociológico que un problema musical. Es una cosa cíclica, y ya vendrán tiempos más receptivos. Sin embargo, no se puede negar que mucha de la música pop —incluyendo el funk "fácil de escuchar" hecho por supuestos músicos de jazz— es terriblemente banal. Es superficial, y ni siquiera es descaradamente comercial; es un latazo desvergonzado. El *jazz* es música vital, viva, que debería tratar de la vida. No me malinterpretes, porque no estoy descalificando ninguna clase de música. Me gusta Billy Idol, o sea, que ya ves. Hay sitio para todo el mundo, y me gusta pensar que si es música, es buena. Es la fuerza espiritual más profunda de la tierra. Desde luego, es muchísimo mejor que matar gente.

Tienes reputación de técnico excelente.

—*¿Pueden interferir los aspectos intelectuales y técnicos de la música, impidiéndote hablar con el corazón?*

No, siempre que el artista esté completamente integrado en sí mismo, que es algo que todos procuramos. Yo estoy vivo. Tengo un intelecto, un corazón y un lado físico, y tengo que integrar las tres cosas para estar completo. Durante el proceso de evolución, puedes insistir más en un aspecto que en otro, pero eso es absolutamente normal, porque tienes que vivir la vida para integrarte. Es una tarea para toda la vida, porque se trata de tu evolución como ser humano.

—*También tienes fama de explorar diferentes campos musicales. ¿Es una cuestión de curiosidad y ganas de experimentar, o es consecuencia de la frustración y la inquietud?*

No se debe a la frustración y la inquietud. Es algo que me sale de dentro, porque mi principal competidor es mi propia incapacidad, mi propia torpeza. Se debe a mi amor a la música. Si oigo algo muy bueno, quiero saber más sobre ello. Cuando oigo a un gran músico, puedo sentir su vida y su elegancia y su elocuencia dentro de la música, y eso hace que quiera saber más de él. Ya venga del norte o del sur, del este o del oeste, la música es mi idioma. Cuando oí por primera vez a algunos de los grandes músicos indios, sentí un enorme deseo de conocerlos mejor. Ser capaz de tocar con ellos es una satisfacción que no te puedes imaginar, aunque la verdad es que no toco como ellos. Pero soy capaz de comunicarme con ellos porque conozco las reglas en las que se basan.

—*En términos generales, ¿está mejorando la comunicación entre músicos de diferentes géneros y culturas?*

Entre los músicos instrumentales ya no existen barreras como las que existían en el pasado, y eso es maravilloso. Todos necesitamos enriquecernos, y para hacer algún tipo de progreso necesitamos inspiración. Esto es especialmente cierto en el intercambio que se está dando entre músicos de *jazz* y clásicos. Hay mucho respeto mutuo, y los dos géneros están buscando sangre nueva. Es estupendo que músicos como Wynton Marsalis [trompetista], que tocan ambos géneros, sean igualmente apreciados por el público de *jazz* y por el clásico. Chick Corea y Keith Jarrett [pianistas ambos] están muy metidos en la música clásica. Y por el lado clásico tenemos músicos como el violinista Gidon Kremer, que ha grabado con Keith. Gidon me pidió que le compusiera un tema. También Yo Yo Ma [violoncelista] se ha mostrado interesado. Desde luego, si no fuera por los ánimos que me dio Ernest Fleischmann, director ejecutivo de la Filarmónica de Los Ángeles, no creo que me hubiera metido jamás en un proyecto de proporciones tan gigantescas como mi concierto.

—*¿Cómo surgió la colaboración entre tú y Michael Gibbs para tu concierto?*

Le pedí ayuda a Michael porque la orquestación es un arte del que no soy precisamente un maestro. Él está muy dotado en este campo, y la estructura textural es muy importante desde el punto de vista orquestal. La mayor dificultad que tuve con la composición consistió en establecer un desarrollo dramático y elaborar una estructura que no pudiera ejecutar también un grupo pequeño. Aunque me acojo al privilegio de no ser un "músico clásico", considero que tengo que observar las reglas de la música clásica. Y ahora se me ha abierto el apetito, y creo que pronto voy a componer otra obra orquestal.

—*¿Tu concierto es muy exigente en términos técnicos? ¿Qué papel desempeña en él la improvisación?*

He incluido improvisación porque es muy importante para mí, pero en muy pequeño grado. Por eso me encantaría que lo intentaran tocar músicos clásicos; hay muy poco repertorio para guitarra clásica y orquesta. Algunas secciones del concierto son muy difíciles para mí, pero es difícil determinar lo difíciles que resultarían para un músico con otra técnica. Si lo intenta un guitarrista de mano abierta, tendrá que ser muy flexible y adaptable. Con una púa se pueden hacer cosas que son difíciles de tocar con los dedos. Todo músico de *jazz* desarrolla la habilidad de modificar su técnica. Pero en muchos aspectos, la técnica de mano abierta es superior a la técnica de púa.

—*En Mahavishnu, parecía que el Synclavier había cambiado tu manera de frasear. ¿Opinas lo mismo?*

Tu impresión se acerca mucho a la realidad. El Synclavier me permite tocar de una manera que resultaría muy difícil con una guitarra. Las guitarras convencionales, tanto acústicas como eléctricas, no se prestan al flujo de improvisación de un instrumento de viento, que a mí tanto me gusta. Los guitarristas —y también los pianistas, dicho sea de paso— tocan de una manera diferente que los instrumentistas de viento. La obra de Miles Davis, John Coltrane, Sonny Rollins y Clifford Brown ha dejado en mí una marca indeleble, y he tenido que procurar adaptar mi técnica para poder acomodar los parámetros que ellos usaban en sus improvisaciones. Y sufrí, porque era muy difícil. Aún sigo sufriendo [risas]. Cuando empecé a investigar con el sintetizador de guitarra, a finales del 75, me di cuenta de que las posibilidades eran tremendas. El problema era que la tecnología era mastodóntica. El Synclavier ayuda a romper las barreras que impiden a un guitarrista tocar a su nivel óptimo. Le debo muchísimo a la guitarra digital. Es una revolución. Aunque te exige que modifiques tu técnica en cierta medida, te permite entrar en el mundo de la síntesis creativa. Para los guitarristas que están buscando nuevas maneras de crear sonido es algo tremendo. Es muy apasionante poder aplicar eso musicalmente. He probado los otros sintetizadores de guitarra, y son juguetes en comparación con el Synclavier.

—*¿Opinas que la guitarra digital acabará por sustituir a los instrumentos más convencionales?*

Para mí, no. Me enamoré de la guitarra acústica a los 11 años de edad, y seguirá siendo mi primer amor para el resto de mi vida. Pero me parece que la entrada de los guitarristas en el mundo de los sintetizadores será similar a lo que ocurrió con los teclados. Primero estaba el piano acústico, luego apareció el Rhodes y al final todos tenían sintetizadores. No se trata de tener que elegir. Puedes tener un pie en cada mundo, aunque se puede predecir que en un futuro no muy lejano tendremos un instrumento de tiempo real. Con eso quiero decir un sintetizador tan sofisticado que responda exactamente como una guitarra eléctrica.

—*Concretando: ¿cómo altera la guitarra digital tu técnica y tu manera de frasear?*

En parte depende del tipo de timbre [color del sonido] que estés usando. Cuando te metes a crear timbres con el sintetizador, estás creando un nuevo mundo de sonido. Una vez que tienes un timbre concreto, sus características te van a influir directamente en cuanto empieces a tocar. Es como si, de repente, estuvieras tocando otro instrumento. Por ejemplo, si un timbre tiene un sostenimiento muy largo, puedes articular frases que son imposibles con una guitarra convencional, y entonces tienes que cambiar tu técnica y tu concepto. Si tienes un cierto número de timbres, tienes que abordarlos uno por uno. Muchos timbres no se pueden conseguir tocando la guitarra de manera normal, y casi tienes

que acariciar las cuerdas para extraer el sonido.

—*Una de las principales críticas que se han hecho a los sintetizadores de guitarra es que no responden con suficiente precisión y rapidez para el gusto de un guitarrista.*

Puede que esos guitarristas estén pidiendo demasiado y no estén dispuestos a modificar su técnica. La traducción de un entorno de guitarra ---las características de un sonido— a información digital es un proceso muy complejo y sensible. Tienes que ser muy preciso, porque estás registrando información y, si te equivocas en algo, el ordenador recibe datos erróneos y actuará en consecuencia. En cuanto le coges el tranquillo al Synclavier, te responde de manera fenomenal —incluso a los forzamientos y matices dinámicos—, pero si no le dices correctamente lo que tiene que hacer, tendrás problemas. En cuanto a la velocidad de respuesta, si la comparas con la de una guitarra acústica, que responde en cuestión de nanosegundos, pues sí, en cierto sentido hay un ligero, muy ligero, retraso. Pero yo he tocado muy deprisa con la guitarra digital y, si toco bien, sale bien.

—*¿Qué temas de Mahavishnu demuestran mejor las posibilidades de la guitarra digital? ¿Por qué utilizaste esos timbres concretos?*

"Nostalgia" tiene un aspecto melancólico que cuadra bien con el sonido de flauta que utilicé. La canción tiene influencias de la *raga* clásica india, donde la armonía está sugerida por un zumbido. Ese timbre me permitió tocar de una manera lenta, melancólica, que suele ser difícil de evocar sin caer en lo almibarado. En "Clarendon Hills" hay una guitarra en directo, sonando al unísono con el Synclavier. La verdad es que la guitarra en directo no se oye, pero la puedes sentir. Y el principio de "East Side, West Side" tiene un sonido *funky*, como de órgano Wurlitzer. Hay que tener en cuenta que cuando entré en el estudio ya hacía unas seis semanas que me había comprado la guitarra digital. Ya tenía timbres con los que me identificaba y me sentía cómodo. A muchos músicos les parecen estupendos los sonidos que vienen de fábrica, y utilizan sólo ésos, porque la gente es indolente. Todos lo somos. Pero yo creo que es my importante crear tú mismo los timbres. La tendencia a ahorrarse trabajo forma parte de la condición humana.

—*¿Cómo puedes decir que eres indolente, en vista de tu apretado programa de trabajo y tu dedicación a la guitarra?*

Todo es relativo. Cuando pienso en la disciplina que tienen algunos, me veo muy indolente en comparación. Pero si una cosa te gusta lo suficiente, te concentras automáticamente en ella. Ésa es la mejor clase de disciplina que puedes tener. Sin embargo, para desarrollar ciertos campos —la técnica, por ejemplo—, viene muy bien saber cómo trabajar. Me gustaría contribuir a ayudar a los músicos jóvenes. Vale la pena dedicar un poco de esfuerzo extra a aprender a trabajar y a saber cómo abordar un problema, tanto en el sentido técnico como en el personal. A veces, si te dan la pista adecuada, puedes resolver un gran misterio. Gran parte de mis sentimientos sobre la enseñanza y sobre ayudar a los músicos han surgido de la relación con un amigo joven al que he estado asesorando.

—*¿En qué le has estado ayudando?*

Lo que más me preocupaba en un principio era su formación teórica, que era muy floja. Era un músico de *rock'n'roll* muy bueno, pero estaba insatisfecho y quería progresar, así que empezamos con armonía de *jazz* y su aplicación a la guitarra. También hablamos de armonía clásica.

—*¿Cómo enfocas la teoría armónica del* jazz?

Empecé por estructura de acordes, que es una información esencial para todo músico occidental (los músicos orientales no abordan la música desde una perspectiva armónica). Cogimos temas *standard* y buscamos maneras de ampliar los acordes básicos, aplicando las reglas de la ampliación de acordes y escalas relacionadas. Lo que hicimos fue descomponer todo en sus componentes escalares y volverlo a montar con un enfoque escalar, que te da una perspectiva más lineal, distinta de la vertical. Y nos machacamos bien las tríadas,

que son unas unidades muy potentes, sobre todo cuando las superpones en una improvisación.

—*¿Puedes recomendar algún libro sobre acordes y escalas?*

El de Vincent Perfichetti, *20th Century Harmony: Creative Aspects and Practice*, es un libro muy importante. También recomiendo mucho el de Nicholas Slonimsky, *Thesaurus of Scales and Melodic Patterns*. Con esos dos libros llegarás muy lejos.

—*¿Qué haces para mejorar tu técnica?*

Eso varía. El otro día inventé un ejercicio de mano derecha muy interesante y muy difícil. Tomé una línea melódica muy retorcida —en realidad, puede servir cualquier serie de notas—, con intervalos extraños y cambios de cuerda, y practiqué tocándola con distintos ritmos y compases. Esa clase de cosas hace maravillas con tu articulación, velocidad y fraseo... esas cosas tan aburridas que son tan importantes.

—*¿Cuáles son los aspectos fundamentales de la técnica de mano derecha?*

Depende de tu estilo. Hay muchísimos estilos que funcionan; es una cosa muy individual. Por ejemplo, Allan Holdsworth, que tiene un estilo tan original y toca tan rápido, se basa principalmente en la mano izquierda. Yo lo articulo todo, pulsando casi todas las notas, lo cual exige una gran disciplina por parte de la mano derecha, y mucha fluidez de muñeca. Cuesta mucho trabajo desarrollar velocidad mientras te mantienes relajado.

—*¿Cómo estabilizas la mano derecha?*

Apoyo la base de la mano en el puente, sea cual sea el instrumento. Con ese anclaje, la mano queda apoyada y relajada, y puedo mover la muñeca sin problemas. Una vez más, lo que me funciona a mí puede no servir para otro. Encuentras tu posición a fuerza de tanteos y errores. Larry Coryell, por ejemplo, mueve mucho más el brazo que yo. Si notas tensión en el brazo o el hombro, puede que la posición de la mano no sea la adecuada.

—*Si tienes la mano derecha apoyada en el puente, ¿cómo te acercas más al trastero?*

En los pasajes más difíciles no puedo tocar cerca del trastero. Sin embargo, para acompañamientos con acordes, o para pasajes que alternan elementos lineales y acordes, dejo la mano flotando en el aire.

—*¿Puedes recomendar algún ejercicio elemental para la mano derecha?*

Yo he elaborado una serie que es fantástica para la articulación y el ritmo. Se empieza por la primera cuerda y se tocan despacio cuatro notas negras con su valor real, pulsando siempre de arriba a abajo. A continuación, manteniendo el mismo ritmo —preferiblemente con el pie, aunque puedes usar un metrónomo—, subdivides el compás en seis negras o dos tresillos de negras. Después, pulsando alternativamente de arriba a abajo y de abajo a arriba, empiezas a progresar a corcheas, tresillos, semicorcheas, seisillos, fusas, tresillos de fusas y semifusas. Luego vuelves otra vez atrás. Todo es cuestión de aritmética simple, pero tocarlo sin perder el ritmo es todo un reto para la mano derecha. Desde luego, puedes ir avanzando poco a poco, en varias sesiones. Ahora bien, esto es sólo el principio. En lugar de progresar a base de múltiplos de dos y de tres, puedes trabajar con otras figuras, pasando de uno a dos, a tres, a cuatro, a cinco, a seis, a siete, y así sucesivamente.

—*Si tuvieras que tocar dos tresillos seguidos, ¿empezarías el primero pulsando de arriba a abajo y el segundo pulsando de abajo a arriba?*

Sí. Es una alternancia estricta. Cuando subdivides en cinco o en siete, las cosas se vuelven más raras. La figura de cinco se debe subdividir en un grupo de dos seguido por un grupo de tres. Es muy importante acentuar cada grupo, lo cual es difícil desde el punto de vista de la articulación, porque un grupo de cinco se empieza a pulsar hacia abajo, y el siguiente empieza pulsándose hacia arriba. Una figura de siete consta de dos grupos de dos y un grupo de tres. Este ejercicio te obliga a ser muy preciso, porque tienes que pasar de una figura a otra sin perder fluidez. Si no te fías de tu ritmo interno, usa un metrónomo. O si no, marca el ritmo con el pie. El siguiente paso de esta serie de ejercicios consiste en hacerlos cambiando de cuerda. En algún momento, te verás obligado a cambiar de cuerda, pulsando hacia arriba o hacia abajo, sin perder la medida y la articulación. De manera indirecta, estos ejercicios están basados en mis estudios de la teoría rítmica india.

—*Ésa es una disciplina vocal, ¿no?*

Sí. Todo el sistema clásico indio es esencialmente vocal. La manera que tienen de desarrollar el ritmo es sumamente refinada, con una aritmética de orden superior. Existe una palabra para cada grupo rítmico, y cada obra se compone de sílabas que corresponden al número de golpes de una figura concreta. Cuando conoces el sistema puedes construir composiciones rítmicas con facilidad. Empecé a utilizar este método con Shakti, y pienso seguir usándolo el resto de mi vida, porque es superior a cualquier otro sistema. Lo más importante que se ha hecho en cuestión de desarrollo rítmico lo han hecho los percusionistas indios. Zakir Hussain, que tocaba la tabla en Shakti y toca también en "When Blue Turns Gold" [*Mahavishnu*] tiene un dominio del ritmo que es increíble.

—*¿Te puede resultar frustrante trabajar con músicos que desconocen estos conceptos?*

Cada uno progresa a su manera. Hay gente que no necesita estas cosas. Tony Williams, que es uno de los mejores baterías de jazz, lo mismo que Billy Cobham o, a su manera, Danny Gottlieb, no necesitan estudiar teoría musical india. Si te interesa, pues muy bien. Yo le enseñé este sistema a Danny, y ahora está muy interesado en él.

—*¿Alguna vez has pensado que deberías haber practicado más el tocar con los dedos?*

Cuando cogí por primera vez una guitarra, no sabía lo que era una púa. Todavía toco un poco con los dedos, pero siempre se puede mejorar. En el terreno del *jazz*, hay fraseos y articulaciones que sólo se pueden hacer con púa. Los dos estilos tienen sus ventajas e inconvenientes, pero después de tocar con Paco de Lucía tengo que decir que la técnica del flamenco es la más elevada que hay en guitarra. Muchos músicos clásicos pensarán que decir esto es una herejía, y espero no haberme vuelto miope. Los flamencos tienen un trémolo de cinco notas increíblemente fluido, mientras que los guitarristas clásicos usan uno de cuatro notas. También tienen una técnica de pulgar avanzadísima, que les permite tocar muy rápido. No me malinterpretes: opino que la técnica clásica es fenomenal. Soy uno de los mayores admiradores de Julian Bream, y John Williams es asombroso, pero Paco tiene una inspiración absoluta.

—*Hablando de inspiración, ¿cómo te pones en el estado de ánimo que te permite tocar del mejor modo?*

He practicado yoga, meditación y todas esas cosas, y todavía sigo con ellas. Pero un estado receptivo no es más que un estado de conciencia. Yo quiero que la música salga del lugar más profundo que tengo, para hablar con el alma. Cuando eso sucede, es un sueño mágico. Cuando estás inspirado, puedes hacer cualquier cosa.

Por Tom Wheeler - Abril de 1983 y diciembre de 1989

Allá por 1964, cuando Lennon y McCartney querían "cogerte la mano", Jagger y Richards sacaban a pasear al perro. Constantemente comparados con los Beatles y a veces con los Who, los Rolling Stones definieron su territorio a base de música rasposa y una actitud de "no te cruces conmigo". Los Beatles se desintegraron hace dos décadas, y los Who aseguran que han desecho el equipaje de gira por última vez.

Pero los Stones no están dispuestos a despedirse de nadie. Continúan desapareciendo para volverse a reunir y hacer frente a la competencia, no sólo de una nueva generación de rockeros, sino también de los otros veteranos de las guerras del *rock'n'roll* de décadas pasadas. Algunos de estos últimos han envejecido bien, mientras

que a otros ha habido que desenterrarlos, resucitarlos con *electroshocks* y masaje cardiaco, y encarrilarlos hasta debajo de los focos para que lo intenten otra vez. Cada vez que estas formaciones de "*rock* clásico" acaparan las ondas, los críticos y los fans acosan a estos viejos carcamales con su celebración de las glorias del pasado. ¿Cómo han conseguido los Stones —puras reliquias, según los criterios del *pop*— escapar al síndrome del dinosaurio? Pues lo han conseguido utilizando equipo de alta tecnología para producir un álbum que tiene todo el brillo *high-tech* de una cuchilla de afeitar oxidada.

Por supuesto, su magia es más profunda que sus apocalípticas técnicas de producción de garaje, marca de la casa. Hay otros puntos fuertes evidentes: la consistente calidad de las composiciones de Jagger/Richards, los dinámicos arreglos, la meticulosa grabación... Igualmente importante es la manera en que Keith Richard cambia del acorde de Sol al de Do.

La auténtica vitalidad de la banda se basa en elementos puramente humanos. Los compañeros de Keith no podrían ser más impresionantes: una sección rítmica formada por el batería Charlie Watts y el bajista Bill Wyman, que late y bombea como el corazón de una enorme fiera, un cantante multimillonario que todavía sigue cantando como un golfo de la calle, la competencia musical de Ron Wood y un sonido de guitarras que no se parece a nada del mundo.

Keith Richards se mantiene en el ojo del huracán. A su alrededor, gira un imperio del *rock'n'roll* con 30 años de historia y misterio, éxitos y excesos, aplausos y controversias. Él y sus cofrades han sido descritos de muchas maneras por críticos entendidos y fans apasionados, pero una descripción es recurrente: la Mejor Banda de *Rock'n'roll* del Mundo.

En la mayoría de los aspectos, los Stones tienen pocos semejantes, y en cuestión de duración no tienen ninguno, habiéndoselas apañado para sobrevivir en la cumbre o cerca de ella durante más de tres cuartas partes de la historia del *rock'n'roll*. Han recorrido una enorme distancia y aún conservan la pegada de un peso pesado. La banda está estructurada en torno al sonido de dos guitarras, que en realidad constituyen una prolongación del carácter único de Keith Richards. Él fue uno de los que contribuyeron a borrar para siempre la línea divisoria entre la guitarra solista y la rítmica, sustituyéndola por una técnica de *riffs* con embellecimientos melódicos injertados en un vigoroso tratamiento rítmico de acordes, acordes parciales y líneas de registro bajo. Emplea a menudo una afinación abierta (en acorde) en cinco cuerdas, con o sin cejilla, que le facilita añadir notas melódicas a un acorde mayor, en especial la 4ª, la 6ª y la 9ª. Entre muchos ejemplos posibles, "Brown Sugar" es una clásica pieza asesina.

La influencia más obvia de Keith es Chuck Berry. El "Carol" original es el libro de texto de fraseos de Berry en dos cuerdas, y los Stones lo versionearon en su álbum de presentación, *The Rolling Stones*. Desde entonces, Keith ha mantenido su afición al sabor Berry. Chuck Berry adaptó técnicas de piano de *boogie-woogie* al registro más bajo de la guitarra, y estos distintivos patrones rítmicos en dos cuerdas se convirtieron en otro material básico de los Stones. Richards dejó su impronta en su desarrollo, haciéndolos más lentos a veces, machacando las partes fuertes del ritmo y avivando el sonido hasta un estruendo grandioso: *a-ronk a-ronk a-ronk*.

La función de Richards en el grupo se ha analizado incontables veces. Conclusión unánime: sin Keith Richards no existirían los Rolling Stones. Ron Wood lo explica así: "En otras bandas, todos siguen al batería; los Stones siguen a Keith, y siempre ha sido así". El propio guitarrista es el primero en insistir en que la indispensabilidad de cualquier miembro de la banda es muy relativa: "Los músicos están para servir a la banda. Lo único que importa es que añadan algo al sonido general".

Como coproductor (acreditado o no) de prácticamente todos sus discos, Keith Richards ha demostrado ser un maestro del golpe atrevido y un sutil colorista, capaz de evocar no sólo rayos y truenos, sino también un cielo en el que situarlos. Para los Rolling Stones, la atmósfera lo es todo. Reflejando la imagen de malo de Richards, varios de los temas clásicos de la banda comienzan con un aviso de peligro o una señal de alarma: los ominosos tambores que anuncian al "Street Fighting Man", la fantasmagórica inquietud de "Gimme Shelter", o la percusión vudú de "Sympathy for the Devil", que carga de siniestro misterio el primer verso: "Por favor, permitid que me presente".

A quien haya oído estas canciones no le sorprenderá saber que el 18 de diciembre de 1943, cuando nació Keith Richards, el cielo nocturno sobre el hospital estaba lleno de sirenas y disparos de artillería antiaérea. Aproximadamente a los cinco años de edad, Keith mantuvo una conversación con otro chiquillo que vivía en el mismo bloque de Dartford, a 24 kilómetros de Londres: le dijo a Mick Jagger que de mayor quería ser como Roy Rogers y tocar la guitarra.

Keith, que era hijo único, odiaba la disciplina del colegio, tenía frecuentes conflictos con las autoridades y consideraba que la educación formal en general era irrelevante. En 1956 oyó por primera vez un disco de Elvis Presley y recibió su primera guitarra. Prefirió dejar que su talento se desarrollara por sí solo, sin la molesta interferencia de un maestro. Poco después de matricularse en la escuela de arte, volvió a encontrarse con Mick Jagger. Al comprobar que compartían la misma afición por los *bluesmen* americanos como Jimmy Reed y Howlin' Wolf, los dos adolescentes empezaron a tocar juntos.

Keith y Mick conocieron al multiinstrumentista y fanático del *blues* Brian Jones, y los tres formaron una banda que Brian bautizó como Rolling Stones, expresión sacada del título de una canción de Muddy Waters. Wyman se les unió en el invierno de 1962; Watts, a principios del 63. Como necesitaban un *manager*, recurrieron a Andrew Oldham, que tenía entonces 19 años, lo mismo que Jagger y Richards. Decca Records fichó a la banda, y un par de meses antes de que los Beatles lograran su primer número uno,

"She Loves You", los Rolling Stones publicaron su primer *single*, "Come On", de Chuck Berry, que pasó sin pena ni gloria.

A lo largo del año siguiente, la banda fue acumulando seguidores en Inglaterra y grabó "Not Fade Away", un éxito de Buddy Holly que Keith había transformado de arriba a abajo. Mientras que el original era un *rockabilly* saltarín y bailable, la versión de los Stones era siniestra y frenética, con reminiscencias del "Mannish Boy". "Time Is on My Side", que logró entrar en las listas norteamericanas, estaba sazonada con algo que rara vez se oía en los Top 10: guitarra eléctrica de *blues*. Las primeras evidencias del sonido panorámico de los Stones se hicieron notar en "It's All Over Now" (sobre todo en el fundido) y también en la primera composición de Jagger/Richards de la que Keith se sintió plenamente satisfecho: "The Last Time".

Los Stones continuaron abriendo nuevos caminos a la guitarra. Su primer número uno, "Satisfaction" (1965) contenía una de las frases de guitarra más pegadizas de la década (y contribuyó a popularizar el *fuzz-tone*), y "19th Nervous Breakdown", publicada al año siguiente, emprendía el vuelo con uno de los primeros ejemplos de la técnica de *riffs* melódicos. Un éxito seguía a otro en rápida sucesión.

Para Keith, "Jumpin' Jack Flash" (1968) representó una explosión creativa de intensidad aun mayor. Cuando la contribución de Brian Jones disminuyó a causa de una larga serie de problemas con las drogas, la ley y los demás miembros de la banda, Keith empezó a hacerse cargo de cada vez más tareas musicales. Conoció a Gram Parsons, miembro de los Byrds y más adelante fundador de los Flying Burrito Brothers, pioneros del *country-rock*, y entabló con él una profunda amistad. Gram ejerció una fuerte influencia sobre los Stones, enseñándole a Keith numerosas canciones country y diversas maneras de afinar la guitarra.

Brian Jones tenía cada vez más problemas y una condena por drogas le impedía salir de gira. Sus contribuciones disminuían consistentemente, y en el verano de 1969 fue despedido. Su sustituto fue el joven Mick Taylor, que a sus 20 años era ya un veterano de la banda de John Mayall y un brillante solista de *blues-rock* que aportó una nueva dimensión a los Stones. Taylor dejó la banda en términos amistosos tras haber participado en más de media docena de álbumes, y el 19 de diciembre de 1975 fue sustituido por Ron Wood, ex-componente del Jeff Beck's Group y de los Faces. Desde entonces, la formación de los Stones se ha mantenido invariable.

Ver a Keith Richards colgarse su Telecaster es como ver a Thor empuñar su martillo. Avanza por el escenario entre una tempestad de aplausos, curiosamente resplandeciente con su bufanda de gasa y sus botas de patear culos, una mezcla de desaliño de recién levantado de la cama y aroma continental, con un Marlboro encajado en su sonrisa de pirata, ranuras rojas en lugar de ojos, hambriento de acción. Exhala una nube de humo, ataca con ferocidad los acordes iniciales de "Start Me Up", y el estadio abarrotado amenaza con venirse abajo. El martillo ha golpeado con un estruendo electrizante. Los Rolling Stones están de nuevo en faena.

El panorama musical de finales de los ochenta y principios de los noventa está plagado de guitarristas figurones que intentan parecer lo más peligrosos posible. Al lado de Keith Richards, parecen tan peligrosos como un corderito. Pero no es cuestión de quién tiene más apariencia, sino de quién da lo que se espera de él, de quién cumple. Como decía Chet Flippo en It's Only Rock'n'Roll, "no hay nadie en el mundo que sepa más sobre el *rock'n'roll* o que le importe más". El rostro de Keith Richards es el rostro de un guitarrista de *rock* a perpetuidad, desgastado y arrugado por un legendario modo de vida en el que se ha burlado de la muerte con excesos difícilmente imaginables. Y sin embargo, más de un cuarto de siglo después del primer éxito de los Stones en EE.UU., el *single* "Not Fade Away", en sus ojos sigue brillando la chispa de un guitarrista adolescente y sabelotodo.

—*Se viene prediciendo el final de los Stones...*

...Desde el principio mismo [risas].

—*Con la clase de vida que parece que lleváis, se diría que la longevidad era lo último a lo que podíais aspirar. ¿Cuál es el secreto?*

El secreto es que no hay secreto. Se trata de encontrar gente que no sólo toque bien contigo, sino que además te lleves bien con ellos. No hay una batalla constante por ver quién es el que manda, no tenemos ninguno de esos problemas. Cuando veo a Charlie y a Bill —hace semanas que no los veo—, es un placer. Ron dice que somos sus mejores amigos. Creo que ése es el único secreto.

—*¿En eso consiste tocar en una banda?*

La mayoría de la gente no sabe lo que es una banda. La gente tiene ídolos y los copia. Entiéndeme, nosotros copiamos muchísimo cuando empezábamos. Pero no se trata de elegir una imagen y luego hacer todo lo posible por encajar en ella. Haces lo que puedes. Los músicos están para contribuir al sonido de la banda. Y la banda no está para lucir solos ni egos. Una frase en un disco... no importa quién la tocó. Lo único que importa es cómo encaja. Tiene que existir una química para funcionar así. Hay que trabajarlo siempre, hay que decidir qué hacer con ello; pero básicamente no se trata de una cosa intelectual, que puedas planear y luego hacer. Tiene que estar ahí, y tú tienes que encontrarlo.

—*Chuck Berry fue una importante influencia en tu estilo de guitarra.*

Menuda mano izquierda tiene el tío [risas].

—*¿Es cierto lo que cuentan de que te dio un puñetazo en la cara?*

Sí, hace algún tiempo. Me acerqué a él por detrás para saludarle. Él no sabía que era yo y no quería que le molestaran, pero poco después recibí una cartita suya muy atenta.

—*El solo de "Bitch" tiene un estilo Chuck Berry...*

...Que hago todas las noches.

—*...y el ritmo cambia varias veces. ¿Fue completamente espontáneo, o estaba planeado en parte?*

Puede que los oyentes se dieran cuenta un año después, o seis meses después, de que el ritmo cambia, pero en aquel momento yo no era consciente de ello. Salió de manera natural, como sucede siempre, y siempre se le da ese impulso extra cuando vuelve a llegar el momento adecuado. Así tiene que ser un disco de *rock'n'roll*. Bueno, ahora se dice "música *rock*". Pero los discos de *rock'n'roll* deben durar dos minutos y 35 segundos, y no importa lo que te enrolles después de eso. Tienen que ser... ya sabes... *wang*, concisos, directos. Eso de enrollarse más y más, bla, bla, bla, repetir cosas sin ningún motivo... En cierto modo, el *rock'n'roll* es una música muy estructurada, tocada de una manera muy poco estructurada, y cosas como ésa de cambiar el ritmo eran las que nos enganchaban cuando estábamos empezando: "¿Habéis oído lo que acabamos de hacer? ¡Hemos cambiado por completo el ritmo!" [risas]. Si se hace con convicción, si nada es forzado, si sale fluido, entonces le da una fuerza adicional.

—*¿Eres capaz de juzgar el sonido de una guitarra eléctrica antes de enchufarla?*

Hasta cierto punto. Si te sientes a gusto con el mástil y la altura de las cuerdas, tienes más de media tarea hecha, incluso antes de oír la electrónica. Cosas como el peso y la densidad de la madera pueden ser indicativas, pero la verdad es que hay que tocarla para saberlo con certeza. Y no se tarda tanto.

—*En disco utilizas varios tipos diferentes de guitarras: Gibsons Les Paul y ES-335, Fender Telecaster y otras. Sin embargo, cualquier oyente sabe a la primera que eres tú, no sólo por detalles estilísticos, sino por el puro sonido.*

Utilizo un montón de guitarras diferentes, es verdad, pero no son de tipos tan distintos. Seguramente, el noventa por ciento son Telecasters, de las antiguas. Pero, sobre todo, es que no se pueden separar el estilo y el sonido. La gente que los separa cuando habla de música, por lo general es que no se entera de nada.

—*¿Quieres decir que el estilo es el sonido?*

Sí, en parte, más que cualquier combinación de equipo, pastillas o cosas por el estilo. Yo, simplemente, me ajusto al sonido del tema sobre la marcha. Al sonido del bombo y, sobre todo, de la guitarra de Ronnie. El estilo consiste en irse ajustando al sonido. Nunca hemos hecho un esfuerzo consciente por sacar ese sonido de "Honky Tonk Women", ni nada parecido. Te sale o no te sale, pero no estás pensando en eso. Estás pensando en el tema.

—*Mucha gente se sorprendió al leer en tu primera entrevista para* Guitar Player *que en "Street Fighting Man" no hay ninguna guitarra eléctrica.*

Dos acústicas, una de ellas pasada por el primer casete Philips que se fabricó. Lo pusimos al máximo y la grabamos ahí, y después lo pasamos por un pequeño altavoz de extensión, y de ahí a la cinta de estudio, a través de un micrófono.

—*Les has dedicado mucha atención a las guitarras acústicas en la música* rock.

Bueno, yo empecé tocando la acústica, y tienes que reconocer sus posibilidades. Pero, por otra parte, no se puede decir que ése sea un sonido de guitarra acústica, porque al pasarlo por el casete, y luego por el micro y la cinta, en realidad la has electrificado, aunque por un proceso diferente. Verás, con una eléctrica normal no habría podido tocar así aquella canción, ni aquel disco, porque el sostenimiento habría sido excesivo. Si lo hice así fue porque ya tenía el sonido aquí en la guitarra antes de grabar. Me encantaba, y cuando compuse la canción pensé: "No voy a sacar un sonido mejor que éste". Y lo mismo pasa en "Jumpin' Jack Flash". Es guitarra acústica.

—*Los primeros discos de los Everly Brothers tienen unas guitarras acústicas con un sonido tremendo. ¿Te influyó alguno de ellos?*

Sí, todos sus discos, y también el hecho de que en nuestra primera gira importante íbamos de teloneros de los Everly Brothers, Little Richard y Bo Diddley. Hay que ver lo que se aprende [risas] en poquísimo tiempo, sólo fijándose en esa gente. Los Everlys iban sólo con su trío y ellos dos, y eran grandiosos. En sus discos, parte de la fuerza se debe a la acústica de cuerdas de acero. Es un instrumento diferente de la eléctrica: la diferen-

cia no está en la manera de tocarla, sino en el sonido. Hay veces en que una guitarra acústica salva un tema. Estás desesperado, nada sale bien, todo es un asco, llevas 43 tomas con la guitarra eléctrica, y alguien te dice: "¿Por qué no pruebas con una acústica?". Lo intentas una vez, y te sale a la primera.

—*¿Qué clase de acústicas te gusta tocar?*

Martins antiguas, de varios modelos, y algunas Gibsons, sobre todo las viejas Hummingbirds.

—*¿Qué importancia tiene el sonido de la sala de grabación?*

La sala es tan importante como la banda, el productor, la canción y el ingeniero. La sala es por lo menos igual de importante que todas esas cosas para el sonido final. La música de *rock'n'roll* no se puede descomponer instrumento por instrumento. Se destruiría la estructura entera. La música de *rock'n'roll* sólo se puede grabar mezclando todo el sonido junto.

—*Cuando habéis conseguido que una cosa salga bien en el estudio, ¿procuráis usar el mismo equipo en escena?*

Sí, más o menos, sólo que en versión ampliada. Nunca he visto que ni los Stones ni nadie hagan buenos discos metiendo enormes columnas en el estudio y tocando a toda pastilla. Se pueden hacer discos con un sonido muy potente tocando sin hacer ruido y con amplis relativamente pequeños. Los amplis pequeños puestos a todo volumen te dan la tensión que intentabas obtener, y suenan de miedo. Aquí entra también lo de la guitarra acústica, lo de reconocer sus posibilidades, y todo saldrá mejor si tienes pensada la mezcla desde el mismo principio y durante toda la grabación.

—*¿Utilizas alguna vez el piano para componer canciones para los Stones?*

Algunas veces, sí. Con el piano soy un aficionado, y eso puede ser una ayuda. Cuando tocas la guitarra todas las noches, llegas a conocerla tan bien que muchas buenas canciones te salen por casualidad. Con el piano me pueden salir cosas que nunca haría con la guitarra.

—*Hablemos de ritmo.*

Un tema difícil de explicar con palabras.

—*En canciones de Chuck Berry como "Sweet Little Rock and Roller", el ritmo híbrido mezcla el 4 por 4 habitual con shuffle; también exploras ese territorio intermedio entre las partes.*

Sí, tío, eso siempre me ha fascinado. Sobre todo porque, después de bastantes años, me di cuenta de que lo que de verdad me intrigaba, lo que me decidió a tocar, fue precisamente eso: lo de los ritmos sugeridos, o una cierta tensión. Sobre todo en los primeros discos de *rock'n'roll* hay una tensión entre el pulso de 4 por 4 y las corcheas que hacen las guitarras. Eso se debía, probablemente, a que la sección rítmica todavía tocaba como una banda de *swing*. Había todavía un ritmo constante de *jazz,* de 4 por 4, un *swing/shuffle*, que es un ritmo ligero muy bonito, muy africano, la mar de saltarín.

De pronto empezó a cambiar en el 58, 59, 60, hasta que desapareció por completo en los primeros sesenta. Los baterías estaban empezando a tocar ocho golpes por compás, y al principio pensé que lo hacían para meter más potencia, pero luego me di cuenta de que no, que era por el bajo. Fue la llegada del bajo eléctrico manejable, en forma de guitarra. El contrabajo tradicional dijo adiós para siempre, aquel chisme que era más alto que la mayoría de los tíos que tocaban el maldito armatoste [risas]. Los guitarristas quedaron subordinados al bajo. Si no tenías un bajo, podías afinar una guitarra una octava más baja y tocar cuatro cuerdas; y en cuanto tenías un auténtico bajo, sonaba mucho más fuerte que un acústico si tocabas ocho golpes por compás. Y la tendencia natural del batería es engancharse a lo que hace el nuevo bajo, porque es a él al que tienes que seguir.

Cuando escucho lo que me atrajo en un principio, veo la evolución de este proceso, que al principio no podía verla porque la tenía demasiado cerca. En un momento dado estás escuchando "Sweet Little Rock and Roller", y uno o dos años después escuchas "Something Else" de Eddie Cochran, que es todo corcheas, y el piano de Little Richard tocando corcheas y semicorcheas sobre el ritmo cuaternario: *da-da-da-*

da. La verdad es que para descifrar todo esto tuve que investigar un poco.

—*El rock parece haber dado la espalda a esa clase de ambigüedad rítmica.*

Bueno, la verdad es que ha pasado en casi toda la música, porque no hay mucha gente capaz de hacerlo, y por eso en estos tiempos no hay muchas oportunidades de oírlo. No se oye mucho *shuffle* ni *swing*, pero yo creo que en mí es algo innato. Me crié con ese ritmo, antes de que añadieran las corcheas. Ese *swing/shuffle* le da todo un subidón. Para mí, las corcheas son el *rock* y el subidón es el *roll*. Pero repito que hay muy pocos baterías capaces de tocar ocho golpes por compás y además darle el subidón para que despegue. Es como volar, la teoría de la velocidad de los hermanos Wright. Esa subida es muy bonita, pero muy difícil de hacer bien, sobre todo en estos tiempos, cuando la mayor parte de los discos se hacen con una máquina de escribir.

—*Vuestra música también es ambigua en la manera de confundir las funciones convencionales de la guitarra rítmica y la solista, mezclándolas a veces al mismo volumen, como en los ocho primeros compases del solo de "Rock and a Hard Place". Casi nadie hace discos así.*

Tienen la idea fija de que la rítmica tiene que hacer sólo esto, y la solista tiene que sonar muy fuerte, pero yo he tenido mucha suerte. Los tíos con los que he trabajado siempre veían las cosas igual que yo. En lugar de empeñarse en separar las guitarras, las hacíamos sonar hasta un punto en el que no importa qué guitarra está haciendo cada cosa. Saltan y se entrelazan hasta que ya no importa si estás escuchando la rítmica o la solista, porque en realidad, desde el punto de vista del guitarrista, tú estás en la cabeza del otro guitarrista y él está en la tuya, y los dos estáis en ese pequeño plano mental en el que no existe nadie más, procurando anticipar, guiar y seguir, todo al mismo tiempo. Estás dirigiendo y estás acompañando, y eso es algo fascinante; y a mayor escala, eso es lo que hace que una banda sea buena. Mira, hay mucha gente a la que le da miedo hacer eso. No quieren que tú sepas lo que están pensando [risas], o están ahí en busca de gloria personal, de modo que con muchos músicos no puedes hacer eso. O bien tienes que someterlos a una rigurosa reeducación [risas], que es algo que cuesta mucho trabajo.

—*Vuestra música tiene un sonido sucio. Con la alta tecnología de los estudios, ¿es más difícil hacer discos como los vuestros?*

Hasta hace más o menos un año, sí, pero parece que los tíos se están familiarizando un poco con todo ese arsenal de alta tecnología que ha ido apareciendo. Siempre ha habido evolución en las técnicas de grabación. Nosotros empezamos con dos pistas y luego pasamos a cuatro —"¡Joder!"— y después a estéreo —"¡La leche!"—, así que estamos acostumbrados a este constante avance de la tecnología, pero en los últimos diez años se aceleró muchísimo, y gran parte de la música de los ochenta era como de juguetería, con todo el mundo intentando decidir qué hacer con tanto juguete. Saben para qué sirve cada cosa, pero el intento de integrarlo todo los tuvo a todos relegados durante algún tiempo al departamento de juguetes. Pero nosotros utilizamos el equipo más avanzado; en estos tiempos tienes que hacerlo si quieres utilizar un buen estudio, porque los estudios tienen que tener todo ese material para hacer negocio, te guste o no. Pero es posible utilizarlo como un instrumento y una ayuda, sin perder de vista lo que estás haciendo. Todavía puedes grabar en una sala, y hacerlo digital, y aun así conseguir lo que quieres. Ha sido como soltar a un niño en una fábrica de golosinas, pero hacer buenos discos tiene muy poco que ver con todas las posibilidades que ahora existen. La cuestión es saber tomar decisiones. Ése es el foco de la energía.

—*La adopción de afinaciones abiertas (en acordes) parece que fue un hito en tu carrera.*

Eso fue lo que pasó. Un año de vacaciones es mucho tiempo. Acabas por aburrirte. O sea, primero sales por ahí y vas a todas las casas de putas, y luego, cuando empiezas a sentirte ligeramente pervertido y hastiado, te acuerdas: "¡Ah, sí, la música!". De manera que volví a los *blues*, al principio mismo. Empecé a investigar y descubrí un montón de cosas que no había tenido ocasión de

hacer desde que empezamos a trabajar como maníacos. Me volví a aficionar a escuchar música, que para mí es posiblemente el arte más grande. Tocar no lo es —bueno, a lo mejor a veces sí—, pero escuchar música es un arte; sirve para mantenerte cuerdo.

La afinación abierta era una cosa que me había tenido intrigado durante mucho tiempo antes de usarla yo, pero nunca había tenido ocasión ni tiempo para ponerme a ello, y se necesita tiempo. Es casi como aprender un instrumento nuevo. Brian Jones usaba algunas formas de afinación abierta: bajar la tercera cuerda, o a veces afinar en Re. Yo pensaba que no podía ir más lejos con la afinación convencional, así que me senté con una afinación abierta y me puse a trabajar. Tampoco fue una cosa totalmente consciente, sino más bien una necesidad. A veces el subconsciente sale a la superficie y dice: "con el fin de salvarte, vamos a tomar el mando durante algún tiempo" [risas]. Y así es como te salen las ideas. Escuché algunos blues antiguos y leí sobre el tema, sobre todo en las contracubiertas de los álbumes. Me fui interesando cada vez más en los esquemas de diferentes afinaciones... o presuntas afinaciones, ya sabes, lo que sospechas que el tío está haciendo. Y después, trabajar con Ray Cooder también ayudó mucho.

—*¿Eso fue más o menos en la época de* Let It Bleed?

Exacto. Porque yo ya había trabajado mucho con afinaciones en Mi y en Re en el *Beggars Banquet*, aplicando lo que había aprendido el año anterior, durante el año de vacaciones.

—*Pero por entonces no usabas la afinación en Sol.*

No, por entonces no, aunque la había usado un poco para tocar con *slide*, pero casi nunca toco *slide* en los discos. Siempre ha habido en la banda alguien que tocara *slide* mejor que yo. Yo usaba el *slide* algunas veces, sobre todo en temas acústicos como "You've Got to Move" y "Prodigal Son", cosas así, con afinación en Re o en Mi. Hasta hace poco no me enteré de que la afinación en Sol se llama también afinación rusa, porque la guitarra rusa de siete cuerdas está afinada en Re, Sol, Si, Re, Sol, Si, Re, las mismas notas.

—*¿Cuándo eliminaste la sexta cuerda?*

Cuando empecé a utilizar afinaciones abiertas con guitarra eléctrica. No es la nota tónica de la afinación; la nota tónica está en la sexta cuerda, y la sexta puede ponerse a zumbar; y además, como tienes que afinarla más baja, no se queda bien afinada porque está muy floja y puede estorbarte, es como un apéndice innecesario. Si un tío sólo tiene una guitarra y quiere usar una afinación en Sol, tiene que apencar con eso, pero yo tengo dos [risas].

—*¿Tu primer disco afinado en Sol fue "Honky Tonk Women"?*

Sí.

—*Tus partes tocadas con afinaciones abiertas suenan siempre afinadas, pero con afinación normal tu sonido es algo sucio, atractivamente* funky *pero un poco desafinado.*

Eso suele deberse a la manera de digitar, sobre todo con el pulgar. Fuerzo el bordón un poco fuera de tono. No sé si es por torpeza o porque me gusta el sonido un poco salido de madre. O tal vez sea porque en muchos *blues* tocan deliberadamente desafinados, sobre todo en las notas bajas. No tanto en las notas altas, por lo general, pero cuando le coges el truco tiendes a comprimir la cuerda más baja. A veces abuso de ello, aunque no tanto como antes. Depende de los sintetizadores y demás instrumentos con los que estés tocando. No puedes desafinar frente a otro instrumento. Pero si es una cosa sólo de guitarra, sí que lo hago. Aunque muchas veces he pensado que lo hago simplemente porque es natural en mí [risas].

—*En la introducción de "All Down the Line", por ejemplo, la guitarra está desafinada, pero parece que si la afinaras le quitarías personalidad a esa parte. ¿Alguna vez han intentado decirte: "Tienes la guitarra desafinada, déjame que te la afine"?*

Muchas veces, pero vete a decirle eso a un japonés, o vete a decírselo a un árabe. Mira, muchas veces se suponía que no tenía que haber estado desafinada al grabar, pero luego al oírlo, veías que sin eso se perdería la gracia. Es como lo que hablábamos hace un rato acerca del ritmo, lo de las corcheas y semicorcheas sobre el ritmo cuaternario. Ahora hablamos de una cierta tensión que se crea al sacudir los nervios un poquito. Si está desafinada de un modo demasiado evidente, entonces te has pasado. Pero a veces digo: "Bueno, no quería hacer eso, podría grabarlo otra vez", y los demás dicen: "No, eso tiene algo". Te das cuenta de que es una de esas cosas psicológicas que te entran por el oído. Como músico profesional te parece fatal, no es perfecto, y siempre tienes la tendencia a conseguir la afinación perfecta, pero es ese tipo de ilusión. Cuando eres músico, es muy difícil escuchar música sin apasionamiento, pero hay que procurar conservar un poco del gozo de escuchar, sin diseccionar la música, sin confundirlo con el trabajo. Conozco baterías que lo único que oyen de un tema son los tambores. Es algo natural, pero te estás privando de lo que te impulsó a tocar música. Cuando eres músico es fácil convertirlo en un ejercicio, y escuchar con oído profesional, en lugar de hacer lo que para mí es el verdadero arte de la música: escucharla y ver qué pasa. Si no fuera por eso, no estaríamos aquí hablando.

—*Tu sonido tiene mucha distorsión, pero aun así se pueden distinguir las notas individuales de un acorde. ¿Hay algún truco para conseguir eso?*

No lo sé. Siempre he deseado que alguien me lo hubiera explicado hace años y años, y la verdad es que todavía sigo trabajando en eso. Es cuestión de encontrar la guitarra adecuada y el ampli adecuado.

—*¿Influye más que los efectos?*

Más que los efectos, sí. Si tienes buen sonido, siempre puedes añadir un poquito de esto o de lo otro, y jugar con ello, pero tiene que estar ahí. Los principales ingredientes son la guitarra adecuada con el amplificador adecuado, y puede ser la combinación más extravagante: he tenido guitarras australianas, o japonesas, y podía resultar que una de ellas era la única adecuada para determinado tema, sin absolutamente nada que ver con lo que tocas cada día. La guitarra que utilicé en "Gimme Shelter", de *Let It Bleed*, se rompió en la última toma, como si fuera su sino.

—Cuando los Stones consiguieron sus prime-
ros contratos de actuación, como sustitutos de
la banda de Alexis Korner, pensábais que
aquello duraría seis meses. ¿Cuándo empe-
zásteis a daros cuenta de que éste podría ser
un trabajo para toda la vida?

Caramba, eso es difícil. En cierto modo,
cuando formamos la banda no teníamos ni
la menor seguridad de que pudiéramos
siquiera cubrir gastos. Podría haber durado
seis días. Nunca sabíamos qué pasaría la
semana siguiente. Si no hubiéramos podido
pagar de vez en cuando el alquiler del local,
nos habríamos visto obligados a disolvernos
o a vender el equipo, y aquello habría sido
el final de la banda. Después de unos cuantos conciertos y un año en los clubes, de
pronto conseguías grabar un disco. Y aunque resultara ser un éxito, la vida media de
cualquier artista, con excepción de Elvis,
era de unos dos años. Así que, por mucho
que te animara el hecho de poder entrar en
un estudio y conseguir tu pequeño fragmento de inmortalidad —si es que lo conseguías—, al mismo tiempo te sentías aterrorizado
por la inminente caída. Aunque tuvieras
la suerte de que tu disco fuera un éxito,
aquello significaba el principio del fin, porque nadie duraba más de dos años, y después quedabas más muerto que un dodo.
Puede que fuera aquella desesperación lo
que nos hizo pensar que si teníamos la
oportunidad de grabar un disco, íbamos a
tratar todos los temas con el mismo respeto,
y no los íbamos a ir metiendo porque sí.

—¿Porque aquél podría ser vuestro último
disco?

Sí. Y por eso queríamos meter en él lo
más posible, y nos esforzamos de verdad.
Pero para cuando se cumplieron los dos
años de rigor, o eso nos pareció, fue precisamente cuando empezamos a andar por
buen camino. Y como los álbumes eran por
lo menos tan importantes como los singles,
la gente empezó a comprar álbumes y, si
tenías suerte, tenías muchas posibilidades
de que tu disco se oyera por la radio.

—¿Pero cuándo os disteis cuenta de que
aquello podía seguir, de que aquélla era vues-
tra profesión?

Creo que por la época de "Satisfaction",
sí, empezamos a darnos cuenta de que podíamos desarrollar aquello y que si lo hacíamos bien no había ninguna razón para no
seguir haciéndolo durante todo el tiempo
que quisiéramos. Pero en aquella época no
pensabas en esas cosas. Era imposible predecir que iba a durar hasta 1989, ni se podía
prever todo esto [la actual gira]. Lo cierto
es que hemos llegado a un punto en el que,
probablemente, más de un 80 por 100 del
público que viene a nuestros conciertos no
ha conocido el mundo sin los Rolling Stones. Nos hemos convertido en un elemento
fijo, como la luna.

En 1993 Bill Wyman abandonó la banda
y fue sustituido por Daryl Jones (*N. del T.*)

Ralph J. Gleason, el difunto decano de los críticos musicales, comentó hace algunos años que "en la historia de la música popular, nadie ha ejercido más influencia que Les Paul en el sonido definitivo". Guitarristas tan diversos como Wes Montgomery, Michael Bloomfield, Ray Benson, Pat Martino, Jerry Hahn, James Burton, Steve Howe, Peter Frampton, Steve Miller, June Millington y Link Wray han reconocido su influencia y han proclamado en público cuánto aman su música; son literalmente miles los que reconocen la misma deuda.

No es difícil averiguar los motivos de la importancia de Les Paul. Incluso antes de que Charlie Christian se hiciera famoso tocando en la banda de Benny Goodman (1939-41), la labor radiofónica de Les con Fred Waring contribuyó a popularizar la controvertida guitarra eléctrica entre un público escéptico. Sus diseños de guitarras eléctricas de cuerpo macizo se adelantaron muchos años a los de los grandes fabricantes, y sus experimentos e invenciones de técnicas de grabación que ahora son rutinarias —como el eco retardado, el cambio de fase, la superposición de sonidos, la sobregrabación y la grabación en multipistas— revolucionaron la industria de la grabación, catapultándole al estrellato, en compañía de Mary Ford, a principios de los años cincuenta. Por si fuera poco, es responsable del concepto y el diseño de la primera grabadora de ocho pistas, y la guitarra más prestigiosa del mundo lleva su nombre.

La historia de Les Paul comienza el 9 de junio de 1916 en Waukesha, Wisconsin. A los nueve años, Lester William Polsfuss ya tocaba la armónica y había construido su primer receptor de radio con detector de cristal. Lo primero que oyó en aquella radio fue a alguien que tocaba la guitarra, y no tardó en decidir que también él quería tocarla, porque se podía hablar y cantar al mismo tiempo.

Su primera guitarra era de Sears Roebuck, y al poco tiempo había aprendido suficientes acordes —tres— y suficientes canciones para empezar a actuar durante las meriendas en los clubes locales de Optimis-

Cuando Les Paul apareció en la entrega de los Premios Grammy de 1977, seguro que muchos de los espectadores que contemplaban el acto se sorprendieron al descubrir que (1) no estaba muerto, y (2) tampoco era una guitarra. Les, que tenía entonces 61 años, no estaba allí para recibir uno de esos homenajes que se les hacen a los decrépitos pioneros de la industria discográfica. Había acudido a recibir un Grammy compartido con Chet Atkins por la Mejor Interpretación Instrumental de *Country*: Chester and Lester. El álbum era el primero que grababa en más de diez años, y el premio representaba simplemente una nota más en una de las carreras más sobresalientes de la historia del espectáculo, una carrera que abarca ya más de medio siglo.

tas y de Leones, y en las reuniones de la Asociación de Padres y Profesores. Seguía tocando la armónica, porque Rhubarb Red (su nombre artístico en aquella época) se había construido su primer soporte para armónica con una percha para ropa, y empezó a desarrollar la cháchara y los chistes que aún siguen formando parte de sus actuaciones.

A los 13 años, se había construido ya su primera emisora, una grabadora, y había amplificado su guitarra con una aguja de gramófono a través de la radio de la familia. Por aquella época, pasó por su pueblo un conjunto de música country en el que Joe Wolverton tocaba la guitarra, y Les descubrió con asombro que se podía hacer música por encima del tercer traste. Wolverton, impresionado por el precoz guitarrista y enemistado con el vocalista de la banda, convenció al director de que despidiera al vocalista y contratara a Les en su lugar.

Tras un verano de gira, durante el cual adquirió su primera Gibson, una L-5, Les regresó a Waukesha para reanudar sus estudios y sus experimentos. Al cabo de un año, recibió una llamada de Wolverton, que ahora actuaba como solista, invitándole a reunirse con él en Springfield (Missouri) para formar un dúo. Así nacieron Sunny Joe & Rhubarb Red, con Les tocando guitarra, jarra, armónica y piano, mientras Joe tocaba guitarra, banjo y violín; los dos cantaban.

La combinación fue un éxito, y el dúo recorrió el Medio Oeste tocando en emisoras de radio, clubes, ferias, teatros y salas de baile. Uno de los primeros proyectos de Les fue la construcción de un sistema de megafonía para la furgoneta del grupo, para así poder anunciar su llegada. El dúo llegó a Chicago a principios de los años treinta, justo cuando la ciudad empezaba a florecer como paraíso del *jazz*. Después de la Feria Mundial de Chicago de 1933, el dúo puso fin a su asociación musical. Les quería tocar *jazz* y guitarra eléctrica, y Joe seguía fiel al country y a la acústica. Joe se marchó a California, pero Les se quedó en Chicago y se escindió en dos personas: por las mañanas, como Rhubarb Red, presentaba un

programa de radio en la WJJD, tocando música country y recibiendo miles de cartas y tarjetas postales cada día; y por las noches, como Les Paul, capitaneaba un grupo de *jazz* en la emisora WIND. La doble identidad se manifestaba también en sus grabaciones: como Red, grabó para Sears Roebuck y Montgomery Ward, y tuvo varios éxitos de poca monta. Como Les Paul, grabó varios discos de *blues* con Georgia White, tocando el piano y la guitarra. Durante todo este tiempo, mantuvo su interés por la invención y la electrónica. En 1934, Les encargó a Larson Brothers, de Chicago, que le construyeran una guitarra que él había diseñado, para poner a prueba sus teorías sobre los instrumentos de cuerpo macizo.

En 1936, Les se cansó de su doble vida y abandonó la personalidad de Rhubarb Red. Su reputación como guitarrista de *jazz* había aumentado rápidamente a consecuencia de incontables *jam sessions* de madrugada con artistas como Art Tatum, Roy Eldridge, Louis Armstrong y Eddie South. Les decidió formar su propio trío. Jim Atkins —hermanastro de Chet, mayor que él— se encargó de la voz y la guitarra rítmica, mientras Eddie Newton tocaba el bajo e interpretaba algunos números cómicos. Poco después, el trío partía hacia Nueva York. Les consiguió un contrato para tocar con Fred Waring y sus Pennsylvanians, un numeroso conjunto vocal con el que el trío actuaba cinco noches por semana, retransmitido de costa a costa por la NBC. La respuesta del público fue inmediata, y al poco tiempo Les estaba recibiendo más correo que Waring, debido al sonido de su guitarra eléctrica. El trabajo con Waring duró casi tres años, durante los cuales Les empezó a experimentar con el concepto de la grabación múltiple, todavía sin aplicarlo comercialmente. En 1940 dejó a Waring y se convirtió en director musical de las emisoras de radio WJJD y WIND, de Chicago, además de tocar con la *big band* de Ben Nernie.

En 1941, Les construyó su primera guitarra de cuerpo macizo, a la que llamó "el Tronco". Consistía en un madero de 10 x 10 cm con una pastilla y un mástil Epiphone. Para que pareciera una guitarra, le acopló a los lados las dos mitades de una caja de guitarra Epiphone cortada por la mitad. Cinco años después, presentó su idea a la casa Gibson, que la rechazó.

La carrera de Les dio un importante giro en 1943, cuando él y Bernie dejaron Chicago para marchar a Los Ángeles. Bernie murió al poco tiempo, y Les formó otro trío. Casi inmediatamente, empezaron a trabajar con estrellas consagradas, como Bing Crosby, Burns & Allen y Rudy Vallee. Como el país estaba en guerra, Les fue movilizado y destinado al Servicio Radiofónico de las Fuerzas Armadas (AFRS), para entretener a los soldados. El oficial a su mando era el compositor Meredith Wilson (*The Music Man*, etc.), y Les fue destinado a Hollywood, donde su trío acompañó a grandes figuras como Jack Benny, las Andrews Sisters, Dinah Shore y Bing Crosby. Durante este período grabó también un álbum ya clásico, titulado *Jazz at the Philarmonic*, bajo el seudónimo de Paul Leslie. El pianista que tocaba en dicho álbum era Shorty Nadine, más conocido como Nat "King" Cole.

En 1946, Les grabó "It's Been a Long, Long Time" con Crosby [*Best of Bing Crosby*], y su personalísima labor de guitarra en aquel gran éxito representó otro hito en su carrera. El archifamoso baladista se interesó por los experimentos de grabación de Les y le animó a crear un estudio propio. Insatisfecho con los equipos existentes, Les decidió que podía construir un sistema mejor que cualquiera de los de la época. Diseñó su torno de grabación a partir del volante de un Cadillac, y comenzó a desarrollar técnicas como la aplicación de micros, el eco retardado y la grabación en varias pistas. Construyó el estudio en su garaje, y su calidad atrajo a numerosos artistas que acudían allí a grabar, entre ellos las Andrews Sisters, Pee Wee Hunt, Kay Starr, Jo Stafford y W.C. Fields (sus únicas grabaciones). En 1948, Les publicó sus primeras grabaciones múltiples, "Lover" y "Brazil", en las que tocaba todas las partes, consiguiendo algunos efectos insólitos. Había nacido el sonido Les Paul, que aún sigue siendo uno de los más distintivos y reconocibles.

Los discos tuvieron un gran éxito, pero las brillantes perspectivas de su carrera se truncaron por intervención del destino. Una noche de invierno, cuando se dirigía a un concierto, el coche de Les patinó sobre una placa de hielo y se despeñó 20 metros, en un banco de nieve. Ocho horas después lo encontraron con fractura de nariz, clavícula y seis costillas, fisura de pelvis, varias vértebras astilladas y el brazo y el codo derechos destrozados. Un médico, que era fan de Les Paul disuadió a un colega que era partidario de amputarle el brazo (evitándole así, posiblemente, pagar una de las indemnizaciones por daños y perjuicios más cuantiosas de la historia judicial). Cuando a Les le informaron de que, en el mejor de los casos, el brazo derecho le quedaría parcialmente funcional pero inmóvil, solicitó que se lo fracturaran de nuevo y se lo colocaran de manera que aún pudiera tocar la guitarra. Pasó casi un año y medio en un hospital, con el brazo escayolado. Durante la convalecencia, publicó una serie de grabaciones que tenía ya hechas, con todas las partes excepto la guitarra solista. Sin dejarse vencer por su incapacidad para sujetar bien la guitarra, ni por el hecho de no poder mover la mano derecha, con excepción del pulgar, se colocó la guitarra de plano sobre las rodillas y grabó los solos con una púa de pulgar. Sus mayores éxitos estaban aún por llegar.

En diciembre de 1949, contrajo matrimonio con una joven y atractiva vocalista que trabajaba con Gene Autry, llamada Colleen Summers, y enseguida le cambió el nombre por el de Mary Ford. Aquel mismo año, ideó y perfeccionó la técnica de grabación con superposición de sonidos. Utilizando esta revolucionario método para sobregrabar las voces de Mary Ford y sus propias y numerosas partes instrumentales, la pareja alcanzó en poco tiempo fama internacional, con una larga serie de éxitos que culminó en agosto de 1953 con "Vaya con Dios", que alcanzó el número 1 en las listas estadounidenses y permaneció en él nueve semanas.

La pareja realizó continuas giras y actuaba en la televisión de alcance nacional varias veces por semana. Fueron de las primeras grandes estrellas que hicieron publicidad de un producto comercial —cerveza Rheingold—, y no tardaron en tener un programa de televisión propio, *Les Paul and Mary Ford at Home*, que fue un éxito durante siete años.

En 1950, la industria de fabricación de instrumentos se encontraba sumida en la controversia de la guitarra de cuerpo macizo. Algunos tradicionalistas reaccionaron con vehemente resistencia, pero los pragmáticos y los hombres de negocios no podían pasar por alto el éxito de Leo Fender. Cuando la casa Gibson decidió entrar en el juego, fue natural que solicitara la ayuda de Les Paul, dado que ya hacía tiempo que deseaban contar con el respaldo oficial de su nombre y conocían sus vanguardistas experimentos en la construcción de guitarras macizas. En 1952 —el año en que Ampex lanzó al mercado la primera grabadora de ocho pistas—, Gibson presentó la guitarra Les Paul de tapa dorada. El modelo tuvo un éxito inmediato, y la serie se fue ampliando rápidamente con una versión de lujo (la Les Paul Custom) y varios modelos económicos (la Junior, la TV y la Special). En 1960, el modelo Les Paul pasó a llamarse Les Paul Standard. A finales del año siguiente, Gibson lo sustituyó por un nuevo diseño, de cuerpo más fino y con doble recorte. Les y la empresa dieron por terminada su asociación, y la nueva serie recibió el nombre de SG. En 1968 apareció una segunda generación de Gibson Les Pauls con un solo recorte, incluyendo el modelo Deluxe, reediciones de modelos antiguos y, poco después, las Les Pauls de baja impedancia: la Personal (1969), la Professional (1969), la Recording (1971) y la Signature semiacústica (1973).

Les y Mary se divorciaron en 1964, matrimonial y profesionalmente. Decepcionado por el estado general de la industria musical, Les se retiró a su casa de Mahwah, Nueva Jersey, para dedicarse plenamente a su vocación de inventor. No obstante, durante su retiro no se mantuvo aislado de la industria musical, y se esfozó todo lo posible por mantenerse al día de los adelantos de la industria y seguir en contacto con músicos.

En 1970, Les volvió a sufrir un grave accidente. Un amigo que había acudido a visitarle le dio una palmada cariñosa en la oreja y le rompió el tímpano. Así comenzaron tres años de operaciones, con grandes dificultades en el oído interno. A principios de 1974 empezaba a recuperarse y estaba ansioso por volver a tocar. Con mucha cautela, se dejó contratar para un concierto en la universidad de Elgin (Illinois), se llevó uno de sus últimos inventos —el Les Paulverizer— y dejó estupefacto al público. Desde entonces ha actuado sin parar en salas de conciertos, clubes y programas de televisión de todo el país, e incluso ha realizado una breve gira por Europa. Les Paul era un éxito una vez más.

—¿Cómo empezó a hacer música?

A los nueve años, empecé a notar que algo iba creciendo dentro de mí. Me daba cuenta de que me sucedía algo. Un día, andando por la calle, vi a un pocero que estaba en su descanso para comer: metió la mano en su tartera, sacó una armónica, se sacudió las migajas de galleta y tocó unas cuantas melodías. Aquella armónica me fascinó tanto que me quedé mirando al tío de tal forma que le hice parar. Yo no hacía más que mirarlo, y el hombre dijo: "Eh, chaval, ya está bien. Largo de aquí". De manera que me pongo a tocar la armónica, y un día voy a casa de un amigo y me lo encuentro enrollando un cable en el tubo de cartón de un rollo de papel higiénico. Estaba haciendo un receptor de cristal. Me dibujó el plano para hacerlo, y yo me fui a mi casa y construí uno. Lo primero que oí en aquella radio fue una guitarra. Y al poco tiempo, estaba oyendo el *Grand Ole Opry* y salió un tío llamado Deford Bailey que tocaba la armónica de *blues*, y enseguida me di cuenta: no hay que soplar, hay que aspirar; el tío tiene una armónica en Do y está tocando en Sol. En cuanto deduje todo eso me hice el amo de Waukesha y empecé a tocar por las propinas en locales de todo el pueblo, con lo cual ganaba de 30 a 35 dólares por semana, mientras que mi hermano mayor, que conducía un camión 50 horas a la semana, sólo ganaba 18.

—¿*Cuándo empezó a tocar la guitarra?*

No tuve guitarra propia hasta los once o doce años, pero ya había aprendido un par de acordes en la guitarra del padre de un amigo. Cuando conseguí mi primera guitarra, de Sears Roebuck, venía con una cejila y un manual titulado *E-Z Method for Guitar*. La cejuela era ajustable, para poderla tocar como una española o sobre las rodillas, como una *steel guitar*. Lo malo es que era demasiado grande: no abarcaba el mástil con la mano.

—¿*Y cómo se las arregló?*

Quité la sexta cuerda. Decidí no ponerla hasta que creciera lo bastante para llegar a ella. De modo que empecé con cinco cuerdas, y entonces descubrí que moviendo el puente se cambiaba la entonación. Me dije: "Esto no está afinado. ¿Por qué?". Lo marqué con un lápiz y lo moví, y la entonación cambió. Eso condujo a otros descubrimientos, como la altura de las cuerdas, y así fui progresando. Empecé a personalizar la guitarra desde un principio.

—¿*Cuándo inició sus investigaciones electrónicas?*

En mi caso, la electrónica y la música fueron creciendo al mismo tiempo. Empecé muy pronto a desmontar micrófonos y agujas de gramófono para ver cómo funcionaban. Tenía que saber para qué servía todo.

—¿*Le ayudó alguien? ¿Algún profesor?*

Sólo la biblioteca. Soy una verdadera rata de biblioteca. Lo que esté en un libro, yo puedo encontrarlo. Me pasaba horas en la biblioteca. Y sigo pasándomelas.

—¿*Cómo empezó a combinar la guitarra y la electrónica?*

Bueno, cuando tocas al aire libre, que era por lo menos la mitad de las veces, no se te oye a menos que estés amplificado. Así que inmediatamente me hice con un micrófono, un amplificador y una guitarra eléctrica.

—¿*Cómo lo hizo?*

Primero, con una aguja de gramófono. Desmonté el tocadiscos de mi madre, inser-té la aguja en la guitarra, y el sonido salía por el altavoz. Entonces no me di cuenta, pero estaba tocando en estéreo en los años 20. Y lo conseguí por efecto de la pura ignorancia. La única manera que se me ocurrió para amplificarme fue utilizar la radio de mi madre para enchufar un micro. Eso estaba bien para la voz y la armónica, pero no se me ocurrió cómo meterle otro micro para amplificar también la guitarra. Así que cogí la radio de mi padre, lo conecté todo, y puse una radio a un lado del escenario y la otra al otro lado. Estéreo instantáneo. Seguí estudiando electricidad y, con el tiempo, aprendí a hacer un imán, a enrollar una bobina, y lo que eran la inducción y la capacitancia. Era divertido. Me construí mi primera grabadora a los doce años.

—¿*Cómo?*

Mi padre tenía un garaje y un torno, así que pudimos hacer muchas de las piezas en casa. Utilicé el principio de alimentación por gravedad. Enrollas una cuerda con una manivela, le pones un peso, y el peso va bajando, como en un reloj de pared. Cuando llega al fondo, se acabó, y más vale que para entonces hayas terminado de cantar y tocar, porque ya no hay más tu tía. Eso fue antes de ponerles motor, que era la única manera de conseguir una velocidad consistente.

—¿*Seguía por entonces algún curso o recibía clases de guitarra?*

No, lo aprendía todo solo o copiándoselo a otros. Cuando yo tenía unos once años, Gene Autry actuó en mi pueblo. Por entonces, no había ni siquiera un teatro, así que cuando Gene llegó al pueblo a promocionar una de sus películas, alquilaron un aparcamiento y proyectaron la película en la pared de un edificio. Yo fui a verlo, y cantaba aquellas canciones suyas, como "Silver-Haired Daddy of Mine", y tocaba en tono de Fa. En aquella época, yo sólo me sabía tres acordes, y el de Fa no era uno de ellos, así que me preparé un esquema de trastes y me lo llevé, para poder apuntar lo que Gene tocaba. Me llevé también una linterna, y me senté en primera fila. Cada vez que tocaba un acorde de Fa, encendía la linterna, apuntaba todo lo que podía en el esquema, y luego apagaba la linterna. Cuando no tocaba en Fa, no la encendía. Y así todo el tiempo, hasta que Gene dijo: "Señoras y caballeros, tengo que parar un instante porque hay una cosa que me está molestando". Entonces tocó un Fa y yo encendí la linterna. Y él me dijo: "¿Por qué demonios enciendes esa luz cada vez que toco un acorde de Fa?". Tuve que confesar, y entonces me hizo subir al escenario y me dejó tocar mi guitarra y cantar. Fui la sensación del pueblo.

—*¿Qué guitarras adquirió después de aquello?*

Me compré la guitarra de Sears en 1927, y casi inmediatamente me conseguí una Gibson L-5. Fui a la fábrica de Kalamazoo (Michigan) a elegir la que más me gustaba. Durante una breve temporada tuve un modelo de 1927, y después lo cambié por uno de 1928; todavía tengo la guitarra de 1928. Por entonces, Gibson tenía bastante copado el mercado. No oí una D'Angelico hasta que llegué a Nueva York en 1936. Había oído una Epiphone, claro, que la tocaban George Van Eps y otra gente. Todavía tengo aquel sonido Epiphone tan estupendo que usaba en los años treinta. He construido un montón de guitarras y reconstruido otras hasta que ya no hay manera de saber lo que eran, pero la L-5 fue la número uno hasta que llegó la Les Paul.

—*¿Tocaba la guitarra eléctrica cuando formaba pareja con Joe Wolverton?*

No, él no lo habría consentido. Estrictamente acústico.

—*¿Cómo fue el proceso de evolución de sus guitarras de cuerpo macizo?*

Desde un principio, pensé que si tienes una cuerda vibrando y vibra también la tapa de la guitarra, vas a tener conflictos. Una de las dos tiene que parar, y no puede ser la cuerda, porque es la que hace el sonido. Así que en 1934 les pedí a los hermanos Larson, fabricantes de instrumentos de Chicago, que me construyeran una guitarra con una tapa de arce de media pulgada (1,25 cm) y sin agujeros en forma de f. Pensaron que estaba loco. Me dijeron que no vibraría. Les

respondí que no quería que vibrara, porque le iba a poner dos pastillas. Por lo que sé, fui el primero en ponerle dos pastillas a una guitarra. Antes de eso, sólo llevaban una. Un tío eligió un sitio y plantó la pastilla ahí, no porque allí sonara mejor, sino porque parecía el sitio más conveniente para instalarla. El siguiente paso tuvo lugar a finales de los años treinta, cuando cogí una Epiphone y le atornillé por dentro de la caja una barra transversal de acero de un centímetro de grosor. La pastilla era completamente inmune a las vibraciones del puente y del mástil. Estaba suspendida, para que no tocara ni la barra ni la guitarra, y con montura antichoques para que no se moviera. Me proporcionaba el equivalente de una guitarra de cuerpo macizo. Los lados de la caja tenían sólo una función estética.

—*¿Cuándo surgió el Tronco?*

Fue en 1941. Epiphone me dejó utilizar su fábrica los domingos. Podía ir allí y utilizar sus herramientas y trabajar todo el día. Allí fue donde lo construí. Era el siguiente paso lógico. La gente de Epiphone lo miraba y meneaba la cabeza.

—*¿Lo utilizó mucho?*

Huy, sí. Lo utilizaba para las líneas de bajos de mis discos. Lo usé muchísimo cuando estuve en California en los años cuarenta. Vivía en Hollywood, y todo el mundo —Leo Fender, Bigsby, todos ellos— venían a mi patio trasero a ver el Tronco y la Epiphone con la barra de hierro. Cuando se lo llevé a Gibson, hacia 1945 o 1946, me pusieron muy educadamente de patitas en la calle. Lo llamaban "el palo de escoba con pastilla".

—*¿Qué guitarras utilizó antes de las Gibson Les Pauls?*

La mayor parte del tiempo utilizaba la de la barra de hierro y el Tronco. Mi primera grabación múltiple, "Lover", la hice con una guitarra de aluminio que me construí.

—*¿Una guitarra de aluminio?*

Sí, hice tres o cuatro. Aquí tengo una. Tuve unos cuantos éxitos con aquella guitarra: "Caravan", "Brazil"... También hice con ella la sesión de grabación con W.C. Fields. No tuve problemas con ella hasta que la usé en un escenario. Estaba tocando con las Andrews Sisters en el Paramount de Broadway, y de pronto el foquista apunta dos focos a la guitarra de aluminio, y la guitarra empieza a hacer toda clase de cosas raras. Al instante me digo: "Santo Dios, ¿qué le pasa a mi oído?". La vuelvo a afinar, la pongo bien, y entonces el tío mueve el foco hacia una de las hermanas Andrews, y yo empiezo a desafinar otra vez. Así que me dije: "Se fastidió mi invento". Muchos de mis escondrijos de por aquí están llenos de inventos que he puesto a prueba y que eran idioteces. Pero no tan idiotas como para no probarlos. En su momento, creí que eran buenos.

—*¿Qué intérpretes influyeron en su estilo?*

Eddie Lang. Y había un tío que yo oía por la radio que utilizaba cejilla y púa de pulgar. No sé cómo se llamaba. Era uno de los Three Keys. Django Reinhardt me dejó totalmente estupefacto, por supuesto, pero eso fue mucho después. Cuando yo empezaba a aprender a tocar la guitarra, la verdad es que no había nadie en quien fijarse. Oía a algunos tíos en el *Grand Ole Opry*, pero no hacían gran cosa. No hace mucho encontré una lista del Sindicato de Músicos de Chicago de 1929, y creo que había unos seis guitarristas en la lista. Y guitarristas eléctricos, ni uno. Yo fui al sindicato e insistí en que hicieran una categoría aparte en la lista para la guitarra eléctrica.

—*¿Tocaba la guitarra eléctrica como Rhubarb Red en la radio de Chicago?*

Sí, sí. Tenía mi L-5 con una pastilla, y después la guitarra con la tapa de arce de media pulgada, la que me construyeron los Larson.

—*¿Cómo conoció a todos aquellos músicos de* jazz?

Eso fue fácil, porque Chicago era el centro del mundo en los primeros años treinta. Toda la buena música estaba en Chicago. Los músicos iban allí, si es que no estaban ya allí. Nunca había que tomar el tranvía ni el autobús para ir a los clubes. Estaban todos muy cerca unos de otros. Cogías tu guitarra e ibas andando de un club a otro. En todos los teatros de barrio había vodevil. Nos encanta-ba hacer *jams*. Era maravilloso. Como me pasaba la noche entera tocando *jazz*, tenía que dormir en el vestíbulo del estudio donde hacíamos el programa de radio de Rhubarb Red. Necesitaba cada minuto de sueño que pudiera conseguir. Así llegué a la conclusión de que hasta el último minuto de mi tiempo era valioso. De modo que si me salía la oportunidad de tocar con Art Tatum y Roy Eldridge, sacaba el tiempo de donde fuera, aunque no durmiera casi nada.

—*¿Cuándo decidió ir a Nueva York?*

En 1936. Pensé que había llegado el momento de moverse e ir al próximo centro del mundo, que en aquella época iba a ser o Nueva York o Los Ángeles. Así que hicimos el equipaje —el Les Paul Trio—, lo cargamos en el coche y lanzamos una moneda: cara, Nueva York; cruz, los Ángeles. Salió cara. Los chicos dijeron: "¿Y qué vamos a hacer cuando lleguemos?", y yo contesté: "No os preocupéis, porque Paul Whiteman [director de banda] es muy buen amigo mío". Lo cierto es que no le conocía de nada, pero allá nos fuimos, conduciendo como tres locos. Cuando llegamos a Nueva York, nos metimos en un hotel barato, con el cuarto de baño en el vestíbulo, y Jim dijo: "¿No crees que deberíamos llamar a tu querido amigo, Paul Whiteman?". Busqué su número, llamé a su oficina, y la secretaria me preguntó quién era yo. Le dije que Paul y yo éramos viejos amigos. Ella me dijo: "Parece que el señor Whiteman no se acuerda de usted. ¿De qué quería hablarle?". Le dije que teníamos un trío, y ella me respondió: "El señor Whiteman está muy ocupado y no tiene tiempo para verle". Colgué.

—*¿En qué situación les dejó eso?*

Bueno, los chicos preguntaron: "¿Qué ha dicho?", y yo les dije que había dicho que fuéramos inmediatamente a verlo. Nos fuimos a la esquina de la 53 con Broadway, cogimos el ascensor y subimos. En la puerta decía: "Paul Whiteman", hacía mucho calor y se le podía ver al otro lado. Había una chica en la recepción. Le dije que había llamado hacía pocos minutos, y que era Les Paul, y que había llevado a mi trío, y que seguro que el señor Whiteman estaba ansioso por oírnos. Whiteman se levantó y cerró la puerta de un portazo. Los chicos empezaban a mosquearse conmigo y estábamos en el pasillo cuando veo a Fred Waring que se dispone a entrar en la oficina de Whiteman. Le pregunté: "¿No es usted Fred Waring?. Nos gustaría mucho tocar algo para usted". Él me dijo: "Tengo ya 62 Pennsylvanians y no puedo darles de comer". Yo le dije: "No tiene nada que perder. Los ascensores están todos en la planta baja. ¿Podemos tocar hasta que llegue aquí un ascensor?". Sacamos las guitarras y empezamos a tocar, y cuanto más rápido subía el ascensor, más deprisa tocábamos nosotros. El hombre se ablandó y dijo: "Meted esos trastos en el ascensor". Así lo hicimos, y bajamos un piso hasta su oficina, y nos metimos en la sala de ensayo donde estaban todos los Pennsylvanians. Y Fred les dijo: "Chicos, me acaba de pasar una cosa increíble, y si os gusta este trío tanto como a mí, voy a contratarlos". Aquel mismo día empezamos a trabajar.

—*¿Cómo influyó aquello en su carrera?*

Aquello nos puso en las ondas de costa a costa, y yo recibía más cartas que Waring, pidiéndome que dejara de tocar la guitarra eléctrica. Hacíamos dos pases por noche, uno a las siete y otro a las once. Uno para cada costa, debido a la diferencia horaria. Una vez, hice el programa usando la acústica para un pase y la eléctrica para el otro. Los grabamos, los escuchamos, y lo sometimos a votación entre el trío y Fred: hubo unanimidad por seguir con la eléctrica. Conque me dije: "Que así sea".

—*¿Gibson le fabricaba pastillas en aquella época?*

No, nunca fabricaron pastillas para mí, y yo nunca les dije lo que estaba haciendo. Venían a rogarme de rodillas que les explicara cómo podía tender tanto cable, y cómo hacía esto y lo otro. Se lo dije por fin en 1967, después de retirarme. Yo siempre me construí mis propias pastillas, o modificaba las que ellos hacían.

—*¿Y cuál era el secreto?*

Algo que tendría que haber resultado obvio: pastillas de baja impedancia. Por desgracia, en la industria musical empezamos con alta impedancia, y ahí nos quedamos enganchados, y por alguna razón no hemos salido de ahí. Gracias a mis estudios de electrónica, yo llegué muy pronto a la conclusión de que el buen camino era la baja impedancia. Razoné que si la compañía telefónica la usaba, sería por algo. Si entrabas en un estudio profesional de grabación y alguien te pasaba un micro de alta impedancia, le tomabas por un chiflado.

—*¿Por qué son mejores las pastillas de baja impedancia?*

Si estás tocando en un club, no recoges el sonido de la caja registradora ni el de las luces de neón, y puedes tender tanto cable como quieras. Con alta impedancia, cada palmo de cable añade capacitancia y apaga las altas frecuencias, los agudos.

—*Y entonces, ¿por qué la industria impuso las pastillas de alta impedancia?*

Son más baratas. Con alta impedancia, enrollas la bobina y pasas directamente al tubo o transistor. Con baja impedancia, necesitas un transformador para transformar la energía, de baja a alta, en el amplificador.

—*¿Cuándo empezó a interesarse por la grabación múltiple?*

Eso se remonta a 1927, que fue el año en que mi madre se compró una pianola. No sabía cómo hacerla funcionar, y me pidió que lo hiciera yo. En cuanto la puse en marcha y vi cómo bajaban las teclas, comprendí lo que estaba ocurriendo. Todo era cuestión de lo que no se tocaba. Había mucho papel de sobra, así que empecé a hacer agujeros en él. Si me equivocaba de nota, tapaba el agujero con un trozo de papel matamoscas. Cuando entró mi madre a escuchar su pianola, se armó una gorda. Siempre había una parte en blanco bastante larga al principio, así que empecé a inventarme introducciones marchosas. O sea, que la primera vez que añadí partes a canciones fue en un rollo de pianola.

—*¿Cuándo empezó a hacer múltiples de disco a disco?*

Eso fue hacia 1946, cuando monté el estudio en mi garaje de Hollywood. Construí los dos tornos de grabación con volantes de Cadillac: salía más barato y funcionaban mejor que todo lo que había entonces. Tuve siete "números uno" con discomúltiples: "Lover", "Nola", "Goofus", "Little Rock Getaway", y algunos más. Todos se grabaron en disco, no en cinta. Pones a funcionar dos aparatos, grabas en uno, haces sonar la grabación y cantas y tocas sobre ella, grabando en el otro aparato. Y sigues haciéndolo una y otra vez, de uno a otro aparato. "Lover" tenía 24 partes. Y más vale que no cometas un error, porque si lo cometes, tienes que volver a empezar.

—*¿Qué ventajas tiene grabar en disco sobre grabar en cinta?*

La cinta tiene una cosa que se llama distorsión de modulación, que es inherente a la cinta y es una de las cosas con las que todavía se está luchando. Con el disco, no tenías esa clase de distorsión. Pero en todas partes cuecen habas: el disco también tenía sus inconvenientes. Cuanto más te vas adentrando hacia el centro del disco, vas perdiendo agudos. Yo lo solucioné grabando a 78 rpm en la parte exterior de un disco de 17 pulgadas. Así disponía de mucho sitio, y quemaba los discos. Por eso la calidad era tan buena. Funcionaba a 78 con un ecualizador de 33 y 1/3, y cuando salían mis discos causaban sensación.

—*¿Cuándo empezó a grabar sonido sobre sonido en cinta?*

Eso fue hacia 1949. Nunca les dije a los de Ampex lo que estaba haciendo. Me limité a pedirles una cuarta cabeza y ellos hicieron un agujero y la metieron allí. No tenían ni idea de lo que yo estaba haciendo, y yo no se lo dije hasta cinco años después. "How High the Moon" fue nuestro primer gran éxito en cinta. La grabación en ocho pistas apareció en 1952. Yo fui a Ampex con la idea y se la ofrecí. Ni siquiera la patenté. Ellos lo construyeron para mí, pero tardaron cuatro años hasta que les salió bien. Todavía lo tengo por ahí, y es el mejor aparato que hay. Mis aparatos modernos tienen dificultades para ponerse a la altura del antiguo. También tengo aquí el tablero original, y también supera a todo lo que hay por ahí.

—*¿En qué aspectos?*

Lo que pasa es que todo el mundo está empeñado en que las cosas sean pequeñas. Lo quieren todo transistorizado, todo en un pequeño *chip*. No me malinterpretes: nosotros trabajamos con *chips*. Hemos investigado mucho y no quiero parecer un carcamal testarudo, pero el tubo siempre superará al transistor o al *chip*. Puede que el *chip* cueste sólo 29 centavos, o lo que cueste, y que consuma muy poca corriente y no disipe tanto calor, y que sea más ligero y compacto, etc., etc., pero el antiguo sigue siendo más consistente. No obstante, el cambio al estado sólido es inevitable, porque los precios te obligan a competir, y puede que al final consigan hacer algo mejor.

—*¿Cómo graba su guitarra?*

Desde 1934 la conecto directamente al ampli, y el ampli a la mezcladora.

—*¿Qué opina de las técnicas de grabación modernas?*

Son mucho más complicadas que lo que deberían ser. Una de las primeras cosas que aprendí en el negocio de las multipistas es que este aparato se te puede escapar de las manos... puede manejarte a ti, en lugar de manejar tú a la máquina. Aprendí que la máquina puede ser un mal enemigo, porque hace todo lo que tú le digas que haga, y más te vale ir con cuidado. Otra cosa: sólo porque haya una pista libre, no significa que tengas que meter algo en ella. Cuando grabé "My Baby's Coming Home", el tío de Capitol me llamó y me dijo: "No nos has dado la grabación completa. Sólo hay una voz y una guitarra". Yo le dije: "Pues eso. Eso es todo", y él saltó: "¿Cómo puedes hacer eso, cuando el último disco tenía 28 voces y un millón de guitarras?". Y yo: "Bueno, es que no hace falta más. Si sólo necesita una, ¿para qué quieres meter 28?". Ahora la gente entra al estudio y se pone a grabar las partes y a probar cosas. Utilizan el estudio como arreglista. La verdad es que, mientras lo hacen, no saben cómo va a sonar. Algunos puede que tengan una idea, pero son poquísimos.

—*¿Cómo lo hacía usted?*

Lo que yo hago y he hecho siempre es lo siguiente: no toco el aparato hasta estar seguro de todo el arreglo. Entonces pongo en marcha el aparato y en quince minutos he terminado. Aprendí a hacerlo así cuando trabajaba con sonidos sobre sonidos. Más vale que sepas cuál va a ser el resultado final antes de empezar, porque puedes fastidiarlo todo con las prisas.

—¿Qué es el Les Paulverizer?

Es una caja de control remoto para un grabador de cinta, montada directamente en la guitarra. Déjame rememorar y te cuento cómo surgió la idea. Cuando hacía las grabaciones múltiples —primero en disco y luego en cinta— y los ecos retardados y los sonidos acelerados, enseguida se me ocurrió que la gente querría oír un sonido como el de los discos cuando tocamos en vivo. Sal al escenario con sólo una voz y una guitarra y tendrás problemas. Si te piden a gritos "How High the Moon", tienes que darles algo lo más parecido posible. Así que se me ocurrió la brillante idea de llevar a la hermana de Mary y esconderla fuera del escenario —en un lavabo o en un ático— con un micrófono y un cable muy largo. Y todo lo que hiciera Mary en escena, ella lo hacía fuera. Si Mary resoplaba, ella resoplaba. La gente se quedaba de una pieza. No podían creérselo ni se imaginaban cómo lo hacíamos. Entonces no había cintas, y esto que hacíamos era completamente diferente y sorprendente. Una noche, oí al alcalde de Buffalo, que estaba en primera fila, decirle a su esposa: "Bah, es muy fácil: es radar". Al cabo de un par de años de jugar con la voz adicional y una orquesta y más cosas, empezaron a creer que oían toda clase de cosas. Les parecía oír cosas que no estaban ahí. Pero yo seguía pensando que la verdadera solución estaba en conseguir sonar igual que el disco, lo más parecido posible, y al final se me ocurrió la idea de la unidad grabadora con control remoto, y construí la primera caja. La utilicé por primera vez en una actuación para el presidente Eisenhower.

—¿Y después siguió modificando el equipo?

Sí, con el tiempo se fue haciendo más sofisticado, más condensado. Cuando salí de mi retiro, miré a mi alrededor y descubrí que todo el equipo pesaba 500 kilos. Les dije a mis ingenieros que quería verlo reducido a 54 kilos y ellos dijeron que era imposible. Yo dije que se podía hacer y que se iba a hacer, y así fue. Y ahora hace muchas más cosas que antes. Ahora, cuando salgo a tocar, metemos el cacharro en la trasera del coche o bajo el asiento del avión, y allá vamos. Tardamos unos 15 minutos en instalarlo. Y mira a todos esos grupos que necesitan cinco camiones de 18 ruedas para transportar todo su equipo.

—¿Y todas las señales salen por una sola línea?

Todas salen por una línea. Tengo mi micrófono montado directamente en la guitarra, y sale por la misma línea que el Paulverizer. Algunas de estas cosas son muy simples. Yo siempre he pensado que cuanto más simple, mejor, pero a veces es dificilísimo conseguirlo. Es el público el que complica las cosas. El alcalde diciendo: "es radar". ¿Sabes quién descubrió el truco de la hermana de Mary? Nadie era capaz de descubrirlo. La revista Life no lo consiguió. No se lo dijimos a nadie; fue un secreto durante años. Y una noche, me viene al camerino un hombre con una niña y la niña me pregunta: "Si le digo cómo hace ese sonido, ¿me responderá sí o no?". Yo le digo: "Claro", y va la niña y dice: "¿Dónde está la otra señora?". Tuvo que ser una niña, que no tenía una mente complicada. Todo el mundo veía máquinas, gramófonos, radares... cualquier cosa excepto lo más sencillo.

—Cuando salió del retiro, ¿le resultó difícil volver a coger el tranquillo?

Estaba desesperado, pero no confuso. Supongo que me apoyé más en lo que tenía en la cabeza que en la habilidad manual. Aprendí hace mucho tiempo que una nota puede llegar muy lejos si es la nota adecuada, y probablemente le da cien vueltas al tío que toca veinte notas. Con veinte notas debe de tener muchos problemas. Yo ya no era tan rápido como cuando era joven; cosas que antes hacía de determinada manera me resultaban más difíciles de hacer cuando salí del retiro. Pero luego fui recuperando la velocidad. La habilidad se recupera, y no hay que preocuparse por ella. Creo que lo más importante a la hora de tocar es salir con confianza, mirar a la gente a los ojos, decir "Aquí estoy", y empezar a hacer lo tuyo. En cuanto se dan cuenta de que tú tienes confianza, ellos también la tienen. Mientras te adaptes a ellos, no tendrás problemas. Hay que mirarles a los ojos, averiguar lo que quieren y dárselo. No han pagado para venir a mirar la tapicería.

—*¿Le gusta alguno de los guitarristas populares actuales?*

Sí, claro. Hay muchos que me gustan por ciertas cosas. Me parece que hay muchos tíos que tienen un montón de talento, y entiendo lo que están haciendo. Y no se puede decir que ninguno de ellos domine el mercado. Creo que todo el mundo estará de acuerdo en que no hay ninguno que destaque más, ninguno que sea el rey por encima de los demás. Pero uno de los problemas de la nueva cosecha que viene es que tocan limpísimo, pero son como un reloj. Son tan musicales como un metrónomo. Es fácil tocar como una máquina, y cuando un tío empieza a tocar como una máquina, da miedo. Se pierde todo el sentimiento. Podemos apreciar lo mucho que practicó y estudió, y seguro que se privó de jugar al baloncesto y de salir con chicas, pero sigo opinando que en muchos casos falta una cosa, y es que el tío no está diciendo nada. Y la música consiste en eso. Puede que toque muy limpio, pero su música no expresa nada.

Nótese que "E-Z" se pronuncia igual que "easy" (fácil), haciendo un juego de palabras con los típicos manuales "de la A a la Z" (A-Z). *(N. del T.)*

Por Dan Forte - Septiembre de 1984 y junio de 1992

Cuando dice que le gustaría que los días tuvieran 60 horas, no lo dice en broma. Mark Knopfler es, sin duda, uno de los hombres más atareados del mundo del espectáculo. Como productor, ha supervisado el primer LP de Aztec Camera y sesiones de Bryan Ferry [ex-Roxy Music]; ha compuesto las bandas sonoras de películas como *Cal, Comfort and Joy y Local Hero;* ha coproducido y tocado en *Infidels,* el retorno de Bob Dylan al *rock'n'roll;* como acompañante, este escocés de modales suaves ha encontrado tiempo para tocar con Steely Dan, Van Morrison, Phil Lynott [de Thin Lizzy] y Phil Everly, entre otros. Y todo esto lo ha hecho en sus ratos libres. Porque como cantante, compositor, guitarrista y director de Dire Straits, Knopfler ya tenía tarea más que suficiente,

atendiendo a las demandas básicas del repentino y continuado superestrellato de su propia banda: álbumes y giras para promocionar dichos álbumes.

El álbum *Dire Straits* con el que debutó la banda del mismo nombre, que incluía el éxito "Sultans of Swing", fue votado Mejor Álbum de Guitarra en la encuesta de los lectores de *Guitar Player* de aquel año [1978], y Knopfler obtuvo los máximos honores en la categoría de Nuevos Talentos, por su sinuoso y melódico estilo con la Stratocaster. Aquel mismo año, apareció también en el histórico álbum de gospel de Dylan, *Slow Train Coming,* en el que revelaba una sólida base de *blues,* con reminiscencias de Albert King. A pesar de que Dire Straits obtuvo ventas millonarias en prácticamente todos los países en los que se publicó, no se puede decir que su éxito fuera inmediato. De hecho, el grupo estaba ya grabando su segundo LP antes de que el primero empezara a ascender en las listas estadounidenses. Aunque *Communique* no tuvo tanto éxito en los Estados Unidos, ayudó a afirmar la reputación de los Dire Straits como atracción internacional, y fue el primer álbum que entró directamente en el número 1 en las listas alemanas (su anterior LP todavía estaba en el número 3). La banda batió récords de asistencia a sus conciertos en todo el mundo, incluyendo la mayor congregación de público de toda la historia de Nueva Zelanda: 62.000 personas.

Mark Knopfler es más que una simple figura principal: en un sentido muy real, es los Dire Straits. Prácticamente todas las canciones, todos los motivos melódicos, todas las líneas de bajo y los ritmos de batería son producto de la creatividad de Knopfler. Mark y el bajista John Illsley son los únicos miembros originales que quedan; Su hermano David Knopfler (guitarra rítmica) abandonó el grupo justo antes de grabar su tercer LP, *Making Movies,* y Pick Withers lo dejó después de grabar el cuarto, *Love Over Gold.* El distintivo estilo de guitarra de Knopfler —con su sonido desfasado, sus melodías excéntricas y su abundante uso de ligados ascendentes y descendentes— se basa más en la elegancia y la economía que en la fuerza bruta, y el sonido de sus ejecuciones sin púa ha ejercido un fuerte impacto en la comunidad guitarrera.

—*¿Crees que el sonido de los Dire Straits se puede identificar como británico?*

La verdad es que no pienso en los Dire Straits como un sonido, ¿sabes? Depende de la canción, y nuestro material es tan variado... Y no creo que los sonidos se puedan identificar como americanos o ingleses, japoneses o alemanes. Eso no significa nada; es sólo música. La música puede ser buena o mala y, para mí, la música buena es la que tiene alma. Todo lo demás no me interesa.

—*Para la música de* Local Hero, *¿procuraste recuperar algunas de las influencias celtas que oías cuando eras niño?*

Bueno, yo nací en Escocia y me pasé allí los seis primeros años de mi vida. Luego me mudé a Newcastle-on-Tyne, en el nordeste de Inglaterra, cerca de Escocia. Así que oí un montón de esa música y, por supuesto, sigue teniendo mucha fuerza. De hecho, ¿qué son los Everly Brothers, más que un rollo celta? Se puede oír la influencia celta en mucha música *country,* y también en gente como Gerry Rafferty [famoso por "Baker Street"]. Ese zumbido celta... Todavía tuve que acercarme más para hacer Cal, que está ambientada en Irlanda. Ahí utilicé bastantes gaitas, tocadas por Sean O'Flynn, que es seguramente el mejor con ese instrumento. Últimamente me he hecho amigo de un cantante irlandés que se llama Paul Brady, que tocaba el silbato en Cal.

—*¿Lo primero que tocaste fue* rock'n'roll?

Sí. Cuando tenía ocho o nueve años oí a mi tío Kingsley tocar *boogie-woogie* al piano, y pensé que aquellos tres acordes eran la cosa más maravillosa del mundo... y sigo pensándolo. Los primeros discos que conseguí que me comprara mi madre eran discos de *skiffle* de Lonnie Donegan. Esto era antes de cumplir los diez años. Tuve que esperar hasta los quince para tener una guitarra, porque mi viejo quería que fuera capaz de apreciarla. Era una Hofner roja, creo que el modelo se llamaba V-2. Costó cincuenta libras. Era parecida a una Strato y tenía que ser roja.

—*A principios de los sesenta, las guitarras americanas eran una rareza en Inglaterra.*

Sí. Una Strato era una especie de maravilla. Cuando yo tenía 14 o 15 años, los Shadows ejercían una enorme influencia, y tenían las primeras Stratos que llegaron a Inglaterra. Cliff Richard me las ha conseguido. Hank Marvin era el solista con una Strato y Bruce Welch tocaba ritmos con una Tele.

—*¿Te influyeron también los grupos instrumentales americanos de los últimos cincuenta y primeros sesenta?*

Sí, claro. Un día fui a buscar a un colega que vivía en mi calle y le hice que me tocara "Because They're Young" [de Duane Eddy] 49 veces. Me podía pasar el día entero escuchando aquello: el *twang.* ¿Te acuerdas de los Fireballs? Tengo un *single* de los Fireballs con "Quite a Party" por una cara y "Gunshot" por la otra. Lo habré oído 4.900 veces. Estoy completa y absolutamente enamorado de él. Luego te ponías a escuchar Radio Luxembourg, y charlabas con tu hermana mayor. Ella te hablaba de sus novios y tú escuchabas "Spanish Harlem" de Ben E. King o "Hey Baby" de Bruce Channel... cosas así.

—*¿Te gustaba también el* rockabilly?

Lo primero de Elvis desde luego, y unos de los mejores eran los Everly Brothers, con Chet Atkins a la guitarra; pero, claro, eso yo no lo sabía, y entonces no ponían sus nombres en los discos. Pero probablemente es el mejor de todos. También estaba Ricky Nelson... un disco que se llamaba "Just a Little Too Much", que no era muy conocido... y yo tampoco sabía que aquella guitarra era la de James Burton. Qué sonido tenían aquellos discos... escucha el acompañamiento de "Hello, Mary Lou": es increíblemente bueno. Otro genio absoluto era Jerry Lee Lewis.

—*Muchos guitarristas de* rock *ingleses empezaron tocando* dixieland *en bandas de "trad jazz". ¿Estuviste tú metido en eso?*

No. De eso, lo único que oíamos los chavales era algún que otro *single* comercial, como "Midnight in Moscow" de

Kenny Ball [trompeta] o "Stranger in the Shore" de Acker Bilk [clarinete]. Más adelante, escuché un poco más. Todo iba por etapas. Después de conseguir la Hofner eléctrica, no me atreví a pedirle a mi padre dinero para un amplificador —eran muy caros— y tuve que pedirle prestada una guitarra acústica a un amigo. Yo lo que quería era tocar *rock'n'roll*, y me vi obligado a tocar una especie de *folk.* Desde luego, me vino muy bien, porque aprendí a tocar con los dedos. La primera vez que oí un *clawhammer* con los dedos en 4 por 4, me quedé totalmente prendado. Así que las cosas iban progresando en varios frentes. Más adelante, me aficioné a las guitarras National de caja metálica, gracias a un tío de Leeds que se llama Steve Phillips y que construye guitarras muy bonitas. Me fui introduciendo en el *slide* de todas clases y el *ragtime,* el *country blues,* las *jug bands,* e incluso el *western swing.*

—Cuando te introducías en diferentes estilos, ¿lo hacías de manera muy estudiada?

Nada estudiada. Sólo procuraba absorber el espíritu del asunto, sin un enfoque académico. Nunca he tomado clases de guitarra. No me siento especialmente orgulloso de ello, pero así es como parece que hago las cosas. No es la mejor manera. No se la recomiendo a todos vuestros lectores.

—Teniendo en cuenta el enorme impacto que ejercieron los Beatles sobre los grupos americanos, es de suponer que aun ejercerían más influencia sobre un joven músico como tú, criado en Inglaterra.

¡Huy, enorme! Uno de los primeros discos que compré fue "Please, Please Me". Ahora me hace gracia, porque cuando estaba trabajando con Aztec Camera en el estudio Ayre de Londres, estuve jugando a los Asteroides con Paul McCartney un día sí y otro no. Me resultaba un poco raro pensar "¡Oh, es él!" [risas]. Pero también me gustaban los Rolling Stones y me chiflaban los Kinks. En el cole tuve problemas por escribir The Kinks en los cuadernos y pupitres. Me encantaban canciones como "Where Have All the Good Times Gone", "Waterloo Sunset" y "You Really Got Me". Me lo pasé muy

bien en aquella época. Y pocos años después, cuando tenía 18 o 19, me gustaron muchas bandas americanas, como los Doors, y algunas de las bandas inglesas que no habían tenido tanto éxito, como Head, Hands & Feet [con Albert Lee]. Nunca fui un gran coleccionista de discos, porque siempre estaba mudándome y era demasiado pobre.

—¿Cuándo te aficionaste a los guitarristas de R&B?

Cuando escuchaba a Elvis y a los Everlys, supongo. Poco antes de formar los Dire Straits estuve tocando una Gibson Les Paul Special en una banda de *rockabilly* y *R&B* de Londres. Otro momento decisivo fue cuando oí a B.B. King, a los 16 años, porque me impresionó muchísimo la relación entre la guitarra y la voz, y todo ese rollo de forzar notas, cómo sonaba. Más tarde, cuando tenía 20 o 21, recuerdo que oí a Lonnie Johnson con Eddie Lang: el ábum *Blue Guitars.* Entonces me di cuenta de que había una relación, y luego leí una entrevista en la que B.B. King decía que Lohnnie Johnson había sido una de sus grandes influencias. Es estupendo establecer estas pequeñas conexiones y ver cómo se encadenan.

—Bob Dylan es, probablemente, la influencia más obvia en tu manera de cantar y componer.

Me influyó muchísimo hacia los 14 o 15 años, cuando rondábamos por las casas de las chicas, nos bebíamos 75 tazas de café, fumábamos 90 cigarrillos y escuchábamos el *Blonde on Blonde* 120 veces. Oí a Bob Dylan desde el principio mismo, la época de "Hard Rain", y lo seguí durante toda su ascensión, y aún lo sigo. Me sigue pareciendo grandioso. *Blood on the Tracks* es uno de mis discos favoritos, con "Tangled Up in Blue". En *Infidels,* basta con oír los primeros versos de "I and I" para que cualquiera que escriba canciones piense en retirarse. Es asombroso. Bob tiene unas habilidades musicales limitadas, en términos de tocar la guitarra o el piano. Es rudimentario, pero eso no afecta a su variedad, a su sentido de la melodía, a su manera de cantar. Lo tiene todo. De hecho, algunas de las cosas que toca al piano mientras canta son preciosas, por rudimentarias que sean. Eso demuestra que no es necesario tener muchísima técnica. Es la historia de siempre: si una cosa se toca con alma, lo demás no importa. Mis discos favoritos, con mucha ventaja, no son maravillas técnicas, con la posible excepción de gente como Chet Atkins. Pero hablando en general, no tienes más que escuchar un disco de Howlin' Wolf. ¡Eso es pura alma!

—*¿Hubo algún guitarrista concreto cuya influencia hizo que tu estilo adoptara la forma que adoptó?*

No lo sé.

—*Muchas cosas que tocas recuerdan a J.J. Cale.*

Ah, sí, claro. Escuché muchísimo a J.J. Cale en la época en que se iba desarrollando mi estilo. Es buenísimo. Me encantaría conocerlo. Es alguien muy especial para mí.

—*En* Slow Train Coming *no tocabas la clase de cosas que te dieron fama con Dire Straits. Era más* blues, *muy a lo Albert King.*

Es lo que me pidieron que hiciera. Jerry Wexler [productor] me dijo: "Intenta que te salga un estilo tabernario". Así que tomé prestada una Gibson ES-335 que había llevado alguien, y me lancé.

—*¿De quién fue la idea de incluir a Mick Taylor como guitarrista en* Infidels?

Bob decidió toda la banda, aunque yo propuse a Alan [Clarke]. También propuse al ingeniero, Neil Dorfsman. En aquella fase éramos un equipo de tres. Sly Dunbar y Robbie Shakespeare [los más prestigiosos batería y bajista de *reggae,* respectivamente] fueron idea de Bob, lo mismo que Mick Taylor. Yo propuse a Billy Gibbons, pero creo que Bob no había oído ni hablar de los ZZ Top. Habría estado muy bien contar con Billy. Mis primeras pruebas son diferentes del disco definitivo. Bob lo mezcló, porque yo tuve que irme de gira por Alemania con los Dire Straits. Creo que cambió algunas cosas.

—*¿Resultó difícil producir a Dylan?*

Sí. Ves que cada uno trabaja a su manera, y eso es bueno para ti. Tienes que aprender a adaptarte a la manera de trabajar de otra gente. Sí, a veces se te hacía raro con Bob. Una de las mejores cosas que tiene producir es que te demuestra que tienes que ser flexible. Cada canción tiene su propio secreto, que es diferente del de las otras canciones, y cada una tiene su propia vida. A veces cuesta sacársela, y otras veces sale a la primera. No existen normas para componer ni para producir. Depende de lo que estés haciendo, no sólo de con quién trabajes. Tienes que ser sensible y flexible, y es muy divertido. Yo diría que soy más disciplinado. Pero creo que Bob es más disciplinado como escritor de textos, como poeta. Es un genio absoluto. Y como cantante... un genio absoluto. Pero musicalmente es mucho más básico, creo yo. La música tiende a ser sólo un vehículo para esa poesía.

—*Cuando tocas en el disco de otro, ¿qué clase de instrucciones suelen darte el artista o el productor?*

En el 99 % de los casos, casi ninguna. Siempre me lo paso muy bien.

—*¿Qué quieres saber sobre la canción en la que tienes que tocar?*

Quiero saber qué dice la letra, de qué trata la canción. Me gusta conversar con el texto hasta cierto punto. Eso me parece importante. Lo más divertido y simpático de trabajar con Bryan Ferry es que Bryan trabaja al revés que yo. Crea esas melodías tan simples y que suenan tan bien, y parece que son ellas las que inspiran el texto. La letra es lo último que hace. Y a mí me parece perfecto. Pero mira, yo le decía a Bryan "¿De qué crees que va a tratar esto?". "De libélulas". "Ah". Y así también se puede crear tensión o como quieras llamarlo.

—*¿Te suelen llamar para hacer sesiones porque alguien busca tu sonido específico?*

Eso varía. Suelo ir como guitarra para todo. Muchas de las cosas que hago en las sesiones no tienen nada que ver con el sonido de los Dire Straits, si es que existe tal cosa. Puedo limitarme a tocar mi Gibson Chet Atkins clásica de cuerpo macizo, o una National, o meter sólo una parte, o lo que sea.

—*¿No te sientes como si te hubieran estereotipado por tu sonido identificable y tu estilo de solista?*

A mí eso nunca me ha parecido limitante a la hora de hacer sesiones. En las sesiones me gusta tocar muchos estilos diferentes. En su último álbum, Tina Turner grabó una canción mía titulada "Private Dancer", y consiguió a todos los Dire Straits para tocar en ella. Pero yo estaba ocupado con las sesiones de Bryan Ferry, así que llamó a Jeff Beck para que tocara el segundo solo de guitarra más feo que se ha oído jamás.

—*¿Cuáles son las ventajas e inconvenientes de hacer sesiones o trabajar en bandas sonoras de películas, en comparación con tocar en una banda?*

Oh, son todo ventajas. Todo eso te hace crecer. Es un reto. Veo una cosa como *Cal*, en la que hice toda la música, y al principio no pensaba que sería capaz. Pero empecé por el principio y fui dando tumbos de un tema al siguiente, hasta que lo terminé. Es una película muy afinada, y cualquier cosita que añadas o quites afecta al conjunto. Eso te exige mucho. Hay que tomar un montón de decisiones. La música forma parte de la película, pero al mismo tiempo quieres que tenga valor por sí sola. No me gustan las bandas sonoras que tienen una sola canción y el resto es relleno.

—*Cuando haces la música para una película, ¿trabajas en colaboración con el director?*

Sí. Por ejemplo, en *Cal*, procuré que Pat O'Connor, el director, fuera al estudio casi todos los días. Aunque tuviera que arrastrarlo hasta allí. Ésa es otra razón por la que me gusta trabajar para el cine. Estás intentando hacer algo para otra persona, estás cooperando. En cierto sentido, es menos egomaníaco que ese rollo del Cantautor Que Se Lo Hace Todo en Su Disco. Además, es maravilloso tener músicos como Mike Brecker [saxofonista], Mike Manieri [vibrafonista] y Tony Levin [bajista] tocando música tuya. No se puede expresar con palabras. Me gusta interactuar con otra gente. Opino que los músicos deberían mezclarse mucho unos con otros, y por lo general lo hacen. Estoy completamente a favor de eso. Ojalá los días duraran 60 horas.

—*¿Ha influido mucho la música de cine en tus composiciones para los Dire Straits?*

Algunas de tus canciones tienen algo que recuerda a El bueno, el feo y el malo.

Sí, de Ennio Morricone. Hizo la música de *El bueno, el feo y el malo, Por un puñado de dólares, 1900...* Sí, me ha influido mucho.

—*¿Hay en tus textos alguna influencia literaria importante?*

A montones. Es lo que estudié en la universidad, y también fui profesor de lengua inglesa durante algún tiempo. Son demasiadas para nombrarlas: Shakespeare, muchos escritores americanos como Raymond Chandler, poetas metafísicos...

—*¿Te parece que ciertos tonos o progresiones de acordes tienen una calidad más majestuosa?*

Sí. Hay tonos que me gustan cada vez más. He hecho muchos temas en Fa y en Re menor. "Down to the Waterline" [de *Dire Straits*] está en Si menor, que también es un tono muy bonito.

—*¿Es ésa una de las influencias de Ennio Morricone?*

Probablemente, sí. Ese tonillo ligeramente cómico, melodramático. Yo lo llamo "música espagueti". Cosas como "Private Investigation" [de *Love Over Gold*] son casi burlescas, deliberadamente exageradas.

—*Tu manera de tocar la guitarra parece bastante delicada, pero en tu música hay mucho dinamismo, muchos ritmos marchosos.*

Gracias. Me gusta arreglar las partes de los demás instrumentos y jugar con la combinación de estrofas y estribillos. Me gusta el dinamismo, y que las cosas sean un poco dramáticas. Trabajo todos los aspectos del tema: el bajo, el piano, cuándo hay que meter bombo y cuándo hay que meter chaston... Hay temas que salen casi solos, pero en otros me gusta controlar todo lo que se hace.

—*¿Utilizas muchas sobregrabaciones en los álbumes de estudio?*

En realidad, acabamos utilizando muchas de las tomas directas. *Love Over Gold* sí que fue un disco muy elaborado. Yo creo que se le prestó demasiada atención a eso, en muchos aspectos. Resultó interesante hacerlo de esa manera, pero no creo que me gustara hacer otro disco con tanta producción.

—¿*Tocas alguna vez la guitarra rítmica?*

Huy, me encanta. Además, en casi todos mis temas me gusta que haya dos guitarras rítmicas.

—¿*También das instrucciones o diriges al otro guitarrista rítmico?*

Bastante, por lo general. Y también al bajista y al batería.

—*O sea, que no sólo compones la canción sino que también haces el arreglo.*

Gran parte, pero la gente siempre aporta ideas y cosas. A veces se lo traen todo hecho, y eso es aun mejor. Cada músico aporta cosas que sólo se le podrían ocurrir a él, y me gusta utilizar esas cosas. Hal [Lindes] me viene a menudo con unas armonías que ojalá se me ocurrieran a mí.

—*Tu estilo de guitarra es muy vocal, pero no se parece en nada al de B.B. King, que mencionabas antes.*

Supongo que parte de la diferencia se debe a que prescindí de la púa cuando estaba desarrollando mi propio estilo. El estilo es siempre imposible de definir, pero fácil de reconocer.

—¿*Qué te decidió a tocar solos con los dedos?*

Ocurrió de manera natural. Recuerdo que estaba en una casa de Londres —por aquella época me moría de hambre—, tocando una acústica japonesa barata con cuerdas de guitarra eléctrica muy finas. Sabía que estaba progresando, que estaba evolucionando. Hacía cosas con los dedos que no podía hacer con púa, cosas muy rápidas, qué sé yo. Todavía me gusta tocar con púa, y a veces tienes que usar la púa para grabar ciertas partes o ciertas canciones. Por ejemplo, "Express Love" [de *Making Movies*]. Pero es curioso: ahora me resulta mucho menos cómodo tocar con púa que con los dedos.

—¿*Pasaste por muchas etapas diferentes desarrollando técnicas de mano abierta y experimentando con púas de dedos?*

Sí. Utilicé púas de pulgar, e incluso púas de acero para los dedos con las National, y acabé pasando de ellas. A veces las echas de menos, porque una púa de pulgar es genial para sacar ese chunk que Chet Atkins hace tan maravillosamente.

—¿*Cómo es tu técnica actual de tocar con los dedos?*

Utilizo el pulgar y los dos primeros dedos, y tiendo a apoyarme con el dorso de la mano y los otros dos dedos, así que tengo una base sólida.

—¿*Pulsas con las uñas o con la yema de los dedos?*

En realidad, con la yema, pero a veces se engancha la uña. Se puede usar la uña para lograr un chasquido seco. Muchas veces pulso una nota con el pulgar y el dedo medio a la vez, para que parezca que estoy pellizcando la cuerda, estrujándola. El dedo medio ataca primero, creo, por detrás del pulgar. Así se le da cuerpo físico a la nota.

—¿*Tu sonido es consecuencia del tipo de guitarra que usas, o de tu técnica de mano derecha?*

Creo que es una combinación. Me gusta tocar toda clase de guitarras, no sólo Stratos, pero no conseguí el sonido que quería hasta que me hice con una Stratocaster. Era un modelo del 61, aproximadamente, con mástil de palo de rosa. Me gustan mucho los mástiles de palo de rosa, aunque acabo tocando muchísimos mástiles de arce. Ahora ya casi no uso la Fender Stratocaster; suelo usar una Schecter, que es una guitarra más potente.

—*Tu vieja Fender Stratocaster tenía el selector de tres vías sellado con cinta aislante para que se quedara fijo en la posición intermedia entre la pastilla central y la trasera. ¿Por qué no te compraste un selector de cinco posiciones, con el que podías conseguir la misma combinación de pastillas?*

Me gustaba más el de tres vías que el de cinco posiciones; tenía mejor sonido. Pero no paraba de darle golpes y cambiarlo. Ahora tengo un selector de cinco posiciones en la Strato. Los *roadies* siempre están poniéndole y quitándole chismes.

—¿*Por qué cambiaste la Fender por una Schecter de tipo Strato?*

No quería ir por el mundo dándole golpes a la Strato hasta hacerla pedazos. Me pasó lo mismo con la preciosa Telecaster que David [Knopfler] usaba para tocar ritmos con la banda. Es una Tele Custom con acabado *sunburst* y doble reborde, del 67 o 68, y no me apetecía que acabara hecha pedazos. La Schecter está muy bien hecha y es muy resistente. Las Schecter suelen pesar mucho más. Probablemente, la mejor eléctrica que he tenido fue una Schecter que utilicé en *Making Movies,* pero me la robaron.

—*¿Has reunido una colección de instrumentos muy grande?*

No, qué va. Por ejemplo, todavía no tengo una acústica de madera de tapa plana, porque nunca he encontrado una que fuera tan buena como las dos mejores que he tocado. Una era una David Russell Young que me prestó Steve Khan, que era absolutamente asombrosa. Y la otra, una Greco hecha a mano que me prestó Rudy [Pensa, de Rudy's Music Stop]. La David Russell Young la usé en *Love Over Gold,* y la Greco en *Infidels.* Cuando me compré las Ovation Adamas, las utilicé en *Slow Train Coming* y *Local Hero.* Para el disco de Aztec Camera le pedí prestadas a Eric Clapton un par de Martin antiguas, porque ellos ya habían usado Ovations y no se les sacaba personalidad.

—*O sea, que en los álbumes de Dire Straits tocabas acústicas prestadas.*

Tengo algunas Ovation, pero ninguna de madera de tapa plana. Hal tiene una Martin, y mis dos Adamas —una de seis cuerdas y otra de doce— han estado ya en un buen montón de grabaciones. Una de mis guitarras favoritas es la Gibson Chet Atkins clásica de cuerpo macizo, que ha estado en montones de sesiones desde que me hice con ella. Es una cosa preciosa. También la uso en escena, porque con ese chisme se puede hacer mucho ruido. La altura de las cuerdas es baja, o sea que tiene lo mejor de los dos mundos. En términos generales, yo creo que está muy bien. Es muy divertido tocarla. La he utilizado en algunas sesiones con Bryan Ferry, con Phil Everly y en las bandas sonoras de películas.

—*Cuando grabas con una Ovation, ¿la pasas por un aplificador?*

Suena perfecta sin amplificar. Pero a veces también tengo un ampli en el estudio, con un micrófono. En *Local Hero* utilizamos mucho la Adamas sin amplificar.

—*¿Alguna vez preparas los solos por anticipado para una sesión?*

No, la verdad es que no. A veces te quedas cortado a la mitad, y tienes que ponerte a pensar por dónde ir, y luego meterlo. Pero, por lo general, lo hago por las buenas. Suelo tocar tres tomas, las grabo todas, y luego recorto y pego.

—*¿Cambias mucho de amplis y demás equipo en el estudio?*

Cogemos lo que haya, y allá vamos.

—*¿Qué me dices de los efectos? En "Waterline" [Dire Straits] hay un eco rápido muy interesante.*

No tengo ni idea de lo que era eso. Rhett Davis fue el ingeniero en aquel disco, y está chiflado por los Roland Chorus Ensembles, así que puede que fuera eso. La verdad es que uso un Roland en escena. Casi todos mis efectos son ecos. También tengo un DeltaLab que me gusta mucho.

—*¿Prefieres alguna marca de cuerdas, o algún grosor concreto?*

Utilizo cuerdas Dean Markley Custom Lights, y me fijo mucho en los calibres [de arriba a abajo: .009, .011, .015, .026, .036, .046],

—*¿Sigue alguna pauta tu proceso creativo cuando compones una canción?*

No, no tengo fórmulas ni reglas. Soy un vago [risas]. Algunas canciones me salen enseguida y en otras tardo cientos de horas, durante largos períodos en diversos niveles de embriaguez.

—*¿Cuál es la canción más ebria que has compuesto?*

Una podría ser "Once Upon a Time in the West" [de *Communique*]. Estaba viendo la película [*Hasta que llegó su hora*] en televisión, en un estado ligeramente alterado.

—*¿Utilizas un grabador multipista para archivar ideas y preparar arreglos?*

No, pero debería. Ni siquiera utilizo una casete. Apunto las cosas en un cuaderno. Se me ocurren un montón de ideas que a la mañana siguiente se me han olvidado. A veces me digo: "Bueno, si me sigo acordando al despertarme, es que valía la pena recordarlo".

—*¿Improvisas con la guitarra para encontrar melodías y progresiones?*

Sí, durante horas y horas. Y después, sigo unas cuantas horas más. Puedo tocar solo durante días enteros, y tan contento. A veces me siento al piano y les doy a las teclas, hago algunas figuras, pero la verdad es que no soy pianista. Ni siquiera soy un auténtico músico con la guitarra. Me siento como un estudiante que no piensa ir a clase.

He estado trabajando con el libro de Mickey Baker [*Jazz and Hot Guitar, Book I*] para aprender algunos acordes nuevos. Me gusta aprender un acorde nuevo y descubrir para qué sirve, y utilizarlo en lo que compongo. Voy avanzando poco a poco en ese aspecto.

Las entrevistas con Michael Hedges parecen muchas veces diálogos de Abbott y Costello. Por ejemplo:

Entrevistador: ¿Quién toca el bajo en esta canción?

Hedges: *Soy yo.*

Entrevistador: Ah, ¿lo sobregrabaste?

Hedges: *No, está todo hecho en directo.*

Entrevistador: ¿Tocas la guitarra y el bajo a la vez?

Hedges: *No, sólo toco la guitarra.*

Entrevistador: Entonces, ¿quién toca el bajo?

Hedges: *Soy yo.*

Entrevistador: ¿Y quién es tu percusionista?

Cuando uno ve a Hedges actuar en directo y en solitario, se despeja parte de la confusión —aunque no toda— que se suele experimentar al escuchar sus discos como "solista". Uno comprueba que, efectivamente, todos los sonidos los produce un solo hombre con una guitarra acústica, pero eso no explica cómo se pueden hacer esos juegos de manos musicales, en los que combina una firme estructura de acordes rítmicos en el registro agudo, deslizamientos en los bajos, melodías, armónicos y explosivos palmeos y otras percusiones. (A Hedges le gusta contar la anécdota del hombre que escuchó un disco suyo y comentó: "Qué buena banda". "Me halagó mucho que pensara eso", asegura.)

Para trasponer a una guitarra acústica de seis cuerdas los sonidos que oye en su cabeza, Michael emplea ligados ascendentes y descendentes de acordes enteros (a veces, con las dos manos), armónicos artificiales, técnicas de martilleo a dos manos y afinaciones completamente heterodoxas. Ha recibido grandes elogios de gigantes de la guitarra como Jim Hall y Larry Coryell, que declaró: "He oído un disco de Michael Hedges y me he caído de espaldas. No me lo podía creer. Es algo parecido a lo que hacía Ralph Towner... una cosa que es *jazz*, pero que no es *jazz*. No utiliza la fraseología tradicional del *jazz*. No es una reelaboración de los héroes del *jazz*".

Will Ackerman contrató a Michael para Windham Hill en 1980, después de verlo actuar en un teatro de Palo Alto (California). Hedges es natural de Oklahoma (nació en la Nochevieja de 1953), y se había trasladado a California para estudiar con John Chowning en el Centro de Investigación Informática y Acústica Musical de Stanford, después de haberse licenciado en composición en el Conservatorio Peabody de Baltimore. El LP del que hablaba Coryell, *Breakfast in the Field,* se publicó en 1981 e inmediatamente consagró a Hedges como uno de los intérpretes más insólitos del catálogo de Windham Hill y, desde luego, el más dinámico. Canciones como "The Happy Couple" revelaban un lirismo similar al de sus compañeros de sello Ackerman y Alex de Grassi, mientras que "Silent Anticipations" parecía una versión en *rock'n'roll* de Leo Kottke.

Su siguiente obra, *Aerial Boundaries* (1984) marcó un hito en la historia de la guitarra acústica.

—¿Podrías explicar las técnicas que utilizas en Aerial Boundaries?

Bueno, toda la técnica está en la manera en que un intérprete piensa en su instrumento. Fue el condicionamiento mental lo que me llevó hasta ahí. Comenzó en "Rickover's Dream", que tenía muchos de los mismos efectos, y fue progresando hasta *Aerial Boundaries*. La mano izquierda aporta el ritmo constante a base de ligados ascendentes y descendentes, así que la mano derecha tiene que hacer melodías o algo parecido. Es la técnica de Chapman Stick: ligado ascendente, ligado descendente, deslizamiento... lo mismo que hace Van Halen, sólo que aplicado a la guitarra acústica. Y con composiciones diferentes, claro. Mis fraseos no suenan como los de Van Halen, pero utilizamos muchas de las mismas técnicas. Por lo general, en lugar de ligar en una sola cuerda, como hace Eddie, yo ligo en dos o tres cuerdas bajas, haciendo cejilla, no con la punta del dedo. Parece una cosa muy limitada... pisar y soltar. Así que me propuse desarrollarlo, para que esas partes fueran diferentes, distintas, y que empezaran a funcionar juntas como una unidad, para que las ideas musicales pasaran de una mano a la otra. Cuando se toca la guitarra, lo normal es que la mano derecha haga siempre el ataque y la izquierda la digitación, ésa es la técnica tradicional de guitarra. Pero ¿por qué no intentar que las dos manos hagan música por su cuenta y procurar entretejerlas? Ataques con las dos manos. Todo esto lo aprendí de Willis Ramsey, un cantante *country* progresivo; escribió una canción titulada "Spider John", que grabó Jimmy Buffett. Sus ligados ascendentes y descendentes son tan correctos rítmicamente, y tan fundamentales para su estilo, que me revelaron un modo completamente diferente de pulsar el instrumento. También aprendí escuchando a John Martyn, Martin Carthy y Leo Kottke.

—Por lo general, los que utilizan la técnica del martilleo no consiguen un sonido tan auténticamente acústico como el que consigues tú. A veces suenas como un contrabajo.

Intento sacarle al instrumento todo el sonido que sea posible. Ésa es mi motivación: sacarle todo el partido al cacharro.

—¿Por qué a veces pasas la mano izquierda por encima del mástil para ligar acordes?

A veces es para no interferir con otra cosa que estoy haciendo. Otras veces es para que las cuerdas agudas suenen más claras.

—¿En qué basas tus afinaciones abiertas?

Se basan en la estructura armónica del tema y en el tipo de armonías que quiero que tenga la mayoría de los acordes.

—¿O sea, que esos temas no se podrían tocar con una afinación normal?

Exacto. ¿Por qué, si no, me iba a tomar tanta molestia para volver a afinar la guitarra entre canción y canción?

—¿Qué afinación usas, por ejemplo, para "Hot Type"?

Es casi la misma que en "The Happy Couple". De abajo a arriba: La cuerda de Mi, bajada una cuarta; la de La, subida una segunda mayor hasta Si; la de Re, subida una segunda mayor hasta Mi; la cuerda de G, bajada a Fa sostenido; la de Si, bajada hasta La; y el Mi alto bajado a Re. Es decir: La, Si, Mi, Fa#, La, Re.

—Cuando trabajas con afinaciones tan heterodoxas, ¿te atienes exactamente a ese tema concreto, o eres capaz de improvisar en ese nuevo contexto?

Sólo si me conozco muy bien esa afinación. La filosofía de Pierre Bensuan es: encuentra tu afinación favorita y aférrate a ella. Eso está muy bien para él, le felicito por ello, pero yo no puedo hacerlo, porque mis composiciones no me permiten aferrarme a nada. En "Hot Type", quería que el bordón estuviera lo más bajo posible sin llegar a distorsionar, para conseguir una sensación muy animada. A veces, las afinaciones evolucionan. Me digo: "Ah, puedo hacer esto y esto... pero no puedo hacer esto, ni esto, ni esto, ni esto". Entonces procuro reducir el número de "estos" hasta que me aproximo lo más posible a lo que quiero... y ésa es la afinación.

—*¿Buscas una afinación que se ajuste a la composición que tienes en la cabeza, o utilizas el sistema de Will Ackerman, de buscar una afinación que sugiera o ayude a componer el tema mismo?*

Las dos cosas. A veces encuentro un acorde que me gusta particularmente y que es fácil de tocar en determinada afinación, y a lo mejor de eso sale una composición. En algunos temas, si quiero que suene como una cítara, afino dos cuerdas en la misma nota.

—*Cuando cambias de una de esas afinaciones abiertas a otra, ¿revisualizas inmediatamente el trastero?*

Sólo hasta donde me lleva la composición; es decir, sólo en los lugares que tengo que utilizar para llegar a donde quiero ir. En realidad, no se trata de conseguir una reorganización armónica, sino una reorganización rítmica. Si en mitad de una pieza me olvido de dónde estoy, hasta cierto punto puedo retomar el camino y hasta cierto punto no.

—*Estudiar teoría en Peabody y tocar la guitarra acústica en afinaciones abiertas son dos cosas que parecen corresponder a dos modos de pensar diferentes.*

Bueno, yo estudié composición moderna del siglo XX. Escuché a Kottke, a Carthy y a Martyn, pero mi mente tendía más a Stravinsky, Varése, Webern y un montón de compositores experimentales, como Morton Feldman. Quería coger la guitarra y usarla de una manera distinta. Nunca pasé por la fase de ir por las universidades tocando solos de Leo Kottke o de John Fahey. Eso no me interesó nunca. Jamás tuve la ambición de sonar como nadie... con excepción de Pat Metheny [risas], y eso ocurrió más tarde.

—*¿Tus primeras influencias musicales fueron* folk?

Empecé tocando canciones de Peter, Paul & Mary con una Goya de cuerdas de nylon. Luego pillé una Fender Mustang y empecé a tocar cosas de los Beatles. Después tuve una Gibson Les Paul, y tocaba cosas de Led Zeppelin y Grand Funk Railroad en el instituto. Pero también en el ins-

tituto me interesé por el *jazz,* y quise entrar en la banda del teatro del instituto. Para entrar en la banda del teatro había que entrar también en la banda de los desfiles y en la orquesta, así que empecé con la flauta. También formé un grupo de *jazz* y estudié guitarra de *jazz.* En la universidad estuve en una banda de *blues.* Vendí la Les Paul porque pesaba mucho para mi gusto, y hace poco me compré una Mustang del 63, como la primera que tuve. Hace poco me regalaron una Dean, para hacer eso de "rock my baby", como en esos anuncios sexistas [risas]. Procuro dedicarle a la eléctrica un tercio de mi tiempo. Otro tercio lo paso con la guitarra-arpa. Tengo una Dyer hecha en los años veinte, o antes, por Maurer de Chicago. La mía tiene cinco cuerdas de arpa, pero tiene sitio para seis. Ahora mismo, tengo las cuerdas de arpa afinadas en Sol, Si bemol, Re, Do, La y Re, de abajo a arriba. Estoy practicando líneas de bajos con la mano derecha en las cuerdas de arpa, mientras hago *tapping* con la mano derecha en las cuerdas de guitarra. Pero Stanley Jordan nos da veinte vueltas a todos. Ese tío me ha desatornillado la cabeza y me la ha puesto de otra manera. Le vi de cerca, tocando en un bar, y es asombroso. Sin duda, es el exponente más fluido de esa técnica de martilleo. Su técnica y la mía son radicalmente diferentes: yo no tengo un toque tan preciso, llevo las cuerdas relativamente altas y son de calibre medio y grueso: .013, .017, .026, .034, .044, .056. Así que tengo que pegarle fuerte.

—*¿Te ha quedado alguna influencia de cuando estudiaste* jazz?

Bueno, me sigue gustando el *jazz.* Me ha gustado desde la primera vez que oí a la banda de Stan Kenton. La mayor influencia ha sido Paul Martino. ¡Cómo se conoce el diapasón! Mike Marshall me abrió la mente en lo referente a la guitarra rítmica. Una buena guitarra rítmica es lo mejor que hay. Y también Tony Rice, con su maravillosa técnica de mano derecha, tan limpia.

—*¿Qué clase de música escuchas?*

Ahora mismo, escucho mucha música barroca, música del Renacimiento, al flautista Frans Bruggen, música moderna del siglo XX... acabo de comprar un disco de Ligeti, que compuso gran parte de la música de *2001*. También escucho a John Martyn, al bajista Eberhard Weber, a Genesis, a Mark Isham [sintetizador y trompeta], a Cyndi Lauper, a Time, a Prince... todo lo que encuentro y me parece bueno. Todd Rundgren es uno de mis ídolos como autor de canciones, y me gusta mucho John Scofield tocando la guitarra con Miles Davis.

—*¿Tienes muchas influencias folclóricas tradicionales?*

Sí. En lo referente a las islas Británicas, no sé si la Bothy Band habrá manipulado mucho la tradición, pero son una gran influencia, junto con Plantxy, Martin Carthy, DeDanaan y los Chieftains. En cuanto a la música del Oriente Medio, en "Aerial Boundaries" influyó mucho el tambor *dumbak* con el que acompañan a las bailarinas del vientre en el restaurante Casbah de San Francisco. Me compré un *dumbak* y me puse a escuchar a percusionistas, de *rock* o de lo que fuera, porque me di cuenta de que el ritmo era mi punto flaco.

Se refiere a los estudios, no al disco (*N. del T.*)

Por Matt Resnicoff - Septiembre y octubre de 1989

Tres vocalistas, un percusionista y un solitario guitarrista acústico están tocando sobre bases grabadas en el gran escenario del Radio City Music Hall. Los músicos se mantienen diligentemente en sus posiciones, ejecutando sus partes con una seriedad y una precisión casi de obreros... todos excepto el guitarrista, que canta apasionadamente una canción sobre la amistad y la confianza mientras da botes alrededor del micrófono y esparce armónicos sobre los extraños ritmos sintetizados. A mitad de la canción, contiene el aliento y hace una presentación algo forzada de una cosa que, en la tradición del *rock,* no suele necesitar introducción alguna: "Voy a tocar para ustedes un solo de guitarra acústica". Ya está moviendo la muñeca para conjurar las primeras frases, cuando se echa atrás y se da cuenta de que no se le puede oír por encima de la grabación. Dos ojos llameantes se clavan en el técnico de sonido.

Éste es un concierto de los Who. Se nota porque el tío de la guitarra le grita a alguien, baila de aquí para allá, y todavía encuentra unos pocos segundos para tocar un solo extraordinario, que no dura tanto como debería durar. Es en esta clase de conciertos donde se supone que experimentas las delicias del espectáculo del *rock'n'roll:* guitarras que vuelan y se estrellan contra los platos, bombos que ruedan y aplastan los pies del cantante, ancianas que se desmayan. Este nuevo espectáculo está a un universo de distancia de la anterior encarnación de la banda, en cuyas manos una canción como "My Generation" podía disolverse en ritmos sincopados, serpentear por valles de armónicos y elegantes acordes melódicos, caminar de puntillas entre sonidos *funk-metal* picoteados por gallinas, y ascender en un surtidor de improvisados *riffs* colectivos, antes de dar paso al siguiente tema. En el programa de hoy, los movimientos están sensatamente coreografiados; la experiencia está diseñada para darte una patada en el culo sólo en los momentos adecuados, pero la huella que deja en el trasero de tus pantalones es la de una bota cara, una Doctor Marten, y no la de la típica bota de obrero de los Who.

Calzando la bota, atizando la llama y, por lo general, metido en medio de todo, hay un guitarrista acústico llamado Pete Townshend, al que no le da la gana dejar que una cosa buena se extinga por completo. Desde luego, era de esperar que sus inspirados patadones y saltos en tijera provocaran una respuesta del público superior al fervor general que produce el simple hecho de que los Who estén ahí. Cuando alcanza ese delicado equilibrio entre las limitaciones de forma y el desencadenamiento de la pura liberación instintiva de la música, Townshend encarna todo el complejo ideal del *rock'n'roll.* Es un prototipo de guitarrista callejero que, muy posiblemente, ha cristalizado en una sola frase una de las más lúcidas observaciones acerca del arte, y de la vida que el arte imita: "La auténtica belleza es un regalo del tiempo a la humildad perfecta". Y él vive y muere por ello cada vez que empuña su instrumento.

Pero a pesar de toda su humildad, no ha habido músico que haya combinado la fuerza con la intención tan elocuentemente como Pete Townshend. Como ocurre con Miles Davis, las mejores obras de Townshend surgen de todas partes y de ningún sitio, sacando partido a los impulsos por medio de un conjunto de condiciones musicales concretas que se descartan sin vacilar en cuanto han servido de imprescindible trampolín para las ideas. Una vez que se destruyen las barreras, el campo queda libre para hacer ruidos del más alto nivel: componer música repleta de significado en un formato centrado casi puramente en la anarquía, producir al instante obras de guitarra acústica característicamente trascendentales sobre el ritmo de un Synclavier, o hacer que un trío de *rock* arme la gran bronca sobre una base de sintetizador y acabe entonando himnos fundacionales del *rock,* como hicieron los Who hace casi 18 años con sus experimentos de renegados con el ARP 2600.

En los años sesenta, junto con los Beatles, los Rolling Stones y otros muchachos de las islas Británicas, los Who devolvieron a América lo que América había exiliado. Combinando *blues* con volumen, añadiendo textos que reflejaban una época de expansión mediática y caos, y explotando con imitaciones de Chuck Berry en una carrera de vallas, Pete Townshend, el guitarrista, saltó a las primeras páginas como el hombre que se destrozaba las uñas tocando brutales acordes de molino, el brincador impulsivo, la voz vulnerable tras la voz de Tommy, el joven airado de "My Generation". Muchos le consideran el padre del *punk.*

Pete Townshend, un antiguo estudiante de arte que aceptó de mala gana el papel de líder por defecto, no ha podido evitar verse influido por los ardientes —muchas veces, en sentido literal— "happenings" de los artistas de vanguardia de su época, precursores de los actuales "artistas de *performance*", que dejaban caer pianos desde grúas o los quemaban en mitad de la calle para asombrar a su "público". A base de destrozar guitarras y destripar amplificadores, Townshend incorporó aquellos conceptos al espectáculo del *rock'n'roll* y acabó influyendo en figuras como Jimi Hendrix y en intérpretes que jamás llegaron a ver a los Who, y que aprendieron esas cosas de imitadores de sus imitadores. Townshend fue, además, el primer músico de *rock* que obtuvo un enorme éxito comercial con algo parecido a una ópera: *Tommy,* la historia de un genio de la máquina de bolas, ciego y sordomudo, se sigue escuchando veinte años después de que Townshend la compusiera, a costa de grandes esfuerzos, dado su desconocimiento de la notación musical y la inexistencia de la alta tecnología informática que ahora utiliza para su última gran obra, *The Iron Man,* y en la gira del XXV aniversario de los Who, que sirve de fondo a la siguiente entrevista.

—*En uno de los relatos de tu libro* Horse's Neck, *titulado "Fish Shop", ofreces un tratamiento literario muy emotivo de tu compleja relación con tu maestro de guitarra, Jacob. ¿Es este personaje una alusión a Meher Baba?*

Pues sí, pero también a otras personas, como mi padre y mi tío Jack, que era un guitarrista que trabajó para Gibson, en las guitarras Kalamazoo. Les ayudó a diseñar pastillas y después, cuando estalló la guerra, se dedicó al radar. Era un tipo brillante de verdad. Así que le aludo a él y a otros guitarristas que me he ido encontrando, el principal de los cuales es John McLaughlin, que siempre fue generoso y me dio buenos consejos cuando era vendedor de guitarras en Selmer. Ya entonces, su manera de tocar te inspiraba, y el hecho de que se prestara a escuchar y apreciar mi estilo rítmico básico allá por 1964 me dio un montón de confianza. Pero hay cantidad de personas metidas en ese personaje. Es el relato más real del libro. Casi todo lo demás es pura ficción. Intenté escribir al estilo de (Charles) Bukowski.

—*La verdad es que los Who cerraron una etapa a partir de 1982, porque opino que*

aquel sonido y aquella dinámica teatral esta-
ban ya agotados en el contexto de los Who,
aunque lo han heredado Springsteen y U2, y
otro montón de bandas que, en cierto senti-
do, lo hacen mejor ahora. Desde luego, le han
dado nueva vida.

Lo que me interesa, cuando me pongo a
pensar en lo que quiero hacer ahora y adónde quiero ir como músico, es procurar
encontrar algo de dignidad. No paro de leer
libros y oír historias y análisis de los primeros años de los Who, que siempre dicen que
fueron los más apasionantes, pero en los
años posteriores pusimos un montón de
energía, de trabajo y de estudio. Y en cierto
sentido, me parece una pena que aquellos
años, los años de Woodstock, fueran tan
insípidos culturalmente. Y también fue muy
difícil, dificilísimo, encajar el éxito comercial, definitivo y triunfal de *Tommy,* que
tiende a ensombrecer todo lo demás.

—A partir de Tommy, *la guitarra acústica ha*
servido de colchón sonoro para casi todo lo
que has grabado. Pero observo que este disco
es el primero que grabas sin tu Gibson J-200
desde 1969.

(Sonriendo) Así es, sí. Pasa algo raro con
las guitarras y los instrumentos musicales,
¿sabes? Mira que habré roto guitarras en mi
vida, y siempre he dicho que no son más que
tablas de madera y que no me vinieran con
esas monsergas de "ella sabe cuándo estoy
lejos", pero el caso es que en este disco apenas la toqué... ¡y se murió! La tenía en el
estudio, esperando dentro de su funda, y
volví para trabajar un poco con Boltz, el
otro guitarrista. Abrí la funda, saqué la guitarra, y estaba completamente hecha pedazos. Las cuerdas se habían oxidado hasta un
grado increíble, había crecido moho en los
trastes, el puente se había desprendido, el
fondo estaba rajado, y la parte delantera
estaba desconchada. Y sin embargo, cuando
estuve grabando las maquetas, antes de ir al
estudio, funcionaba perfectamente. Es como
si, al saber que no iba a aparecer en el disco,
hubiera hecho ¡plof! La hice reconstruir y
voy a tener que llevármela a casa y tocarla.
Ahora es una guitarra diferente, es como si
fuera una guitarra nueva.

He procurado siempre convencer a la
gente de que en la guitarra rítmica acústica
hay auténtica emoción explosiva. Joder, sólo
tienes que pensar en los grandes especialis-
tas, como Richie Havens, que han basado
sus carreras en ella. Y yo puedo hacer que
una guitarra acústica vuele. De eso puedes
estar seguro. Y me siento mucho más cómodo con la acústica que con la eléctrica. Pero
hay cosas que no se pueden hacer con ella.
Con la guitarra acústica es muy difícil, por
ejemplo, hacer la transición desde un punteo en una sola cuerda a un rasgueo florido.
Éstas son cosas que he sabido siempre, y
ahora vuelvo a enfrentarme con ellas. Pero
cuando me siento cómodo tocando, como
sucede con el tema del "Pinball Wizard",
me suena absolutamente bien. En cambio,
hay otras situaciones en las que la guitarra
desempeña una función mucho más sutil, y
me parece que entonces es cuando es verdaderamente importante que me ponga delante, con la guitarra en la mano, y que se vea
físicamente que estoy contribuyendo. Cuando estuve dando conciertos como solista
[*Pete Townsend's Deep End*], tocaba acústica casi todo el tiempo, y aun sin tener la guitarra enchufada podía cambiar el sentimiento de un tema. Al principio pensaba que era
mi manera de tocar, pero, por supuesto,
luego descubrí que no era eso.

—Sigues grabando maquetas con el mismo
sistema que has estado utilizando los últimos
20 años?

No, ahora me he vuelto mucho más
sofisticado porque uso el Synclavier. Antes
grababa las maquetas en un Portastudio de
cuatro pistas, y ahora las hago en un sistema
de cuatro pistas que graba directamente en
disco y que cuesta más que mi casa, sin exa-
gerar. El resultado es que algunos momentos de *Iron Man,* como las voces y el acompañamiento básico de "A Fool Says", son
los de la maqueta. Todo el disco lo hice con
mucho relajo; pensé en pulirlo más y me
dije: "¿Para qué? Ya está todo ahí". Lo
mezclé yo mismo, y aquí tuve problemas:
me llevaba material al estudio y decía
[como hablando consigo mismo]: "¿Es que
no oyes ese zumbido?" [Risas].

Pero en ese aspecto, como ya te he dicho, estoy recuperando el oído de altas frecuencias y eso es un verdadero alivio. Creo que una de las peores cosas que tiene esto de oír mal y notar zumbidos es que te cierras psicológicamente. No te esfuerzas por oír, sino todo lo contrario. Es como si dijeras: "No, por favor, basta de ruidos. Parad de una vez". No te digo si pasa un avión, o si alguien toca la bocina... Ayer se disparó la alarma de mi coche [lanza un potente aullido], levanté el capó para pararla, y no pude ni acercarme. Pensé: "Si me acerco a esta puta alarma, me va a estallar el cerebro". El mundo moderno parece estar repleto de ruidos espantosos.

Pero bueno, mi proceso de grabación de maquetas sólo ha cambiado en el sentido de que uso equipo más moderno, pero eso me ha permitido trabajar a un nivel mucho más sofisticado, más como un compositor que como un autor de canciones. Ahora ya no necesito tener la estructura de una canción antes de ponerme a trabajar en ella. Trabajando con un Synclavier o con un programa MIDI, o con cualquier otra cosa que utilice, puedo abordar una forma con una frase, una frase musical, y empezar a desarrollarla. Y puedo probar otras maneras intelectuales de abordar una obra musical. Jesús, cuando pienso en lo bien que me habría salido *Tommy* si hubiera tenido equipo moderno. Habría sido muchísimo más fácil. No te imaginas lo difícil que me resultó. No tengo mucha memoria, no soy muy buen músico, no se me da bien ordenar mis ideas. Soy muy inquieto, y me resultó dificilísimo componer aquello. Fue una pesadilla, porque tenía que escribir partituras y carecía de formación. Eso es lo que más lamento.

—*Se tiende a suponer que las partituras acabarán por ser tragadas por la tecnología que nos ha dado el Synclavier.*

Yo creo que esa idea actual de que ya no se necesita formación musical porque hay máquinas no es más que un mito. Cuando yo era chaval, el mito que circulaba era que la música, tal como se concebía antes, había muerto, y recuerdo que mi padre me decía siempre: "Aprende solfeo, aprende solfeo, aprende solfeo. Toques la música que toques, no importa: aprende solfeo. Ése es el idioma". Y te sentías como si estuvieras en el colegio y alguien te dijera: "Este colegio no ha vuelto a ser el mismo desde que suprimieron el griego clásico". Y tú pensabas: "Ay, Dios mío". Pero un día decides que quieres leer a Homero o a Platón, y te compras cinco libros, y ves que son completamente diferentes: no sólo las traducciones son diferentes, sino que tratan de temas diferentes, y entonces te das cuenta: "Oye, podría estar bien aprender griego clásico. Estaría muy bien leer lo que de verdad decían aquellos grandes filósofos fundamentales, y hacer mis propias interpretaciones". El caso es que él dejó clara su postura, y yo no le hice caso, y ojalá se lo hubiera hecho. Otra cosa que me gustaría haber hecho es desarrollar mi virtuosismo. Al leer una revista como *Guitar Player*, te das cuenta de que aquí no se menosprecia ni la posibilidad ni el valor del virtuosismo. A todos los que andan enredando estos días con música por ordenador, yo les diría: "Mira, eso está muy bien, pero asegúrate de que si un día estás en un barco en medio del océano, sin nada más que velas, haya un instrumento que puedas tocar para levantarte el ánimo, sin necesidad de energía eléctrica". Porque aunque éste sea un mundo moderno, estamos más cerca que nunca de tener que vivir de manera natural. Podría ocurrir en cualquier momento, pero en cualquier momento; alguien puede venir y robar toda la energía.

—*A decir verdad, las partes acústicas de tu obra figuran entre las más emocionantes. ¿Existe una relación orgánica que alimente ese renacimiento acústico que estás experimentando?*

Sí, desde luego. En cierto modo, me refugié en eso a causa de mis problemas de oído, y luego redescubrí el instrumento, investigando nuevas afinaciones y descubriendo que existe una enorme gama de expresiones posibles. Tienes a tu disposición expresiones armónicas, no sólo cosas estructurales, mientras que cuando trabajas con un piano te pierdes en clichés que tiendes a ir acumulando. Lo interesante es que, con la guitarra, puedes reunir todos esos clichés y luego ajustar las cuerdas de un modo completamente distinto, y todos esos clichés se convierten en una cosa diferente. Es como aprender un nuevo idioma

—*¿Algunos de tus* riffs *o progresiones más conocidos han surgido accidentalmente de este modo, jugando con posibles afinaciones?*

Bueno, si *Iron Man* tiene éxito, entonces sí, porque uno de sus aspectos fundamentales es una armonía que no suena a guitarra, con la tercera en el bajo, y eso salió jugueteando con la guitarra. La finación que utilicé en "Parvardigar" [*Who Came First*], que yo llamo precisamente "Parvardigar", es una afinación de doce cuerdas en Do, Sol, Do, Sol, Do, Re. Con una guitarra de seis cuerdas, se puede subir un tono: Re, La, Re, La, Re, Mi. Se la he oído usar a Joni Mitchell. La versión de Iron Man con seis cuerdas en Re tiene, simplemente, la cuerda del La grave bajada a Sol. Estoy seguro de habérselo oído a Ry Cooder. Hay otros ejemplos. "Praying the Game" [*Another Scoop*] surgió a partir de uno de estos experimentos, con una afinación en acorde pero con dos cuerdas finas en Re y en Sol, como en un banjo en Sol. Me puse a pensar en la manera de afinar una guitarra como un banjo en Sol y, naturalmente, sobraba una cuerda, así que la puse aún más alta. Esta clase de cosas te hace pensar de un modo algo diferente en lo que has estado haciendo.

—*"The Sea Refuses No River"* [All the Best Cowboys Have Chinese Eyes] *y "Crashing by Design"* [White City] *son muy similares en sonido y en otras cosas, incluso en los intervalos empleados.*

Creo que mi vocabulario musical es increíblemente limitado. Es asombroso. Me siento al piano o me pongo a trabajar con la guitarra, y creo haber dado con algo nuevo, y un par de semanas después vuelvo a ello y lo analizo, y me doy cuenta de que estoy sacando cosas de un "saco de ideas" muy limitado. Probablemente, en estos momentos le pasa lo mismo a todo el mundo. Copio como un loco a músicos exploradores como Keith Jarrett, que en sus conciertos se tira cinco o seis horas al piano, tratando de encontrar esos grupos raros de notas que tengan belleza y no sean pura tontería, y de vez en cuando da con ellos. Es imposible resistirse a su influencia. Cuando trabajo por mi cuenta, eso no sucede para nada. Si trabajo instintivamente —disparando desde la cadera, por decirlo de algún modo—, no me parece que esté todo el tiempo andando por terrenos similares. Supongo que en las canciones hay rutas emocionales que evocan respuestas musicales similares.

—*Esto es bastante forzado, pero casi se podría decir que* Iron Man *es una especie de reelaboración de "My Generation", porque, igual que otros de tus temas —incluso canciones como "Sea Refuses"—, trata en realidad de la inocencia, considerada como fundamental para la autoexpresión en su sentido más puro y directo. Desde luego, es una celebración de la juventud más optimista que "My Generation", pero la base fundamental es la misma.*

Sí. Bueno, en cierto sentido, hay una misión que aceptas cuando te metes en esto del *rock'n'roll.* Sé que mucha gente opinaba que lo que yo estaba haciendo era coger cosas que se conocían desde los comienzos del *rock* y venderlas como nuevas. En fin, hasta cierto punto, a Bono y a U2 se les acusa ahora de lo mismo, de decirle al público que la idea no es suya, pero que se han dado cuenta de que ésa era nuestra idea original y nos quieren recordar lo estupenda que era. Es casi como si alguien viniera de fuera, como si regresara el hijo pródigo a descubrirnos lo estupenda que es la vida familiar. Y entonces te das cuenta de que el *rock* comenzó a principios de los años cincuenta, y allí estaba yo, 15 años después, explicándole a América su propia música. Eso formaba parte de nuestro trabajo: conseguir que los jóvenes norteamericanos blancos aceptaran una música que era, esencialmente, música negra de emancipación, y superar todas aquellas barreras étnicas que aparecían en la superficie, uniéndonos por medio de la música. Y se nos unían de la manera más extraordinaria, porque estábamos tratando con hijos de emigrantes, a lo mejor de segunda o tercera generación, pero eso no es mucho. Porque eso significa

que tienes un abuelo que aún canta canciones polacas, o que aún se sabe las canciones judías o gitanas, o que aún recuerda que su propio abuelo formaba parte de una de las familias que vagaban por Bulgaria, y que al emigrar se llevaron toda esa música. Incluso es posible que tengas raíces bálticas o balcánicas, y puede que conectes de algún modo con los rasgos universales de la música búlgara. Pero, desde luego, la única que de verdad importaba era la música de origen africano. Sin embargo, remóntate un poco más atrás y verás lo que Europa llevó a América: el folclore sueco, la música francesa, la alemana, la austriaca, la inglesa, la escocesa y, sobre todo, la música irlandesa. Son influencias muy, muy fuertes. Probablemente, la irlandesa y la sueca las que más, pero también un poco de la música escocesa. Pero se trataba de entretejer esos ritmos y esas tradiciones populares e integrarlos en una forma de pop completamente nueva, y luego tocársela al único público del mundo en el que cada una de las notas tiene un representante, que es el público norteamericano. De pronto, te ponías a tocar y pensabas: "No me puede salir mal. Haga lo que haga, habrá alguien en alguna parte al que le guste, aunque sea un poco".
Eso es lo bonito del público norteamericano, que es cosmopolita, universal, internacional, y eso es lo que hizo crecer al rock'n'roll.

Y otra cosa muy importante que faltaba era que la emancipación negra llegó a través de la Iglesia, y ésa era una píldora muy difícil de tragar para muchos norteamericanos blancos. Así pues, la función de las bandas de rock de los primeros sesenta consistió en despertar de nuevo al público que había hecho crecer aquella música, como lo había hecho el discjockey Alan Freed en los cincuenta, como lo habían intentado Elvis y Buddy Holly.
—*Hendrix, desde luego, cumplió una función similar, aunque fuera de manera inconsciente.*
Sí, es cierto.
—*Vosotros compartísteis cartel con él.*
Un montón de veces. Estábamos en el mismo sello discográfico. Fue Chas Chandler [bajista de los Animals] el que lo descubrió, lo trajo aquí y habló con Track, de la

que entonces éramos copropietarios, o sea que, en realidad, estaba en nuestra compañía de discos.
—*En aquella época, tú tenías un estilo de guitarra muy definido. ¿Resultó intimidante de alguna manera que ocurriera una cosa así tan cerca de ti?*
Me destrozó. Me destrozó absoluta y completamente. [Pausa]. Simplemente, me destrozó. Vamos, me alegré de salir vivo, pero fue horroroso. Porque nos volvió a quitar la música negra. Nos quitó el *R&B.* Vino y nos lo arrebató. Dejó tan claro que era eso lo que hacía... Había estado tocando con gente como Little Richard, había hecho todo aquel trabajo duro, y entonces vino al Reino Unido. Y cuando recuperó su música, se llevó con ella gran parte de los adornos.
—*Hay constancia de que dijiste que la guitarra era, en realidad, lo único que tenías, y que si la golpeabas contra los techos o la clavabas en los amplificadores era porque te sentías frustrado por lo que podías hacer con ella y lo que veías que no podías hacer. Supongo que Hendrix te hizo cambiar de orientación.*
Me hizo cambiar de orientación. Supongo que nos pasó a muchos, a gente como Eric, que durante una temporada yo creo que nos rendimos, y luego empezamos de nuevo y nos dimos cuenta... Fue una cosa muy rara para Eric y para mí. Fuimos a ver a Jimi juntos, a unos diez conciertos en Londres, y por entonces él no estaba con ninguna chica, así que íbamos sólo Eric, mi futura esposa Karen y yo, a ver a aquel monstruo de hombre. La cosa llegó a un punto en el que Eric iba a presentarle sus respetos todas las noches, y una noche fui yo a saludarle, y él abrazó a Eric, pero a mí no, a mí me dio sólo un apretón de manos flojillo, y sólo porque Eric era capaz de abordarle de la manera adecuada. Fue una época difícil. Tienes que recordar su otra característica, que era asombrosamente sexual, y yo estaba allí con mi mujer, ya sabes, con la chica a la que amaba. Y se podía sentir en la habitación aquel ambiente, en el que cualquier mujer iba y zás [da una palmada] con sólo que él chasqueara los dedos. Y te juro que había

veces en que Jimi lo hacía. Por aquel entonces no controlaba mucho su ego. Tenía esa cualidad algo principesca, como de diablillo juguetón. Me pareció un tío encantador, muy simpático, muy amable. Pero se contaba cada historia... Una de las cosas que me contaron —incluso es posible que yo estuviera allí— fue lo de la noche que se acercó a Marianne Faithfull, que estaba con Mick Jagger, y le dijo al oído: "¿Qué haces con ese gilipollas?". Había momentos como aquél, en los que se sentía muy atraído por alguna persona y estaba convencido de que verdaderamente podía conseguirla, y no podía resistir la tentación de intentarlo. No existían límites, y aquello me asustaba de verdad. Ya ves, no me gusta ese tipo de perspectiva megalómana.

—*¡Ah! Excepto ahora.*

Bueno, yo creo que es muy importante respetar las relaciones de los demás. No estoy hablando de propiedad, ni de territorio ni de espacio emocional, sino de sus relaciones. Ya sabes, en las relaciones siempre hay oportunidades. Si eres una persona sofisticada, sabes en cuanto ves a alguien que si hay alguna oportunidad de que tengáis una relación en algún otro momento y en alguna otra parte, con una mirada basta. No hace falta que te acerques y le digas al oído: "¿Qué haces con ese gilipollas?". Poco a poco, Jimi fue ganando control de sí mismo. Te estoy hablando de las dos primeras semanas que pasó en Londres; ya sabes, era una banda nueva y estaban arrasando de mala manera en Londres. Mirabas a tu alrededor y el público estaba lleno de gente de las compañías discográficas y del negocio de la música. Supongo que durante algún tiempo aquello me tuvo muy ido y muy confuso. Andaba como a tientas, tenía un montón de problemas espirituales, le pedí a mi mujer que se casara conmigo antes de que fuera demasiado tarde [risas] y poco después empecé a trabajar en el *Tommy.* Era como si sintiera que carecía de las dotes emocionales, de las dotes físicas, del genio psíquico natural de una persona como Jimi, y me diera cuenta de que lo único que tenía era un puñado de trucos que él había venido y

me había quitado, no sólo para añadirlos al *R&B* negro del que procedían, sino para añadirles toda una nueva dimensión. Me sentía despojado, hasta cierto punto, y busqué refugio en la composición. Lo más raro de todo aquello es que, aunque la gente valora muchísimo aquellos primeros años, los Who no eran una banda especialmente importante en aquella época. Estábamos al final de una era; en condiciones normales, la banda habría simplemente desaparecido. Pero llegó él y, más o menos como en los comienzos del *punk,* lo barrió todo, y yo tuve que aprender a componer, y se convirtió casi en un nuevo arte, visto desde un nuevo ángulo. Y gracias a aquello hice discos que, de algún modo, se vendieron en América. No sé por qué sería.

—*¿Recuerdas la revelación que supuso el descubrimiento del acorde suspendido?*

Sí. Kit Lambert [*manager* de los Who] me pasó un álbum de un compositor inglés del siglo XVII llamado Henry Purcell. Estaba lleno de suspensiones barrocas y me influyó muchó, muchísimo. Recuerdo que acababa de componer "I Can't Explain", que era una vulgar copia de "You Really Got Me" de los Kinks, pero con un ritmo diferente. Hacía mis pinitos, pero me limitaba a copiar. Y entonces me puse a trabajar y compuse todas las maquetas del primer álbum de los Who, y estaban repletas de suspensiones de aquéllas: "The Kids Are All Right", "I'm a Boy", están llenos de ellas. Y sigue siendo una de las obras musicales que más me gustan. En ese sentido, ésa es otra cosa muy importante que le debo a Kit, porque era más que un *manager,* más que un productor de discos: era un amigo fantástico, extraordinario. Recuerdo que una vez estaba yo en su piso de Belgravia y puse el disco por primera vez. Lo oí, entré en su cuarto, y vi que estaba llorando a lágrima viva, porque era la obra favorita de su padre y le recordaba a su padre.

—*¿Tienes algún período favorito en tu carrera, en el que sintieras que habías roto determinadas barreras guitarrísticas?*

Creo que los momentos más importantes han tenido mucho que ver con guitarras, guitarras de verdad. Como cuando Joe Walsh me regaló una Gretsch Country Gentleman naranja y un pedal de volumen Edwards, y me enseñó el modo exacto de ajustar el amplificador para conseguir aquel asombroso sonido de Neil Young, y así pude utilizar aquel sonido en "Won't Get Fooled Again" y en "Bargain" [*Who's Next*]. O cuando Joe me dio otra guitarra maravillosa, una Gibson Flying V original, con la que pude hacer aquel increíble ruido a lo Jimmy Page. Aquella guitarra la utilicé en *The Who by Numbers,* y también para uno o dos adornos en *Empty Glass.* Ha sido cuestión de guitarras. Una vez encontré una Fender Stratocaster maravillosa, que evidentemente había pertenecido a Buddy Holly. Nada más tocarla, hacías: "¡Aaah!". Tiene mucho que ver con la respuesta a los sonidos.

Pero el paso más grande que he dado en los últimos tiempos ha sido meterme en el mundo del Synclavier. No en el aspecto de la guitarra, ese aspecto está ya un poco anticuado. Pero trabajar en un formato sofisticado, con calidad de estudio, ha sido una auténtica revelación. Mira, este aparato es uno de los cacharros más caros de la historia de la humanidad, y vale hasta el último puto centavo que cuesta. Me siento como un niño que empieza a aprender música. Y como guitarrista, me ha liberado de la responsabilidad de tener que organizarlo todo en la guitarra. Puedo limitarme a responder con la guitarra, y queda mucho mejor. Me alegra saber que existe otro programa más barato, del tipo Apple Mac. La verdad es que me siento culpable porque no paro de pensar: "Esto es tan poderoso, te permite hacer tantas cosas, que no es justo que sólo podamos tenerlo Frank Zappa y yo, y Stevie Wonder y otros pocos que pueden permitirse comprar uno". Eso siempre será injusto.
—*Teniendo en cuenta la esencia espiritual de* Who Came First *y de gran parte de la música que componías para los* Who *en aquella época, es raro que no utilizaras sonidos indios. En realidad, muchas de tus obras de aquella época parecen basarse en tu repertorio de solos y maquetas: tienen un aire de* folk-country *norteamericano.*

Bueno, eso es porque la música india es música clásica. Es arte del grande, y no me resulta fácil incorporar ninguna de esas ideas a mi propia obra. Además, prefiero la música *country,* porque conozco el país del que procede, y ese trasfondo me hace evocar ciertas imágenes con las que me siento más a gusto. Mira, cuando empecé a iniciarme en las enseñanzas de Meher Baba, la verdad es que no lo veía como un místico indio. Lo veía como un sufi. Lo que me atraía era el rollo persa, los derviches sufíes, la idea de llegar hasta Dios a porrazo limpio. Me parecía que el cristianismo era un camino muy retorcido e incómodo para llegar a Dios, y me interesaban más el judaísmo puro, el sufismo y el zoroastrismo. Ni siquiera me gustaba ninguno de los nuevos maestros. Nunca se me ha dado bien lo de meditar. Cuando he conseguido hacerlo, me asustaba. Tengo un espíritu muy delicado. Puedo proyectarme en un mar de emociones con muchísima facilidad. Puedo ponerme verde con sólo hablar de mareos.
—*Eso es neurosis psicosomática.*

Pues sí. Pero nunca hice mucho caso de esas cosas, ni me puse a estudiar música india, aunque me gusta. El año pasado fui a casa de George Harrison, a ver un concierto de Ravi Shankar y un par de nuevos guitarristas de seis cuerdas, esos chavales indios que tocan una guitarra acústica normal, de cuerdas de acero, colocada sobre el regazo. Asombroso. Absolutamente asombroso. Hacen que Ry Cooder parezca un principiante. Y utilizan un montón de escalas modales, una de las cuales suena muy europea, con un sonido muy optimista en comparación con casi todas las cosas indias, sin ninguno de esos rollos de búsqueda de un plano superior. Y entonces salió Ravi e hizo lo suyo, y te ponías a pensar: "Dios, ¿por qué tuvo que morirse Jimi Hendrix?".
—*Se ha dicho que el* Live at Leeds *y las actuaciones en directo de los* Who *durante aquella época dieron origen al* heavy metal. *Sin embargo, se dice que desprecias ese género. ¿Es verdad?*

No lo desprecio. Me parece muy alegre, ¿no crees? Mira, lo que no me gusta son los tíos en mallas elásticas con el pelo hasta aquí [pone la mano a un palmo de la cabeza]. No entiendo por qué esos tíos llevan esa pinta, ni por qué se creen que tienen un aspecto estupendo. A lo mejor dicen que estoy anticuado, no lo sé. Pero siempre ha existido un tipo de *glam-rock,* que surgió a finales de los sesenta, con bandas como Sweet, y siempre estuvo muy menospreciado. Yo lo menospreciaba, sin ir más lejos, aunque allí había algo de buena música, y algunos buenos músicos. Pero ahora, muchos de esos tíos en mallas y con el pelo así están tocando unas guitarras increíbles [risas], y eso no se puede discutir. Es sólo que a veces sus vehículos dejan un poco que desear. Joder, mira esa versión que hizo W.A.S.P. de "The Real Me" [de *Quadrophenia,* interpretada por W.A.S.P. en *Headless Children*]. Les das una buena canción y arman la de Dios; da hasta miedo. Pero es interesante que eligieran esa canción; eligieron una canción que es una bravata, una amenaza. Lo que pasa es que la forma es limitante, y eso en parte lo respeto, porque creo que las limitaciones son muy, muy valiosas, pero lo que no entiendo es que haya tantos músicos que quieran ser iguales unos a otros. Pero si has estado en un instituto o una universidad donde (a diferencia de lo que pasaba en mi colegio, donde sólo había tres guitarristas, que nos juntamos y formamos una banda) hay 60 tíos que tocan la guitarra... El otro día estaba hablando con un chico y me dijo: "¿Te das cuenta de que cuando yo estaba en la universidad había 40 grupos y todos eran bastante buenos? [risas]. Y tres de los padres eran millonarios, y tenían más equipo que el que tienes tú aquí". Y ahora los chicos tocan la guitarra y reciben clases desde los ocho años, y a veces desde antes, de manera que cuando cumplen 14 o 15 o 16 ya están pasados de rosca. Ahí hay un material maravilloso. Ojalá tuviéramos un cauce mejor para él. Me gustaría que tuviéramos algo más parecido al *jazz,* en su capacidad de formar virtuosos y subirlos a un escenario, en lugar de conformarnos con sacadas de lengua, aperturas de patas y grandes meneos de enormes pollas psicodélicas ante el público. En ese sentido, supongo que lo desprecio [sonríe]. ¿Quién sabe adónde irán a parar? Pero cambiaría 50 Def Leppards por... no, eso es poco: cambiaría 150 Def Leppards por un solo R.E.M. Así de sencillo. Oí a R.E.M. y el corazón se me echó a volar. Para mí, esa música es simplemente divina. Me gusta su sonido, creo que las letras son estupendas, me parece la perfección pura, y me da lo mismo que ninguno de ellos haga *blidibidiñaaaaaowr,* porque si quisieran hacerlo podrían salir a la calle y contratar a cualquiera de esos tíos [risas]. ¿Entiendes lo que digo? Lo único que de verdad importa es la música; el contenido, que tenga corazón.

—*La canción "Driftin' Blues"* [Another Scoop] *la grabaste durante un período bastante triste de tu vida. Y si consideramos el blues como un alivio y como el ideal musical más elemental, resulta curiosamente adecuado que John Lee Hooker represente el enigmático personaje del* Iron Man.

John me ha dicho —y se lo he oído repetir a un montón de gente— que el *blues* es un amigo. No puedo decir nada de la calidad de la grabación o de la interpretación de "Driftin'", pero me acuerdo de cuando la grabé. Estaba en mi casa del campo, llevaba unos nueve meses separado de mi mujer, había tenido una serie de relaciones poco satisfactorias con unas cuantas chicas, y estaba hecho una mierda porque no era capaz de aceptar su amor, o bien porque no me sentía completamente desligado de mi esposa, o simplemente porque no era lo bastante hombre. Bebía muchísimo, había vuelto a la cocaína, que es algo que me parece despreciable en los demás, y no me sentía nada animado. Empecé a tocar esa canción, y de pronto me sentí feliz conmigo mismo. ¿Sabes?, me sentí como si hubiera encontrado un amigo dentro de mí. Y entonces me di cuenta de lo que era el *blues.* De lo que es el *blues.* Y para mí fue una emoción enorme, enorme, enorme, trabajar con John Lee Hooker. Me excitaba sólo con oírle decir mi nombre por el telefonillo del estudio. Date cuenta de que fue el primer artista de *blues* que yo adoré de verdad. Su música, sus primeros álbumes... bueno, todos sus grandes álbumes eran increíblemente antiguos. Joder, los dos primeros los hizo antes de que yo naciera. Es un guitarrista fantástico. Y no sabe leer música, lleva todo su material en la cabeza, pero cuando quiere producir blues, simplemente se pone a hacerlo y es extraordinario. Absolutamente extraordinario.

—*"To Barney Kessel", también de Scoop, es el único tema de guitarra sin acompañamiento que has publicado. ¿Te influyó mucho Kessel?*

Bueno, sí, en cierto modo, sí. Vamos, es sólo uno de los muchos guitarristas que me interesaron durante una época, antes de liarme en serio con los Who y meterme de lleno en el *R&B*. Escuchaba a Kessel, a Wes Montogomery y a Kenny Burrell, y creo que nada más. Luego me disipé. En mi escuela de arte había un tío que estaba chiflado por Chet Atkins, y aquello me interesó mucho y empecé a aprender a tocar al estilo de Chet Atkins. Luego me distrajo aun más otro tío que era fanático de James Burton, y que me hacía escuchar las caras B de los discos de Ricky Nelson. Después, mi banda, los Who, empezó a tocar *R&B*. Mi amigo Barney [Richard Barnes] y yo nos metimos a vivir en un piso que era propiedad de un norteamericano llamado Tom Wright, al que habían expulsado de Inglaterra por un asunto de mandanga, y se había tenido que marchar con tantas prisas que tuvo que dejar su colección de discos bajo nuestra custodia. Y era una colección de discos extraordinaria: Jimmy Reed, Muddy Waters, Bo Diddley, Chuck Berry, Joan Baez, Ray Charles, Jimmy Smith... una colección fantástica para aquella época. Y ya no volví a mirar atrás. En el *R&B* encontré una manera de combinar mis influencias de jazz con las de *pop*.

—*Se ha dicho a menudo que fuiste el primero en utilizar columnas Marshall. ¿Es eso cierto?*

Bueno, la verdad es que no. John [Entwistle] fue el primero que utilizó una columna Marshall en su lado. Él tenía dos bafles de 4x12, y yo me compré uno de 4x12 y lo puse sobre un soporte a la altura de la cintura, para que mi Rickenbacker hiciera *feedback*. A partir de ahí, parecía un paso lógico poner mi 4x12 encima de otro 4x12, que en realidad estaba vacío, y después hacer lo mismo que John: usar dos amplificadores. No utilicé columnas con ningún amplificador hasta que empecé a usar Hiwatts, y los Marshall no los usé mucho tiempo. De hecho, al principio no usaba Marshalls para nada. Usaba Fenders. Tenía un Fender Pro y un Fender Vibrasonic y una cabeza Fender Bassman, y usaba esos amplificadores con bafles Marshall de 4x12. Los amplis Marshall me parecían horribles, y me temo que me lo siguen pareciendo, aunque ésa es sólo una opinión personal. No quiero decir que sean malos, sólo que no me gustaba el sonido. Y cuando oí los Hiwatt me encantaron, porque me sonaban muy parecidos a un ampli Fender de los mejores, de mediados de los sesenta. Sigo creyendo que los amplis Fender son difíciles de superar; son asombrosos.

—*En los años setenta pasaste por un período en el que utilizabas casi exclusivamente guitarras Les Paul Deluxe, y tus modelos estaban decorados con grandes números. ¿Qué significaban? ¿Y para qué servían los dos controles de más?*

Tuve varios modelos: había uno con tres pastillas, que tenía tres controles para activar y desactivar las pastillas. Pero creo que en las otras, que eran Deluxes con pastillas *humbuckers* pequeñas, había un control adicional para reforzar la Seymour Duncan del centro y hacer *feedback*. Estaban numeradas porque tenía diez, y entraban y salían de servicio. Necesitaba cuatro en perfecto estado: una guitarra principal, otra con cejilla para "Baba O'Riley", otra con cejilla para "Drowned", una de repuesto para la principal y otra de repuesto para las de las cejillas. O sea, cinco, y para ir de gira parecía normal llevar otras tres. Alan Rogan, el encargado de mis guitarras, les puso los números. Yo no me ocupo mucho de mis guitarras; es absurdo [risas].

—*¿Qué afinación usaste para obtener ese sonido tan lujoso en los acordes en Fa de "Baba O'Riley"?*

Es una afinación normal, con la cejilla en Fa, primera posición. Son las posturas que toco. Ninguna de las posturas que toco con mucha distorión lleva tercera, porque la tercera se oye en la distorsión. La distorsión te da un segundo y un tercer armónico, así que la primera nota que oyes es la 3ª, la segunda que oyes es la 4ª, y la última que oyes es la 5ª; de modo que si tocas la 3ª, vas a obtener una nota que está una cuarta por encima, y eso... [hace una mueca]. Un sonido que no puedo soportar es el de esos tíos que tocan un acorde de Do completo con *fuzz.* En realidad, lo que suena es algo así como un Do 13ª.

—*Pero parece que eso lo has aplicado también a la guitarra acústica. Cuando tocas un acorde de La en posición abierta, casi nunca incluyes el Do sostenido.*

Es simplemente por costumbre. Mira, me gusta sacar un sonido vibrante, así que algunas veces —por ejemplo en "You Better, You Bet" [*Face Dances*]—, cuando toco Do, Fa, Sol, Do, Fa, Sol, el Sol alto suena todo el tiempo en los acordes de Fa y de Do. A todos los efectos, estoy tocando un acorde de Do con el Sol alto, luego uno de Fa con el mismo Sol alto, y luego uno de Sol con el Sol alto. Eso forma parte de mi manera característica de armonizar los acordes: uso un zumbido continuo, pero por arriba, en lugar de por abajo. En los primeros tiempos, cuando tocábamos cosas como "Substitute" y "I Can See for Miles", pasé por un período en el que tocaba un bajo continuo, y me acabó aburriendo muchísimo, así que me puse a investigar otras maneras de hacerlo.

—*Cuando tocas esos rasgueos de estilo flamenco, ¿mantienes muy rígida la mano derecha?*

Está completamente floja. Uso una púa bastante gruesa —una Manny's heavy—, pero no la sujeto. Está flotando, literalmente suspendida en el aire [risas]. Es una técnica tradicional de banjo [tararea rasgueos], una técnica de ukelele y banjo que se adapta bastante bien a la guitarra, aunque creo que ésa es una de las cosas que me han impedido tocar más rápido, porque uso una púa muy gruesa y la sujeto de una manera muy rara.

—*En algunas fotografías se te ve con la mano derecha literalmente bañada en sangre, y has llegado a aparecer en escena con una escayola que te llegaba casi hasta la mitad del antebrazo. Tocar "Pinball Wizard" en esas condiciones tiene que resultar muy doloroso.*

Ése es otro de los peligros de mi manera de trabajar. Ya sabes, mucha gente me decía: "Si no eres capaz de salir ahí y ser Pete Townshend, ¿cómo se va a sentir todo ese montón de chavales?". Bueno, el problema es que no sólo me quedé sordo, sino que, además, en cuanto atacábamos "Baba O'Riley", yo hacía *Chaaaan, chun, chun* y se me partían todas las uñas, y a partir de entonces era un sufrimiento absoluto durante todo el resto de la gira. No podía dormir, ¿sabes?, y por la noche me palpitaba la mano. No me dejan tomar ningún tipo de opiáceos, de modo que no podía utilizar anestésicos fuertes, y las aspirinas no me hacían nada. Y otra cosa: cuando haces así con el brazo y te cortas un dedo, sale un montón de sangre, que cae sobre las cuerdas. Mira, he visto a un montón de gente haciendo molinos con el brazo, y no he visto a ninguno que lo haga bien.

—*¿Cuál es el método correcto?*

Bueno, el método correcto es sangrar, ¿sabes? La mano y la púa tienen que entrar en contacto con las jodidas cuerdas. No basta con abrir los dedos y dar una especie de palmadita. Y tienes que saber hacerlo hacia abajo y hacia arriba. Hacia abajo es bastante fácil, pero hacia arriba... mira, en cuanto conectas, si lo haces mal, la cuerda se te engancha en la uña, la raja, la arranca y luego la suelta, *poing,* hacia atrás. Y pensé: "Bueno, a la mierda, nadie se entera". Ya no quiero seguir haciendo eso. Es otro ejemplo de cómo fui desarrollando una manera de trabajar que es incapacitante.

—*Llevas en la música desde antes de que nacieran muchos de tus fans. Eso podría resultar intimidante para la gente más joven; cuando tú tenías su edad, ya estabas "conquistando el mundo".*

Y hay mucha gente que dice: "Hay que ver, qué humilde eres". No digo esto por humildad, pero de verdad pienso que ésta es una tarea de equipo, y que la gente que actúa como de cabeza de lanza del equipo, la banda o el grupo no tiene una idea real de lo que han conseguido, o de lo que ha conseguido el grupo. Probablemente por eso me parece tan absurdo que a la gente le interese lo que yo tenga que decir sobre el tema del *rock'n'roll...* seguramente, sé menos del tema que ellos. Haces eso porque el público te permite hacerlo. Estás en un escenario porque el público te ha elegido para esa tarea, y se te ha elegido entre tus iguales. Y así, en cierto sentido, conozco mucha gente que estaba ya ahí desde el mismísimo principio de la carrera de los Who, y que se comportan como si yo fuera propiedad suya.

Tengo una casa muy bonita en Inglaterra. Antes vivía en una casa bastante modesta, y quería tener un estudio y jardín. Así que compramos una casa en una de las calles más elegantes de la ciudad, con un parque justo al lado. En el parque hay un cuidador que tiene el pelo ya gris, con entradas —menos pelo que yo—, y me viene y me dice [con fuerte acento *cockney*]: "¿Sabes, Pete? Yo antes iba a veros. ¿Por qué coño no hacéis algo decente, como en los viejos tiempos? Ahora sois una puta mierda. ¿Qué coño haces en esa jodida casona que tienes ahí? Seguro que te sientas y no haces nada en todo el puto día. ¿Por qué coño no haces algo?". Ya ves, no me respetan nada, como dice Rodney Dangerfield. Esos momentos son preciosos, porque entonces te das cuenta: "Un momento. No era sólo yo. No era sólo Roger. No eran sólo los Who. No era sólo la banda y unos cuantos centenares de caras selectas que solían rondar por el club Marquee. Fue toda una generación, y nosotros sólo éramos una de las bandas".

Creo que así es como tienes que pensar en tu papel en la vida y en tu contribución. ¿Sabes? [suspira], es una suerte llevarse el premio gordo, de eso no cabe duda, pero ahora, al principio, a la mitad y al final, y mañana, puedo decir sinceramente que me cambiaría por el cuidador del parque sin pensármelo dos veces. De verdad que sí. Tiene un divorcio a las espaldas, y aun así me cambiaría por él, porque se nota que es más feliz que yo y que ha pasado menos problemas que yo. Ahora bien, eso no tiene por qué aplicarse a todo el mundo, y puede que no esté nada bien decirlo, en cierto sentido. Estoy satisfecho con mi suerte. Es sólo que los premios gordos acarrean terribles problemas, y cuando estás en una posición como la mía te atormentas a ti mismo por no haber aprovechado mejor las oportunidades y las ventajas. Resulta muy difícil responder a críticas del tipo: "Mira que tener cien mil libras en el banco y andar quejándote de lo desdichado que eres", o esa otra, tan frecuente: "A mí no me vengas con canciones de pena. Levántame el ánimo". Y tú, como artista, dices: "Es que no puedo. Estoy triste". "Pues si estás triste, vete a la mierda. Desaparece de la faz del planeta." Eso no se le dice a una persona que está triste. De eso trataba "Slit Skirts" [*Chinese Eyes*]. Hombre, a uno que está triste no se le manda a la mierda ni se le dice que desaparezca. Pero a los artistas sí que se les dice eso. El público ha elegido a los artistas para que sean gente alegre y divertida, una fuerza constructiva y positiva. Y cuando no se portan así, se les exige que desaparezcan. Y desaparecer es muy difícil. Aunque sabes que deberías desaparecer, porque tú también has sentido lo mismo respecto a otros artistas. Abres un periódico y dices: "Jo, pobrecito Rod Stewart. Se te ha ido una rubia y has pillado otra, qué pena me das. Y la nueva rubia está cincuenta veces más buena que la anterior... Jo, y tienes que pagar impuestos, pobrecillo. El año pasado sólo ganaste 60 millones de dólares". O sea, que sabes lo que siente la gente por ti, pero aun así, desde esta posición se ve más claro. Cuando estás en el escenario y miras a la gente, hay una cosa clara: Nosotros sabemos mejor quién es el público [risita]. Te lo digo de verdad. Ellos no saben de verdad quiénes somos nosotros. No se enteran de que somos una mierda, igual que ellos. Y eso es lo más interesante de la mili de Elvis; no sé si a él se lo pusieron más fácil, pero puedes estar seguro de que si hubiera una guerra en serio y movilizaran a Michael Jackson y lo alistaran en una unidad de asalto, puedes estar seguro de que pondrían en forma al muy mamón en seis semanas. ¡Puedes estar seguro! Y lo interesante del caso es que el tío está en forma. ¡Y es peligroso! ¿Entiendes lo que digo?. Joder, ahí lo tienes, un hombrecillo de plástico al que le gusta darse revolcones con una llama, o algo por el estilo... es un tío de cuidado. Y además es más grande que lo que parece. Es esa misma sensación que tienes cuando desnudas a la gente y los pones en fila, uno junto a otro, y te das cuenta de lo diferentes que son todos. Pero luego las diferencias se pierden. Lo que pasa con los públicos de los grandes estadios, que son los que elevan a las estrellas, es que cuanto más grande sea la masa, más bajo es el nivel de humanidad resultante. Si la masa es lo bastante grande, haces una especie de promedio de todos, y te sale el individuo. Has dejado de pensar en ti mismo como si hubiera que medirte en función de los logros de otros... y eso es lo importante.

—*¿Cómo respondes actualmente a ese dilema?*

Ahora es cuando estoy respondiendo. Precisamente anoche estaba tratando de encontrar una cinta de vídeo con algo de espacio libre para grabarle una cosa a un amigo, y encontré el concierto de Prince con The Revolution, el que salió más o menos cuando el *Parade* de Christopher Tracy. Me puse a mirarlo y [suspira] es desmoralizador. Absolutamente desmoralizador. ¡El tío lleva ya unas veinte canciones y no ha sudado una puta gota! Joder, no sólo dirige un estudio y una banda, compone canciones, toca la guitarra estupendamente y baila, sino que además se nota que levanta pesas y hace ejercicios de aerobic. ¿De dónde saca tiempo para esa extraordinaria vida sexual de la que tanto leemos? Y no es que quiera compararme con él. No quiero ni intentar aspirar a nada de lo que él ha hecho, pero el caso es que parte de su atractivo está en su extraordinaria capacidad. Aunque, claro, también lleva mucho tiempo en el negocio. Ya llevaba tres o cuatro años cuando el público decidió aceptarlo a algún nivel. Ya sabes, cuando le dieron permiso

para ser una estrella. Anda, que no llevaba tiempo haciendo de puta: "Vale, quédate por aquí un rato. Déjate el sujetador. No, mira, quítate el sujetador. Vuelve a ponerte el vestido. Eso es. Echa un poco más de aceite. Ahora espera. Espera aquí". Y él esperó y esperó y esperó. "Vale, muy bien, ya estamos dispuestos a aceptarte. Allá vas. Súbete a la moto, por favor y... esto... yo creo que... como eres un tío tan raro, ¿podrías llevar una chica con unas tetas enormes? ¡Muy bien, perfecto! ¡Ya eres una estrella!"

Ése es el proceso. Y se da en todos los niveles de la vida. En realidad, lo más importante es ser capaz de jugar el juego contigo mismo, darte cuenta de cuál es tu propio ritmo y saber adónde has decidido que quieres ir.

Bueno, ahí está el problema, ¿no? Desde luego, para un músico, cualquier pequeña decisión cierra todo un mundo de posibilidades. Puede resultar abrumador darte cuenta de que cada decisión, por insignificante que parezca, es, en realidad, importantísima para determinar esa dirección definitiva.

Viene muy bien hacer cosas como navegar o escalar montañas, cuya filosofía es que tienes que aprender a controlar todos los aspectos de lo que puedes controlar, y aprender a aceptar y respetar las influencias de las cosas que no puedes controlar. Y la vida es así. Hay algunas decisiones que puedes controlar, y ésas hay que considerarlas con mucho cuidado. Pero en la mayoría de los casos, no tienes ningún control; sólo crees tenerlo. Cuando subes a un avión, por ejemplo, no controlas si va a llegar entero a donde tú quieres llegar. Y no tiene sentido preocuparte por eso. En esos momentos, te pones en manos del destino, o de Dios, si tienes la suerte de creer en Dios. A mí me parece que ese tipo de proceso ayuda mucho, sobre todo en el mundo de la guitarra, por ejemplo, porque te hace concebir aspiraciones, te hace querer practicar, querer convertirte en una clase concreta de músico. En el mundo moderno, hay gente que consigue lo que quiere, y parece que lo hace con tanta facilidad que piensas: "Lo que para ellos es tan fácil, para mí es increíblemente difícil". Lo que deberías hacer es precisamente buscar las cosas difíciles, buscar las cosas en las que no hay posibilidades. Si de verdad te parece que se te presentan tantas opciones que no sabes por cuál decidirte, ve a algún sitio donde no tengas opciones. Plántate en mitad del desierto de Kalahari durante un par de semanas. Y no para sufrir, sino para no tener opciones, y así saber que lo más importante —lo único— que tienes que hacer a continuación es asegurarte de mantener una provisión de agua y poder comer algo. Y vive así un par de semanas. Eso lo aprendí de los marinos: sales a la mar, y lo único que tienes que hacer a continuación es averiguar dónde cóño estás [risas]. Y sabes que si viene una tormenta, tienes que atarlo todo bien.

Mientras el resto de la industria del disco emprendía una carrera vertiginosa hacia el nirvana del mega-platino, Ry Cooder ha seguido sus instintos por una ruta alternativa —un desvío que atraviesa el corazón del patrimonio musical norteamericano—, elaborando en silencio algo que otros casi nunca intentan: un idioma propio.

El engañosamente simple método de Cooder consiste en desenterrar melodías olvidadas de la tradición *folk-blues* e infundirles nueva vida con su deslumbrante técnica de guitarra, su voz de *bluesman* tabernario y sus imaginativos arreglos y producciones. Tomando elementos de compositores tan distintos como Huddie Leadbetter, Bobby Womack, Burt Bacharach y Jelly Roll Morton, entresaca temas del pasado

que continúan siendo relevantes y punzantes —la fe y la inspiración, la humillación y el humor, la injusticia social y la infidelidad conyugal—, y los pasa por el filtro de su enciclopédico conocimiento de los estilos musicales regionales y étnicos. Aunque se mantiene fiel al espíritu de cada autor, los resultados son siempre vibrantes y, sobre todo, divertidos.

Durante años, Ry Cooder ha gozado del respeto de los músicos profesionales, por su consumada técnica de mano derecha y por su legendario estilo con el *slide*. En 1970, la revista *Rolling Stone* dijo de él que era "el mejor y más preciso guitarrista *bottleneck* que existe en la actualidad". En los últimos años sesenta y primeros setenta, empuñando una Fender Stratocaster, contribuyó a engendrar toda una generación de guitarristas *slide* con sus desgarradoras versiones de temas como "Sister Morphine" de los Rolling Stones [*Sticky Fingers*], "Let's Burn Down the Cornfield" de Randy Newman [*12 Songs*], una combinación de "Forty-Four Blues" y "How Many More Years" de Little Feat [*Little Feat*], la banda sonora de la película de Mick Jagger *Performance,* y el LP de los Stones *Jamming with Edward*, una recopilación de *jam-sessions*.

Ryland Cooder nació en 1947 en Santa Mónica (California) y a los tres años ya empezó a aporrear una guitarra Silvertone "tenor". Siete años después, su padre le regaló una Martin OO-18 de seis cuerdas, y Ry se convirtió en un ferviente estudiante de digitación, comenzando por aprender el estilo *country* de Merle Travis. Mientras la mayoría de los guitarristas de su edad se dedicaban a imitar el *twang* de Duane Eddy o a copiar los últimos instrumentales de surf, Ry investigaba el casi perdido arte de la guitarra de *country-blues*. Inspirado por el guitarrista *folk* de Bahamas Joseph Spence y por la magia del *bottleneck* de Blind Willie Johnson, llenó su casa de discos y se aprendió de memoria las frases de todo *bluesman* que se le puso por delante.

Ry pasaba de los deportes escolares y de los bailes de instituto, y se puede decir que vivía en el ya desaparecido Ash Grove de Los Ángeles, que en sus tiempos fue un animado club de *folk* y *blues*. Allí absorbió con avidez los estilos de todos los guitarristas que pasaban por la ciudad, y oyó a muchos de sus favoritos, entre ellos el Reverendo Gary Davis (que le dio a Cooder alguna que otra lección), Jesse Fuller, Sleepy John Estes, Doc Watson, Skip James y Mississippi John Hurt.

Por influencia de John Spence, Ry quedó fascinado por las afinaciones abiertas que ahora utiliza de manera casi exclusiva. Dominó el estilo de digitación de Arthur "Blind" Blake y nunca ha dejado de experimentar con afinaciones.

A medida que iba creciendo su reputación como instrumentista, Cooder se convirtió en uno de los músicos favoritos del productor Terry Melcher para sesiones en Los Ángeles. Podría haberse conformado con una larga y confortable carrera como músico de estudio, pero en cambio se dedicó a reunir material para el primero de sus numerosos álbumes en solitario, que reveló un Cooder inmerso en numerosas tradiciones étnicas: relajados ritmos jamaicanos, *Tex-Mex*, *gospel*, *jazz* primitivo, *R&B* de finales de los cincuenta...

Ry es un hombre modesto y reservado, que por lo general detesta ir de gira, prefiriendo el santuario de su familia y un tranquilo estudio de grabación a las cafeterías de aeropuerto y las interminables pruebas de sonido. De vez en cuando se anima a salir, cuando la ocasión lo merece. Ver a Cooder en directo es una experiencia extraña e inolvidable. Sin darse cuenta, se mueve y oscila al compás de la música, gesticulando de modo exagerado y desorbitando los ojos, y todo ello sin dejar de cautivar al público con su virtuosismo y su humor contagioso.

Con Ry Cooder uno nunca sabe qué esperar: cada nuevo proyecto echa por tierra todas las predicciones. Pero, por suerte para sus oyentes, lo más probable es que continúe durante muchos años con sus personalísimos experimentos con viejos y nuevos sonidos, ampliando sin cesar su idioma privado.

—¿Por qué razón estuviste tan aislado musicalmente durante tus años juveniles?

No conocía a nadie a quien le gustara tocar lo que a mí me gustaba. Yo estaba intentando aprender ciertas cosas y cogerle el tranquillo a mi instrumento. Ahora, mirando hacia atrás, me doy cuenta de que es mejor trabajar con otra gente, porque progresas más rápido. Últimamente, David Lindley y yo hemos hecho algunas cosas juntos, pero hasta ahora parecía que mis mejores trabajos los hacía solo.

—¿Cómo describirías tu manera de tocar la guitarra?

El estilo en el que vengo trabajando desde hace diez años no es más que una mezcla del estilo de Joseph Spence con *slack-key* jamaicano, música mexicana y *gospel*. Nada más que eso [risas].

—¿Cómo llegaste a utilizar exclusivamente afinaciones abiertas?

Empecé a afinar en acordes para tocar ritmos, no para tocar con *bottleneck*. Ya hace muchos años intentaba obtener un sonido más denso, y desde entonces he seguido insistiendo en lo mismo, porque sonaba a gospel del bueno. Aquello era lo que daba coherencia a la música de iglesia. No me gusta la afinación normal para la música de iglesia. Sé que Pop Staples lo hace, y me gusta su sonido. Es denso.

—¿Qué afinaciones utilizas con más frecuencia?

Para ritmos, afino en Sol: empezando por abajo, Re, Sol, Re, Sol, Si, Re. Utilizo mucho la cejilla para obtener otros tonos y otras vibraciones. Para tocar *slide*, afino en Re: de abajo a arriba, Re, La, Re, Fa#, La, Re. Una de las principales razones por las que uso afinaciones abiertas es que así resulta más fácil desarrollar arreglos para los discos. Tienes una idea más aproximada de cómo puede llegar a sonar todo. Algunas de mis mejores ideas han surgido por accidente o por las peculiaridades de tal o cual afinación.

—¿Puedes poner un ejemplo?

El sonido general de "The Tattler" [en *Paradise and Lunch*] se debe exclusivamente a que toco una postura de Re con la guitarra afinada en Sol. Con la afinación normal no se pueden hacer esos acordes de transición; te faltan las notas bajas. Es bastante lioso controlar tantas afinaciones, pero yo me he especializado en cuatro o cinco, con las que practico un montón. Además, hay guitarras que suenan mejor con una afinación determinada, y eso ayuda a simplificar. Si mi Strato está siempre afinada en Re o en Sol, ya sé lo que va a salir cuando la coja.

—*Para pulsar con la mano derecha, ¿utilizas las uñas o las puntas de los dedos?*

La uña y el dedo al mismo tiempo. Gabby [Pahinui] lo hace sin cesar. Es una combinación estupenda. Si tienes buena amplificación, esta técnica funciona de maravilla. Puedes chasquear la cuerda con la uña y luego modificar el sonido con la suavidad de la yema del dedo. Nunca se me ha ocurrido usar púa. No me parece natural.

—*¿Tienes un ataque muy fuerte?*

Toco bastante fuerte, pero puedo tocar suave si quiero. Para hacer lo que yo hago, tienes que ser fuerte; si no, te cansas. Si llevo bastante tiempo sin tocar y me sale una actuación, acabo con un dolor espantoso en el antebrazo derecho.

—*¿Cambias la mano derecha a diferentes posiciones para obtener diferente sonido?*

De vez en cuando hay que hacerlo, pero lo importante es mantener la tensión de las cuerdas. Si pierdo la tensión de las cuerdas, no puedo tocar. Por eso tiendo a tocar cerca del puente, donde las cuerdas están bien tensas. Yo toco bastante fuerte, y las cuerdas tienen que responder.

—*¿Qué consejo técnico les darías a los jóvenes?*

Si tocas una cosa nueva cada día, que es algo que a mí me gusta mucho, irás aprendiendo cosas que te servirán más adelante. Si aprendes una cosa nueva, un nuevo acorde de transición o una nueva combinación de notas, tarde o temprano te encontrarás una canción en la que tendrás que aplicar todas esas cosas.

—*¿Qué clase de* bottleneck *utilizas para tocar* slide*?*

Es una especie de cuello de botella de vino, no sé muy bien. Lo hice pulir en un taller de autos para darle un borde biselado que no me cortara. Es un buen chisme, porque es recto y pesa bastante... hace falta que tenga algún peso.

—*¿Experimentas con diferentes pastillas para lograr el sonido adecuado?*

Teniendo en cuenta que una guitarra de cuerpo macizo no es más que una tabla con cables, siempre puedes manipularla para que se acomode a tus gustos. Me he pasado un montón de años tocando Stratos, probando diferentes combinaciones de cuerdas y de pastillas para obtener un sonido, y nunca lo he logrado de verdad. Me gusta su sonido, pero no siempre. Siempre han sido muy evasivas. De vez en cuando suenan bien... la que tengo ahora suena bien cuando hace calor. No sé... las guitarras son tan temperamentales... tan primitivas...

—*¿Por qué prefieres las guitarras de tapa arqueada a las de tapa plana?*

Las de tapa arqueada tienen mucha más tensión en las cuerdas que las planas, y eso me gusta. Yo casi nunca fuerzo las cuerdas, así que me gusta que estén muy tensas.

—*¿Cómo defines un buen sonido de guitarra?*

No sabría decirte con exactitud. Me gusta que tenga un cierto calor, una especie de vibración como de campana. Me gusta que el sonido tenga mucha pegada al empezar y una resonancia más suave al apagarse.

—*¿Cómo regulas los controles de tono y volumen en tu guitarra?*

Siempre lo tengo todo al máximo. Es la única manera de sacar todo el sonido. Cuanto más altos estén estos cacharros, más corriente pasa por ellos y mejor funcionan.

—*¿Qué sistema utilizas para estructurar tus solos?*

Sé que hay ciertas cosas que me gusta oír. Me gusta que los solos de *slide* suenen como una parte vocal. Encontrar una melodía y hacer que diga algo. Es hablar contigo mismo, no son sólo notas. Con el *slide* puedes conseguir que te salga una auténtica calidad vocal. Además, hay que construir: empezar una cosa y llegar a alguna parte, hacer una pequeña declaración. Es eso de lo que hablan siempre esos tíos del *jazz*. Lester Young contaba una pequeña historia cada vez que tocaba [el saxo tenor]. También hay que procurar infundir una cierta actitud: ¿es animado, sosegado, feliz, triste? Son cualidades que puedes conseguir con el *slide*. Lo mejor es cuando te limitas a tocar y esas cosas te salen instintivamente, como cuando conduces un coche. Entonces vas por buen camino. Si todo el mundo tuviera que pensar lo que va a hacer, nadie tocaría nada: se encontrarían con demasiadas variables. El primer trabajo musical que yo hice consistía en acompañar a cantantes, y todavía tiendo a pensar que lo que toco es, básicamente, un acompañamiento. Si por alguna razón tengo que tocar un solo, procuro ocupar el puesto de la voz y mantener el sentimiento de los versos y de la melodía.

—*¿Puedes poner ejemplos?*

En "I Think It's Going to Work Out Fine" [de *Bop Till You Drop*], mi idea era quitarle el toque duro de Ike & Tina Turner y transformarlo en una balada más tranquila y atmosférica. Por eso, al tocar la parte de *slide* procuré imaginar cómo sonarían los versos —que son muy bonitos— con ese sentimiento, como si lo fuera a cantar Gabby. ¡Qué gran idea! A veces tengo fantasías acerca de extrañas combinaciones de música y personas, que me pueden iluminar de verdad una idea para una canción. ¿Y si Sleepy John Estes cantara "Mustang Sally"? ¿Qué tal una versión *Tex-Mex* de "Goodnight Irene"? Nunca se sabe hasta que lo intentas. Puede salirte bien o te puedes meter en un lío. Para mí, eso es lo más divertido de hacer discos, la razón principal por la que quería hacer discos.

—*Una vez que encuentras una canción, ¿qué método empleas para arreglarla?*

Me siento a tocar la canción, como he hecho toda mi vida, hasta que me gusta cómo suena en la guitarra, y enriquezco esa parte todo lo que puedo. Meto una línea de bajo que combine bien, y veo si algo de lo que estoy tocando se podría transformar en una parte vocal. Puede que en alguna parte meta un ritmo de percusión. En otras palabras, orquesto la canción con la guitarra. Busco un tono en el que suene bien, y ya está. Bobby King me ayuda dando ideas para voces, y si los músicos del estudio se

enrollan, ya está todo hecho. Si mi parte no suena bien, la cambio.

—*¿Qué fórmula usas para arreglar las voces de acompañamiento?*

Procuro que salgan en primer plano, como en la buena música gospel, que es casi toda a *cappella*. Procuro integrar estos elementos rítmicos en la canción, como si se tratara de otro instrumento. Yo creo que ése es mi mayor mérito: haber aprendido a trabajar de esta forma. He tenido la gran suerte de encontrar personas capaces de ayudarme y enseñarme esas cosas.

—*¿Cómo te adaptaste al cambio, de acompañante a primera figura?*

No fue difícil, simple cuestión de experiencia. Tienes que tocar en directo. Es la única manera de aprender. Yo no lo hice de joven, al menos no lo hice en serio. Tienes que aprender a tratar con la gente, a ayudarlos y a dejar que te ayuden a ti. Es una interacción, y eso se aprende a base de experiencia, creo yo. Siempre que tocas con otra gente, sólo tienes que escuchar y te das cuenta.

—*¿Te puso algo nervioso la idea de tocar con la banda de Gabby Pahinui?*

Es todo cuestión de actitud. Si adoptas la actitud musical correcta —de qué va el rollo aquí, cuál es el aura dominante—, yo creo que un buen músico puede integrarse en cualquier situación si se concentra en ello. Pero tienes que ser abierto y sensible, y preguntarte: "¿De qué va esto? ¿Me siento a gusto?". Si desarrollas esa conciencia, te harás mejor guitarrista. Yo me pasé años intentando tocar las notas bien. Quería tocar notas. Pero Gabby pasa de esas cosas: está muy por encima de las notas. Es el enfoque, la actitud general. Sólo tienes que dejarte llevar. Gabby siempre dice: "Si te sale del corazón, yo lo siento". Es una manera de hablar muy típicamente hawaiana, y él hace eso mejor que nadie que yo haya conocido. Ésa es la clave: que el músico consiga expresar sus sentimientos. Eso sólo lo pueden hacer los buenos músicos. A la gente siempre le ha gustado el espectáculo del tío que hace locuras y toca un millón de notas, y como teatro puede estar bien, pero todos sabemos que la música, en realidad, es algo más que eso.

Por Jas Obrecht - Agosto de 1982 y octubre de 1989

S teve Morse hace que cada nota tenga importancia. En un momento dado corre por el trastero con velocidad vertiginosa, y al momento siguiente arrulla a los oyentes con frases lentas y punzantes. Tanto en disco como en concierto con los Dregs, Steve demuestra ser un maestro del sonido y un técnico impresionante, que pone mucho énfasis en la enunciación. Estilísticamente, crea exuberantes combinaciones de diferentes elementos, tocando *heavy metal,* clásica barroca, *jazz/rock* de forma libre, *bluegrass,* punteos de *country,* jigas irlandesas y música de charanga, todo con la misma energía y elegancia.

Morse es el principal compositor de los Dregs (aclamados por la crítica como una de las mejores bandas de fusión), y compone instrumentales que, como él dice, son "músi-

ca de cámara electrónica". Los temas, cuidadosamente arreglados y orquestados, se convierten en fluidos diálogos a ritmo rápido en manos de los cinco Dregs, que tocan juntos como una banda y no como una reunión de solistas. De hecho, todos los Dregs —el bajista Andy West, el batería Rod Morgenstein, el teclista T. Lavitz, el violinista/guitarrista Mark O'Connor y el propio Morse— son lo bastante virtuosos como para poder grabar como solistas bajo su propio nombre.

Steve Morse nació en Hamilton (Ohio) el 28 de julio de 1954, se crió en Michigan y se trasladó a Georgia al comienzo de su adolescencia. Ya llevaba cinco años tocando la guitarra cuando conoció a Andy West en la Academia Richmond de Augusta. Los dos alumnos de segundo curso buscaron un cantante y un pianista y formaron un grupo de *rock* que se llamó Dixie Grits. Un día, a Steve se le ocurrió ir a ver actuar al guitarrista clásico Juan Mercadel, y aquello cambió su vida. "Me dije 'Dios mío, esto es demasiado. No me lo puedo creer'. Me enteré de que daba clases en la Universidad de Miami (UM) y empecé a tramar planes para ir a esa universidad." Expulsado de la Academia por negarse a cortarse el pelo, Steve se matriculó en una universidad local, lo cual le facilitó el traslado a la U.M. "Después de la separación de los Dixie Grits", declaró, "no quedábamos más que Andy y yo, así que nos llamamos los Dregs (las heces)."

La Universidad de Miami contaba con uno de los departamentos de *jazz* más innovadores del país, y entre sus profesores figuraban el guitarrista Pat Metheny, el bajista Jaco Pastorius y el percusionista Narada Michael Walden. Steve se graduó en guitarra de *jazz,* usando como principal instrumento una guitarra clásica. Para ganar puntuación, formó el primer grupo de *rock* de la escuela, en el que incluyó a sus compañeros Andy West, Rod Morgenstein y el violinista Allen Sloan. Con el nombre de Dixie Dregs, los cuatro músicos actuaron en locales de la zona, tocando temas de los Allman Brothers y de la Mahavishnu Orchestra, entre los que intercalaban temas propios. Como parte de un proyecto académico, los Dixie Dregs grabaron *The Great Spectacular* (este álbum, ya descatalogado, se ha convertido en una pieza codiciada por los coleccionistas). La banda se amplió con el teclista Steve Davidowski y, después de graduarse, se trasladó a Augusta.

A mediados de los setenta, los Dixie Dregs recorrieron los clubes con su fusión de *jazz, rock,* clásica, *country* y *bluegrass,* hasta acumular una masa de fieles seguidores. Durante una actuación en Nashville, impresionaron a Chuck Leavell, pianista de Sea Level, y a Twiggs Lyndon Jr., antiguo *road manager* de los Allman Brothers, que los pusieron en contacto con Phil Walden, presidente de Capricorn. Walden contrató a los Dixie Dregs para su sello a finales de 1976.

Free Fall, publicado en la primavera siguiente, fue el potente debú discográfico de la banda. Cuando le preguntaron por qué toda la música del álbum era instrumental, Morse respondió: "En mis composiciones, procuro tener mucho cuidado de no aburrir a la gente y mantener su interés. Esta música es más difícil de componer y tocar, y por eso hay tan poca". A finales de 1977, Davidowski fue sustituido por Mark Parrish, uno de los miembros originales de los Dixie Grits. Con esta formación, el grupo grabó *What If,* que también se caracterizaba por sus cambios rápidos y precisos y por su virtuosismo instrumental. El último álbum de la banda en Capricorn, *Night of the Living Dregs,* se publicó en 1979. Los temas en directo de la cara dos, grabados en el Festival de Jazz de Montreux de 1978, les valieron su primera nominación para los Grammys. Según la prensa de la época, los Dixie Dregs estaban dando un nuevo significado a la expresión "música sureña".

En 1980, el grupo firmó por el sello Arista y poco tiempo después abrevió su nombre a Dregs y sustituyó al teclista por T. Lavitz. Los dos álbumes siguientes —*Dregs of the Earth* y *Unsung Heroes,* ambos producidos por Morse— funcionaron bien en las listas y fueron nominados para el Grammy en el apartado de Mejor Interpretación Instrumental. Mientras tanto, Steve empezaba a aparecer en los primeros lugares en diversas encuestas musicales, incluyendo la de los lectores de *Guitar Player,* donde ha ganado cinco veces el apartado más importante: el de Mejor Guitarrista en General.

Además de su trabajo con los Dregs, Steve ha colaborado en discos y actuaciones con Steve Walsh, Triumph, Lynyrd Skynyrd y Kansas. "También toco un poquito en alguna parte de un disco de Liza Minnelli", añade, "y trabajé en un disco del sello Christian para un tío muy majo llamado Rob Cassels. En aquél toqué mucho." Además de ser un instrumentista de primera clase, Steve es un gran profesor, y también piloto profesional de líneas aéreas, profesión a la que decidió dedicarse por completo en 1987, hasta que su amor a la música le sacó de la cabina y le situó de nuevo bajo los focos.

[Agosto de 1982]
—*Tú tocas muy rápido, pero nunca utilizas ligados ascendentes ni descendentes.*

Dejé de tocar de esa manera deliberadamente. Creo que fue en la época de Jimmy Page. Los fraseos de Alvin Lee y de Jimi Hendrix se podían tocar muy deprisa sin pulsar, sólo con ligados. Yo estaba trabajando en un fraseo de Jimmy Page que, a lo mejor, es que no lo entendía bien, pero por alguna razón no podía tocarlo con ligados. Había que pulsar las cuerdas. Entonces me di cuenta de que mi técnica de pulsar era casi nula. En aquella época actuábamos una vez cada dos meses, cuando llamaban a nuestra banda de garaje para tocar gratis en un baile, de modo que no me perjudicó dejar de tocar durante unos meses para solucionar aquello. Abordé la guitarra de una manera nueva, diciéndome: "Muy bien, ahora voy a tocar cada nota". También quería tocar algunas cosas con sonido clásico, y tampoco salían bien con los ligados. Me quedó claro que, excepto para tocar fraseos de *blues,* hay que pulsar todas las notas.
—*Dado que eres zurdo pero empuñas la guitarra como si fueras diestro, estás utilizando tu mano más débil para pulsar.*

Es cierto. Pero toco con la mano izquierda: es la mano izquierda la que hace la digitación. A mí me parece la mejor manera de tocar. Lo primero que aprendí fueron las posturas de los acordes. Con la mano derecha sujetaba una púa triangular en forma de escama, con la que no tenía más que rozar las cuerdas, de manera que el único problema de coordinación estaba en la mano izquierda. Sabía que Paul McCartney tocaba al revés porque era zurdo, pero a mí me parecía mejor usar la mano izquierda para trastear. No veía razones para complicarme la vida tocando al revés. Cuando estás aprendiendo, ¿qué importa con qué mano haces cada cosa?

—*¿Cómo desarrollaste esa destreza para pulsar?*

Empecé desde cero. Me compré un metrónomo, lo ajusté en el ritmo más lento y hala, *toc, toc, toc,* arriba y abajo. Poco a poco lo fui acelerando, hasta alcanzar una velocidad que no era ni las tres cuartas partes de la velocidad a la que tocaba antes, pero ahora tenía más habilidad. Nunca he sido capaz de tocar tan rápido como cuando hacía ligados, lo cual es algo decepcionante. Pero puedo hacer más cosas más deprisa.

—*¿Haces ejercicios para aumentar la velocidad?*

Nada espectacular, pero sí que tengo algunos ejercicios. Toco patrones de dos notas y tresillos cambiando de cuerda. Un tresillo es un grupo de tres notas que se tocan en la misma cuerda. Haces: abajo, arriba abajo, y luego cambias de cuerda y haces arriba, abajo, arriba. Se tiende a pulsar hacia arriba o hacia abajo en las partes fuertes. Si, por ejemplo, tocas cuatro notas en una cuerda —abajo, arriba, abajo, arriba— y a continuación pulsas hacia abajo en la siguiente cuerda... pues es muy predecible. Si tocas tresillos, parece que das el paso de una manera rara, porque cada vez es al revés que la anterior. Automáticamente notas algo raro. Te da la misma sensación cuando tocas escalas en varias cuerdas.

—*¿Cómo practicas escalas?*

Toco todas las escalas mayores en tres posiciones diferentes, empezando con el índice para la tónica, y luego con el segundo dedo, con el tercero y con el cuarto. Para cada escala o modo, hay por lo menos tres maneras diferentes de digitar, empezando por la misma nota y sin que los dedos se separen más de un traste. Por ejemplo: la escala de La mayor en el quinto traste. Si empiezas con el dedo índice, el índice pisará todas las notas que estén en el quinto traste. El dedo medio tocará todas las notas del 6º traste, el anular las del 7º traste, y el meñique las del 9º traste. No hay ninguna nota en el octavo traste, así que el meñique tiene que estirarse todo un traste. Luego vuelves a hacer lo mismo, pero esta vez empezando con el dedo medio para la tónica. En este caso no hay que estirarse nada, porque el dedo índice baja al cuarto traste. Sigues la pauta y todo encaja. Cuando empiezas con el meñique, hay que estirarse un traste. Estos pequeños estiramientos no te afectan, porque los estás haciendo constantemente cuando tocas. Yo toco escalas por todo el trastero, empezando por pulsar hacia arriba, y luego empezando por pulsar hacia abajo. Esta rutina me la enseñó Stan Samole, un profesor de la Universidad de Miami.

—*¿Haces algo más para calentarte antes de actuar?*

Antes de actuar, sobre todo, necesito calentar también la mano derecha. Así que hago ejercicios de *vibrato* con cada uno de los dedos —incluyendo el meñique—, tirando de la cuerda y manteniendo cada dedo en *vibrato* durante cuatro partes. Luego, repito lo mismo tirando, por ejemplo, de la segunda o tercera cuerda. Si se me cansa la mano derecha, dejo de pulsar y hago estos ejercicios de *vibrato* y de tirar. Lo importante en el calentamiento es no empezar demasiado fuerte: hay que empezar despacio y suave y luego ir a más. Se trata de calentar los músculos y luego dejarlos relajados y flojos. Después empiezas otra vez. Haces un calentamiento de tres a cinco minutos, y luego descansas medio minuto o un minuto. Y después ya puedes practicar todo lo que quieras, con tal de que sea variado. No hay que hacer demasiado de una misma cosa.

—*¿Es mejor practicar despacio las frases o técnicas nuevas, antes de intentar hacerlas a la velocidad normal?*

Más o menos, yo practico lento el 80 % del tiempo, y el otro 20 % del tiempo intento hacerlo rápido. Es importante intentar hacerlo rápido, pero hay que seguir haciéndolo despacio, que es cuando lo puedes tocar perfecto. Si sólo lo tocas despacio, te faltará la experiencia de hacerlo rápido. Si todo lo haces deprisa, cometerás montones de errores y serás un chapucero.

—*¿Puedes dar alguna sugerencia para evitar pautas repetitivas en los solos?*

Claro. La manera más fácil de explicarlo es con la teoría de las tonalidades: toda progresión tiene notas que van a tener que cambiar. Voy a poner un ejemplo muy simple: pasar en un *rock'n'roll* de Do 5ª [un acorde de Do sin tercera] a La mayor. Tu primer y único cambio consiste en sustituir el Do por un Do sostenido. Casi cualquier nota que toques en la escala de Do —excepto el Si bemol— funcionará en la de La. Lo principal que tienes que hacer es cambiar mentalmente todos los Do por Do sostenido. En otras palabras, esto quiere decir que no tienes por qué utilizar ninguna escala, ni nada de eso: puedes, simplemente, tocar líneas melódicas en Do, y luego continuar utilizando las mismas notas, sólo que evitando el Si bemol y cambiando el Do por Do sostenido.

—*¿Cómo puedes evitar las pautas repetitivas cuando haces un solo sobre una progresión de* blues *en Sol, por ejemplo?*

Yo creo que casi todo el mundo tocaría en Sol sobre los acordes IV y V: Do y Re. Eso suele dar buenos resultados, sobre todo porque estás acostumbrado a oírlo. Si se tratara de una progresión de *blues* de estilo *country*, puede darte por tocar todas las notas de los acordes, en lugar de limitarte a rasguear acordes de Sol y de Re. Uno de los principales problemas que tiene la gente cuando piensa en un acorde diferente es que piensan en una postura diferente, sin darse cuenta de que tienen a mano las notas que forman parte de todos los acordes de la guitarra sin tener que mover la mano. En cuatro o cinco trastes, y en cualquier parte de la guitarra, puedes tocar notas que encajan en todos los acordes. Así, cuando pasas del acorde de Do al de Sol, no hay que correr la mano hasta el Do y tocar

blues en Do. Puedes seguir tocando en tu postura de Sol, pero tocando Mi bemol, Mi sostenido, Si bemol y Do, y cosas así, que están ahí mismo, en la tercera posición. Para pasar a Re, se hace lo mismo: sigues el acorde sin tener que hacer un paralelismo de lo que hiciste en Sol. Esto se puede practicar cuando improvisas en cualquier progresión. Al no mover la mano, te ves obligado a aprender las posturas necesarias para cubrir diferentes acordes. Esto es una simplificación tremenda, pero puede servirle a mucha gente como punto de partida.

—*¿Existe un estado de ánimo inherente a cada tono y cada modo?*

Más en los modos que en los tonos. Los acordes sugieren estados de ánimo, pero yo no soy de ésos que creen que un Fa es completamente diferente de un Mi en cuestión de tonalidad. Para mí, un modo no es más que una manera cómoda de describir un grupo de notas. En cuanto entendí lo que es un modo dórico, ya no volví a pensar en él como una parte de la escala mayor. Lo considero simplemente una escala menor con 7ª bemol y 6ª natural. Y ya está. Ya no volví a pensar en ello. Claro que sugieren un cierto estado de ánimo. Para mí, el modo mixolidio no es más que una escala mayor con 7ª bemol, y nunca me pongo a pensar con qué escala mayor está relacionado. Con los modos, lo mejor es pensar en cómo suenan, sin que importe de qué escala mayor se derivan, aunque está bien saber de dónde se derivan, porque así puedes deducir las notas, en caso de que se te olviden. Pero lo más fácil es aprenderte sólo los componentes: que hay una 7ª dominante con una 3ª mayor o una 3ª menor... esa clase de cosas.

—*¿Qué aspectos de la teoría musical deberían aprender los guitarristas?*

Eso depende mucho de adónde quieras llegar con tu música. Hay gente a la que se la llevan los demonios cuando oye decir cosas del estilo de: "Para el carro, a mí simplemente me gusta la música, no quiero pensar en ella". Pero en realidad sí que importa. Si quieres ser músico profesional, tienes que estar preparado para muchas cosas diferentes. Se empieza por lo general y se va llegando a lo específico. Hay que decidir qué es lo que más te gustaría hacer, porque el hecho de que te guste es lo que te va a mantener a flote en los malos momentos, días o semanas [risas]. Si quieres tocar en una banda de música progresiva, o si quieres ser músico de estudio, tienes que aprender lo más posible. El músico de estudio puede seguir un camino ligeramente diferente —adiestrar el oído y aprender a leer al instante—, mientras que en una banda no tiene tanta importancia saber leer música, aunque se trata de un instrumento de aprendizaje y se debería aprender. Si quieres componer, tendrás que aprender todo lo que puedas sobre composición y teoría. Ésa es la ruta que yo seguí: aprender música y aprender a componer. Probablemente, todos los músicos deberían aprender algo de contabilidad y negocios.

—*¿El negocio musical es como la gente suele esperar que sea?*

No creo que nada sea como te lo esperabas. Cuando te formas el primer concepto, suele ser bastante optimista, y está bien que sea así. Lo que espolea a la gente son las grandes expectativas para el futuro. Para mí, tocar ha significado muchas cosas buenas inesperadas y algunas cosas malas que tampoco me esperaba.

—*¿Cuáles son algunos de los inconvenientes?*

Te encuentras con que resulta difícil conseguir trabajo, y que existe una cantidad increíble de gente intentando trabajar. Y cuando consigues trabajo, muchas veces es repetitivo y no disfrutas con él. Yo siempre tuve una idea equivocada de lo que es viajar y ver cosas nuevas. Cuando aprendí a conducir, estaba impaciente por coger el coche. En cuanto llevas algún tiempo conduciendo, lo que quieres es cederle el volante a otro. Pues ir de gira es lo mismo: me gusta, y constituye una parte necesaria de mi existencia, pero es fácil hartarse. Cuando estás en una banda, ves que la gente intenta hacerte trabajar más de lo que tú quieres, porque de ello dependen sus ingresos: promotores, *managers,* agentes, incluso algunos miembros de la banda. Por lo general, las bandas se pueden dividir en dos categorías: las que no tienen suficiente trabajo y las que no tienen suficientes días libres.

Nunca he visto a nadie completamente satisfecho.

—*¿Cuál es la parte más difícil de tu repertorio?*

El *rock* es lo más fácil, porque para mí, como guitarrista, es lo más natural. Los solos son siempre fáciles de tocar, en parte porque el sonido del amplificador es muy rico y porque el ritmo lo domina todo. Resulta más difícil tocar esa especie de *jazz-rock* híbrido y complicado, cosas como "Chips Ahoy" [*Industry Standard*], que resultan difíciles de clasificar musicalmente. Las más difíciles de tocar son algunas de las cosas más recientes que he compuesto, de tipo *country,* porque el sonido del amplificador es completamente cristalino, y si tocas mal una nota, hace *pttt* y no suena nada más, mientras que cuando tienes distorsión y tocas mal una nota, se oye un poco raro, pero sigues oyendo una nota. Ahora estoy desarrollando sistemas de pulsación para fraseos que cada vez me parecen más absurdos a la hora de tocar: ¡no son nada cómodos! Compongo frases para guitarra pensando sólo en la frase, y luego miro a ver si se pueden tocar.

—*¿Las escribes en partitura?*

No, las toco despacio. Por ejemplo, estoy tocando un solo y me digo: "Jo, sería estupendo poder tocar esta frase de arriba a abajo mientras esta otra va de abajo a arriba". Poco a poco voy llegando a donde quiero llegar, y casi sin darnos cuenta nos vamos aprendiendo el tema.

Invariablemente, para cuando lo grabamos y lo tocamos en directo, el ritmo siempre se ha acelerado. Llega a ser mucho más rápido de lo que creía que podría tocar cuando lo compuse, de modo que éstos son los temas más difíciles. "Pride of Farm" [*Dregs of the Earth*] y "Where's Dixie?" son dos de los más difíciles.

—*¿Eres capaz de tocar todo lo que oyes?*

¡Válgame Dios, no! No conozco a nadie que sea capaz.

—*De todos los estilos que tocas, ¿cuál es el que más te exige?*

La guitarra clásica, porque no existe absolutamente ningún margen para el error. Yo sigo el estilo tradicional. Lo aprendí de

Juan Mercadel. Técnicamente, es muy normal, pero Mercadel me enseñó que con la guitarra, además de cosas bonitas, se pueden hacer cosas muy potentes. Él era un guitarrista muy potente. La guitarra clásica se presta mucho a hacer las cosas con la técnica tradicional, sobre todo en lo que se refiere a la posición de la mano izquierda, aunque yo no me lo pienso dos veces a la hora de utilizar posturas raras para tocar cierto acorde que no se puede hacer de otra manera, o para continuar la melodía y tocar una nota baja al mismo tiempo. ¿A quién le importa si tienes que hacer algo raro para sonar bien? Adopto ese enfoque porque creo que da resultado. Lo más difícil es acordarte de todas las configuraciones poco corrientes que haces con la mano. Si cometes un pequeño error, la fastidias.

—*¿Eres muy autocrítico?*

[Risas] ¡Muchísimo!

—*¿Alguna vez has perdido la confianza en ti mismo estando en escena?*

Es una buena pregunta. Para ser sincero, tengo que decir que sí. Cuando me ocurre, sigo tocando. Si cometo un error, suelo esperar unos segundos y luego intento olvidarlo. Pero si tengo que cabrearme por ello, me impongo un retraso de unos cinco segundos, de modo que mucha gente ni se entera y no llamo la atención. Si tengo necesidad de darme la vuelta y soltar un taco en voz alta, lo hago unos diez segundos después del error o al final de la canción.

—*¿Tienes que encontrarte en un estado particular para tocar al máximo?*

Mi estado favorito es Georgia [risas]. Eso le pasa a todo el mundo, pero es diferente para cada uno. Yo tengo que estar completamente sobrio, completamente seguro de mí mismo y habiendo calentado bien. En otras palabras, es muy raro que me sienta satisfecho con mi manera de tocar. Pero siempre que toco en directo estoy sobrio y por lo menos he calentado un poco. La seguridad en mí mismo depende de lo bien que esté tocando en ese momento. Si la cosa va saliendo bien, cada vez toco mejor. Si va mal, me esfuerzo más de lo debido para compensar, y puedo cometer errores sin parar. Pero todo esto lo pienso a nivel introspectivo. Tengo que insistir en que durante la actuación siempre me lo paso bien tocando. No hago muecas ni tiro la guitarra al suelo. Sigo sonriendo porque la gente ha venido a ver al grupo. Nuestra primera responsabilidad es para el público, y procuro ahorrarle mi actitud hipercrítica, porque no creo que eso le interese.

—*¿Ensayas los solos antes de grabarlos?*

No, porque siempre que he intentado sacar adelante cualquier concepto musical, luego resulta que hay algo que te sale sin pensar y que queda mejor. Mi sistema para los solos consiste en tocar con naturalidad e ir grabando uno detrás de otro. Cuando te sale uno que suena bien, lo guardas. Sigues tocando y cuando te sale otro que también suena bien, lo guardas también. Puedes tratar de identificar qué es lo que hace que suene bien. ¿Por qué suena bien? Si hay algún modo de mejorarlo cambiándolo un poquito, lo haces. Si no, utilizas uno de los buenos. Casi todo el mundo está de acuerdo en que los mejores solos suelen salir en las cinco o diez primeras tomas. Muchas veces, las primeras de todas son las mejores.

—*De todos los solos que has grabado, ¿cuáles son tus favoritos?*

Muchos de mis solos son muy cortos, porque no queremos aburrir a la gente. Me gustan los solos de "Chips Ahoy" y "Bloodsucking Leeches", del álbum *Industry Standard*, el de "Hand Jig", en el *Freefall*, y el de "Hereafter", en *Dregs of the Earth*. También me gusta el de "Day 444", en *Unsung Heroes*. Algunos de mis solos favoritos están en canciones largas y lentas, donde hay sitio para tocar varias ruedas.

—*¿Cuál es tu filosofía respecto a los solos?*

Un solo tiene que distraer la atención, apartándola de la repetición de las melodías. Es decir: tiene que ser una sección distinta, pero a mí me gusta utilizar progresiones de acordes familiares, subyacentes al tema. Muchos de nuestros solos son cortos por la misma razón por la que mueves los ojos al conducir: para no quedarte dormido. Cuando escuchas un disco, conviene también que tu imaginación no deje de moverse. Como oyente, agradezco que no me hagan escuchar demasiado la misma cosa.

—*¿Hay mucha improvisación en tus conciertos?*

Bueno, todos los temas están compuestos con partes concretas. Hay pequeños segmentos —tres o cuatro compases— que sólo se pueden tocar de una manera, como en el disco. Muchas de estas partes van grabadas, pero los solos son improvisación. En nuestra banda, casi toda la improvisación va en los solos y en los diálogos entre melodías.

—*¿Cómo compones tus temas?*

Con la guitarra o con el piano, a altas horas de la noche, cuando no hay distracciones. Empiezo con algún germen de idea, que me tiene que gustar mucho e inspirarme confianza, porque voy a tener que trabajar en ella durante un par de meses, cogiéndola y dejándola. Lo principal es tener una idea que resista la prueba de ser tocada y oída muchas veces. Puede ser una progresión de acordes, una línea de bajos, una frase de guitarra o toda una sección de piano. Con el piano, generalmente trabajas a la vez la melodía y la línea de bajos. Lo más difícil es continuar después de ese comienzo, porque no puedes tomar cualquier otra idea que te guste y empalmarla con la primera. Tiene que ser una idea que encaje. Hay que tener ideas y más ideas, e ir descartándolas.

—*Cuando presentas un nuevo tema a la banda, ¿sabes cuáles son las partes de cada uno?*

Sí. Aunque aún no tenga un final, llevo el tema al ensayo y no pasamos de ese punto. Les digo: "Vamos a trabajar en esto hasta aquí, y ya lo acabaremos mañana. Ahora, pasemos a otro tema".

—*Y hasta ese momento, todas esas partes sólo han existido en tu imaginación.*

Sí, pero cuando no utilizas magnetofón tienes que estar preparado para hacer arreglos instantáneos. Le enseño a T [Lavitz] una parte de teclados, y en cuanto se la aprende lo bastante bien para tocarla él solo mientras yo toco una cosa diferente, ya me doy cuenta de si va a funcionar o no. Enton-

ces le digo: "Mira, esa nota que te acabo de enseñar, cámbiala por un Do sostenido". Eso lo hago mucho... pequeños arreglos. Lo fundamental es ser capaz de introducir cambios rápidamente cuando estás ensayando. De vez en cuando, me meto en algún problema y digo: "A ver, tengo que resolver esto", y todos se salen de la habitación o se ponen a llamar por teléfono. Eso retrasa bastante el ensayo, de modo que intento tenerlo todo bastante resuelto antes de empezar.

—*¿Insistes mucho en que cada parte se toque tal como tú la oyes?*

Soy bastante pesado en ese aspecto. Si lo oigo de cierto modo en mi cabeza es porque me gusta de ese modo. Si una cosa no me gusta, no me pongo a tocarla mentalmente una y otra vez. No les voy a pedir a los tíos de la banda que toquen una cosa que no me gusta, así que, a menos que alguien proponga un cambio que suene mejor, suelo seguir diciendo: "Eso está muy bien, pero vamos a intentarlo tal como yo lo tenía pensado". No montamos grandes escenas, ni nada parecido. Rod es el que más experimenta, porque hace lo que le sale de manera natural y suele salirle bien. Sabe qué hacer por instinto.

—*¿Cómo puede una banda aprovechar al máximo el tiempo de ensayo?*

Déjame poner un ejemplo. Supongamos que en la banda hay tres tíos que tienen trabajos normales. Quieren reunirse durante tres horas, dos veces a la semana. Vendría muy bien que el que compone los temas llevara escritas las partes de cada uno. Eso ayudaría mucho y haría que el ensayo progresara más rápido, porque puedes oír desde el primer momento cómo va a sonar. El inconveniente es que los músicos que saben leer van a insistir en seguir leyendo, en lugar de aprendérselo. También se pueden escribir esquemas o grabar cintas con las partes individuales, de manera que la mayor parte del ensayo se dedique a probar variaciones o diferentes arreglos, en lugar de tener que estar aprendiendo las frases. ¡Y hay que evitar las distracciones! Quitar el teléfono. Si tenéis que discutir de negocios, hacedlo al principio y lo más rápidamente posible, para quitároslo de encima cuanto antes y poder seguir adelante.

—*En una década en la que los temas vocales han dominado las listas, ¿por qué te has aferrado durante tanto tiempo a los temas instrumentales?*

Pues porque me gusta tocar la guitarra. Empecé sólo porque quería tocar y, evidentemente, si tocas instrumentales vas a tener que tocar. En cambio, si estás en una banda que tiene cantante, tienes que hacer un montón de acompañamiento, acompañamiento, acompañamiento, solo y más acompañamiento. Por lo general, la letra cambia, pero la música no tanto, y hay mucha repetición. Es divertido, pero no tan divertido como lo que nosotros hacemos. Ésa es también la razón de que practiquemos diversos estilos. Cuando toco en directo, me gusta trabajar duro, estar ocupado todo el tiempo. Se lo debo al público... sobre todo en los últimos tiempos, en vista del precio que tienen las entradas. El público es el que paga.

—*¿Es la guitarra un instrumento ilimitado?*

Lo será el día que inventen una buena interfaz para sintetizadores, cuando se pueda traducir la guitarra a electricidad digital. Estoy seguro de que ese día está a la vuelta de la esquina.

—*¿Te parece que la guitarra convencional tiene los días contados?*

No. Siempre habrá sitio para una cosa simple y bien hecha, como es la guitarra eléctrica, o el bajo eléctrico. Son instrumentos baratos con los que se puede hacer un montón de música. Es imposible que pasen de moda. Habrá bandas que toquen siempre guitarras y bajos sintetizados, de eso estoy seguro, pero en realidad todo se reduce al instrumento básico, a la manera de tocarlo. Evidentemente, la diferencia está en la persona que toca. Lees un montón de artículos en los que le preguntan a Van Halen cómo consigue su sonido. Pues bien, es él el que consigue el sonido, no la guitarra.

—*¿Imaginas primero un sonido y después tratas de conseguirlo, o es el equipo el que sugiere el sonido?*

Procuro tenerlo casi todo en la cabeza. Si se trata de un tema *country,* sé que no quiero nada de distorsión. Quiero más agudos y menos medios. Para el *rock'n'roll* quiero más medios si toco bajo, más bajos si toco alto, o un ruidazo total si es ése el efecto que quiero. Yo diría que son las dos cosas. El equipo te da ideas. Pero también sabes que si vas a tocar algo complicado, o si vas a tocar más de una nota a la vez, no puedes meter mucha distorsión.

—*Háblanos de algunas de tus técnicas. ¿Cómo haces el chicken-pick (punteo que imita el cacareo de una gallina)?*

Algunas de las cosas *country* que toco son imitaciones del estilo *Western Swing,* y eso incluye el *chicken-picking.* Intento sacar ese sonido apagando ligeramente el sonido de las cuerdas con la mano derecha. Por lo general, tengo apoyada la parte posterior de la mano derecha en las cuerdas que no estoy tocando. Eso evita que resuenen, que es una cosa muy importante cuando tocas a mucho volumen. Para hacer el *chicken-picking,* bajo aun más la mano, para apagar ligeramente las cuerdas que estoy tocando. También apago el sonido con la púa, algo parecido a lo que haces para sacar un armónico: tocas la cuerda a la vez con la púa y con el dedo de al lado. Yo hago un poco de eso y apago otro poco, y lo combino con freseos de *country-blues* excesivamente cromáticos.

—*¿Cómo dispones los controles?*

Tengo el ampli con un mínimo de distorsión y tirando un poco hacia los agudos. Para sacar ese sonido del *chicken-picking,* utilizo una pastilla ajustada en tonos medios; mi guitarra tiene varias combinaciones que consiguen eso. En una guitarra típica, como las Les Paul, se conseguiría bajando la primera pastilla aproximadamente hasta la mitad. En una Tele, se podría intentar con la pastilla central. Después, cuanto más vas subiendo por los trastes, tendrás que cambiar a la pastilla delantera de la Tele, para conseguir más agudos. Para tocar al estilo *Western Swing,* que yo toco diluido en mi propio estilo excesivamente cromático [risas], busco un sonido más claro, agudo y penetrante, con un poco de *reverb*. En casi cualquier guitarra, eso se consigue con una combinación de la primera pastilla y la pastilla de bajos, bajadas de volumen, con un poco de *reverb* y un poco más de agudos. Así se consigue ese sonido vibrante.

—*En concierto, y al final de la grabación de "Conversation Piece", haces un doble punteo de semicorcheas.*

Para eso utilizo una pastilla de bajos y muchísima distorsión. Pulso cada nota hacia arriba y hacia abajo, que es una cosa que me sale automáticamente. Así se obtiene percusión y un sonido más claro. Utilizo mi técnica normal de pulsación, que consiste en dejar mudas todas las cuerdas que no estoy usando. Apagando las cuerdas que no usas, pulsando cada nota, y eligiendo la pastilla adecuada para la parte de la guitarra en la que estás tocando, se puede conseguir un sonido claro aunque metas mucha distorsión. A mí me gusta la distorsión porque enriquece el sonido, pero también me gusta oír lo que estoy haciendo.

Cuando tocas solos en directo, tocas tres partes diferentes a la vez.

Lo de las tres partes es casi una ilusión. Toco una nota baja —por ejemplo, una vez en cada compás— con el pulgar de la mano derecha, y piso la cuerda con el pulgar de la mano izquierda, o sea que toco bajos con los pulgares. Los dedos de la mano izquierda hacen trinos entre dos notas, creando una especie de ritmo constante y sugiriendo un acorde entre las dos notas del trino y las notas bajas. Entonces toco algunas notas melódicas, digitando en los trastes altos con el dedo índice de la mano derecha y pulsando con el pulgar o con el anular de la mano derecha. Esto parece más raro y complicado de lo que en realidad es. Hay otra cosa que hago de vez en cuando, que es tocar acordes con la mano izquierda, martilleando muy fuerte y manteniéndolos luego con un poco de *vibrato*. Así se mantiene mejor el sonido que si te limitas a golpearlas. Mantengo esos acordes moviéndose para delante y para atrás, y luego toco una melodía en las cuerdas bajas, llegando a los últimos trastes y pulsando otra vez con el pulgar o el anular de la

mano derecha mientras piso con el índice. A veces hago eso en "Cruise Control".

—*¿Tienes alguna fórmula para el* vibrato?

Depende de la posición en la que esté. En los trastes bajos me basta con un dedo. Pero, por lo general, si no hay problemas para hacerlo, ayudo al dedo que hace el *vibrato* con otro dedo. Si tocas todas las noches, procuras salvaguardar la piel lo más posible. A mí lo que más dolor me provoca es forzar mucho las cuerdas. Y si toco dos pases en una noche me duelen muchísimo los dedos. Llevo la guitarra colgada baja porque la posición natural de la mano para hacer *vibrato* es agarrarla pasando el pulgar por encima, mientras que con la guitarra clásica, el pulgar queda detrás del mástil. Entonces tienes que llevar la guitarra más alta.

—*¿Cómo sujetas la púa?*

Toco con un lado, porque tienes algo más de control que tocando con la punta. La sujeto con dos dedos y el pulgar, para tenerla bien agarrada. Como no me quede dormido, no hay manera de que se me caiga la púa.

—*Cuando tocas solos de* country, *¿alguna vez tocas sólo con los dedos, o con una combinación de dedos y púa?*

En los temas rápidos toco sólo con púa. En cosas como la introducción de "Ice Cakes", toco con los dedos, tirando de las cuerdas como hacen los bajistas *funky*. En el último álbum, la introducción de "Ridin' High" empieza sin púa. Tiro de las cuerdas y dejo que golpeen contra el diapasón... una técnica bastante radical. El solo de "Where's Dixie?" es un buen ejemplo de la diferencia entre puntear con los dedos o con púa: la primera mitad del solo está tocada con el pulgar y el dedo medio. Cuando grabé eso, mantuve la púa sujeta con el dedo índice, porque no quería hacer una cosa en el estudio que no pudiera tocar en directo. Luego, a mitad del solo, empiezo a usar la púa y diferentes combinaciones de pastillas, de manera que suena como si hubiera dos guitarristas distintos. La verdad es que con los dedos suena mejor, pero no puedo tocar muy rápido ni mucho tiempo, porque me arranco la piel.

—*¿Tienes algún consejo para los músicos que quieran sobrevivir a las giras sanos de cuerpo y mente?*

¡Huy, sí, muchos! Mantén un estilo de vida acorde con tus ingresos. Si evitas los problemas de dinero, te ahorras muchos otros problemas. ¡No te pases! Si la gente paga por verte, o si, por la razón que sea, quieres que te tomen por un profesional, mantente sobrio para poder ensayar y estar a la altura de la situación. No decepciones a la gente que ha venido a verte, porque si lo haces no volverán. Yo tengo que practicar mucho para tocar con soltura: si lo dejo un día, se nota. Cuando estás de gira, a veces no encuentras tiempo para practicar, sobre todo si te vas de fiesta después de la actuación. Es muy divertido ir de gira, pero, hagas lo que hagas, tienes que practicar. Yo practico la técnica dos horas al día, y además toco algo, arreglando o componiendo, o repasando frases que me salieron mal la noche anterior. Si mantienes una relación personal, tienes que ser honrado contigo mismo y con la otra persona. Tienes que darte cuenta de que la separación va a crear tensiones en vuestra relación. Para mí, el único remedio es llamar por teléfono todos los días. Eso cuesta dinero, y te obliga a controlarte aun más. O sea, que tienes que buscar un sitio discreto para comer, y comer a tus horas, y no pedir demasiado... y tienes que decir que no prácticamente a todas las invitaciones a fiestas. Pero la recompensa consiste en que cuando sales al escenario sabes que lo tienes todo controlado.

—*¿Puede el éxito ser perjudicial para el talento artístico?*

Sí, corres el riesgo de volverte un plasta. Cuando ganas tanto dinero que no te hace falta trabajar, se pierde algo del incentivo, por muy dedicado que seas. Cuando alguien se hace rico por tocar algo, y luego toca algo más simple y eso le hace aun más rico, se le está premiando por rendir menos como guitarrista. Las que compran discos en cantidades masivas son las chicas de 13 años, y por eso los guitarristas que más dinero ganan son los que están en bandas vocales. Piensa en el condicionamiento psicológico que empiezan a tener: Cuanto menos hago, más gano. No importa. Nadie se da cuenta. Cuanto más *poppy* sea la banda, menos música hace. Hay días en que me da rabia no tener éxito, pero otras veces sé que voy por el buen camino. Lo que más me fastidia es la manera en que las emisoras de radio programan a los oyentes: todo está dirigido a los pre-adolescentes, todo. Me siento orgulloso de estar en una banda *under-ground*. Si alguna vez tenemos éxito, espero que la gente no nos odie por ello. Nos gustaría conseguirlo sin decepcionar a nuestro público.

—*¿Qué te gustaría lograr en el futuro?*

Me gustaría mucho ver que la banda tiene éxito y que la gente del negocio que no sabe nada de música lo tenga que reconocer. Me gustaría demostrar a la gente que los Dregs pudimos conseguirlo. Personalmente, me gustaría que me recordaran como un tío que compone y toca música eléctrica de cámara, que emociona y gusta a todo el mundo. La guitarra es sólo uno de los instrumentos que participan en eso.

—*¿Qué te gustaría que aprendieran de ti tus posibles imitadores?*

Te voy a contestar con un ejemplo. En mí han influido un montón de guitarristas, pero lo que más influyó fue su talento, y no sus selecciones de notas. Pat Metheny fue una gran influencia para mí. Nunca me esfuerzo en imitar su sonido exacto o su sentido de la composición, pero admiro su individualidad. Lo mismo me ocurre con John McLaughlin: admiro muchísimo su personalidad y su individualidad. De Jeff Watson admiro su fuerza y su energía. También Eric Johnson es increíble. Otro tío muy grande es Vinnie Moore, que tiene la misma clase de actitud que Eric Johnson: ya sabes, muy suave pero muy, muy capaz, que es lo que me gusta. Es como uno de esos ninjas, que son muy corteses y todo eso, pero sabes que te pueden partir el cuello en un segundo. Lo que te tiene que influir son las cosas que te motivan, más que el producto final. Me gustaría que a la gente le influyera más mi actitud que mis selecciones de notas. Mis selecciones de notas son el resultado de todo lo demás.

—*¿Conoces muchos guitarristas que sean buenísimos?*

Sí, conozco un montón enorme. La guitarra ha atraído a gente con mucho talento. Empiezan jóvenes y se lo toman en serio desde jóvenes. En lo referente a la técnica de guitarra, el que existan tantas variedades ha sido un grandísimo paso adelante. Aunque, por supuesto, de ahí surgen modas que a mí me parecen bastante limitadas.

—*¿A qué modas te refieres?*

Pues, por ejemplo, a utilizar la guitarra como un instrumento de notas aisladas para tocar fraseos muy rápidos, en lugar de utilizarla como un instrumento completo, capaz de todo. Me gustaría que la próxima generación de guitarristas estuviera a la altura de los pianistas en cuestión de conocimientos musicales, composición y polifonía. Evidentemente, es imposible que un guitarrista sea tan polifónico como un teclista, porque en cualquier momento dado sólo dispones de seis cuerdas, mientras que en el teclado tienes la posibilidad de tocar diez notas. Pero me parece muy saludable que haya un número tan grande de guitarristas dispuestos a aprender nuevas técnicas y a tocar competentemente algo... lo que sea.

—*¿Eres partidario de las escuelas de guitarra?*

Desde luego. Mira, aunque sólo hubiera un árbol en mitad del campo, donde la gente se reuniera los jueves por la noche para tocar e intercambiar fraseos, eso ya sería beneficioso. Es muy importante que existan lugares donde los músicos puedan reunirse; el intercambio cultural acelera el proceso.

—*¿Qué ventajas tiene ser profesor de guitarra?*

Me mantiene en contacto con la gente que me paga el desayuno, y eso es muy importante para mí. En lugar de enfocar mi carrera pensando en esa gran oportunidad, yo hago todo lo contrario. No me importa si el álbum se vende mucho o poco. Hubo un tiempo en que me preocupó, puede que a la semana de salir, pero entonces me dije: "Alto ahí, Steve. ¿Qué estás haciendo? ¿Acaso puedes hacer algo para cambiar las cosas, aparte de lo que ya estás haciendo?". Me respondí que no, me olvidé del asunto, y me puse a pensar en la música y en la gira. Y desde que comprendí aquello, todo ha ido bien. Mi oficio se basa en la repetición. Cada vez que emprendo un proyecto, doy todo lo que puedo dar de mí, y la gente me lo premia volviendo al siguiente, si les gustó éste. Por eso estos cursos son muy especiales. Me dan la oportunidad de devolver algo de lo que recibo, porque puedo llegar a mucha más gente que si diera clases particulares.

Quisiera transmitir algunos mensajes muy concretos. Cosas como que nadie debería esperar entrar en una banda, tener muchísimo éxito y ganar dinero suficiente para vivir el resto de su vida. Eso sólo le ocurre a una de cada diez millones de personas en el mundo. Lo cierto es que para sobrevivir en este oficio tienes que tener una base muy amplia, estar bien preparado y portarte bien con la gente. No pretendo desanimar a los que quieren entrar en este negocio, sólo intento hacer una valoración realista. Porque hay tíos que leen el *Guitar Player* y dicen: "Jo, tío, si yo consiguiera meterme en esto, sería feliz". Y cuando lo consiguen se dan cuenta de que no era lo que habían pensado. Este negocio es diferente de lo que la gente se imagina. Y tienes que experimentarlo para entender lo que digo.

—*¿Es más despiadado?*

Los negocios, en general, son despiadados, sí.

—*¿Cómo explicas a tus otros solistas los pasajes más intensos?*

Opino que los músicos deben saber leer y escribir música. Antes se la llevaba escrita, pero me cuesta unas seis horas de trabajo prepararles a ellos veinte minutos, sólo para que después pierdan los papeles. Así que empecé a pasarles cintas grabadas. Trabajaba en cinco temas a la vez, y sólo les grababa las partes más difíciles. Ellos no sabían de qué iba la cosa ni por qué se la tenían que aprender, pero se la aprendían. Y luego, en los ensayos, yo decía: "Vamos a hacer esto. Tenemos esta progresión de acordes y de repente viene esta frase". Y ellos decían: "¡Anda, si era para esto! Vaya. No se me había ocurrido". Cuando trabajas en una banda, es importante procurar que los ensayos avancen. Si no tienes algo interesante para cada uno en todos los ensayos, estás invitando a que te digan cosas del tipo: "Sí, ahora mismo voy. En cuanto dé una vuelta y coma algo", o "Sí, ya iré, pero es que están poniendo tal película". Eso empieza a ser acumulativo, y al poco tiempo todo se va al carajo y tienes que volver a cavar zanjas. He visto cómo ocurría en muchas bandas en las que he estado.

No aprendí a hacer las cosas hasta que formé el grupo de *rock* de la Universidad de Miami, que más adelante se convirtió en los Dregs. Sólo podíamos ensayar dos noches a la semana, y les sacábamos bastante partido a esas dos noches porque sabíamos que no disponíamos de más tiempo. Todo el mundo hacía los deberes en casa, y así conseguíamos adelantar. Alguien tenía que dirigir y mantener las cosas en marcha, y si les llevas preparadas las partes difíciles te evitas situaciones en las que todo el mundo se queda parado mientras tú le enseñas los acordes del estribillo al pianista. Yo creo que debe haber un límite de unos quince minutos para enseñarle a alguien algo. Si no puedes enseñárselo en quince minutos, dale una cinta. Y cuando digo enseñárselo, quiero decir que en quince minutos tiene ya que poderlo tocar. Por eso avanzo por secciones. Cojo una pequeña sección, se la enseño a todos, y luego todos la tocan juntos de muchas maneras diferentes. Como es nuevo —excepto para ti, claro—, todos están muy motivados. Eso mantiene el interés. Y después, pasamos a otra sección. Las cosas tienen que seguir moviéndose e interesando a los músicos. De lo contrario, acabas encontrando un montón de razones para no ir a los ensayos.

—*¿Ha sido muy diferente producir tu propio álbum en casa, en comparación con los proyectos anteriores?*

A mí me ha parecido casi igual. Sólo que este álbum lo hice casi todo a altas horas de la noche. Volvía a casa de volar, y me metía en el estudio. Era un poco raro eso de crear cosas a solas en mitad de la noche, pero llevo mucho tiempo haciéndolo y la verdad es que me gusta la idea de aislarme. cuando estás solo en mitad de la noche, sin que haya absolutamente nada que te recuerde el paso del tiempo —ni el timbre del teléfono, ni gente que viene a verte, ni nada de nada—, puedes ponerte en un estado muy creativo. A veces me tiro cuatro o cinco horas seguidas sin hablar con nadie y sin pensar en nada más que el problema que tengo entre manos. Es muy creativo, pero te sientes muy solo. Si no estás seguro de lo que quieres y te gusta preguntar: "¿A ti qué te parece?", no te va a servir de mucho. Pero está muy bien meterte ahí y volar hasta la capa de ozono, por decirlo de algún modo... y no quiero decir con drogas, ni nada parecido, sino sólo en términos de pensar en todas las posibilidades y perderte en el limbo. Por cierto, cuando no lo estoy usando, desenchufo todo mi equipo, porque los rayos ya me han destrozado mucho. Ni siquiera con supresores de sobretensión se pueden evitar los rayos. Como el cable de tierra está conectado a tierra, si cae una descarga lo bastante fuerte en el suelo, sale a través del cable de tierra, entra en el equipo y lo fríe. Por eso lo desenchufo todo, y no me limito a apagarlo. Desde entonces, no he tenido problemas.

—*¿Qué ventajas ofrecen los ordenadores a un guitarrista normal?*

Bueno, es muy fácil manipular secuencias. Hay secuenciadores pequeños, muy baratos, que son como cajas, y hay otros secuenciadores baratos incorporados a teclados. Y el ordenador es gráfico: tienes una pantalla y puedes ver las cosas y cambiarlas de sitio. Te facilita los cambios de forma y los transportes. El Macintosh se maneja de un modo intuitivo, y eso está muy bien para los músicos, porque lo utilizas creativamente en lugar de tener que leer el manual. Yo nunca leo el manual. Es fácil de usar y te da cosas para tocar, si quieres practicar.

—*¿Por qué giras tus monitores hacia los lados?*

En lugar de tener los monitores enfocados a tu cabeza y así destrozarte por completo el oído —cosa que a mí ya me ha pasado, por lo cual no me hace ninguna falta—, los giro hacia los lados para que los altavoces apunten hacia dos sitios diferentes y el sonido se disperse un poco más. Ésta es una de las cosas que más me fastidia de la vida en el negocio musical: ¿Por qué no pueden fabricar un bafle con los altavoces apuntando en cuatro direcciones distintas? ¿Por qué tienen que matar a tres personas de la primera fila, y dejar a todos los demás sin oír nada? Y lo peor de todo es usar un bafle que mata a tres personas en la primera fila y encima añadirle otros cuatro exactamente en línea. Para eso, mejor sería usar un rayo de la muerte.

—*Algunas veces, tus partes de guitarra suenan muy poco a guitarra. ¿Utilizas otros instrumentos para componer?*

Compongo mucho con el piano. Si tienes una melodía y quieres sacar un acompañamiento, te sientas al piano y lo vas sacando. Algo encontrarás. Desde el punto de vista de la guitarra, crear algo que no suene a guitarra suele significar algo polifónico. Muchas veces, al aceptar las limitaciones de la guitarra te salen cosas más interesantes. Puedes decir, por ejemplo: "Aquí quiero tocar un acorde de Do sostenido menor, pero ¿cómo voy a hacerlo?". Pues descomponiéndolo. Decide qué es lo más importante: las notas bajas, la melodía o el acorde mismo. Si es el acorde, pues toca el acorde. Pero si lo que quieres es rellenarlo, las notas están por ahí, en alguna parte. Toques lo que toques, siempre hay notas cerca que puedes usar para realzar lo que estás haciendo.

—*¿Puedes dar alguna sugerencia para facilitar la tarea de componer?*

Las ideas surgen a base de juguetear con los instrumentos, y salen casi a patadas. Lo difícil es unirlas en una composición. Por ahí es por donde vienen las frustraciones. Te pones a trabajar con una idea, y no se te ocurre nada más. Aquí es donde hay que recurrir a la educación. Tanto si eres autodidacta como si has estudiado en una escuela de música como la GIT, o si has aprendido sólo a base de escuchar, tienes que utilizar lo que sabes para encontrar otros planes de ataque: "Vale, ahora puedo subir una tercera menor; puedo pasar a la relativa menor. ¿Y si lo transporto a la quinta? Puedo usar un acorde disminuido para subir hasta este tono, o puedo repetirlo con una variación". Te vas dando ideas, y una de esas ideas puede servirte de inspiración. Puedes aplicar una simple idea teórica a la música que ya tienes, y así encontrar el camino que buscabas para cubrir el hueco.

Otro sistema consiste en sentarte a tocar lo que tienes —al piano, a la guitarra o a lo que sea—, y cuando llegues a la parte que te falta, te paras y dejas volar la imaginación. Pregúntate: "¿Qué fue lo que oí dentro de mi cabeza?", y luego búscalo en el instrumento. Aunque parezca una tontería, es la única manera que tengo de sacar partes que se niegan a salir, ésas que se empeñan en esconderse.

Por Dan Forte - Octubre de 1984

No sólo tocaba la guitarra: la aporreaba, como demuestra el inexistente acabado y los arañazos de medio centímetro de profundidad en la madera de su vapuleada Fender Stratocaster del 59. Al final de un concierto de Stevie Ray Vaughan, éste había tocado la guitarra por detrás de la cabeza, sobre el hombro como un violín, a la espalda y en el suelo, de pie sobre los recortes, con una mano agarrando con fuerza el mástil de la guitarra y la otra tirando de la palanca de vibrato. Al término de su vida en 1990 —en un trágico accidente de helicóptero, después de un concierto en el que compartía cartel con Eric Clapton y Robert Cray— Stevie Ray se había ganado la admiración de un sinnúmero de fans y, lo que es más importante, el respeto de sus propios mentores: Hubert Sumlin, Albert

Collins, Lonnie Mack y Buddy Guy, por citar sólo unos pocos.

Durante varios años, mientras provocaba sobresaltos a los coleccionistas de guitarras antiguas y hacía gemir a los profesores de guitarra, Steve Ray fue el principal paladín de una de las formas musicales más fundamentales pero menos cantadas: los *blues.* Y cada vez que le elogiaban o premiaban tras su irrupción en las listas, como participante del aclamado álbum de David Bowie *Let's Dance,* compartía los honores con los *bluesmen* que le precedieron y con el género mismo. "Por encima de todo, me alegro de ver que los blues obtienen el reconocimiento que merecen", declaró en más de una ocasión.

Tras ser arrancado del circuito de blues de Austin (Texas) para tocar en *Let's Dance,* Stevie Ray regresó al grupo de su pueblo natal, Double Trouble, y con la ayuda del legendario John Hammond produjo *Texas Flood,* que obtuvo los máximos honores en la encuesta de los lectores de *Guitar Player* de 1983, siendo elegido Mejor Álbum de Guitarra del año. En la misma encuesta, Vaughan arrambló con otros dos galardones, dominando por completo la categoría de Nuevos Talentos y superando nada menos que a Eric Clapton en el apartado de Mejor Guitarra Eléctrica de Blues, convirtiéndose así en el primer ganador de tres apartados desde que Jeff Beck arrasara en 1976. Durante los seis años siguientes, acumuló un total de ocho victorias en las encuestas de *Guitar Player.*

Mientras *Texas Flood* se seguía vendiendo en grandes cantidades, Double Trouble publicaron *Couldn't Stand the Weather,* que entró en la lista pop del *Billboard* en el número 144 (el 13 de junio de 1984), saltó al 63 en la segunda semana, y subió al 37 y al 31 en las dos semanas siguientes. "Supongo que lo que ocurrió —declaró con su hablar pausado— es que hemos pasado de tocar en clubes a llenar salas de 5.000 localidades. Nos hemos partido el culo trabajando."

Jugó fuerte —demasiado fuerte durante algún tiempo con el alcohol y las drogas, problemas de los que acabó librándose—, pero nunca jugó con la música que dejó en los oídos del mundo y en los álbumes en los que todavía se le puede oír: sus trabajos como solista con Double Trouble, como *Texas Flood, Couldn't Stand the Weather, Soul to Soul, Live Alive e In Step,* y como invitado en álbumes de su hermano mayor, Jimmie Vaughan con los Fabulous Thunderbirds, Bob Dylan, Jennifer Warnes, David Bowie, Lonnie Mack y otros.

La popularidad de Vaughan es tan digna de escrutinio como su fenomenal manera de tocar la guitarra. Mientras que numerosos rockeros con base de *blues* se convirtieron en héroes de la guitarra después de pasarse al campo del *rock* —y esto incliye a Eric Clapton, Michael Bloomfield y Jimi Hendrix—, Stevie fue el primero, desde su paisano de Texas Johnny Winter (que también acabó pasándose al *rock'n'roll* sin tapujos), que ascendió a los grandes circuitos sin desligarse de los *blues.* Sus vídeos de "Love Struck Baby" (de *Flood*), "Couldn't Stand the *Weather*" y "Cold Shot" (de *Weather*) aparecieron regularmente en la MTV, y "Pride and Joy" (de su primer LP) sonó insistentemente en las emisoras de FM. En 1984 colaboró con George Thorogood en un homenaje a Chuck Berry durante la ceremonia de los Grammys, y apareció en programas de televisión tan improbables como *Solid Gold.*

Mucha gente oyó por primera vez los imaginativos solos de Stevie Ray en el *Let's Dance* de Bowie. Pero aunque aquel material no era el tipo de *R&B* que él había trabajado durante más de una década en los bares de Texas, sus afilados solos eran puro blues, muy inspirados en los sonidos y *riffs* de Albert King. *Texas Flood* reveló su deuda con maestros del *blues* como Jimmy Reed, Magic Sam, Lonnie Mack, Buddy Guy y Hubert Sumlin, y la deuda quedaba pagada con intereses. En la gira de promoción del álbum —como teloneros de grandes figuras como Men at Work, The Moody Blues, Huey Lewis and The News, y Police— Stevie dejó pasmado al público con sus apasionados homenajes a Jimi Hendrix, incluyendo "Voodoo Chile", "Little Wing" y "Third Stone from the Sun".

Aunque son incontables los guitarristas influidos por el genio creativo de Jimi Hendrix, pocos se han atrevido a hacer versiones de sus temas. Existen varias similitudes evidentes entre Vaughan y el difunto zurdo: ambos capitaneaban un trío, ejercían un increíble control del *feedback* y el volumen con un mínimo de aparatos de efectos, y cantaban aceptablemente, pero no lo bastante bien para triunfar estrictamente como vocalistas. Pero lo que situó a Stevie por encima de los demás pretendientes al trono de Hendrix fue su capacidad de tocar solos y ritmos simultáneamente: como Hendrix, Stevie acribillaba al oyente con una constante descarga de acordes, frases, ligados ascendentes y descendentes, y trucos heterodoxos. La técnica de guitarra de Vaughan no impresionaba: sobrecogía.

Instrumentales como "Rude Mood" *(Texas Flood)* y "Scuttle Buttin'" *(Weather)* son ejemplos de libro de texto de su técnica "del pedal al metal", mientras que "Lenny" *(Flood)* recuerda las baladas más sensibles de Hendrix, y "Stang's Swang" *(Weather)* revela las fuertes influencias de guitarristas de trío con órgano, como Kenny Burrell, Grant Green y el primer George Benson.

A diferencia de otros tríos dominados por la guitarra, Double Trouble no sobregrababa prácticamente nada en el estudio; sus grabaciones en vinilo siguen siendo muestras bastante exactas de lo que Vaughan y compañía tocaban en escena desde que se formó la banda en 1978 hasta la noche en que Vaughan emprendió su último vuelo a casa. Stevie tenía sólo 35 años cuando murió, pero su impacto se dejará sentir y oír durante generaciones.

—Cuando empezaste a tocar la guitarra, ¿lo que más te atraía eran los blues?

Muchísimo. Y era por culpa de mi hermano Jimmie, que traía a casa discos de B.B. y de Buddy Guy. También fue él quien me dio a conocer a Lonnie Mack. El primer disco que yo compré fue *The Wham of That Memphis Man.* Jimmie trajo a casa un disco de Jimi Hendrix y yo exclamé: "¡Hostias! ¿Qué es eso?". Jamás lo olvidaré.

—*¿Te enseñó Jimmie algo de guitarra, o te limitaste a aprender oyéndole tocar en casa?*

Al principio me enseñó un par de cosillas, y luego me enseñó a aprender por mi cuenta, que es como se debe hacer.

—*Tu hermano estaba muy influido por otro bluesman de Texas, Freddie King. ¿Te influyó también a ti ese estilo?*

Sí, claro. Tenía aquel álbum instrumental suyo, *Let's Hide Away and Dance Away*. Jimmie se trataba bastante con él, pero a mí Freddie no me hablaba en público. En privado sí, pero en público no. Supongo que no quería que le vieran con aquel chavalín blanco [risas]. Toqué con él una vez, sentados en torno a una mesa sin que hubiera nadie más presente.

—*¿Qué cosas concretas aprendiste de tal o cual músico?*

Muchas de las cosas rápidas las saqué de Lonnie Mack... pero sólo las ideas y los fraseos. Por ejemplo, eso de "Scuttle Buttin'": [toca una serie de ligados descendentes en plan cacareo]. Eso es de Lonnie Mack, y está dedicado a él. También aprendí un montón de trucos de Freddie King.

—*¿Cuáles eran los principales músicos de blues que oías en disco?*

Bueno, allá va la lista: estaba Buddy Guy; Muddy, por supuesto, y todos los diversos guitarristas que tocaron con él [entre ellos, Jimmy Rogers y Pat Hare]; Hubert Sumlin, Lonnie Mack, B.B., Albert King, Freddie, Albert Collins, Guitar Slim... ése sí que tocaba a toda pastilla. Me imagino a la gente diciéndole: "Slim, ¿por qué siempre tocas tan fuerte?". "Porque así es como suena" [risas].

—*Johnny Winter fue el primer bluesman tejano blanco que tuvo éxito a gran escala. ¿Influyó mucho en ti?*

Sí, aunque por entonces no le oía tanto. Escuchaba más a gente como Albert Collins, Albert y Freddie King, Johnny Guitar Watson... Pero hacia el 71 o el 72 toqué mucho con Johnny en casa de Tommy Shannon. Eso fue poco después de que empezara a tener mucho éxito.

Lo que tocas en *Let's Dance* no se parece mucho a *Texas Flood;* está más en la línea de Albert King.

Quería comprobar en cuántos sitios se pueden meter cosas de Albert King. Encaja siempre. Me encanta ese tío. Cuando salió ese álbum, Albert lo oyó y dijo [en tono de desdén]: "Sí, ya te he oído haciendo todos mis rollos en ese disco. Voy a salir ahí y voy a hacer algunos de los tuyos" [risas]. Estábamos haciendo un programa de TV cerca de Toronto —en Hamilton, creo— y durante el descanso para almorzar Albert se puso a preguntar a todo el mundo si tenían papel de lija. Yo no le di importancia. Estábamos tocando juntos la última canción, "Outskirts of Town", y cuando llega el solo me dice: "¡Adelante, Stevie!". Yo empiezo el solo, le miro, y el tío saca la puta lija y se pone a limarse las uñas, mirándome como de reojo [risas]. Me encantó. Me miraba como diciendo: "Ahora te voy a colgar de los dedos de los pies". Es un tío duro.

—*¿Tocas alguna vez con el pulgar para obtener un sonido como el de Albert King?*

Toco con una púa y con el dedo. También utilizo el lado redondeado de la púa. Así se rompen menos y no se enredan en las cuerdas. A veces toco con las dos cosas, o me guardo la púa en la palma y toco con los dedos, y a veces toco "a lo Hubert" [sólo con los dedos, como Hubert Sumlin].

—*¿Lo haces para obtener distintos sonidos?*

Diferentes sonidos, diferentes sensaciones. Depende de cómo funcionan los amplis esa noche, de cómo estén de gastadas las cuerdas, de lo bien o mal que oiga, de lo loco que me sienta.

—*¿En "Cold Shot" tocabas a través de un altavoz Leslie para obtener ese sonido "submarino"?*

Es un Fender Vibratone, que es básicamente igual que un Leslie. Es un altavoz de diez pulgadas con un rotor de Styrofoam delante. El altavoz está inmóvil, pero delante de él gira un tambor con una ranura. Hay que colocar micros a los dos lados.

—*En algún tema de* Couldn't Stand the Weather *grabaste primero los ritmos y luego sobregrabaste el solo, o viceversa?*

No. En algunas de las canciones grabé primero la guitarra y luego metí la parte vocal, lo cual a veces es un error, porque cuando no cantas tocas distinto de cuando cantas a la vez. Muchas veces, las frases de guitarra no encajan con las de la voz. Casi todos los solos los grabé directamente. Rehice una frase en "Voodoo" porque mi ampli se volvió loco. La parte fuerte no salió muy bien. Sigue sin sonarme bien.
Texas Flood suena como si apenas hubiera sobregrabaciones.

Es que no las hay. Sólo si se me rompía una cuerda o algo así.

—O sea, que tocabas los ritmos y los solos en la misma toma, en lugar de grabar primero los ritmos y luego meter encima los solos.

Eso es. Rehicimos unas pocas partes vocales, pero también hay muchas grabadas directamente. Lo hacíamos, sobre todo, cuando te equivocabas en una palabra o no la pronunciabas con claridad; además, las voces suenan mejor así. No creo que sea hacer mucha trampa.

—¿Estuvo John Hammond en el estudio cuando grabasteis el primer álbum?

No, no estuvo nunca, excepto para las mezclas y el *mastering*. Esta vez ha estado mucho tiempo durante la grabación.

—¿Ha influido eso mucho en el ambiente de la grabación?

Él quiere que suenes exactamente como eres. No le gusta la producción excesiva. En otras palabras, lo hace al revés que otros: te obliga a seguir sonando a ti, en lugar de intentar cambiarte, como hace la mayoría de los productores.

—¿Tocas slide *con afinación en acorde?*

Suelo subir la cuerda de Sol a La, y todas las demás las dejo igual.

—¿Cómo te las apañaste para recrear los sonidos que oías en los discos de Hendrix?

Hay que seguir escuchando y procurar encontrar el sonido, porque está en tus manos, como cualquier otra cosa. Depende de la manera de tocar. Hay diferentes técnicas para tocar en el estilo de cualquiera, y no depende necesariamente del ampli o de la guitarra. Es la manera de pulsar, la manera de sostener la guitarra. Por ejemplo, T-Bone Walker tocaba así casi siempre [sujeta la guitarra horizontalmente, apartándola del cuerpo], y cuando tocas así, el sonido es diferente. ¿Oyes la diferencia? [sujeta la guitarra apretada contra el cuerpo y toca la misma frase: el sonido es más grave]. Es la manera de tocar las cuerdas con los dedos, y cuando sostienes la guitarra como T-Bone tiendes a pulsar más cerca del mástil.

—Tu Strato del 59 tiene la palanca de vibrato en el lado de bajos del puente. ¿La instalaste así porque las guitarras de Jimi Hendrix tenían el cuerpo al revés?

Bueno, me puse a escuchar a gente y me fijé en que cuando Otis Rush usaba palanca, la tenía en la parte de arriba y la tocaba al revés. Y Hendrix tenía la guitarra al revés, pero encordada de manera normal. Me pareció que la gente que mejor lo hacía tenía la palanca arriba, así que cambié la mía. A veces estorba un poco. Una vez me rajó la manga hasta medio brazo.

—O sea, que en lugar de manejarla con el dedo meñique de la mano derecha, la tienes justo en medio de la palma.

Sí, y de todas maneras tengo montados los muelles de modo que no se puede mover sólo con el dedo meñique. Está bastante dura, con cuatro muelles apretados al máximo. Así puedo tocar "Third Stone from the Sun" y seguir afinado. Mira, tengo mi vieja Strato arreglada de modo que no se me desafine. En mis Stratos nuevas, las palancas de *vibrato* están por abajo, en la posición normal.

Tengo las manos muy grandes, y los acordes con cejilla los toco siempre con el dedo pulgar alrededor del mástil. Muchas veces, el pulgar acaba empujando sin querer la cuerda del Mi bajo. El mástil más ancho evita eso.

Cuando usas cuerdas gruesas, como hago yo, es mucho más fácil meterse por debajo de las cuerdas. Te puedes matar trabajando con esos trastes tan pequeños. Cuando fuerzas una cuerda con los trastes grandes, en lugar de desvanecerse la nota, se hace más fuerte.

—¿Alguna de tus Stratos tiene mástil de arce?

Sí, Lenny lo tiene. Tiene un sonido muy claro, y las pastillas son microfónicas. Se puede oír cuando tocas el golpeador. Pero cuando tocas suave, suena estupendo. Cuando conseguí esa guitarra, tenía un diapasón de palo de rosa, pero era más delgado y eso me molestaba. Así que le puse una imitación de mástil Fender de arce que me regaló Billy Gibbons. Por lo general, me gustan los mástiles de palo de rosa, porque, para empezar, no te salen ampollas cuando sudas. Con los mástiles de arce, parece como si el acabado se calentara más y hubiera más fricción. Ya tengo bastantes problemas con lo fuerte que yo toco y lo mucho que sudo. El palo de rosa da un sonido más denso, o eso me parece a mí; no es tan brillante. El sonido de un diapasón de ébano parece un poco más claro, pero también es denso.

—*¿Con qué guitarras has grabado más?*

Con Lenny grabé la canción "Lenny", y todo lo demás lo hice con la del 59. Me gustaría grabar con la que tiene las pastillas Danelectro; me gusta mucho ésa.

—*¿Cómo haces tan deprisa algunos de tus trucos escénicos, como ponerte la guitarra a la espalda?*

Giro el cuerpo, suelto la correa, me pongo la guitarra a la espalda y vuelvo a enganchar la correa. En realidad, se toca del mismo modo, excepto que tienes que sujetar la guitarra un poco más fuerte y no puedes ver tan bien.

—*En "Third Stone from the Sun", tienes la guitarra apoyada en el suelo y te pones a horcajadas sobre ella, cogiendo el mástil con una mano y la palanca de vibrato con la otra.*

Sí. No le recomendaría a nadie que hiciera eso con una 335 [risas]. Pero la Stratocaster es un cacharro muy resistente. Tuve que descubrir cómo hacer que la guitarra retumbara. Conecté la pastilla central, bajé el control de tono, agarré la palanca y agité la guitarra sobre el suelo.

—*Con la cantidad de amplificación que usas, ¿sigues pulsando igual de fuerte con la mano derecha?*

Sí, muchísimo. Así es como toco. A veces arranco las cuerdas. Puedo gastar por completo un juego de cuerdas en un solo concierto, porque las pego muy fuerte y hago mucho esto [pellizca el bordón] para sacar

notas muy bajas, como Albert Collins. Pero a veces toco muy suave. Probablemente, eso es lo más parecido al sonido de Albert King que puedo conseguir.

Casi todos los guitarristas blancos de *blues-rock* tienen tendencia a acabar tocando básicamente *rock*.

Nosotros procuramos mantener ambas direciones. No hay por qué abandonar lo que tenemos, pero sí que vale la pena ampliarlo. Me gustaría seguir siendo un trío, mantener esa identidad, pero no tengo nada en contra de tocar con una buena sección de viento, o con teclistas, o con otros guitarristas... o incluso con más de un batería.

—*"Stang's Swang" sigue siendo* blues, *pero es muy diferente del tipo de cosas que te dieron a conocer.*

Eso lo compuse hace cuatro o cinco años. Me gusta mucho gente como Kenny Burrell y Grant Green. También me gustan mucho Django Reinhardt y Wes Montgomery, naturalmente.

—*¿Cuál es la progresión en esa canción? ¿II-V?*

No lo sé. A veces no sé en qué tono toco. Sólo procuro escuchar.

—*¿Eres completamente autodidacta en cuanto a vocabulario teórico?*

No sé nada de ese rollo.

—*¿Qué armonías usas en los acordes?*

Simplemente, busco cosas que suenen bien.

—*O sea, que si tocas, por ejemplo, una séptima disminuida...*

Ni me entero. Estuve a punto de aprender a leer cifrados de acordes cuando hice aquello con Bowie, pero en cuanto aprendí a leer los cifrados, me los quitaron. La mayor parte del tiempo escuchaba un par de grabaciones mientras él grababa las voces, para hacerme una idea de por dónde iba la canción. Luego me limitaba a ver dónde podía encajar esta frase de Albert King o esta otra frase de Albert King [risas].

influencias parece una enciclopedia de la música del siglo XX. Cuando Vernon Reid habla de música, puede mencionar toda clase de nombres, desde el saxofonista de jazz Eric Dolphy al experimentalista sónico Edgar Varèse, pasando por los grandes del blues como Lonnie Johnson. En pocas palabras, Vernon echa por tierra muchos de los supuestos generalmente aceptados acerca de cómo debería sonar la guitarra de "rock", "jazz", "funk", "pop", "clásica", "blues", "negra" o "blanca".

Como acompañante, Vernon ha sido un personaje fijo del panorama musical de Nueva York durante toda la década de los ochenta, pero por fin recibió atención internacional como figura principal de Living Colour, un cuarteto de *rock'n'roll* de los más cañeros. Su álbum de presentación, *Vivid,* ponía de manifiesto el sonido de la banda, duro como un clavo. Corey Glover es una fiera con garganta de hierro, capaz de pasar sin esfuerzo de un gruñido rasposo de *rhythm & blues* a un alarido metálico de *castrato*. El bajista Muzz Skillings y el batería William Calhoun forman una sección rítmica atronadora pero precisa: imagínense un cruce entre Led Zeppelin y Chic. Pero el corazón de Living Colour es, sin embargo, la guitarra desorbitada de Vernon.

Este músico, de 33 años, nació en Londres de padres antillanos, y se crió en Nueva York. Empezó a tocar la guitarra a los 15 años, y menos de dos años después ya estaba tocando como profesional. Tras un breve período con el cantante de *R&B* Kashif, entró a formar parte de Decoding Society, el muy prestigioso conjunto de *jazz* dirigido por Ronald Shannon Jackson (que fue batería del saxofonista y compositor Ornette Coleman). Tras realizar numerosas giras y grabar seis álbumes con Jackson, Reid decidió formar su propia banda. La formación actual de Living Colour es el producto final de años de cambios de personal. Mientras tanto, ha tocado con la banda de arte/baile Defunkt, con el guitarrista de jazz Bill Frisell, con los *rappers* militantes Public Enemy, con el compositor vanguardista John Zorn, con el guitarrista

Todos los aspectos del hombre y de su música se salen de las clasificaciones fáciles. Es un rockanrolero que alcanzó la mayoría de edad musical como miembro de un grupo de *jazz* de forma libre. Es un follonero de alto voltaje cuya ambición secreta es dominar la guitarra de ragtime tocada con los dedos. En sus solos, puede pasar convincentemente de los *riffs* pentatónicos al cromatismo post-Ornette Coleman, y volver atrás en sólo un par de compases. Su estilo es limpio y sutil, pero nunca le falta una intensidad de las de "a degüello". Aunque es un músico culto y con estudios (su prosa ha aparecido en el *Village Voice* y ha compuesto una obra teatral multimedia de gran escala), considera que hacer música es una actividad intuitiva y, en gran medida, no consciente. Su lista de experimental Arto Lindsay, y con otros muchos. Durante todo este tiempo, Vernon ha borrado las fronteras entre el *jazz,* el *funk,* el *rock* y la música de vanguardia, sin renunciar nunca a su enfoque básico.

Por desgracia, a la industria musical no le suele gustar que le borren sus fronteras, y una de sus fronteras más preciadas es la que separa la música "negra" de la "blanca". Aparte de unas pocas y raras excepciones como Jimi Hendrix y Prince, el *rock'n'roll* se ha convertido en territorio blanco. En gran medida, el negocio musical se niega a aceptar la idea de una banda negra de *rock* duro, a pesar de los innegables orígenes afroamericanos de dicha música. Desde luego, no hay ninguna ley que prohíba a los músicos negros tocar *rock'n'roll,* pero los que lo hacen tienen muy pocas probabilidades de ser bien acogidos por la industria. Un músico negro que se salga de los rígidos confines estilísticos del sonido "urbano contemporáneo" tiene unas perspectivas profesionales muy oscuras. ("Urbano contemporáneo" es el nombre en clave que la industria aplica a la música dirigida a un público predominantemente negro.) Los músicos negros que no hagan rap, ni canten baladas románticas, ni graben discos bailables para fiestas, suelen quedar excluidos tanto del mercado negro como del blanco.

Vernon ha atacado estos estereotipos estilísticos tanto con su música como con sus actos. En septiembre de 1985, él y el periodista del *Village Voice,* Greg Tate formaron la Black Rock Coalition, "un frente unido de artistas y aficionados negros, musical y políticamente progresistas", y declararon sus intenciones en un manifiesto fundacional:

"La Black Rock Coalition está en contra de las fuerzas racistas y reaccionarias de la industria musical norteamericana, que niegan a los artistas negros la libertad de expresión y las satisfacciones económicas que nuestros equivalentes caucasianos disfrutan como cosa natural. Reclamamos también los derechos de libertad creativa y acceso total a los mercados americano e internacional. Como nuestros antecesores

—Chuck Berry, Jimi Hendrix, Sly Stone, Funkadelic y Labelle, por citar sólo a unos pocos—, los miembros de la Black Rock Coalition no son ni curiosidades divertidas ni copias calcadas de las bandas blancas que trabajan en el Circuito Norteamericano de Rock con Sistema Apartheid".

Los fundadores de la Coalición alegan que la misma existencia de "listas de música negra", "emisoras de música negra", "promotores de conciertos para negros" y similares, perpetúa un sistema económico basado en el principio de "separados y desiguales", que excluye a los artistas negros de muchas vías de expresión musical. Vernon culpa por igual a los elementos blancos y negros del negocio musical; según le dijo a Geoffrey Himes, del *Washington Post:* "El lado blanco de la industria asegura que no se puede poner una banda negra en la portada de un álbum y venderlo en tiendas de zonas residenciales. El lado negro de la industria asegura que el público negro no quiere oír *rock'n'roll".*

Si tan mal están las cosas, ¿cómo consiguió Living Colour un contrato con un sello importante?. No fue fácil. La banda no fue aceptada por Epic hasta que Mick Jagger vio uno de sus conciertos, se convirtió en fan suyo y produjo dos canciones para el grupo. A pesar de poseer talento de sobra y una pila de críticas entusiastas del tamaño de una guía telefónica, se necesitó la intervención directa de uno de los hombres más poderosos del rock para que Living Colour saliera al mercado.

—*Has dicho que no te consideras un músico "nato".*

No lo soy. Tenía una inclinación a la música porque me gustaba, pero no era un niño prodigio. Ojalá lo hubiera sido. He conocido músicos muy jóvenes que ya lo sabían todo. Martin Aubert, que fue guitarrista de la primera formación de Defunkt, era la hostia cuando tenía 13 o 14 años. Yo empecé a tocar tarde, a los 15 años. Tocar la guitarra me costó mucho esfuerzo. Tenían que pasar cosas que me impulsaran; tenía que pasar vergüenza. Cuando estaba con

Decoding Society, a veces me sentaba en la habitación del hotel y pensaba: "A lo mejor no tengo talento". Ronald Shannon Jackson era muy exigente. Tenías que meterte de lleno en la música y no apartarte de ella. Mucha gente enfoca la música de aquella manera —"Sí, más o menos sé tocar"—, pero no se sumerge de cabeza en el sentimiento. Yo tuve que hacerlo porque Ronald nos lo exigía. Por otra parte, nunca abandoné ninguna de las otras cosas que me gustaban. Jamás dejaron de gustarme Santana y Hendrix y otros por el estilo.

—*Tu manera de tocar ha tenido mucha continuidad a lo largo de los años. A pesar de que Living Colour suena muy diferente de Decoding Society, no parece que tú hayas modificado tu estilo en un intento de "pasarte al* rock".

Es gracioso: el *rock* era la música que a mí me parecía que se me tenía que dar mejor. Con el *jazz* siempre tenía que luchar, a pesar de que me gustaba. Me gustaban tanto Dolphy, Coltrane y Ornette, que intenté integrar las dos cosas. La Decoding Society fue una escuela para solidificar lo que verdaderamente quería hacer. Fue mi oportunidad de integrar los blues con el concepto armolódico, seleccionar elementos y hacerlo todo coherente.

—*¿Podrías explicar eso del concepto armolódico?*

El concepto armolódico lo inventó Ornette Coleman. Es una teoría de la música que libera a la melodía de su papel subordinado a la armonía. Tradicionalmente, ciertos acordes determinan ciertas líneas melódicas, pero en la teoría de Ornette, la melodía, la armonía y el ritmo son independientes unos de otros. Pueden interaccionar a diferentes niveles. Puedes tocar cosas en diferentes tonos y conseguir que suene bien, porque la combinación de tonos crea un nuevo centro tonal, más libre. Todo el mundo ha vivido la experiencia de estar en alguna parte escuchando música, y oír por fuera una radio que pone una música diferente. Durante un breve momento, estás escuchando dos canciones a la vez y percibes las consonancias entre las dos.

La teoría armolódica intenta sintetizar ese momento.

—*¿Como lo que cuentan de Charles Ives, compositor norteamericano del siglo XX, que se inspiró al oír dos bandas callejeras que marchaban en diferentes direcciones?*

Exacto. Es una idea que no es nueva.

—*¿Qué le respondes a la gente que te acusa de haberte vuelto "comercial"?*

Seamos serios: a ver si hay muchas bandas negras de *rock'n'roll* que estén arrasando en las listas y forrándose de verdad. Ya ves que es una cosa muy arriesgada. Es algo que no ha ocurrido a nivel masivo y general desde Hendrix. Esto es igual de arriesgado que estar en la Decoding Society, pero a otro nivel, porque estás tratando con todo un entorno social, con toda una manera de ver el *rock'n'roll* que lleva estancada desde mediados de los setenta.

—*Has sido muy explícito en lo referente a la posición del guitarrista negro en el* rock'n'roll.

Es curioso. Estamos constantemente preguntándonos: "¿Dónde encajamos?". Recuerdo que hace años, en las votaciones del *Guitar Player* nunca se incluía entre los guitarristas de *rock* a Ernie Isley, de los Isley Brothers, una de las pocas bandas negras de rock que tuvieron éxito después de Hendrix. Eso siempre me fastidiaba. Era como si hubiera una historia alternativa: por un lado, la historia que todo el mundo conocía, y luego esas otras cosas que ocurrían a escondidas. De los guitarristas que realmente me han influido, por lo menos la mitad no son famosos. Hay músicos que tienen unas grabaciones horrendas, como Ray Muton, de Nueva Orleans: tocó con la banda de Billy Cobham [batería] en un par de giras y un disco. También Charlie Singleton estaba en aquella banda. Luego se fue a tocar con Cameo. Era un guitarrista asombroso y completísimo. Yo me dije: "Este tío va a ser una estrella", pero desde entonces no se ha vuelto a saber de él. Arthur Rhames, de Brooklyn, tenía una banda de fusión que se llamaba Eternity, un trío inspirado en la Mahavishnu Orchestra. Jamás he oído a nadie que tocara mejor la guitarra.

También tocaba el piano y el saxofón... era acojonante. Blackbird McKnight, que tocaba con Parliament, *the Brides of Funkenstein* y Herbie Hancock. Kelvyn Bell, de la formación original de Defunkt, y Ronnie Drayton, que toca en el último álbum de *Defunkt*. Hay tantos...

Tienes que mantener el contacto con el pasado. Es importante ver las cosas con perspectiva y fijarte en cómo una cosa influye en otra. Eddie Van Halen dice: "Yo nunca escuché a Hendrix; escuchaba a Clapton", pero a Clapton el que le influyó fue Robert Johnson. Si haces un árbol genealógico o una tabla cronológica, verás que todos nos influimos unos a otros. Decir que a mí me influyó Led Zeppelin equivale a decir que gracias a Led Zeppelin oí a Muddy Waters y pude decir: "¡Ah! ¡De ahí venía eso!". Michael Hill, otro guitarrista de la Black Rock Coalition, es fantástico con el *slide* y al primero que se lo oyó fue a Duane Allman. No conviene estar desconectado de las raíces y fijarse sólo en las ramas.

—*Le dijiste al* New York Times *que "la existencia de una lista de música "negra" exige que los artistas negros se adapten a lo que la industria entiende por* rhythm & blues. *Eso significa que no vas a poder cantar acerca de la tasa de analfabetismo; vas a tener que cantar sobre el sexo".*

Parece que de los negros se espera que les guste el entretenimiento escapista, o que proporcionen entretenimiento escapista constantemente. Eso no está bien, porque acabas haciendo lo que se espera de ti; si es tu única opción, pues haces eso. Al cabo de un tiempo, te dices: "¿Para qué me voy a molestar en practicar todo esto, si nunca voy a tener la oportunidad de tocar así?". Eso es lo que me da miedo. Es un tema humano.

—*En general, ¿no es tabú que los artistas* pop *hablen de la vida real?*

Es verdad. Hay mucho conservadurismo por todas partes. Los artistas negros tienen algunos problemas exclusivos, pero no todos los problemas son exclusivamente nuestros. Hay mucha gente fastidiada por la presión de "tienes que sacar adelante este número, tienes que hacer canciones tontas de amor todo el tiempo". Eso puede frustrar y encasillar a un artista. Espero que esté empezando una época con más música creativa.

—*Hace años, dijiste una frase lapidaria en el* Village Voice: *"Yo no separo a Dolphy de Sly, de Monk y de Trane [John Coltrane], porque el elemento común que conecta a todas esas personas es el* blues. *El* blues *es lo que conecta a Ornette con los Temptations, y a Hendrix con Trane".*

Es verdad. Los *blues* son algo más que una estructura: son un auténtico sentimiento. Una vez oí a John Gilmore tocar un solo con Sun Ra [compositor de *jazz* y director de banda], y lo que tocaba era puro sonido total. No había nada lineal, pero la sensación de *blues* era fuertísima. Y me acuerdo de la primera vez que oí a Dionne Warwick: una voz tan clara, tan cristalina, pero todavía humana. Es interesante que también Carlos Santana la cite entre sus influencias, porque él fue el primer guitarrista de *rock'n'roll* que me cautivó de verdad.

El *blues* es el hilo que conecta todas estas experiencias diferentes. Todo es cuestión de expresar los *blues* en la propia vida. Y no se trata simplemente de escuchar constantemente a Muddy Waters o a Lonnie Johnson, porque cuando lo haces estás escuchando sus vidas. Lo único que puedes sacar de ahí son cosas que resuenen en tu propia vida. Aparte de eso, queda muy poca cosa, a menos que seas un camaleón total y estés intentando sepultar tu propia vida. La gente, o bien procura encontrar resonancias en sus vidas, o bien intenta tapar su propia vida y adoptar otra personalidad. Es como esa canción de Steely Dan que dice: "Cualquier mundo en el que me reciban bien es mejor que aquél del que vengo". Hay gente que adopta la personalidad de otro músico y dice: "Quiero ser esto porque no me gusta mi vida". ¿Es la música una expresión de tu estado de existencia, o es algo que simplemente estás usando?

—*¿O sea, que te consideras un músico de* blues?

Pues sí. Los *blues* son la base de lo que toco. Es algo con lo que intento trabajar constantemente. Intento llegar a mi centro, a lo que siento de verdad. Tocar la guitarra es como un análisis de sentimientos para intentar librarse de toda la porquería.

—*A veces tocas con un vocabulario predominantemente pentatónico, y otras veces utilizas sonidos más abiertos, cromáticos. ¿Cambias de onda conceptualmente cuando pasas de un idioma pentatónico a otro cromático?*

En parte, es cuestión de distanciarme del centro tonal. En parte, es intentar conectar con el ritmo. A veces me concentro simplemente en lo que está haciendo la batería y me lanzo desde ahí. También puedo trabajar con figuras dominantes sobre las cosas pentatónicas y cromáticas. Sí que cambio de onda, pero no sé si es una cosa consciente. Cuando practico, procuro pensar en esas cosas, pero cuando estoy actuando procuro simplemente vivir el momento.

—*¿Vivías el momento cuando grabaste el solo de "Cult of Personality"?*

Tiene gracia cómo salió aquello. Es una primera toma. Había grabado ya toda la canción, doblado las partes de guitarra y todo eso, y entonces nuestro manager, Ed Stasium, dijo: "Muy bien, ya lo tenemos todo. Mañana venimos y haces un solo". Pero yo le dije: "Tengo que hacerlo ahora". Fue graciosísimo. Yo estaba hecho polvo hasta que él dijo: "Aquí viene el tema", y entonces me lancé a un torrente musical de conciencia. Al terminar, dije: "¿He hecho yo eso?". Creo que en aquel solo me sumergí de verdad en lo que quería decir la canción, y me sentí de maravilla.

—*No es un solo estructurado de un modo estereotipado. Empiezas lanzado a máxima velocidad, para luego pasar a sonidos más largos y sostenidos.*

En la parte final, me siento como si estuviera "cantando" sobre los acordes. Hice algunas tomas más después de aquélla, pero....[se encoge de hombros].
Está muy bien cómo desarrollas el riff *inicial de la canción. Lo vas ampliando hasta formar una frase más larga, que establece un agrupamiento rítmico de tres partes, enfrentado al ritmo normal de 4/4.* —*Así se crea ese tipo de contraste rítmico que puedes*

encontrar tanto en una canción de Led Zeppelin como "Black Dog" [de Led Zeppelin IV] *como en un tema de Thelonius Monk como "Straight, No Chaser".*

Sí, y como en "I Mean You" de *Monk.* "Cult of Personality" era una composición de la banda. Corey cantaba esa frase una y otra vez, y yo procuraba sacar algo de ahí. Eso me hizo pensar en la frase principal. Muzzy y yo estábamos trabajando en ello, y Calhoun metió ese ritmo tan fuerte. Fue curioso cómo fue saliendo. Después pensé: "Hum, esto me recuerda algo". Hay quien ha dicho que es una cosa al estilo Zeppelin. Supongo que si escuchas algo bastantes veces, llega a formar parte de tu subconsciente y acaba saliendo. Hace años, estuve escuchando a Bill Connors en "Captain Senor Mouse", del disco de *Return to Forever Hymn of the Seventh Galaxy,* que es un disco de guitarra sensacional, sensacional. Y una noche, tocando con Defunkt, me encontré tocando un solo que me parecía extrañamente familiar. Cuando volví a escuchar la grabación, reconocí algunas cosas de Bill Connors.

—*En "Cult of Personality" tienes un sonido alucinante. ¿Qué equipo usaste?*

Para el álbum utilizamos el equipo viejo, un dinosaurio analógico. Utilicé una distorsión Pro-Co Rat, una caja multiefectos Korg con compresión, coros, *flanging* y *overdrive,* y un Digitizador ADA para coros adicionales. También usé un Delay/Sampler Digital Boss y un Microverb Alesis. Pusimos los micros cerca, en el centro y en los rincones de una sala muy grande. Teníamos una "gran pared de amplificadores": un Carvin, un Dean Markley, un Vox, una cabeza Marshall y una cabeza Fender Showman. Variaba según el tema.

—*¿Grabasteis con todos los amplis a la vez?*

Usábamos por término medio dos o tres amplis por canción. En "Desperate People" pusimos todo a la vez. Hacíamos tanto ruido que el ingeniero tenía que entrar corriendo en la sala cada vez que quería ajustar algo. Fue muy divertido. [*Nota del Editor:* Dennis Diamond, técnico de guitarra de Living Colour, declaró: "El volumen era tan alto que mataba a las ratas que pasaban por ahí. ¡Y Vernon toca sin tapones en los oídos!".] Había momentos en los que pensaba que debería estar en la sala de control con ellos, pero quería sentir aquella sensación. No obstante, es agotador; si haces ese tipo de cosas, tienes que andarte con cuidado. Yo cuido mucho mis oídos. Hay que tomarse un respiro. No se te ocurra hacerlo durante dos o tres horas. Es como recibir una paliza.

—*¿Doblaste muchas partes?*

Sí. "Cult of Personality" la hicimos tres veces diferentes, con tres guitarras diferentes. Usé dos ESP —una de estilo Strato y otra de estilo Tele— y una Fender. En "Broken Hearts" utilicé una Dobro y una *lap steel*. Pero en la mayor parte de la canción, lo que suena es la ESP. Usé el vibrato y un pedal de volumen para crear efectos de tipo *slide*.

—*Muzz y tú tocáis el* riff *principal de "I Want to Know" a dos voces, en cuartas, en lugar de las quintas que serían de esperar. Y también en tu solo sigues con la idea de las cuartas.*

Procuro hacer cosillas para cambiarlo. Intentaba que ese solo concreto sonara más o menos a *blues*, a pesar de lo de las cuartas. También hay un poco de guitarra al revés al final.

En el solo de "Middle Man" hay un cierto toque de Charlie Christian. Tocas una frase que recuerda aquel pequeño *riff* cromático que él siempre usaba.

Es una cosa tipo Charlie Christian o Django Reinhardt. Pero no pretendo hacer un homenaje consciente a uno ni a otro, sólo intento ser abierto. Hay cosas que, simplemente, se manifiestan. Yo he escuchado mucho a Charlie y a Django. ¡Menudas historias, las de los dos! Qué joven murió Charlie, pero cómo cambió el curso de todo. Cuando yo tenía 23 años, estaba deprimido porque pensaba: "Jo, Charlie Christian murió a esta edad, y yo ¿qué he hecho?". ¡Y Django! Cómo superó su incapacidad. Incluso hay mucha gente que dice que tocaba mejor porque eso le motivaba más.

—*Los acentos de la introducción de "Funny Vibe" son tan sincopados que resulta difícil*

determinar la métrica exacta. En general, *¿cómo reconcilias los tiempos "raros" con el* rock'n'roll?

Las métricas raras te pueden jugar malas pasadas, sobre todo si se vuelven demasiado conscientes. "Black Dog" tiene un tiempo raro, pero la sensación es muy espontánea. Pero si dices: "¡Eh! ¡Voy a tocar esta frase en 11 por 8!", puede quedar poco natural. En el momento de tocar la música, no estaba pensando que esa frase fuera rara.

—*También hay un agrupamiento rítmico poco habitual, 3+3+2, hacia el final del tema. ¿De dónde sacas esas ideas métricas tan insólitas? ¿Eres fan de Bartók?*

He escuchado bastante a Béla Bartók. Y la verdad es que también escucho mucho de Philip Glass. La gente del *jazz* me hizo aficionarme a Stravinsky. Charles Ives es increíble, y también tengo un disco de Edgar Varèse de los años cincuenta, que escucho bastante.

—*En tu solo de "Funny Vibe" hay una frase muy del estilo de Varèse; haces una línea de semitonos en dos registros aislados y luego "hipas" entre ellos.*

Es una cosa que aprendí de Rodney Jones cuando estuve estudiando con él. Me lo enseñó como un ejercicio de pulsación, pero yo lo convertí en una cosa lineal. Estoy procurando desarrollarlo más.

—*¿Por qué decidiste hacer una versión de "Memories Can't Wait" de los Talking Heads?*

Porque me gustó la idea de la letra, eso de la fiesta dentro de tu cabeza, que esperas que no termine nunca. Pienso en gente que se encuentra en esa situación, que tienen que ser formales pero por dentro van totalmente despendolados. Esa dualidad es lo que me atraía.

—*Tu solo en esa canción tiene fuertes resonancias de la Band of Gypsys.*

Sí, eso es. Si alguna vez he hecho un homenaje a Hendrix, es éste. Ya he hablado sobre el tema de Hendrix y los guitarristas negros, y ese legado es algo con lo que yo he tenido que reconciliarme personalmente. Todo el tema de Hendrix pesa sobre los guitarristas negros de una manera que a veces me parece injusta. Pero me gustan el hombre y su música, y en mi manera de tocar se nota que lo reconozco, aunque insisto mucho en que también reconozco otras deudas: con Coltrane, Dolphy, Ornette y muchos otros.

—*"Glamour Boys" es una especie de* rock caribeño. *Muzz y tú tocáis partes de soca bastante tradicionales sobre el ritmo sincopado de la batería.*

Esa música es un homenaje a mis padres y a su lugar de origen. Estaba deseando trabajar con una estructura de calipso, y la música iba muy bien con la letra. En realidad, Arrow es primo segundo mío. [*Nota del Editor:* El soca es una música moderna de baile, derivada del calipso antillano. La palabra "soca" es una contracción de "soul-calipso". Arrow es un famoso cantante de soca de Montserrat.]

—*¿Piensas hacer más música con sabor afrocaribeño?*

Tenemos otra canción caribeña que no incluimos en el álbum, que se titula "One Way Ticket". La música africana también me fascina. Escucho a algunos de los grandes guitarristas africanos, como Francis Bebey, Ray Phiri —que fue el director musical del *Graceland* de Paul Simon— y Bob Ohiri, de la banda de Sunny Ade. También escucho a tocadores de kora como Foday Musa Suso, que tocó con Herbie Hancock. [*Nota del Editor:* La kora es un arpa de 21 cuerdas, utilizada por los juglares tradicionales de África Occidental.]

—*Parece que a tu batería y a ti os gusta mucho el polirritmo de seis contra cuatro. Muchas veces tocáis partes en 12 por ocho frente a una métrica predominante de 4 por 4. ¿Es eso espontáneo?*

Es una cosa que nos sale así. A veces lo hacemos en los ensayos. Me esfuerzo mucho por conectar con Calhoun, y nos metimos en eso juntos.

—*Parece que tuvieras dos posiciones distintas de la mano derecha. Cuando empiezas a tocar un fragmento muy rápido, doblas mucho más la muñeca derecha.*

Cuando empecé a tocar, tenía los brazos muy delgados y tuve que encontrar una postura cómoda para pulsar. Hay gente que pulsa directamente arriba y abajo, con la muñeca rígida, pero yo muevo más la muñeca que el antebrazo. Antes sujetaba la púa entre el pulgar, el índice y los demás dedos, con los dedos extendidos. Así podía tocar muy rápido, pero sin articulación, de manera que empecé a sujetar la púa entre el pulgar y el índice doblado. Pegaba tres púas Gibson de las gruesas y las afilaba un poco, pero eso lo dejé cuando descubrí las Jim Dunlop Jazz III. Son mucho más delgadas, pero tienen más o menos la misma densidad. Cuando empecé a tocar, sólo pulsaba hacia abajo. Me costó aprender la pulsación alternante. No hago muchos barridos.

—*¿Tocas de ese modo por razones rítmicas? ¿Relacionas la pulsación hacia abajo con las partes fuertes del compás?*

Desde luego. Aprendí mucho de guitarristas rítmicos como Jimmy Nolen [de la banda de James Brown] y Teenie Hodges, que tocaba con Al Green.

Da la impresión de que tocas muy duro, pero en realidad tus movimientos son muy delicados.

Hago trabajar mi musculatura. Pulso mucho hacia arriba y cargo poco peso sobre la muñeca. Procuro que tocar resulte fácil y no represente un esfuerzo tremendo. Es una actividad muscular, además de espiritual. La ESP molesta poco, porque no pesa tanto como la Les Paul, que era la guitarra que más usaba con la Decoding Society. Utilizo cuerdas D'Addario de *jazz-rock,* calibres .011 a .049. Antes utilizaba cuerdas finas superescurridizas. Recuerdo una vez, que fui a una prueba para un grupo de *R&B,* y la guitarra se me desafinaba en cuanto me ponía a tocar ritmo. Me dijeron: "Si quieres este puesto, tienes que arreglar eso". Un amigo me recomendó que usara cuerdas de mayor calibre, así que cuando compré la Les Paul probé primero las del .010 y después las del .011.

—*Utilizas el* feedback *de una manera muy musical. ¿Empleas alguna técnica especial para generar y controlar el* feedback?

Cada guitarra tiene sus puntos buenos. Mi ESP, por ejemplo, es estupenda en la tercera cuerda, entre el 5º y el 9º traste. Por lo general, intento encontrar un punto bueno para tocar en vivo. La oriento sólo un poco hacia el ampli y escucho cómo responde. Eso, desde luego, lo aprendí de Santana. Hay gente que dice que depende del mástil, o de la cejuela, o del cuerpo, o de las pastillas, o del puente, o del ampli, o de los altavoces, pero todo está tan relacionado que tienes que adoptar una visión holística. Por lo general, pongo al máximo los controles de volumen y tono y utilizo un pedal de volumen, aunque a veces bajo un poco el control de volumen para reducir el *feedback*.

—*Con la Decoding Society utilizaste sintetizadores de guitarra, y también en tu álbum a dúo con Bill Frisell. ¿Piensas utilizarlos con Living Colour?*

Me lo estoy pensando. Me gustan los sintetizadores, desde siempre. Hace poco me compré un Casio PG-300 que lleva un sintetizador incorporado. Lo puedes ajustar de manera que cada cuerda vaya a un canal MIDI diferente.

—*¿Practicas mucho actualmente?*

Cuando estás de gira, es difícil. Tengo que sacar una hora de aquí y otra de allá. Antes me levantaba por las mañanas y tocaba cualquier cosa —no importaba qué— sólo por tener la guitarra en las manos. Practiqué mucho los acordes del libro de Ted Greene Chord Chemistry [*Dale Zdenek*]. Procuro leer un poco de música; me cuesta bastante leer. Cuando estaba con la Decoding Society, teníamos que leerlo todo.

—*Has compuesto una obra teatral.*

Afrerica es una obra teatral multimedia que estoy preparando con el escritor Sekou Sundiata. Está basada en la idea de África que tienen los negros norteamericanos. Está el África física, y después el África imaginaria que nosotros nos hemos fabricado para que nos ayude a sobrevivir. Los nacionalistas negros se han agarrado a esta África como si fuera un Valhalla o un Asgard, un lugar increíblemente mágico, un sitio estupendo. Es como una amalgama de lo que les gustaría que ocurriera aquí y la poca historia de África que conocen. Existen tantas

Áfricas y tantas sociedades en África, cada una con su propia moral... de todas esas cosas, hemos tomado lo que nos gustaba. *Afrerica* trata de este concepto fantástico. Es uno de los proyectos de mi vida; irá cambiando a medida que mejore mi capacidad como compositor [risas]. La primera versión duraba como hora y media. Espero tener montada otra versión para dentro de un par de años.

—*Sabes mucho sobre una gran variedad de estilos musicales. Debes tener una colección de discos impresionante.*

Más bien de locura. Procuro escuchar mucha música para mantener la perspectiva. Si no, lo que tocas empieza a perder consistencia.

—*Si pudieras retroceder en el tiempo para conocer a músicos de otras épocas y tocar con ellos, ¿a quién elegirías?*

¡Hay tantos! Me encantaría estar en la misma habitación con Eric Dolphy. No diría ni palabra, me limitaría a quedarme sentado. No haría falta ni que el tío tuviera un saxofón. Y ver a Charlie Christian tocar en un club a los 19 años. Ver a la banda donde se juntaron Wes Montgomery, Coltrane y Dolphy, que hizo una sola gira y no grabó nada. Sería fantástico conocer a Hendrix. Y Charlie Mingus. Y Tommy Bolin... si hubiera podido decirle a Tommy: "¡Deja ya esa puta mierda!". Tommy fue una de nuestras grandes pérdidas. Si hubiera podido sentarme con Jimmy Nolen y decirle: "Eres uno de los mejores guitarristas que ha habido. Has cambiado la música". Y Sonny Boy Williamson, me bastaría con que me insultara: "Tú, chaval, ¿qué haces aquí? ¡Largo!". Lonnie Johnson, Robert Johnson... ¡Espera, ya lo tengo!. El Reverendo Gary Davis. Una clase con el Reverendo Gary Davis.

—*¿Y de los músicos contemporáneos?*

Me gustaría pasar un rato con Carlos Santana. Su actitud y su manera de entender la música me han influido muchísimo. Me gustaría conocer a Frank Zappa: es un compositor del siglo XX disfrazado de músico de *rock*. Allan Holdsworth es fantástico, porque no para de investigar.

Jamás me ha dado la sensación, al oírle tocar, de que haya ahí un gran ego: es sólo que intenta profundizar. B.B. es grande de verdad. La gente habla de "tocar al estilo de B.B. King" y yo no sé a qué se refieren, porque no hay nadie que toque como él. Admiro mucho a Steve Vai, porque sabe un montón. Y Van Halen... es muy popular, pero la verdad es que es buenísimo. Toca como si respirara.

Uno de los placeres de trabajar con Ronald Shannon Jackson fue ser capaz de compartir escenario con gente como "Blood" Ulmer y Sonny Sharrock. Conocí a Fred Frith y a Hans Reichel. La primera vez que oí a Reichel, me voló la tapa del cráneo. Sonaba como si su guitarra fuera de goma. Tuve la inmensa suerte de ver a Muddy Waters en Holanda. De todos los conciertos que he visto, ése ha sido el mejor. Tengo una grabación del concierto en una cinta barata, que es una de mis posesiones más preciadas. Era la primera vez que yo salía del país, y pude pasar al camerino y estrecharle la mano a Muddy Waters.

—*¿Consideras que debes algo a tu público, que tienes una responsabilidad para con él?*

Tengo la responsabilidad de ser honesto y hacer todo lo que esté dentro de mis posibilidades. Eso no quiere decir que tenga que tocar un millón de notas en cada solo; es una responsablidad más profunda. Si tienes mucho oficio, puedes tocar maquinalmente. Pero debes esforzarte por conectar.

—*¿Qué te gustaría poder hacer, que aún no puedas?*

Siempre me ha fascinado la guitarra de *ragtime.* Me gustaría saber tocar eso, me muero de ganas. Me gustaría dominar un vocabulario de acordes más amplio. Me gustaría volver al *jazz* y aprender *standards.* Me gustaría llegar a un punto en el que pueda integrar sin problemas más saltos de intervalo en mi música. Seguir aprendiendo cosas, seguir sintiéndome fascinado, seguir disfrutando con ello, seguir en contacto con lo que hace que valga la pena tocar la guitarra. Es la manera de mantenerse fresco.

Consejos de Vernon a los músicos jóvenes:

1. Mantén la mente abierta.
2. Aprende los fundamentos básicos.
3. Familiarízate con la música escrita: es verdaderamente importante. Si puedes, inclúyelo en tu régimen.
4. No te atormentes pensando que no eres Yngwie Malmsteen o Eddie Van Halen. Tienes que ser tú mismo. Lo único que tienes que aprender de esos músicos son las cosas que puedan resonar en tu propia vida. Está muy bien tocar una frase de Allan Holdsworth, pero tiene más mérito tocar una propia.
5. No escuches sólo música de guitarra. Escucha a saxofonistas y pianistas.
6. Si tienes mucha técnica y puedes tocar rapidísimo, procura articular tus frases. A veces hay que tocar despacio.
7. Escucha *blues:* hay mucho que sacar de ahí. Es la raíz del *rock'n'roll.*
8. Piénsatelo bien antes de decir que alguien es una mierda, porque pueden oírte tocar y decir que la mierda eres tú. Siempre habrá alguien que sea técnicamente mejor que tú.
9. Aprende a trabajar a favor tuyo, no en tu contra.
10. Haz amigos. No seas absolutamente competitivo. Eso es un asco.
11. Vive tu vida. No te encierres en tu habitación ocho horas al día sin pensar en nada más que en tocar la guitarra. Aprende a vivir bien, a apreciar las flores. Tienes que tener un lado humano. Esto puede sonarte a rollo hippie, pero es verdad.

Y eso es todo.

La primera vez que oí tocar a Wes Montgomery fue como si me cayera encima un rayo. En cuanto rozó con el pulgar las cuerdas de la guitarra, lo sentí en las tripas, y eso ocurría hasta donde alcanzara el sonido.

Antes de llegar a verlo, ya había oído hablar mucho de Wes Montgomery. Sus dos hermanos, Buddy y Monk, estaban en un grupo de San Francisco que se llamaba The Mastersounds, y no paraban de decir: "Ya verás, ya verás cuando oigas a Wes". ¡Cuánta razón tenían!

Wes llegó a San Francisco y tocó con ellos un sábado por la tarde en el Jazz Workshop, y aquello fue el acabóse. El club estaba impaciente por volver a programarlo.

Con el tiempo, Wes se trasladó a la zona de la Bahía y tocó con sus hermanos.

También estuvo mucho tiempo en el Jazz Workshop con John Coltrane y Eric Dolphy, con los que también actuó en el Festival de Jazz de Monterrey. Después, formó su propia banda.

Antes de independizarse, Wes estuvo algún tiempo viviendo en Berkeley, en la misma calle que yo. Daba no sé qué asomarse por la ventana a mediodía y ver al mejor guitarrista del mundo paseando por la calle, pero allí estaba. En aquellos tiempos llegué a conocerlo un poco (¿quién conoce de verdad a nadie?), porque él, sus hermanos y yo nos esforzábamos día tras día en poner en marcha y lanzar el grupo de los Montgomery Brothers. A pesar del genio de Wes, aquello se quedó en nada. Tuvo que lograrlo por su propia cuenta.

La entrevista que viene a continuación se hizo cuando empezó a grabar con su propio nombre, y a mí me reveló una cosa de la que nunca me había dado cuenta: Wes se sentía muy inseguro acerca de su manera de tocar, y le preocupaba que cuando llegara el momento de tocar su solo no fuera capaz de mantener noche tras noche el nivel que deseaba. Lo cierto es que no se consideraba lo bastante bueno como para tocar con John Coltrane cuando Trane le ofreció un puesto en su banda (¡qué banda habría sido aquélla!). No era sólo el dinero, era que no se veía como el mejor de su especialidad. Siempre estaba diciendo que había tocado mucho mejor quince años antes.

Y por supuesto, jamás logró que ningún amplificador le diera el sonido que él deseaba, y se gastó miles de dólares experimentando con electrónica. Creo que, en toda su vida profesional, jamás logró en escena la clase de sonido que le habría hecho feliz. Debió de volver loco a todo el personal de la Fender y a mucha gente más.

Resultaba fácil hablar con Wes, pero tenía que ser sin micrófono. Después he lamentado no haber seguido mi idea original, consistente en esconder micros por todo mi cuarto de estar para grabarle sin que él supiera que sus palabras estaban quedando grabadas. No me decidí a hacerlo, ya ven qué cosas.

Hubo una época en la que él tocaba en un club del Broadway de San Francisco, Barney Kessel tocaba en otro, y Bola Sete tocaba en un tercero. Cada uno de ellos tenía a los otros dos guitarristas entre el público, en todas sus actuaciones. Estoy convencido de que arreglaron los horarios para poder hacerlo así. Y todos los guitarristas del norte de California que no estuvieran trabajando se pasaban la noche corriendo de uno a otro de esos tres clubes.

Una noche, llevé a un joven guitarrista que también trabajaba de periodista a ver a los tres. Se llamaba Jann Wenner [director de la revista *Rolling Stone*]. Creo que desde entonces no ha vuelto a coger una guitarra. Por lo menos, a mí no me lo ha dicho.

Wes no recibió una sola lección de guitarra en su vida. Creía que todos los demás guitarristas eran mejores que él, pero la verdad es que a él se le seguirá recordando mucho tiempo después de que los nombres de los otros se hayan perdido en las nieblas de la historia.

—*¿Cuánto tiempo llevas tocando la guitarra?*

Empecé en el 43, cuando tenía 19 años, justo después de casarme. Me compré un amplificador y una guitarra dos o tres meses después. Antes había tocado una [guitarra] tenor, pero eso no era tocar. Empecé a tocar en serio cuando me compré la de seis cuerdas, que fue como empezar desde cero.

—*¿Cómo empezó a interesarte tocar la guitarra?*

Por Charlie Christian, como todos los demás guitarristas. No había manera de escapar. Aquel tío le volaba la cabeza a todo el mundo. Jamás llegué a verlo, pero decía tanto en los discos... Tocaras el instrumento que tocaras, si no entendías y sentías las cosas que hacía Charlie Christian, es que eras una birria de músico.

—*¿Oíste a algún guitarrista antes que a él?*

Reinhardt y Les Paul, aquellos tíos. Pero no era una cosa que pudieras decir que fuera nueva, era sólo guitarra.

—*¿Cuál fue el primer disco de Charlie Christian que oíste?*

"Solo Flight". ¡Chico, aquello era demasiado! Todavía lo sigo oyendo. Para mí, aquello fue el no va más. Después de eso, no oí a nadie más durante un año.

—*¿Aprendiste a tocar la guitarra tú solo?*

Sí. Con discos de Charlie Christian. Los escuchaba a conciencia, y sabía que todo lo que se hacía con su guitarra se podía hacer con la mía, porque también tenía seis cuerdas, así que me empeñé en hacerlo. Unos seis u ocho meses después de empezar a tocar, ya había sacado todos los solos del disco y me había conseguido trabajo en un club, tocándolos. Tocaba solos de Charlie Christian, y ya estaba. Entonces un tío me oyó y me contrató para el Club 440 (Indianápolis). Salí al escenario y toqué los solos. Los tíos de la banda me ayudaron un montón, metiendo diferentes melodías, introducciones, finales y cosas que se sabían. Me lo montaron todo. Y después, la cosa siguió.

—*¿A partir de entonces trabajaste en la zona de Indianápolis?*

Bueno, me fue bastante bien y me fui de gira con un grupo. Casi nos morimos de hambre. Yo no me había dado cuenta aún de que había que actuar una noche en Kansas City, la siguiente en Florida y la siguiente en Louisville. Ya sabes, mil millas cada noche. Era muy duro, tío.

—*¿Estuviste en otras bandas?*

La de Hamp [Lionel Hampton] fue la única banda grande con la que estuve, del 48 al 50.

—*Cuando recorrías el país con Hamp, ¿oíste a algún otro guitarrista que te interesara?*

Para mí, todos los guitarristas tocan bien, porque sé que están intentando llegar a algún lado. Pero, por ejemplo, aparece un tío como Tal Farlow. Aparece en escena Tal y arma la gorda. Y en lugar de intentar montarse su propio rollo, todos los tíos se suben al carro de Tal Farlow. Vale, él puede llevarlos todo el tiempo que quieran, pero cuando quieren darse cuenta no han hecho nada por sí mismos. Evidentemente, es un instrumento tan difícil que alguien tiene que inventar cosas para que otros se animen, porque es muy difícil sacar algo tú solo. Es un instrumento muy difícil de aceptar, porque te lleva años empezar a funcionar con él, eso lo primero, y parece que todo el mundo está progresando con el instrumento menos tú. Luego, cuando encuentras un tío que toca bien de verdad, siempre descubres que lleva muchísimo tiempo tocando. De eso no te libras.

—¿Qué quieres hacer con la guitarra, adónde quieres llegar con ella?

He pensado en ello, pero soy tan limitado... Aprendí a tocar octavas por casualidad. Y sigo teniendo dificultades, como con las variantes de acordes, acordes como los que tocan esos tíos pianistas. Se pueden hacer montones de cosas con ella, pero cada cosa es un mundo aparte y, como te digo, se tarda mucho tiempo en desarrollar la técnica. Por ejemplo, si quieres tocar un acorde como tocarías una frase melódica, no se puede saber el tiempo que puedes tardar en conseguirlo. A mí me daban dolores de cabeza cada vez que tocaba octavas, porque era un esfuerzo tremendo, pero en cuanto lo dejaba me sentía bien otra vez. No sé por qué, yo lo hacía a mi manera y me salió el tiro por la culata. Pero ahora ya no me duele la cabeza cuando toco octavas. Eso te demuestra que el esfuerzo puede volverte loco y casi asfixiarte, pero al cabo de un tiempo empieza a resultarte fácil porque te has acostumbrado.

—No utilizas púa, ¿verdad?

No. Ése es otro de mis problemas. Para tocar con una cierta velocidad hay que usar púa, creo yo. Hay muchos tíos que dicen que no es preciso tocar rápido, pero que ser capaz de tocar rápido te ayuda a frasear mejor. Pero a mí no me gustaba el sonido. Lo probé un par de meses. No usaba el pulgar para nada. Y al cabo de dos meses, seguía sin saber usar la púa, así que me dije: "venga, tío, usa el pulgar". Pero para entonces ya tampoco sabía usar el pulgar, así que me pregunté: "Y ahora ¿qué hago?". Me gustaba más el sonido del pulgar, pero la técnica de púa me parecía mejor, pero no podía tener las dos cosas.

—¿Alguna vez te has encontrado con un guitarrista clásico, como Segovia?

No, ni quiero encontrarme, porque esos tíos te dan miedo. Que toquen clásico no importa, pero es que es tanta guitarra. Oyes a un guitarrista clásico y te pones a pensar: "¿Para qué tocas esas cosas que tocas? Lo que deberías tocar es esto". Es capaz de hacer que quieras dejarlo, y creo que nadie debería hacerle a uno esas cosas. Pero supongo que a un guitarrista clásico le pasaría lo mismo conmigo. Si un guitarrista de jazz toca verdaderamente bien, el guitarrista clásico debe respetarlo.

—¿Todavía te excita tocar la guitarra?

Sí. Pero ya no tengo la energía que tenía antes. En la época en que estaba con Hamp, entonces sí que tenía la sensación de "estar en onda", de salirme las cosas solas porque las tenía dominadas, pero entonces no le prestaba atención. Podías ponerte a hacer locuras, y nadie se enteraba y tú tampoco, pero lo tenías dominado. Así era yo. Después te venían mil personas diciéndote: "¿Por qué no procuras acabarlo?", y yo decía: "A la mierda". Pero ahora tengo 38 años.

—Si tuvieras que citar a media docena de tus guitarristas favoritos, ¿quiénes serían?

Barney Kessel es uno. Tiene muchísimo sentimiento, y un buen concepto de los acordes en el jazz. Hasta está intentando tocar un poco de flamenco. Intenta hacer un montón de cosas, y no quedarse parado en un nivel concreto. Procura escapar de las frases de guitarra para hacer frases de vientos. Tal Farlow me llama la atención porque es un tío completamente diferente. Para mí, no tiene tanto sentimiento como Barney Kessel, pero tiene más fuerza al tocar, y su técnica combinada con esa fuerza es algo apasionante. Y tiene un concepto de los acordes modernos mejor que el de los guitarristas normales. A veces es un poco cha-pucero, como la mayoría de los guitarris-tas, y por eso hay mucha gente que se mete con él. Supongo que nadie es perfec-to, pero él tiene muchísima fuerza y es rapidísimo. Luego está Jimmy Raney, que es justo lo contrario que Tal Farlow. Pare-ce como si tuvieran las mismas ideas, los mismos cambios, los mismos tipos de fra-seos, el mismo tipo de sentimiento, pero Jimmy Raney es tan fluido que lo hace todo sin un solo error, con un toque sua-vísimo, ese toque es lo que le distingue. Django Reinhardt, naturalmente, está en un apartado totalmente distinto. Para mí, muchos guitarristas no van a ninguna parte en concreto, se limitan a sentarse y tocar la guitarra una barbaridad, y Rein-hardt es uno de esos tíos. Y creo que Charlie Byrd es un tío nuevo que está intentando hacer un cambio, intentando meterse en dos rollos distintos a la vez, y se le está dando mucho crédito por eso, pero es una cosa muy difícil. Creo que por eso causó la sensación que causó, por mezclar un poco de flamenco con aires de *jazz* y usar una guitarra sin amplificar.

—*¿Le cuadraría a tu temperamento hacer un papel como el de Freddie Green [en la banda de Count Basie], y no tocar ningún solo?*

No estaría mal, pero no me sé tantos acordes. Me marearía si me supiera tantos. Probablemente me metería en una banda a tocar rítmica, pero es que él no está simple-mente tocando acordes, está tocando un montón de acordes. Pero no es eso lo que me interesa. Lo que me interesa es pasar de una cosa a otra sin ningun esfuerzo. Por ejemplo, si vas a seguir una línea melódica o un contrapunto o un unísono con otro ins-trumento, pues lo haces, y luego a lo mejor lo dejas en cierto punto, y la siguiente vez tocas frases y acordes, o puede que una octava o cualquier otra cosa. De esa mane-ra, haces un montón de variaciones. Lo único es que a lo mejor no eres capaz de controlarlas todas. Aun así, para mí lo más importante es mantener un sentimiento, toques lo que toques. Hay muchos tíos que

pierden el sentimiento en varios momentos, no en todo el tema pero sí en varios momentos, y eso les hace subir y bajar, y tú lo notas.

—*¿Por qué hay tan pocos guitarristas en la actualidad?*

Pues yo creo que a la gente normal se le ocurre que quiere tocar la guitarra y dice: "Me voy a comprar una guitarra de diez o doce dólares y a juguetear un poco, a ver si me gusta". Y al cabo de una o dos semanas, descubren que tienen los dedos como si estuvieran llenos de alfileres, pero no hay que dejarlo, porque en cuan-to paras se curan. Yo creo que mucha gente no se da cuenta de que hay que ir superando crisis. Otra razón es que cuan-do se les ocurre tocar la guitarra, creen que pueden cogerla y tocar automática-mente lo que les viene a la cabeza. Otros tíos van a un profesor, y el profesor tiene que hacerlo todo, y ellos no intentan hacer nada por sí mismos. Pero son ellos los que tienen que aprender guitarra, por-que el profesor sólo puede enseñarte hasta cierto punto. Tienes líneas melódi-cas y acordes, y antes de poder hacer esas cosas tienes que conocerte el trastero. Eso lleva mucho tiempo, y para poder hacer algo tienes que pensar por encima de tus límites. Tienes que saber que si quieres subir luego tendrás que bajar, así que debes tener claro a dónde vas. Estas cosas son tan importantes que te desanimas al ver que no progresas.

—*Es como jugar al billar, ¿no?*

Bueno, por supuesto, yo soy muy bueno jugando al billar, pero la guitarra es un instrumento muy difícil. Un chaval escucha tocar a un tío y se cree que él también puede hacerlo, pero ni se molesta en preguntar cuánto tiempo lleva tocando el otro tío. Luego se desanima porque no le salen dos notas seguidas. Entonces dice que se va a esforzar, y a lo mejor a los seis meses descubre que todavía no puede tocar una frase y se siente como un nega-do. Pero cuando encuentras guitarristas que tocan bien, descubres que hubo un tiempo en el que no les importaba si nunca llegaban a tocar, pero estaban dispuestos a seguir insistiendo hasta que lo consiguieran. Al cabo de un tiempo, el principiante empieza a notar una pequeña diferencia en su manera de tocar, y esa pequeña inspiración es suficiente para seguir adelante, y entonces sabes que ya no lo vas a dejar. El principal problema está en arrancar. Te pasa también que cada vez que oyes a otros guitarristas piensas que todo el mundo toca mejor que tú. Y esas cosas no inspiran mucho, son bastante fastidiosas. Luego está la gente que viene y te dice: "¿Por qué no dejas ya eso? Si no te sale nada". Eso tampoco ayuda. Y encontrarás más gente en contra de ti que a favor, hasta que empiezas a arrancar. Entonces encuentras más gente a favor que en contra.